안토니우스와
클레오파트라
2

안토니우스와 클레오파트라

Antony and Cleopatra

COLLEEN
McCULLOUGH

2

콜린
매컬로
지음

강선재 · 신봉아
이은주 · 홍정인
옮김

교유서가

CONTENTS

3장
승리와 패배

– 기원전 39년부터 기원전 37년까지

39 B.C. - 37 B.C.

옥타비아

리비아 드루실라

푸블리우스 벤티디우스는 피케눔 사람이었다. 그가 태어난 아스쿨룸 피켄툼은 성벽으로 둘러싸인 대도시로 살라리아 가도에 위치해 있었다. 살라리아 가도는 피르뭄 피케눔을 로마와 연결해주는 오래된 소금길이었다. 600년 전 라티움 평원에 사는 민족들은 귀하고 시장성 높은 상품인 소금을 오스티아의 갯벌에서 채취하는 방법을 알게 되었고, 얼마 지나지 않아 로마 상인들이 이 장사에 뛰어들었다. 당시 로마는 오스티아에서 티베리스 강을 따라 대략 23킬로미터 상류에 자리한 아주 작은 도시였다. 파비우스 픽토르 같은 역사가들은 로마를 이탈리아에서 가장 큰 도시로 만들고 로마인들을 세계에서 가장 강력한 민족으로 만든 것은 소금이었다고 단언하기도 했다.

어찌되었든 벤티디우스는 마르쿠스 리비우스 드루수스 암살 바로 전해에 부유한 지방 귀족 집안에서 태어났다. 그즈음 아스쿨룸 피켄툼은 피케눔 남부의 중심지로 자리매김한 터였다. 아펜니누스 산맥 기슭의 작은 산과 높은 봉우리 사이의 분지에 자리한데다 높은 성벽이 둘러쳐져 마루키니족, 파일리그니족 등 주변 이탈리아 부족의 침입으로부터 안전했으며 사과와 배와 아몬드 과수원이 많은 풍족한 지역이었다. 과수원이 많으니 자연히 품질 좋은 꿀이 생산되었고, 로마의 포룸 홀리토리움까지 신선하게 운반하기 어려운 과일로는 잼을 만들었는데 이 역시 맛이 뛰어났다. 여자들은 고운 천을 지어 파는 가내 수공업에 종사했는데 특히 이 지역에서만 피는 꽃에서 추출한 멋진 파란색 염료로 물들인 천이 인기였다.

하지만 아스쿨룸은 이런 것들과는 전혀 다른 이유로 악명을 날리게 되었다. 이탈리아 전쟁을 촉발한 최초의 잔학행위가 바로 이곳 아스쿨룸에서 자행되었던 것이다. 당시 소수였던 로마 시민권자들의 차별적 조처에 신물이 난 아스쿨룸 주민들은 플라우투스의 연극이 상연되는 중에 이 지역을 방문한 법무관을 비롯해 200여 명의 로마인 거주민들을 무차별 학살했다. 디부스 율리우스의 백부 섹스투스 카이사르의 지휘하에 2개 군단이 이 도시를 벌하러 오자 그들은 성문을 굳게 잠그고 장장 2년간 포위전을 견뎠다. 그러다가 어느 추운 겨울날 섹스투스 카이사르가 폐병으로 사망하고 후임으로 나이우스 폼페이우스 스트라보 카르니펙스가 파견되었다. 피케눔 출신의 이 사팔뜨기 장군은 훗날 아들 폼페이우스 마그누스의 그늘에 가려지긴 했지만, 자신에게 도살자라는 별명을 달아준 이곳에서의 공적을 항상 자랑스레 여겼다. 폼페이우스 스트라보는 당시 열일곱 살이던 아들과 아들 친구 마르쿠스 툴리우스 키케로를 데리고 아스쿨룸에 도착해 그야말로 무자비한 행보를 보였다. 그는 도시의 식수 공급을 차단할 방법을 찾아냈다. 식수원은 트루엔티우스 강바닥 아래 대수층이었다. 하지만 폼페이우스 스트라보는 항복을 받아내는 것만으로 만족하지 않았다. 아스쿨룸 주민들에게 로마 법무관을 말 그대로 갈가리 찢어 죽여서는 절대 안 된다는 것을 똑똑히 가르쳐야 한다고 생각했던 폼페이우스 스트라보는 아스쿨룸 남자들을 열다섯 살에서 일흔 살까지 전부 채찍질한 뒤 참수했다. 그는 그곳을 서둘러 떠나야 했으므로 간단지 않은 일이었다. 폼페이우스 스트라보는 목 잘린 시신 5천 구가 시장에서 썩도록 내버려두었고, 1만 3천여 명에 이르는 여자와 아이와 노인 들을 살이 에이도록 추운 겨울에 먹을 것이나 따뜻한 옷가지도 주지 않고 전부 도시 밖으로 내쫓았다. 키케로는 이루 말할 수 없는 환멸을 느꼈지만, 이 끔찍한 살육이 끝난 뒤에야 비로소 이탈리아 전쟁의 남쪽 전선을 책임지는 술라의 휘하로 전출되었다.

당시 어린 벤티디우스는 네 살이었다. 아펜니누스 산맥의 눈더미 속에서 죽어간 어머니와 할머니와 고모들과 누이들의 운명을 그가 피할 수 있었던 까닭은 폼페이우스 스트라보가 자기 개선식에서 걷게 하려고 살려둔 여러 소년들 중 하나였기 때문이다. 로마의 양식 있는 사람들은 이 개선식을 보고 탄식했다. 본래 개선식은 이탈리아인들이 아니라 외국의 적을 물리친 공적을 축하하는 자리였으니까. 깡마른 상처투성이 소년 벤티디우스는 주린 배를 붙들고 마르스 평원에서 포룸 로마눔에 이르는 3킬로미터 남짓한 거리를 걸은 뒤 로마에서 쫓겨났다. 앞으로 살 방법은 스스로 찾아야 했다. 그의 나이 고작 다섯 살이었다.

하지만 이탈리아인들은 피케눔족이든 마르시족이든, 마루키니족이든 프레타니족이든, 삼니움족이든 루카니족이든 상관없이 모두 로마인과 같은 종족이었고 명줄 역시 질겼다. 어린 벤티디우스는 구걸할 수 없을 때는 훔쳐서라도 연명하며 무려 사비니족 마을 레아테까지 갔다. 거기서 만난 콘시디우스라는 노새 농장주는 소년 벤티디우스에게 씨암말 축사에 먹이 나르는 일을 시켜주었다. 이곳에서 기르는 특별한 혈통의 건강한 씨암말은 교배용 수탕나귀와 교접되어 우수한 노새를 낳왔고, 이 노새들은 고가로 로마 군단에 팔려나갔다. 로마 군단은 최상급 노새를 군단당 600마리 정도 반드시 갖추어야 했다. 레아테는 노새 산업의 중심지였고, 완벽한 방목용 풀밭이 펼쳐진 로세아 루라는 특히 중요했다. 사실인지 아닌지 몰라도 사람들은 흔히 로세아 루라에서 자란 노새가 그 어느 지역에서 키운 노새보다도 우수하다고 믿었다.

어린 벤티디우스는 야무지고 단단하고 착한 소년이었으며 쉬지 않고 일했다. 금발 곱슬머리와 밝은 파란색 눈동자의 소년은, 간절함과 선망이 담긴 눈빛으로 주인집 여자들을 쳐다보면 음식도 더 생기고 향긋한 짚더미에서 잠을 청할 때 몸 덮을 담요 한 장이라도 더 생긴다는 사실을 금세 알아차렸다.

스무 살의 그는 그간의 강도 높은 육체노동으로 근육이 잘 발달된 건장한 청년이었고 노새 품종개량에 상당한 지식을 갖추고 있었다. 콘시디우스의 하나뿐인 아들은 쓸모없는 놈팡이였던지라 그는 벤티디우스에게 재산 관리를 맡겼고, 그동안 방탕한 아들은 로마에 가서 흥청망청 술 마시고 노름하며 매춘부들을 찾아다니다 객사했다. 그리하여 콘시디우스에게 자식이라고는 오로지 딸 하나만 남았다. 오래전부터 푸블리우스 벤티디우스를 좋아해왔던 딸은 용기를 내어 아버지에게 그와 결혼하고 싶다고 말했다. 콘시디우스는 결혼을 승낙했고, 죽으면서 벤티디우스에게 로세아 루라의 땅 500유게룸을 물려주었다.

벤티디우스는 근면할 뿐만 아니라 머리도 영리했으므로 지난 수 세기 동안 노새 사업에 종사한 어떤 사비니족보다도 큰 성공을 거뒀다. 심지어 아미테르눔의 딸기 농장주들이 관개용 수로를 조성한답시고 로세아 루라의 풀밭에 물을 대주는 호수를 바짝 말려버린 끔찍했던 10년 동안에도 그는 잘 버텼다. 다행히 로마 원로원과 인민이 딸기보다 노새를 더 중요하게 여겼기 때문에 수로는 다시 메워졌고 로세아 루라의 풀밭은 예전 모습을 되찾았다.

그렇지만 벤티디우스는 평생 노새몰이꾼으로 살고 싶지는 않았다. 가데스 출신 은행가 루키우스 코르넬리우스 발부스가 카이사르 군단의 군수품 공급을 담당하는 공병대장이 되자 벤티디우스는 발부스와 친분을 쌓고 카이사르와 면담할 기회를 잡았다. 그는 카이사르에게 남몰래 품어온 야망을 고백했다. 벤티디우스는 로마 정계에 입문해 법무관 직에 오른 뒤 군대를 지휘하기를 원했다.

"정치인으로서는 이류에 머무르겠지요." 그는 카이사르에게 말했다. "하지만 군단 지휘는 잘할 수 있습니다."

카이사르는 그의 말을 믿었다. 벤티디우스는 노새 농장을 장남과 아내 콘시디아에게 맡기고 집을 떠나 카이사르의 보좌관이 되었다. 카이사르가 죽은 뒤에는 충성의 대상을 마르쿠스 안토니우스로 바꾸었다. 그리고 마침내 그가 꿈꿔온 사령관 자리가 눈앞에 있었다.

"폴리오한테 총 11개 군단이 있는데 7개면 충분하다고 하오." 안토니우스는 로마를 떠나는 벤티디우스에게 말했다. "폴리오가 자기 휘하 4개 군단을 당신한테 보내줄 거고, 나도 11개 군단을 내줄 수 있소. 도합 15개 군단이오. 당신이 갈라티아에서 기병대까지 모으면 라비에누스와 파코로스를 제압하기에 충분한 병력이 될 것이오. 보좌관들은 알아서 뽑으시오. 하지만 명심하시오. 이번 작전에서는 당신에게 제약사항이 있소. 당신은 내가 직접 전투에 들어가기 전까지 파르티아인들을 억제하며 버티는 역할까지만 하는 거요. 놈들을 치는 건 내게 맡기시오."

"그렇다면 안토니우스, 당신의 허락하에 퀸투스 포파이디우스 실로를 제 수석 보좌관으로 삼겠습니다." 벤티디우스는 들뜬 기분을 애써

누르며 싱긋 웃었다. "실로는 뛰어난 군인입니다. 부친의 군사적 재능을 그대로 물려받았죠."

"아주 잘됐군. 춘분 전후의 돌풍이 물러가는 대로 브룬디시움에서 출항하시오. 에그나티우스 가도로 행군하면 지나치게 느릴 테니까. 에페소스로 가서 퀸투스 라비에누스를 아나톨리아에서 몰아내는 것으로 작전을 개시하시오. 에페소스에 5월까지 도착하면 시간은 넉넉하겠군."

브룬디시움은 군말 없이 항구의 육중한 사슬을 내리고 벤티디우스와 실로가 병사 6만 6천 명, 노새 6천 마리, 수레 600대, 포 600문을 어디선가 마법처럼 나타난 군용 수송선 500척에 신도록 허락해주었다. 벤티디우스와 실로는 이 수송선들이 안토니우스의 비밀 저장고에서 나왔을 걸로 추측했다.

"통조림 속 정어리처럼 빽빽이 채워 날라야겠지만 병사들은 불평할 새가 없을 겁니다." 실로가 벤티디우스에게 말했다. "노를 직접 저을 테니까요. 수송선에 전부 심지어 포까지 꽉꽉 채워서 가야 할 판입니다."

"좋아. 타이나론 곶만 돌면 최악은 넘긴 거야."

실로가 걱정스런 표정을 지었다. "섹스투스 폼페이우스는 어쩌지요? 지금 그가 펠로폰네소스와 타이나론 곶을 전부 장악하고 있지 않습니까?"

"안토니우스는 그가 우릴 방해하지 않을 거라고 장담했어."

"제가 듣기로는 섹스투스가 티레니아 해에서 활동을 재개했다던데요."

"티레니아 해에서 뭘 하든 무슨 상관인가. 이오니아 해만 건드리지 않으면 돼."

"안토니우스는 이 많은 수송선이 다 어디서 났을까요? 과거에 폼페이우스 마그누스나 카이사르가 동원했던 것보다도 많습니다."

"필리피 전투가 끝나고 수송선들을 모아 마케도니아와 에페이로스 해안에 정박시켜두었지. 이중 상당수는 암브라키아 만 주변 해안에 있었네. 안토니우스는 그곳에서 군함 100척을 추가로 확보했지. 사실 군함은 섹스투스보다 안토니우스한테 더 많아. 그런데 안타깝게도 군함들이 수명을 다해가고 있다네. 쓰지 않아도 자연적으로 닳기 마련이니까. 타소스에도 대규모 함대가 있고 아테네에도 있다네. 대외적으로는 아테네 함대가 유일한 것처럼 말하지만, 이젠 자네도 진실을 알았겠지. 자네를 믿고 한 말이야, 실로. 날 실망시키지 말게."

"입을 꽉 틀어막겠습니다. 맹세하죠. 그런데 안토니우스는 어째서 그 배들을 붙들고만 있는 겁니까? 왜 이리 비밀스러운 거죠?"

벤티디우스는 놀란 듯했다. "옥타비아누스와 전쟁을 벌일 날을 대비해서지."

"부디 그런 날이 오지 않기를 빕니다." 실로가 몸을 부르르 떨며 말했다. "안토니우스가 배를 보유한 사실을 숨긴다는 건 섹스투스를 칠 생각이 없다는 뜻이로군요." 실로는 당혹스럽고 화난 표정이었다. "제 선친이 처음에는 마르시족, 두번째로는 전 이탈리아 부족을 이끌고 로마에 맞섰을 때 수송선과 함대는 전부 사령관 개인이 아닌 국가의 소유였습니다. 이제 이탈리아와 로마는 시민권에 있어서는 동등한 지위를 누리고 있지만, 사령관들이 앞자리를 차지하고 국가는 뒷자리에 물러나 있군요. 안토니우스 같은 사람들이 국가의 재산을 자기 사유물인양 여긴다는 건 뭔가 잘못되었습니다. 저는 안토니우스에게 충성하고 앞으로도 충성할 테지만, 일이 이런 식으로 돌아가는 것에는 찬성할 수 없습니다."

"나 역시 그래." 벤티디우스가 걸걸한 목소리로 말했다.

"내란이 벌어지면 무고한 사람들이 고통받습니다."

벤티디우스는 어린 시절이 떠올라 얼굴을 찡그렸다. "아무래도 신들은 자기네에게 가장 좋은 제물을 바칠 부유한 사람들 편에 서는 것 같아. 어디 비둘기나 닭을 새하얀 황소에 비하겠나? 게다가 신들은 순수한 로마인 혈통을 원해. 우리 둘 다 잘 알지 않나, 실로."

잘생겼지만 어딘가 불안해 보이는 황록색 눈동자를 아버지에게 물려받은 실로가 고개를 끄덕였다. "사령관님 군단에 마르시족이 있으니 우리는 동방에서 승리할 겁니다, 벤티디우스. 그냥 버티고만 계시겠습니까? 사령관님께서 원하시는 게 정말 그겁니까?"

"아니." 벤티디우스가 조소를 머금었다. "이건 내가 제대로 된 전쟁을 치를 절호의 기회야. 그러니 나는 할 수 있는 건 뭐든지 할 걸세. 안토니우스가 직접 영예를 차지하고 싶다면 한 눈으로 옥타비아누스를 감시하고 다른 한 눈으로는 섹스투스를 감시할 게 아니라 이리로 직접 와야지. 정말로 폴리오부터 나까지 우리 모두가 자기 속셈을 모를 줄 아는 걸까?"

"우리가 정말 파르티아인들을 물리칠 수 있을까요?"

"충분히 시도해볼 만해, 실로. 내가 그동안 장군으로서의 안토니우스를 지켜봐왔는데 나보다 나을 게 없어. 확실히 그는 카이사르가 아닐세!" 그들이 탄 배가 물에 잠긴 항구의 사슬을 넘어 북서풍을 타고 미끄러져 갔다. "아, 나는 바다가 좋아! 잘 있어라, 브룬디시움, 잘 있어라, 이탈리아!" 벤티디우스가 외쳤다.

에페소스에 도착한 15개 군단은 초대형 주둔지를 몇 개 세우고 자리를 잡았다. 이곳은 세계에서 손꼽히는 아름다운 항구도시였다. 주택 앞면은 대리석으로 마감되어 있었고 도시가 자랑하는 대형 극장이 있었으며 아르테미스를 기리는 화려한 신전 10여 곳과 성역이 있었다. 이 도시에서 아르테미스는 다산의 여신으로 추앙받았기 때문에 그녀의 조각상들은 어깨에서 허리까지 황소의 고환을 두르고 있었다.

실로가 15개 군단의 전투 훈련을 엄격한 눈으로 주시하는 동안, 벤티디우스는 엉덩이를 걸치기 편한 바위에 앉아 혼자 조용히 생각할 시간을 가졌다. 그는 제논의 아들 폴레몬이 보낸 투석병 500명을 보고 온 참이었다. 폴레몬은 안토니우스의 공식 승인 없이 폰토스를 지배하려 시도하고 있었다.

가던 길을 잠시 멈추고 투석병들의 실전 연습을 지켜본 벤티디우스는 깊은 인상을 받았다. 기다란 가죽끈이 달린 납작한 가죽 주머니로 돌을 어찌도 그리 멀리 던지는지! 돌맹이가 공중을 가르며 나아가는 속도 역시 경이롭기 그지없었다. 전투중에 파르티아의 궁기병을 말에서 떨어뜨릴 만큼 셀까? 그게 중요한데!

이 원정을 계획한 첫번째 날부터 그는 이번 임무로 반드시 개선식을 따내겠다고 결심한 터였다. 개선식보다 못한 대가로는 절대 만족하지 않으리라. 따라서 그는 전설적인 파르티아 궁기병들을 걱정해왔다. 그들은 전장에서 달아나는 척하며 말 위에서 몸을 돌려 뒤로 화살을 쏜다고 했다. 벤티디우스는 파르티아 군인 대다수가 궁기병이라고 짐작할 완벽한 논리를 갖고 있었다. 궁기병은 보병의 검이 절대 닿지 않는 거리에서만 움직인다고 했다. 하지만 이 투석병들이라면⋯⋯.

아무도 그에게 파코로스가 이번 전쟁의 성패를 철갑 기병에 걸었다고 말해주지 않았다. 머리에서 발끝까지 쇠사슬 갑옷을 입고 역시 머리에서 발끝까지 쇠사슬 갑옷을 씌운 커다란 말을 탄 철갑 기병. 사실 파코로스에게는 궁기병이 전혀 없었다. 적군에 관한 이처럼 경악할 정도의 정보력 부족은 마르쿠스 안토니우스 탓이었다. 안토니우스는 파르티아 군대에 관한 보고서를 요구하지 않았다. 하지만 다른 로마인들도 그랬다. 벤티디우스처럼 안토니우스 편에 있는 사람들은 모두 파르티아 군대가 철갑 기병이 아닌 궁기병으로 이루어져 있으리라고 짐작했다. 파르티아 군대는 늘 그랬으니까. 이번이라고 다르겠는가?

그리하여 벤티디우스는 조용히 앉아 아무리 긴 전투에서도 절대 화살이 동나지 않는다는 궁기병을 상대할 대책에 골몰하며 투석병들에 관해 생각했다.

벤티디우스는 고민했다. 만일 동방의 투석병들을 죄다 모아 궁기병들에게 돌을 날리는 훈련을 시킨다면? 군단병을 투석병으로 훈련시킬 수는 없다. 군단병에게 쇠사슬 갑옷을 벗고 글라디우스 검 대신 투석구를 들라고 한다면 그들은 차라리 채찍질 당하고 참수되는 편을 택할 테니까.

하지만 돌은 탄환으로서의 위력이 충분하지 않았다. 일단 투석병들은 아무 돌멩이나 날릴 수 있는 게 아니었기 때문에 적당한 돌을 찾느라 강가에서 많은 시간을 보냈다. 500그램 정도의 둥글고 매끈한 돌이어야 했다. 게다가 돌이 두개골같이 연약한 부위에 맞으면 모를까, 보통은 꽤 고통스러운 타박상만을 입힐 뿐 피해가 그리 오래가지 않았다. 부상자는 당장은 전투에서 빠지겠지만 며칠이면 복귀할 터였다. 이는 돌이나 화살 같은 깨끗한 무기의 단점이었다. 웬만해서는 적에게 치명상을 입히지 못했다. 반면 검은 더러운 무기였다. 검에는 그동안 칼날이 스친 모든 사람의 피가 덧묻어 있었다. 노련한 군단병들은 칼날을 닦기만 할 뿐 절대 물로 씻지 않았다. 그리하여 머리카락 한 올도 가를 정도로 날카로운 칼날이 살갗에 스치면 칼날에 묻은 독균 때문에 상처가 곪고 심지어 죽음에 이를 수도 있었다.

흠, 독균이 득실대는 탄환을 만들 수는 없어도 돌보다 치명적인 탄환을 만들 수는 있지 않을까, 하고 푸블리우스 벤티디우스는 생각했다. 현장에서 포를 봐온 경험으로 그는 가장 큰 바윗돌이 가장 큰 피해를 입히는 것은 단순히 크기 때문이 아니라 목표물과 부딪힐 때 산산이 쪼개져 파편이 사방으로 날아가기 때문임을 잘 알고 있었다. 카타풀타나 발리스타는 작동 상태가 아주 좋을 때면 용수철 역할을 하는 밧줄이 축축하거나 조금이라도 헐겁게 감긴 그 어떤 포보다도 탄환을 훨씬 세게 쏘아 보냈다. 납이다. 500그램짜리 납덩이는 같은 무게의 가장 단단한 돌멩이보다도 훨씬 부피가 작다. 투석구 주머니 속에서 가속도를 더 크게 받아 더 빠르게 멀리 날아갈 수 있을 테고, 목표물에 부딪히는 순간 그 모양은 납작하게 바뀔 것이다. 심지어 가시처럼 뾰족해질 수도 있겠지. 예전에도 납을 탄환으로 사용한 사례가 있긴 하지만 페루시아에서처럼 작은 포를 이용해 도시의 성벽 너머로 쏘아 보냈던 것이라 효과가 입증되지 않았다. 전문 투석병이 특정한 목표물을 향해 대략 60미터 정도 거리에서 던진 납 탄환이라면 가공할 파괴력을 발휘할 수도 있으리라.

벤티디우스는 군단 기술병들에게 500그램짜리 납 탄환을 여러 개 만들도록 했다. 그러면서 만일 이 시도가 성공적이라면 앞으로 수천 개를 만들어야 할 것이라고 미리 알려두었다. 수석 기술병은 약삭빠르게도 수천 개를 제조해야 한다면 민간 공급자와 계약을 맺는 편이 나을 거라고 제안했다.

"민간 공급자는 바가지를 씌울 거야." 벤티디우스가 정색하며 단호하게 말했다.

"군단 내 우수한 기술병 여남은 명을 시켜서 납의 무게와 표면을 하나하나 꼼꼼하게 살피면 그러지 못할 겁니다, 장군."

벤티디우스는 수긍했고, 수석 기술병이 직접 납 공급을 담당하고 쇠 같은 싼 금속이 섞이지 않도록 철저히 단속하라고 지시했다. 벤티디우스는 납 탄환이 든 자루를 가지고 투석병 훈련장으로 가면서 속으로 웃었다. 아무리 애쓰고 아무리 계급이 높은들 결코 슬기롭고 영리한 군단병을 능가할 순 없었다. 그들은 그 못지않게 근근이 목숨을 부지하며 힘들게 자랐고, 심지어 머리가 셋 달린 개들을 만난대도 겁내지 않을 터였다.

투석병들을 이끄는 대장 제논이 훈련장에 나와 있었다.

"이걸 써봐." 벤티디우스가 납 탄환을 몇 개 건네며 말했다.

제논이 그 작은 물건을 투석구 주머니에 담고 휙휙 소리가 나도록 돌렸다. 능숙한 솜씨로 투석구를 팅기자 납 탄환이 비명을 지르며 공중을 가르더니 두툼한 과녁 정중앙을 맞혔다. 그들은 과녁을 보러 갔다. 제논이 깜짝 놀라 소리도 못 지르고 끽 소리를 냈다.

"장군, 이것 보십시오!" 그가 겨우 숨을 가다듬고 외쳤다.

"보고 있어."

푹신한 가죽에 구멍만을 내는 돌 탄환과 달리, 납 탄환은 가죽을 아무렇게나 찢어발기고 그 안에 채워진 흙과 자갈까지 뚫은 채 가장 밑바닥에 처박혀 있었다.

"여기에 시험해보는 것만으론 부족해." 벤티디우스가 말했다. "뼈에 해당하는 것이 없잖아. 납 탄환이 뼈에 닿으면 효과가 달라질 거야. 못 쓰는 노새를 대상으로 다시 해봐."

시험용 노새가 준비되었을 즈음에는 시험장 주변에 투석병 500여 명이 몰려와 있었다. 로마인 사령관이 새로운 탄환을 개발했다는 소문이 쫙 퍼진 것이다.

"엉덩이에 대고 쏴." 벤티디우스가 명령했다. "실전에서 저 노새 크기의 말이 도망칠 때 쏠 거니까. 말이 쓰러지면 궁기병도 쓰러져. 파르티아인들이 화살은 많을지 모르겠지만 말은? 예비 말은 별로 없을 거야."

노새는 심한 손상을 입고 즉사했다. 살가죽이 찢기고 아래쪽 내장이 난도질되었다. 사체에서 찾아낸 탄환은 공 모양이 아니었다. 단단한 뼈 속까지 파고들면서 가장자리가 날카롭고 들쑥날쑥해진 듯했다.

"투석병들!" 벤티디우스가 목소리를 높여 소리쳤다. "너희에게 신무기가 생겼다!"

사방에서 환호가 터졌다.

그는 제논에게 말했다. "폴레몬에게 사람을 보내 추가 투석병 1천 500명과 그의 은광에서 나는 납 1천 탈렌툼이 필요하다고 알려. 이제 폰토스가 아주 중요한 동맹이 되었어."

물론 문제가 간단하지만은 않았다. 일부 투석병들은 예전보다 작아진 탄환에 잘 적응하지 못했고 일부 완고한 병사들은 새 탄환의 우수성을 인정하지 않으려 했다. 그러나 가장 고집스럽던 투석병들조차도 납 탄환을 쓰는 데 점차 능숙해졌으며 신무기의 효능을 확신하게 되었다. 투석구 주머니의 형태를 바꾼 것도 도움이 되었다. 납 탄환을 사용해보니 돌멩이에 비해 가죽이 빨리 닳았던 것이다.

대다수의 투석병이 새로운 변화에 적응해갈 무렵 아마세이아와 시노페에서 출발한 투석병 1천500여 명이 속속 도착했다. 더 먼 아미소스에서도 올 예정이었다. 폴레몬은 바보가 아니었다. 그는 이처럼 많은 투석병을 발 빠르게 보내준 데 훗날 큰 보상이 있으리라고 믿었다.

투석병 훈련이 진행되는 동안 벤티디우스는 한가로이 시간을 보내거나 마냥 기쁨에 들떠 있지만은 않았다. 루키우스 무나티우스 플랑쿠스가 아시아 속주 신임 총독으로 임명되어 페르가몬에 도착해 있었다. 리키아와 카리아 사이에 위치한 페르가몬은 라비에누스가 침략한 위치로부터 북쪽으로 한참 떨어져 있었다. 그런데 어느 페르가몬 사람이 라비에누스한테 돈을 받고 플랑쿠스를 찾아가 에페소스가 이미 함락되었으며 파르티아의 다음 목표물은 페르가몬이라고 거짓말했다. 용감한 사람이 아닌 플랑쿠스는 잘못된 조언에 쉽게 동요하여 겁을 잔뜩 먹고 황급히 짐을 싸서 키오스 섬으로 달아났다. 그는 라비에누스를 막을 수 있는 건 아무것도 없다고 안토니우스에게 편지를 썼다. 안토니우스는 여전히 로마에 있었다.

"이 모든 일이," 벤티디우스는 안토니우스에게 보내는 편지에 썼다. "제가 에페소스에 15개 군단을 상륙시키느라 분주한 사이에 벌어졌습니다! 플랑쿠스는 바보에 겁쟁이예요. 그런 자에게 군대를 줘선 안 됩니다. 그자와 굳이 연락하지 않았습니다. 시간낭비니까요."

"잘했소, 벤티디우스." 안토니우스는 답장에서 말했다. 벤티디우스가 군대를 데리고 행군을 시작하려던 차에 도착한 편지였다. "솔직히 플랑쿠스에게 총독 직을 준 건 그를 내 발치에서 치워버리기 위해서였소. 아헤노바르부스를 비티니아로 보낸 이유와 비슷하지. 아헤노바르부스는 겁쟁이가 아니지만. 플랑쿠스는 키오스 섬에 있게 내버려두시오. 거기서 나는 훌륭한 포도주나 맛보라지."

실로는 이 편지를 보고 킬킬 웃었다. "아주 잘됐습니다, 벤티디우스. 하지만 아시아 속주 총독을 공석으로 남겨두고 가는 게 꺼림칙하군요."

"내게 생각이 있네." 벤티디우스가 만족스러운 얼굴로 말했다. "트랄레스의 피토도로스가 안토니우스의 사위가 되었잖아. 그를 에페소스로 불렀네. 장인 안토니우스의 이름으로 공물과 세금을 걷어 로마 국고로 보내라고 했지."

"아!" 실로의 독특한 두 눈이 휘둥그레졌다. "안토니우스가 좋아할까요? 전부 그에게 직접 보내라고 명령했는데요."

"나는 그런 명령을 받은 적 없네, 실로. 나는 마르쿠스 안토니우스에게 충성하지만, 로마에 대한 충성이 우선이야. 로마의 이름으로 거둔 공물과 세금은 반드시 로마 국고로 들어가야 해. 우리가 벌어들일 전리품도 마찬가지일세. 안토니우스가 불평하고 싶다면 그러라고 해. 하지만 우리가 파르티아인들을 쳐부수는 게 먼저야."

벤티디우스는 기분이 좋았다. 지도자를 잃은 갈라티아 전사들이 기병들을 보이는 대로 그러모아 에페소스로 와서는 이 이름 없는 로마 장군에게 자기네가 얼마나 우수한 군인들인지 증명해 보이려고 안달했기 때문이다. 그들은 무려 1만 명에 달했고 하나같이 아주 젊었다. 나이가 더 많았다면 과거 필리피 전투에 참가해 전사했을 터였다. 그들은 지나치게 가까이에서 자행되고 있는 퀸투스 라비에누스의 약탈로부터 자기네 초원을 지키기를 간절히 원했다.

"나는 그들과 함께 말을 타고 달리겠지만 서두르진 않을 거야." 벤티디우스가 실로에게 말했다. "자네는 보병대와 함께 아주 빠르게 행군하게. 하루에 적어도 45킬로미터는 이동하길 바라네. 킬리키아 관문으로 최대한 직진하는 경로를 택해. 마이안드로스 강 상류 방향으로 피시디아 북부에서 이코니온까지 가로질러가는 경로지. 거기서 대상들이 다니는 길을 따라 카파도키아 남부로 가서 로마 도로를 타고 킬리키아 관문으로 가게. 총 2천300여 킬로미터에 달하는 거리를 20일 만에 주파해야 하네. 이해했나?"

"잘 알겠습니다, 푸블리우스 벤티디우스." 실로가 말했다.

로마 사령관들은 말을 잘 타지 않았다. 대체로 행군을 훨씬 더 선호했는데 거기엔 여러 이유가 있었다. 첫째로 편안함이었다. 말을 탈 때 다리의 무게를 지탱해줄 받침대가 없는 탓에 다리를 늘어뜨리고 달려야 했다. 둘째로 보병들은 사령관이 그들과 함께 걷는 것을 좋아했다. 그래야 비유적으로뿐만 아니라 문자 그대로 사령관과 눈높이를 공유했으니까. 셋째로 기병대가 제 위상을 착각하지 않게 하기 위해서였다. 로마 군대는 대부분 보병으로 이루어져 있었고 보병이 기병보다 가치를 인정받았다. 수세기를 거치면서 기병대는 갈리아인, 게르만족, 갈라티아인 등 비로마인으로 이루어진 보조군이 되었다.

하지만 벤티디우스는 노새 사업에 종사한 이력 덕분에 다른 사령관들보다 말 타기에 익숙했다. 그는 고명한 동료들에게 과거에 저 위대한 술라도 노새를 탔으며 카이사르 신도 젊을 때 술라의 명에 따라 노새를 탔음을 상기시켜줄 때마다 내심 짜릿함을 느끼곤 했다. 그가 지금 말을 타는 것은 한때 늙은 데이오타로스 왕 밑에서 서기관을 지낸 갈라티아인 아민타스가 이끄는 기병대를 주시하기 위해서였다. 벤티디우스의 판단이 옳다면, 라비에누스는 적군이 이렇게 큰 규모의 기병대를 보유하고 있다는 사실을 알면 일단 후퇴해 로마식 군사훈련을 받은 자신의 1만 보병이 적군의 1만 기병과 싸워 이길 장소를 찾을 게 분명했다. 카리아에는 그런 곳이 없었고 아나톨리아 중부에도 없었다. 리키아나 피시디아 남부 어디쯤이 되겠지만 그 방향으로 후퇴하면 파르티아 군대와 연락을 주고받기 힘들어질 것이다. 본능적으로 라비에누스는 벤티디우스가 앞서 실로에게 일러준 것과 똑같은 경로를 택할 게 틀림없었다. 단, 라비에누스가 실로와 로마군보다 며칠 앞서 있겠지. 자신을 뒤쫓아 오는 적군의 1만 기병을 피해 급하게 움직이다보면, 황소가 끄는 수레가 아니고선 도저히 나를 수 없을 무거운 약탈품을 실은 물자 수송대가 전방을 제대로 따라가기에 벅차겠지. 그러면 약탈품들은 모두 실로의 손에 떨어질 터였다. 벤티디우스가 할 일은 라비에누스가 아마노스 산맥의 저 먼 끝쪽에 자리한 킬리키아 페디아와 파르티아 군대를 향해 허둥지둥 돌아가게 만드는 것이었다. 아마노스 산맥은 킬리키아 페디아와 시리아 북부를 가르는 지리적 장벽이었다.

라비에누스가 카파도키아를 지나 킬리키아로 진입할 방법은 한 가지밖에 없었다. 높고 험준한 타우로스 산맥이 아나톨리아 중부에서 동쪽으로는 어디로도 가지 못하게 가로막고 있기 때문이었다. 타우로스 산맥은 눈이 절대 녹지 않았고 그곳을 넘는 산길은 안티타우로스 구역에 속하는 대략 해발 3천 미터 고지였다. 따라서 그가 선택할 지점은 킬리키아 관문일 수밖에 없었다. 벤티디우스는 킬리키아 관문에서 퀸투스 라비에누스와 붙을 생각이었다.

젊은 갈라티아인 병사들은 우수하고 용맹한 전사로 만들기에 딱 좋은 나이였다. 아직 어려서 처자식이 없고 전투에서 적을 두려워하지 않았다. 오로지 로마만이 스무 살을 넘긴 사내들을 뛰어난 군인으로 길러

낼 수 있었고, 이야말로 로마의 우수성을 보여주는 증거였다. 규율, 훈련, 전문성, 각 개인이 거대한 무적의 전투 기계의 일부라는 확고한 믿음. 벤티디우스는 이 군단들이 없다면 라비에누스를 패배시킬 수 없다는 것을 잘 알았다. 벤티디우스가 할 일은 일단 변절자 라비에누스를 한곳에 잡아두고 킬리키아 관문을 지나지 못하게 제지하며 그의 군단들이 도착하기를 기다리는 것이었다. 벤티디우스는 실로를 신뢰했기에 다가올 전투의 명운을 그에게 걸었다.

벤티디우스의 예상은 적중했다. 라비에누스는 정보원을 통해 에페소스에 대규모 병력이 주둔해 있다는 소식을 입수했다. 로마군 사령관의 이름을 들은 라비에누스는 아나톨리아 서부에서 얼른 후퇴해야 한다고 판단했다. 수중의 전리품이 어마어마했다. 브루투스와 카시우스가 건드리지 않은 지역들을 약탈한 덕분이었다. 피시디아에는 쿠바바키벨레와 그녀의 애인 아티스에게 바쳐진 제단이 곳곳에 세워져 있었고, 리카오니아는 아가멤논이 그리스를 다스리던 시대 이래 바깥세상이 잊고 지내온 각종 신을 모시는 성역으로 가득했으며, 이코니온에는 메디아와 아르메니아의 신들을 모시는 신전들이 있었다. 라비에누스는 어떻게 해서든 물자 수송대를 데려가려고 했지만 헛수고였다. 결국 그는 이코니온에서 서쪽으로 대략 75킬로미터 떨어진 지점에서 물자 수송대를 포기했다. 수레꾼들은 그들을 쫓아오는 로마인 무리가 무서워 전리품을 훔쳐갈 엄두를 내지 못하고 총 3킬로미터 길이에 달하는 물자 수송 수레들과 목이 말라 울부짖는 황소들을 버려둔 채 황급히 달아났다. 벤티디우스는 잠시 멈추어 짐승들이 물을 마실 수 있게 풀어놓고 가던 길을 마저 갔다. 나중에 로마 국고로 옮겨진 이 전리품의 양은 무려 은 5천 탈렌툼에 달했다. 값비싼 예술품은 없었지만 금과 은과 보석이 엄청나게 많았다. 나중에 개선식을 치를 때 훌륭한 장식품이 되어주겠지, 하고 벤티디우스는 생각했다. 노새 걸음걸이에 맞춰 그의 엉덩이가 들썩였다.

킬리키아 관문 주변의 시골 마을은 말을 키우기 적당한 곳이 아니었다. 갖가지 소나무가 빽빽이 숲을 이루어 풀이 잘 자라지 않았고, 말들은 향이 강한 소나무 잎을 먹으려 들지 않았다. 하지만 병사들이 말 사료를 각자 최대한 많이 준비해왔으므로 벤티디우스는 서두르지 않았다. 게다가 요령 좋은 병사들이 부드러운 고사리순을 보이는 대로 전부 끊어 왔다. 끝이 구부러진 고사리순은 벤티디우스의 눈에는 마치 조점관의 지팡이 리투우스 같았다. 남은 사료와 고사리순의 양을 보니 앞으로 열흘은 버틸 듯싶었다. 실로가 정말로 하루에 45킬로미터를 행군하는 강인함을 발휘해준다면 충분한 시간이었다. 카이사르는 항상 그보다 빠른 속도로 군단을 행군시켰지만 그는 워낙 독보적인 존재였으니까. 아, 트레보니우스와 그의 남은 군대를 구하러 플라켄티아에서 아게딩쿰으로 진군하던 그때! 그리고 트레보니우스는 제 목숨을 구해준 은인을 죽였지. 은혜에 대한 보답이 어찌 그러한가. 벤티디우스는 가이우스 트레보니우스의 얼굴을 떠올리며 가래침을 뱉었다.

라비에누스는 이틀 먼저 가장 높은 지대에 도착해서 나무를 베어 로마식 진지를 구축했다. 통나무 담을 높게 치고 주변에 구덩이를 깊게 판 뒤 담장 위로 탑을 여러 개 세웠다. 그러나 라비에누스의 병사들은 로마식 훈련을 받았을 뿐 진짜 로마인은 아니어서 진지 곳곳에 허점이 보였다. 벤티디우스는 이를 '적당주의'라고 불렀다. 라비에누스는 요새 밖으로 나와서 싸우려 하지 않았다. 벤티디우스가 애초에 예상했던 바였다. 라비에누스는 파코로스가 시리아에서 파르티아 군대를 끌고 오기를 기다리고 있었다. 지금으로서는 이것이 현명한 판단이었다. 하지만 물론 이렇게 기다리기만 하는 데에도 위험은 있었다. 라비에누스는 정찰병들을 파견해 실로와 로마 군단들의 위치를 파악했을 터였다. 벤티디우스 역시 정찰병들을 통해 파르티아 군대가 킬리키아 관문에 며칠 내로 도달 가능한 거리에 있지 않다는 사실을 확인했으니까. 동쪽으로 그보다 멀리까지는 정찰병을 보낼 엄두를 낼 수 없었다. 라비에누스가 진지를 구축한 속도로 볼 때 실로가 그리 멀지 않은 곳에 있다는 판단이 들어 벤티디우스는 기운이 났다.

사흘 뒤 실로가 15개 군단과 함께 타우로스 산맥의 등성이를 타고 내려왔다. 파르티아 구원군을 쳐부수고 온 터였다. 아직 남은 적군이 타르소스 주변 연안에서 산을 넘어오겠지만 말에게나 사람에게나 쉽지 않을 터였다.

"저길 보게." 벤티디우스는 실로를 만나자마자 손으로 먼 곳을 가리키며 말했다. 지체할 시간이 없었다. "라비에누스의 진지 너머 오르막 땅에 우리 진지를 세울 걸세." 벤티디우스는 입술을 깨물고 결정을 내렸다. "젊은 아피우스 풀케르에게 5개 군단을 줘서 에우세베이아 마자카로 북진시키게. 여기서의 전투는 10개 군단으로 충분할 거야. 15개 군단을 전부 배치하기에는 땅이 너무 험준해. 풀케르에게 에우세베이아 마자카를 점령한 뒤 호출을 받으면 곧장 출동할 수 있게 만반의 준비를 하라고 이르게. 카파도키아 정세에 관해서도 보고하라고 해. 혹시 왕위를 이을 아리아라테스 혈통이 있는지 안토니우스가 궁금해하니까."

기병들은 진지 구축에 동원되지 않았다. 로마인이 아닌 그들은 손을 쓰는 노동에 서툴렀다. 실로는 병사들에게 진지 구축 착수 명령을 내렸지만 이번이 장기 체류가 될 거라곤 말하지 않았다. 라비에누스는 담장 안에 옹송그리고 서서 벤티디우스의 진지가 경사진 땅에 빠르게 세워지는 광경을 불안한 마음으로 쳐다보았다. 자기가 고지대를 차지했으니 타르소스에서 킬리키아로 들어가는 퇴로를 벤티디우스가 차단할 수 없다는 점이 유일한 위안이었다. 벤티디우스 역시 이 사실을 잘 알았다. 하지만 걱정하지 않았다. 그는 이번엔 라비에누스를 아나톨리아에서 쫓아내는 것으로 만족할 생각이었다. 이처럼 경사가 급하고 고르지 않은 전쟁터에서 결정적인 전투를 벌일 수는 없었다. 그럭저럭 괜찮은 전투 정도나 될 터였다.

실로가 도착하고 나흘 뒤, 정찰병이 로마 사령관들을 찾아와서 파르티아인들이 타르소스 언저리를 따라 이동해 킬리키아 관문으로 이어지는 도로에 들어섰다고 알렸다.

"머릿수가 얼마나 되지?" 벤티디우스가 물었다.

"5천쯤 됩니다, 장군."

"전부 궁기병이냐?"

정찰병이 멍한 표정을 지었다. "궁기병은 없고 전부 철갑 기병입니다, 장군. 모르셨습니까?"

벤티디우스의 파란 눈동자가 실로의 초록 눈동자를 향했다. 둘 다 아연실색했다. "망했군!" 정찰병이 물러가자 벤티디우스가 소리쳤다. "그래, 전혀 몰랐어! 투석병을 훈련시킨 게 몽땅 헛수고였다니!" 그는 이내 기운을 차리고 결연한 표정을 지었다. "이제 모든 건 지형에 달렸어. 지금쯤 라비에누스는 자기에게 퇴로를 허용한 우릴 비웃고 있겠지. 하지만 나는 이제 라비에누스의 용병보다는 파르티아의 철갑 기병을 토막내는 데 더 집중하겠어. 백인대장들에게 내일 새벽 작전회의가 있다고 알리게, 실로."

작전은 신중하고 치밀하게 수립되었다.

"파코로스가 군대를 직접 지휘하는지는 확인되지 않았다." 벤티디우스가 작전회의에 참석한 백인대장 600명에게 말했다. "우리가 할 일은 파르티아인들이 라비에누스 보병대의 지원이 없는 상태로 오르막길을 올라 우릴 공격하도록 유도하는 것이다. 그러기 위해 담장 주변에 줄지어 서서 파르티아인들에게 지독한 욕을 퍼붓도록, 파르티아어로. 파르티아어를 아는 자를 시켜 단어와 표현을 적었으니 5천 병사 모두가 암기한다. 돼지새끼, 머저리, 매춘부 아들, 야만인, 개새끼, 똥이나 처먹어라, 시골뜨기. 목청이 가장 좋은 백인대장 쉰 명이 '네 아비는 포주다!', '네 어미는 매춘부다!', '파코로스는 돼지치기다!'라는 말을 익혀서 선창한다. 파르티아인들은 돼지를 더러운 동물로 여겨서 돼지고기도 먹지 않아. 이렇게 하는 이유는 놈들이 화나서 전술 따위를 잊어버리고 우리한테 무작정 덤비게 하려는 것이다. 자네들이 그러는 동안 퀸투스 실로는 진지 문을 열고 그 옆의 담장도 헐어서 재빨리 9개 군단을 내보낼 것이다. 이때 자네들이 할 일이 하나 더 있다. 그 커다란 말에 올라탄 커다란 개새끼들과 마주쳤을 때 절대 겁먹지 말라고 병사들에게 단단히 일러두는 것이다. 병사들은 우비족 보병 전사들처럼 말 주변으로 걸어가 말 다리를 베어야 한다. 말이 쓰러지면 곧바로 기병을 공격하되, 쇠사슬 갑옷으로 덮이지 않은 얼굴 같은 부위를 노려 검을 휘둘러라. 원래대로 투석병도 쓸 생각이지만 그들이 얼마나 도움이 될지는 미지수다. 이상이다. 파르티아군이 내일 아주 이른 시간에 도착할 테니,

오늘은 오로지 파르티아 욕을 배워서 연습하고 연습하고 또 연습하는 데 할애해야 한다. 해산. 마르스 신과 헤르쿨레스 인빅투스 신의 가호가 우리와 함께하기를."

결과는 그럭저럭 괜찮은 전투 이상이었다. 철갑 기병을 한 번도 본 적이 없는 군단병들에겐 달콤하고 완벽한 첫 전투 경험이었다. 철갑 기병은 무시무시해 보였지만 사실 허술했고, 거친 욕설이 쏟아지자 이성을 잃고 폭발했다. 그들은 나무 그루터기가 여기저기 튀어나온 오르막길을 함성을 지르며 지축을 흔들 듯 쿵쿵 올라왔다. 말 몇 마리가 그루터기에 걸려 또는 그루터기를 피하려다 쓰러졌다. 쇠사슬 갑옷을 입은 로마군이 숲에서 진지 한쪽 옆으로 나왔다. 적군의 눈에 로마군 병사들은 아주 작아 보였다. 보병들은 숲속의 나무처럼 늘어선 말 다리를 향해 민첩하게 달려가 보이는 대로 무작정 자르고 베었다. 말들이 비명을 지르며 쓰러지자 철갑 기병들이 허둥댔다. 로마군의 검이 철갑 기병의 얼굴로 날아들고 겨드랑이를 파고들었다. 힘차게 내지른 글라디우스 검이 쇠사슬 갑옷을 뚫고 적의 배를 찔렀다. 물론 칼날은 상했지만.

벤티디우스로서는 아주 기쁘게도, 투석병들이 날린 납 탄환은 파르티아 병사들의 쇠사슬 갑옷을 찢고 살에 파고들어 그들을 즉사시켰다.

라비에누스는 후방에서 싸우는 1천 보병을 내버리고 킬리키아 쪽 로마 도로로 달아나며 그저 살아 있음에 감사했다. 로마군의 칼에 난도질된 파르티아 병사들은 그럴 수 없었다. 1천 명 정도가 라비에누스를 따라간 듯했다. 나머지는 킬리키아 관문의 전장에서 이미 죽었거나 죽어가고 있었다.

"피바다로군요." 여섯 시간의 전투가 끝나자 승리감에 취한 실로가 벤티디우스에게 말했다.

"우리 군이 잘 싸웠나?"

"오, 훌륭했지요. 몇몇은 말발굽에 차여 머리가 깨졌고 다른 몇몇은 쓰러진 말에 몸이 깔렸지만 총 사상자 수는 200명 정도입니다. 납 탄환의 위력이 대단했습니다! 쇠사슬 갑옷까지 뚫었죠."

벤티디우스는 찡그린 얼굴로 전장을 걸었다. 그는 주변의 신음 소리에 전혀 동요하지 않았다. 그들은 감히 로마의 힘에 도전했고 이제 그것이 얼마나 위험한 일인지 깨달았을 터였다. 군단병들이 죽은 자와 죽어가는 자 사이를 지나다니며 생존할 가망이 없는 말과 사람의 숨통을 끊었다. 얼마 되지 않는 생존자들은 경상을 입은 이들이어서 인질로 잡아뒀다가 나중에 몸값을 요구할 생각이었다. 철갑 기병 전사들은 귀족 출신이니 가족들이 몸값을 지불할 재력이 있었다. 몸값이 치러지지 않은 자는 노예로 팔려나갈 터였다.

"산처럼 쌓인 저 시신을 어떻게 할까요?" 실로가 한숨을 내쉬며 물었다. "표토가 5, 60센티미터 이하라 구덩이를 파서 묻기는 힘들 겁니다. 숲도 너무 새파랗고요. 생나무로는 장작을 만들기 어렵습니다."

"몽땅 라비에누스 진지로 옮겨서 썩게 놔두게." 벤티디우스가 말했다. "만일 우리가 다시 이리로 온다면 그즈음엔 이미 백골이 되어 있겠지. 여기서 수 킬로미터 근방으로는 정착지가 없네. 라비에누스가 위생 시설을 잘 마련했으니 키드노스 강이 오염되지도 않을 테고." 그가 갑자기 콧김을 뿜었다. "일단 전리품을 찾아야 해. 나는 훌륭한 개선식을 치렀으면 하거든. 나 푸블리우스 벤티디우스는 마케도니아식 흉내내기 개선식으로는 만족하지 않아!"

이건 마케도니아에서 똑같이 오래된 전쟁을 벌이고 있는 폴리오한테 하는 소리로군, 하고 실로가 속으로 웃으며 생각했다.

타르소스로 간 벤티디우스는 파코로스가 전장에 없었다는 사실을 알게 되었다. 그래서 파르티아인들을 광기로 몰아넣기가 그렇게 쉬웠던 모양이었다. 라비에누스는 여전히 킬리키아 페디아를 가로질러 동쪽으로 도망치고 있었다. 대장을 잃은 철갑 기병들, 그리고 상대적으로 조용한 보병들을 들쑤셔 말썽을 일으킬 불평 많은 용병들이 대열이 엉망진창인 채로 라비에누스의 뒤를 따랐다.

"라비에누스의 경로를 주시해야 해." 벤티디우스가 말했다. "이번에는 내가 군단병들과 행군할 테니 실로 자네는 기병대와 이동하게."

"킬리키아 관문으로 이동할 때 제가 너무 느렸습니까?"

"맙소사, 아닐세! 자네한테만 고백하지만 나는 나이가 많아서 말을 오래 못 타. 고환이 아프고 치루(痔漏)가 있거든. 자네는 나보다 훨씬 젊으니 더 낫겠지. 이제 쉰다섯이 되어가는 나는 되도록 다리를 써야 해."

하인이 문간에 나타났다. "주인어른, 퀸투스 델리우스가 만나뵙기를 청합니다. 그리고 오늘밤 여기서 묵고 싶다고 합니다."

파란색 두 눈과 초록색 두 눈이 마음이 통하는 친구 사이에만 나눌 수 있는 눈빛을 교환했다. 한 마디도 소리내어 말하진 않았으나 그들의 눈은 많은 이야기를 주고받았다.

"들여보내라. 하지만 그가 묵을 방은 신경쓸 필요 없다."

"친애하는 푸블리우스 벤티디우스! 그리고 퀸투스 실로까지! 만나서 반갑습니다." 델리우스는 상대가 자리를 권하기도 전에 냉큼 의자에 앉아 의미심장한 눈길로 포도주병을 쳐다보았다. "가볍고 깔끔한 백포도주 한 잔 마시고 싶군요."

실로가 델리우스에게 포도주를 한 잔 따라서 건네며 벤티디우스에게 말했다. "더 말씀하실 게 없으면 저는 이만 가보겠습니다."

"내일 새벽에 보세."

"아, 열심히 일하시는군요!" 델리우스는 이렇게 말하고 술을 한 모금 들이켜더니 인상을 찌푸렸다. "웩! 오줌맛이 나는데요! 세번째 압착즙으로 만든 건가요?"

"난 마셔보질 않아서 모르겠소." 벤티디우스가 퉁명스럽게 대꾸했다. "용건이 뭐요, 델리우스? 관저에 빈방이 없으니 오늘밤은 여관에서 묵어야 할 거요. 내일 들어와서 혼자 다 쓰시오. 우린 떠날 거니까."

델리우스는 화난 표정으로 고개를 치켜들며 상체를 세우고 벤티디우스를 노려보았다. 2년 전 안토니우스와의 잊지 못할 정찬 이후 자신에 대한 주변 사람들의 고분고분한 태도에 익숙해진 나머지 푸블리우스 벤티디우스 같은 거친 무관에게서조차 저자세를 기대했던 것이다. 이자는 어째 이리 오만한가! 그의 황갈색 눈이 벤티디우스의 눈과 마주치자 그의 얼굴이 붉어졌다. 벤티디우스의 눈에는 경멸이 어려 있었다. "하, 정말이지!" 델리우스가 크게 소리쳤다. "이거 결례가 지나치군요! 나는 법무관급 임페리움을 소지한 사람입니다! 당장 숙소를 내주십시오! 정 내보낼 사람이 없으면 실로라도 내보내십시오!"

"고작 당신 같은 아첨꾼을 재우려고? 하다못해 제일 낮은 수습군관이라도 내보내지 않을 거요, 델리우스. 내 임페리움은 집정관급이오. 용건이 뭐요?"

"트리움비르 마르쿠스 안토니우스의 뜻을 전하러 왔습니다." 델리우스가 차갑게 말했다. "그리고 난 그 소식을 이 쥐새끼 소굴 같은 타르소스가 아닌 에페소스에서 전할 예정이었고요."

"그러려면 더 신속하게 움직이셨어야지." 벤티디우스가 무덤덤하게 말했다. "당신이 배를 타고 한적하게 떠다니는 동안 나는 파르티아인들과 전투를 치르고 있었소. 안토니우스의 말을 전하러 왔다고 했소? 안토니우스에게 가서 이렇게 전하시오. 우리는 킬리키아 관문에서 파르티아의 철갑 기병대를 무찔렀고 라비에누스는 도주중이라고 말이오. 당신이 가져온 소식은 뭐요? 이만큼 흥미진진한 소식이오?"

"나를 적으로 만들어서 이로울 게 없을 텐데요." 델리우스가 나직이 말했다.

"내가 그 말에 꿈쩍이라도 할 것 같소? 당신이 가져온 소식은 뭐요? 바쁘니까 빨리 얘기하시오."

"마르쿠스 안토니우스는 유다이아의 왕 헤로데스가 가능한 한 빨리 왕좌에 앉기를 바란다는 걸 당신에게 알리라고 했습니다."

벤티디우스가 의구심 가득한 표정을 지었다. "겨우 그 말을 전하라고 당신을 여기까지 보냈다고? 가서 전하시오. 나 역시 헤로데스의 펑퍼짐한 궁둥짝을 왕좌에 얹어놓고 싶은 마음이 굴뚝같지만, 그보다는 파코로스와 그의 군대를 시리아에서 쫓아내는 게 우선이고 이건 시간이 좀 걸리는 일이라고. 하지만 그의 지시를 잘 기억해두겠다고 트리움비르 마르쿠스 안토니우스에게 확실하게 전달하시오. 할말은 끝났소?"

델리우스가 독 오른 살무사처럼 두 볼을 씰룩였다. 그는 으르렁대며 입을 뒤틀었다. "이 무례한 행동을 후회할 날이 올 겁니다, 벤티디우스!" 델리우스가 잇새로 내뱉었다.

"나는 당신 같은 아첨꾼들을 양산하는 로마가 안타깝소, 델리우스. 배웅은 하지 않겠소."

벤티디우스는 델리우스를 뒤로하고 방에서 나갔다. 델리우스는 잔뜩 골이 나 있었다. 저 늙은 노새몰이꾼이 감히 나를 이리 대접하다니! 하지만 당분간은 참아야 한다. 델리우스는 술을 버리고 자리에서 일어나며 생각했다. 벤티디우스가 파르티아 군대를 무찌르고 라비에누스를 아나톨리아에서 몰아냈다니, 벤티디우스를 총애하는 안토니우스가 들으면 픽이나 기뻐할 소식이었다. 훗날 응징해주겠어, 델리우스는 속으로 생각했다. 기회를 엿보고 있다가 가차 없이 혼쭐내주리라. 일단은 참겠어. 그래, 일단은 참겠다.

퀸투스 포파이디우스 실로는 갈라티아인 병사들을 용맹하고 영리하게 지휘해 시리아 관문이라 불리는 아마노스 산길에서 라비에누스 일행을 포위하고 벤티디우스가 군단들을 데리고 도착하기를 기다렸다. 11월이었지만 날씨는 그리 춥지 않았다. 가을비가 내리지 않아 땅이 단단했고 전투를 벌이기 적합했다. 어느 파르티아 지휘관이 시리아에서 철갑 기병 2천 명을 원군으로 데려왔지만 허사였다. 지난번처럼 쇠사슬 갑옷을 입은 기마 전사들은 로마군의 검에 잘려나갔고, 이번에는 라비에누스의 보병들까지 같은 운명을 맞았다.

벤티디우스는 안토니우스에게 편지로 이 기쁜 소식을 알리고 곧장 시리아로 이동했지만 파르티아인들은 그곳에 없었다. 파코로스는 아마노스 전투에도 참여하지 않았다. 파코로스가 이미 수개월 전에 유다이아의 히르카노스를 데리고 티그리스 강변 셀레우케이아의 궁으로 갔다는 소문이 돌았다. 라비에누스는 아파메이아에서 키프로스행 배를 타고 도망쳤다.

"그리로 가봤자 별 수 없을 거야." 벤티디우스가 실로에게 말했다. "내가 알기론 안토니우스는 카이사르의 해방노예에게 그곳의 통치를 맡겼어. 이름이 가이우스 율리우스 뭐였더라. 음, 그래, 데메트리오스.” 그는 종이를 집어들었다. “지금 즉시 이걸 그에게 전하게, 실로. 그가 내가 생각하는 사람이 맞다면—이것참, 누가 누구의 해방노예인지 갈수록 더 헷갈린단 말이지—그는 파포스에서 살라미스까지 온 섬을 이 잡듯이 뒤져서 라비에누스를 찾아줄 걸세. 아주 성실하게.”

그러고 난 뒤 벤티디우스는 군단들을 겨울 숙영지에 배치하고 새해를 맞을 준비를 했다. 그는 안티오케이아에 마련된 편안한 숙소에 자리를 잡았고 실로는 다마스쿠스에 머물렀다. 벤티디우스는 시간이 날 때마다 자신의 개선식을 머릿속에 그려보았다. 그 어느 때보다 가슴이 설렜다. 아마노스 산에서의 전투로 그는 은 2천 탈렌툼과 자신의 개선행렬 수레를 장식할 뛰어난 예술품들을 손에 넣었다. 당신 똥구멍이나 핥아, 폴리오! 내 개선행렬이 당신 것보다 몇 킬로미터는 더 길 테니까.

겨울 휴가는 벤티디우스의 예상보다 짧게 끝났다. 파코로스가 철갑기병을 있는 대로 긁어모아 메소포타미아에서 돌아온 것이다. 궁기병은 없었다. 이 소식을 안티오케이아로 가져온 사람은 헤로데스였다. 파르티아의 통치가 영원하지 않으리라고 판단한 안티고노스의 어느 부하로부터 입수한 듯했다.

“최근에 사독의 후손인 아나넬로스라는 자와 굉장히 유익한 관계를 맺었소. 그는 대사제가 되기를 열망하지요. 나는 대사제가 될 마음이 없고 그가 누구 못지않게 잘할 듯싶어 그에게 대사제 자리를 약속했소. 그 대신 아나넬로스는 파르티아에 관해 정확한 정보를 제공하기로 했소. 그는 내가 시킨 대로 파르티아 쪽 지인들에게 당신이 시리아 북부를 차지했으며 파코로스가 제우그마에서 에우프라테스 강을 건널 것으로 예상해 에우프라테스 강 연안의 니케포리온에 함정을 놓을 작정이라고 소문을 냈소. 파코로스는 이 말을 믿고 제우그마로 가는 대신 동쪽 강둑을 따라 사모사타로 북진하려 생각하고 있지요. 과거에 크라수스가 그랬듯이 빌레카스 강변을 따라 지름길로 가려는 것이겠지요. 이것참, 역사의 아이러니가 아니오?"

벤티디우스는 헤로데스에게 다정하게 굴 수는 없었지만, 이 욕심 많은 두꺼비가 지금 거짓말을 해서 득을 볼 일이 없다는 걸 알 만큼 영리했다. "고맙소, 헤로데스 왕." 벤티디우스가 말했다. 델리우스를 만났을 때와 달리 혐오감은 들지 않았다. 헤로데스는 친절한 척 굴긴 하지만 아첨꾼은 아니었다. 그저 왕위를 찬탈한 안티고노스를 축출하고 유대인의 왕이 되고 싶은 것뿐이었다. "파르티아의 위협이 사라지는 대로 당신이 안티고노스를 제거하도록 도울 테니 염려 마시오."

"기다림이 너무 길어지지 않길 바라오." 헤로데스가 한숨을 쉬었다. "우리 가문의 여자들과 내 약혼녀가 세상에서 가장 험준한 바위 위에 고립되어 있소. 내 형제 요세포스가 전하는 말로는 먹을 것도 부족하다고 하오. 그들을 돕지 못할 것 같아서 근심이 많소."

"돈이 좀 있으면 도움이 되겠소? 이집트로 가서 식량을 구하고 그곳까지 실어갈 비용을 내줄 수 있소. 자금이 있다면 이집트를 떠나 그 가장 험준하다는 바위로 들키지 않고 식량을 가져다줄 수 있겠소?"

헤로데스가 열의를 보이며 몸을 바로 세웠다. "감시는 쉽게 따돌릴 수 있소, 푸블리우스 벤티디우스. 험준한 바위라고 한 곳은 마사다요. 사해에서 멀리 떨어진 곳이지요. 펠루시온에서 육로로 이동하는 낙타 대열에 끼면 유대인, 이두메아인, 나바테아인, 그리고 파르티아인 들의 눈을 피할 수 있을 거요."

"무시무시한 눈들이로군요." 벤티디우스가 빙그레 웃으며 말했다. "그러면 내가 파코로스를 상대하는 동안 당신은 그 일을 하시오. 기운 내시오, 헤로데스! 내년 이맘때쯤이면 당신은 예루살렘에 있을 테니."

헤로데스는 애써 겸손하고 조심스러운 표정을 지어 보였다. 그로서는 쉽지 않은 일이었다. "그러면 나는, 어, 그 돈을, 음, 어떻게 받으면 되오?"

"내 재무관을 만나시오, 헤로데스 왕. 당신이 요청하는 대로 주라고 미리 말해두리다. 물론 합리적인 선을 넘지 않아야겠지요." 밝은 파란 색 눈동자가 반짝였다. "낙타가 비싼 것은 알지만, 나는 본래 직업이 노새 사업가요. 네발 달린 짐승을 사는 비용에 관해서는 빠삭하지요. 그러니 그냥 나와 정직하게 거래하고 계속 정보를 보내주시오."

철갑 기병 8천 명이 동북쪽에서 사모사타로 왔고 겨울 강물이 최대한 얕아지는 시기를 틈타 에우프라테스 강을 건넜다. 이번에는 파코로스가 직접 군대를 이끌고 안티오케이아로 이어지는 도로를 따라 칼키스로 서진했다. 그는 아무 어려움 없이 칼키스를 통과했다. 전에 몇 번 침략해봤기 때문에 신록이 피어난 이 시골 마을을 잘 알았다. 칼키스는 물과 풀이 풍부했고 긴다로스라는 낮은 산을 빼면 대체로 평탄한 지형이었다. 파코로스는 이 지역 소(小)군주들이 모조리 자기편인 것을 알기에 느긋하게 긴다로스 산자락으로 다가갔다. 그의 뒤로 안티오케이아를 향해 걷는 기병들이 수 킬로미터 늘어서 있었다. 그들은 안티오케이아가 다시 로마의 손아귀에 들어갔다는 사실을 몰랐다. 헤로데스의 첩자들은 맡은 임무를 훌륭히 수행했고, 유다이아의 안티고노스는 파코로스와 연락망을 열어두었겠지만 지금으로서는 아직 로마인의 통치에 더 익숙한 유대인들을 복종시키는 데 열중해 있었다.

정찰병이 달려와 긴다로스에 로마군이 주둔해 있다고 알렸다. 파코로스는 오히려 잘되었다고 생각하며 철갑 기병을 전투대형으로 배치했다. 새로운 로마 군대의 위치를 몰라 불안하던 차였다.

파코로스는 앞서 킬리키아 관문과 아마노스 산에서 자기 부하들이 저지른 모든 실수를 되풀이했다. 쇠사슬 갑옷 말을 탄 쇠사슬 갑옷 거인들을 상대해야 하는 로마 보병들을 여전히 우습게 보고 있었던 것이다. 철갑 기병들은 떼 지어 오르막길을 돌진했고 그들의 갑옷을 파고드는 납 탄환 세례를 받았다. 말들이 두 눈 사이로 납 탄환을 맞고 비명을 지르며 격렬하게 몸부림치자 파르티아군의 전방이 속수무책으로 무너졌다. 그 순간 군단병들이 용맹하게 덤벼들었다. 어쩔 줄 모르고 서성대는 말들 사이를 돌아다니며 검으로 무릎을 내리쳤고 기병들을 끌어내려 얼굴을 찔렀다. 이런 아수라장에서 기병들의 장창은 아무 쓸모가 없었고 그들 대부분이 검집에서 검을 꺼내지도 못했다. 후방의 병사들을 전방으로 이끄는 건 불가능해 보였고 로마군의 측면을 공격할 방법도 없었다. 이 와중에 파코로스는 끔찍하게도 로마 군단병들이 그가 서 있는 작은 둔덕으로 접근해 오는 것을 보았다. 하지만 파코로스는 끝까지 싸웠고, 그를 둘러싼 병사들도 그를 지키기 위해 끝까지 싸웠다. 파코로스가 쓰러지자 남은 파르티아군 병사들이 시신 주변에 두 발로 우뚝 서서 로마군 보병들과 맞섰다. 해질 무렵엔 철갑 기병 8천 명이 거의 다 죽었다. 얼마 되지 않는 생존자들은 파코로스의 죽음을 증명하기 위해 그의 말을 끌고 에우프라테스 강 너머 고국을 향해 질주했다.

파코로스는 복부에 치명상을 입었지만 사실 전투가 끝날 때까지 숨이 붙어 있었다. 한 군단병이 그를 죽이고 갑옷을 벗겨 벤티디우스에게 가져갔다.

"이상적인 전장이었습니다." 벤티디우스는 안토니우스에게 이렇게 썼다. 안토니우스는 아내와 아이들과 함께 아테네에 머무르고 있었다. "제 개선식에 파코로스의 황금 갑옷을 전시하려고 합니다. 제 병사들은 저를 세 차례나 임페라토르로 연호했지요. 혹시 요구하신다면 증명할 수 있는 사실입니다. 버티기 전략은 이번 작전의 모든 단계에서 무의미했습니다. 자연스럽게 세 번의 전투로 마감이 되었지요. 제가 이번 작전을 완전히 마무리지었다고 언짢아하지 않으시리라는 것을 잘 알고 있습니다. 총사령관께서는 이제 안전해진 시리아에서 메소포타미아를 치는 위대한 원정에 참가할 군대를 결집시킬 수 있으니까요. 물론 안티오케이아, 다마스쿠스, 칼키스에 겨울 숙영지를 마련한 제 군대도 안전해졌고요.

그런데 제가 입수한 정보에 따르면 콤마게네의 안티오코스가 앞서 파코로스와 협정을 맺었답니다. 이 협정에 따라 콤마게네가 파르티아의 지배하에 들어갔다는군요. 또한 안티오코스는 파코로스에게 식량과 말 사료를 주었고 그 덕분에 파코로스가 별 어려움 없이 대규모 기병대를 이끌고 시리아로 이동할 수 있었답니다. 그러니 저는 3월에 7개 군단을 이끌고 사모사타로 북진해 이 변절행위에 대하여 안티오코스 왕을 추궁할 생각입니다. 실로는 헤로데스 왕을 왕좌에 앉히기 위해 2개 군단을 데리고 예루살렘으로 갈 겁니다.

그간 헤로데스 왕이 큰 도움을 주었습니다. 그의 정보원들이 파르티아 첩자들 사이에 거짓 소문을 내준 덕분에 파르티아인들을 이상적인 전쟁터로 이끌 수 있었죠. 그들은 제 행방을 전혀 몰랐습니다. 헤로데스 왕은 로마에 그의 소금만큼이나 귀중한 동맹이 되어주리라고 확신합니다. 저는 헤로데스가 이집트에 가서 그와 히르카노스 왕의 가족에게 줄 식량을 살 수 있도록 그에게 100탈렌툼을 내주었습니다. 그는 그 식량을 어느 난공불락의 산채에 쌓아놓았답니다. 그렇지만 저는 이번 작전에서 전리품으로 은 1만 탈렌툼을 거두었습니다. 제가 이 편지를 쓰는 지금 전부 로마 국고로 옮겨지고 있지요. 제가 개선식을 치르고 전리품이 분배되면 총사령관께서도 큰 소득을 거두실 겁니다. 노예들을 팔아서 나온 제 몫의 수익은 대단치 않을 겁니다. 파르티아인들이 목숨을 걸고 끝까지 싸웠거든요. 라비에누스 군대의 1천여 병사들은 노예로 팔았습니다.

퀸투스 라비에누스에 관해서는 키프로스 섬의 가이우스 율리우스 데메트리오스로부터 막 편지를 받았습니다. 라비에누스를 체포해 죽였다는군요. 애석한 소식입니다. 데메트리오스가 아무리 카이사르의 해방노예였다고 해도, 저는 일개 그리스인 해방노예에게 로마인을 처형할 권리가 있다고 생각하지 않습니다. 하지만 최종적인 판단은 당신에게 맡깁니다. 응당 그래야 하겠지요.

사모사타로 가서 안티오코스를 제대로 응징할 테니 염려하지 마십시오. 그자 때문에 콤마게네는 로마의 우호동맹 지위를 박탈당했습니다. 총사령관님과 가족분들 모두 평안하시리라 믿습니다.”

12 아테네 생활은 유쾌했다. 특히나 마르쿠스 안토니우스는 티투스 폼포니우스 아티쿠스와 그간 겪어온 불화를 해소한 터였다. 아티쿠스는 아테네에서 가장 귀한 대접을 받는 로마인이었다. 아테네인의 심장을 가졌다는 뜻인 그의 코그노멘을 보라. 정확히 얘기하자면 그가 사랑한 건 아테네의 미소년이었지만 로마인들은, 심지어 동성애를 혐오하는 안토니우스조차도 짐짓 이 사실을 모른 척했다. 오래전부터 아티쿠스는 미소년을 좋아하는 자신의 취향을 동성애의 천국 아테네 밖에서는 일절 드러내지 않는 것을 신조로 삼았다. 그는 아테네에 저택을 짓고 수년에 걸쳐 좋은 일을 해왔다. 빼어난 교양인이자 저명한 지식인인 아티쿠스는 그에게 큰돈을 안겨준 취미를 갖고 있었는데 카툴루스에서 키케로, 카이사르에 이르기까지 로마 유명 작가의 작품을 출판하는 일이었다. 대형 신작이 나올 때마다 적게는 수십 부, 많게는 수천 부의 필사본을 만들어냈다. 정확성과 가독성을 기준으로 선정된 필경사 100여 명은 원로원 회의소 근처 아르길레툼 구역의 편안한 건물에서 작업했다. 요즘 그들은 베르길리우스와 호라티우스의 시 때문에 바빴다. 필사실 바로 옆에는 도서관 기능을 하는 부지가 있었는데 이러한 배치는 옆 건물의 경쟁 출판인 소시우스 형제가 처음 고안한 것이었다. 소시우스 형제는 아티쿠스보다 출판 경력이 앞섰지만 아티쿠스만큼 돈이 많지 않아 별수없이 급할수록 돌아가는 전략을 취해야 했다. 최근 소시우스 형제는 전도유망한 정치인들의 작품을 출판했는데 그중 한 명은 안토니우스의 선임 보좌관이었다.

아티쿠스는 중년에 접어들어 친척인 카이킬리아 필리아와 결혼해 딸 카이킬리아 아티카를 얻었다. 재산을 물려받을 유일한 자식이었다. 아내 필리아는 어느 여름 마비 증상을 겪은 후 회복하지 못하다 필리피 전투가 끝나고 얼마 지나지 않아 숨을 거두었다. 카이사르가 루비콘 강을 건너기 두 해 전에 태어난 딸 아티카는 이제 열세 살이었다. 세련된 교양인이었던 아버지는 딸에게 다정했고, 딸이 아무것도 모르고 자라면 오히려 짓궂은 소문에 상처를 받을 것 같아서 자기가 하고 다니는 일을 딸 앞에서 전혀 감추지 않았다. 아티쿠스는 이제 제법 처녀티가 나는 딸을 보며 걱정이 들었다. 앞으로 5년이 지나면 남편감을 구해 주어야 할 텐데 누가 적당할까?

아티쿠스의 확실한 생존 비결은 비상한 머리, 그리고 로마 상류층의 모든 당파와 우호적인 관계를 유지하는 탁월한 수완이었지만, 카이사르 사후에 세상이 너무나 급격하게 변해온 탓에 이제 그는 자신의 생존과 딸자식의 안위 둘 다를 걱정해야 하는 처지가 되었다. 아티쿠스에게 약점이 있다면 그가 로마의 말 많고 탈 많은 기혼녀들에게 느끼는 연민이었다. 이 때문에 그는 브루투스의 어머니이자 카이사르의 옛 정부 세르빌리아, 푸블리우스 클로디우스의 누나로 남자 잡아먹는 여자라는 악명이 높았던 클로디아, 세 명의 선동 정치가 클로디우스와 쿠리오와 안토니우스를 남편으로 두었던 풀비아가 어려움에 처했을 때 도움을 주었다.

풀비아를 감싼 행동은 그를 거의 파멸로 이끌 뻔했다. 아티쿠스는 기사들의 입김이 센 로마 상업계에서 상당한 영향력을 지닌 인물이었음에도 그랬다. 가장 위험했던 순간엔 아티쿠스의 재산이 수입 곡물에서부터 에페이로스의 드넓은 라티푼디움까지 모조리 경매대에 오를 뻔했다. 정말로 그렇게 되었다면 안토니우스에게는 큰 이익이 됐을 터였다. 하지만 아티쿠스는 풀비아를 내치라는 안토니우스의 무뚝뚝한 편지를 받은 즉시 그녀에게서 도움의 손길을 거뒀다. 풀비아가 손목을 그은 후 아티쿠스는 아무도 없는 곳에서 홀로 비통하게 울었지만, 그에게는 아티카의 운명과 자신의 재산이 더 중요했다.

그리하여 안토니우스가 옥타비아와 어린아이들을 잔뜩 데리고 아테네에 도착했을 때 아티쿠스는 이들 부부에게 잘 보이기로 마음먹었다. 직접 만나보니 안토니우스는 전보다 훨씬 차분하고 부드러워진 듯했다. 아티쿠스는 이러한 변화를 옥타비아의 공으로 돌렸다. 두 사람은 누가 보더라도 행복해 보였지만 그 느낌은 보통 젊은 신혼부부에게서 감지되는 것과는 사뭇 달랐다. 둘만의 시간을 원하는 젊은 신혼부부들과 달리, 안토니우스와 옥타비아는 다른 사람들과 함께하기를 좋아했다. 강의나 향연에 자주 참석하고 문화의 수도 아테네가 제공하는 다양한 행사를 찾았으며 집에서도 자주 유흥을 즐겼다. 그랬다. 일 년간의 결혼생활로 안토니우스는 확실히 좋아졌다. 저 유명했던 무지렁이 폼페이우스 마그누스가 카이사르의 매혹적인 딸 율리아와 결혼하고 좋아졌듯이.

물론 헤르쿨레스 같은 겉껍질 속에는 예전의 안토니우스가 여전히 자리하고 있었다. 경솔하고 성급하며 공격적이고 쾌락을 추구하며 나태한 본성이.

안토니우스와 만찬을 들기 위해 아테네의 좁은 골목길을 따라 총독 관저로 걸어가는 아티쿠스의 머릿속은 그중 마지막 요소, 즉 안토니우스의 나태함에 관한 생각으로 가득 채워져 있었다. 때는 아피우스 클라우디우스 풀케르와 가이우스 노르바누스 플라쿠스가 집정관을 지낸 해의 4월이었고, (아테네의 다른 사람들처럼) 아티쿠스도 로마가 파르티아인들을 제 땅으로 쫓아버렸다는 소식을 익히 들은 터였다. 안토니우스가 아닌 푸블리우스 벤티디우스 덕분에. 로마 사람들은 파르티아

침략군이 너무 쉽게 무너졌고 그 과정 역시 급작스러웠던 바람에 안토니우스가 킬리키아나 시리아에 있던 벤티디우스와 합류할 시간 여유가 없었던 거라고 말했다. 하지만 아티쿠스는 알았다. 안토니우스가 전쟁터로 못 가게 막은 것은 아무것도 없었음을. 안토니우스를 가로막은 것은 그의 가장 치명적인 단점, 바로 나태함이었다. 나태함이 언제까지고 일을 미루게 만든 것이다. 안토니우스는 세상일이 벌어지는 속도에 눈감은 사람처럼 굴었다. 마치 세상만사가 자기 기분이 내킬 때 벌어지게 되어 있다는 듯. 율리우스 카이사르가 살아 있을 때는 그가 안토니우스의 등을 떠밀어주었기 때문에 이러한 단점이 그다지 치명적으로 보이지 않았다. 카이사르가 살해된 뒤에는 옥타비아누스가 안토니우스의 등을 떠밀었다. 하지만 안토니우스가 필리피 전투에서 큰 승리를 거두었고 그 업적이 너무도 대단했던 나머지 그때부터 이 치명적인 단점이 모습을 드러내기 시작했다. 율리우스 카이사르가 안토니우스에게 이탈리아 전역을 맡기고 마지막으로 남은 적들을 물리치느라 세상을 누비던 때처럼. 그때 안토니우스는 자기에게 주어진 그 엄청난 권한으로 무엇을 했던가? 사자 네 마리를 전차에 매달고 마법사와 무희와 광대로 행진을 벌이고 무분별한 술판을 즐겼다. 일? 무슨 일이 필요해? 로마는 저절로 굴러가는데. 그는 책임이 막중한 자리에 앉아서도 그저 제가 하고 싶은 것만 했다. 그가 하고 싶은 일이란 술판을 벌이는 것이었다. 그는 아무 근거도 없이 내가 마르쿠스 안토니우스이니 세상만사는 내 뜻대로 되리라, 하고 믿는 듯했다. 그러고서 일이 막상 뜻대로 풀리지 않으면 오로지 남 탓을 했다.

옥타비아 덕에 전보다 차분해 보이긴 했지만 안토니우스는 사실 달라지지 않았다. 항상 일보다 쾌락이 우선이었다. 폴리오와 마이케나스가 트리움비르 권한의 경계를 더 합리적으로 조정한 덕분에 이제 안토니우스는 군대를 자유롭게 이끌 수 있었다. 하지만 안토니우스는 그럴 준비가 조금도 되어 있지 않았고 그가 둘러대는 변명들은 공허했다. 옥타비아누스는 실질적으로 아무 위협이 되지 않았다. 안토니우스의 항변과 달리 군자금도 충분했다. 군단은 이미 소집되어 있고 군장도 제대로 갖춰졌으며 섹스투스 폼페이우스가 군대에 곡식을 저가로 공급해주고 있었다. 대체 지금까지 무엇이 안토니우스를 가로막았단 말인가?

총독 관저에 다다랐을 때쯤 아티쿠스는 늙은이 특유의 심술보가 동해 있었다. 게다가 짜증스럽게도 안토니우스와 단둘이 만찬을 들어야 한다는 사실을 알게 되었다. 옥타비아가 육아실에 아픈 아이가 있어서 불참해야겠다고 양해를 구한 것이다. 식탁에서 안토니우스의 기분을 맞춰줄 사람이 없다는 뜻이었다. 식사 자리가 몹시 거북하겠다는 생각에 아티쿠스는 마음이 무거워졌다.

"벤티디우스가 여기 있었다면 저는 그를 반역죄로 법정에 세울 겁니다!" 이것이 안토니우스의 첫마디였다.

아티쿠스가 웃으며 말했다. "헛소리!"

안토니우스는 처음엔 깜짝 놀라더니 이내 침울한 빛을 띠었다. "네, 네, 어째서 헛소리라고 하시는지 잘 압니다. 하지만 파르티아 전쟁은 제 것이었어요! 벤티디우스는 월권행위를 했단 말입니다."

"자네가 직접 사령관 막사에 있었어야지, 친애하는 안토니우스!" 아티쿠스가 쏘아붙였다. "자네가 거기 없었으면서 누구 탓을 하나? 자네 부사령관은 사상자가 별로 나오지 않았을 정도로 대승을 거뒀어! 마르스 인빅투스께 감사 제물을 바쳐도 모자란단 말일세."

"벤티디우스는 저를 기다리기로 돼 있었단 말입니다." 안토니우스가 고집스럽게 말했다.

"말도 안 돼! 자네 문제는 동시에 두 가지 삶을 원하는 거야."

상대가 힐난조로 따지고 들자 안토니우스의 살진 얼굴에 신경질적인 빛이 떠올랐다. 하지만 두 눈에 살기 어린 빨간 불꽃이 이글거리진 않았다. "두 가지 삶이라고요?" 안토니우스가 되물었다.

"그래. 우리 시대 최고의 유명인으로서 자네를 찬양하는 힘찬 합창 소리를 들으며 아테네의 무대를 활보하는 삶이 그 하나고, 우리 시대 최고의 유명인으로서 자네의 군단을 승리로 이끄는 삶이 나머지 하나지."

"제가 아테네에서 할 일이 얼마나 많은지 아십니까!" 안토니우스가 분개하며 소리쳤다. "주변 상황을 무시하는 사람은 제가 아니라 벤티디우스예요. 그는 지금 언덕에서 굴러떨어지는 바윗돌이나 다름없어요! 심지어 지금의 월계관으로는 만족을 못해서 본인이 직접 안티오코스 왕을 치겠다며 7개 군단을 끌고 에우프라테스 강을 따라 올라갔단 말입니다!"

"나도 알아. 기억 안 나나? 자네가 그자의 편지를 나한테 보여줬잖아. 지금 중요한 건 벤티디우스가 뭘 하고 말고가 아닐세. 중요한 건 자네가 시리아가 아닌 아테네에 있다는 거야. 어째서 그 사실을 인정하지 않나, 안토니우스? 자네는 할 일을 자꾸 미루고 있어."

안토니우스는 대답 대신 큰 소리로 웃었다. "오, 아티쿠스!" 그가 가까스로 웃음을 멈추고 말했다. "참 짜증나게 구십니다!" 그는 돌연 정색하며 사나운 표정을 지었다. "안 그래도 저는 원로원에서 입만 장군인 인간들이 하는 비난을 견뎌야 합니다. 원로원 밖에서까지 이런 불쾌한 소리를 들어야 합니까?"

"나는 원로원 의원이 아니야." 아티쿠스 역시 격분한 나머지 이 위험한 사내에 대한 두려움을 잊었다. "공적인 지위에 오른 자는 모든 계층의 사람들로부터, 심지어 나 같은 일개 기업인으로부터도 비판 대상이 되는 거야. 다시 한번 말하지만 자네는 할 일을 자꾸 미루고 있어."

"네, 그럴지도 모르지요. 하지만 제게도 사정이 있습니다. 옥타비아누스와 섹스투스 폼페이우스가 계속 장난질을 치는데 제가 어떻게 아테네 너머 동방으로 갈 수 있습니까?"

"자네는 마음만 먹으면 그 두 청년을 부숴버릴 수 있어. 자네도 그걸 알지. 자넨 사실 섹스투스를 수년 전에 부숴버렸어야 해. 옥타비아누스는 이탈리아에서 뭘 하든 내버려두고. 옥타비아누스는 자네한테 위협이 되지 않아, 안토니우스. 하지만 섹스투스는 반드시 째서 없애야 할 종기야."

"섹스투스가 있어서 옥타비아누스가 딴 생각을 못하는 겁니다."

아티쿠스의 성질이 폭발했다. 그는 긴 의자에서 벌떡 일어나더니 음식이 차려진 좁고 긴 탁자 너머로 안토니우스의 얼굴을 마주보았다. 평소 온화한 아티쿠스의 얼굴이 분노로 일그러져 있었다. "언제까지 그런 소리를 늘어놓고 있을 텐가? 철 좀 들게, 안토니우스! 생각하는 게 이리도 어린애 같은데 어찌 세상의 절반을 지배하는 자가 되겠나?" 그는 두 주먹을 부르쥐고 흔들었다. "대체 자넨 뭐가 문제인지, 자네가 어째서 정치인답게 행동하지 않는지 생각하느라 내 귀중한 시간을 참 많이도 낭비해왔는데, 이제야 알겠어. 자네는 외골수에 게으른데다 스스로 똑똑한 줄 착각하고 있어! 이 세상이 제대로 돌아가고 있었다면 절대 자네 같은 인간이 주인 행세를 하지 못했을 거야!"

안토니우스는 입을 떡 벌린 채 할말을 잃고 아티쿠스가 신발과 토가를 챙겨 문으로 저벅저벅 걸어가는 모습을 쳐다보았다. 그러다 자기도 긴 의자에서 벌떡 일어나 아티쿠스의 앞을 막았다.

"제발요, 티투스 아티쿠스! 제발 다시 앉으세요!" 일그러진 미소로 입술이 말려올라가 있었지만, 그는 아티쿠스의 팔을 잡은 손에 힘이 들어가지 않게 조심했다.

분노는 사그라졌다. 아티쿠스는 움츠리는 듯하더니 돌아가서 다시 가운데 자리에 앉았다. "미안하네." 아티쿠스가 중얼대듯 말했다.

"아닙니다, 아닙니다. 어르신 나름대로 생각이 있으신 거니까요." 안토니우스가 상당히 쾌활하게 말했다. "적어도 어르신이 저를 어떻게 생각하는지는 알게 되었습니다."

"자네가 자초한 거야. 자네가 동방에 가지 않고 뭉그적거리는 핑계로 옥타비아누스를 들 때마다 나는 아주 넌덜머리가 나." 아티쿠스가 빵을 찢으며 말했다.

"하지만 아티쿠스, 그 녀석은 순 멍청이예요! 저는 이탈리아가 걱정돼요. 진심으로 그렇습니다."

"그렇다면 옥타비아누스를 방해하지 말고 도와주게."

"천년이 가도 그럴 일은 없어요!"

"그는 큰 곤경에 처해 있네, 안토니우스. 섹스투스 폼페이우스 때문에 햇곡식이 전혀 들어오지 않을 것 같아."

"그렇다면 옥타비아누스 그 녀석은 배 60척을 끌고 시칠리아에 쳐들어갈 게 아니라 리비아 드루실라의 치맛자락이나 들추며 로마에 있어야죠. 60척이라니! 완파되지 않으면 그게 더 이상하죠." 큼지막하지만 아름다운 손이 작은 닭을 집어들었다. 음식을 먹으니 기분이 조금 나아지는 듯했다. 안토니우스는 아티쿠스를 곁눈질하며 씩 웃었다. "내년에 제가 파르티아인들과 제대로 싸울 수 있게 해주세요. 그러면 동방 원정을 마치는 대로 옥타비아누스에게 필요한 도움을 줄 테니까요." 안토니우스가 미심쩍은 표정을 지었다. "어르신도 옥타비아누스를 싫어하시는 거 맞죠?"

"좋지도 싫지도 않아." 아티쿠스가 무심한 어조로 말했다. "옥타비아누스는 로마가 어떻게 돌아가야 하는지에 관해 다소 이상한 사상을 품고 있네. 나 같은 사업가들에게는 이롭지 않은 사상이지. 디부스 율리우스가 그랬던 것처럼 그도 1계급과 2계급 중의 상위계층을 약화시키고 다른 계급을 강화하려는 것 같아. 오, 최하층민은 빼고. 그는 선동정치가는 아니니까. 그가 단지 잘 속는 대중을 이용해 제 이익만 취하려 든다면 오히려 걱정되지 않을 걸세. 그런데 그는 카이사르가 신이고 자기는 신의 아들이라고 정말로 굳게 믿는 것 같아."

"카이사르를 신격화하려는 것 자체가 제정신이 아니라는 증거죠." 안토니우스가 한결 나아진 기분으로 말했다.

"아니, 옥타비아누스는 미치지 않았어. 솔직히 그보다 냉철한 사람을 본 적이 없네."

"제가 할 일을 미루는 사람이라면 녀석은 과대망상증 환자예요."

"그럴지도 모르지. 하지만 옥타비아누스가 로마에 이제까지 없었던 새로운 인물이라는 점은 자네도 인정할 거야. 자네도 그 정도 공정한 판단은 하겠지. 내가 아는 정보에 의하면 그는 정보원들을 고용해 자기와 카이사르가 한 꼬투리에서 나온 콩처럼 꼭 닮았다는 소문을 이탈리아 전역에 열심히 퍼뜨리고 있어. 또한 카이사르가 그랬던 것처럼 대규모 청중을 사로잡는 훌륭한 웅변술을 갖고 있지. 옥타비아누스는 야망이 커. 바로 그 때문에 지금으로부터 몇 년 뒤 그는 아주 심각한 난관에 부딪히게 될 테지." 아티쿠스가 냉정하게 말했다.

"무슨 뜻입니까?" 안토니우스가 어리둥절하여 물었다.

"이집트에 있는 카이사르의 아들이 장성하면 분명 로마를 방문할 걸세. 이집트에 사는 내 지인들에게 들은 말로는 그 소년이 영락없는 카이사르의 판박이라더군. 단순히 외모뿐만이 아니야. 영재래. 그 아이 어미는 카이사리온이 안전하게 왕위를 이어받고 로마 인민의 우호동맹 지위를 지키는 게 자신이 원하는 전부라고 주장한다는데, 뭐, 진심일 수도 있지. 하지만 만일 그 아이가 정말 카이사르의 판박이고 로마인들이 그 아이를 직접 보게 된다고 생각해보게. 그러면 그 아이는 기껏해야 카이사르의 모조품에 불과한 옥타비아누스한테서 로마와 이탈리아와 군단까지 모든 걸 훔쳐갈 수 있어. 자네는 상관없을 거야. 그때쯤이면 이미 은퇴했을 테니까. 카이사리온은 채 아홉 살도 안 됐거든. 하지만 열서너 해가 지나면 그도 성인일세. 옥타비아누스가 지금 자네나 섹스투스 폼페이우스를 상대하는 건 나중에 카이사리온과 싸울 일에 비하면 아무것도 아니야."

"흠." 안토니우스는 이 정도로 대꾸하고 다른 주제로 넘어갔다.

불편한 식사였다. 하지만 안토니우스는 평소처럼 식욕이 왕성했고 소화에 아무 지장이 없었다. 곰곰이 생각해보면 그의 처신을 비난하는 아티쿠스의 말은 별것 아닌 듯했다. 안토니우스가 옥타비아누스와 관련해 무슨 문제들을 겪고 있는지 아티쿠스가 어찌 알겠는가? 아무튼 그도 이젠 일흔네 살 먹은 노인네가 아닌가. 아무리 단정하고 똑똑하며 예리한 사업가라고 해도 늙으면 별수없는 모양이라고 치부했다.

안토니우스의 머릿속을 계속 맴도는 것은 카이사리온에 관한 이야기였다. 안토니우스는 얼굴을 찡그리며 두 해 전 알렉산드리아에서 보낸 석 달간의 휴가를 떠올렸다. 카이사리온이 정말 아홉 살이 되어가나? 안토니우스는 씩씩한 소년의 모습을 떠올렸다. 하마 사냥에서 악어 잡기까지 화려한 성취를 거두는 것을 좋아했어. 겁이 없었지. 흠, 카이사르도 그랬다. 당시 클레오파트라는 아직 어린 아들에게 마음을 의지하는 경향이 있었다. 놀랍진 않았다. 클레오파트라는 감정적이었고 늘 현명하지만은 않았던 반면 그녀의 아들은…… 아들은 어땠지? 어미보다 강인했다. 그것만큼은 확실하지만, 다른 건? 알 수 없었다.

오, 그는 어찌 그리 서신 교환에 참을성이 부족할까? 클레오파트라가 그에게 종종 보내온 편지들은 대부분 카이사리온에 관한 내용, 그 아이의 영특함과 타고난 기량 얘기로 채워져 있었다는 사실이 떠올랐다. 하지만 안토니우스는 여태껏 그런 내용에 관심을 기울이지 않았다. 그저 자식 사랑에 여념 없는 어미가 하는 말로만 여겼을 뿐이다. 옥타비아와 결혼한 그가 자식에게 어미가 보이는 애정이 어떤 것인지 어찌 모를까. 당장 알렉산드리아로 찾아가 카이사리온이 어떻게 자랐는지 확인하고픈 마음이 막연히 들었지만 지금으로서는 불가능한 일이었다. 하지만 옥타비아누스의 혈족 중에 마르쿠스 안토니우스보다도 두려운 경쟁자가 있다는 것이 사실이라면, 정말이지 기분이 끝내줄 것 같았다.

안토니우스는 책상에 앉아 클레오파트라에게 편지를 썼다.

사랑하는 클레오파트라, 이곳 아테네에 온 이래 줄곧 당신을 생각해왔소. 여기서 나는 은유적 불능 상태라오. 서둘러 덧붙이건대 말 그대로 진짜 불능인 것은 아니오. 당신, 그리고 당신의 입맞춤을 떠올리는 것만으로도 사타구니의 내 친구가 불끈대고 있으니까. 벌써 눈치챘겠지만 아테네에 있다보니 내 문장력이 향상되었다오. 여기서는 딱히 재미있는 일이 없어요. 책을 읽고, 플라톤 학파나 다른 철학 사조의 추종자들을 후원하고, 함께 저녁을 들러 온 티투스 폼포니우스 아티쿠스와 담소를 나누는 정도밖에.

정말로 카이사리온이 아홉 살이 다 되어가오? 그래, 그렇겠지. 소중한 지난 두 해 동안 그애가 자라는 모습을 보지 못한 게 몹시 애석하구려. 가능한 한 빨리 당신에게 가리다. 내 쌍둥이 자식들은 두 돌이 되어가겠군. 시간이 어찌 이리 빨리 흘러가는지. 그 아이들을 한번도 보지 못했소. 당신이 내 아들을 프톨레마이오스, 내 딸을 클레오파트라라고 부르는 걸 알지만, 그 아이들을 해와 달이라고 부르면 어떻겠소. 그래서 카임이 왕실에 있는 동안 공식적으로 아들은 프톨레마이오스 알렉산드로스 헬리오스, 딸은 클레오파트라 셀레네라고 부르면? 아들은 열여섯번째 프톨레마이오스이고 딸은 여덟번째 클레오파트라니까, 그애들에게 자기 이름이 있으면 좋지 않겠소?

내년이면 나는 분명히 안티오케이아에 있을 거요. 알렉산드리아에 들를 시간은 없을 것 같소. 푸블리우스 벤티디우스가 월권행위를 해서 직접 전쟁을 벌이고 파르티아인들을 시리아에서 몰아낸 이야기는 당신도 들었겠지? 나는 기분이 썩 좋지 않소. 그에게서 오만함이 느껴지거든. 나는 그에게 헤로데스를 왕위에 올리라고 했는데 지금 그는 엉뚱하게도 사모사타에 가 있소. 방금 전해 들은 말로는 사모사타가 성문을 걸어 잠가서 포위전을 벌이고 있다는군. 고작해야 촌마을이나 될 법한 도시를 치는 데 일주일 이상 걸릴 이유가 뭐 있겠소.

옥타비아는 아주 유쾌한 여자라오. 하지만 가끔은 그녀에게도 자기 남동생처럼 미운 구석이 있으면 싶을 때가 있소. 지나치게 결점이 없는 여자라서 어딘가 대하기 어렵소. 정말이지 결점을 찾으려야 찾을 수 없는 여자요. 차라리 이따금 이런저런 불평이라도 하면 나으련만. 내가 아이들과 시간을 충분한 보내지 않는다고 생각하는 것을 알거든. 그 많은 아이들 중에 내 자식은 셋뿐이지만. 사람에게 불만이 있으면 표현하는 게 당연하잖소? 하지만 옥타비아가 불평 한마디 할 것 같소? 천만에! 그냥 슬픈 표정을 지을 뿐이오. 그래도 난 역시 행운아요. 온 로마를 뒤져도 옥타비아 같은 여자는 찾을 수 없을 테니까. 나를 굉장히 부러워하는 사람들이 많소. 심지어 내 정적들조차도 나를 부러워하지.

당신은 요즘 어찌 지내는지 편지로 알려주시오. 카이사리온이 어찌 지내는지도. 아티쿠스가 카이사리온에 관해, 그리고 그애와 옥타비아누스의 관계에 관해 굉장히 예리한 발언을 했다오. 그애 때문에 옥타비아누스가 훗날 아주 위험한 상황에 처할 거라고 했지. 앞으로 당신은 무슨 일이 있어도 그 아이를 절대 나 없이 로마로 보내지 마시오. 내가 같이 가줄 수 있을 때까지 기다려요. 이건 명령이고, 난 당신이 벤티디우스와 다르게 처신하길 바라오. 카이사르를 너무 많이 닮은 당신의 아이는 옥타비아누스에게 따뜻한 환영을 받지 못할 거요. 카이사리온은 로마에 협력자들이 필요하오. 아주 강력한 지지 세력이.

5월 말 안토니우스는 옥타비아누스로부터 편지를 받았다. 편지의 주제는 언제나처럼 섹스투스 폼페이우스 및 곡물 공급과 관련한 호소였지만 그는 이번에는 당장 브룬디시움에서 자기와 만나줄 것을 간청했다. 안토니우스는 불평을 내뱉으며 게르만족 기마 근위병 1개 대대만 데리고 아테네를 떠나 코린토스로 향했다. 거기서 파트라이로 가는 연락선을 탈 생각이었다. 하지만 출발하기 전에 그는 델리우스에게 또다시 온갖 불평을 쏟아냈다. 벤티디우스를 향한 분노를 쏟아내는 것이 그 시작이었다.

"아직도 사모사타 앞에 진을 치고 있어! 달팽이처럼 진척이 더딘 포위전을 지휘한답시고! 그러니까 키케로급 실력인 게야! 키케로가 닭장 속 여우 한 마리 지휘할 실력조차 안 됐다는 건 온 로마가 다 알잖아? 실제 싸움은 폼프티누스가 도맡아 했는데도 말일세."

"키케로요?" 델리우스가 옆길로 빠지며 믿을 수 없다는 듯 되물었다. 키케로의 초기 군 경력을 기억하기에는 나이가 젊은 그였다. "그 위대한 변호인이 포위전을 지휘했나요? 그가 군사작전에 나갔다는 말은 처음 듣는데요."

"집정관을 지내고 10년 뒤에 킬리키아를 통치하러 갔다가 카파도키아 동부에서 포위전에 붙들렸지. 핀데니소스라는 작은 촌이었어. 그런데도 키케로와 폼프티누스는 거길 진압하는 데 하세월이 걸렸지."

"그랬군요." 델리우스가 말했다. 하지만 그는 로마가 낳은 집정관 중 전쟁과 제일 어울리지 않는 키케로가 포위전을 지휘했다는 사실이 여전히 믿기지 않았다. "키케로가 좋은 총독이었다는 인상을 갖고 있었습니다만."

"아, 그랬지. 로마인 사업가들이 속주에서 수익을 올리는 일을 막는 걸 자네가 바람직하게 생각한다면 말이지. 하지만 키케로가 중요한 게 아니야, 델리우스. 문제는 벤티디우스지. 내가 옥타비아누스를 만나고 돌아올 즈음이면 벤티디우스는 사모사타의 성문을 부수고 그곳을 가루로 만든 뒤 전리품을 정산하고 있길 바라네."

안토니우스는 델리우스의 예상보다 일찍 돌아왔다. 하지만 동방의 트리움비르는 할말이 아주 많은 얼굴로 콧김을 뿜으며 델리우스의 아테네 숙소로 들이닥쳤다. 옥타비아누스가 일언반구도 없이 약속 장소에 나타나지 않았다는 것이었다. 또한 안토니우스로서는 더욱 부아가 나게도 브룬디시움은 지난번에 이어 이번에도 항구를 걸어 닫고 그의 방문을 거부했다. 안토니우스는 다른 항구를 찾아 상륙하는 대신 그대로 배를 돌려 아테네로 돌아와버렸다.

델리우스는 안토니우스가 쏟아내는 불평을 흘려들었다. 옥타비아누스에 관한 폭언은 이미 질릴 만큼 들은 터였다. 어차피 이번은 흔하디흔한 짜증에 지나지 않았다. 헥토르도 벌벌 떨 일주일짜리 불평거리가 아니었다. 델리우스는 안토니우스가 어서 분을 풀고 차분해지기를 기다렸다. 일단 그 단계가 오면 안토니우스는 한바탕 화를 쏟아낸 것이 참으로 유익했다는 듯 원래 하던 일로 돌아가곤 했다.

그즈음 안토니우스의 일이란 동방을 점점이 수놓은 수많은 왕국과 소왕국의 통치를 맡길 사람을 정하는 중요한 작업이었다. 로마가 속주 형태로 직접 다스리지 않는 곳들이었다. 특히 안토니우스는 속주 수를 늘리기보다 피호국 왕을 두는 것이 올바른 선택이라고 굳게 확신했다. 이 약삭빠른 정책 때문에 각 지역 통치자들은 조세와 공물 징수 부담을 그대로 물려받았다.

안토니우스의 책상에는 각 자리의 후보자에 관한 보고서가 높이 쌓여 있었다. 후보자들의 서류가 분류되어 있었고 모두 철저히 검토해야 했다. 안토니우스는 종종 추가 정보를 요청했고 가끔 이런서런 후보지를 아테네로 직접 불렀다.

하지만 그는 이내 사모사타와 그곳의 포위전에 관한 이야기로 되돌아갔다. 화가 전혀 누그러들지 않는 모양이었다.

"벌써 6월 말인데 여태 소식이 없어." 안토니우스가 사나운 얼굴로 말했다. "아리키아나 티부르만한 하찮은 소도시 앞에 벤티디우스와 무려 7개 군단이 진을 치고 있다니! 문제가 있어!"

타르소스에서의 모욕적인 면담을 복수해줄 기회로구나! 하는 생각이 델리우스의 뇌리를 스치고 지나갔다. "맞습니다, 안토니우스. 문제가 있어요. 아무튼 제가 따로 들은 바에 의하면 그렇습니다."

안토니우스가 깜짝 놀라며 델리우스의 애석해하는 얼굴을 응시했다. 궁금증 덕분에 짜증이 사라졌다. "무슨 뜻인가, 델리우스?"

"벤티디우스의 사모사타 포위에 문제가 있다는 뜻이죠. 6군단에 지인이 있는데 그가 보낸 마지막 편지에 그런 얘기가 쓰여 있더군요. 어제 온 편지입니다. 굉장히 빨리 왔지요."

"그 보좌관의 이름이?"

"죄송합니다, 안토니우스. 말씀드릴 수 없어요. 정보원을 밝히지 않겠다고 단단히 약속했거든요." 델리우스가 눈을 내리깔며 부드럽게 말했다. "비밀을 꼭 지켜달라고 해서요."

"문제의 내용이 뭔지는 말해줄 수 있나?"

"그럼요. 사모사타 포위전에 진척이 없는 이유는 벤티디우스가 콤마게네의 안티오코스로부터 뇌물 1천 탈렌툼을 받았기 때문입니다. 안티오코스는 이번 포위가 길어지면 당신이 벤티디우스더러 군단들을 데리고 그냥 철수하라 명령할 걸로 기대하고 있습니다."

안토니우스는 충격을 받아 한참 말이 없었다. 그러나 이내 잇새로 숨을 씩씩대며 두 주먹을 부르쥐었다. "벤티디우스가 뇌물을 받아? 벤티디우스가? 그럴 리가! 자네 정보원이 잘못 알았겠지."

델리우스가 애석하다는 듯 뱀처럼 작은 머리를 설레설레 흔들었다. "오랫동안 믿어온 전우에의 믿음을 저버리기가 쉽지 않겠지요. 하지만 안토니우스, 6군단의 제 친구가 왜 거짓말을 하겠습니까? 그게 그에게 무슨 이득이 됩니까? 더욱이 이 뇌물 수수 사건은 전 7개 군단의 보좌관들 사이에서 공공연한 비밀인 듯합니다. 벤티디우스는 그 사실을 굳이 숨기지 않는대요. 동방이 지겹고 어서 빨리 로마로 돌아가 개선식을 치르고 싶은 거죠. 심지어 로마 국고로 보낸 전리품 목록을 정리한 회계장부를 손봤다는 말까지 있습니다. 거기서 또 1천 탈렌툼을 빼돌렸다고요. 사모사타는 하찮은 마을이니 거기서는 얻어낼 게 없음을 아는 거죠. 그러니 애초에 그가 거길 장악할 이유가 있겠습니까?"

안토니우스는 자리에서 벌떡 일어나 큰 소리로 집사를 찾았다.

"안토니우스! 뭘 어쩌시게요?" 델리우스가 물었다. 그의 얼굴에 핏기가 싹 가셨다.

"부사령관이 신의를 저버렸을 때 총사령관이 취할 조치를 취해야지!" 안토니우스가 통명스레 대꾸했다.

집사가 불안한 표정으로 나타났다. "부르셨습니까, 주인어른?"

"내 짐을 싸게. 갑옷과 무기까지. 루킬리우스는 어디 있나? 그가 필요해."

집사가 서둘러 나갔다. 안토니우스는 방안을 서성거렸다.

"뭘 어쩌려고 그러십니까?" 델리우스가 식은땀을 줄줄 흘리며 재차 물었다.

"사모사타로 가야지. 자네도 가세, 델리우스. 걱정 마, 내가 진상을 철저히 파헤칠 테니."

델리우스의 눈앞에 그가 지금까지 살아온 세월이 스쳐갔다. 그는 몸을 휘청거리며 꾸르륵 소리를 내더니 바닥에 쓰러져 발작을 일으켰다. 안토니우스가 델리우스의 옆에 무릎을 꿇고 앉아 큰 소리로 의사를 불렀다. 델리우스는 곧 죽을 것 같은 얼굴로 침대로 옮겨졌고 의사는 한 시간 만에 도착했다.

그동안 안토니우스는 그의 곁에 있지 않았다. 델리우스가 실려가자마자 루킬리우스에게 지시사항을 속사포같이 나열하고 하인들이 원정 짐을 제대로 싸는지 확인했다. 당번병이나 재무관을 곁에 두지 않았다니 내가 어리석었어!

옥타비아가 깜짝 놀란 얼굴로 의사와 함께 들어와 물었다. "여보, 무슨 일이에요?"

"한 시간 안에 사모사타로 출발할 거요. 알렉산드리아 항구까지 빌려서 타고 갈 배를 루킬리우스가 구했소. 이소스 만에 있는 그곳이 가장 가까운 항구라오." 안토니우스는 얼굴을 찡그리더니 옥타비아의 손에 입을 맞췄다. "거기서 말을 타고 450킬로미터를 달릴 거요, 내 사랑. 남풍 아우스테르가 불어주면 한 달 정도겠지만 만일 그렇지 않으면 두 달이 걸리겠지. 말 타는 시간까지 합하면 총 두세 달이오. 아, 망할 벤티디우스! 그가 나를 배신했소."

"그럴 리 없어요." 옥타비아가 까치발을 들어 남편의 볼에 입을 맞추며 말했다. "벤티디우스는 명예로운 남자예요."

안토니우스의 시선이 옥타비아의 머리 위를 지나 의사에게 닿았다. 납작 숙여 인사하는 의사의 양 무릎이 덜덜 떨렸다. "자네는 누군가?"

안토니우스가 물었다.

"아, 이쪽은 테미스토파네스예요." 옥타비아가 답했다. "방금 퀸투스 델리우스를 진료한 의사죠."

델리우스를 까맣게 잊고 있던 안토니우스가 눈을 끔벅였다. "아, 그래! 그는 어떤가? 살았나?"

"네, 안토니우스. 그분은 살아 있습니다. 간에 급작스런 문제가 있었던 것 같습니다. 그분 말씀이 오늘 시리아에 같이 가야 하는데 그러지 못할 것 같답니다. 저도 같은 의견입니다. 숯, 녹청, 역청, 기름으로 만든 습포제로 매일 수차례 가슴을 문질러주고 하제와 사혈 요법을 주기적으로 시행해야 합니다." 의사가 겁먹은 얼굴로 말했다. "치료비가 많이 들 겁니다."

"아, 그래. 그는 여기 있어야겠지." 안토니우스가 말했다. 그 말 많은 보좌관이 누구인지 델리우스에게 캐물을 수 없어 짜증이 났다. "진찰료는 내 비서 루킬리우스에게 청구하게."

그는 옥타비아를 다시 한번 안고 입을 맞춘 뒤 방에서 나갔다. 옥타비아는 어안이 벙벙해져 멍하니 서 있다가 어깨를 으쓱하곤 미소를 지었다. "겨울까지 그이를 볼 수 없겠네." 옥타비아가 말했다. "아이들에게 이 소식을 알려야겠어."

델리우스는 침대에 안전하게 누워 아까 자신이 졸도한 것을 세상의 모든 신들에게 감사드렸다. 테미스토파네스의 말로 미루어 짐작하건대 만일 그가 운이 나빴다면 그렇듯 급작스러운 통증을 겪는 것으로 끝나지 않고 훨씬 더 위험한 상태에 빠졌을 수 있었다. 그깟 통증이야 구원의 대가로는 작았다. 그는 안토니우스가 곧바로 사모사타로 가리라고는 미처 생각하지 못했다. 파르티아인들을 쫓아내는 문제에 있어서는 꿈쩍도 않던 안토니우스가 갑자기 왜? 델리우스는 몸을 기적적으로 회복시킨 뒤 로마로 가서 옥타비아누스에게 잘 보이며 몇 달을 보내는 것이 좋겠다고 결론을 내렸다.

다행히 아우스테르가 불어주었다. 배에 안토니우스와 그의 장비 말고는 화물이 없어서 노잡이들을 2개 교대조로 태울 수 있었다. 하지만 남풍이 그리 이상적으로 불지 않은데다 선장이 난바다 항해를 싫어했으므로 중간에 리키아에 들러 알렉산드리아 항구에 최종 도착하기까지 줄곧 연안을 따라 이동했다. 그래도 다행이야, 하고 마음이 부산스러운 안토니우스는 생각했다. 팜필리아와 킬리키아 트라케이아를 따라 있는 편리한 작은 만과 요새에 들끓던 해적들을 폼페이우스 마그누스가 싹 쓸어버렸잖아. 안 그랬다면 디부스 율리우스를 비롯한 수많은 로마인들이 그랬듯 나도 지금쯤 몸값을 노리는 해적들에게 인질로 잡혔을지 모르지.

배가 심하게 흔들려 책을 읽기도 힘들었다. 지중해는 너울이나 조류가 전혀 없지만 물결이 거칠었고 폭풍이 불면 위험해지기도 했다. 그래도 적어도 이번 여름엔 폭풍우는 피했다. 연중 항해하기 가장 좋은 때였다. 안토니우스가 자꾸만 일어나는 조급증을 가라앉힐 유일한 방법은 선원들과 고작 몇 세스테르티우스를 걸고 하는 주사위 놀음이었고 이때도 그는 돈을 잃어주려고 신중을 기했다. 그는 갑판을 거닐고 물통을 들어올리며 근육을 단련했다. 선장은 밤이면 밤마다 가까운 항구나 어느 인적 드문 해변에 배를 세우자고 주장했다. 날씨가 좋을 경우 하루 45킬로미터를 이동해 가는 총 1천50여 킬로미터의 여행길. 간혹 안토니우스는 어쩌면 영원히 목적지에 도착하지 못할 것 같은 기분이 들었다.

　어떠한 방법도 통하지 않자 그는 배의 난간에 기대어 지그시 바다를 응시했다. 거대한 바다괴물이라도 나타났으면 싶었지만, 바다괴물에 가까운 것이라고는 수면 위로 뛰어올라 장난치는 큰 돌고래떼가 전부였다. 돌고래들은 방향타 역할을 하는 두 개의 노 사이를 토끼처럼 지나다니며 놀았다. 그렇게 돌고래들이 노는 모습을 아주 오래 보고 있자니 안토니우스는 마음속에 외로움의 파도가 이는 것을 느꼈다. 버림받고 피로한 느낌, 헛된 꿈에 사로잡혀 있다 막 깨어난 느낌이 들었다. 지금 자신에게 무슨 일이 일어나고 있는지 도무지 짐작할 수 없었다.

　안토니우스는 벤티디우스의 변절이 자기 내면의 어떤 핵심 부분을 망가뜨린 거라고 결론지었다. 그는 평소의 투기 넘치는 분노가 아닌 암담한 절망을 느꼈다. 그래, 나는 벤티디우스와의 대면이 두려워. 그가 나를 배신했다는 증거를 직접 보기 두렵다. 내가 무엇을 할 수 있을까? 물론 그를 면직시켜야 할 터다. 로마로 쫓아보내고 그 망할 개선식을 치르게 해줘야겠지. 하지만 그를 대체할 자가 있을까? 소시우스, 그 낑낑대는 똥개? 소시우스 말고는 누가 있을까? 카니디우스가 괜찮겠지. 내 친척인 카니니우스도 있고. 하지만 벤티디우스가 뇌물을 먹은 게 사실이라면 다른 놈들은 안 그럴까? 더구나 놈들은 먼 갈리아에서도, 카이사르가 일으킨 내전을 치르던 수년 동안에도 나와 함께하지 않았는데. 나는 벌써 마흔다섯 살인데 녀석들은 나보다 열 살 내지 열다섯 살은 젊어. 칼비누스와 바티아는 옥타비아누스 진영에 있고. 칼비누스 이후로 가장 중요한 집정관인 아피우스 클라우디우스 풀케르도 그쪽에 속해 있다고 들었어. 어쩌면 문제의 핵심은 이것일까? 배신. 불충.

배는 정확히 한 달 만에 알렉산드리아 항구에 정박했다. 안토니우스는 하인들이 탈 말을 구해야 했다. 그는 자기 말 '관용'을 데려왔다. 얼룩무늬 회색 공마로 안토니우스가 탈 수 있을 만큼 크고 힘이 셌다. 그는 여전히 무기력하고 암울한 기분으로 사모사타를 향해 말을 달렸다.

에우프라테스 강 상류에 이르니 검은 벽돌처럼 생긴 사모사타가 점점 가까워져왔다. 안토니우스는 충격을 받았다. 사모사타는 대도시였다. 성벽도 아미다와 똑같았다. 아시리아인들이 이 근방을 지배하던 때 이곳도 그들의 영토였기 때문이었다. 그리스인들이 흔히 키클롭스의 돌이라고 부르는, 아주 크고 부드러우며 공성망치나 공성탑에도 끄떡없는 검은 현무암. 그 순간 안토니우스는 델리우스가 자신을 속였다는 사실을 깨달았다. 델리우스가 의도적으로 그랬는지, 아니면 그도 6군단의 지인에게 속은 것인지 알 수 없었다. 어쨌든 이곳은 석회질 성벽에 둘러싸인 카파도키아의 작은 촌마을이 아니었다. 사모사타를 포위하는 전투는 카이사르 같은 장군에게도 만만치 않은 임무일 터였다. 벤티디우스가 카이사르의 전쟁에서 본 그 어느 것도 이 포위전을 대비하는 데는 참고가 되지 않았으리라.

하지만 그렇다고 해서 벤티디우스가 뇌물을 받았을 가능성이 없는 것은 아니었다. 안토니우스는 노기를 띠고 경직된 얼굴로 진지의 집합 장소로 가 말에서 내렸다. 장군 막사의 바로 오른쪽이었다.

바깥이 소란스러운 것을 눈치채고 벤티디우스가 막사에서 나왔다. 딱 자기 나이로 보이는 외모에 체구가 단단한 사내였다. 구불구불한 회색 머리칼이 난 정수리는 마치 아스트라칸 모피를 뒤집어쓴 것처럼 보였다. 벤티디우스의 얼굴이 밝아졌다.

"안토니우스!" 그가 외치며 다가와 안토니우스를 얼싸안았다. "어떻게 사모사타까지 오셨습니까?"

"포위전이 어떻게 되어가는지 보고 싶었소."

"아, 포위전요!" 벤티디우스가 기뻐하며 웃었다. "사모사타는 이틀 전에 항복했습니다. 주민들이 성문을 열었죠. 약삭빠른 이루마토르(라틴어 욕설로 구강성교를 해주는 사람을 뜻함—옮긴이) 안티오코스는 달아났고요."

"그래, 그놈은 해주는 쪽일 테지."

"뭐, 그 주제에 관해서라면 그렇죠. 하지만 다른 면에서는 받아 챙기는 쪽이랍니다."

벤티디우스는 안토니우스에게 야전용 의자를 내주고 술병을 가지러 갔다. "끔찍한 적포도주와 그보다도 심한 백포도주, 또 에우프라테스 강에서 떠 온 괜찮은 물이 있습니다."

"적포도주. 물을 절반 섞어서. 괜찮은 선택이겠소?"

"그냥 물보단 낫겠죠. 이 도시에는 수도교나 하수도가 없어요. 강에서 물을 끌어오는 대신 우물을 파지요. 우물 옆에는 변소 구덩이를 파고요." 벤티디우스는 인상을 찌푸렸다. "멍청이들! 장티푸스가 여름뿐만 아니라 겨울에도 창궐합니다. 우리 병사들을 위해 수도교를 건설하고 사모사타 사람들과의 접촉을 금지시켰어요. 강이 하도 넓고 깊어서 진지의 하수도를 그리로 뺐습니다. 수영은 상류에서 합니다. 물살이 위험하지만요." 손님 접대가 어느 정도 이루어지자 벤티디우스는 자신의 고관 의자에 앉아 예리한 눈빛으로 안토니우스를 쳐다보았다. "그저 포위전이 궁금해서 오신 것만은 아니겠지요, 안토니우스. 무슨 일입니까?"

"당신이 포위전을 지연시키는 대가로 안티오코스로부터 뇌물 1천 탈렌툼을 받았다고 아테네의 누군가가 내게 제보했소."

"빌어먹을!" 벤티디우스는 몸을 똑바로 세웠다. 눈에서 유쾌한 기색이 가셨다. 그가 신음했다. "흠, 총사령관께서 여기 오셨다는 건 그 버러지의 말을 믿으셨다는 뜻이군요. 누굽니까? 제가 당연히 알아야 한다고 생각합니다."

"그보다 먼저 묻겠소. 6군단 소속 부하들과 불화를 겪고 있소?"

벤티디우스의 눈이 휘둥그레졌다. "6군단요?"

"그렇소, 6군단."

"안토니우스, 6군단은 이미 4월부터 제 밑에 없었습니다. 실로가 헤로데스를 왕위에 앉히는 데 어려움이 많다며 1개 군단을 더 보내달라고 요청하기에 그리로 보냈습니다."

안토니우스는 돌연 메스꺼운 기분을 느끼며 자리에서 일어났다. 방을 가로질러 진흙 벽돌 벽에 난 창으로 걸어갔다. 벤티디우스의 대답이 모든 것을 해명해주었다. 하지만 어째서 델리우스가 말을 지어냈을까? 벤티디우스가 그에게 무슨 원한을 샀기에?

"내게 그 정보를 준 자는 퀸투스 델리우스요. 그가 6군단 소속 보좌관과 서신을 교환했다고 했소. 그 보좌관이 온 군대가 아는 사실이라며 뇌물 얘기를 했다더군."

벤티디우스의 얼굴이 창백하게 질렸다. "오, 안토니우스, 가슴이 아픕니다! 원망이 뼈에 사무쳐요! 델리우스같이 하찮은 자의 말을 믿으셨단 말입니까? 일이 어떻게 되어가느냐고 확인하는 편지 한 장 없이요? 그러기는커녕 이렇게 직접 오셨지요! 그 말을 액면 그대로 믿으셨단 뜻이 아닙니까. 저를 의심해서요! 대체 그가 내놓은 증거가 무엇이었습니까?"

안토니우스는 힘겹게 창 쪽에서 몸을 돌렸다. "증거는 없었소. 자기 정보원이 익명으로 남기를 바란다고 했소. 하지만 뇌물이 다가 아니었소. 그는 또한 당신이 국고로 보내는 전리품 목록을 조작했다고 했소."

벤티디우스의 얼굴에 팬 주름을 따라 눈물이 흘러내렸다. 그는 안토니우스에게서 등을 돌렸다. "퀸투스 델리우스! 알랑쇠! 역겨운 아첨쟁이! 그래서 그자 말만 믿고 그 먼길을 오셨습니까? 당신에게 침이라도 뱉고 싶습니다! 당신에게 침을 뱉어야 마땅해요!"

"변명의 여지가 없소." 안토니우스가 비통한 목소리로 말했다. 쥐구멍에라도 숨고 싶은 심정이었다. 여기만 아니라면 어디라도 가겠어! "아테네에 오래 있다보니 그랬나보오. 거기에는 실전이란 게 없소. 그저 산처럼 쌓인 서류에만 파묻혀 있게 되지. 벤티디우스, 내 가슴 밑바닥부터 우러나오는 사과를 받아주시오."

"미안하다고 여기서 죽을 자리까지 갔다 오신대도 소용없습니다, 안토니우스. 달라지는 건 없어요." 벤티디우스가 손등으로 눈물을 닦았다. "이제 우리 관계는 끝났습니다. 당신과 저는 끝났어요. 저는 사모사타를 함락했고, 당신이 지정한 감사관에게 장부를 공개하겠습니다. 단 하나의 누락도 찾지 못할 겁니다. 하다못해 청동 봉헌물 하나 빠뜨리지 않았으니까요. 총사령관인 당신께 요청합니다. 로마로 돌아가게 해주십시오. 개선식을 치르겠습니다. 하지만 저는 저의 이 마지막 작전을 로마를 위해 치렀습니다. 일단 유피테르 옵티무스 막시무스의 발아래에 월계관을 내려놓은 뒤에는 레아테로 돌아가 노새를 기르겠습니다. 당신을 위해 등골이 빠지도록 전쟁을 치렀지만, 받은 대가라고는 델리우스 같은 자들한테서 나온 모함뿐이로군요." 그는 일어나 문 쪽으로 갔다. "저는 줄곧 이곳을 거처로 사용해왔습니다. 밤이 되기 전에 여길 떠나지요. 총사령관께서 들어와 마음대로 사용하십시오. 저를 믿으셨잖습니까! 하지만 이제 이렇게 되었군요."

"푸블리우스, 제발! 제발! 우리가 이렇게 적이 되어 헤어질 순 없소!"

"당신은 저의 적이 아닙니다, 안토니우스. 당신 최악의 적은 당신 자신이지, 50년 전 스트라보의 개선식에서 걸은 피케눔 출신의 노새몰이꾼이 아닙니다. 우리 이탈리아인들이 아직도 차별받는 이유는 당신에게 있습니다. 어쨌든 델리우스는 로마인이지요. 단지 그 이유 때문에 제 말보다 그자의 말이 더 중요한 겁니다. 단지 그 이유 때문에 그자가 저보다 나은 사람인 겁니다. 이젠 로마가 진절머리납니다. 전쟁이, 진지가, 온통 사내들뿐인 이 환경이 지겹습니다. 그리고 실로도 믿지 마십시오. 그도 이탈리아인이니 뇌물을 챙길지 모르지요. 실로도 저와 함께 고향으로 갈 겁니다." 벤티디우스는 숨을 들이마셨다. "동방에서 행운이 있길 빕니다, 안토니우스. 동방은 당신과 잘 어울려요. 참으로 그렇습니다. 부패한 아첨꾼들과 똥구멍을 핥아주는 자들, 자기 자신에게도 거짓말하는 역겨운 동방의 군주들이 있으니까요." 벤티디우스의 얼굴이 고통으로 일그러졌다. "그러고 보니 헤로데스가 여기 와 있군요. 폰토스의 폴레몬과 갈라티아의 아민타스도 있고요. 델리우스는 비겁해서 못 따라온 모양이지만 외롭지 않으시겠습니다."

벤티디우스가 나가며 문을 닫자 안토니우스는 물 탄 포도주를 창밖으로 버리고 살짝 독기가 있는 강한 적포도주 원액을 한잔 가득 따랐다.

그야말로 최악이었다. 그가 면담을 이끈 태도도 이루 말할 수 없이 한심했다. 벤티디우스가 옳아, 안토니우스는 술을 꿀꺽꿀꺽 들이켜며 생각했다. 그는 싸구려 도자기 술잔을 다시 채우려고 일어났다가 술병을 통째로 들고 왔다. 그래, 벤티디우스가 옳아. 나는 언젠가부터 나 자신을, 방향을, 자긍심을 잃어버렸어. 심지어 화를 내고 싶은데도 화가 나지 않았어! 그가 한 말은 진실이었어. 어째서 나는 델리우스를 믿었을까? 벌써 까마득한 옛날처럼 느껴지는군. 내가 아테네에서 기꺼이 내민 귀에 델리우스가 독약을 흘려넣은 그날이. 델리우스가 뭐라고? 나는 어찌 그리도 쉽게 믿었을까? 증거는 고사하고 주장을 뒷받침할 근거조차 없는 이야기를. 그냥 믿고 싶었던 거야. 그것이 내가 생각할 수 있는 전부다. 나는 내 오랜 벗이 추락하는 꼴을 보고 싶었어, 그러길 간절히 원했지. 어째서? 왜냐하면 그가 내 전쟁을 가로챘으니까. 내가 치르기 귀찮아한 전쟁. 그것은 고된 작업이었으리라. 로마에서는 총사령관이 공적을 가로채는 게 하나의 전통이 되었지. 시작은 가이우스 마리우스였어. 마리우스는 유구르타를 생포한 공을 가로챘지. 마리우스는 그러지 말아야 했다. 유구르타를 생포한 사람은 술라였다. 술라는 그 임무를 너무나 능숙하고 훌륭하게 완수했다. 하지만 마리우스는 술라와 함께 월계관을 쓰는 걸 용납할 수 없었다. 그래서 심지어 원로원 보고서에도 그 일을 언급하지 않았다. 술라가 회고록을 내지 않았다면 아무도 진실을 몰랐으리라.

나는 파르티아 전쟁을 차가운 눈으로 싸서 얼려 두고 싶었어. 실력 좋은 누군가가 말랑하게 녹여주면 그다음에 내가 직접 나서서 마지막 대결을 치르려 했지. 그런데 벤티디우스가 내 천둥을 훔쳐간 거야. 이 대담한 거인은 이 전쟁을 어떻게 치러야 할지 정확한 수를 꿰고 있었어. 콰콰쾅, 쿵! 그렇게 내 천둥은 사라졌지. 나는 얼마나 화가 났던가, 얼마나 좌절했던가! 나는 벤티디우스와 실로를 과소평가했어. 그들의 실력에 관해 한 번도 생각하지 않았지. 그래서 델리우스를 믿은 거야. 다른 이유는 있을 수 없어. 나는 벤티디우스의 업적을 무너뜨리고 그가 추락하는 꼴을 보고 싶었던 거야. 어쩌면 살비디에누스한테 했던 것처럼 그를 죽음으로 내몰고 싶었는지도 몰라. 살비디에누스가 파멸한 것도 나 때문이었어. 하지만 살비디에누스는 인간적으로나 사령관으로서나 벤티디우스보다 못했지. 나는 옥타비아누스에 집착한 나머지 동방이 내 손아귀에서 빠져나가는 것도 모르고 내가 신뢰하던 노새몰이꾼 벤티디우스에게 고삐를 넘겨준 거야.

안토니우스는 흐느껴 울었다. 그는 가죽이 덮인 X자 다리 접의자에 앉은 채 몸을 앞뒤로 흔들었다. 그는 자신의 눈물이 포도주에 떨어지는 것을 보았고, 검은 개가 피를 들이켜듯 자신의 슬픔을 들이켰다. 오, 이 슬픔, 후회! 이제 아무도 그를 이전과 같이 바라보지 않을 것이다. 그의 명예에 지울 수 없는 오점이 생겼다.

한 시간 후 헤로데스가 달려와 방문을 열어보니 안토니우스는 인사불성으로 취해 있었다.

벤티디우스가 들어와 안토니우스를 보고 바닥에 침을 탁 뱉었다.

"안토니우스의 하인들을 찾아 주인어른을 침대에 눕히라고 시키시오." 벤티디우스가 무뚝뚝하게 말했다. "내 숙소의 침대로 옮기시오. 그가 의식을 되찾았을 때쯤이면 나는 시리아 한가운데를 달리고 있을 거요."

헤로데스는 그 이상 아무것도 알아낼 수 없었다.

안토니우스는 이틀 후 헤로데스에게 사연을 밝혔다. 술은 깼지만 숙취가 지독했다.

"델리우스를 믿었소." 안토니우스가 초라하게 말했다.

"네, 그건 현명하지 못했죠, 안토니우스." 헤로데스는 쾌활한 모습을 보이려고 했다. "하지만 이제 끝난 일입니다. 사모사타가 함락되고 안티오코스는 페르세로 달아났어요. 전리품은 상상을 초월해요. 잘 끝난 전쟁입니다."

"벤티디우스는 어떻게 사모사타를 함락시켰소?"

"발명가 기질이 다분해서 독창적인 방법을 찾아냈죠. 순도 높은 쇳조각을 모아 거대한 공을 만들어 탑에 사슬로 매달았어요. 그리고 황소 쉰 마리를 동원해 공을 탑 뒤쪽으로 최대한 잡아끌게 했습니다. 사슬이 직선으로 쫙 펼쳐지자 연결을 끊었죠. 탄환은 괴물의 주먹처럼 날아가 굉음을 내며 성벽에 부딪혔습니다. 나는 귀를 틀어막았죠. 그러더니 성벽이 그냥 허물어졌어요! 채 하루가 지나지 않아 군인 수천 명이 들어갈 정도로 벽이 무너졌습니다. 사모사타 사람들은 요새 말곤 방어 대책이 전혀 없었죠. 실력을 떠나서 군대 자체가 없었어요!"

"납으로 된 투석구 탄환도 발명했다던데."

"괴력의 무기였죠!" 헤로데스가 소리쳤다. 그는 안토니우스의 팔에 한 손을 얹었다. "자, 안토니우스. 벤티디우스가 떠났으니 이제 당신이 통솔해야죠. 현장을 점검하고 쇠공의 위력이 얼마나 대단했는지 직접 확인하십시오. 500년 된 성벽도 로마군 앞에서는 아무것도 아니었단 말입니다. 당신은 딱히 시장해 보이지 않지만, 당신 보좌관들이 아까부터 어쩔 줄 모르고 밖에서 서성대고 있습니다. 그래서 내 집에 만찬을 준비해놨어요. 어서 갑시다! 당신도 그렇고 모두에게 기분전환이 될 거예요!"

"두통이 있소."

"형편없는 술을 마셨으니 당연하지요. 괜찮은 포도주도 준비해뒀으니 필요하면 드세요."

안토니우스는 한숨을 쉬며 양손을 뻗더니 빤히 쳐다보았다. "뭐든 장악할 것 같은 손이오, 안 그렇소?" 그가 몸을 떨며 물었다. "그런데 이것들이 고장났어."

"말도 안 돼요! 신선한 빵과 살코기로 든든히 식사하면 모든 게 제대로 돌아올 겁니다."

"유다이아 상황은 어떻소?"

"별일 없습니다. 실로는 뛰어난 군인이지만 2개 군단으론 역부족이었죠. 세번째 군단이 도착했을 즈음 안티오코스가 예루살렘으로 잠적했습니다. 예루살렘은 이곳 아시리아인들의 전초기지보다도 함락시키기 힘든 곳입니다. 그리고 벤티디우스도 나한테 아주 잘해줬지요."

안토니우스가 움찔했다. "아픈 데를 찌르지 마시오! 그가 뭘 잘해줬단 거요?"

"내가 이집트로 가서 나와 히르카노스의 가족이 있는 마사다에 식량을 보낼 수 있게 돈을 주었지요. 하지만 안토니우스, 시간이 없으니 서둘러야 합니다. 유대인들에게 필요한 건 참주거든요. 그들은 무기를 갖추고 군사훈련을 하고 있어요."

벤티디우스라는 이름을 입에 올릴 만큼 눈치가 무딘 보좌관은 없었으므로, 안토니우스는 사모사타에 도착한 지 일주일 되었을 즈음 사령관으로서 감을 완전히 되찾았다. 하지만 벤티디우스에 대한 그의 죄책감 때문에 이 도시는 안토니우스의 손안에서 무지막지한 고통을 겪었다. 전 주민이 니케포리온에서 노예로 팔렸고, 파르티아의 새로운 왕 프라아테스의 대리인이 그들을 헐값에 사갔다. 프라아테스는 가장 낮은 자에서 가장 높은 자까지 수많은 백성을 처형시킨 터라 노동력이 부족했다. 제일 먼저 친자식들부터 죽였지만 조카 하나를 놓쳤는데, 모나이세스라는 이름의 그자는 시리아로 달아난 뒤 종적을 감췄다. 왕 노릇을 좋아하는 프라아테스로서는 몹시 분한 일이었다.

사모사타의 성벽은 전부 헐렸다. 안토니우스는 성벽의 잔해로 에우프라테스 강에 다리를 놓으려 했지만 강의 수심이 너무 깊고 물살이 세서 돌들은 왕겨처럼 떠내려갔다. 그는 결국 돌들을 듬성듬성 흩어놓았다.

마무리 작업이 끝나갈 무렵 밤공기에 한기가 스며들었다. 안토니우스는 안티오코스를 폐위시키고 무거운 벌금을 물린 뒤 그의 형제 미트리다테스를 왕위에 올렸다. 안티오케이아와 다마스쿠스 인근에 진을 친 군단들은 푸블리우스 카니디우스의 휘하로 들어갔다. 그는 이듬해에 안토니우스의 '직접적인' 지휘하에 아르메니아와 메디아로 들어가는 작전을 준비해야 했다. 가이우스 소시우스는 시리아 총독으로 임명되었다. 그는 겨우내 휴식을 취한 뒤 헤로데스를 왕좌에 앉히라는 지시를 받았다.

안토니우스는 알렉산드리아 항구에서 난바다 항해를 마다하지 않는 씩씩한 선장을 구했다. 상처는 서서히 아물어가고 있었다. 이제 눈치보지 않고 동료 로마인들의 눈을 마주볼 수 있었다. 하지만, 오, 그에게는 여자의 달콤한 젖가슴에 얼굴을 파묻을 시간이 간절히 필요했다! 다만 문제가 있다면 그가 갈망해 마지않는 달콤한 젖가슴이 클레오파트라의 것이라는 사실이었다.

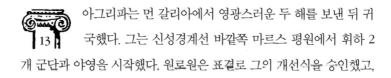

아그리파는 먼 갈리아에서 영광스러운 두 해를 보낸 뒤 귀국했다. 그는 신성경계선 바깥쪽 마르스 평원에서 휘하 2개 군단과 야영을 시작했다. 원로원은 표결로 그의 개선식을 승인했고,

이는 종교 규정에 따라 로마 입성이 금지됨을 의미했다. 아그리파는 임시로 세운 멋들어진 붉은색 장군 막사에 카이사르가 먼저 와서 기다리고 있으리라 기대했지만 카이사르는 거기 없었다. 원로원 의원들도 없었다. 내가 일찍 왔군, 하고 생각하며 아그리파는 당번병을 시켜 짐을 숙소로 들였다. 저멀리서 나타나는 카이사르의 모습을 보고픈 간절한 마음에 직접 숙소를 살필 기분이 들지 않았다. 아그리파는 시력이 좋아 3킬로미터 떨어진 곳에서 반짝이는 금속을 감지하거나 손에 든 물건에서 보통사람들 눈에는 거의 보이지 않을 정도로 작은 흠집을 찾아내곤 했다. 이윽고 대규모 게르만족 무장 호위대가 폰티날리스 성문을 통과해 렉타 가도 쪽으로 언덕을 걸어내려오는 모습을 보고 그는 안도의 한숨을 내쉬었다. 하지만 곧 인상을 찌푸렸다. 호위대 정중앙에 가마가 있었던 것이다. 카이사르가 가마를 타다니? 어디 아픈 건가?

걱정스럽고 초조한 마음이 들었지만, 아그리파는 저 앞의 어색한 탈것으로 달려가지 않고 꿋꿋이 기다렸다. 마침내 게르만족들의 들뜬 환호와 함께 가마가 세워졌다.

가마에서 마이케나스가 나오자 아그리파는 헉하고 숨을 삼켰다.

"안으로 들어가세." 이 시대 최고의 지략가가 막사로 가며 말했다.

"뭔가? 무슨 일이야? 카이사르가 아픈가?"

"병은 없어. 그저 매일매일 애가 탈 뿐이지." 마이케나스가 긴장한 얼굴로 말했다. "지금 카이사르의 집 주위에 경호원들이 둘러서 있다네. 집밖으론 얼씬도 못해. 가택을 요새화했어. 믿어지나? 팔라티누스 언덕에 성벽과 해자라니!"

"어째서?" 아그리파가 어리둥절하여 물었다.

"모르겠나? 짐작이 안 가? 곡물 공급 말고 다른 게 문제된 적이 있었나? 세금? 높은 물가?"

아그리파는 입을 꾹 다물고 막사 밖에 꽂힌 독수리 깃발들을 바라보았다. 하나같이 승리의 월계수관이 걸려 있었다. "자네 말이 맞아. 진작에 짐작했어야 해. 그 끝없는 서사시는 최근에 줄거리가 어떻게 전개됐나? 맙소사, 투키디데스를 읽는 것만큼이나 고통스러워져가는군!"

"속이 시커먼 괄태충 레피두스가 아프리카로부터 오던 곡식을 몽땅 훔쳐 달아나는 섹스투스 폼페이우스를 그냥 놓쳐버렸어! 무려 16개 군단을 거느리고서! 그러고 나니 지조 없는 똥개 메노도로스가 사비누스와 한바탕 언쟁을 벌인 뒤 도로 섹스투스 밑에 기어들어갔어. 사비누스 밑에 있기 싫었던 거지. 메노도로스가 끌고 간 군함은 6척에 불과하지만 그는 사르디니아에서 난 곡식의 운송 경로를 섹스투스에게 고해바쳤고 결국 그것마저 섹스투스가 차지했지. 원로원은 어쩔 수 없이 그에게 곡식을 사야 할 판이야. 그는 지금 모디우스당 40세스테르티우스를 요구하고 있네. 국가에서 파는 밀의 가격이 모디우스당 50세스테르티우스가 된다는 뜻이지. 민간상은 60을 부르고 있고. 무상 곡식 배급에 필요한 양을 마련하려면 구매자한테 모디우스당 50세스테르티우스를 받아야 해. 하위 계급 시민과 최하층민은 이 소식을 듣고 난리가 났어. 수차례 폭동이 일었고 폭력배들이 전쟁판을 만들었네. 카이사르는 국가 곡창을 지키기 위해 카푸아에서 1개 군단을 데려와야 했지. 그래서 지금 트리게미나 성문 구는 군인들로 북적대고 로마 항은 텅텅 비었지." 마이케나스가 숨을 들이쉬고 떨리는 손을 앞으로 내밀었다. "위기야. 진짜 위기 상황이네."

"벤티디우스의 개선식에서 나온 전리품은 어떻게 됐지?" 아그리파가 물었다. "그 전리품을 풀면 구입가를 40으로 맞출 수 있지 않나?"

"아마 그랬겠지. 하지만 안토니우스가 트리움비르이자 동방 지역 총사령관인 자신이 전리품 절반을 가져야 한다고 주장했네. 여전히 안토니우스의 똘마니들로 득시글대는 원로원은 그에게 5천 탈렌툼을 내주기로 결의했지." 마이케나스는 이젠 화를 내기도 지친 듯 우울하게 말했다. "군단병들 몫까지 제하니 남은 거라곤 2천 탈렌툼, 그러니까 5천만 세스테르티우스밖에 되지 않아. 섹스투스가 보낸 청구서 금액은 5억 세스테르티우스에 육박하는데 말일세. 카이사르가 대금을 분할해 치를 수 있느냐고 물었지만 섹스투스는 안 된대. 선불 아니면 아예 안 판다는 거야. 앞으로 한 달이면 모든 곡식 창고가 텅텅 비어."

"그 개새끼를 없애버리기 위해 전면전을 치를 돈도 없고!" 아그리파가 사나운 기세로 말했다. "내가 전리품으로 가져온 건 총 2천 탈렌툼이네. 벤티디우스의 나머지 전리품과 합치면 1억 세스테르티우스 정도돼. 우리가 해야 할 일은 폭도들이 원로원 의원들을 모조리 돌로 쳐 죽이게 포룸 로마눔 한가운데로 그들을 끌고 가는 거야! 하지만 그들은 이미 로마에서 달아났겠지, 안 그래?"

"당연하지. 자기네 빌라로 가서 꼭꼭 숨었어. 지금 로마만 시끄러운 게 아니야. 이탈리아 방방곡곡에서 폭동이 일어나고 있네. 원로원 의원들은 자기네 잘못은 없다며 모든 게 카이사르의 실정 탓이래. 저주받을 인간들!"

아그리파는 막사 입구로 걸어갔다. "이대로 둬선 안 돼, 마이케나스. 어서 카이사르에게 가세."

마이케나스가 아연실색하여 아그리파를 쳐다봤다. "아그리파, 안 돼! 신성경계선을 넘어서 로마로 들어가면 자넨 개선식을 못해!"

"카이사르에게 내가 필요한데 개선식이 다 뭔가? 개선식은 다른 전쟁으로 치르면 돼." 아그리파는 갑옷을 입은 채 혼자서 긴 다리로 성큼 성큼 걸어갔다. 도무지 해결책이 없다는 생각에 그의 머릿속은 계속 같은 자리를 맴돌았다. 하지만 그의 정신은 반드시 해결책을 찾아내야 한 다고 주장했다. 카이사르, 카이사르, 일개 해적 따위가 자네와 로마 인 민을 볼모로 삼도록 용납해선 안 돼! 섹스투스 폼페이우스, 네놈을 저 주한다. 그러나 안토니우스에게는 더 큰 저주를 빌겠어.

마이케나스가 할 수 있는 일이라고는 다시 가마로 기어들어간 뒤 한 시간 뒤면 '리비아 드루실라 저택'에 무장 경호대의 보호를 받으며 앉 아 있기를 바라는 수밖에 없었다. 아그리파, 혼자서 가다니! 폭도들이 그를 갈가리 찢어놓으리라.

도시는 혼란에 빠져 있었다. 상점들은 모두 덧문이 내려진 채 굳게 잠긴 채였다. 벽은 낙서로 가득했다. 곡물값에 항의하는 낙서도 있었지 만 대개는 카이사르를 향한 비난임을 아그리파는 한눈에 알아볼 수 있 었다. 그는 은행이 언덕을 걸어내려갔다. 돌, 몽둥이, 이따금은 검까지 든 폭력배들이 거리를 배회했지만 아무도 아그리파에겐 덤비지 않았 다. 가장 사나운 자들조차도 이 사내가 숙련된 전사임을 곧장 알아챘던 것이다. 유서 깊은 은행 건물의 전면과 주랑현관에 달걀과 채소가 썩어 서 생긴 오물이 뚝뚝 떨어져내렸다. 요강에서 나는 악취가 코를 찔렀지 만 아무도 그것들을 가까운 공공변소로 가져가 비울 엄두를 못 냈다. 그 어떤 무시무시한 악몽에서도 로마가 이토록 타락하고 더럽혀지고 손상된 모습은 보지 못했다. 딱 한 가지 없는 거라면 화재로 인한 연기 뿐이었다. 그래도 아직까지는 사람들이 어느 정도 제정신을 지키고 있 는 모양이었다. 아그리파는 자신의 안전은 안중에 없었다. 그는 포룸 로마눔에서 고함을 지르는 군중을 헤치며 걸었다. 포룸 로마눔의 조각상들은 모두 쓰러져 있고 신전의 화려한 색채는 낙서와 오물로 빛을 잃은 터였다. 반지장이 계단에 다다른 그는 거치적거리는 사람들을 옆으로 밀어제치며 한 번에 네 단씩 밟아나갔다. 팔라티누스 언덕을 가로지르니 급하게 지어올린 듯한 높은 담장이 눈에 들어왔다. 담장 위에 게르만족 호위병들이 늘어서 있었다.

"마르쿠스 아그리파다!" 한 사람이 팔을 크게 흔들며 소리쳤다. 넓게 파놓은 해자 위로 도개교가 내려오고 쇠창살 문이 올라갔다. 환호와 함께 "마르쿠스 아그리파!"라는 합창소리가 크게 울려퍼졌다. 그는 함성을 내지르는 우비족에 둘러싸여 안으로 걸어들어갔다.

"바깥을 잘 감시하게!" 아그리파가 어깨 너머로 외치며 미소를 씩 지어보였다. 그는 더러운 물고기 연못과 잡초와 게르만족 진지로 바뀐 버려진 정원이 있는 황폐한 풍경을 지나쳐 걸었다.

리비아 드루실라 저택 안에 들어선 그는 옥타비아누스의 새 아내가 자기 취향대로 집을 바꾸어놓았음을 알아챘다. 집은 예전 모습을 알아보기 힘들 정도로 변해 있었다. 아그리파는 화려한 가구가 늘어선 방으로 들어갔다. 벽에는 화려한 프레스코화가 그려져 있었으며 대좌와 헤르메스 주상은 대리석 재질이었다. 부르군디누스가 노기등등한 얼굴로 나타났지만, 징 박힌 군화로 값비싼 바닥을 더럽히고 있는 사람이 누구인지 알아보자 만면에 미소를 떠올렸다.

"그는 어디 있나, 부르군디누스?"

"서재에 계십니다. 오, 마르쿠스 아그리파, 이렇게 뵈어 정말 기쁩니다!"

과연 그는 서재에 있었다. 하지만 그가 앉은 책상은 가장자리에 책

들통과 꽉 찬 편지함이 줄지어 놓여 있던 예전의 낡은 책상이 아닌 초록색 리본 무늬가 있는 거대한 공작석 책상이었다. 카이사르의 책상에 놓인 수많은 서류들은 언제나 그랬듯이 말끔히 정리되어 있었다. 필경사 두 명이 카이사르 것만큼 화려하진 않아도 상당히 좋은 책상에 앉아 있었고, 서기 하나가 두루마리 서류를 들춰보며 차분히 돌아다녔다.

작업에 방해를 받아 짜증스럽게 들어올린 얼굴은 마치 30대 후반의 것인 양 나이들어 보였다. 주름이 잡혀서가 아니었다. 눈가에 생긴 검은 그늘, 넓은 양미간에 팬 깊은 고랑, 거의 보이지 않을 정도로 얇아져버린 입술 때문이었다.

"카이사르!"

공작석 잉크병이 쓰러졌다. 옥타비아누스는 기쁨에 떨며 자리에서 벌떡 일어나더니 흩날리는 서류는 아랑곳 않고 방을 가로질러가서 아그리파를 와락 끌어안았다. 하지만 문득 뭔가를 깨달은 듯 경악한 얼굴로 한 걸음 물러났다. "아, 안 돼! 자네 개선식!"

아그리파가 그를 얼싸안으며 양볼에 입을 맞췄다. "다음 기회가 있겠지, 카이사르. 로마가 이렇듯 혼란에 빠지고 자넨 외출도 못하는 판국인데 내가 저 밖에만 머물러 있으리라 생각했나? 민간인들은 내 얼굴을 본들 알아보지도 못해. 그래서 이렇게 자네한테 왔네."

"마이케나스는 어디 있나?"

"가마를 타고 오는 중이지." 아그리파가 활짝 웃으며 말했다.

"그러면 자네는 호위대도 없이 왔단 말인가?"

"아무리 폭도래도 완전무장한 백인대장에게 덤벼들진 않아. 그래, 사람들은 날 그리 봤을 거야. 나보다는 마이케나스에게 더 호위대가 필요하지."

옥타비아누스는 얼른 눈물을 닦고 두 눈을 감았다. "아그리파, 나의 아그리파! 아, 이제부터 상황이 달라질 거야, 분명해!"

"카이사르?" 새로운 목소리가 등장했다. 나지막하고 살짝 허스키한 목소리였다.

옥타비아누스는 아그리파와 얼싸안은 채 뒤를 돌아보았지만 팔은 풀지 않았다. "리비아 드루실라, 내 삶이 다시 완전해졌소! 마르쿠스가 왔어요."

아그리파는 작은 달걀형 얼굴을 바라보았다. 잡티 없이 깨끗한 상아색 피부에 입술은 육감적이고 도톰했으며 큼지막하고 짙은 눈동자가 반짝반짝 빛났다. 그녀가 눈앞의 광경을 이상하게 생각하는진 알 수 없었지만 그런 내색은 적어도 겉으로는, 심지어 그녀의 그윽하고 생동감 넘치는 눈빛에도 전혀 드러나지 않았다. 그녀의 얼굴에 진정한 기쁨의 미소가 번졌다. 그녀는 아그리파의 팔에 손을 얹고 연인처럼 다정하게 쓰다듬었다.

"마르쿠스 아그리파, 당신이 와서 정말 기뻐요." 그녀는 이렇게 말하더니 얼굴을 찡그렸다. "하지만 당신 개선식이!"

"아그리파가 나를 만나려고 개선식을 포기했소." 옥타비아누스는 한 손으로 아내를 잡고 다른 팔로는 아그리파의 어깨를 감쌌다. "자, 더 조용하고 편안한 자리로 옮깁시다. 리비아 드루실라가 아주 유능한 일꾼들을 구해줬어. 하지만 그 덕에 나 혼자만의 공간은 사라졌지."

"카이사르의 집이 이렇듯 새로워진 것은 당신 솜씨인가요?" 아그리파는 부드러운 자주색 양단 천이 덮인 금도금 의자에 앉아 물을 타지 않은 포도주가 담긴 수정 술잔을 받아들었다. 그가 한 모금 마시고 웃음을 터트렸다. "자네가 전에 내놓던 것보다 훨씬 훌륭한 빈티지 포도주로군, 카이사르! 포도주에 물을 타지 않은 것은 이것이 축하주라는 뜻이겠지?"

"자네의 귀환보다 중요한 일이 있겠나. 나의 리비아 드루실라는 마법 같은 여자라네."

아그리파로서는 놀랍게도 리비아 드루실라는 방에서 나가지 않았다. 아내는 응당 이럴 때 자리를 피하는 것이 법도였다. 하지만 그녀는 큼지막한 자주색 의자에 앉더니 다리를 모으고 옥타비아누스에게서 술잔을 받아들며 감사의 의미로 고개를 끄덕였다. 오호라! 이 부인은 정치적인 논의에 참여하는군!

"아무래도 이렇게 한 해 더 버텨야 할 것 같아." 옥타비아누스가 잔을 부딪친 뒤 탁자에 내려놓으며 말했다. "자네 생각에도 우리가 내년까지 움직일 수 없을 것 같지?"

"그래, 카이사르, 움직일 수 없지. 사비누스한테서 받은 마지막 편지 내용으로는 율리우스 항은 여름까지 준비될 수 없어. 내가 앞으로 병사들을 무장 훈련시킬 수 있는 기간이 8개월인 거지. 다시는 재기할 수 없도록 섹스투스 폼페이우스를 철저히 짓밟아야 해. 하지만 그러려면 군함을 최소한 150척 구해야 하네. 이탈리아의 조선소에 있는 것들만으로는 부족해."

"그 정도의 군함을 구할 데가 있긴 한데, 바로 우리의 친애하는 안토니우스지." 옥타비아누스가 씁쓸하게 말했다. "이 모든 건 순전히 안토니우스 때문이야! 원로원은 안토니우스가 시키는 대로만 해! 그 어느 신도 이유를 모르지만! 이만큼 큰 고통을 겪었으면 그 바보천치들도 조금은 현명해졌을 것 같지? 천만에! 그들에겐 주린 배들보다 마르쿠스 안토니우스를 향한 충성이 더 중요해!"

"카툴루스와 스카우루스 시절 이래로 달라진 게 없군." 아그리파가 말했다. "안토니우스에게 편지를 쓸 텐가?"

"자네가 문간에 나타났을 때 하고 있던 일이 그거였네. 적당한 단어를 찾느라 좋은 종이를 몇 장씩 버려가면서."

"그와 마지막으로 만난 지 얼마나 됐지?"

"일 년도 더 됐네. 그가 옥타비아와 아이들을 데리고 아테네로 갈 때 봤지. 지난봄에 내가 브룬디시움에서 보자고 편지를 썼는데, 그는 내 호출을 받자마자 군단 없이 재빨리 브룬디시움으로 가는 속임수를 썼어. 나는 로마에서 답장을 기다리고 있었지. 안토니우스는 곧바로 아테네로 돌아가서는 다음에 또 회의에 안 나타나면 내 목을 치겠다고 협박하는 험악한 편지를 보내왔어. 그러고서 그는 사모사타로 갔고, 결국 회의는 한 번도 없었네. 그가 아테네로 돌아갔는지조차 확실히 몰라."

"일단 그 문제는 제쳐두고, 카이사르, 곡물 문제를 어떻게 해야 할까? 여하튼 이탈리아를 먹여 살려야지. 마이케나스한테서 들은 것보다 낮은 가격에."

"리비아 드루실라는 필요한 돈을 금권가들한테 빌려야 한다는데, 난 그러기 꺼려져."

그래, 그래, 저 작은 흑표범이 옳은 조언을 했군! "리비아 드루실라가 옳아, 카이사르. 세금보단 빌리는 게 낫지."

리비아 드루실라의 놀란 눈길이 아그리파의 얼굴에 꽂혔다. 그녀는 오늘의 만남을 두려워해왔다. 카이사르의 가장 절친한 친구가 그녀를 적대시하리라 확신했으니까. 왜 아니겠는가? 남자들은 정치적 논의에 여자가 끼는 것을 달가워하지 않았다. 그녀는 자신의 견해가 옳다는 걸 알았지만 스타틸리우스 타우루스, 칼비시우스 사비누스, 아피우스 클라우디우스, 코르넬리우스 갈루스 같은 자들은 그녀가 별처럼 떠오르는 것을 언짢아했다. 아그리파가 그녀의 편에 서준 것은 지금까지 생기지 않은 아기가 들어서는 것보다도 큰 선물이었다.

"엄청난 이자를 요구할 텐데."

"어마어마하겠지." 아그리파가 빙긋 웃으며 말했다. "어쨌든 돈 나올 구멍은 거기니까. 그리고 안토니우스가 궁둥짝을 떼서 동방으로 가기 전까진 금권가들은 그동안 가장 큰 수입원이던 동방에서 수익을 올릴 수 없어. 그러니 그들에겐 투자처를 찾지 못한 자금이 있다고."

"그래, 그렇군." 옥타비아누스가 다소 뻣뻣하게 대꾸했다. 누군가가 건전한 조언을 해주었다고 해서 자기 스스로 도출한 판단이 흔들려도 괜찮은지 확신이 서지 않았다. "내가 이 방법을 꺼리는 건 그들이 매길 이자가 무려 복리 20퍼센트이기 때문이야."

한발 물러설 때였다. 아그리파는 어리둥절한 표정을 지었다. "복리?"

"응, 이자에 또 이자를 물리는 거야. 로마는 앞으로 그들에게 30년 내지 40년에 걸쳐 빚을 갚아야 할 걸세." 옥타비아누스가 말했다.

"사랑하는 카이사르, 스스로를 의심하고 있군요. 그러지 말아요." 리비아 드루실라가 말했다. "잘 생각해봐요! 당신은 답을 알아요."

예의 그 미소가 떠올랐다. 옥타비아누스가 껄껄 웃었다. "섹스투스 폼페이우스의 검은 재산이 쌓인 보물창고 말이군."

"그 말이었어." 아그리파가 리비아 드루실라에게 감사의 눈빛을 보내며 말했다.

"나도 그 생각을 했지만, 금권가들한테서 돈을 빌리는 것보다 더 싫은 건 이 일이 끝나고 섹스투스의 보물창고에서 나온 돈을 금권가들한테 갖다 바쳐야 한다는 사실이야." 돌연 옥타비아누스의 얼굴에 약은 표정이 스쳐갔다. "일단 그들에게 20퍼센트 복리로 대출을 제안하겠어. 그물망을 넓게 펼쳐서 안토니우스 편 원로원 의원들도 몇 명 끌어들이고. 이 조건을 거부할 사람은 없을 거야, 그렇지? 대략 일 년 정도는 섹스투스가 부당하게 쌓은 재산으로 대출금을 갚아야겠지만, 일단 안토니우스를 제거하고 원로원을 내 편으로 만들면 내가 원하는 대로 할 수 있어. 그때 이자를 낮추는 법을 만드는 거야. 이 법안을 반대할 자들은 우리 그물에 잡힌 가장 큰 물고기들뿐이겠지!"

"이이는 다른 해결책을 구상하느라 아주 바빴어요." 옥타비아누스의 아내가 아그리파에게 말했다. 옥타비아누스가 잠시 멍한 표정을 짓더니 웃음을 터트렸다. "아, '이탈리아 밀농사 확대 운동' 말이로군! 그래, 내가 로마를 대신해 진 빚이 더 늘었어. 내가 조사한 수치에 따르면 대가족을 부양하는 농부 한 명이 식구들을 먹이려면 일 년에 200모디우스가 필요해. 그런데 1유게룸 땅에서 밀을 재배해 나오는 수확량은 그보다 훨씬 많아. 그러면 당연히 농부는 남는 밀을 장에 가서 팔겠지. 단, 밭짐승이나 어떤 다른 징조로 판단하건대 곧 가뭄이나 홍수가 닥칠 것으로 예상되지 않는 한. 만일 그런 판단이 든다면 농부는 곡식을 창고에 보관해두겠지. 하지만 여러 징조로 보건대 내년에 이탈리아에 가뭄이나 홍수가 들 것 같진 않아. 그러니 나는 밀 농부들의 잉여농산물을 모디우스당 30세스테르티우스에 매입하겠다고 제안할 거야. 그 총량은 농부들이 통상적으로 거래하는 민간 도매상들의 매입량을 크게 초과할걸. 나는 우리 퇴역병들이 나라에서 받은 토지에서 실제로 경작을 했으면 좋겠어. 퇴역병들은 대개 땅을 포도주 제조업자들에게 빌려주잖아. 술을 좋아해서겠지. 은퇴한 군인들이 생각하는 게 대체로 그런 식 아니겠어."

"내년 수확기에 섹스투스로부터 곡식을 덜 살 수 있다면 뭐든 해야지." 아그리파가 말했다. "그렇지만 그게 해결책이 될까? 얼마나 사들일 수 있을 걸로 보나?"

"필요량의 절반." 옥타비아누스가 차분히 말했다.

"비용은 들겠지만 섹스투스가 요구할 만큼은 아니겠지. 마이케나스는 레피두스가 아프리카 곡물을 지키려는 조치를 취하지 않았다고 하더군. 거긴 어찌돼가나?" 아그리파가 물었다.

"레피두스는 갈수록 자기 분수를 모르는 것 같아요." 리비아 드루실라가 말했다. 이 말을 던지며 그녀는 혹시 아그리파가 남편의 반응을 확인하는지 쳐다보았다. 아그리파는 그러지 않았다. 아그리파는 이 견해를—그리고 그녀를—옥타비아누스의 견해와 동등하게 받아들였다. 오, 아그리파, 난 당신도 사랑해요!

아그리파가 편한 자세를 찾아 몸을 움직이자 갑옷이 삐걱거렸다. 그는 그동안 등받이가 없는 야전용 의자에 익숙해진 터였다.

"아그리파는 아직 몰라요, 카이사르." 리비아 드루실라가 눈동자를 빛내며 말했다. "어서 아그리파에게 말해줘요. 불쌍한 친구분께서 저 불편한 판갑을 벗어던질 수 있게요."

"맙소사! 깜빡 잊었군!" 옥타비아누스가 외치더니 신이 나서 몸을 흔들었다. "마르쿠스, 자네는 한 달이 지나기 전에 로마의 수석 집정관이 될 거야."

"카이사르!" 아그리파가 깜짝 놀라 나직이 내뱉었다. 환희의 물결이 온몸을 휩쓸고 지나갔다. 그의 단호한 얼굴이 아름답게 빛났다. "카이사르, 나는 그럴…… 그럴 자격이 없어!"

"이 세상 어느 누구보다도 자격이 충분해, 마르쿠스. 내가 지금까지 열심히 노력했음에도 불구하고 자네에게 상처 입고 피 흘리는 로마, 배가 고파 쓰러지기 직전의 로마를 건네주어야 하는군. 안타깝게도 차석 집정관 자리는 카니니우스에게 돌아갔네. 단지 안토니우스의 친척이라는 이유만으로 말일세. 하지만 스타틸리우스 타우루스가 율리우스 달에 보궐 집정관으로서 자리를 이어받는다는 조건이 붙었지. 지금 원로원은 벌벌 떨고 있어. 자네가 수도 담당 법무관을 지낼 때 그리 자비로운 사람이 아니란 걸 사람들한테 충분히 확인시켜줬잖아."

"카이사르, 자네는 나보다 혈통이 우월한 자들이 내가 수석 집정관으로 임명된 것을 얼마나 분하게 여길지 말하지 않는군. 나는 혈통이 대단치 않아."

"임명?" 옥타비아누스의 회색 눈이 휘둥그레졌다. "친애하는 아그리파, 자네는 부재중 선거를 통해 선출되었어. 디부스 율리우스에게는 허락되지 않았던 특혜가 자네에게는 주어진 거지. 그리고 자네의 혈통은 부족하지 않아. 자네는 훌륭한 정통 로마인이잖아. 나는 내 옆구리에 차야 할 검이 무엇인지 잘 안다네. 파비우스 가문이나 발레리우스 가문의 검은 아니야. 그렇다고 율리우스 가문의 검도 아니고."

"아, 정말 기쁘군! 집정관급 권한을 갖고 율리우스 항 작업을 진행할 수 있다는 뜻이잖아. 이제 법적으로 날 방해할 권한을 가진 사람은 자네와 안토니우스뿐이야. 자네는 절대 그럴 리 없고, 안토니우스는 그러고 싶어도 그럴 수 없지. 고맙네, 카이사르, 고마워!"

"내가 내리는 결정이 다 이렇게 환대받는다면 얼마나 좋겠나." 옥타비아누스가 냉소적으로 말한 뒤 아내와 눈을 맞췄다. "리비아 드루실라의 말이 맞아. 어서 가서 편한 옷으로 갈아입게. 나는 안토니우스에게 쓰던 편지를 마저 써야겠어."

"아니, 그러지 말게." 아그리파가 의자에서 반쯤 일어난 채 말했다.

"그러지 말라니?"

"그러지 말게." 아그리파는 겨우 의자에서 몸을 빼냈다. "이제 편지론 안 돼. 마이케나스를 보내게."

"진창에 낀 바퀴." 리비아 드루실라가 아그리파에게 다가가 볼을 맞대며 말했다. "우린 진창에 낀 바퀴 같은 상황이에요, 카이사르. 아그리파 말이 옳아요. 마이케나스를 보내요."

리비아 드루실라는 방에서 슬쩍 나와 자기 거처로 갔다. 넓은 거실은 값비싼 가구로 채워졌지만 다른 공간에서는 화려함을 찾아볼 수 없었다. 심지어 침실도 그랬다. 옷을 좋아해서 큼지막한 옷장을 하나 두었을 뿐 이 널찍한 방은 사실상 서재로 쓰였다. 남자들 서재를 흉내낸 수준이 아니라 남자의 서재 그 자체였다. 리비아 드루실라는 카이사르와 결혼할 때 지참금을 가져오지 않았고 데려온 하인도 없었으므로 그녀의 비서 노릇을 하는 해방노예들은 전부 카이사르에게 속한 사람들이었다. 리비아 드루실라는 영리한 수를 냈다. 모든 비서들이 카이사르의 서재와 그녀의 서재 두 군데에서 순환근무를 하여 양쪽 업무를 잘 알게 함으로써 급할 때면 누구든 대체 업무를 볼 수 있게 한 것이었다.

리비아 드루실라는 기도실로 직행했다. 이곳 역시 그녀의 참신한 아이디어로 마련된 공간이었다. 기도실에는 베스타, 유노 루키나, 옵스 콘시바, 보나 데아를 위한 제단이 놓여 있었다. 리비아 드루실라의 종교적 신념체계에 일관성이 부족했다면 그녀가 남자들과 달리 어릴 때 국가 종교에 관해 교육받지 않았기 때문일 터였다. 리비아 드루실라는 그냥 이 네 신을 기도의 대상으로 삼았다. 베스타에게는 좋은 집을, 유노 루키나에게는 아이를, 옵스콘시바에게는 로마의 부와 권력을 증대

시켜줄 것을 빌었다. 또한 보나 데아가 자기를 카이사르의 아내 겸 조력자로 보냈다고 믿었으므로 보나 데아에게도 기도를 올렸다.

기다란 세움대에 매달린 황금 새장에 하얀 비둘기들이 있었다. 리비아 드루실라는 쪽쪽 입맞춤 소리를 내며 한 마리씩 제단에 데려가 제물로 바쳤다. 하지만 죽이지는 않았다. 새가 제단에 앉으면 곧바로 창가로 데려가 공중으로 띄운 뒤 저멀리 날아가는 새를 황홀한 표정으로 바라보며 두 손을 교차해 가슴에 얹었다.

지난 수개월간 리비아 드루실라는 사랑하는 벗 마르쿠스 아그리파를 향한 남편의 찬사를 들어왔다. 그때마다 그녀의 마음은 의심보다도 절망으로 가득찼다. 그렇듯 훌륭한 인물과 겨룬다는 것이 가당키나 할까? 디부스 율리우스가 암살된 후 아폴로니아에서 바리움까지 이어진 고난에 찬 여정에서 카이사르의 머리를 무릎에 얹고 있었던 사람이 누구였는가, 천식이 카이사르를 죽일 듯 괴롭힐 때마다 그를 살려낸 사람이 누구였는가, 살비디에누스의 배신 때문에 먼 갈리아로 유배되기 전까지 항상 카이사르의 곁을 지켜준 사람이 누구였는가. 마르쿠스 아그리파, 그이의 동갑내기 벗. 태어난 달은 다르지만 태어난 날짜도 똑같았다. 아그리파는 율리우스 달의 스물세번째 날 태어났고, 옥타비아누스는 같은 해 9월의 스물세번째 날 태어났다. 이제 스물다섯 살인 그들은 장장 9년을 함께해왔다.

여느 여자 같으면 두 사람 사이를 갈라놓고자 음모를 꾸몄을지 모르겠지만 리비아 드루실라는 그렇게 멍청하거나 경솔하지 않았다. 두 사람이 누구도 깰 수 없는 단단한 유대를 맺고 있음을 그녀는 본능적으로 알았다. 어째서 그런 헛수고에 진을 뺀단 말인가? 아니, 그녀가 할 일은 마르쿠스 아그리파의 마음을 사서 그를 그녀의 편으로 만드는 것이었다. 아니면 최소한 그녀 편에 서는 게 카이사르의 편에 서는 것임을 아그리파가 알게 하는 것. 리비아 드루실라는 자신과 아그리파 사이에 팽팽한 줄다리기가 벌어질 것으로 예상했다. 아그리파가 그녀를 질투와 불신의 눈길로 바라볼 게 뻔했으니까. 그녀는 그 두 사람이 연인 사이라는 소문을 한순간도 믿지 않았다. 어쩌면 소문의 씨앗은 카이사르에게 있을지도 모르지만, 카이사르는 혹시 모를 그 씨앗들을 영원히 그리고 단호히 마음속에서 제거했다고 그녀에게 고백한 터였다. 카이사르는 그것들이 실제로 존재한다고 인정하진 않았지만, 과거에 먼 히스파니아를 달리던 이륜마차에서 디부스 율리우스와 나눈 대화를 그녀에게 이야기해주었다. 열일곱 살 때였다. 그는 미숙하고 병약한 수습 군관이었으며 로마가 낳은 최고의 로마인 밑에서 복무하는 특권을 누리고 있었다. 디부스 율리우스는 그가 아름답고 여린 외모 때문에 남자들과 성관계를 맺는다는 의혹을 받게 되리라고 경고했다. 동성애를 혐오하는 로마에서 이는 공직 경력을 쌓아가는 데 큰 걸림돌이 될 터였다. 그와 아그리파는 연인이 아니었다. 두 사람의 관계는 육체적인 것을 넘어서는 심오한 유대관계, 영혼의 독특한 결합이었다. 그리고 이 사실을 잘 이해하는 그녀로서는 마르쿠스 아그리파와의 만남이 두려울 수밖에 없었다. 그녀는 아그리파를 자기편으로 만드는 건 불가능하리라고 생각했다. 아그리파의 혈통이 클라우디우스 네로 집안사람들에게 멸시받는다는 사실은 중요하지 않았다. 카이사르가 기적적으로 생존하기까지 아그리파가 필수적인 역할을 한 것이 사실이라면, 아그리파의 혈통은 다시 태어난 리비아 드루실라 자신의 혈통만큼이나 훌륭했다. 아니, 오히려 우월했다.

오늘 드디어 아그리파와의 만남이 이루어졌고, 이제 리비아 드루실라의 마음은 바람결에 날아다니는 나비처럼 가벼웠다. 마르쿠스 아그리파는 진정한 사랑을 할 줄 아는 사람이었다. 사실 진정한 사랑을 할 능력과 의지를 갖춘 사람은 극히 드물었다. 자신을 내세우지 않는 사랑, 조건 없는 사랑, 경쟁자가 생길까봐 두려워하지 않는 사랑, 특별히 대우받기를 갈망하지 않는 사랑.

이제 우리 세 명이야, 하고 그녀는 생각했다. 소나무 숲 위로 높이 날아오른 옵스콘시바 비둘기의 날개 끝이 저무는 햇살을 받아 황금빛으로 빛났다. 이제 로마를 돌볼 사람은 우리 셋이야. 그리고 3은 행운의 숫자지.

마지막 비둘기는 보나 데아에게 바치는 제물이었다. 오로지 그녀 자신과 관계된 은밀한 제물. 그런데 이 비둘기가 날아오르자 하늘에서 별안간 독수리가 나타나 확 채어갔다. 독수리……. 로마가 내 제물을 가져갔어. 로마는 보나 데아보다 더 위대한 여신이야. 이건 무슨 의미일까? 묻지 마, 리비아 드루실라! 안 돼, 묻지 마.

마이케나스는 협상차 아테네 같은 지역에 파견되는 데 전혀 개의치 않았다. 사실 아테네에 자그마한 주택도 있었다. 물론 그곳에서 아내와 함께 지낼 생각은 털끝만큼도 없었다. 그의 아내는 오만하고 자존심 강하며 신분을 굉장히 의식하는 전형적인 테렌티우스 바로 가문사람이었다. 마이케나스는 아티쿠스와 비슷하게 이곳 아테네에서 자신의 동성애 욕구를 조심스럽게, 그리고 유쾌하게 해소했다. 하지만 지금은 일이 우선이었다. 그는 마르쿠스 안토니우스를 만나야 했다. 사람들 말로는 안토니우스가 아테네에 있다는데 막상 아테네인들은 그를 보지 못했다. 요즘은 철학이나 강의에 흥미가 줄어든 모양이었다.

마이케나스는 위인에게 경의를 표한다는 명분으로 그의 집에 출동했지만 아나나 다를까 위인은 집에 없었다. 안토니우스 대신 마이케나스를 맞으러 나온 옥타비아가 그에게 아티케풍 의자에 앉으라고 권했다. 마이케나스의 취향으로는 아름답다고 보기 힘든 의자였다.

"왜일까요," 마이케나스가 포도주잔을 받아들며 옥타비아에게 말했다. "그리스인들은 다방면에 뛰어난데 유독 곡선의 아름다움에는 둔감해요. 나는 아테네의 모든 것을 사랑하지만 단 한 가지, 직각에 대한 수학적 경직성만큼은 마음에 들지 않아요."

"오, 아테네인들도 곡선을 좋아해요, 마이케나스. 난 특히 기둥머리에 있어서는 양끝이 두루마리처럼 말린 이오니아 양식의 미가 독보적이라고 보는 걸요. 요즘은 코린토스의 아칸서스 잎 장식이 유행인 건 알지만 그 장식은 과한 면이 있어요. 퇴폐적인 인상을 풍기죠." 옥타비아가 미소 지으며 말했다.

마이케나스가 보기에 옥타비아의 얼굴은 수심이 가득했다. 아직 서른이 되지 않은 그녀였다. 하지만 빛나는 청록색 눈 가장자리에는 남동생과 마찬가지로 짙은 그늘이 드리워졌고 입매의 곡선은 아래로 처져 있었다. 또 곡선 얘기로군. 혹시 결혼생활에 문제가 있나? 그럴 리가! 마르쿠스 안토니우스가 아무리 호색가에 난봉꾼이라 해도 아내로서나 여자로서나 옥타비아를 흠잡을 수는 없을 터다.

"안토니우스는 어디 있습니까?"

옥타비아의 눈동자에 먹구름이 드리웠다. 그녀가 어깨를 으쓱했다. "모르겠어요. 돌아온 지 일주일이 지났지만 나도 그이를 거의 못 봤답니다. 글라피라가 아테네에 왔어요. 어린 아들 둘을 데리고서요."

"옥타비아, 설마하니 그가 당신 코앞에서 바람을 피우겠습니까!"

"나도 그렇게 생각하진 않아요. 네, 사실이 아니라고 믿어요."

최고의 지략가는 각진 의자에 앉은 채 상체를 숙였다. "옥타비아, 걱정하는 이유가 글라피라는 아니잖아요. 당신은 그렇게 어리석은 판단을 할 분이 아니죠. 대체 무슨 고민이죠?"

옥타비아는 순간 눈이 먼 사람처럼 보였다. 그녀의 양손이 맥없이 늘어졌다. "잘 모르겠어요, 마이케나스. 뭐라고 콕 집어 말할 수 없지만 안토니우스는 어딘가 변했어요. 난 그이가 기력 왕성하게 돌아와 예전처럼 기분 전환거리를 찾아다닐 줄 알았거든요. 그이는 원래 전쟁극 보기를 좋아해요. 전쟁극을 보면 활력이 샘솟죠. 그런데 그이가 돌아온 뒤론…… 아, 모르겠어요, 꼭 시들어버린 사람 같아요. 이게 적절한 표현일까요? 마치 그가 자부심을 지키는 데 꼭 필요한 뭔가를 이번 여행에서 잃어버리고 온 느낌이에요. 달라진 건 그뿐만이 아니에요. 퀸투스 델리우스와의 관계도 소원해졌죠. 그이는 그의 짐을 싸서 집에서 쫓아냈답니다. 아시아 속주에서 잠시 찾아온 플랑쿠스도 만나지 않으려 해요. 플랑쿠스가 가져온 공물만 건네받고는 에페소스로 돌아가라고 명령했죠. 플랑쿠스는 그이 편이에요. 그런데도 안토니우스는 친구들을 아무도 못 믿겠대요. 다들 자기한테 거짓말을 한다고요. 폴리오도 카이사르가 이탈리아에서 겪는 어려움에 관해 그이와 상의하고 싶어해요. 폴리오 말로는 원로원 내에서 안토니우스 당파를 유지하기가 영 힘들대요. 그런데도 안토니우스는 폴리오가 집에 찾아오는 것조차 허락하지 않아요!"

"최근에 관계가 소원해짐으로써 안토니우스에게 가장 큰 타격이 된 사람은 푸블리우스 벤티디우스죠." 마이케나스가 말했다.

"그 일을 모르는 사람이 로마에 있을까요." 옥타비아가 냉소적으로 말했다. "그이가 큰 실수를 저질렀죠. 벤티디우스가 뇌물을 받았다고 오해했어요."

"어쩌면 그게 문제의 발단이겠군요."

"어쩌면요." 옥타비아는 이렇게 말하고 고개를 돌렸다. "아! 안토니우스!"

안토니우스는 언제나처럼 우아하고 가벼운 발걸음으로 방에 들어왔다. 마이케나스는 이 점이 늘 신기했다. 체구가 크고 근육이 발달한 남자들은 발걸음이 육중하기 마련이었다. 안토니우스의 매끈한 얼굴은 침울한 빛을 띠고 있었는데 일시적인 기분 같진 않았다. 그건 그가 요즘 늘 띠고 있는 표정일 터였다. 안토니우스는 마이케나스를 발견하곤 제자리에 멈춰 서서 그를 쏘아보았다.

"오, 자네였군!" 안토니우스가 의자에 몸을 던지며 말했다. 하지만 술잔은 집어들지 않았다. "언젠간 자네가 오리라 짐작했지만, 아직은 느물느물한 자네 주인께서 구걸하는 편지를 더 보내올 줄 알았는데."

"아뇨, 이제는 구걸하는 마이케나스를 보내야 할 때라고 느끼셨지요."

옥타비아는 일어섰다. "두 분이 말씀 나누도록 이만 일어날게요." 그녀가 안토니우스 곁을 지나며 그의 적갈색 곱슬머리를 헝클어트렸다. "두 분 모두 예의를 지키세요."

마이케나스는 웃음을 터트렸지만 안토니우스는 웃지 않았다.

"옥타비아누스는 뭘 원하는 건가?"

"항상 말해왔잖습니까, 안토니우스. 군함입니다."

"내겐 군함이 없어."

"그럴 리가요! 피레아스 항에 꽉꽉 차 있습니다." 마이케나스는 술잔을 옆으로 치우고 손가락으로 탁상을 짚었다. "안토니우스, 카이사르 옥타비아누스와의 만남을 언제까지나 피하실 수는 없습니다."

"하! 브룬디시움에 코빼기도 안 비친 게 누군데?"

"브룬디시움에 간다는 전언을 안 주셨잖습니까. 재빨리 그리로 가서는 카이사르 옥타비아누스는 아직도 로마에 있다고 하셨죠. 그가 올 때까지 기다리지도 않았고요."

"옥타비아누스는 애당초 올 마음이 없었어. 그저 내가 제 명령에 발딱 일어나는 꼴을 보고 싶었던 거지."

"아니요, 그렇지 않습니다."

언쟁은 몇 시간째 이어졌다. 그사이 식사를 들었지만 두 사람 다 옥타비아의 요리사들이 준비한 맛좋은 요리를 음미할 기분은 아니었다. 식사중에 마이케나스는 고양이가 쥐를 보듯 눈앞의 먹잇감을 찬찬히 살펴보고는 기대감으로 말없이 몸을 떨었다. 옥타비아, 당신의 표현은 더할 나위 없이 정확하군요, 하고 그는 생각했다. 시들어버린 사람이라는 말은 이전과 달라진 안토니우스를 묘사하기에 더없이 정확한 표현이에요.

마침내 안토니우스가 양 허벅지를 손으로 내리치며 짜증스러운 소리를 냈다. 인내심이 바닥나고 있다는 첫번째 신호였다. "안토니우스, 카이사르 옥타비아누스는 당신의 도움 없이 섹스투스 폼페이우스를 무찌를 수 없다는 사실을 부디 인정하세요!" 마이케나스가 말했다.

안토니우스의 입술이 올라갔다. "나는 그 사실을 흔쾌히 인정하네."

"동방을 단속하고 파르티아 왕국에 쳐들어가기 위해 당신에게 필요한 돈이 섹스투스의 보물창고에 있다는 생각은 안 해보셨습니까?"

"흠, 그래……. 해봤지."

"그렇다면 어째서 부를 적절한 방식으로, 그러니까 로마의 방식으로 다시 배치하려 하지 않으십니까? 섹스투스를 무찌르면 카이사르 옥타비아누스의 어려움이 해결된다는 사실이 당신에게 그리도 중요합니까? 당신이 당면한 문제들은 당신과 관련된 겁니다, 안토니우스. 그리고 섹스투스의 보물창고가 활짝 열리면 카이사르 옥타비아누스가 당면한 문제뿐만 아니라 당신이 당면한 문제까지 해결됩니다. 카이사르 옥타비아누스의 운명은 논외로 치고, 지금 중요한 건 당신이 당면한 문제 아닙니까? 당신이 동방에서 화려한 전적을 거두고 돌아오면 그 누가 당신과 겨룰 수 있겠습니까?"

"나는 자네 주인을 신뢰하지 않아, 마이케나스. 옥타비아누스는 섹스투스가 쌓은 재물을 독식할 방법을 찾아낼 거야."

"섹스투스가 보물창고에 쌓아둔 돈이 지금처럼 많지 않다면 그럴 수도 있겠죠. 카이사르 옥타비아누스는 수치와 세세한 회계 법칙을 다루는 재주가 뛰어나다는 사실을 아시죠?"

안토니우스는 웃음을 터뜨릴 수밖에 없었다. "항상 제일 잘하는 과목이 수학이었지!"

"그렇다면 생각해보십시오. 섹스투스의 땅에서 나는 시칠리아 농작물이든, 아프리카와 사르디니아의 곡물 선단에서 훔친 것이든 섹스투스는 로마에, 그리고 당신에게 파는 밀값을 어디서도 치르지 않습니다. 필리피 전쟁 훨씬 전부터 그래왔죠. 섹스투스가 지난 6년간 훔친 곡물의 양은 아무리 적게 잡아도 8천만 모디우스입니다. 욕심 많은 제독 몇 명과 총 경비─로마와 당신이 감당해야 하는 총 경비보다는 적죠─를 고려해봤을 때, 카이사르 옥타비아누스의 주판은 그가 지금까지 거둔 순수익 수치를 모디우스당 20세스테르티우스로 산출했어요. 허무맹랑한 수치가 아닙니다! 섹스투스가 올해 로마에 요구하는 가격이 40세스테르티우스고, 지금까지도 25세스테르티우스 밑으로 받아간 적은 없으니까요. 그러니 섹스투스의 보물창고에는 18억 세스테르티우스 언저리의 돈이 쌓여 있다는 뜻이 됩니다. 무려 7만 2천 탈렌툼이요! 그 돈의 절반만 있어도 카이사르 옥타비아누스는 이탈리아를 먹여 살리고 퇴역병들을 정착시킬 토지를 사고 세금을 낮출 수 있습니다! 그리고 당신은 나머지 절반으로 군단병들에게 은제 쇠사슬 갑옷을 입히고 투구에 타조 깃털을 달아줄 수 있죠! 로마 국고에 가장 돈이 많았던 때도, 심지어 그의 아버지가 국고의 돈을 두 배로 불려놓았을 때도 지금의 섹스투스 폼페이우스가 가진 돈만큼 많지는 않았습니다."

안토니우스는 마이케나스의 말에 홀딱 빠져들었다. 기운이 되살아났다. 그는 학교 다닐 때 수학은 지진아 수준을 면치 못했지만(그와 형제들은 수업에 거의 가지 않았다) 마이케나스가 읊은 수치를 이해하는 데 어려움이 없었고 섹스투스 재산의 추산액이 정확하다는 사실을 잘 알았다. 유피테르 신이시여, 세상에 이런 개새끼가 다 있습니까! 어째서 나는 주판으로 계산해볼 생각을 진작 못했을까? 옥타비아누스가 옳다. 섹스투스 폼페이우스는 로마의 피를 쪽쪽 뽑아먹고 있었어. 돈은 공중으로 사라진 게 아니야! 섹스투스에게 있어!

"일리가 있군." 안토니우스가 퉁명스럽게 내뱉었다.

"그러면 봄에 카이사르 옥타비아누스를 직접 만나보시겠습니까?"

"장소가 브룬디시움이 아니라면."

"아, 타렌툼은 어떻습니까? 브룬디시움보다 멀긴 해도 가는 길이 푸테올리나 오스티아처럼 험하진 않으니까요. 게다가 아피우스 가도에 있으니 회의를 마치고 로마에 들르기도 편하겠군요."

안토니우스의 마음에는 들지 않았다. "아니, 회담은 이른봄에 짧게 갖도록 하지. 티격태격 싸우려 들거나 흥정을 걸면 안 돼. 원정을 개시하려면 나는 여름까지 시리아에 가야 하니까."

그럴 일은 없을 겁니다, 안토니우스. 마이케나스는 속으로 말했다. 이제야 식욕이 되살아나나보군요. 당신 같은 먹보가 군침 돌지 않을 수 없는 숫자이긴 하죠. 타렌툼에 도착할 즈음 당신은 이 사냥감의 덩치가 어마어마한 것을 알고 가장 큰 몫을 요구할 테죠. 8월에 태어난 당신은 사자자리니까요. 반면 카이사르는 차분하고 꼼꼼한 처녀자리와 균형의 천칭자리 사이에 태어났습니다. 당신의 마르스 역시 사자자리죠. 하지만 카이사르의 마르스는 훨씬 강력한 전갈자리랍니다. 또 카이사르의 유피테르는 그의 성위(星位)와 마찬가지로 염소자리고요. 부와 성공. 그래, 나는 주인을 잘 골랐어. 당연하지. 내게는 전갈자리의 영리함과 물고기자리의 양면성이 있으니까.

"그럼 되겠나?" 안토니우스가 내뱉듯 말했다. 재차 묻는 모양이었다.

별자리 분석에 빠져 있던 그는 깜짝 놀라 정신을 차리고 고개를 끄덕였다. "네, 4월 노나이에 타렌툼에서 보기로 하지요."

"안토니우스가 미끼를 물었어." 마이케나스가 옥타비아누스와 리비아 드루실라와 아그리파에게 보고했다. 그는 새해를 맞아 아그리파의 수석 집정관 취임식이 열리는 때에 맞춰 로마로 돌아왔다.

"그럴 줄 알았어." 옥타비아누스가 의기양양하게 말했다.

"도대체 자네는 이 미끼를 얼마나 오래 토가 주름 속에 감춰뒀던 건가?" 아그리파가 물었다.

"아주 초기, 그러니까 내가 트리움비르가 되기 전부터. 그뒤로 매년 수치를 더했지."

"아티쿠스, 오피우스, 큰 발부스와 작은 발부스가 내년 수확물을 사들일 자금을 추가로 빌려주겠다는 의향을 밝혔어요." 리비아 드루실라가 살짝 독기 서린 미소를 지으며 말했다. "마이케나스 당신이 없는 동안 아그리파가 그들에게 율리우스 항을 보여줬어요. 우리가 정말로 섹스투스를 무찌를 수 있겠다고 그들도 믿기 시작한 거죠."

"흠, 계산이 카이사르보다도 빠른 사람들이니까요." 마이케나스가 말했다. "자기네 돈이 안전하다는 것을 깨달았군요."

아그리파의 취임식은 순조롭게 진행되었다. 옥타비아누스가 밤새 그와 함께 하늘의 전조를 살폈고, 아그리파의 새하얀 황소는 포파의 망치와 쿨타리우스의 칼을 순순히 받아들였다. 황소의 양순한 태도를 지켜보던 원로원 의원들은, 마르쿠스 아그리파가 이끄는 올 한 해가 그들에겐 만만히 지나가지 않으리라는 불길한 예감을 애써 억눌렀다. 가이우스 카니니우스 갈루스의 흰 황소는 망치에 빗맞고 달아나려다 한차례 세차게 얻어맞고서야 잠잠해졌다. 아무래도 카니니우스는 저 천하고 상스러운 동료 집정관을 저지할 패기를 보이지 못할 듯했다.

폭동은 여전히 계속되었지만 이제 시리도록 추운 겨울이었다. 티베리스 강이 얼어붙었고 쌓인 눈은 녹지 않았으며 혹독하게 차가운 북풍이 쉴새없이 몰아쳤다. 대규모 군중이 포룸 로마눔을 비롯한 로마의 광장에 모이기 힘든 날씨였다. 그 덕분에 옥타비아누스는 담장 밖으로 나가는 모험을 감행해볼 수 있었다. 하지만 아그리파는 옥타비아누스의 저택을 둘러싼 담장을 허무는 것은 극구 반대했다. 어마어마한 이자율로 금권가들에게 빌린 자금 덕분에 국가에서는 곡식을 모디우스당 40

세스테르티우스에 팔고 있었고, 아그리파가 율리우스 항을 부지런히 드나들고 있었기에 로마를 벗어나 캄파니아로 떠날 의향만 있다면 누구나 일자리를 구할 수 있었다. 위기는 끝나지 않았지만 차츰 잠잠해졌다.

옥타비아누스의 정보원들은 4월 노나이에 타렌툼에서 열릴 회담에 관한 소문을 퍼트리기 시작했다. 그들은 섹스투스가 살날이 얼마 남지 않았다고 말했다. 호시절이 돌아오리라고 소리 높여 노래했다.

옥타비아누스는 이번 약속에만큼은 절대 늦을 수 없었다. 그는 아내와 함께 노나이 훨씬 전에 타렌툼에 도착했다. 마이케나스와 그의 처남 바로 무레나가 동행했다. 이번 회담이 축제 분위기를 띠길 원했던 옥타비아누스는 항구도시 타렌툼 곳곳에 화환과 꽃줄을 걸고 익살극 배우, 마술사, 곡예사, 악사, 기형인, 이탈리아 특별 공연단을 섭외했으며 익살극, 광대극 등 평범한 사람들이 좋아할 공연들을 올릴 목조 극장을 세웠다. 위대한 마르쿠스 안토니우스가 카이사르 디비 필리우스와 축제를 즐기러 온다! 설사 타렌툼이 과거에 안토니우스 때문에 고통받은 적이 있었더라도—그런 적은 없었지만—깡그리 잊어버릴 기세였다. 봄과 번영의 축제, 그것이 이번 행사에 관한 사람들의 시각이었다.

노나이 전날 안토니우스가 탄 배가 도착하자 타렌툼의 전 주민이 부둣가에 나와 뜨겁게 환호했다. 특히 그가 군함 120척으로 구성된 함대를 아테네에서 끌고 왔다고 알려지자 환호는 최고조에 이르렀다.

"훌륭하군, 그렇지?" 옥타비아누스가 아그리파에게 물었다. 그들은 항구 입구에 서서 아직 도착하지 않은 기함을 찾아 두리번댔다. "지금까지 제독을 네 명 봤는데 안토니우스는 없었어. 맨 끝에 오겠지. 저건 아헤노바르부스의 기로군. 검은 수퇘지."

"어울려." 아그리파는 배에 더 관심이 있었다. "전부 갑판 달린 5단 노선이야, 카이사르. 청동 충각에 포와 해병을 실을 공간도 많아. 아, 이런 함대라면 뭐든지 내놓겠어!"

"내 정보원들 말로는 타소스, 암브라키아, 레스보스에 더 있대. 아직은 상태가 좋지만 5년 후엔 그렇지 않을걸. 아, 저기 안토니우스가 오는군!"

옥타비아누스가 웅장한 갤리선을 손으로 가리켰다. 높은 선미루 아래 널찍한 선실이 있고 갑판에 카타풀타가 빽빽이 놓여 있었다. 안토니우스의 기는 심홍색 바탕 가운데에 입을 벌리고 포효하는 황금 사자가 그려져 있었다. 갈기와 꼬리 끝은 검은색이었다. "딱이군." 옥타비아누스가 말했다.

두 사람은 기함이 들어오기로 예정된 부두 쪽으로 돌아갔다. 수로 안내인이 거룻배를 타고서 기함에 길을 안내해주고 있었다.

"자네도 자네 기가 있어야지, 아그리파." 옥타비아누스가 도시를 내다보며 말했다. 해변을 따라 조성된 도시 타렌툼은 주택은 하얀색, 공공건물은 화사한 색으로 칠해져 있었고 광장의 우산소나무와 사시나무는 등불과 장식천이 달린 줄로 장식되어 있었다.

"그렇겠군." 아그리파가 깜짝 놀라며 대꾸했다. "추천할 문양이 있나, 카이사르?"

"하늘색 바탕에 큰 진홍색 글씨로 'FIDES(충성)'라고 쓰게." 옥타비아누스가 재깍 대꾸했다.

"자네의 해군 깃발은, 카이사르?"

"내 기는 따로 없을 거야. 나는 월계관 가운데에 SPQR이라고 쓴 깃발을 달겠네."

"타우루스나 코르니피키우스 같은 제독들은?"

"그들도 나처럼 로마의 SPQR 깃발을 달 거야. 개인 깃발을 다는 사람은 자네가 유일할 걸세, 아그리파. 남다름의 표시지. 자넨 우릴 위해 섹스투스와 맞서 이길 거야. 그런 예감이 내 뼛속까지 느껴져."

"적어도 섹스투스의 배는 도저히 잘못 볼 수 없겠어. 뼈다귀가 교차된 그림이라니."

"남다르지." 옥타비아누스가 대꾸했다. "오, 누가 이런 짓을 했지? 수치스러운 짓이야!"

옥타비아누스가 말한 것은 이 지역 두움비리의 어느 관리가 부두 바닥 전체에 깔아놓은 붉은색 양탄자였다. 이것은 왕에게 하는 대우였기 때문에 옥타비아누스는 경악했지만, 다른 사람들은 개의치 않는 듯했다. 양탄자 색깔이 왕위를 상징하는 자주색보다는 장군의 심홍색에 가까웠기 때문이다. 안토니우스가 나타나 배에서 붉은색 양탄자 위로 뛰어내렸다. 여느 때보다 건강하고 체력이 좋아 보였다. 옥타비아누스와 아그리파는 부두 바닥에 설치된 차양 아래에서 기다렸다. 그들보다 한 발짝 뒤에 차석 집정관 카니니우스가, 그 뒤로 원로원 의원 700여 명이 서 있었다. 모두 마르쿠스 안토니우스의 사람들이었다. 타렌툼의 두움비리와 다른 관리들은 그보다 훨씬 멀리 떨어진 저 뒷자리에 만족해야 했다.

안토니우스는 늘 그렇듯 황금 갑옷을 입고 있었다. 체구가 거대한 그는 토가를 입으면 뚱뚱해 보였다. 안토니우스보다 날씬하지만 똑같이 근육이 발달한 아그리파는 외모에 신경쓰지 않았으므로 자주색 단을 댄 토가를 입고 있었다. 그와 옥타비아누스가 안토니우스를 맞으러 앞으로 걸어나왔다. 두 화려한 장수들 사이에 서 있으니 옥타비아누스는 가냘프고 연약한 어린아이처럼 보였다. 하지만 어쩌면 그랬기 때문에, 혹은 그의 아름다움과 풍성한 밝은 금발머리 때문에 그는 가장 도드라져 보였다. 로마인들이 이탈리아 반도에 이주해 오기 전 그리스인들이 정착해 살던 수백 년 동안 이 이탈리아 남부 도시에는 밝은 금발이 드물었기 때문에, 이곳 사람들은 밝은 금발을 매우 귀하게 여겼다.

됐어! 옥타비아누스는 생각했다. 드디어 안토니우스를 이탈리아 땅으로 불러들였어. 이제 그는 내가 원하는 것, 로마가 가져야 하는 것을 내놓기 전엔 절대 떠나지 못하리라.

그들은 여자아이들이 뿌리는 봄 꽃잎을 맞았다. 열광하는 군중을 향해 미소를 짓고 손을 흔들며 그들을 위해 준비된 건물 단지 쪽으로 행진했다.

"오늘 오후와 저녁에는 여장을 푸십시오." 옥타비아누스가 안토니우스의 숙소 앞에서 말했다. "서두르셔야 할 테니 회담을 바로 시작하는 게 좋겠죠? 아니면 타렌툼 시민들에게 감사를 표하는 의미로 내일은 연극을 관람할까요? 아텔라 익살극을 공연한답니다."

"소포클레스보다는 다수의 취향을 만족시키는 쪽을 택했군." 안토니우스가 편안한 얼굴로 말했다. "그래, 나쁘지 않지. 옥타비아와 아이들도 데려왔네. 옥타비아가 '작은' 가이우스를 보고 싶어 죽을 지경이거든."

"저도 누님이 보고 싶어 죽을 지경입니다. 누님은 아직 제 아내도 못 봤어요. 네, 저도 아내를 데려왔습니다." 옥타비아누스가 말했다. "그러면 내일 아침 다 같이 극장에 가고 오후에 연회를 갖는 걸로 할까요? 그후에 곧바로 회담을 열죠."

옥타비아누스가 숙소에 들어서는데 별안간 마이케나스가 큰 소리로 웃음을 터트렸다.

"자넨 상상도 못할 거야!" 마이케나스가 겨우 숨을 참으며 말했다. 그는 눈물을 훔치더니 다시 배꼽을 잡고 발작적으로 웃었다. "아, 너무 우스워!"

"뭔데?" 옥타비아누스가 하인의 수발을 받아 토가를 벗으며 물었다. "그런데 시인들은 어디 있나?"

"바로 그거야, 카이사르! 시인들!" 마이케나스가 이따금씩 침을 삼키며 겨우 진정하고 말했다. 하지만 눈에서는 계속 찔끔찔끔 눈물이 나왔다. "호라티우스, 베르길리우스, 그리고 베르길리우스를 옹호하는 그의 벗 플로티우스 투카, 바리우스 루푸스, 그 외 몇몇 문인들이 이 타렌툼 축제의 지성적인 분위기를 드높이려고 일주일 전 로마에서 출발했어. 그런데,"―그는 사레가 들려 컥컥대더니 또다시 낄낄 웃다가 가까스로 진정했다―"엉뚱하게 브룬디시움으로 가버린 거야! 그랬더니 브룬디시움에서 자기네 축제를 열어야겠다며 시인들을 놔주지 않는대!" 마이케나스는 또다시 자지러지게 웃어댔다.

옥타비아누스는 애써 미소를 지었고 아그리파도 싱긋 웃었다. 하지만 시인들이 얼마나 현실감각이 없는지 마이케나스만큼은 잘 모르는 그들은 이 일의 희극성을 이해하지 못했다.

한편 안토니우스는 이 일을 알고서 마이케나스만큼 크게 웃음을 터트렸다. 그리고 시인들에게 줄 금화 주머니를 심부름꾼에게 들려 브룬디시움으로 보냈다.

옥타비아누스는 옥타비아와 아이들이 오리라고 미처 예상하지 못했다. 안토니우스가 묵을 저택은 사람들이 육아실 소음에 방해받지 않을 만큼 충분히 크지 않았다. 리비아 드루실라가 묘안을 떠올렸다.

"회담 기간 동안 그 근처의 자기집을 내주겠다는 사람이 있어요." 그녀가 말했다. "내가 옥타비아와 아이들과 함께 그 집에 묵으면 어떨까요? 내가 같이 있으면 안토니우스가 자기 아내 대접이 소홀하다고 불평하지 못할 테죠."

옥타비아누스는 아내의 손에 입을 맞추고 멋진 줄무늬 눈동자를 들여다보며 미소 지었다. "좋은 생각이오, 내 사랑! 당장 그렇게 합시다."

"그리고 당신이 괜찮다면 우린 내일 연극 관람은 가지 않을게요. 아무리 트리움비르라고 해도 아내와 같이 앉아서 볼 순 없잖아요. 여자들이 앉는 뒷자리에서는 대사도 들리지 않을걸요. 옥타비아도 나처럼 광대극은 별로 안 좋아할 것 같고요."

"부르군디누스에게 돈을 받아서 가게에 가요. 당신은 예쁜 옷을 좋아하니까 마음에 드는 걸 사 입으시오. 내가 기억하기로는 옥타비아도 옷 사는 걸 좋아한다오."

"우리 걱정은 말아요." 리비아 드루실라가 아주 기뻐하며 말했다. "입을 만한 옷은 하나도 없을지 모르지만, 우리가 서로 잘 알게 될 좋은 기회일 거예요."

옥타비아는 리비아 드루실라에게 궁금한 게 많았다. 옥타비아 역시 다른 로마 상류층 사람들처럼 자기 남동생이 다른 남자의 아내인데다 그 남자의 둘째 아이를 임신한 여자에게 품었다는 기묘한 격정에 관해, 종교적 이유로 이루어진 이혼에 관해, 옥타비아누스와 리비아 드루실라의 격정을 둘러싼 불가사의에 관해 들었다. 그 감정은 상호적이었을까? 그런 감정이 실제로 존재하긴 했을까?

리비아 드루실라는 옥타비아누스와 결혼하고 전혀 다른 사람이 되어 있었다. 겁 많고 조신한 아내와는 거리가 멀잖아! 옥타비아는 지금까지 들은 소문을 떠올리며 생각했다. 옥타비아의 눈에 비친 리비아 드루실라는 옷차림이 우아한 젊은 귀부인이었다. 최신 유행 스타일로 머리를 올렸고 보석이 달리지 않은 (하지만 순금인) 장신구를 아주 적당한 만큼 걸치고 있었다. 리비아 드루실라를 보고 있자니 옥타비아 자신은 고급 의상을 입었긴 해도 유행에 뒤처진 느낌이 들었다. 아테네에서 비교적 오래 머물었다는 점을 감안하면 당연한 일이었다. 아테네에서는 여자들이 사교모임에 참석할 기회가 별로 없었다. 물론 로마인이 여는 만찬 자리에는 참석할 수 있지만 그리스인이 여는 자리는 여자들에게 개방되지 않았고 오로지 남자만 참석할 수 있었다. 그러니 여성들 유행의 중심지는 로마가 될 수밖에 없었다. 새 올케를 바라보고 있는 지금 옥타비아는 그 사실을 어느 때보다 절감했다.

"우리가 한집에 묵기로 한 건 정말 영리한 수였어요." 옥타비아가 말했다. 그들 앞에 물을 탄 달콤한 포도주와 화덕에서 막 꺼내온 따뜻한 꿀과자가 놓여 있었다. 꿀과자는 이 지역 특산물이었다.

"덕분에 우리 남편들이 더 편히 움직일 수 있게 되었죠." 리비아 드루실라가 미소를 지으며 말했다. "난 안토니우스가 아내 없이 혼자 오려고 할 줄 알았어요."

"맞아요, 그랬죠." 옥타비아가 쓴웃음을 지으며 대꾸하고는 충동적으로 상체를 앞으로 기울였다. "내 얘긴 중요하지 않아요! 당신 이야기를 듣고 싶어요. 당신과……." '작은 가이우스'라는 말이 옥타비아의 혀끝에 맴돌았지만 무언가가 그녀를 막으며 그러면 실수하는 거라고 일침을 놓았다. 리비아 드루실라가 어떤 사람인지는 모르겠지만 감상적이거나 여성스러워 보이지는 않았다. "당신과 가이우스에 관해," 옥타비아가 바꿔 말했다. "바보 같은 이야기를 하는 사람들이 있던데 난 진실을 알고 싶어요."

"우리는 폐허가 된 프레겔라이에서 만나 사랑에 빠졌어요." 리비아 드루실라가 아무렇지 않게 말했다. "우리가 콘파레아티오 결혼식을 올리기 전에 있었던 유일한 만남이었지요. 나는 그때 내 둘째 아들 티베리우스 클라우디우스 네로 드루수스를 임신한 지 8개월째였고요. 카이사르는 그애를 아버지에게 보냈어요."

"아, 저런!" 옥타비아가 외쳤다. "마음이 무척 아팠겠어요."

"전혀요." 옥타비아누스의 아내는 과자를 조금씩 베어먹으며 말했다. "애들 아버지가 싫어서 그애들도 싫어요."

"아이들이 싫다고요?"

"그게 어때서요? 아이들은 커서 결국 우리가 싫어하는 어른이 되잖아요."

"애들을 만나기는 하나요? 특히 그 둘째 아이. 애칭이 뭐죠?"

"그애 아버지가 드루수스로 지었어요. 아뇨, 한 번도 안 만나봤어요. 이제 13개월 됐겠군요."

"그래도 아이가 보고 싶을 텐데!"

"젖몸살이 났을 때나 그랬죠."

"나는, 나는……." 옥타비아는 더듬대다 이내 입을 다물었다. 그녀는 사람들이 작은 가이우스에 관해 뭐라고 하는지 잘 알았다. 사람들은 그를 냉혈한이라고 했다. 흠, 그는 냉혈 여성과 결혼한 것이다. 하지만 사실 둘 다 뜨겁게 불타는 사람들이었다. 옥타비아에게 중요한 것이 그들에게는 중요하지 않을 뿐이었다. "지금 행복해요?" 옥타비아가 물었다.

리비아 드루실라와 공통된 관심사를 찾고 싶었다.

"네, 아주 행복해요. 요즘 제 삶엔 흥미로운 일이 무척 많아요. 카이사르는 천재예요. 그이의 비상한 두뇌가 놀랍고 신기해요. 그런 남자의 아내로 산다니 얼마나 큰 특권이에요? 그리고 전 그이의 조력자이기도 해요. 그이는 제 조언에 귀를 기울이거든요."

"그애가 정말로 그래요?"

"제 말을 늘 경청해요. 우리는 침대에서 대화하는 시간을 항상 기다리죠."

"침대에서 대화를 한다고요?"

"네. 그이는 그날 있었던 골치 아픈 일들을 저와 단둘이 상의해요."

옥타비아의 눈앞에 이 희한한 한 쌍의 모습이 아른거렸다. 두 젊고 매력적인 남녀가 침대에서 껴안고 누워 '대화'하는 모습. 그러면 이 두 사람은 과연…… 과연……? 대화가 끝난 뒤에 잠자리를 갖겠지, 하고 결론을 짓는데 문득 쨍그랑 종이 울리듯 리비아 드루실라의 웃음소리가 들렸고, 옥타비아는 혼자만의 생각에서 빠져나왔다.

"그날의 고민거리를 쏟아내고 나면 그대로 잠들어버려요." 리비아 드루실라가 다정한 목소리로 말했다. "그이는 평생 요즘처럼 잘 자본 적이 없대요. 멋지지 않아요?"

오, 당신은 아직도 어린애로군! 상황을 이해한 옥타비아는 속으로 생각했다. 당신은 내 동생의 그물에 잡힌 작은 물고기야. 그애는 당신을 자기에게 필요한 사람으로 만들어가고 있어. 부부관계는 그애에겐 필요하지 않은 거야. 콘파레아티오로 맺어진 이 결합을 작은 가이우스가 완성시키긴 했을까? 당신은 콘파레아티오 결혼식을 올린 걸 무척 자랑스레 여기지만 실상은 그 결혼식으로 그애한테 완전히 속박된 거야. 설사 이 결합이 완성되었다 해도 당신 또한 그것이 목적은 아니겠지. 가련한 작은 물고기 같으니, 당신은 작은 가이우스와 동등한 권력을 갖기를 열망하고 있어. 당신을 한 번만 보고도 그런 사실을 간파했다니 그애의 통찰력이 얼마나 대단한지. 리비아 드루실라, 리비아 드루실라! 언젠가는 당신도 어른이 될 거야. 하지만 내가 느끼며 살아온, 그리고 지금도 느끼고 있는 여자의 진정한 행복은 절대 모르겠지……. 이 부부는 강철 같은 얼굴로 세상에 맞서는 최초의 부부가 되겠구나. 마주치는 모든 사람과 사건을 제어하며 싸우는. 아그리파도 당신에게 넘어갔겠군. 내 동생만큼이나 당신한테 홀딱 반했겠지.

"스크리보니아는 어떻게 지내죠?" 옥타비아가 주제를 바꿨다.

"잘 지내요. 행복하진 않지만요." 리비아 드루실라가 한숨을 쉬었다. "로마 분위기가 이제 좀 가라앉아서 일주일에 한 번 그녀의 집을 방문해요. 거리에 폭도들이 날뛸 때는 밖에 나가기가 힘들었어요. 카이사르가 스크리보니아의 집에도 보초를 세웠죠."

"율리아는 어때요?"

한순간 리비아 드루실라가 멍한 표정을 짓더니 다시 얼굴이 밝아졌다. "아, 그 율리아요! 우습게도 난 그 이름을 들을 때마다 디부스 율리우스의 딸을 떠올린다니까요. 그 아인 아주 예쁘게 자라고 있어요."

"올해 두 살이니 이제 걷고 말도 하겠군요. 머리는 똑똑해요?"

"잘 모르겠어요. 스크리보니아가 아이를 아주 애지중지해요."

별안간 옥타비아는 금방이라도 눈물이 쏟아질 것 같았다. 그녀가 자리에서 일어났다. "굉장히 피곤해요. 낮잠을 자러 가도 될까요? 아이들을 만나볼 기회는 앞으로도 많을 거예요. 우린 여기 며칠 머무를 테니까요."

"몇 주가 될 거예요." 리비아 드루실라가 말했다. 언뜻 보기에도 어린 아이들을 만나는 걸 그리 기대하는 것 같진 않았다.

마이케나스의 예상은 적중했다. 아테네에서 섹스투스 폼페이우스의 보물창고에 쌓인 재물의 규모를 계산하며 겨울을 보낸 안토니우스는 사자답게 가장 큰 몫을 요구했다.

"내게 80퍼센트를 주게." 안토니우스가 선언했다.

"무엇의 대가로요?" 옥타비아누스가 무표정한 얼굴로 물었다.

"내가 타렌툼에 데려온 함대와 경험이 풍부한 세 제독 비불루스, 오피우스 카피토, 아트라티누스의 군복무에 대한 대가지. 오피우스가 60척을 지휘하고 나머지 60척은 아트라티누스가 지휘하며, 비불루스는 총책임을 맡을 걸세."

"그러면 나는 최소 300척을 추가로 제공하고 시칠리아 원정을 떠날 지상군을 내놓는 대가로 나머지 20퍼센트를 갖는군요."

"정답일세." 안토니우스가 자신의 손톱을 살펴보며 말했다.

"분배가 다소 불공정하다고 생각하지 않으십니까?"

안토니우스는 환하게 웃더니 살짝 사악한 태도로 상체를 숙였다. "표현을 다르게 해볼까, 옥타비아누스. 자네는 나 없이 섹스투스를 칠수 없어. 그러니 이 회담의 조건은 내가 정해."

"우월한 지위에서 협상에 임하시겠다, 네, 알겠습니다. 하지만 저는 그 주장에 동의할 수 없습니다. 이유는 두 가지입니다. 첫째, 우리가 힘을 합쳐 제거하려는 대상은 당신이나 제가 아닌 로마에 붙은 진드기입니다. 둘째, 섹스투스의 만행으로 입은 피해를 복구하고 로마가 진 빚을 갚으려면 20퍼센트로는 부족합니다."

"자네가 뭘 원하고 뭐가 필요한지는 개똥만큼도 관심 없어! 내가 이일에 관여한다면 80퍼센트를 가져가겠어."

"그러면 우리가 아그리겐툼에서 섹스투스의 보물창고를 열 때 당신도 같이 있겠단 말이오?" 레피두스가 물었다.

레피두스가 회담장을 찾아온 것은 안토니우스와 옥타비아누스 둘다에게 충격이었다. 16개 군단을 아프리카에 데리고 처박혀 있던 세번째 트리움비르가 이 일에 끼어들 거라 전혀 예상하지 못했던 것이다. 어떻게 레피두스가 회담에 참석할 수 있을 만큼 이 소식을 일찍 전해들었는지 안토니우스는 도무지 알 수 없었다. 옥타비아누스는 레피두스의 장남 마르쿠스를 의심했다. 그는 옥타비아누스가 손끝 하나 대지않은 첫번째 신부 세르빌리아 바티아와 결혼하기 위해 로마에 와 있었다. 누군가 이 회담에 관해 귀띔해주자 즉시 레피두스에게 연락을 취한 것이리라. 머지않아 어마어마한 전리품을 손에 넣으면 아이밀리우스 레피두스 가문은 자기네 몫을 요구하겠지.

"아니, 내가 아그리겐툼에 있진 않을 거요!" 안토니우스가 쏘아붙였다. "나는 파르티아인들을 제압하러 가는 중이겠지."

"그렇다면 섹스투스의 보물창고에 있는 돈이 당신 지시대로 분배될리 있겠소?" 레피두스가 물었다.

"만일 그리되지 않으면 최고신관 당신은 신관 직이고 뭐고 다 내놓아야 할 거요! 당신 휘하에 군단이 있다고 내가 상관할 듯싶소? 아니, 천만에! 제대로 된 군단은 몽땅 내게 속해 있고, 나는 언제까지나 동방에 있지는 않을 테니까. 분명히 말하지만 80퍼센트요."

"50퍼센트." 옥타비아누스가 여전히 무표정한 얼굴로 말했다. 그는 레피두스 쪽을 쳐다보았다. "그리고 최고신관 당신에게 돌아갈 몫은 없습니다. 당신은 이번 일에 필요하지 않으니까요."

"허튼소리 말게. 당연히 내 도움이 필요할걸." 레피두스가 느긋하게 말했다. "하지만 난 욕심이 많지 않다네. 10퍼센트면 충분해. 안토니우스 당신은 욕심이 많으니 40퍼센트는 줘야겠지요. 옥타비아누스는 섹스투스의 만행으로 가장 많은 빚을 졌으니 50퍼센트를 가져야 하오."

"80퍼센트가 아니면 함대를 도로 아테네로 데려가겠어."

"그렇게 하십시오. 하지만 그러면 당신은 아무것도 얻지 못합니다." 옥타비아누스가 살짝 사악한 태도로 상체를 숙였다. 아까 안토니우스가 같은 동작을 했을 때보다 더 위협적이었다. "착각하지 마십시오, 안토니우스! 당신이 함대를 내주든 내주지 않든 섹스투스 폼페이우스는 내년이면 고꾸라집니다. 저는 충직하고 성실한 트리움비르로서 그를 패배시키고 얻게 될 전리품을 함께 나누어 가질 기회를 당신에게 제안한 겁니다. 네, 이것은 '제안'입니다. 당신이 동방에서 치를 전쟁이—만일 성공한다면—로마와 국고에 이득이 될 것이므로 그 전쟁에 자금을 대겠다고 제안하는 겁니다. 그 이유가 아니라면 이 제안을 하지 않았을 겁니다. 하지만 레피두스의 말도 일리가 있군요. 섹스투스가 함대를 모조리 잃었을 때 제가 아그리파의 군단에 레피두스의 군단까지 보태서 그 산이 많고 큰 섬을 침략하면 시칠리아는 아주 빨리 함락되고 인명 피해도 덜할 겁니다. 그러니 저는 최고신관에게 전리품의 10퍼센트를 내줄 용의가 있습니다. 제겐 50퍼센트가 필요하고요. 남는 것은 40퍼센트입니다. 7만 2천의 40퍼센트는 2만 9천이죠. 카이사르가 파르티아 원정에 대비해 준비했던 군자금 규모와 얼추 비슷하군요."

안토니우스는 한눈에 봐도 화가 끓어오르는 모습이었지만 아무 말 없이 듣고 있었다.

옥타비아누스가 이어 말했다. "하지만 우리가 섹스투스를 상대로 전면전을 일으킬 즈음이면 그는 지금의 돈에 올해 햇곡식값으로 받은 2만을 보태 총 9만 2천 탈렌툼을 갖고 있을 겁니다. 10퍼센트면 9천 탈렌툼이 넘는 돈이에요. 당신이 가져갈 40퍼센트는, 안토니우스, 3만 7천에 달합니다. 생각해보세요! 적은 투자로 엄청난 이익을 거두는 겁니다. 당신이 투자하는 게 얼마나 대단한 함대인지 모르겠지만 어쨌든 겨우 함대 하나 아닙니까."

"80퍼센트." 안토니우스가 재차 말했다. 하지만 목소리는 살짝 흔들렸다.

안토니우스는 과연 얼마까지 생각하고 왔을까? 마이케나스는 생각했다. 80퍼센트는 아닐 것이다. 그만큼 가져갈 수 없다는 건 자기도 잘 알 테니까. 하지만 원래 전리품에 올해 수확한 곡식으로 번 돈까지 더해진다는 것은 미처 생각 못 한 게 분명했다. 안토니우스가 애초 머릿속으로 얼마를 생각하고 왔는지에 달렸어. 원래 수치에 근거해서라면 3만 6천일 터다. 새로 나온 수치를 기준으로 한다면 10퍼센트 줄여 생각할 테고, 그러면 애초에 50퍼센트로 얻을 수 있었던 금액보다 살짝 높은 금액에 도달하겠지.

"기억하십시오." 옥타비아누스가 말했다. "안토니우스, 그리고 레피두스, 당신들에게 얼마가 돌아가든 그건 모두 로마의 이름으로 치러지는 돈입니다. 두 분 모두 자신에게 돌아간 돈을 전부 로마를 위해 쓰진 않겠지요. 반면 저는 50퍼센트를 몽땅 국고에 귀속시킬 겁니다. 장군은 10퍼센트를 받을 권리가 있음을 잘 알지만 저는 한 푼도 챙기지 않겠습니다. 제가 돈을 따로 챙긴들 어디에 쓰겠습니까? 신이 된 제 아버지께서는 충분한 재산을 물려주셨고 저는 필요한 집을 샀습니다. 집에 필요한 가구도 다 채웠습니다. 그러니 저는 개인적으로 돈을 쓸 데가 없습니다. 제 몫은 온전히 로마에 바칠 겁니다."

"70퍼센트." 안토니우스가 말했다. "내가 수장이야."

"무엇에 관해서 말입니까? 설마 섹스투스 폼페이우스를 상대로 한 전쟁을 말씀하시는 건 아니겠지요." 옥타비아누스가 말했다. "40퍼센트입니다, 안토니우스. 그만큼 받든지 빈손으로 돌아가든지 양자택일하십시오."

힘겨루기는 한 달째 이어졌다. 지금쯤 안토니우스는 한창 시리아로 가는 중이어야 했다. 그가 아직도 타렌툼에 있는 이유는 순전히 섹스투스의 재물 때문이라고 할 수 있었다. 안토니우스는 휘하의 20개 군단과 2만 기병에게 최고의 장비를 지급할 충분한 돈을 확보하겠다고 단단히 결심했다. 포 수백 문, 대군에게 먹일 양식과 말 사료를 몽땅 실을 대규모 물자 수송대까지. 옥타비아누스는 안토니우스가 그 돈을 모조리 자기 주머니에 챙긴다는 말을 흘리겠지! 안토니우스는 그러지 않을 터였다. 그가 그러지 않으리라는 것은 옥타비아누스도 잘 알았다. 이 말은 안토니우스의 군대가 지금까지 로마가 배출한 가장 뛰어난 군대가 된다는 뜻이었다. 오, 그리고 동방 원정의 마지막에 그가 거둬들일 약탈물! 섹스투스의 보물 따위는 비교도 되지 않을 터다.

마침내 협상이 타결되었다. 옥타비아누스와 로마에 50퍼센트, 안토니우스와 동방에 40퍼센트, 아프리카의 레피두스에게 10퍼센트.

"고려사항이 몇 가지 더 있습니다." 옥타비아누스가 말했다. "전부 즉각 매듭지어야 합니다."

"오, 유피테르 신이시여!" 안토니우스가 으르렁댔다. "뭔데?"

"푸테올리 협정인지 미세눔 협정인지 뭔지로 인해 섹스투스는 펠로 폰네소스를 비롯한 인근 도서지역을 아우르는 집정관급 임페리움을 보유하게 되었습니다. 또한 그는 내후년에 집정관 자리에 오를 예정입니다. 전부 즉각 무효화해야 합니다. 원로원은 결의안을 내서 다시 한 번 섹스투스를 공공의 적으로 선포하여 로마를 기준으로 1천500킬로미터 내에서 불과 물의 사용을 금지시키고, 이른바 속주 총독 자격을 그에게서 박탈하고, 집정관 명단에서 이름을 삭제해야 합니다. 그는 절대 집정관이 될 수 없습니다."

"그게 어떻게 즉각 되겠나? 원로원은 로마에서 회의를 열잖아." 안토니우스가 반박했다.

"회의의 주제가 전쟁이지 않습니까? 원로원은 전쟁을 논할 때 신성경계선 밖에서 모여야 하고 타렌툼은 당연히 신성경계선 밖에 있습니다. 이곳에는 당신의 말을 잘 따르는 원로원 의원들이 700명 넘게 모여 있고요, 안토니우스. 다들 당신 뒤에서 굽실대느라 코끝이 갈색이 되었죠." 옥타비아누스가 비꼬았다. "게다가 여기 이렇게 최고신관도 와 계시고 당신은 조점관이 아닙니까. 저 역시 신관이자 조점관이죠. 회의를 여는 데 걸림돌이 될 것은 아무것도 없습니다."

"원로원 회의는 축성된 건물에서 열어야 해."

"타렌툼에도 축성된 건물이 있습니다."

"자네가 한 가지 잊은 게 있네, 옥타비아누스." 레피두스가 말했다.

"말씀해주시죠."

"섹스투스 폼페이우스라는 이름은 이미 집정관 명단에 올라 있어. 집정관들을 미리 선정한 뒤 전년도에 선거를 여는 시늉만 할 때면 보통 그렇게 하지. 그리고 집정관 명단에 이미 올라와 있는 이름을 지우는 것은 신성모독일세."

옥타비아누스가 킥킥 웃었다. "이름을 왜 지웁니까, 레피두스? 그럴 필요 없어요. 로마 시내를 활보하는 같은 가문의 다른 섹스투스 폼페이우스가 있다는 사실을 잊으셨어요? 내후년에 그가 집정관이 되지 못할 이유가 없습니다. 작년에 법무관을 지낸 예순 명 중 하나죠."

모두의 얼굴에 환한 웃음이 번졌다.

"기가 막히군, 옥타비아누스!" 레피두스가 외쳤다. "나도 그 친구를 알아. 폼페이우스 스트라보의 종손이지. 그에게 죽도록 아첨이 쏟아지겠군."

"뭐, 죽진 않고 죽기 직전까지 가겠죠, 레피두스." 옥타비아누스는 하품을 하며 기지개를 켜더니 기분좋은 고양이 같은 표정을 지었다. "그러면 타렌툼 협정이 타결된 것으로 보면 될까요? 그리고 로마로 가서 삼두정치가 5년 연장되며 해적 섹스투스 폼페이우스가 활개칠 날이 얼마 남지 않았다는 이 기쁜 소식을 전하면 되겠습니까? 안토니우스 당신도 같이 로마로 가시지요. 어차피 올해는 원정을 나가기에 너무 늦었으니까요."

"오, 안토니우스, 기뻐요!" 옥타비아가 안토니우스에게서 소식을 듣고 외쳤다. "어머니와 어린 율리아를 내가 직접 만나볼 수 있겠어요. 리비아 드루실라는 어린 율리아의 처지를 딱하게 여기지 않더라고요. 올케가 작은 가이우스더러—카이사르 옥타비아누스 말이에요—딸과 연락하고 지내라 할 것 같지 않아요. 어린것이 안됐어요."

"당신 또 임신을 했구려." 안토니우스의 얼굴이 밝아졌다.

"눈치챘네요! 어쩜! 아직 잘 몰라서 확실해지면 말하려고 기다리는 중이었어요. 이번엔 아들이었으면 좋겠네요."

"아들이든 딸이든 뭐가 중요하겠소. 난 어차피 둘 다 많은데."

"네, 그렇죠." 옥타비아가 말했다. "다른 어떤 유명인사보다도 자식을 많이 봤죠. 특히 클레오파트라의 쌍둥이 자식들까지 치면요."

안토니우스의 얼굴에 미소가 스쳤다. "그애들이 마음에 걸리오?"

"맙소사, 아니에요! 그보다는 당신의 왕성한 정력이 자랑스러운 걸요." 이 대답에 어울리는 미소가 그녀의 얼굴에 떠올랐다. "솔직히 클레오파트라에 관해 이런저런 생각이 들긴 해요. 클레오파트라는 잘 지내나요? 행복하게 살고 있어요? 로마인들은 대부분 그녀를 잊었어요. 내 동생도요. 어떤 면에서는 그녀가 안됐다는 생각이 들어요. 당신의 쌍둥이 자식들뿐만 아니라 디부스 율리우스의 아들을 낳은 여자이기도 하잖아요. 어쩌면 클레오파트라는 언젠가 로마에 돌아올지도 몰라요. 클레오파트라를 다시 만나보고 싶어요."

안토니우스가 옥타비아의 손을 잡고 입을 맞췄다. "이 말은 꼭 해야겠소, 옥타비아. 당신은 정말이지 질투심이라고는 없는 여자요."

로마에서 안토니우스는 그를 기다리는 두 통의 편지를 발견했다. 하나는 헤로데스, 하나는 클레오파트라에게서 온 편지였다. 클레오파트라의 편지는 그리 급하지 않을 거라고 생각해 헤로데스한테서 온 편지의 인장을 먼저 뜯었다.

친애하는 안토니우스, 내가 드디어 유다이아의 왕이 되었습니다! 가이우스 소시우스의 군사적 기량 부족을 고려하면 쉽지는 않았죠. 그는 실로와 딴판이더군요! 평화 시대에 좋은 총독이 되겠지만 유대인들의 규율을 바로잡는 일에는 잘 맞지 않을 것 같습니다. 그래도 그는 나를 각별히 예우해주었습니다. 로마 병사들로 구성된 뛰어난 2개 군단을 내주고 내가 직접 그들을 이끌어 유다이아로 남진하게 해주었죠. 안티고노스는 예루살렘을 빠져나와 예리코에서 나를 만났고 나는 그에게 대승을 거두었습니다.

안티고노스는 예루살렘으로 달아나 포위전을 버텼습니다. 소시우스가 내게 훌륭한 2개 군단을 지원해준 덕에 예루살렘은 함락되었지요. 그가 2개 군단을 직접 데려왔습니다. 그는 함락된 예루살렘을 약탈하려 했지만 내가 그러지 말라고 설득했습니다. 내가 말했지요. 나와 로마에 필요한 것은 번영하는 유다이아지, 약탈된 불모지가 아니라고요. 결국엔 그도 수긍하더군요. 우리는 안티고노스를 쇠사슬로 묶어 안티오케이아로 보냈습니다. 당신이 안티오케이아에 닿는 대로 그를 어떻게 처리할지 결정하십시오. 나는 처형을 강력히 촉구합니다.

마사다에 갇혀 있던 내 가족과 히르카노스의 가족을 풀어주고 마리암네와 혼인을 올렸습니다. 마리암네는 우리의 첫 아이를 임신했습니다. 나는 유대인이 아니기 때문에 나 자신을 대사제로 임명하진 않았습니다. 그 영예는 사독의 후손 아나넬로스에게 돌아갔어요. 앞으로 그는 내 지시에 따라 움직일 겁니다. 물론 나를 반대하는 세력이 있고 내게 대항해 무기를 들려고 모의하는 자들도 있지만, 그들은 아무것도 이루지 못할 겁니다. 나는 유대인들의 목을 발로 꽉 짓누르고 있으며, 내 목숨이 붙어 있는 한 앞으로 절대 그 발을 떼지 않을 테니까요.

마르쿠스 안토니우스, 부디 청하건대 지금처럼 다섯 개로 쪼개진 유다이아가 아닌 온전하게 연결된 유다이아를 내게 돌려주십시오! 항구도시도 필요해요. 가자는 너무 남쪽이니 요페가 좋겠습니다. 가장 큰 희소식은 파르티아를 편들면서 친척이자 구원자인 나를 거부해온 나바테아의 말코스한테서 역청 채취장을 빼앗은 겁니다.

당신의 지지에 무한한 감사를 보내며 이만 편지를 끝맺겠습니다. 장담하건대 로마는 나를 유다이아의 왕으로 만든 것을 결코 후회하지 않을 겁니다.

안토니우스는 두루마리에서 양손을 떼어 머리를 받치며 기대앉았다. 이 셈족 두꺼비를 머릿속에 떠올리며 그는 빙그레 미소를 지었다. 동방의 마이케나스야. 하지만 마이케나스에겐 전혀 없는 무자비함과 야만성을 지니고 있지. 중요한 건 시리아 남부가 어떤 상태여야 로마의 이익에 가장 부합하는가이다. 유다이아 왕국의 재통일? 아니면 지금처럼 분열된 채로 유지? 헤로데스는 예리코의 발삼 농원과 사해의 역청 채취장을 손에 넣음으로써 지리적 경계를 단 1킬로미터도 넓히지 않고 막대한 부를 거머쥐었어. 유대인들은 호전적이고 군사 역량이 뛰어나다. 머리가 비상한 왕이 다스리는 부유한 유다이아 왕국이 과연 로마에 도움이 될까? 만일 유다이아가 오론테스 강 이남의 시리아 전역을 집어삼킨다면 어떤 일이 벌어질까? 유다이아의 왕은 그다음에 어디를 넘볼까? 나바테아겠지. 인도 및 타프로바네와의 무역에 쓰이는 거대한 두 선단 중 하나를 차지할 수 있을 테니. 그다음에는 이집트를 노릴 거야. 로마 속주들이 있는 북쪽으로 확장을 시도하는 것보다 그편이 덜 위험하니까. 흠…….

안토니우스는 클레오파트라의 편지를 집어들어 인장을 뜯고 아까보다 훨씬 빠르게 읽어 내렸다. 헤로데스와 클레오파트라는 그리 다른 부류의 인간이 아니었다. 둘 다 감상적인 구석이라곤 눈곱만치도 없었다. 클레오파트라는 여느 때처럼 카이사리온에 대한 찬사를 한껏 늘어놓고 있었지만, 그것도 감상주의보다 제 새끼를 귀하게 여기는 암사자의 모습에 가까웠다. 카이사리온 얘기만 빼면 이것은 과거의 애인이라기보다 한 명의 군주로부터 온 편지였다. 애인 노릇은 글라피라가 이집트의 경쟁자 못지않게 잘해줄 터였다.

클레오파트라의 조막만한 얼굴과 매부리코가 안토니우스의 눈앞에 아른거렸다. 행복할 때면 밝게 빛나는 황금빛 눈동자도. 그녀는 지금 행복할까? 이 편지는 장남을 향한 애정표현으로 살짝 부드러워졌을 뿐 매우 사무적이었다. 뭐, 어쨌든 클레오파트라는 여자이기 전에 군주니까. 하지만 그녀는 최소한 옥타비아보다 할말이 많을 터였다. 옥타비아는 임신과 로마에 돌아가고 싶은 문제로 머릿속이 꽉 차 있었다. 그녀는 리비아 드루실라를 좋게 본 것 같지 않았다. 차갑고 계산적인 여자로 여겼다. 물론 옥타비아가 그렇게 말하지는 않았다. 아내가 타인에게 결례를 범한 적이 있던가? 설사 남편과 단둘이 있는 자리에서라도? 그가 아내의 생각을 알아챈 것은 그 역시 비슷한 느낌을 받았기 때문이었다. 리비아 드루실라는 철저히 옥타비아누스의 사람이었다. 과연 옥타비아누스는 무엇을 갖고 있기에 그렇듯 강철 발톱을 가진 인간들을 붙잡아 곁에 둘 수 있는 것일까? 아그리파. 마이케나스. 그리고 이제는 리비아 드루실라.

문득 로마를 향한 혐오가 물밀듯이 밀려왔다. 로마의 골치 아픈 소수 지배층, 로마의 탐욕, 로마의 냉혹한 목표, 로마가 신에게서 부여받았다는 세상을 지배할 권리. 심지어 술라나 카이사르 같은 이들도 로마

앞에서는 자신의 욕망을 외면했고, 로마의 제단에 자신이 일군 모든 것을 바쳤으며, 로마에 권력과 업적과 정신을 전부 내주었다. 그것이 그의 문제였을까? 그들과 달리 그는 추상적 관념이나 목표에 헌신할 수 없는 사람인 걸까? 알렉산드로스 대왕이 마케도니아를 바라보는 관점은 카이사르가 로마를 바라본 관점과 달랐다. 알렉산드로스 대왕은 자기 자신을 우선시했고, 강력한 국가를 만들기보다는 스스로가 신이 되기를 꿈꾸었다. 물론 그 때문에 알렉산드로스 대왕의 제국은 그의 죽음과 함께 멸망했다. 반면에 로마라는 제국은 한 사람이 죽는다 해서, 아니 여러 사람이 죽는다 해도 결코 멸망하지 않는다. 로마인은 한시적으로 태양의 자리를 차지할지언정 결코 자기 자신을 태양으로 생각하지 않는다. 알렉산드로스 대왕은 자기 자신을 태양으로 생각했다. 어쩌면 마르쿠스 안토니우스도 그런 것인지 몰랐다. 그랬다, 마르쿠스 안토니우스는 그만의 태양을 원했다. 그리고 그의 태양은 로마의 것이 아니었다. 그렇다, 그의 태양은 로마의 것이 아니었다!

어째서 타렌툼에 모인 인간들이 그의 몫을 깎아내리도록 놔둔 걸까? 그는 자신의 함대를 끌고 협상장을 떠나기만 하면 되었는데, 그러지 않았다. 자신이 타렌툼을 떠나지 않는 이유가 훗날 파르티아 왕국에 쳐들어갈 때 함께할 병사들의 안전과 복지를 담보하기 위해서라고 생각했다. 그러면서 공허한 약속을 나열하는 상대에게 끊임없이 기만당했다! 네, 당신에게 잘 훈련된 군단병 2만 명을 내드리기로 약속합니다, 하고 옥타비아누스는 말했다. 새빨간 거짓말. 섹스투스의 보물창고를 여는 즉시 당신의 40퍼센트를 보내드리겠습니다. 당신이 집정관이 될 거라고 약속합니다. 당신을 가장 유력한 트리움비르로 인정할 것을 약속합니다. 서방에서 당신의 이권을 지켜드릴 것을 약속합니다. 이리 약속합니다. 저리 약속합니다. 거짓말, 거짓말, 온통 거짓말!

생각해봐, 안토니우스. 머리를 써! 원로원 의원 1천 명 중 700명 이상이 네 편이야. 나는 상위 계급 유권자들의 표를 결집시켜 법과 선거를 마음대로 통제할 수 있어. 그런데도 카이사르 옥타비아누스를 꺾지 못하고 있지. 왜냐면 놈은 이곳 로마에 있고 나는 그렇지 않으니까. 하지만 도무지 끝나지 않을 것 같은 이 여름, 나는 물리적으로 이곳 로마에 있는데도 놈을 파괴할 힘을 동원하지 못하고 있어. 원로원 의원들, 그러니까 악취가 진동하는 무더운 로마를 떠나 바닷가 빌라로 종적을 감춰버리지 않은 자들은 섹스투스 폼페이우스의 돈 궤짝에서 얼마나 많이 뜯을 수 있을지 알게 되기만을 기다리고 있지. 그리고 나는 인민의 시야에서 사라져가고 있어. 지금 내가 이렇게 돌아왔는데도 사람들은 나를 잘 알아보지 못해. 내가 로마를 떠나 있었던 기간은 겨우 2년에 불과한데도. 그들이 옥타비아누스를 증오할진 몰라도 놈은 이제 모두에게 익숙한 애증의 대상이야. 미워하는 데 재미가 들린 대상. 반면난 이젠 로마의 구원자로도 여겨지지 않아. 로마에 공을 세운 지 너무 오래되었으니까. 필리피 전투가 끝나고 5년이 지났건만 나는 동방에서 하겠다고 호언한 것들을 실행하지 못했어. 기사들은 옥타비아누스보다도 날 더 미워해. 옥타비아누스는 기사들에게 수백만을 빚진 탓에 그들의 사람이 되었지. 나는 기사들에게 빚진 것이 없어. 하지만 나는 동방을 안전하게 사업할 수 있는 지역으로 만드는 데 실패했고, 그들은 이 실패를 용서하지 않을 것이다.

율리우스 달이 지나갔고, 8월도 내가 모르는 어떤 시커먼 구멍 속으로 빠르게 사라지고 있어. 시간이 왜 이리 빨리 가는 걸까? 내년, 그래, 필시 내년이리라! 내년이면 나는 한물간 사람, 낙오자가 될 것이다. 그리고 승리는 저 똥덩어리 꼬마에게 돌아갈 테지.

옥타비아가 방에 들어왔다. 그녀는 웃을 듯 말 듯 망설이다 안토니우스가 손짓하자 빙긋이 미소를 지었다.

"겁먹은 표정 짓지 말아요." 그가 나직이 말했다. "당신을 잡아먹진 않으니까."

"그런 생각은 하지 않아요, 여보. 그냥 우리가 아테네에 언제 가는지 궁금해서요."

"9월 칼렌다이에." 안토니우스가 헛기침을 했다. "당신은 데려가지만 아이들은 여기 두겠소. 연말이면 나는 안티오케이아에 있을 텐데 그러면 아테네에 당신 혼자 있게 돼요. 아이들은 여기 로마에서 처남의 보호를 받으며 지내는 편이 더 좋을 거요."

옥타비아가 고개를 떨궜다. 눈에 눈물이 가득 고였다. "아, 견디기 너무 힘들 거예요!" 옥타비아는 갈라진 목소리로 말했다. "아이들에겐 내가 필요해요."

"원한다면 당신도 여기 머물러도 되오." 안토니우스가 무뚝뚝하게 말했다.

"아뇨, 안토니우스, 그럴 순 없어요. 내가 있어야 할 곳은 당신이 있는 곳이에요. 비록 당신이 아테네에 그리 자주 머물지 못한다 해도요."

"당신 좋은 대로 해요."

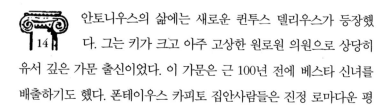 안토니우스의 삶에는 새로운 퀸투스 델리우스가 등장했다. 그는 키가 크고 아주 고상한 원로원 의원으로 상당히 유서 깊은 가문 출신이었다. 이 가문은 근 100년 전에 베스타 신녀를 배출하기도 했다. 폰테이우스 카피토 집안사람들은 진정 로마다운 평

민 귀족이었던 것이다. 그의 이름은 가이우스 폰테이우스 카피토였다. 그는 멤미우스 집안의 어느 누구보다도 미남이고 무키우스 스카이볼라 집안의 어느 누구보다도 교육을 잘 받은 사람이었다. 폰테이우스는 아첨꾼이 아니었다. 그는 안토니우스와 함께 있는 것을 좋아했고 안토니우스의 가장 좋은 면을 이끌어냈으며, 안토니우스의 충직한 피호민으로서 그를 위해 일하는 것을 기쁘게 여겼다. 하지만 폰테이우스의 주인은 어디까지나 자기 자신이었다.

9월 초 안토니우스는 로마와 이탈리아를 떠나며 아내 옥타비아와 함께 타렌툼에 정박된 기함에 승선했다. 폰테이우스도 같이 데려갔다. 안토니우스의 함대에 소속된 군함 120척과 옥타비아가 사비를 털어 동생에게 기부한 5단 노선 20척을 합해 도합 140척이 여전히 타렌툼에 정박되어 있었다. 타렌툼은 격납고 건조로 분주했다. 겨울이 오기 전에 배를 물에서 끌어내 격납고에 넣어야 했다.

조금만 지나면 추분 전후의 돌풍이 불어올 것이기에 안토니우스는 하루바삐 떠나고 싶었다. 바람 때문에 파도가 거세지기 전에 어서 펠로폰네소스 반도 하단의 타이나론 곶을 지나 아테네로 가서 피레아스 항에 배를 정박시키길 바랐다.

하지만 사흘째 되는 날 안토니우스 일행은 끔찍한 폭풍을 만났다. 어쩔 수 없이 에페이로스 바로 아래 그리스 해안에서 다소 떨어진 아름다운 섬 케르키라에서 쉬어가야 했다. 임신 7개월째인 옥타비아는 출렁이는 배에서 고된 시간을 보낸 터라 육지에서 쉬게 된 것이 더없이 감사했다.

"당신 계획이 미뤄져서 속상해요." 옥타비아가 안토니우스에게 말했다. "하지만 솔직히 며칠 쉬어갔으면 해요. 뱃속의 아기가 아무래도 해군보다 육군 쪽인 것 같거든요."

옥타비아의 소소한 농담에도 안토니우스는 웃음을 보이지 않았다. 아내의 아픈 몸이나 남편에게 누를 끼치지 않으려는 공손한 태도에 일일이 마음을 쓰기엔 갈 길이 너무 바빴다. "선장이 가능하다고 하는 대로 곧장 출발할 거요." 그가 무뚝뚝하게 말했다.

"그래야죠. 전 괜찮을 거예요."

그날 저녁 옥타비아는 배에서 고생한 이후 계속 속이 울렁거린다며 저녁식사 자리에 나타나지 않았다. 안토니우스는 자기를 늘 따라다니는 사람들을 보기가 지겨웠다. 그들은 서로 안토니우스의 관심을 더 많이 끌려고 다투며 자꾸 그에게 어색하게 친한 척했다. 마음 가는 사람은 폰테이우스밖에 없었으므로 안토니우스는 단둘이 식사하자며 그를 불렀다.

폰테이우스는 외교관처럼 판단이 빠른데다 안토니우스 자신보다도 훨씬 더 그에게 호감이 있었기 때문에 그의 초대를 정중히 수락했다. 그는 예전부터 안토니우스가 우울해한다는 사실을 알고 있었다. 어쩌면 오늘밤이 안토니우스의 상처를 제대로 관찰할 기회일지 몰랐다. 그를 병들게 한 독화살의 정체를 파악할 수 있으리라.

친밀한 대화를 나누기에 이상적인 저녁이었다. 바깥에서 휘몰아치는 바람에 등불이 미친듯이 깜빡거렸고 빗줄기가 덧창을 때렸으며 언덕에서 계곡물이 세차게 흘러내렸다. 추위를 몰아내기 위해 방에 놓아둔 화덕에서 석탄 조각이 붉게 이글거렸고, 하인들은 어두운 그림자 사이를 사령처럼 움직였다.

분위기 때문이었을까, 아니면 어떻게 하면 제대로 된 반응을 끌어낼지 폰테이우스가 정확히 알고 있었기 때문일까, 안토니우스는 내면의 두려움과 공포와 모순과 불안을 논리나 순서도 무시하고 마구 쏟아냈다.

"내 자리는 어디일까?" 그는 폰테이우스에게 물었다. "나는 뭘 원하지? 나는 진정한 로마인일까, 아니면 무언가로 말미암아 더이상 예전만큼 진정한 로마인이 아니게 된 걸까? 이 손끝에 모든 게 달려 있어. 어마어마한 힘이 여기 있지. 하지만, 하지만 더이상 내 것이라고 부를 자리가 없는 느낌이야. 아니, 자리라는 건 틀린 표현일까? 모르겠어!"

"자리라 함은 역할을 뜻하는 것이겠죠." 폰테이우스는 신중하게 말을 골랐다. "당신은 유흥을 즐깁니다. 친구들이나 매력적인 여자들과 함께하길 좋아하지요. 당신이 세상에 보여주는 얼굴은 대담하고 과감하며 솔직합니다. 하지만 저는 당신의 그런 겉모습 아래 복잡한 마음이 있음을 압니다. 그 때문에 당신은 카이사르 살해를 방조했죠. 아뇨, 부인하지 마십시오! 저는 당신을 비난하지 않습니다. 제가 비난하는 사람은 카이사르입니다. 카이사르도 당신을 살해했어요. 옥타비아누스를 상속자로 지목함으로써 말입니다. 당신이 그 일로 얼마나 큰 상처를 입었을까요! 당신은 그때까지 평생 카이사르만을 위해 일했습니다. 카이사르가 왜 당신의 행실을 비난하는지 도무지 이해할 수 없었죠. 카이사르는 유언장에 당신의 이름을 언급조차 하지 않았습니다. 당신의 존엄을 완전히 무너뜨리는 잔인한 한 방이었죠. 어째서 카이사르는 자신의 명성과 군단과 재산과 권력을 인생의 절정기를 맞이한 재종질 안토니우스에게 주지 않고 어느 예쁘장한 청년에게 주었는지 사람들이 궁금해했으니까요. 사람들은 카이사르가 당신의 행실을 아주 못마땅하게 여겼기 때문에 그런 유언장을 남겼다고 해석합니다. 카이사르가 대중의 우상이 아니었다면 유언장이 어떻든 중요하지 않았겠지요. 하지만 사람들은 그를 신으로 만들었습니다. 그리고 신들은 잘못된 판단을 내리지 않아요. 결국 당신은 카이사르의 상속자 자격이 없는 사람이 된 겁니다. 당신은 앞으로 결코 제2의 카이사르가 될 수 없어요. 그것을 불가능하게 만든 건 옥타비아누스가 아니라 카이사르였어요. 카이사르는 당신의 존엄을 망가뜨린 겁니다."

"그래, 맞아." 안토니우스가 주먹을 불끈 부르쥐며 느릿하게 말했다. "그 영감이 내게 침을 뱉었어."

"당신은 본래 내향적인 사람이 아닙니다, 안토니우스. 당신은 구체적인 사실을 다루길 좋아하고, 알렉산드로스 대왕이 그랬듯 복잡한 문제는 검으로 해결하려 하죠. 옥타비아누스와 달리 사회의 속살을 파고들거나 거짓이 진실인 양 조용히 소문을 퍼트리는 재주는 갖고 있지 않습니다. 당신의 딜레마는 카이사르가 당신의 평판에 입힌 오점에서 기인했습니다. 가령 당신은 어째서 동방을 관할 지역으로 택했습니까? 거기서 전쟁을 치르고 손에 넣을 부 때문이었다고 생각하시겠죠? 하지만 저는 그게 진짜 이유였다고 생각하지 않습니다. 당신이 동방을 선택한 진짜 이유는 로마와 이탈리아를 떠나 있을 훌륭한 명분을 얻기 위해서였습니다. 로마와 이탈리아에 계속 머문다면 카이사르가 당신을 싫어했다는 사실을 아는 사람들 앞에 당신 얼굴을 드러내야 했을 테니까요. 자신의 내면을 더 깊이 들여다보십시오, 안토니우스! 상처를 찾아내고 그 정체를 알아내세요!"

"행운!" 안토니우스가 별안간 외치자 폰테이우스는 깜짝 놀랐다. 안토니우스는 다시 한번 크게 외쳤다. "행운! 카이사르의 행운은 아주 유명했고 그 자체로 전설의 일부였지. 하지만 그는 내 이름을 유언장에서 제외시키고 옥타비아누스에게 자신의 행운을 물려주었어. 그렇지 않고서야 그 조그만 버러지새끼가 어찌 여태 살아남았겠나? 놈은 카이사르의 행운을 가졌어, 그래서야! 내 행운은 사라졌는데! 사라졌다고! 그게 핵심이야, 폰테이우스. 내가 뭘 하든 불운이 나를 따라다닌다네. 그러니 내가 어찌 이 상황을 극복하겠나? 난 알아. 난 못해."

"아뇨, 할 수 있습니다, 안토니우스!" 폰테이우스는 이렇게 외치며 대화가 예상치 못한 방향으로 흘러가는 것을 막으려 했다. "지금의 무력감을 단지 운이 없기 때문으로 치부하시려고요? 그렇다면 동방에서 직접 본인의 행운을 만들어내십시오! 당신 능력으로 충분히 할 수 있습니다. 동방을 사업하기 좋은 곳으로 만들어 기사들 사이에서 평판을 회복하십시오! 그리고 동방 출신의, 동방을 위하는 사람을 조언자로 삼으십시오." 폰테이우스는 잠시 말을 멈추고 안토니우스의 인척인 트랄레스의 피토도로스를 떠올렸다. "권력과 영향력과 재력을 고루 갖춘 조언자 말입니다. 타렌툼 협약이 타결되었으니 당신은 앞으로 5년간 트리움비르를 지내게 됩니다. 그 기간을 활용하세요! 아무리 길어내도 마르지 않는 행운의 샘을 스스로 창조하시라고요!"

안토니우스는 흥분하여 온몸에 불꽃이 튀는 듯했다. 우울한 기분이 날아갔다. 갑자기 갈 길이 명확히 보였다. 어떻게 해야 행운을 되찾을지 알 것만 같았다.

"나를 위해 겨울 바다를 건너 긴 여행을 다녀와주겠나?" 그가 폰테이우스에게 물었다.

"무엇이든 하겠습니다, 안토니우스. 저는 당신의 미래를 진심으로 염려하고 있어요. 당신의 미래는 옥타비아누스의 로마와 양립할 수 없습니다. 당신이 자꾸 우울해지는 또다른 이유죠. 옥타비아누스가 만들려는 로마는 예전의 로마를 칭송하는 로마인들에겐 낯선 로마입니다. 카이사르는 생전에 1계급의 권리와 특권을 무너뜨리려 했고, 옥타비아누스는 그 시도를 계속 이어가려고 하죠. 저는 당신이 행운을 되찾는다면 로마를 원래 모습으로 되돌리는 것을 목표로 삼아야 한다고 생각합니다." 폰테이우스는 고개를 들어 바깥의 바람과 빗소리에 귀를 기울이며 빙그레 미소를 지었다. "밖에 돌풍이 몰아치는군요. 제가 어디로 가길 바라십니까?" 그저 수사학적인 질문이었다. 그는 이미 대답을 알고 있었다. 피토도로스가 있는 트랄레스로.

"이집트로 가게. 클레오파트라를 만나서 설득해주게. 겨울이 지나기 전에 안티오케이아에서 나를 만나달라고 말이야. 그렇게 해주겠나?"

"기꺼이 그리하겠습니다, 안토니우스." 폰테이우스가 실망감을 감추며 말했다. "케르키라 항구에 리비아 해를 항해할 만큼 튼튼한 배가 있기만 하면 즉시 떠나겠습니다." 안타까운 표정이 그의 얼굴에 떠올랐다. "한데 주머니 사정이 넉넉하지 않습니다. 돈이 필요합니다."

"돈은 내가 주겠네, 폰테이우스!" 안토니우스가 숨가쁜 목소리로 말했다. 그의 얼굴에 온통 행복감이 번졌다. "오, 폰테이우스, 내가 가야 할 길을 알려주어 고맙네! 나는 반드시 동방을 발판으로 삼아 로마에서 권모술수를 일삼는 카이사르와 그의 후계자 무리를 몰아내야 해!"

안토니우스는 자기 방으로 가던 중 옥타비아의 방문 앞을 지나쳤다. 여전히 흥분감에 들떠 있었고 하루빨리 안티오케이아로 가야 한다는 생각뿐이었다. 아니, 아테네에는 들르지 않겠어! 안티오케이아로 곧장 항해해 가리라. 결심을 굳힌 그는 방문을 열고 안으로 들어갔다. 아내는 이불을 덮고 누워 있었다. 안토니우스는 침대 가장자리에 걸터앉아 아내의 눈썹 아래로 내려온 머리칼을 쓸어올리며 미소를 지었다.

"가엾은 사람!" 그가 다정하게 말했다. "당신을 로마에 두고 왔어야 했는데. 추분이 가까운 이 시기에 이오니아 해에서 고생하게 하지 말았어야 했소."

"아침이면 나아질 거예요, 안토니우스."

"그럴지 모르지만 어쨌든 당신은 여기서 머무르다 이탈리아로 가시오." 안토니우스가 말했다. "아니, 무조건 그렇게 해요! 아무 말도 마시오, 옥타비아. 로마로 돌아가 거기서 우리 아기를 낳아요. 당신은 로마에 있는 아이들이 보고 싶잖소. 나는 아테네에 들르지 않고 안티오케이아로 곧장 가려 하오. 거긴 당신이 있을 곳이 못 돼요."

슬픔이 옥타비아를 덮쳐왔다. 그녀는 고통 어린 눈길로 남편의 불그스름한 눈자위를 바라보았다. 영문은 알 수 없지만, 옥타비아는 이번이 사랑하는 남편 마르쿠스 안토니우스를 보는 마지막이 되리라는 사실을 깨달았다. 케르키라 섬에서의 마지막 인사. 일이 이렇게 될 것을 누가 알았을까?

"당신 뜻에 따를게요." 옥타비아는 마른침을 삼키며 말했다.

"좋소!" 안토니우스가 일어나더니 몸을 숙여 옥타비아에게 입을 맞췄다.

"그래도 내일 아침엔 당신을 볼 수 있죠?"

"그럼, 그렇고말고."

안토니우스가 방에서 나가자 옥타비아는 돌아누워 베개에 얼굴을 파묻었다. 울려는 게 아니었다. 고통이 너무 커서 눈물조차 나오지 않았다. 옥타비아가 응시한 것은 외로움이었다.

폰테이우스가 가장 먼저 떠났다. 마침 케르키라 항에 역시 폭풍이 가라앉기를 기다려 잠시 입항한 시리아 상선이 있었다. 선장은 어차피 리비아 해를 건너야 했으므로 두둑한 뱃삯을 받고 추가로 알렉산드리아에 들르는 것을 전혀 꺼리지 않았다. 상선 화물칸에는 쇠 테두리를 두른 갈리아산 수레바퀴, 가까운 히스파니아산 구리 냄비, 액젓 양념통이 실렸고 남은 공간에는 페트로코리족의 땅에서 난 아마포 캔버스 천이 가득 채워져 있었다. 따라서 배는 물에 적당한 깊이로 가라앉아 있었고, 선장은 하인을 일곱 명이나 데려온 멋쟁이 원로원 의원에게 흔쾌히 선미루의 선장실을 내주었다.

안토니우스에게 손을 흔들어 작별인사를 하면서도 폰테이우스는 여전히 충격에 빠져 있었다. 모든 게 엉망이 됐어! 내가 얼마나 오만했던가! 안토니우스의 마음을 읽을 수 있으리라고, 심지어 그의 마음을 조종할 수 있으리라고 생각했다니! 어째서 저 사내는 다른 모든 걸 제쳐두고 오로지 운에만 집착할까? 운이란 환영이요 상상의 산물이었다. 폰테이우스는 사람들이 카이사르의 행운에 관해 뭐라고 하든 그것이 실재한다고는 믿지 않았다. 그러나 안토니우스는 자기 눈으로 똑똑히 목격했을 진실을 깡그리 무시하고 오로지 행운에만 집착했다. 행운! 게다가 클레오파트라라고! 세상에, 동방의 조언자로 클레오파트라를 고르다니. 안토니우스는 대체 무슨 생각을 하는 걸까? 클레오파트라는 현실을 비틀어 혼란을 가중시키기만 할 것이다. 그 여자의 몸속에는 미트리다테스 대왕의 피가 흐른다. 그뿐인가. 밥먹듯 살인을 일삼는 부도덕한 프톨레마이오스 왕조와 파르티아인들의 피도 섞인 여자다. 폰테이우스가 보기에 클레오파트라는 동방에서 최악의 것들을 모아 추출한 정수 같은 존재였다.

폰테이우스가 원한 것은 내전이었다. 옥타비아누스를 제거할 방법이 내전이라면 말이다. 그리고 옥타비아누스를 물리칠 능력을 갖춘 유일한 사람은 마르쿠스 안토니우스였다. 지난 몇 년간의 안토니우스를 말하는 것이 아니다. 지금 필요한 사람은 필리피 전투의 안토니우스였다. 클레오파트라라니? 오, 안토니우스, 이건 잘못된 선택입니다! 폰테이우스는 카이사르의 아내였던 칼푸르니아가 목숨을 끊기 전 그녀와 가깝게 지내면서 클레오파트라가 로마에 있을 때 일들을 아주 상세히 전해 들었다. 안토니우스의 특사로 길을 나선 그에겐 그리 희망적이지 않은 이야기였다.

한 달간의 여정 끝에 폰테이우스는 알렉산드리아에 당도했다. 중간에 폭풍을 만나 파라이토니온—대단한 곳이었다!—에서 엿새를 지체한 탓이었다. 그 덕분에 선장은 거기서 라세르피키움을 발견했고, 화물칸의 캔버스 천을 치우고 마련한 공간에 라세르피키움을 가득 담은 암포라 스무 병을 실었다.

"제게 행운이 마구 생기는군요!" 선장이 기뻐하며 폰테이우스에게 말했다. "마르쿠스 안토니우스가 안티오케이아에 와서 지내면 또 한바탕 유흥이 벌어질 겁니다. 그때 이걸 한 숟가락씩 팔면 큰돈을 벌겠죠! 암포라당 수천 숟가락은 나올 걸요. 아, 이보다 더 큰 행운이 있을까요!"

알렉산드리아 방문은 이번이 처음이었지만 폰테이우스는 이 도시의 부인할 수 없는 아름다움이나 넓은 도로에도 큰 감흥을 느끼지 못했다. 마이케나스는 이곳을 삭막한 직각의 도시라 하겠군, 하고 그는 생각했다. 하지만 프톨레마이오스 왕조의 후계자들이 대대로 궁전을 세우기를 좋아했던 덕분에 왕실 구역은 매력이 있었다. 궁이 최소 스무 개는 되었고 알현실이 별도로 있었다.

모든 로마인이 감탄해 마지않았던 번쩍이는 황금 장식 사이에서 그는 두 꼭두각시 인형을 만났다. 나무토막처럼 뻣뻣하고 화장이 진한 그들을 묘사할 말을 그는 달리 찾을 수 없었다. 사투르니아나 플로렌티아에서 제작된 인형 한 쌍을 누군가 몰래 끈으로 조종하고 있는 것 같았다. 면담은 짧았다. 그들은 폰테이우스가 용건을 밝힐 기회를 주지 않고 그저 트리움비르 마르쿠스 안토니우스의 안부인사만 전해 들었다.

"물러가도 좋습니다, 가이우스 폰테이우스 카피토." 높은 왕좌에 앉은 하얀 얼굴의 인형이 말했다.

"이렇게 와주셔서 감사합니다." 낮은 왕좌에 앉은 붉은 얼굴의 인형이 말했다.

"오후에 하인이 만찬장으로 안내할 겁니다."

짙은 화장과 화려한 장신구를 걷어내니 작은 사람 두 명이 드러났다. 물론 소년은 다 자라면 키가 꽤 클 듯했다. 폰테이우스는 소년의 나이가 열 살임을 알고 있었다. 사춘기가 시작되진 않았을 뿐 몸집은 열세 살 내지 열네 살로 보였다. 카이사르와 꼭 닮았어! 미래의 주역이 되겠는데. 이애 때문에라도 안토니우스는 이 여자와 엮이지 말아야 해. 미처 예상치 못했지만 아주 긴급한 이유로군. 카이사리온은 여왕이 애정을 쏟는 유일한 대상이었다. 여왕의 눈길이 아들에게 닿을 때마다 그녀의 아름다운 황금빛 눈동자에서 사랑이 쏟아져나왔다. 그러지 않을 때의 그녀는 깡마르고 왜소하며 못생긴 여자일 뿐이었다. 눈동자와 아름다운 살결이 예외적이긴 했다. 목소리는 감미로운 중저음이었고 교묘히 다듬은 듯한 인상을 주었다. 어머니와 아들 모두 흠잡을 데 없이 완벽한 라틴어를 구사했다.

"마르쿠스 안토니우스가 이리로 오는 중이라고 미리 알리러 당신을 보냈나요?" 아들이 몹시 궁금한 얼굴로 물었다. "아, 정말로 만나고 싶었어요!"

"아닙니다, 전하. 그분은 이리로 오시지 않습니다."

얼굴에서 밝은 기운이 싹 가셨다. 생기 넘치는 푸른 눈동자가 그를 외면했다. "아."

"실망스럽군요." 어머니가 말했다. "그렇다면 당신은 왜 왔죠?"

"마르쿠스 안토니우스는 지금쯤 안티오케이아에 여장을 푸셨을 겁니다." 폰테이우스가 말했다. 입안에 든 민물새우는 풍미가 떨어졌다. 왕궁이 지중해에서 멀지도 않은데 어째서 이 나라의 어선은 바닷새우를 잡지 않을까? 그는 머릿속에 이러한 난제를 떠올리면서 입으로는 여왕과 대화를 이어갔다. "그분은 그곳에 상주할 계획입니다. 두 가지 이유에서요."

"그중 하나는," 소년이 말했다. "파르티아 영토로의 근접성이겠지요. 안티오케이아에서 엎어지면 코 닿을 위치잖아요."

이런 버릇없는 꼬마 괴물! 하고 폰테이우스는 생각했다. 어른들 대화에 함부로 끼어들다니! 게다가 아이 어머니는 그 행동이 당연할 뿐 아니라 아주 훌륭하다고까지 생각하는 듯싶었다. 그래, 이 꼬마 괴물아, 네 녀석이 얼마나 똑똑한지 보자! "두번째 이유는 뭐라고 보십니까?" 폰테이우스가 물었다.

"가장 동방다운 지역이니까요. 아시아 속주는 동방의 색채가 부족해요. 그리스나 마케도니아는 더더욱 그렇고요. 만일 안토니우스가 동방의 질서를 확립할 생각이라면 당연히 가장 동방다운 곳에 자리를 잡아야 해요. 안티오케이아나 다마스쿠스가 이상적이죠." 카이사리온이 당당하게 대답했다.

"그러면 어째서 다마스쿠스로는 가지 않았을까요?"

"날씨는 더 좋지만 바다에서 너무 떨어져 있잖아요."

"안토니우스의 말씀과 똑같군요." 폰테이우스가 대꾸했다. 외교 감각이 뛰어난 사람답게 거북한 기분을 밖으로 드러내지는 않았다.

"그러면 당신은 무슨 용무로 여기에 왔죠, 가이우스 폰테이우스?" 여왕이 물었다.

"전하를 초대하기 위해 왔습니다. 마르쿠스 안토니우스가 당신을 무척 보고 싶어하십니다. 하지만 단지 그 이유 때문만은 아닙니다. 동방에서 태어나 동방 문화를 잘 아는 전문가로부터 조언을 받길 원하시는데, 당신이 단연 최고의 조언자가 되어주리라 생각하고 계시죠."

"안토니우스는 다른 사람들도 후보로 고려했겠죠?" 여왕이 얼굴을 찌푸리며 날카로운 질문을 던졌다.

"아니요, 저는 그랬습니다만." 폰테이우스가 나직이 말했다. "제가 몇몇 이름을 추천했지만 안토니우스는 오로지 전하만 떠올렸습니다."

"아!" 여왕은 긴 의자에 기대 누우며 팔꿈치 옆에 누운 황갈색 고양이와 똑같은 미소를 지었다. 그녀의 가느다란 손이 고양이의 등을 쓰다듬자 고양이가 여왕을 향해 미소 지었다.

"고양이를 좋아하시는군요." 폰테이우스가 말했다.

"고양이는 신성한 동물이에요, 가이우스 폰테이우스. 언젠가, 아마 25년 전쯤에 어느 로마인 사업가가 고양이 한 마리를 죽였죠. 사람들은 그를 갈기갈기 찢어 죽였어요."

"으으!" 폰테이우스가 부르르 떨었다. "줄무늬나 얼룩무늬 회색 고양이는 익숙합니다만 이런 색깔을 띤 고양이는 처음 봅니다."

"이집트산 고양이예요. 나는 이 녀석을 바스텔라라고 부르죠. 짧게 줄여서 바스트라고 부르면 신성모독이 될 테지만, 난 라틴어 지소사를 쓰면 행운이 따르더라고요." 클레오파트라가 고양이에게서 눈길을 거두고 대추야자로 손을 뻗었다. "그러니까 마르쿠스 안토니우스가 날더러 안티오케이아로 오라고 명한단 말이죠?"

"명령이 아닙니다, 전하. 요청이지요."

"설마요!" 카이사리온이 킬킬대며 말했다. "그분이 말했으면 명령이죠."

"가겠다고 전하세요."

"저도 같이 가겠어요!" 소년이 재깍 외쳤다.

어머니와 아들 사이에 흥미로운 무언극이 펼쳐졌다. 어머니는 뭐라 말하고 싶은 눈치였지만 둘 중 어느 쪽도 입을 열지 않았다. 팽팽한 기싸움이었다. 승리는 아들에게로 돌아갔다. 폰테이우스는 전혀 놀라지 않았다. 클레오파트라는 자라난 환경 때문에 그렇게 되었을 뿐 천성적으로 전제군주형 인물은 아니었다. 반면 카이사리온은 엄마 뱃속에서부터 전제군주인 사람이었다. 제 아빠처럼. 폰테이우스는 두려움으로 등골이 서늘해지고 털이 쭈뼛 섰다. 카이사리온이 장성하면 어떤 모습이 될까! 가이우스 율리우스 카이사르의 피와 동방 전제군주의 피를 타고난 자. 아무도 그를 막을 수 없을 게다. 클레오파트라는 그러한 사실을 알기에 저 가련한 안토니우스와 영합하려는 거겠지. 안토니우스나 안토니우스의 운명 따위에는 조금도 관심 없어. 그저 카이사르와 함께 낳은 아들이 세상을 지배하길 바랄 뿐이야.

폰테이우스는 육로로 가라는 조언을 들었다. 클레오파트라는 그에게 이집트인 경호원을 붙여줬다. 시리아가 파르티아에 점령당한 동안

여러 군주들이 자리에서 쫓겨나는 바람에 도적떼가 판을 치고 있다고
했다.

"가능한 한 빨리 뒤따라가겠어요." 여왕이 폰테이우스에게 말했다.
"하지만 새해가 밝기 전에는 갈 수 없을 거예요. 카이사리온이 따라오
겠다고 해서 섭정과 위원회를 세워야 하니까요. 카이사리온은 안티오
케이아에 겨우 며칠만 머물 테지만요."

"아드님도 그 사실을 아십니까?" 폰테이우스가 능글맞게 물었다.

"당연하죠." 클레오파트라가 뻣뻣하게 대꾸했다.

"안토니우스의 자녀분들은요?"

"그 아이들을 보려면 안토니우스가 직접 알렉산드리아로 와야 해
요."

폰테이우스는 한 달 뒤 안토니우스를 만났다. 그는 안티오케이아에
서 아주 열심히 일하고 있었다. 비서 루킬리우스가 이런저런 지시를 받
고 분주히 뛰어다녔고 안토니우스는 책상에 앉아 무더기로 쌓인 서류
와 몇 안 되는 두루마리를 검토했다. 유흥이라고는 아르메니아에서 씩
씩하게 작전을 수행하고 겨울 숙영지로 돌아온 휘하 병사들의 열병식
참관뿐이었다. 아르메니아로 출동했던 지휘관은 푸블리우스 카니디우
스로, 그는 과거의 벤티디우스만큼이나 유능하게 작전을 수행했다. 이
제 카니디우스는 10개 군단을 데리고 북쪽에 머무르며 봄이 되면 합류
할 마르쿠스 안토니우스와 나머지 군단들 및 기병들을 기다렸다. 카니
디우스가 한 일 중 유일하게 안토니우스의 신경을 거스르는 것은 안토
니우스에게 편지를 보낼 때마다 아르메니아의 아르타바스데스 왕을
믿지 말라고 경고하는 것이었다. 안토니우스는 이 경고를 무시하고 또

다른 아르타바스데스인 메디아의 왕을 경계했다. 그 역시 안토니우스에게 우호적인 태도를 보이며 접근하는 자였다.

"도시가 군주와 예비 군주 들로 북적이는군요." 폰테이우스가 의자에 앉으며 말했다.

"그래, 드디어 그들의 명단을 다 정리했네. 이제 한 명씩 불러다 그들의 운명을 결정지을 걸세." 안토니우스는 빙그레 미소를 지었다. "그래, 그녀가 온다고 하던가?" 그가 물었다. 불안한 마음에 미소가 뒤로 물러났다.

"가능한 한 빨리 오겠답니다. 그 분별없는 꼬마 녀석 카이사리온도 같이 오겠다고 고집을 피우는 통에 일단 섭정을 구해서 세워야 한답니다."

"분별없는 꼬마 녀석?" 안토니우스가 인상을 찌푸리며 되물었다.

"제가 보기엔 그랬습니다. 솔직히 참아줄 수 없더군요."

"흠, 그애는 어머니와 동등한 군주로서 국정에 관여하지. 두 사람 다 파라오라네."

"파라오요?" 폰테이우스가 물었다.

"그래, 나일 강의 최고 통치자지. 나일 강이 진정한 이집트의 왕국일세. 알렉산드리아는 진정한 이집트로 간주되지 않아."

"네, 그 말씀에는 동의합니다. 알렉산드리아는 그리스풍이더군요."

"오, 왕실 구역 내부는 그렇지 않다네." 안토니우스는 무심한 표정을 지으려고 애썼다. "그래서 정확히 언제 온다던가?"

"내년 초에 온답니다."

안토니우스는 풀죽은 표정이 되더니 이제 물러가라는 듯 힘없이 손을 내저었다. "내일 군주와 예비 군주 들을 불러서 로마의 후한 선물을 나누어줄 걸세." 안토니우스는 말했다. "장소는 아고라야. 관습과 전통에 따라 토가를 입어야겠지만 난 그러기 싫어. 황금 갑옷을 입고 갈 걸세. 자네도 나처럼 입겠나?"

폰테이우스가 눈을 깜빡였다. "아니요, 안토니우스. 저는 평범한 갑옷조차 갖고 있질 않습니다."

"소시우스 것을 빌려 입게."

"갑옷을 입는 게, 음…… 합법적이긴 합니까?"

"이탈리아 밖에서는 트리움비르가 정하는 게 법일세. 그 정도는 알 거라 생각했는데, 폰테이우스."

"솔직히 몰랐습니다."

안토니우스는 안티오케이아에서 가장 넓은 빈터인 아고라에 심사장을 높이 세웠다. 그는 화려한 군사적 분위기 속에서 심사장에 착석했다. 총독 소시우스와 보좌관들은 안토니우스보다 덜 돋보이는 자리에 앉았고, 불쌍한 폰테이우스는 빌린 갑옷을 입고 불편한 자세로 혼자 앉아 있었다. 안토니우스는 정확히 언제부터 릭토르를 스물네 명씩 대동한 걸까? 폰테이우스는 궁금했다. 이 정도 수의 릭토르를 거느릴 수 있는 정무관은 독재관뿐이었다. 하지만 독재관 직을 폐지한 사람은 바로 안토니우스였다. 그런데도 그는 독재관 직에 준하는 수의 릭토르들을 거느리고 저렇게 앉아 있는 것이다! 로마에 있는 옥타비아누스라면 아무리 신의 아들이라 해도 감히 엄두도 못 낼 일이었다.

회의는 비공개로 진행되었다. 정식으로 초청된 사람들만 참석했다. 보초가 출입구를 막았다. 공공장소에 평소 자유롭게 드나들던 안티오케이아 시민들은 이 처사에 분개했다.

기도문은 읊지 않았고 조점도 치르지 않았다. 두 절차를 생략하다니 흥미롭고 기이한 일이었다. 안토니우스가 곧장 연설을 시작했다. 멀리까지 잘 들리는 고음이었다.

"수개월간 깊이 생각하고 신중히 고려하고 수많은 면담을 갖고 서류를 검토한 끝에 임페라토르이자 트리움비르인 나, 마르쿠스 안토니우스는 동방에 관해 결론을 내렸습니다.

먼저, 동방이란 무엇입니까? 나는 마케도니아와 그리스 본토와 펠로폰네소스 반도와 키레나이카와 크레타를 포괄하는 지방 행정구역은 동방에 포함시키지 않습니다. 지리적으로나 물리적으로나 이들 지역은 지중해 세계에 속합니다. 동방은 아시아입니다. 다시 말해 헬레스폰트 해협과 프로폰티스 해와 트라키아 보스포로스 해협 동쪽에 위치한 영토지요."

흐음, 폰테이우스는 생각했다. 이거 재미있어지는데! 안토니우스가 어째서 민간 정부의 모습이 아닌 로마의 무장된 힘을 과시하는지 그 이유를 알겠어.

"동방에는 총 세 개의 로마 속주가 있을 것이며, 이들 속주는 모두 로마에서 직접 파견한 총독의 통치를 받습니다. 첫번째는 비티니아 속주입니다. 트로아스와 미시아가 포함되며 상가리오스 강을 동쪽 경계로 삼습니다. 두번째는 아시아 속주입니다! 리디아, 카리아, 리키아가 포함됩니다. 세번째는 시리아 속주입니다. 아마노스 산맥, 에우프라테스 강 서안, 이두메아와 아라비아 페트라이아의 사막을 경계로 삼습니다. 하지만 시리아 남부는 또한 왕국과 태수령과 소왕국, 그리고 에우프라테스 강의 서안까지 아우를 겁니다!"

많지 않은 군중이 들썩였다. 몇몇의 얼굴에 흥분의 빛이, 몇몇의 얼굴에 실망의 빛이 떠올랐다. 한귀퉁이에 동방 사람으로 보이는 남자 몇이 쇠사슬에 묶인 채 삼엄한 경비 속에 있었다. 저들은 누구지? 폰테이우스는 스스로에게 물었다. 뭐, 곧 알게 되겠지.

"아민타스, 앞으로 나오시오!" 안토니우스가 소리쳤다.

그리스 복장의 젊은이가 청중 앞으로 나왔다.

"앙키라의 데메트리오스의 아들, 아민타스. 나는 로마의 이름으로 당신을 갈라티아의 왕으로 지명하겠소! 당신이 다스릴 영역은 갈라티아 사분왕 네 명의 영토와 피시디아와 리카오니아와 할리스 강 남안에서 팜필리아 연안까지 포괄하는 전 지역이오!"

여러 사람들이 헉 소리를 냈다. 방금 안토니우스가 아민타스에게 준 것은 저 야심 많은 늙은 데이오타로스 왕이 다스리던 나라보다도 큰 왕국이었다.

"라오디케이아의 제논의 아들, 폴레몬. 나는 로마의 이름으로 당신을 폰토스와 아르메니아 파르바의 왕으로 지명하겠소! 당신이 다스릴 영역에는 할리스 강 북안의 전 영토가 포함되오!"

폴레몬의 얼굴은 익숙했다. 폴레몬은 앞서 아테네에서 안토니우스의 노랫가락에 맞춰 수차례 춤을 춘 바 있었다. 이제 그는 상을 받았다. 아주 커다란 상을.

"글라피라의 아들이자 마의 사제 왕, 아르켈라오스 시세네스. 나는 로마의 이름으로 당신을 카파도키아의 왕으로 지명하겠소. 할리스 강의 큰 굽이 동쪽에서 시작해 타르소스 연안과 킬리키아 페디아 연안까지, 할리스 강의 남안에 위치한 모든 땅을 포괄하는 영토요. 당신 영토의 동쪽 경계는 사모사타 위의 에우프라테스 강이오. 당신의 영역 내에서 몇몇 작은 지역은 추후 다른 사람의 지배를 받게끔 지정할 수도 있지만, 방금 말한 영토는 사실상 당신 소유요."

기뻐서 어쩔 줄 모르는 또 한 명의 젊은이로군, 하고 폰테이우스는 생각했다. 게다가 저자의 어미를 봐! 소문에 따르면 저 여자는 잠자리에서 안토니우스에게 갖은 봉사를 했다지. 젊은이들을 고르다니 영리해. 앞으로 수십 년간 피호민으로 충성하겠지.

이제 타르콘디모토스를 비롯한 더 작은 영토들에 대한 지명이 이어졌다. 그다음에는 처형이 거행되었다. 폰테이우스가 미처 예상하지 못한 수순이었다. 칼키스의 리사니아스, 유다이아의 안티고노스, 카파도키아의 아리아라테스. 아, 나는 전사가 아니구나! 폰테이우스는 배를 꽉 움켜쥐고 스스로에게 외쳤다. 뜨거운 햇빛 아래 슬금슬금 피비린내가 피어올랐고 피 묻은 파리떼가 끈적끈적한 피에 몰려들었다. 안토니우스는 학살 현장을 무심한 눈길로 바라보았다. 소시우스는 기절했다. 나는 끝까지 정신을 잃지 않겠어, 폰테이우스는 이렇게 속으로 되뇌었다. 마침내 일어나 총독 관저로 갈 때가 되자 그는 세상의 모든 신들에게 감사를 드렸다. 물론 안토니우스는 남아 있었다. 그는 바로 그곳 아고라에서 새로운 통치자들과 그들의 수많은 추종자 무리를 위한 연회를 열었다. 관저에 큰 방이나 넓은 정원이 없어서였다. 현명한 폰테이우스가 굳이 하지 않은 말이 있었으니, 안티오케이아의 총독 관저로 사용되는 건물이 사실 안티오코스나 티그라네스 같은 왕의 거처가 아니라 대상(隊商)을 위한 악명 높은 여관이었다는 사실이었다.

다음날 폰테이우스는 생전 처음으로 진짜 파르티아인을 만났다. 새로운 왕 프라아테스의 궁정에서 도망쳐나온 모나이세스였다. 세심하게 치장한 구불구불한 곱슬머리에 가짜 턱수염을 금줄로 귀에 매달았고 주름치마와 술이 많이 달린 상의 차림이었으며 금 장신구를 주렁주

렁 달고 있었다.

"모나이세스를 스케니테스 아라비아인들의 왕으로 만들까 해." 안토니우스가 만족스러운 얼굴로 말했다. 그는 문득 폰테이우스의 표정을 보더니 깜짝 놀란 듯했다. "뭐가 못마땅한 건가? 모나이세스가 파르티아인이라서? 나는 그가 마음에 들어! 프라아테스는 그의 전 가족을 몰살시켰어. 똑똑한 모나이세스만 겨우 탈출했지."

"누군가 그의 탈출을 도운 게 아니고요?"

"어째서 그렇게 생각하나?" 안토니우스가 따져 물었다.

"왜냐하면 당신이 파르티아 왕국에 쳐들어가려 한다는 건 온 세상이 다 아니까요! 혈육에 의해 폐위될까 불안에 떠는 왕이라도 후계자 하나 남기지 않고 다 죽일 리 있습니까! 저는 모나이세스가 파르티아의 첩자로 왔다고 생각합니다. 게다가 그는 지나치게 자부심이 강하고 거만해요. 그가 고작 사막 아라비아인들의 대장 노릇을 하는 데 만족할 것 같진 않습니다."

"허튼소리!" 안토니우스가 동요하지 않고 외쳤다. "내가 보기에 모나이세스는 좋은 사람이야. 내 말이 옳다는 데 판돈을 걸지. 1천 데나리우스, 어떤가?"

"좋습니다!" 폰테이우스가 말했다.

클레오파트라가 안티오케이아로 가기 전에 뜸을 들인 가장 중요한 이유는 섭정이나 위원회를 세우는 것과는 하등 관련이 없었다. 대비책은 상시 준비되어 있었다. 클레오파트라는 생각할 시간을 벌고 싶었고 가장 적절한 때에 도착하길 바랐다. 너무 빨라도 안 되고 너무 늦어도 안 된다. 안티오케이아에 도착하면 그에게 무엇을 요구할까? 이번 특사는 퀸투스 델리우스와 많이 달랐다. 폰테이우스는 귀족이고 안토니우스에게 헌신적이었다. 돈 때문에 그 일을 하는 게 아니었다. 상당히 세련된 사람이어서 약점을 찾아내기 쉽지 않았지만 그럼에도 어딘가 불안한 기운을 풍겼다. 아니, 불안이라기보다는 걱정이었다. 그래, 그거였어, 걱정! 별사건 없이 흘러간 4년이었지만 수석 파라오는 잠시도 경계를 게을리하지 않았다. 동방과 서방에 깔린 정보원들은 정기적으로 보고서를 보내왔다. 그녀는 모르는 게 거의 없었다. 안토니우스가 동방에 왕들을 배치할 때 그에게서 누가 무엇을 얻으려 했는지까지 상세히 파악하고 있었다. 안토니우스는 이미 안티오케이아에 도착해 있다고 폰테이우스가 말한 순간 클레오파트라는 그가 그녀를 빨리 만나고 싶어하는 이유를 알아차렸다. 안토니우스는 이집트의 여왕이 자신이 앉은 단상 아래에 더러운 소농들과 어깨를 나란히 하고 서 있어주기를 바란 것이다. 그뿐이다. 그저 이집트도 로마의 우산 아래 있다는 선언으로서 거기 서 있으라는 거야. 로마의 그늘에.

분노가 몰려왔다. 그녀는 온몸을 부들부들 떨었다. 숨쉬기가 힘들었다. 그러니까 나더러 자기가 왕처럼 구는 것을 구경하며 서 있으라는 거야, 그렇지? 하, 세라피스께 맹세코 난 그러지 않겠어! 그가 날 죽인대도 절대 그런 짓은 하지 않아! 그가 시골 촌구석의 왕과 소군주 들을 지명하는 꼴을 나더러 지켜보고 서 있으라고? 아니! 안 해, 절대 안 해! 그리고 마르쿠스 안토니우스, 내가 정말로 안티오케이아로 간다면 당신의 권한으로 해줄 수 있는 그 이상의 것을 요구할 거야. 당신은 권한이 있든 없든 내가 요구한 것을 무조건 주어야 할 테고! 폰테이우스는 당신을 걱정하고 있어. 그건 당신에게 치명적인 약점이 생겼다는 뜻이지. 폰테이우스가 옆에서 지켜보기 위태로울 만큼.

11월 중순 여왕은 안토니우스가 안티오케이아에서 완성한 동방의 왕국 배치도를 완벽하게 파악했다. 논리적이고 분별력 있었으며 심지어는 선견지명까지 엿보였다. 하지만 마지막 하나에 실수가 있었다. 파르티아인 모나이세스를 스케니테스 아라비아의 새 왕으로 세운 것이었다. 안토니우스, 안토니우스, 당신은 바보야! 멍청이! 그자가 삼촌의 도끼날을 피해 도망을 쳤다는 말이 사실이든 아니든, 아리아족 아르사케스 왕조 사람을 아라비아 왕으로 만들면 안 되지! 그의 신분에 걸맞지 않아. 이건 모욕이야. 아주 심한 모욕. 그리고 만에 하나 모나이세스가 정말 프라아테스 왕의 첩자라면 이 일로 더욱 당신을 향한 적의를 키웠을 거야. 당신은 지금 동방을 다스리고 있지만 어디까지나 서방 사람이야. 동방 사람들이 어떻게 느끼고 생각하는지 전혀 이해하지 못해.

안토니우스가 파르티아와 전쟁을 벌이게 놔둬선 안 돼, 하고 클레오파트라는 결심했다. 하지만 어떻게 그를 설득할 수 있을까? 클레오파트라가 안티오케이아로 가려는 진짜 이유는 그것이었다. 로마는 그녀의 왕위에 위협적인 존재였다. 하지만 만에 하나 이 전쟁에서 파르티아가 승리한다면 그녀는 로마를 잃고 카이사리온은 다른 촉망받는 젊은이들과 똑같은 운명을 맞이하리라. 처형. 안토니우스는 지금 개미집을 들쑤시고 있다.

지금 같은 계절에는 육로로 이동해야 했다. 이집트 관습상 여왕과 카이사리온은 그들이 지나는 모든 영토의 사람들에게 놀라움을 선사해야 했으니 수월치 않은 여행이 될 터였다. 각종 소모품과 왕실 물건을 실은 육중한 수레, 왕실 근위대 1천 명, 노새 수레, 껑충대는 말, 여왕을 태운 가마, 검은 옷차림의 가마꾼들. 길에서 한 달은 보내야 할 터였다. 12월 노나이에 떠나리라. 그보다 단 하루도 이르면 안 된다.

이 모든 생각을 하는 와중에 클레오파트라의 마음속에서 남자이자 애인으로서의 마르쿠스 안토니우스는 단 한 차례도 수면에 떠오르지 않았다. 그녀는 그저 자기가 원하는 게 뭔지, 그걸 어떻게 손에 넣을지 궁리하기에 바빴다. 안토니우스와 함께했던 시간은 마음 깊숙한 곳 어딘가 남은 희미한 기억 속에서 퍽 유쾌한 기분전환이긴 했지만, 최종적으로 느껴지는 것은 염증이었다. 클레오파트라는 단 한 번도 안토니우스에게 사랑 비슷한 감정을 느끼지 않았다. 그는 그녀에게 수단일 뿐이었다. 그녀는 그를 통해 잉태했고, 나일 강이 범람했으며, 카이사리온은 결혼할 누이와 그를 도울 남동생을 얻었다. 지금 단계에서 안토니우스가 클레오파트라에게 줄 수 있는 것은 오로지 권력뿐이었다. 그러니 클레오파트라는 그가 가진 권력의 일부를 뜯어내야 했다. 어려운 주문이야, 클레오파트라.

4장
짐승들의 여왕

– 기원전 36년부터 기원전 33년까지

36 B.C. - 33 B.C.

클레오파트라

바람이 유난히 매서운 1월 노나이에 클레오파트라와 카이사리온은 안티오케이아에 들어섰다. 이중 왕관을 쓴 여왕은 폰테이우스가 보았던 인형처럼 가마 안에 앉아 있었다. 짙은 화장에 주름이 곱게 잡힌 흰색 아마천 옷을 입고 목, 양팔, 어깨, 허리, 발에는 빛나는 황금과 보석 장신구를 차고 있었다. 군대식 이중 왕관을 쓴 카이사리온은 기운찬 붉은 말을 탔다. 전쟁의 신 몬투를 상징하는 색은 붉은색이었기에 그의 얼굴도 붉은색이었고 아마천과 금빛 미늘로 만든 이집트 파라오의 갑옷 역시 붉었다. 자주색 튜닉과 은색 갑옷을 입은 왕실 근위대 1천 명 사이로 번쩍이는 안장을 씌운 말들이 고위 관료들을 태우고 달렸고, 카이사리온은 여왕이 탄 가마 옆에서 말을 타고 갔다. 티그라네스가 시리아의 왕이었던 때 이래로 안티오케이아에서 볼 수 없었던 행차였다.

그동안 안토니우스는 바쁘게 지냈다. 총독 관저가 원래는 대상의 여관이었다는 폰테이우스의 귀띔을 듣고서 주변 몇 개 구역의 건물을 전부 헐고 이집트 여왕의 거처로 손색이 없는 별채를 새로 지은 것이다.

"알렉산드리아 궁전 같지는 않겠지만," 안토니우스가 클레오파트라와 카이사리온을 별채로 안내하며 말했다. "본관보다 훨씬 편할 거요."

카이사리온의 얼굴이 기쁨으로 환해졌다. 아쉬운 점은 이제 키가 너무 많이 자라서 안토니우스의 엉덩이에 올라탈 수 없다는 사실이었다. 카이사리온은 폴짝폴짝 뛰지 않으려고 주의하며 왕족답게 엄숙하게 걸었다. 그리 어렵진 않았다. 그토록 싫어하는 짙은 화장을 하고 있었으니까. "거처에 욕조가 있으면 좋겠어요." 카이사리온이 말했다.

"목욕물을 준비해뒀단다, 젊은 카이사르." 안토니우스가 빙그레 웃으며 말했다.

세 사람은 각자 시간을 보내다 오후 중반에 안토니우스가 준비한 정찬을 들러 식당으로 모였다. 새로 단장한 식당은 회칠과 물감 냄새가 채 가시지 않은 터였다. 한때 으스스했던 벽에는 다리를 높이 들고 걷는 말에 탄 알렉산드로스 대왕과 휘하 장수들을 그린 프레스코화가 있었다. 덧문을 열어 냄새를 쫓기에는 날씨가 아직 추웠으므로 방 곳곳에 향이 피워져 있었다. 클레오파트라는 정중하고 무심한 태도로 말을 아꼈지만, 카이사리온은 스스럼이 없었다.

"냄새가 지독해요." 카이사리온이 긴 의자에 올라앉으며 말했다.

"정 불편하면 본관으로 자리를 옮기자꾸나."

"아뇨, 조금 있으면 코가 냄새에 적응하겠죠. 옛날처럼 연기 때문에 사람이 죽는 것도 아니잖아요." 카이사리온이 킥킥댔다. "카툴루스 카이사르는 새로 회칠한 방에 화로 여남은 개를 가져다 불을 피우고 바깥 공기가 안으로 들어오지 못하게 구멍이란 구멍은 다 막아서 자살했죠. 그분은 제 증조부와 사촌지간이셨어요."

"로마 역사를 공부하나보구나."

"당연하죠."

"이집트 역사도 배우니?"

"상형문자를 쓰기 전 구전 기록까지 공부했어요."

"카임이 가르쳐요." 클레오파트라가 처음으로 입을 떼고 말했다. "카이사리온은 역사상 가장 공부를 많이 한 왕이 될 거예요."

이날 식사 분위기는 이런 식으로 흘러갔다. 카이사리온은 쉴새없이 말했고, 아이 어머니는 카이사리온이 한 말을 증명하려고 이런저런 이야기를 보탰으며, 안토니우스는 긴 의자에 누워 카이사리온의 말을 듣는 척했지만 정작 소년이 던지는 질문에는 한 번도 대답하지 않았다.

안토니우스는 이 소년을 좋아했지만 폰테이우스의 관찰이 아주 틀린 것은 아니었다. 클레오파트라는 카이사리온에게 자신의 한계를 경험해볼 기회를 주지 않았고, 이 자신감 넘치는 소년은 어른들이 나누는 모든 대화에 끼어들어도 된다고 생각했다. 남의 말을 도중에 끊는 버릇만 없다면 충분히 보아 넘겨줄 수 있으련만. 아버지가 있었다면 그런 행동을 제지했을 것이다. 안토니우스는 자기가 카이사리온 나이였을 때를 똑똑히 기억했다! 하지만 클레오파트라는 아들을 애지중지 키우는 어미였으며 그 아들은 도도하고 유별히 고집이 셌다. 바람직하지 않은 조합이었다.

마침내 후식까지 치워졌다. 안토니우스는 행동을 취했다. "이제 그만 물러가거라, 젊은 카이사리온." 그가 무뚝뚝하게 말했다. "네 어머니와 나눌 얘기가 있어."

소년이 반항하려는 듯 고개를 치켜들고 입술을 뗐다. 하지만 안토니우스의 눈동자에 인 붉은 불꽃을 알아차리자 저항은 바늘에 찔린 오줌보처럼 스르륵 가라앉았다. 소년은 체념한 듯 어깨를 으쓱하고 방에서 나갔다.

"어떻게 한 거죠?" 클레오파트라가 안도하며 물었다.

"아버지 같은 말투와 표정이지. 당신은 아이에게 지나치게 많은 자유를 허용하오, 클레오파트라. 아이가 나중에 그걸 고맙게 여기지만은 않을 거요."

클레오파트라는 대꾸가 없었다. 그녀는 눈앞에 앉아 있는 마르쿠스 안토니우스를 뜯어보느라 바빴다. 그는 다른 남자들과 달리 나이를 먹지 않는 것 같았고 방탕한 생활의 징후도 나타나지 않았다. 아랫배가 날씬했고 중년의 나이에도 팔 근육이 탄탄했으며 갈색 머리칼엔 흰머리가 전혀 없었다. 변화는 눈빛에 있었다. 안토니우스의 눈빛에는 근심이 어려 있었다. 그런데 어째서 안토니우스에게 근심이 있단 말인가? 알아내려면 시간이 필요할 터였다.

옥타비아누스 때문일까? 필리피 전투 이후 안토니우스는 옥타비아누스와 전쟁 아닌 전쟁을 치러왔다. 칼이나 주먹을 쓰지 않는 두뇌와 의지의 싸움. 안토니우스는 섹스투스 폼페이우스가 자신의 가장 좋은 무기임을 알아차렸지만, 막상 섹스투스와 연합을 맺고 휘하 장수들인 폴리오와 벤티디우스를 투입할 완벽한 기회가 찾아왔을 때 그 기회를 붙잡지 않았다. 그때 안토니우스는 옥타비아누스를 부숴버릴 수 있었다. 이제는 결코 그럴 수 없다. 안토니우스도 그 사실을 깨달은 것이리라. 옥타비아누스를 부숴버릴 기회가 있었는데도 그는 서방에서 우물쭈물 시간을 흘려보내버렸다. 안토니우스가 이곳 안티오케이아에 와 있다는 것은 그가 싸움을 포기했다는 뜻이다. 폰테이우스는 이 사실을 간파한 것이다. 하지만 어떻게? 안토니우스가 폰테이우스에게 속마음을 털어놨을까?

"보고 싶었소." 안토니우스가 불쑥 말했다.

"그랬어요?" 클레오파트라가 별 관심 없는 듯 무심히 대꾸했다.

"그래, 시간이 갈수록 더하더군. 참 우습지. 누군가를 그리워하는 마음은 시간이 지나면 점점 사라진다고 생각했는데 당신을 보고 싶은 마음은 갈수록 커졌소. 솔직히 더 기다릴 수 없을 것 같았지."

여자의 술수가 머리를 내밀었다. "아내분은 요즘 어떻게 지내요?"

"옥타비아? 언제나처럼 다정하지. 세상에서 가장 사랑스러운 여자라오."

"여자 앞에서 다른 여자를 그렇게 말하면 안 되죠."

"왜 안 되지? 언제부터 마르쿠스 안토니우스가 여자의 덕성과 선함과 다정함을 높이 샀단 말이오? 나는 아내가…… 가엾소."

"아내분이 당신을 사랑한다고 믿는군요."

"의심할 여지가 없소. 아내는 매일 내게 사랑한다고 말하지. 같이 있지 않은 날이면 편지를 써 보낸다오. 이곳 안티오케이아의 편지함도 아내가 보낸 편지로 벌써 가득찼소." 문득 그는 섬뜩한 표정을 지었다. "아내는 내게 아이들의 안부와 동생 옥타비아누스의 근황을 자기가 아는 한도 내에서 최대한 자세히 적어 보내준다오. 내가 흥미를 느낄 만하다 싶은 건 뭐든지. 하지만 리비아 드루실라 얘기는 전혀 없소. 옥타비아누스의 아내인 그녀가 옥타비아누스와 스크리보니아 사이에서 태어난 딸아이에게 보이는 태도가 못마땅한가보더군."

"리비아 드루실라도 자식을 낳았나요? 그 소식은 못 들은 것 같아요."

"아니. 리비아의 사막처럼 결실이 없지."

"아마도 옥타비아누스 쪽의 탓이겠죠."

"누구 탓인지 따윈 관심 없소!" 안토니우스가 쏘아붙였다.

"관심을 가져야죠, 안토니우스."

그는 대답 대신 클레오파트라가 누운 긴 의자로 옮겨와 그녀를 자기 쪽으로 끌어당겼다. "당신과 사랑을 나누고 싶소."

아, 그녀는 그의 체취를 잊고 지내왔다. 그의 체취가 그녀를 얼마나 흥분시키는지! 깨끗하고 햇볕에 그을렸으며 동방의 냄새가 전혀 나지 않는 피부. 안토니우스는 자기 나라 음식을 먹었고 동방의 향신료인 카르다몸이나 계피를 즐기지 않았다. 그러니 그의 피부는 기름 냄새가 나지 않았다.

주변을 슬쩍 둘러보니 하인들은 모두 물러간 터였다. 아무도, 심지어 카이사리온도 방에 들어오는 것이 허락되지 않을 터였다. 그녀는 그의 손등을 손으로 감싸고 쌍둥이를 낳은 후 더욱 풍만해진 자신의 가슴으로 그 손을 가져갔다. "나도 당신이 그리웠어요." 그녀가 거짓말을 했다. 육체의 떨림이 더욱 커지더니 전신을 휘감고 지나갔다. 그래, 그는 그녀를 즐겁게 하는 애인이었다. 이제 카이사리온은 두번째 남동생을 갖게 되리라. 아문-라, 이시스, 하토르, 제게 아들을 주세요! 저는 아직 서른세 살밖에 되지 않았어요. 프톨레마이오스 가문의 여자가 아이를 낳기에 아직 위험한 나이는 아니죠.

"나도 당신이 그리웠어요." 클레오파트라가 속삭였다. "아, 좋아!"

안토니우스는 그 어느 때보다 상처받기 쉬운 상태였다. 스스로에 대한 의심으로 가득차 있었고 로마에서 자신의 미래가 어떻게 펼쳐질지 확신이 없었다. 클레오파트라의 눈에 비친 그는 한창 무르익어 건드려주기만을 기다리는 열매와 같았고 결국 제 스스로 그녀의 손바닥에 떨어졌다. 어느덧 중년에 접어든 안토니우스는 여자에게 단순한 성관계

이상을 갈구했다. 그에게는 진정한 조력자가 필요했다. 여자친구나 애인, 특히나 로마인 아내는 절대 그런 존재가 되어줄 수 없었다. 이 여왕이야말로—남자들까지 아우른대도 단연 이 군주가—모든 면에서 그와 동등한 지위를 갖추고 있었다. 권력, 힘, 야망이 그녀의 뼛속 깊이 스며 있었다.

클레오파트라는 이 모든 상황을 간파하고 원하는 바를 얻기 위해 서서히 공을 들이고 있었다. 클레오파트라가 원하는 것은 육체적인 것도 정신적인 것도 아니었다. 가이우스 폰테이우스, 포플리콜라, 소시우스, 티티우스와 젊은 마르쿠스 아이밀리우스 스카우루스 모두 안티오케이아에 있었지만 요즘의 마르쿠스 안토니우스는 그들이 거기 있다는 사실조차 잊어버렸다. 최근 안티오케이아를 찾아온 나이우스 도미티우스 아헤노바르부스도 마찬가지였다. 매사에 참견하길 좋아하는 아헤노바르부스에게 비티니아 총독 직은 너무 무료한 자리였다. 아헤노바르부스는 전부터 클레오파트라를 싫어했지만 안티오케이아에 와보니 그녀에 대한 반감이 더욱 커졌다. 안토니우스는 그 여자의 노예나 다름없었다.

"어머니와 아들 관계도 아니오." 폰테이우스가 자기편이라고 느낀 아헤노바르부스는 그에게 이렇게 말했다. "그 정도면 주인과 개요."

"차차 나아질 거요." 안토니우스를 믿는 폰테이우스가 말했다. "이제 마흔보다는 쉰에 가까운 나이 아니오. 집정관, 임페라토르, 트리움비르까지 요직을 두루 거쳤소. 명실상부한 로마의 일인자까진 아니지만 말이오. 젊을 때 쿠리오, 클로디우스와 방탕한 시절을 보냈고 호색한으로 명성이 자자하긴 했어도 치마폭에 휩싸여 중요한 일을 그르친 적은 없어요. 지금 클레오파트라 때문에 아슬아슬해 보이긴 하지만, 사실을 직시합시다! 클레오파트라는 지금 세계에서 가장 영향력 있는 여자고 어마어마한 부자요. 안토니우스에게는 그 여자가 필요하고, 다른 세력이 그 여자를 넘보지 못하게 잘 지키고 있어야 해요."

"빌어먹을!" 참을성이 부족한 아헤노바르부스가 말했다. "지금 상황을 주도하는 건 안토니우스가 아니라 클레오파트라란 말이오! 지금 그는 무르기가 곤죽 같소!"

"일단 안티오케이아를 벗어나 전쟁에 돌입하면 예전의 마르쿠스 안토니우스로 돌아올 겁니다." 폰테이우스가 아헤노바르부스를 안심시켰다. 그는 자신이 옳다고 확신했다.

클레오파트라로서는 놀랍게도, 안토니우스가 카이사리온에게 이제 알렉산드리아로 돌아가서 왕이자 파라오로서 그곳을 다스릴 때라고 하자 소년은 군소리 없이 떠났다. 당초 바랐던 것만큼 안토니우스와 충분히 오랜 시간을 보내지는 못했지만, 카이사리온은 몇 차례 그와 함께 말을 타고 안티오케이아 밖으로 나가 하루종일 늑대와 사자를 사냥했다. 스키티아의 스텝 지대로 돌아가기 전에 시리아에서 겨울을 나는 짐승들이었다. 소년은 쉽게 속지 않았다.

"난 바보가 아니에요." 소년이 첫번째 사냥감인 수사자를 죽인 뒤 안토니우스에게 말했다.

"무슨 뜻이냐?" 안토니우스가 깜짝 놀라 물었다.

"여기는 사람들이 정착해서 사는 나라예요. 사자가 살기에는 사람들이 너무 많다고요. 사냥을 하려고 야생지대에서 일부러 데려온 거잖아요."

"넌 괴물이야, 카이사리온."

"고르곤이요, 키클롭스요?"

"완전히 새로운 종류지."

소년이 이집트로 떠나던 날 안토니우스가 남긴 마지막 말은 더욱 의미심장했다. "네 어머니가 그리로 돌아가면," 안토니우스가 말했다. "어머니 심기를 더 잘 살펴라. 특히 어머니의 의견이나 바람에 반해서 행동해야 될 때는 말이야. 네가 곧잘 그러는 건 네 아버지 성품을 물려받은 거야. 하지만 너는 네 아버지와 달리 현실을 인식하는 능력이 아직 부족해. 네 아버지는 자기 자신의 바깥까지 내다볼 줄 알았단다. 그런 자질을 키워라, 젊은 카이사르. 그러면 네가 어른이 되었을 때 아무도 널 막지 못할 게다."

그리고 나는 네가 어떤 인생을 살든 신경쓰기엔 이미 너무 늙어 있겠지, 하고 안토니우스는 생각했다. 하지만 난 내 친자식들보다 너한테 더 아버지 노릇을 한 것 같구나. 그도 그럴 것이 나한테는 네 어머니가 어마어마하게 중요한 사람이고, 너는 네 어머니에게 이 세상의 중심이니까.

클레오파트라는 장날이 다섯 번 지나기를 기다린 후 작전을 개시했다. 새로 지명된 왕과 소군주 들이 거의 모두 안티오케이아를 방문하고 간 뒤였다. 그들은 안토니우스에게 경의를 표했다. 클레오파트라에게는 아니었다. 이 여자가 뭐라고? 이 여자 역시 또다른 피호국 왕에 불과한데. 아민타스, 폴레몬, 피토도로스, 타르콘디모토스, 아르켈라오스 시세네스, 그리고 당연히 헤로데스도 다녀갔다. 헤로데스의 오만함은 하늘을 찔렀다!

클레오파트라는 헤로데스로 시작했다. "헤로데스가 나한테 진 빚을 갚지 않아요. 발삼으로 거둔 수익 중 내 몫을 보내지도 않고요." 그녀는 안토니우스에게 말했다.

"헤로데스가 당신에게 빚을 졌는지 미처 몰랐소. 발삼 수익금을 나눠줘야 하는지도 몰랐는데."

"그렇다니까요! 예전에 그가 로마에 갈 때 내가 100탈렌툼을 빌려줬어요. 상환 조건의 일부가 발삼 수익금을 나눠 갖는 거였고요."

"그에게 내일 속달 편지를 써서 그 사실을 상기시키리다."

"상기시키긴 뭘 상기시켜요! 그는 잊은 게 아니에요. 그저 빚을 갚을 생각이 없는 거라고요. 하지만 강제로 상환시킬 방법이 한 가지 있어요."

"그래요? 뭐요?" 안토니우스가 경계하며 물었다.

"예리코의 발삼 농원과 사해의 역청 채취장을 내게 양도하라고 하는 거죠. 저당 없이 온전히 내 소유로요."

"유피테르시여! 그건 헤로데스가 자기 왕국에서 거둬들이는 총수익의 절반에 해당하잖소! 헤로데스도 헤로데스의 발삼 농원도 그냥 내버려둬요, 내 사랑."

"아뇨, 그러지 않겠어요! 그래요, 난 그 돈이 없어도 그만이지만 헤로데스에겐 그 돈이 꼭 필요하죠. 그건 사실이에요. 하지만 헤로데스는 가만두면 안 돼요. 탐욕스러운 괄태충이라고요!"

잠시 생각에 잠겨 있던 안토니우스의 얼굴에 유쾌한 빛이 떠올랐다. 그의 눈이 반짝 빛났다. "혹시 그 외에 바라는 건 없소, 나의 참새?"

"키프로스 통치권을 완전히 되찾고 싶어요. 카토가 로마에 합병시키기 전까지 키프로스는 줄곧 이집트 소유였잖아요. 키레나이카도 원래 이집트 땅이었는데 로마에 뺏겼죠. 킬리키아 트라케이아도요. 엘레우테로스 강까지 이어지는 시리아 연안의 땅도 이집트 소유일 때가 더 많았어요. 칼키스도 그렇고요. 사실 시리아 남부가 전부 이집트 영토면 더 좋겠죠. 그러니까 유다이아를 통째로 내게 양도해줘요. 크레타도 좋아요. 로도스도요."

의자에 앉은 안토니우스의 입이 떡 벌어지고 작은 두 눈이 휘둥그레졌다. 웃어넘겨야 할지 화를 내야 할지 도무지 알 수 없었다. 결국 그는 이렇게 말했다. "농담이겠지."

"농담? 농담이요? 당신의 새로운 동맹은 어떤 사람들이죠, 안토니우스? 로마가 아닌 '당신'의 동맹 말예요. 당신은 아나톨리아 땅 대부분과 시리아 땅 상당 부분을 깡패와 변절자와 도적한테 내줬어요! 타르콘디모토스는 진짜로 도둑놈이라고요! 당신은 그들에게 시리아 관문과 아마노스 전체를 내줬죠! 당신 애인의 아들에게는 카파도키아를 주고, 천한 서기관에게는 갈라티아를 줬어요! 양친 모두 율리우스 집안사람인 당신의 귀한 딸을 더러운 아시아계 그리스인 고리대금업자와 결혼시켰고요! 키프로스 통치를 일개 해방노예한테 맡겼어요! 오, 그 대단한 동맹 떼거리에게 찬란히 빛나는 영광을 널리 전파하셨죠!" 클레오파트라는 노련하고 정밀하게 감정을 고조시켜나갔다. 눈이 야생고양이의 그것처럼 번뜩였으며 입술이 말려올라가고 얼굴에는 독기가 서려 있었다. "그런데 이 휘황찬란한 그림에서 이집트는 어디 있죠?" 클레오파트라는 입술 사이로 쉭 소리를 냈다. "이집트의 자리는 없어요! 이름조차 언급되지 않았죠! 누구보다도 타르콘디모토스가 얼마나 비웃고 있을지! 헤로데스는 어떻고요, 그 능글능글한 두꺼비! 보잘것없이 욕심만 사나운 부모에게서 난 탐욕스런 놈!"

그의 분노는 어디로 갔을까? 그의 가장 믿음직스러운 연장이 어디로

간 걸까? 그는 그 쇠망치로 클레오파트라보다도 강력한 적들의 요구를 한 방에 으스러뜨리곤 했다. 한때 안토니우스의 피를 덥혔던 익숙한 분노의 불길이 이제는 요만큼도 지펴지지 않았다. 메두사를 닮은 클레오파트라의 앙칼진 눈빛 앞에 그의 피는 차갑게 식어버렸다. 안토니우스는 당황하며 쩔쩔맸다. 하지만 그에게는 아직 한 가지 교활한 꾀가 남아 있었다.

"왜 이렇게 날 아프게 하는 거요!" 안토니우스가 숨을 헉헉대며 말하고는 두 손으로 무정한 공기를 휘저었다. "당신을 모욕할 생각은 없었소!"

언뜻 클레오파트라의 화가 가라앉는 듯했지만, 여전히 그녀의 태도는 자비롭지 않았다. "오, 내가 말한 영토를 가지려면 어떻게 해야 하는지 잘 알죠." 클레오파트라는 아무렇지 않은 말투로 말했다. "당신의 그 남창들은 땅이 거저 생겼지만 이집트는 돈을 내야 해요. 킬리키아 트라케이아는 금으로 몇 탈렌툼이죠? 발삼과 역청은 빌려준 빚이니 그것들에까지 값을 치르는 건 거절하겠어요. 하지만 칼키스는요? 페니키아, 필리스티아, 키프로스, 키레나이카, 크레타, 로도스, 유다이아는요? 당신도 알겠지만 내 보물 보관소는 차고 넘쳐요, 친애하는 안토니우스. 당신이 노리는 건 내 보물 보관소잖아요, 아닌가요? 이집트가 땅 한 뙈기를 원할 때마다 황금 수천 탈렌툼을 내놓으라는 거잖아요! 자격도 없는 당신 졸개들은 거저 얻는 것을 이집트는 돈을 내고 사라는 거잖아요! 이 위선자! 비열하고 못돼먹은 협잡꾼!"

안토니우스가 무너지며 울음을 터트렸다. 언제나 잘 먹히는 정치적 도구였다.

"아, 뚝 그쳐요!" 클레오파트라는 이렇게 쏘아붙이고는, 마치 자기를 위해 대단한 수고를 해준 누군가에게 귀족이 동전을 튕기듯 안토니우스에게 수건을 던졌다. "눈물 닦아요! 이제 협상에 들어갈 시간이니까."

"이집트에 영토가 더 필요한지 몰랐소." 안토니우스가 말했다. 합리적인 논쟁 따위는 잊어버린 터였다.

"오, 그래요? 어째서 그런 억측을 했죠?"

고통이 시작되고 있었다. 그녀는 그를 전혀 사랑하지 않았다. "이집트는 영토가 충분하잖소." 클레오파트라를 바라보는 안토니우스의 눈동자에는 여전히 초점이 없었다. 머리를 써, 안토니우스, 머리를 쓰라고! "당신이 킬리키아 트라케이아를 가져서 뭘 하겠소? 크레타, 로도스, 키레나이카를 뭐에 쓰겠소? 당신은 지금의 영토를 지키는 군대를 유지하는 데만도 어려움이 많지 않소." 말을 하자 눈물이 그치기 시작했다. 안토니우스는 조금씩 안정을 되찾았다. 하지만 저멀리 달아난 자존심은 도무지 돌아올 줄 몰랐다.

"내 아들이 물려받을 영토에 그 땅들을 보태야죠. 아들의 군사 훈련장으로 써도 되고요. 이집트는 석판에 쓰인 법으로 다스려지지만 다른 지역에는 현명한 통치자가 필요해요. 그리고 카이사리온은 현인 중의 현인이 될 거예요." 클레오파트라가 말했다.

이 말에 어떻게 답해야 할까? "그래, 키프로스는 알겠소, 클레오파트라. 당신 말이 절대적으로 옳소. 키프로스는 줄곧 이집트 영토였지. 카이사르가 당신에게 돌려주었지만 그가 죽자 다시 로마로 반환되었소. 키프로스를 흔쾌히 당신에게 양도하리다. 애당초 그리할 생각이었소. 내가 다른 데는 몰라도 그곳만은 남겨놨다는 사실을 눈치 못 챘소?"

"참으로 관대하시네요." 클레오파트라가 신랄하게 말했다. "키레나이카는요?"

"키레나이카는 로마에 밀을 공급하는 지역이오. 절대 안 되오."

"당신에게 알랑대는 포주와 아첨꾼보다 적게 받고서 돌아갈 생각은 추호도 없어요!"

"포주와 아첨꾼이 아니오, 전부 지체 있는 자들이오."

"페니키아와 필리스티아를 내게 주는 대가로 뭘 원하죠?"

그래, 좋다, 이 욕심 많은 매춘부년! 섹스투스 폼페이우스의 금고에서 은 4만 탈렌툼을 받아 챙기려면 수년이 걸린다는 것을 알게 된 이후 안토니우스는 줄곧 초조했다. 그런데 여기 이집트 여왕이 돈을 치를 능력과 용의가 있다지 않은가. 이 여자는 그를 조금도 사랑하지 않는다. 아, 이 고통! 하지만 그녀는 그에게 눈부신 군대를 줄 수 있다, 그것도 당장. 좋아, 안토니우스는 기분이 조금씩 나아졌다. 적어도 머릿속에서만큼은. "그러면 가격을 얘기합시다. 당신은 완전한 통치권과 그 땅에서 나는 수익 전체를 원하지. 앞으로 나올 수익까지 치면 각각 황금 10만 탈렌툼은 될 거요. 하지만 나는 그 1퍼센트만 요구하겠소. 페니키아, 필리스티아, 킬리키아 페디아, 칼키스, 에메사, 엘레우테로스 강, 키프로스가 각각 황금 1천 탈렌툼. 크레타, 키레나이카, 유다이아는 안 되오. 발삼과 역청은 그냥 가지시오."

"총 황금 7천 탈렌툼이군요." 클레오파트라가 기지개를 켜며 작게 고양이 같은 가르릉 소리를 냈다. "좋아요, 안토니우스."

"대금을 당장 치러야 하오, 클레오파트라."

"공식 문서를 받고 나서 드리죠. 동방을 관할하는 트리움비르인 당신의 서명과 인장이 있는 문서를 받은 뒤에."

"황금을 받고 금액을 확인한 후 문서를 넘기겠소. 트리움비르로서의 내 공식 인장에 로마의 공식 인장도 같이 찍어주리다. 내 개인 인장까지 찍겠소."

"만족스럽군요. 내일 아침에 급히 멤피스로 사람을 보내죠."

"멤피스?"

"그쪽이 빨라요. 이 문제에 관해서라면 내 말을 믿어요."

이 말을 끝으로 그들은 더이상 대화를 어디로 끌고 가야 할지 알 수 없었다. 클레오파트라는 얻을 수 있는 것을 얻었다. 솔직히 기대했던 것보다도 많이 얻었다. 클레오파트라의 힘과 조언이 간절히 필요했던 안토니우스는 아무것도 얻지 못했다. 육체적 유대는 약했고, 정신적 유대는 사실상 없는 것이나 마찬가지였다. 두 사람은 할말이 없어서 서로 바라만 보았다. 그렇게 꽤 긴 시간이 흘렀다. 이윽고 안토니우스가 한숨을 내쉬었다.

"당신은 나를 전혀 사랑하지 않는군." 안토니우스가 말했다. "당신은 여느 여자들과 같은 목적으로 안티오케이아에 온 거요. 돈으로 뭔가를 사려고."

"전리품 중 카이사리온의 몫을 받으러 온 건 사실이죠." 클레오파트라가 대답했다. 그녀의 눈은 이제야 사람의 눈 같았다. 약간은 슬퍼 보이기도 했다. "하지만 난 당연히 당신을 사랑해요. 안 그랬으면 이 일에 다른 식으로 접근했을걸요. 당신은 모르겠지만 솔직히 내가 당신을 봐준 거라고요."

"신이 나를 봐주겠지! 나를 봐주지 않는 클레오파트라로부터!"

"당신은 아까 울었죠. 그러니 내가 당신을 남자답지 못하게 만든 거라 생각하겠죠. 하지만 당신을 남자답지 못하게 만들 사람은 오로지 당신뿐이에요. 카이사리온이 어른이 될 때까지—앞으로 최소한 10년은 더 있어야죠—이집트에는 여왕의 부군이 필요해요. 그리고 내가 염두에 둔 이름은 오직 마르쿠스 안토니우스뿐이에요. 당신은 약골은 아니지만 목표의식이 부족해요. 내겐 그 점이 분명하게 보여요. 폰테이우스도 그 점을 정확하게 본 것 같더군요."

안토니우스의 미간이 좁아졌다. "폰테이우스? 그와 편지를 주고받소?"

"천만에요. 그냥 그가 당신을 걱정한단 걸 감지했죠. 이제 그 이유를 알겠어요. 당신은 로마를 카이사르가 사랑했던 것처럼 사랑하지 않아요. 그리고 지금 로마에 있는 당신의 경쟁자 옥타비아누스는 당신보다 스무 살 어리죠. 그는 분명히 당신보다 오래 살 거예요. 천식을 앓긴 해도 일찍 죽을 것 같진 않으니까. 암살? 가능하기만 하다면 가장 이상적인 해결책이죠. 하지만 불가능해요. 아그리파와 게르만족 경호원들 때문에 그를 쉽게 공격할 순 없어요. 옥타비아누스가 카이사르처럼 자기 릭토르들을 해산시킬까요? 천만에요, 섹스투스 폼페이우스를 황금 쟁반에 담아다 바친대도 그러지 않을걸요! 만일 당신이 지금보다 나이가 많았다면 오히려 더 쉬웠을 수 있지만, 스무 살 차이는 충분하지 않으면서 또 너무 많기도 해요. 옥타비아누스는 올해 스물여섯 살이 돼요. 내 정보원들 말로는 이제 제법 소년티를 벗고 남자다워졌다는군요. 당신은 마흔여섯 살이고 나는 서른두 살이 됐어요. 나이로 보면 당신과 내가 서로 더 이상적인 상대고, 나는 이집트가 예전의 국력을 되찾길 원해요. 파르티아 왕국과 달리 이집트는 지중해에 속해요. 안토니우스, 당신이 내 남편이 됐을 때 우리가 앞으로 10년간 할 수 있을 일들을 떠올려봐요!"

클레오파트라의 제안은 실현 가능한 걸까? 로마의 방식은 아니었다. 하지만 로마는 그의 손아귀를 빠져나가고 있었으며, 향수 내음이 밴 동방의 공기 속에서 연기처럼 흩어져가고 있었다. 그렇다, 그는 혼란스러웠다. 하지만 클레오파트라가 제안하고 있는 게 무엇인지, 이 대화의 주제가 뭔지 모를 정도로 혼란스러운 건 아니었다. 로마에 있는 추종자들에 대한 그의 장악력은 점차 약해지고 있었다. 폴리오는 떠났다. 벤티디우스, 살루스티우스, 그리고 다른 모든 훌륭한 장수들도 마찬가지였다. 아헤노바르부스만이 예외였다. 그가 로마에 자주, 길게 방문하지 않으면서 피호민 원로원 의원 700명을 얼마나 더 유지할 수 있을까? 그런 노력을 기울일 가치가 있긴 할까? 클레오파트라가 그를 사랑하지 않는데 그가 잘해낼 수 있을까? 원래부터 이성적인 사내는 아니었던지라, 안토니우스는 클레오파트라가 자기에게 무슨 짓을 한 건지 좀체 알수 없었다. 단지 그 자신은 클레오파트라를 사랑한다는 것밖에. 클레오파트라가 안티오케이아에 도착한 날부터 안토니우스는 이미 패자였으며, 이는 그의 능력으로 도저히 풀 수 없는 수수께끼였다.

클레오파트라가 다시 말하고 있었다. "옥타비아누스를 비롯한 로마인들은 섹스투스 폼페이우스를 무찌르고 몇 해는 지나야 동방에서 벌어지는 일에 눈을 돌릴 수 있을 거예요. 늙은 암탉들로 가득한 원로원은 옥타비아누스에게서 권력을 빼앗을 수 없어요. 당신한테서도요. 레피두스는 고려할 필요도 없고요."

클레오파트라는 긴 의자에서 미끄러져 내려와 안토니우스 옆에 눕더니 그의 근육질 팔뚝에 뺨을 댔다. "난 반역을 옹호하지 않아요, 안토니우스." 클레오파트라가 부드럽고 달콤한 목소리로 말했다. "솔직히 그것과는 거리가 멀죠. 내가 하려는 말은 당신이 나와 협력하면 동방을 더 강력하고 살기 좋은 곳으로 만들 수 있다는 거예요. 그게 로마에 해로울 리 있어요? 로마에 손해될 이유가 있느냐고요? 오히려 그 반대죠.

정말 그렇게 된다면 제2의 미트리다테스나 티그라네스의 출현을 미연에 방지할 수 있으니까요."

"이 계획의 단 일부만이라도 날 위한 거라고 믿을 수 있다면 나는 당신이 눈 한 번만 깜빡해도 당신의 남편이 되겠소, 클레오파트라. 하지만 솔직히 이 모든 건 카이사리온을 위한 게 아니오?" 안토니우스가 클레오파트라의 어깨를 입술로 가볍게 애무하며 말했다. "최근 나는 목숨이 다하기 전에 활활 타오르는 태양빛 아래 홀로 우뚝 서고 싶다는 생각을 했소. 그 누구의 그늘에도 있지 않겠소! 로마의 그늘에도, 카이사리온의 그늘에도 있지 않겠소. 나는 내 생을 로마인이나 이집트인으로서가 아니라 마르쿠스 안토니우스로서 끝마치고 싶소. 진정 날 위한 삶을 살고 싶소. '위대한 안토니우스'로 남고 싶소. 하지만 당신은 내게 그런 미래를 제시하지 않잖소."

"아뇨, 나는 당신을 위대한 인물로 만들어주겠다는 거예요! 물론 당신은 이집트인이 될 수 없어요. 그건 너무도 자명하죠. 당신이 로마인이라면, 그 정체성을 벗어던질 수 있는 건 오로지 당신뿐이에요. 그건 단지 외피에 불과해요. 뱀이 허물을 벗듯 쉽게 벗을 수 있는." 클레오파트라가 안토니우스의 한쪽 뺨에 입술을 비볐다. "안토니우스, 난 당신을 이해해요! 당신은 율리우스 카이사르보다 위대해지고 싶은 거죠. 새로운 세상들을 정복하고 싶은 거예요. 하지만 당신이 파르티아에서 보고 있는 세상은 틀렸어요. 부디 동쪽이 아닌 서쪽으로 시선을 돌려요! 사실 카이사르는 결코 로마를 정복한 게 아니에요. 로마에 복종한 거죠. 안토니우스가 '위대한'이라는 코그노멘을 쟁취할 방법은 단 하나, 로마를 정복하는 것뿐이에요."

이것은 안티오케이아에서 봄이 시작되는 3월까지 이어질 전쟁의 서막에 불과했다. 두 사람의 강력한 충돌은 얽히고설킨 감정의 암연 속에서 겉으로 드러내지 않은 의심과 불신의 침묵 속에서 이루어졌다. 그들의 은밀함은 절박하고도 완벽했다. 만에 하나 아헤노바르부스, 포플리콜라, 폰테이우스, 푸르니우스, 소시우스, 또는 안티오케이아에 있던 다른 어느 로마인이 안토니우스에 대해 단순히 공세를 대신 징수해주는 조건으로 피호국 왕들에게 빌려준 로마 소유의 나라들을 공세 수입도 포기하고 완전히 팔아치운 게 아닌지 의심했다면, 즉시 안토니우스를 향해 어마어마한 반감이 형성되었을 테고 그는 쇠사슬에 묶인 채 로마로 돌려보내졌을 터였다. 그러니 안토니우스가 클레오파트라에게 영토를 양도한 일은 그의 권력 기반이 공고해질 때까지는 아무 손해도 없이 이루어진 것인 양 보여야 했다. 그리하여 어떤 측면에서는 공식적이었던 이 일은 다른 측면에서는 안토니우스와 클레오파트라만이 제대로 알고 있었다. 동료 로마인들에게 이번 영토 양도는 마치 군자금으로 쓸 금을 모으기 위해 의례적으로 이루어진 절차처럼 보여야 했다. 솔직히 안토니우스가 동방에서 무적의 장수로 비치기만 한다면 실제 사실이 어떤지는 별반 중요하지 않았다. 클레오파트라는 카이사르에게 로마의 왕이 되라고 설득했지만 그녀의 뜻은 이루어지지 않았다. 안토니우스는 카이사르보다 주무르기 쉬운 인간이었다. 특히 요즘 같은 정신 상태에서는 더더욱 그러했다. 그리고 동방에는 강력한 왕이 필요했다. 강력함에서 로마인을 능가할 자가 있을까? 로마인은 동방의 왕들처럼 쉽게 변덕을 부리거나 살육을 일삼지 않고 법치와 행정에 단련되어 있었다. 위대한 안토니우스는 동방을 강한 세력으로 키워낼 것이다. 세계의 패권을 두고 로마와 겨룰 수 있을 정도로 만들어줄 것이다.

이것이 클레오파트라가 꾸는 꿈이었다. 물론 그녀는 앞으로 갈 길이 멀다는 사실을 잘 알고 있었다. 더구나 왕 중의 왕이 될 카이사리온을 위해 위대한 안토니우스를 짓뭉개버리기까지는 더 먼길을 가야 할 터였다.

안토니우스는 동료들의 눈을 속이는 데 성공했다. 아헤노바르부스와 포플리콜라는 클레오파트라의 서류를 읽어보지도 않고 증인을 서면서 그 여자가 멍청하게 잘도 속는다고 자기네끼리 킬킬거렸다. 황금을 이렇게나 많이!

그러나 안토니우스에게는 누구에게도 털어놓을 수 없는 큰 고민이 하나 있었다. 여왕은 안토니우스의 파르티아 원정을 단호히 반대했으며 거기에 자신의 황금을 내놓아야 하는 것을 못마땅하게 여겼다. 클레오파트라는 로마 군대가 파르티아의 공격을 받아 형편없이 작아질 것을 우려했다. 이 군대가 진짜 중요한 일을 하기 전에 수가 너무 줄까봐 걱정이었던 것이다. 이 군대는 로마와 옥타비아누스에 맞서 싸워야 했다. 그녀는 이 계획을 안토니우스에게조차 아직 밝히지 않았지만, 그것은 늘 그녀의 머릿속에 있었다. 카이사리온은 이집트와 동방뿐만 아니라 카이사르의 세계까지 통치할 것이다. 그 누구도 이를 막을 수 없다. 마르쿠스 안토니우스조차도.

안토니우스로서는 경악스럽게도 클레오파트라는 원정에서 그와 같이 행군하겠다고 했다. 또한 작전회의에서 강력한 발언권을 갖길 기대했다. 카우카소스 산맥으로 북진해 공격을 성공적으로 이끈 카니디우스가 카라나에서 대기중이었는데, 클레오파트라는 그를 빨리 만나보고 싶다고 말했다. 환영받지 못할 거라고, 그녀가 거기 있는 것을 보좌관들이 절대 용인하지 않을 거라고 안토니우스가 아무리 설득해도 소용없었다.

따라서 안토니우스는 클레오파트라의 동행을 반대할 만한 사람들을 거의 일주일에 한 명꼴로 제거해나갔다. 그를 따르는 원로원 의원 700명을 격려한다는 핑계로 포플리콜라를 로마로 보내고 푸르니우스는 아시아 속주 총독으로 보냈다. 아헤노바르부스도 비티니아를 통치하러 돌아갔고 소시우스는 시리아에 계속 머물러 있어야 했다.

그러다 어느 날 가장 자연스럽고도 불가피한 사건이 발생하며 안토니우스에게 구원의 손길이 닿았다. 클레오파트라가 임신을 한 것이다. 안토니우스는 안도의 한숨을 내쉬며 보좌관들에게 여왕은 에우프라테스 강변의 제우그마까지 같이 이동한 뒤 거기서 이집트로 돌아갈 것이라고 알렸다. 보좌관들은 이 소식에 감탄했다. 여왕의 안토니우스를 향한 사랑이 지대해 그와 헤어지는 것을 도저히 견딜 수 없는 모양이라고 짐작했던 것이다.

따라서 클레오파트라는 제우그마에서 아주 기분좋게 마르쿠스 안토니우스와 작별의 입맞춤을 나누고 긴 이집트행 육로여행을 시작했다. 배를 타도 되었겠지만 그녀에게는 그러지 않을 이유가 있었다. 그녀는 유다이아의 왕 헤로데스를 만나야 했다. 앞서 헤로데스는 발삼 농원과 역청 채취장을 빼앗긴 것을 알고 예루살렘에서 안티오케이아까지 황급히 달려왔다. 하지만 알현실에서 안토니우스 곁에 앉아 있는 클레오파트라를 발견한 그는 발걸음을 돌려 집으로 갔다. 클레오파트라는 헤로데스의 이러한 행동을 안토니우스가 다시 혼자가 될 때까지 기다리겠다는 의도로 파악했다. 이는 또한 대다수의 다른 로마인들이 깨닫지 못하는 사실을 헤로데스는 알아차렸다는 뜻이기도 했다. 동방을 관할하는 로마의 트리움비르는 지금 클레오파트라의 손에서 마음껏 주물러지고 있는 찰흙덩이에 불과하다는 사실을.

개인적인 감정이 어떻든 헤로데스는 이집트 여왕을 수도로 초대해 새로 지은 화려한 궁에서 한껏 예를 갖추어 환대할 수밖에 없었다.

"사방에 새로운 건물들이 올라가고 있군요." 만찬중에 클레오파트라는 자신을 초대한 헤로데스에게 말했다. 하지만 마음속으로는 요리가 형편없으며 마리암네 왕비는 못생기고 따분한 여자라고 생각했다. 애는 잘 낳는지 벌써 아들이 둘이었다. "마치 요새처럼 보이는데요."

"아, 요새가 맞습니다." 헤로데스가 아무렇지 않은 표정으로 말했다. "요새 이름을 우리 트리움비르의 이름을 따서 '안토니우스 요새'로 지을 작정입니다. 신전도 새로 짓고 있죠."

"마사다에도 새 건물들을 올리는 중이라고 들었어요."

"우리 가족에겐 괴로운 망명지였지만 위치상 유용한 곳이니까요. 좋은 주택을 짓고 곡창과 식료품 창고도 더 만들고 저수지를 조성할 계획입니다."

"그곳을 보지 못하고 떠나려니 아쉽군요. 아무래도 연안 쪽 도로가 이용하기 더 편리해서요."

"뱃속에 아기가 있으니 더욱 그러시겠지요." 헤로데스가 마리암네에게 물러가 있으라는 뜻으로 손짓하자 그녀는 재깍 일어나 방에서 나갔다.

"눈썰미가 좋군요, 헤로데스."

"또한 여왕께서는 땅에 대한 애착이 지대하시다고 안티오케이아의 소식통에게서 들었습니다. 킬리키아 트라케이아! 그 험하디험한 연안 지대를 대체 뭐에 쓰시려고요?"

"다른 무엇보다도 아바 여왕과 테우크로스 왕조의 후손들에게 올바를 돌려주기 위함이죠. 하지만 그 하나뿐인 도시는 얻지 못했어요."

"우리 야심만만한 여왕께서 잘 아시듯 킬리키아의 셀레우케이아는 로마인들에게 전략적으로 워낙 중요한 위치니까요. 그건 그렇고 발삼과 역청에서 나는 제 수입은 가져갈 수 없으십니다. 제게 꼭 필요한 수입원이라서요."

"발삼과 역청 수입 둘 다 이미 이집트 소유가 되었어요, 헤로데스. 이걸 보세요." 클레오파트라가 금실로 엮은 보석 장식 가방에서 서류를 꺼내 건넸다. "마르쿠스 안토니우스의 지시사항이에요. 당신이 나를 대신해 세금을 징수하라는 내용이지요."

"안토니우스가 내게 이런 짓을 하다니!" 헤로데스가 서류를 읽으며 소리쳤다.

"안토니우스는 그럴 수 있고 이미 그렇게 했어요. 세금을 당신이 대신 징수하라는 건 내 생각이었지만요. 그러게 나한테 진 빚을 진작 갚았어야죠, 헤로데스."

"당신보다는 내가 명줄이 길 겁니다, 클레오파트라!"

"허튼소리. 당신은 욕심이 너무 많고 살도 많이 쪘어요. 살찐 남자들은 일찍 죽죠."

"빼빼 마른 여자는 절대 죽지 않는다 그 말이로군요. 당신은 예외일 겁니다, 여왕. 당신에 비하면 내 욕심은 아무것도 아니니까요. 당신은 온 세상을 집어삼켜야 성에 찰 테지요. 하지만 안토니우스는 당신에게 온 세상을 가져다줄 수 없어요. 자기 손에 든 것조차 잃고 있는 참이니까. 그걸 모르겠습니까?"

"하!" 클레오파트라가 퉁명스레 내뱉었다. "파르티아 왕을 상대로 한 원정을 말하나본데, 안토니우스는 이제 그 계획은 잊어버리고 실현 가능한 다른 목표에 힘을 쏟아야 해요."

"당신이 그를 위해 세운 목표들이겠지요!"

"헛소리 말아요! 그는 스스로 판단할 능력이 있는 사람이에요!"

헤로데스는 긴 의자에 벌렁 드러눕더니 반지 낀 통통한 손가락으로 배를 톡톡 두드렸다. "내가 짐작하고 있는 그 계획을 당신은 대체 얼마나 오래전부터 짜온 겁니까?"

클레오파트라의 황금빛 눈이 휘둥그레지더니 그를 앙큼스럽게 쳐다보았다. "헤로데스! 내가 계획을 짜다니요? 상상력이 지나치게 풍부하군요. 이러다 망상으로 헛소리까지 하겠어요. 내가 무슨 계획을 짠다는 거죠?"

"안토니우스가 코뚜레에 꿰인 채 그 수많은 군단들을 끌고 가는 동안, 우리 친애하는 클레오파트라 여왕께서는 이집트에 유리하도록 로마를 전복시키려고 한다는 생각이 드는데요. 옥타비아누스가 열세에 있고 그의 훌륭한 인재들은 모두 서방 속주에 나가 있으니 이보다 좋은 기회가 있겠습니까? 당신의 야심과 욕망은 끝이 없어요. 지금 가장 놀라운 사실은 당신의 이러한 속셈을 알아챈 사람이 나 말고는 없는 듯하다는 겁니다. 뒤늦게야 알아챌 안토니우스가 너무나 가련하군요!"

"당신이 현명한 사람이라면, 헤로데스, 그딴 억측 따위는 머릿속에만 담아두고 절대 입 밖에 내지 말도록 해요. 이치에 닿지 않을뿐더러 사실무근이니까."

"내 발삼과 역청을 돌려줘요. 그러면 잠자코 있을 테니."

클레오파트라는 긴 의자에서 미끄러지듯 내려와 뒤축 없는 슬리퍼를 발에 꿰었다. "당신한테는 지린내 나는 넝마 한 장 주지 않을 거야, 이 혐오스러운 인간!" 클레오파트라는 이렇게 말하고 방에서 나갔다. 여왕의 옷자락이 바닥에 부드럽게 끌리는 소리가 마치 나지막이 외는 주문처럼 들렸다.

 클레오파트라가 제우그마를 떠나 이집트로 향한 다음날 아헤노바르부스가 미안한 기색 없이 쾌활한 모습으로 나타났다.

"자넨 비티니아로 가는 중이어야 하지 않나." 안토니우스는 못마땅한 표정으로 말했지만 속으로는 뛸듯이 기뻤다.

"그건 당신이 저 이집트 하르피이아와 함께 전쟁터에 나가려고 생각했을 때 날 떼어놓기 위해 시킨 일 아닙니까. 그런 짓을 견뎌낼 로마 남자는 없습니다, 안토니우스. 당신이 그럴 수 있다고 생각했다는 게 놀라워요—로마 남자이기를 포기한 게 아니라면 말이죠."

"포기한 적 없네!" 안토니우스가 불끈거리며 대꾸했다. "아헤노바르부스, 클레오파트라가 내게 기꺼이 막대한 양의 금을 빌려줬기 때문에 이번 원정이 가능해졌단 걸 잊지 말게! 그래서 그녀는 이번 작전에 함께할 자격이 있다고 생각하는 것 같았지만, 이렇게 멀리까지 오고 나니 기꺼이 자기 나라로 돌아가더군."

"난 니코메디아로 가지 않아도 돼서 기쁘고 말이죠. 그래요, 친구, 최근엔 무슨 일들이 있었습니까?"

아헤노바르부스는 생각했다. 안토니우스는 아주 좋아 보인다, 필리피 전투 이후 최고로 좋아 보여. 그의 강인함에 걸맞은 할 일이 생겼고, 그 일은 꿈을 이루는 것이기도 하니까. 그 이집트 하르피이아는 너무 싫지만 금을 빌려준 건 고맙지. 그는 전투 한 번이면 빌린 걸 갚을 수 있을 거야.

"파르티아 정보원을 확보했네." 안토니우스가 말했다. "새 파르티아 왕의 조카 모나이세스야. 프라아테스가 그의 가족을 몰살할 때 궁에 없었던 덕에 시리아로 도망치는 데 성공한 자지. 니케포리온에서 스케니테스인들과의 무역 분쟁을 해결하고 있었어. 물론 감히 귀국할 생각은 못했지—자기 목에 현상금이 걸려 있으니까. 프라아테스 왕은 이류 아르사케스 왕족 처녀와 결혼해서 새로 후사를 보려는 것 같더군. 처가 사람들은 검인지 도끼인지 아무튼 파르티아인들이 쓰는 무기로 다 죽였어. 그렇게 새로 본 아들들이 다 자라려면 수년이 걸리니 그동안 본인은 안전한 거지. 반면 모나이세스는 성인이고 추종자들이 있으니까. 동방의 군주들은 참 무자비해."

"클레오파트라를 대할 때도 그 사실을 기억하길 바랍니다." 아헤노바르부스가 건조하게 말했다.

"클레오파트라는 달라." 안토니우스가 약간 도도하게 대꾸했다.

"당신은 사랑의 포로죠. 모나이세스에 대한 당신의 판단은 더 믿을 만해야 할 텐데요."

"브리악시스의 동상만큼 믿을 만하지."

하지만 아헤노바르부스는 소군주 모나이세스를 만나자마자 뱃속이 텅 비는 느낌이었다. 이자를 믿으라고? 말도 안 돼! 모나이세스는 그리스어가 유창하고 그리스인의 예의범절을 흉내냈지만 상대의 눈을 똑바로 쳐다보지 못했다.

"그자가 당신의 새끼손가락도 잡게 해서는 안 돼요!" 아헤노바르부스가 외쳤다. "팔을 통째로 뜯길 테니까! 그는 프라아테스 왕이 훗날을 위해 살려둔 자, 우리한테 첩자를 심어야 할 때를 위해 서방식으로 훈련시킨 자임을 모르겠습니까? 모나이세스는 살육을 용케 피한 게 아닙니다, 파르티아를 위한 작전을 수행하려고 왕이 살려둔 자라고요—우

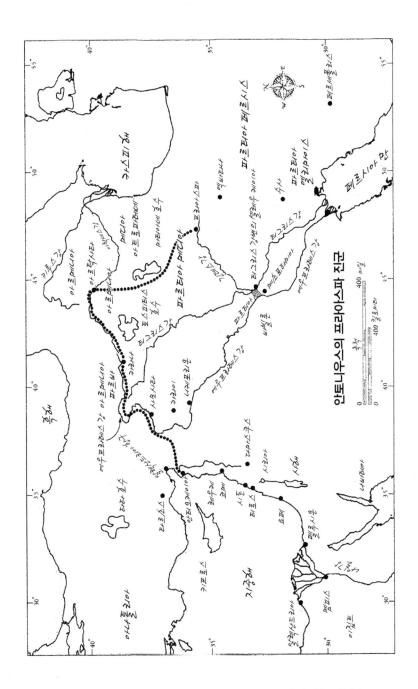

릴 꾀어 파멸시키고 패배시키기 위해서요!"

안토니우스의 대답은 호탕한 웃음이었다. 아헤노바르부스가 아닌 그 누가 의심의 말을 하더라도, 모나이세스가 클레오파트라의 황금만큼 믿을 만하다는 안토니우스의 생각은 변하지 않을 터였다.

군인들 대다수가 카라나에서 푸블리우스 카니디우스와 함께 대기중이었지만 안토니우스는 갈리아 기병 1만과 유대인, 시리아인, 킬리키아인, 아시아계 그리스인으로 구성된 외국인 징집병 3만, 그리고 6개 군단까지 데려왔다. 1개 군단은 헤로데스의 왕좌 보전을 위해 예루살렘에 남겨두었다. 안토니우스는 충직한—때로는 잘 속는—벗이었다. 늘 불안정한 마케도니아의 수비대로는 7개 군단을 남겨두었다.

에우프라테스 강은 제우그마와 카라나 인근의 상류에서 넓은 계곡을 이루었다. 말과 노새, 소를 먹일 풀이 많은 곳이었다. 사모사타가 보였다가 사라지고, 계곡 폭이 약간 좁아지기 시작하고, 거대한 군대가 멜리테네로 들어갈수록 길은 점점 더 험해졌다. 군대는 사모사타에서 북쪽으로 조금 더 간 곳에서 물자 수송대를 지나쳤다. 안토니우스는 실망했다. 20일 전에 제우그마에서 수송대를 먼저 출발시키면서, 그렇게 하면 두 부대가 동시에 카라나에 도착할 거라고 생각했기 때문이다. 그러나 소들이 하루에 25킬로미터는 갈 거라던 그의 확신과는 달리, 아무리 욕하며 채찍질을 해도 하루에 15킬로미터 이상은 갈 수 없음을 그는 이제 깨달았다.

안토니우스의 자랑이자 기쁨인 물자 수송대는 로마군 역사상 최대 규모였다. 말 그대로 수백 대의 카타풀타와 발리스타, 작은 포 들을 소들이 한 문씩 덜컹덜컹 소리를 내며 끌고 있었다. 일반적인 소도시의 성문을 부술 수 있는 공성망치 여러 개, 안토니우스가 모나이세스에게 농담조로 말했듯 '옛 일리움 성문들도' 부술 수 있는 거대한 25미터짜리 공성망치도 있었다. 여기까지가 전투용 장치들인데 이건 시작일 뿐이었다. 보급품을 실은 수레들이 끝도 없이 이어졌다. 밀, 염장 돼지고기 여러 통, 오래 훈연한 베이컨, 기름, 렌틸콩, 병아리콩, 소금, 군단 기술병용 장구, 석탄, 강철 제작용 제련 철광석 주형, 거대한 들보와 판자, 나무나 응회암같이 무른 돌을 자르는 톱, 밧줄과 계선용 밧줄, 범포, 여벌 천막, 장대, 마구, 그 밖에도 솜씨 좋은 공병이 생각하기에 이 정도 규모의 군대가 물자 휴대와 포위공격을 할 때 필요한 온갖 것들이었다. 일렬종대 시 수송대 길이는 25킬로미터였지만, 가로로 넓게 배치하여 총길이 4.5킬로미터로 행군했다. 각각 4천 명으로 구성된 불완전편성 군단 2개가 그 엄청난 규모의 소중한 전쟁 부속물 호위대로 상시 파견되었다. 호위대 지휘관 오피우스 스타티아누스는 들어주는 사람만 있으면 불평을 늘어놓았다.

군대가 물자 수송대를 만나자 안토니우스도 그의 청자가 되었다.

"이렇게 행군하는 동안은 문제가 없지만," 스타티아누스는 무뚝뚝하게 말했다. "저 앞의 산들엔 좁은 계곡이 있을 테고, 수레들을 질질 끌어야 한다면 통신과 방어를 유지하지 못할 겁니다."

안토니우스로서는 듣고 싶지도, 들을 준비가 되지도 않은 의견이었다. "노파처럼 말하는군, 스타티아누스." 그는 말을 차서 앞으로 나가며 말했다. "하루 이동 거리를 늘리는 데나 집중하게!"

기동 부대들은 제우그마를 출발한 지 보름 후 카라나에 도착했다. 이동 거리는 약 5.3킬로미터였다. 하지만 먼저 출발했던 물자 수송대가 열이틀이나 더 지나서 도착하자 안토니우스는 심기가 매우 불편했다. 그럴 때면 그는 아헤노바르부스 같은 벗들이나 카니디우스 같은 지휘관들을 비롯해 어느 누구의 말도 들으려 하지 않았다. 카니디우스는 카우카소스 원정에서 돌아온 지 얼마 되지 않아 산을 잘 알았다.

"이탈리아 주변에는 알프스 산맥이 있지요." 카니디우스는 말했다. "하지만 알프스는 저 산들에 비하면 애들 장난입니다. 카라나가 있는 분지 주위를 둘러보면 해발 4천500킬로미터 정도의 산들이 수백 개나 있습니다. 북쪽이나 동쪽으로 가면 산들은 더 높고 험준해지죠. 계곡은 소용돌이치며 흐르는 물줄기의 폭만큼 좁은 협곡이고요. 벌써 4월 중순이니 장군께서는 10월까진 이번 작전을 끝내야 합니다. 6개월 후면 이곳은 겨울이에요. 카라나는 아락세스 강이 카스피 해로 흘러드는 넓은 평지와 이곳 사이의 비교적 평탄한 얕은 구렁 중 제일 너른 곳입니다. 저한텐 10개 군단과 기병 2천밖에 없었는데도 이 시골에서 통제하기 힘들었습니다. 하지만 장군께서 더 잘 아실 테니 왈가왈부하지 않겠습니다."

벤티디우스처럼 카니디우스도 비천한 태생의 무관이었다. 오직 군사 지휘관으로서의 특출한 재능을 발판 삼아 출세한 자였다. 그는 카이사르가 죽은 뒤 마르쿠스 안토니우스에게 붙었고 안토니우스의 군사적 능력보다는 사람 자체를 좋아했다. 하지만 벤티디우스가 시리아에서 승리한 후 카니디우스는 지금 안토니우스가 제안하는 것 같은, 그러니까 이를테면 파르티아 왕국의 뒷문으로 들어가는 작전을 자신이 지휘할 일은 없으리란 걸 깨달았다. 카이사르 정도의 천재성이 필요할 험난한 일인데, 안토니우스는 카이사르가 아니었다. 우선 안토니우스는 대규모 군대를 좋아하지만 카이사르는 싫어했다. 카이사르는 어느 장군이든 성공적으로 배치할 수 있는 최대 규모는 10개 군단과 기병 2천이라고 생각했다. 그보다 커지면 명령 하달에 혼선이 발생하고 거리와 시간 때문에 통신선이 위태로워진다고 보았다. 카니디우스도 같은 생각이었다.

"아르타바스데스 왕은 왔소?" 안토니우스가 물었다.

"어느 쪽 말씀이십니까?"

안토니우스가 눈을 껌벅거렸다. "아르메니아 말이오."

"네, 왔습니다, 티아라를 쥔 채 접견을 기다리고 있죠. 그런데 메디아 아트로파테네의 아르타바스데스도 그러고 있습니다."

"메디아 아트로파테네?"

"네. 둘 다 제가 카우카소스로 소풍을 다녀온 후 겁을 집어먹고 로마가 이번 대(對)파르티아 작전에서 승리할 것으로 판단했습니다. 아르메니아의 아르타바스데스는 메디아 아트로파테네의 계곡 70개를 되찾길 원하고, 메디아 아트로파테네의 아르타바스데스는 파르티아 왕국을 지배하길 원합니다."

안토니우스는 박장대소했다. "카니디우스, 카니디우스, 횡재로군! 그런데 둘 다 이름이 같으니 어떻게 구별하오?"

"저는 아르메니아는 아르메니아로, 메디아 아트로파테네는 그냥 메디아라고 부릅니다."

"내가 알아볼 수 있는 신체적 차이점 같은 건 없소?"

"전혀 없습니다! 쌍둥이처럼 똑같거든요—아마도 근친혼 때문이겠지요. 둘 다 주름 장식 치마와 외투 차림에 꼬불꼬불한 가짜 턱수염을 붙였고, 매부리코에 까만 눈에 까만 머리카락이에요."

"파르티아인 같군."

"대충 다 같은 민족인 듯합니다. 접견하시겠습니까?"

"두 사람 중 그리스어를 할 줄 아는 자가 있소?"

"아뇨, 아람어도 못 합니다. 자기네 고유의 언어와 파르티아어를 합니다."

"그럼 됐소. 모나이세스가 있으니까."

그러나 안토니우스는 모나이세스를 그리 오래 써먹지 못했다. 상대편이 무슨 생각을 하고 있는지 짐작조차 못하는 사람들 간의 다소 이상한 몇 차례 접견에서 통역사 노릇을 한 뒤, 모나이세스는 니케포리온으로 돌아가기로 했다. 그가 안토니우스에게 상기시켰듯 그는 스케니테스 아라비아의 왕이므로 자신의 새 왕국을 전시 체제로 준비시켜야 했다. 모나이세스는 감사 인사를 남발하고, 그가 찾아낸 다른 통역자 세 사람이 일을 더 잘할 거라고 안심시키면서 남쪽으로 떠났다.

"저자를 믿을 수 있다면 좋을 텐데요." 카니디우스가 아헤노바르부스에게 말했다.

"그러게 말이오, 하지만 믿음이 안 가요. 일이 이미 진행중이고 중단할 수 없으니, 우리가 할 수 있는 건 부디 우리가 오해하고 있는 것이기를 바라며 신들께 제물을 바치는 것뿐이오."

"그리고 혹시 우리가 맞는 거라면, 모나이세스가 안토니우스의 계획을 망치는 데 실패하기를 바라야지요."

"우리 군의 규모가 훨씬 더 작았으면 좋겠소. 안토니우스는 아르메니아 철갑 기병 때문에 어린애처럼 기뻐하고 있소! 하지만 아르메니아와 파르티아의 철갑 기병 전문가로서 말하자면, 아르메니아 철갑 기병은 파르티아 철갑 기병과 비교가 되지 않소." 카니디우스가 한숨을 쉬며 말했다. "아르메니아 쪽은 갑옷이 더 얇고 약하며 말도 로마 말보다 별로 크지 않으니까—제대로 된 철갑 기병이 아니라 갑옷 입은 창기병이라고 불렀으면 싶을 정도요. 그런데도 안토니우스는 그들을 1만 6천 명이나 선물받았다고 뛸듯이 기뻐하고 있소."

"먹여야 할 말이 1만 6천 마리 늘어난 건데." 아헤노바르부스가 말했다.

"게다가 우리가 모나이세스를 믿는 것 이상으로 아르메니아나 메디아를 믿을 수 있겠소?" 카니디우스가 물었다.

"아르메니아는 믿을 수도 있겠죠. 메디아는 절대 못 믿소. 여기서 아르탁사타까지는 거리가 얼마나 되지요?" 아헤노바르부스가 물었다.

"300킬로미터쯤 될 거요."

"거길 가야만 하오?"

"아르메니아 계곡 말이지요? 유감스럽지만 그렇소. 나는 처음부터 이 뒷문 접근 작전이 별로였소. 지형이 좀 덜 험했다면 이점이 있었을 테지만. 우리는 프라아스파, 그후로 엑바타나, 수사를 친 다음 메소포타미아로 들어가오. 안토니우스는 물자 수송대가 따라올 수 있을 거라 생각하는 거요? 절대 불가능한데!"

"아, 마르쿠스 안토니우스잖소." 아헤노바르부스가 말했다. "그는 뭔가를 간절히 원하면 이뤄질 거라고 믿는 지휘관들 중 하나요. 필리피 같은 작전에서는 매우 유능할 수 있는 사람이죠. 하지만 그가 미지의 것에는 어떻게 대처하겠소?"

"결국 문제는 두 가지로 귀결되오, 아헤노바르부스. 첫째, 모나이세스는 배신자인가? 둘째, 아르메니아를 신뢰할 수 있는가? 첫번째 질문의 답이 부정적이고 두번째 질문의 답이 긍정적이라면 안토니우스는 성공할 거요. 그 외의 경우엔 모두 실패요."

이제 물자 수송대는 아르메니아의 수도 아르탁사타로 떠나야 했다. 거의 카라나에 도착하자마자 떠나는 셈이라 휴식도, 목욕도, 여자도, 안토니우스와의 면담 기회도 얻지 못한 오피우스 스타티아누스는 격노했다. 그는 안토니우스에게 카라나에 남겨두는 편이 좋을 물품들의 목록을 제출해 수송대 규모를 줄이고 이동 속도를 높일 수 있기를 바랐던 터였다. 그러나 그런 일은 없었다. 계속 이동하고 물자도 다 가져가라는 명령이 떨어졌다. 수송대는 아르탁사타에 도착하자마자 또 프라아스파로 향해야 할 것이다. 또다시 휴식도, 목욕도, 여자도, 안토니우스와의 면담 기회도 없이.

안토니우스는 얼른 작전 개시를 하고 싶어서 안달복달했다. 뒷문 접근 작전으로 파르티아의 꼭뒤를 지르고 있음을 확신했기 때문이다. 아, 물론 누군가 그곳 주민들에게 프라아스파가 가장 먼저 공격당할 파르티아 도시라고 말해주었겠지만—이렇게 엄청난 비밀이 지켜지기엔 온갖 부류의 동방 사람과 외국인이 지나치게 많았다—안토니우스는 자신의 속도를, 카이사르가 이끈 행군만큼 신속함을 꾀한 속도를 믿었다. 프라아스파의 예측보다 수개월 먼저 로마 군대가 당도하게 할 거라고.

그래서 안토니우스는 아르탁사타에서 꾸물거리지 않고 최대한 직선 경로로 행군했다. 아르탁사타에서 프라아스파까지는 약 750킬로미터였고, 지형은 카라나에서 아르탁사타까지의 시골만큼 험하거나 높지 않았다. 그러나 안토니우스의 메디아인과 아르메니아인 길잡이들은 그가 편하게 통과하기 위해 잘못된 방향으로 진군중이라고 말했다. 모든 산봉우리, 모든 골짜기, 모든 골이 동에서 서로 뻗어 있고, 마티아네 호수—거대한 수역이었다—동쪽으로 행군하는 편이 훨씬 쉬울 터였지만, 산맥을 통과하는 유일한 통로는 산맥의 서쪽 면을 따라 행군한다는 의미였으며 수많은 산봉우리를 연거푸 오르락내리락해야 했다. 호수의 남쪽 끝에서 군대는 동쪽으로 가다가 프라아스파를 치기 위해 방향을 틀어야 했다. 서쪽에 해발 4천500미터가 넘는 또다른 산봉우리들이 나타났기 때문이다.

16개 군단, 갈리아 기병 1만, 외국인 보병 및 기병 5만, 아르메니아인 철갑 기병 1만 6천—총 14만 명이 행군을 시작했다. 그중 5만 명 이상이 말을 타고 있었다. 알렉산드로스 대왕조차 이런 대군을 이끌지는 않았어. 안토니우스는 의기양양하게 생각했고, 세상 어떤 군대도 물리칠 수 있다고 확신했다. 이 얼마나 대단한 모험인가, 이 얼마나 어마어마한 작전인가! 나는 마침내 카이사르에게 그늘을 드리울 것이다.

그들은 실망스러울 정도로 금방 물자 수송대와 만났다. 수송대는 마티아네 호수로 가는 산 고개조차 아직 넘지 못했고 목적지까지 600여 킬로미터나 더 가야 했다. 카니디우스는 속도를 늦춰서 물자 수송대와 가까운 거리를 유지하라고 조언했지만 안토니우스는 거부했다. 안토니우스에게도 나름 이유는 있었다. 물자 수송대에 맞춰 속도를 늦추면 프라아스파에 너무 늦게 도착해, 심지어 그곳이 극렬히 저항하지 않더라도 겨울 전에 점령하지 못할 터였다. 게다가 병사들은 산을 계속 오르락내리락했음에도 시원시원하게 행진하고 있었다. 안토니우스는 수송대 일부분을 나머지와 분리하고 빠른 이동에 최적인 수레들의 무게를 가볍게 해서 속도를 높이도록 애쓰라는 전언을 스타티아누스에게 보내는 것으로 만족했다.

그 전언은 스타티아누스에게 도달하지 못했다. 정찰대나 징발대가 모르는 사이에 메디아의 아르타바스데스가 모나이세스와 병력을 합쳤다. 4만 명의 철갑 기병과 궁기병이 그들이 일으키는 먼지를 들키지 않을 만큼 멀리서 로마군의 뒤를 밟았다. 물자 수송대가 마티아네 호수로 이어지는 고갯길을 넘을 때 길이 좁고 험해서 수송대 수레들은 일렬종대로 이동중이었는데, 스타티아누스는 지형이 좀 편평해질 때까지 그대로 가기로 했다. 1만 명의 메디아 철갑 기병들이 수송대의 모든 곳을 동시에 공격했다. 통신선이 와해된 스타티아누스는 언제 어디서 무슨 일이 일어나고 있는지 몰랐기에 그의 2개 군단을 어느 쪽으로 보내야 할지도 확신할 수가 없었다. 그가 허둥대는 동안 병사들은 살육당했고, 습격에서 살아남은 병사들조차 안토니우스가 수송대에 생긴 일을 모르도록 죽임을 당했다. 전리품은 대단했다! 하루도 안 지나서 마지막 수레 한 대까지 모조리 북쪽과 동쪽으로, 안토니우스의 경로와는 동떨어진 메디아 아트로파테네로 덜컹대며 끌려갔다. 이제 안토니우스의 군대에겐 그들이 직접 휴대중인 이번 달에 쓸 물자밖에 없었다. 포들도, 포위공격 장비도 사라졌다.

이런 성과를 낸 뒤 모나이세스는 3만 병력의 파르티아인 군대를 이끌고 안토니우스의 뒤를 쫓았지만 공격하지는 않았다. 이제 그는 엑바타나의 은 독수리 기 아홉 개에 더할 스타티아누스 군단의 은 독수리 기 두 개를 손에 넣었다. 그중 일곱 개는 크라수스한테서 뺏은 것이고 안토니우스한테서 뺏은 건 네 개가 되었다.

아무것도 모르는 채 프라아스파에 도착한 안토니우스는 그곳이 그가 상상했던 미개한 흙벽돌 도시와는 거리가 멀다는 걸 알게 되었다. 아탈레이아나 트랄레스 규모의 대도시가 튼튼한 성문이 여러 개 달린 거대한 석조 요새에 둘러싸여 있었다. 안토니우스는 그곳을 보자마자 포위공격 말고는 방법이 없음을 알았다. 그래서 군대와 함께 눌러앉아 요새 안에 주민들을 가뒀고, 프라아스파 주변 시골에ㅡ어떤 파르티아인도 불태울 생각을 않은ㅡ익은 밀 이삭이 지천인데다 통통한 양도 수천 마리 있다는 사실에 안도했다. 군인들이 굶는 일은 없을 터였다.

수일을 기다려도 물자 수송대는 도착할 기미가 없었다.

"우라질 스타티아누스, 대체 어디 있는 거야?" 징발대를 2개 보낼 때마다 하나는 돌아오지 않는다는 걸 깨달은 안토니우스가 물었다.

"제가 한번 찾아보겠습니다." 폴레몬이 말하고는 그의 투석병들과 함께 가기로 했다. 그는 프라아스파 성벽 위의 파르티아인들을 향해 뻔뻔스럽게 손을 흔들며, 안토니우스와 그의 멋진 군대를 절대적으로 믿고서 경무장 기병대 1천 명을 데리고 떠났다.

그러나 수일을 기다려도 폴레몬은 돌아오지 않았다.

잘라 쓸 나무가 없었기에, 주민들을 요새 안에 가둬놓고 있는 건 오직 로마군의 숫자뿐이었다. 도시에는 식량과 물의 공급이 충분한 게 분명했다. 길고 지루한 포위였다. 율리우스 달이 다 지나고 8월에 접어들었지만 수송대는 여전히 올 기미가 없었다. 아, 25미터짜리 공성망치만 있다면! 그러면 프라아스파의 성문들은 산산조각이 났을 텐데.

"현실을 직시하십시오, 안토니우스." 군대가 프라아스파 외곽에서 야영한 지 70일째 되던 날 푸블리우스 카니디우스가 말했다. "물자 수송대가 오지 않는 이유는 그것이 이제 없기 때문입니다. 공성탑을 만들 목재도, 카타풀타도, 발리스타도, 아무것도 없습니다. 지금까지 우리는 식량 징발대로 보낸 외국인 징집군 2만 5천을 잃었고, 오늘은 킬리키아인, 유대인, 시리아인, 카파도키아인 들이 꼼짝하지 않겠다며 냉정하게 제 명령을 거절했습니다. 사실 먹일 입이 2만 5천 개 줄어든 셈이지만, 지금도 건강과 사기를 오래 유지하기에 충분한 식량을 밭에서 구하진 못하고 있습니다. 겨우 살아서 돌아온 우리 정찰대가 가지 못한 저 어딘가에서는, 파비우스 막시무스가 한니발에게 했던 일을 파르티아 군대가 하는 중이고요."

안토니우스는 요 며칠 계속 뱃속에 납덩어리가 든 것 같았다. 더는 모른 척할 수 없다는 신호였다. 실패했다는 깨달음. 프라아스파의 거무스름한 성벽들은 조롱했고, 그는 사실 여러 달 동안 예감했던 것처럼 심란하고 무기력했다. 어쩌면 여러 해 동안 예감했던 것 같았다. 모든 것이 결국 이리로, 실패로 향하고 있었던 것이다. 그래서 그가 그동안 침울한 기분에 빠져 있었던 걸까? 행운이 사라졌기 때문에? 그런데 적은 어디에 있는가? 파르티아인들이 정말로 그의 물자를 탈취해갔다면 어째서 공격에 나서지 않는 건가? 더욱 무섭고 끔찍한 공포가 안토니우스를 덮쳤다. 전투를 치를 기회도, 엉망진창이 된 작전의 끔찍한 실수들을 마지막 몇 시간 동안 모두 만회한 크라수스처럼 전장에서 명예롭게 죽을 기회도 얻지 못하는 건 아닐까? 오직 그 마지막 몇 시간 때문에 사람들은 존경심을 갖고, 아르탁사타 성벽에 걸린 앞 못 보는 머리를 슬퍼하며 크라수스의 이름을 불렀다. 하지만 안토니우스의 이름은? 전투에 나가지조차 못한다면 누가 그의 이름을 기억할 것인가?

"놈들은 우리가 여기 있는 동안엔 공격할 생각이 없는 거요, 그렇지요?" 안토니우스가 카니디우스에게 물었다.

"그런 것 같습니다, 마르쿠스." 카니디우스는 자기 목소리에 연민의 기미가 느껴지지 않도록 했다. 그는 안토니우스가 무슨 생각을 하고 있는지 알았다.

"내 생각에도 그런 것 같습니다." 아헤노바르부스가 찌푸린 얼굴로 말했다. "우린 전투를 치를 기회를 얻지 못할 거예요. 놈들은 우리가 천천히, 검에 베이는 것보다 시시한 이유로 죽기를 원합니다. 그리고 우리 중에 배신자가 있어요. 놈들에게 모든 걸 말해준 겁니다―모나이세스예요."

"아, 이런 식의 끝은 싫은데!" 안토니우스는 모나이세스에 관한 언급은 무시하고 외쳤다. "시간이 더 필요해! 프라아스파는 지금 완전 배급 상태일 리가 없고, 어떤 도시도 성벽 안에 식량이 그리 많을 수가 없다고. 일리움이라 해도! 우리가 좀더 버티면 프라아스파는 항복할 거야."

"프라아스파를 강습할 수도 있습니다." 마르쿠스 티티우스가 말했다.

아무도 굳이 대꾸하지 않았다. 티티우스는 의욕만 넘치는 젊고 어리석은 재무관이었다.

안토니우스는 상아 대좌에 앉아 먼 곳을 응시하고 있었다. 거의 넋을 잃은 표정이었다. 마침내 그가 몽상에서 빠져나와 카니디우스에게 말했다. "우린 여기서 얼마나 버틸 수 있소, 푸블리우스?"

"지금이 9월 초니까 최대 한 달인데, 그것도 너무 오래 있는 겁니다. 겨울 전에 프라아스파 성벽으로 들어가지 못하면 왔던 길로 아르탁사타까지 후퇴해야 합니다. 총 750킬로미터를요. 군단병들은 압박하면 30일 만에 갈 수 있겠지만 우리에게 남은 보조군 병력은 대부분 보병이고, 그들은 군단병들의 속도를 따라잡을 수 없습니다. 즉 군단들을 보전하려면 군대를 쪼개야 한다는 뜻이죠. 갈리아 기병들은 약탈로 살아왔으니 괜찮을 겁니다. 아직 풀밭이 있을 거예요. 철갑 기병 수천 명에 짓밟혀 진흙에 뒤엉킨 떼가 되지 않았다면요. 잘 아시겠지만, 안토니우스, 우린 정찰대가 없어서 회당 한복판의 장님처럼 더듬거리고 있습니다."

"그렇지." 안토니우스가 쓴웃음을 지었다. "폼페이우스 마그누스는 거미떼를 못 견뎌서 카스피 해를 사흘 거리 앞에 두고 되돌아왔다더군. 하지만 우리가 철수하기로 했을 때 무엇이 기다리고 있는지 믿음직한 보고만 받을 수 있다면 난 엄청 큰 털북숭이 거미 백만 마리도 견뎌낼 거요."

"제가 가겠습니다." 티티우스가 열성적으로 말했다.

사람들이 모두 그를 쳐다보았다.

"아르메니아인 정찰대도 돌아오지 못했는데 어째서 자네는 돌아올 거라고 생각하나, 티티우스?" 안토니우스가 물었다. 그는 플랑쿠스의 조카인 티티우스를 좋아했기에 좋은 말로 단념시키려고 애썼다. "안 돼, 제안은 고맙지만 계속 아르메니아인들을 보내는 수밖에 없어. 다른 사람들은 살아남을 수 없으니까."

"하지만 바로 그게 문제입니다!" 티티우스가 진심으로 말했다. "그들은 적입니다, 마르쿠스 안토니우스, 자기네가 뭐라고 주장하든 말입니다. 우리 모두 아르메니아인도 메디아인만큼이나 신뢰할 수 없음을 알잖습니까. 저를 보내주십시오! 조심하겠다고 약속하겠습니다."

"몇 명이나 데려가려고?"

"필요 없습니다, 푸블리우스 카니디우스. 이 지역의 조랑말 한 마리만 있으면 됩니다. 들판 색깔인 녀석으로요. 저도 염소가죽 바지와 외투를 입어 주위 환경에 섞여들 겁니다. 열 마리쯤 데려가면서 양마업자나 말치기인 척하는 것도 괜찮겠네요."

안토니우스는 소리내 웃더니 티티우스의 등을 토닥였다. "안 될 거 있나? 그래, 티티우스, 가보게! 다만…… 돌아오게." 그는 애써 활짝 웃어보였다. "반드시 돌아와야 해! 내가 지금껏 살면서 자네보다 덧셈을 못하는 재무관은 마르쿠스 안토니우스밖에 못 봤지만, 마르쿠스는 더 까다로운 상관을 모셨지. 카이사르 말이야."

사령부 막사 사람들 중 아무도 임무를 위해 떠나는 마르쿠스 티티우스를 배웅하지 않았다. 다들 그 기운찬 주근깨투성이 얼굴을 지금껏 알아온 대로만 기억하고 싶었기 때문이다, 자기 재무 상태도 제대로 관리하지 못하면서 군대의 재정을 담당했던 골칫덩이 재무관 녀석으로.

티티우스가 떠나고 일주일째 되던 날 풍향이 바뀌어 북풍이 불기 시작했다. 바람은 비와 진눈깨비도 몰고 왔다. 그날 프라아스파 사람 몇 명이 성벽 위에서 양을 구웠고, 그 냄새는 평원의 광대한 진지 구석구석까지 퍼졌다. 프라아스파에는 겨울을 날 식량이 충분하며 항복은 없을 거라고 포위공격자들에게 알리는 행위였다.

안토니우스는 작전회의를 소집했다. 측근끼리의 회의가 아니라 보좌관과 군관 전원 및 최고참 백인대장과 선임 백인대장까지 총 60명이 참여하는 회의였다. 개인 통신에 이상적인 규모로, 번거롭게 전령이 안토니우스의 말을 복창하고 안팎으로 전달하지 않고도 모두가 안토니우스의 말을 들을 수 있었다. 명령에 따라 모인 사람들은 서로 의미심장한 눈길을 주고받았다. 외국인은 아무도 참석하지 않았던 것이다. 군대가 아니라 군단을 위한 회의였다.

"포위 장비 없이 프라아스파를 점령할 수는 없다." 안토니우스가 말을 시작했다. "그리고 오늘의 작은 과시를 보건대 프라아스파 사람들은 아직도 잘 먹고 있다. 우리가 여기 있은 지 100일째고 주변의 시골을 벗겨 먹었지만, 대가도 따랐다. 기병 보조군의 3분의 2를 잃었으니까." 그는 숨을 들이쉬며 엄하고 단호하게 보이려고, 자기 자신은 물론 현

상황까지 완벽하게 통제중인 장군으로 보이려고 애썼다. "이제 떠날 시간이다, 제군들. 오늘 날씨를 보고 다들 알았겠지만 이곳은 고작 9월의 마지막날이면 갑자기 여름에서 한겨울로 바뀐다. 내일, 10월의 첫날, 우리는 아르탁사타를 향해 행군한다. 프라아스파 사람들이 유일하게 대비하지 못했을 것은 우리 군단의 속도다. 저들이 내일 아침 눈을 떴을 때 우리 진지에는 모닥불만 남아 있을 것이다. 병사들에게 한 달치 곡물을 들고 걸으라고 명령하도록. 백인대 노새들은 식량과 장작을 옮기는 데 쓰고, 수레 끄는 노새들은 짐 나르는 데 쓸 것이다. 우리가 들거나 노새 등에 얹을 수 없는 것들은 남겨두고 간다. 식량과 땔감을 가져가고 나머지는 모두 두고 간다."

이런 발표를 예상한 사람들이 많았지만 실제로 들으니 다들 기분이 좋지 않았다. 그러나 안토니우스도 한 가지만은 확신할 수 있었다. 이들은 로마인이고, 따라서 보조군의 운명에 슬퍼하지 않을 것임을. 보조군은 허용되나 결코 존중받지는 못하는 존재였다.

"백인대장들, 내일 동이 트기 전까지 모든 군단병들에게 현상황을 인지시키고 행군에서 살아남으려면 어떻게 해야 하는지 이해시키게. 저멀리서 우리가 후퇴하기만을 기다리고 있는 것이 무엇인지 짐작도 못하겠지만, 로마 군단은 굴복하지 않으며 이번 행군에서도 마찬가지일세. 지형을 보건대 아르탁사타까지 한 달은 걸릴 거야, 더구나 비와 진눈깨비가 그치지 않는다면. 즉 땅이 질척이고 매서운 추위에 시달릴 거란 뜻이지. 한 사람도 빠짐없이 짐꾸러미에서 양말을 꺼내 신어야 해, 토끼나 흰족제비 가죽 양말이면 더욱 좋고. 젖지 않도록 하는 것이 이번 싸움의 승패를 결정할 걸세. 파르티아인들은 멀리서 파비우스식 지연전술을 쓰고 있네. 낙오자들은 죽이겠지만 단체로 달려들어 우리와 교전하지는 않을 거야. 최악인 건 여기서 아르탁사타까지 가는 동안 불을 붙일 나무도 부족하다는 거고, 그러니 몸을 덥힐 모닥불도 못 피울 거야. 누구든 자기 말뚝이나 흉벽 재료, 필룸창 자루를 태우는 자는 채찍질 후에 참수할 걸세. 그것들은 파르티아의 공격에 대응할 때 써야 하니까. 또한 아르메니아인을 비롯한 외국인 징발군은 아무도 믿어서는 안 돼. 로마는 우리가 로마 군단만을 보전하길 바라."

짧은 침묵이 내린 후 카니디우스가 물었다.

"행군 대형은요, 안토니우스?"

"땅이 충분히 편평하면 아그멘 콰드라툼 대형이고, 편평하지 않아도 방진형은 유지하시오, 카니디우스 길이 얼마나 좁든 상관없소, 절대 한 줄로는 가지 않소, 알겠소?"

사방에서 웅얼대는 소리가 났다.

아헤노바르부스가 다른 질문을 하려고 입을 열었을 때 청중의 가장자리에서 동요가 일었다. 몇몇 사람들이 옆으로 비켜서서 마르쿠스 티티우스가 안토니우스 쪽으로 갈 수 있게 길을 내주었다. 티티우스는 환하게 웃음 띤 채였고, 몇 사람이 그 젊은 재무관의 등을 두드렸다.

"티티우스, 이 개자식!" 안토니우스가 기뻐하며 소리쳤다. "파르티아 놈들을 찾았나? 실제 상황은 어때?"

"네, 마르쿠스 안토니우스, 놈들을 찾았습니다." 티티우스가 어두워진 표정으로 대답했다. "4만 명이고 우리의 친구 모나이세스가 지휘하고 있어요. 저는 그를 여러 차례 똑똑히 보았습니다. 금사슬 갑옷을 입고 투구 위에 작은 관을 쓴 채 말을 타고 돌아다니더군요. 최소한 파코로스만큼 중요한 파르티아 소군주입니다, 벤티디우스의 묘사에 따르면요."

모나이세스에 관한 이 소식은 이제 아무도, 그의 가장 우직한 지지자였던 안토니우스조차 놀라게 하지 않았다. 프라아테스 왕이 그들을 속이고 배신자를 심어놓은 것이다.

"거리가 얼마나 되나?" 폰테이우스가 물었다.

"약 45킬로미터, 이곳과 아르탁사타의 딱 중간에 있습니다."

"철갑 기병은? 궁기병은?" 카니디우스가 물었다.

"둘 다 있는데 궁기병이 더 많습니다." 티티우스는 슬쩍 미소 지었다. "제 생각에 놈들은 벤티디우스의 작전 이후 철갑 기병이 부족한 것 같습니다. 5천 명은 넘지 않아 보였어요. 하지만 궁기병은 아주 많습니다. 모든 병사가 말을 탄데다가 땅을 어찌나 들쑤셔놨는지, 이렇게 비가 온다면 우리 병사들은 진흙탕에서 허우적거리게 될 겁니다." 그는 말을 멈췄다가 안토니우스를 보고 물었다. "그러니까 우리가 후퇴할 예정이긴 한 거죠?"

"그래. 자넨 아슬아슬하게 도착했어, 티티우스. 하루만 늦었으면 우린 이미 떠나고 없었을 거야."

"보고할 게 또 있나?" 카니디우스가 물었다.

"한 가지요. 놈들이 전투를 찾아 코를 킁킁대며 다니는 전사들처럼 굴지 않는다는 겁니다. 방어 태세를 유지하기로 작심한 군대에 더 가까워 보였어요. 물론 놈들은 우리를 습격할 겁니다. 하지만 모나이세스가 중요한 인물인 양 여기저기 활보하는 꼴을 보고 제가 판단한 것처럼 별 볼 일 없는 장군이라면, 그자가 우리한테 뭘 하든 물리칠 수 있을 겁니다, 경고만 충분히 받는다면요."

"경고는 필요 없을 걸세, 티티우스." 아헤노바르부스가 말했다. "아그멘 콰드라툼으로 행군할 거니까. 그럴 수 없을 때도 방진형은 유지하며 걸을 거야."

병참에 관해 차분한 논의가 이어졌다―14개 군단 중 어느 군단이 제일 먼저 갈 것인지, 어느 군단이 마지막으로 갈 것인지, 각 방진의 바깥쪽 군인들이 얼마나 자주 안쪽으로 들어가 교대하고 쉴 것인지, 얼마나 큰 방진형으로 할 것인지, 최소 규모의 방진마다 짐 나르는 노새는 몇 마리나 포함될 수 있는지―양말과 군화를 신은 첫번째 발이 행군을 시작하기 전에 결정해야 할 문제가 셀 수 없이 많았다.

마침내 폰테이우스가 다른 누구도 하지 않으려 했던 질문을 던졌다. "안토니우스, 보조군 말입니다. 보병 3만 명요. 그들은 어떻게 됩니까?"

"우리 속도를 따라잡을 수 있다면 후위 부대를―사각형으로―형성할 수 있네. 하지만 따라잡지 못할 거야, 폰테이우스, 우리 모두 알고 있듯이." 안토니우스의 눈에 물기가 어렸다. "정말 유감이야. 난 동방의 트리움비르로서 그들에게 책임이 있지만, 무슨 일이 있어도 로마 군단은 지켜야 해. 웃기는군, 계속 16개 군단이 있다고 생각하게 되는데 물론 그렇진 않지. 스타티아누스의 2개 군단은 사라진 지 오래니까."

"비전투원들까지 전부 8만 4천 명입니다. 아그멘 콰드라툼으로 행군 시에 위협적인 전선을 형성하기 충분합니다. 우리의 측면을 보호할 갈리아 기병 4천과 갈라티아인 4천이 있지만, 풀이 부족하면 행군 거리의 절반도 가기 전에 문제가 생길 겁니다." 카니디우스가 말했다.

"그들을 먼저 보내십시오, 안토니우스." 폰테이우스가 말했다.

"그래서 땅을 더 엉망으로 들쑤시라고? 아니, 그들은 우리와 함께 우리 측면에서 간다. 그들이 모나이세스가 우리에게 던지는 궁기병과 철갑 기병 수를 감당할 수 없다 해도, 최소한 방진 안으로 들어갈 수는 있어. 나의 갈리아 기병대는 내게 각별하네, 폰테이우스. 그들은 이번 작전에 자원해 고국에서 세상의 절반을 가로질러 여기 와 있어." 안토니우스가 말하고 두 손을 들어올렸다. "좋아, 해산하도록. 우리는 동이 트자마자 행군하고, 일출 무렵에는 모두가 이동중이어야 한다."

"병사들은 후퇴를 좋아하지 않을 겁니다." 티티우스가 말했다.

"나도 알아!" 안토니우스가 날카롭게 말했다. "그래서 난 카이사르 흉내를 낼까 해. 열(列)마다 다니면서 병사들과 직접 대화할 거야, 꼬박 한 주가 걸리더라도 말이야."

아그멘 콰드라툼은 수적으로 충분한 군대가 넓은 전선 뒤로 열을 짓는 대형으로, 순식간에 선회하여 전투기지를 구축할 수 있었다. 방진형을 빠르게 만들 수도 있었다. 이제 가장 우둔한 병사조차도 날마다, 달마다, 심지어 해마다 무자비하게 받아온 훈련의 의미를 이해하게 되었다. 어떤 생각이 끼어들 틈도 없이 자동 반사처럼 움직여야 했기 때문이다.

군단병들이 형성한 폭 1.5킬로미터에 달하는 전선 뒤로 보조군 보병대를 덧붙인 채, 질서정연한 후퇴가 시작되었다. 살을 에는 북풍은 진흙땅을 얼려 칼날처럼 날카롭고 들쭉날쭉한 곳으로 바꿔놓았다. 미끄럽고 지치고 괴로운 길이었다.

군단병들이 하루에 최대한 이동할 수 있는 거리는 30킬로미터밖에 못 되었지만 그것조차 보조군 병사들에게는 너무 빠른 속도였다. 행군 사흘째 되던 날 안토니우스가 여전히 사병들에게 가서 농담을 하며 이제 적의 정체를 알았으니 내년에는 승전할 거라 말하고 있었을 때, 모나이세스와 파르티아군이 후방을 공격했다. 적의 궁기병들은 한번 출격하면 아군 수십 명을 죽였다. 사망자는 거의 없었지만, 부상이 심해 행군을 따라잡을 수 없는 병사들은 버려두고 가야 했다. 광대한 마티아네 호수가 바다처럼 어렴풋이 보일 때쯤 보조군은 극소수만 남아 있었다. 사라진 보조군 병사들이 파르티아군의 손에 죽었는지 노예가 됐는지는 알 길이 없었다.

시골길이 너무 가팔라져서 종렬을 줄여 방진형을 만들어야 할 때까지 군의 사기는 놀랍도록 높았다. 안토니우스는 가능할 때마다 대대 규모의 방진을 유지했는데, 6개 백인대의 병사들이 변당 4열 횡대로 선 방진으로 행군한다는 뜻이었다. 사각형의 가장 바깥쪽에 선 병사들은 방어를 위해 거북방패 대형 때처럼 방패를 매고 걸었다. 방진 안쪽 공간은 비전투원과 노새, 백인대가 늘 갖고 다니는 소형 포들—나무 화살을 쏘는 스코르피오와 초소형 카타풀타—의 차지였다. 공격을 받으면 방진의 네 변이 모두 전투태세를 취하며 선회했고, 긴 공성창을 든 후열의 군인들은 방진 안으로 뛰어드는 적군 말의 배를 찔렀다. 하지만 모나이세스는 그의 말들을 그리 만들 생각이 없는 것 같았다. 노장 벤티디우스 덕에 파르티아 땅에서 철갑 기병이 희귀해진데다, 큰 말은 다 기르기까지 훨씬 더 오래 걸렸기 때문이다.

일일 이동거리 25킬로미터에서 30킬로미터 정도의 형편없는 속도로 경사를 끝도 없이 오르내리며 여러 날이 흘렀다. 파르티아군에 미행당하고 있다는 사실을 모르는 사람은 이제 아무도 없었다. 갈라티아 기병대와 갈리아 기병대, 철갑 기병대 사이에 소접전이 여러 차례 벌어졌지만, 군대는 질서정연하고 비교적 사기가 높은 상태로 계속 나아갔다.

그러나 갈수록 높아지는 산봉우리들을 올라 해발 3천300미터의 고갯길에 용감히 들어선 그들을 맞이한 것은 이탈리아에선 본 적 없는 눈보라였다. 시야를 가리는 단조로운 흰색 벽 같은 눈발, 울부짖는 돌풍, 밟으면 푹 꺼지며 허벅지까지 파묻혀 꼼짝 못하게 만드는 눈길.

상황이 나빠질수록 안토니우스와 보좌관들은 쾌활한 듯 행동했다. 사병들에게 식량을 배급하고 농담을 던지며 그들이 얼마나 용감한지, 얼마나 굳세고 강인한지 얘기했다. 방진은 이제 중대 크기로까지 줄어 각 변의 두께가 3열이었다. 원래라면 고개를 넘는 동안 백인대 방진으로 가야 했지만 안토니우스를 비롯해 그 누구도 적군이 그곳에서 공격을 감행하리라고는 생각하지 않았다. 빈 공간이 없었기 때문이다.

최악인 건 모든 군단병에게 따뜻한 반바지와 양말, 방수가 잘되는 원형 사굼, 목도리까지 있었음에도 몸을 녹일 불을 피울 수 없어 얼어붙을 듯 춥다는 사실이었다. 행군 거리의 3분의 2쯤 갔을 때 결국 군대의 가장 귀한 물품인 석탄이 다 떨어졌다. 누구도 빵을 굽거나 완두콩 죽을 쑬 수 없었다. 이제 병사들은 유일한 식량인 생밀알을 씹으며 터덜터덜 걸었다. 배고픔, 동상, 질병이 너무도 극심해서 안토니우스도 가장 낙천적인 군인들의 기운조차 북돋을 수 없었다. 군인들은 눈에 파묻혀 죽을 거라고, 다시는 문명 사회를 못 볼 거라고 한탄의 말을 중얼거렸다.

"우리가 고갯길만 넘게 해주게!" 안토니우스는 아르메니아인 길잡이 키로스에게 외쳤다. "두 주 동안이나 우리를 잘 이끌어줬잖나. 날 실망시키지 말게, 키로스, 부탁이야!"

"알겠습니다, 마르쿠스 안토니우스." 길잡이는 형편없는 그리스어로 말했다. "내일이면 앞쪽 방진의 병사들이 산을 넘기 시작할 거고, 그후엔 석탄을 구할 수 있는 곳을 제가 압니다." 그의 거무스름한 얼굴이 점점 더 어두워졌다. "하지만 경고해드리겠습니다, 마르쿠스 안토니우스. 아르메니아 왕을 믿지 마십시오. 그자는 늘 메디아의 자기 형제와 연락해왔고 두 사람 다 프라아테스 왕의 앞잡이입니다. 장군의 물자 수송대는 유감스럽게도 너무 유혹적이었어요."

이번에는 안토니우스도 상대방의 말을 들었다. 하지만 아직도 아르탁사타까지는 150킬로미터가 남아 있었고, 군단병들은 갈수록 절망적인 기분에 휩싸여 항명 조짐을 보이기 시작했다.

"반란의 조짐마저 있네," 군대의 절반은 산맥 한쪽에 있고 나머지 절반은 여전히 산을 넘고 있거나 넘으려고 대기중일 때 안토니우스가 폰테이우스에게 말했다. "그들 앞에 얼굴을 들이밀지도 못하겠어."

"우리 모두 그렇습니다." 폰테이우스가 힘없이 대꾸했다. "병사들은 7일째 생밀알을 씹고 있고 발가락에 코까지 검게 변해 떨어져나가는 중입니다. 끔찍해요! 게다가 장군님을 탓하고 있습니다, 마르쿠스—오직 장군님만요. 불평분자들은 장군께서 물자 수송대를 멀리 보내지 말았어야 한다고 말합니다."

"진짜 문제는 내가 아니야." 안토니우스는 쓸쓸한 목소리로 말했다. "그들의 능력을 전투에서 보여줄 기회도 없는 무익한 작전이라는 악몽이지. 병사들 입장에서 한 일이라곤 100일 동안 진지에 갇혀 자기네를 조롱하는 도시 주민들을 지켜본 것뿐이잖아. '엿 먹어라, 로마 놈들아! 네놈들이 대단한 줄 알지? 아니, 그렇지 않아.' 난 이해하네……." 그때 갑자기 티티우스가 겁에 질린 표정으로 허둥지둥 들어왔다.

"마르쿠스 안토니우스, 반란의 조짐이 있습니다!"

"내가 모르는 얘길 좀 해봐, 티티우스."

"이번엔 정말로 심각합니다! 오늘밤 아니면 내일, 아니면 둘 다예요. 최소 6개 군단이 가담했습니다."

"고맙군, 티티우스. 이제 가서 장부 정리를 하든, 병사들이 받을 돈이 얼마인지 계산하든 뭐라도 좀 해―아무거나!"

이번만은 티티우스도 해결책을 내놓지 못하고 물러갔다.

"오늘밤일 걸세." 안토니우스가 말했다.

"제 생각도 그렇습니다." 폰테이우스가 말했다.

"검으로 자결하게 도와주겠나, 가이우스? 가슴과 팔 근육이 두꺼워서 성가시게도 혼자선 잘 안 돼. 깊고 확실하게 찌를 수 있도록 검 자루를 제대로 쥘 수가 없거든."

폰테이우스는 반박하지 않고 대답했다. "그러겠습니다."

두 사람은 그날 밤 내내 작은 가죽 막사 안에 웅크리고 앉아 반란이 시작되기를 기다렸다. 이미 망연자실한 안토니우스에게 그것은 카르보가 게르만계 킴브리족에게 토막살해를 당한 이후, 카이피오의 군대가 아라우시오에서 전멸한 이후, 또는―최악의 경우인―파울루스와 바로가 칸나이에서 한니발에게 살육당한 이후 로마인 장군이 수행한 최악의 군사작전에 걸맞은 결말이었다. 총체적 패배의 구렁텅이에 빛을 비춰줄 건더기가 단 하나도 없었다! 적어도 카르보, 카이피오, 파울루스, 바로의 군대는 전장에서 죽기라도 했지! 반면 그의 대군은 기개를 보여줄 단 한 번의 작은 기회도 얻지 못했다―전투는 없었다. 무기력뿐이었다.

부하들의 반란을 탓할 순 없다. 안토니우스는 준비된 상태로, 검집에서 뽑은 검을 무릎에 올려놓고 앉아 생각했다. 무기력. 그게 그들이 느끼는 거야, 나 역시 사무치게 느끼고 있듯이. 그들이 마르쿠스 안토니우스의 메디아 파르티아 원정에 관해 모욕감을 느끼지 않고서 손자들에게 얘기해줄 수 있겠어? 초라하고 부패한, 자긍심이나 명예라고는 전혀 느낄 수 없는 이야기지. 허풍선이 병사, 그게 바로 나다. 허영심

강한 군인. 광대극에 딱 어울릴 소재. 거들먹거리고 가식적으로 굴고 자기 생각뿐인데다 제 잘난 맛에 사는 장군. 그러면서도 업적은 그 자신만큼이나 얄팍하지. 졸렬한 인간, 농담거리 군인, 글러먹은 장군. 위대한 안토니우스. 하.

그러나 반란은 마치 그걸 입에 올린 군단병이 한 명도 없었다는 듯이 산고개의 희박한 공기 속으로 사라졌다. 아침이 되자 병사들은 다시 고갯길을 걸었고 한낮이 되자 고개는 그들 뒤에 있었다. 안토니우스는 어디선가부터 기력을 되찾고 병사들 사이로 다니면서, 최소한 그 자신은 반란 얘기를 들은 적도 없는 척했다.

프라아스파 앞의 진지를 철거한 지 27일째 되던 날 14개 군단과 소수의 기병들은 아르탁사타에 도착했고, 빵과 억지로 넘긴 말고기 약간으로 배를 채웠다. 길잡이 키로스가 안토니우스에게 조리에 쓸 석탄을 충분히 약탈할 수 있는 곳을 귀띔해준 후였다.

안토니우스는 아르탁사타에 도착하자마자 길잡이 키로스에게 주화 한 자루와 튼튼한 말 두 필을 줘서 전속력으로 남쪽 방향 지름길로 보냈다. 키로스의 임무는 한시가 급했다―그리고 비밀이었다, 특히나 아르타바스데스에게는. 목적지는 이집트였다. 클레오파트라 여왕을 만나야 했다. 안토니우스가 키로스에게 준 주화는 지난겨울 안티오케이아에서 주조한 것으로, 여왕을 만나게 해줄 통행증이었다. 키로스는 여왕에게 안토니우스의 군대를 도울 구호대를 데리고 레우케 코메로 와달라고 부탁하라는 명령을 받았다. 레우케 코메는 시리아의 베리토스 인근에 있는 작은 항구로 베리토스, 시돈, 요페 항보다는 인적이 훨씬 드물었다. 키로스는 감사 인사를 한 뒤 얼른 떠났다. 아르메니아에 계속 있다가는 로마인들이 떠나자마자 살해당할 것이기 때문이었다. 그는 로마군을 제대로 이끌고 왔는데, 그건 아르메니아의 아르타바스데스가 원한 일이 아니었다. 로마군은 마지막 한 명이 죽을 때까지 식량도 연료도 없이 방황하고 길을 잃었어야 했다.

하지만 14개의 정원 미달 군단들이 아르탁사타 외곽에서 야영하며 몸을 녹이자 아르타바스데스 왕은 안토니우스에게 거기서 겨울을 나라고 아부조로 간청하는 수밖에 없었다. 아르타바스데스의 말은 한 마디도 믿지 않던 안토니우스는 오래 있지 않기로 했다. 그는 왕에게 곡창들을 열라고 강요해 식량을 넉넉히 챙긴 뒤 눈 폭풍을 무릅쓰고 카라나로 행군을 시작했다. 이제 이력이 난 것처럼 보이는 군단병들은 마지막 300여 킬로미터를 터덜터덜 걸으면서도 무척 기뻐했는데, 이제 밤에 불을 피울 수 있었기 때문이다. 아르메니아에서도 나무는 귀했지만, 아르탁사타 주민들은 로마 군인들이 달려들어 그들의 장작을 빼앗아 갈 때 감히 뭐라고 하지 못했다. 로마 병사들은 아르메니아인들이 얼어죽을 거라고 생각했지만 그렇다고 전혀 망설이진 않았다. 동방의 배신 탓에 생밀알을 씹으며 행군한 건 바로 그들이었으니까!

안토니우스는 11월 중순 카라나에 도착했다. 지난 5월 칼렌다이에 원정대가 출발했던 곳이었다. 그가 맥이 빠지고 혼란스러워한다는 건 모든 보좌관들이 알았지만, 자살 직전까지 갔었던 건 폰테이우스만 알았다. 그 사실을 알면서도 카니디우스에게 털어놓길 꺼렸던 폰테이우스는 계속 남하해서 레우케 코메까지 가자고 안토니우스를 설득하기로 마음먹었다. 일단 거기 간 다음 그는, 필요하다면, 클레오파트라에게 다시 전령을 보낼 수 있을 것이다.

하지만 그에 앞서 안토니우스는 융통성 없는 카니디우스 탓에 최악의 상황을 알게 되었다. 두 사람 사이가 언제나 원만한 것은 아니었다. 카니디우스는 작전 초반에 앞일을 내다보고서 즉시 후퇴해야 한다고 강력히 주장했기 때문이다. 또한 그간의 물자 수송대 조직 및 운영 방식에 찬성하지도 않았다. 그러나 다 지난 일이었고, 카니디우스는 자신의 야망을 다소 억누를 수밖에 없었다. 이러니저러니 해도 그의 미래는 마르쿠스 안토니우스에 달려 있었다.

"병력 조사가 끝났습니다, 안토니우스." 카니디우스는 시무룩한 목소리로 말했다. "보조군 보병 약 3만 중에는 생존자가 없습니다. 갈리아 기병대, 1만 중 6천이 생존했지만 말은 없습니다. 갈라티아 기병대, 1만 중 4천이 생존했으나 말은 없습니다. 마지막 150킬로미터 행군 시에 식량으로 도축됐습니다. 16개 군단 중 스타티아누스의 2개 군단이 사라졌고, 그들이 어찌되었는지는 모릅니다. 나머지 14개 군단은 사상자 수가 많지만 치명적인 수준은 아니며 대개는 동상이 원인입니다. 발가락을 잃은 병사들은 퇴역시켜 수레로 귀국시켜야 할 겁니다. 발가락 없이는 행군할 수 없기 때문입니다. 하지만 사금 덕에 손가락은 대부분 무사했습니다. 스타티아누스의 2개 군단을 제외한 각 군단은 정원 충족 상태—군인은 약 5천, 비전투원은 1천 이상—였는데 현재는 군인 4천 이하, 비전투원 500 정도로 줄었습니다." 카니디우스는 숨을 들이쉬고 안토니우스의 얼굴을 외면했다. "피해 규모입니다. 보조군 보병 3만. 보조군 기병 1만에 말 2만. 군단병은 전투 불능 병사 1만 4천 및 스타티아누스의 병사 8천. 비전투원 9천. 총 병력 7만, 말 2만. 그중 2만 2천은 군단병입니다. 병력 절반이 남았지만 최상의 상태는 아닙니다. 전멸은 아니지만 전멸에 가깝습니다."

"나아 보일 거요," 안토니우스가 입술을 떨며 말했다. "3분의 1이 죽고 5분의 1이 불구가 되었다고 하면 말이오. 아, 카니디우스, 전투 한 번 안 했는데 이렇게 많이 잃었다니! 칸나이 전투와 비슷하다고 우길 수도 없소."

"최소한 아무도 멍에 밑을 지나지는 않았습니다, 안토니우스. 치욕이 아니라 그저 날씨로 인한 재난입니다."

"폰테이우스는 내가 레우케 코메로 가서 여왕을 기다려야 한다고, 필요하다면 다시 전령을 보내야 한다고 하더군요."

"좋은 생각입니다. 가십시오, 안토니우스."

"최대한 병사들의 상태를 향상시키시오, 카니디우스. 모두에게 털양말이나 가죽 양말을 나눠주고 눈 폭풍을 만나면 튼튼한 진지로 들어가 그치기를 기다리시오. 에우프라테스 강 가까이로 행군해야 덜 추울 거요. 멈추지 말고 이동하면서, 레우케 코메에 도착하면 엘리시온 들판을 거닐게 될 거라고 약속하시오—따뜻한 햇볕, 풍성한 음식, 내가 시리아에서 있는 대로 모아놓을 매춘부까지."

산고갯길과 아르탁사타 사이에서 석탄을 구하자 '관용'도 다른 말들과 같은 운명에 처해졌다. 안토니우스는 현지 조랑말을 타고 땅에 닿을 듯 늘어진 다리를 덜렁거리며 카라나를 떠났다. 폰테이우스와 마르쿠스 티티우스, 아헤노바르부스가 동행했다.

한 달 후 레우케 코메에 도착한 안토니우스는 그 작은 항구가 자신의 등장에 당혹스러워하는 걸 알아차렸다. 클레오파트라도, 이집트에서 보낸 전언도 없었다. 안토니우스는 티티우스를 알렉산드리아로 보냈지만 희망은 거의 갖지 않았다. 그녀는 그가 이번 작전을 수행하는 걸 원치 않았고 쉽게 용서하는 여자가 아니었기 때문이다. 구호대도,

남은 군단들을 수습할 돈도 없을 터였다. 그로서는 군단병들이 심한 부상은 입었으나 몰살당하지 않고 빠져나온 것이 최소한의 성취라면 성취였지만, 그녀는 죽은 보조군 징집병들 때문에 상심할 가능성이 컸다.

우울감에 짓눌리고 절망의 구렁텅이에 빠진 나머지, 안토니우스는 포도주병을 손에서 놓지 않게 되었다. 생각하고 싶지 않았다. 살을 에는 추위, 썩은 발가락, 반란 조짐이 있던 끔찍한 밤, 분노 어린 얼굴들의 대열, 사랑하는 말을 잃고 그를 증오하는 기병들, 그의 한심한, 언제나 틀리고 재난을 낳는 판단력을. 수많은 죽음과 가공할 고통이 그의, 온전히 그의 탓이었다. 도무지 견딜 수가 없었다! 그래서 그는 정신을 잃을 때까지 마시고 또 마셨다.

그는 하루에 스무 번, 서른 번이나 술이 가득찬 병을 들고 비틀거리며 막사에서 나왔고 가까운 해변으로 걸어가서 배도 돛대도 없는 항구 입구를 바라보았다.

"그녀가 오고 있나?" 그는 주변에 있는 아무한테나 묻곤 했다. "오고 있어? 그녀가 오고 있어?" 사람들은 그가 미쳤다고 생각해서 그가 막사에서 나올 때마다 달아나버렸다. 대체 누가 오고 있다는 거지?

그는 다시 막사로 들어가 허겁지겁 술을 더 들이켠 후 또 나갔다. "그녀가 오나? 그녀가 오고 있어?"

1월이 지나고 2월도 막바지에 접어들었건만 그녀는 오지 않았다. 전령도 오지 않았다. 키로스도 티티우스도 소식이 없었다.

마침내 안토니우스의 다리는 더이상 제 주인을 감당하지 못했다. 그는 막사 안의 술병 옆에 널브러진 채 누가 들어오기만 하면 "그녀가 오고 있나?"라고 말하려 애썼다.

"그녀가 오고 있나?" 3월 초, 안토니우스는 막사 자락이 펄럭이는 소리에 물었다. 오래 들어서 아는 사람이 아니면 알아들을 수 없는 혀 꼬인 지껄임이었다.

"여기 있어요." 부드러운 목소리가 말했다. "여기 있어요, 안토니우스."

게저분하고 악취를 풍기는 안토니우스는 사력을 다해 일어섰지만 곧 무릎이 푹 꺾여 주저앉았다. 그녀는 얼른 그의 옆으로 가 앉아서 그의 머리를 가슴에 품었다. 그는 울고 또 울었다.

'겁에 질렸다'라는 건 폰테이우스, 아헤노바르부스와의 대화 후 며칠 동안 클레오파트라의 마음을 휘젓고 몸을 녹초로 만든 온갖 감정을 설명하기엔 부족한 말이었다. 울다 잠든 안토니우스를 씻기고 진지의 들것보다 편안한 침대에 눕힌 후, 정신을 차리고 포도주 없이 지낼 수 있게 하려는 고통스러운 과정은 클레오파트라의 창의적 한계를 시험했다. 심리적 이유로 인해 그는 말을 듣지 않는 환자가 되어버렸다. 대화를 거부하고 포도주를 주지 않으면 성을 냈으며, 클레오파트라가 오길 바랐던 것 자체를 후회하는 듯했다.

그리하여 그녀와 대화를 나누어야 했던 상대는 폰테이우스와 아헤노바르부스였는데, 전자는 최선을 다해 도우려 한 반면 후자는 그녀에 대한 혐오와 분노를 숨기려고도 하지 않았다. 그래서 그녀는 전해 들은 여러 참사를 분류해보려 애썼다. 사건을 논리적, 순차적으로 접근하면 마르쿠스 안토니우스를 치유할 방법이 더 명확해질 것 같아서였다. 그는 살아남으려면 반드시 치유되어야 했다!

그녀는 폰테이우스로부터 자살이 유일한 대안 같았던 그날 밤을 포함해 이 저주받은 작전에 관해 모두 들었다. 눈 폭풍, 얼음, 허벅지까지 파묻히는 눈에 대해. 눈이라고는 로마에서 보낸 두 번의 겨울 동안 본 것이 전부인 그녀로서는 상상하기 힘든 내용이었다. 지낼 만하다고 생각했던 겨울이었다. 티베리스 강은 얼지 않았고 빈약한 눈발은 보기 좋았으며 온통 새하얀 세상은 고요했다. 프라아스파 철수에 비교할 만한 경험은 전혀 아니었다.

아헤노바르부스는 그녀에게 당시 상황을 생생히 들려주는 데 더욱 집중했다. 동상으로 썩어가는 발과 코, 생밀알을 씹는 병사들, 동맹부터 길잡이까지 모두에게 배신당해 분노한 안토니우스를 묘사했다.

"당신은 이 대실패에 돈을 댔소." 아헤노바르부스가 말했다. "군단병이 입을 더 따뜻한 옷 같은, 포함되지 않았지만 포함되었어야 할 물건들에 관해서는 신중히 생각도 해보지 않고서 말이오."

그녀가 뭐라고 대답할 수 있었을까? 그런 건 그녀가 신경쓸 게 아니라 안토니우스와 공병대장이 알아서 할 일이라고? 그랬다면 아헤노바르부스는 그녀가 안토니우스를 희생시켜 자기 체면을 지키려 한다고 생각할 터였다. 그는 분명 안토니우스에 관한 비난은 듣지 않을 것이며, 원정 자금이 그녀의 돈이었다는 이유만으로 그녀를 비난하려 할 것이다.

그래서 그녀는 말했다. "내가 돈을 준비했을 때는 모든 것이 정해진 후였어요. 내 돈이 없었다면 안토니우스가 어떻게 작전을 수행했겠어요?"

"작전이란 게 없었겠지요, 여왕! 안토니우스는 계속 시리아에 있었을 거요, 쇠사슬 갑옷부터 포까지 온갖 군납업체에 막대한 빚을 진 채로 말이오."

"돈을 구해 작전을 수행하는 것보다 그편이 나았단 말이에요?"

"그렇소!" 아헤노바르부스가 딱딱거렸다.

"그 말은 당신이 안토니우스를 유능한 장군으로 여기지 않는다는 뜻인데요."

"마음대로 생각하시오, 여왕. 더는 할말 없소." 그 말을 끝으로 아헤노바르부스는 씩씩거리며 나가버렸다.

"저 사람 말이 맞나요, 폰테이우스?" 그녀는 호의적인 정보 제공자에게 물었다. "마르쿠스 안토니우스는 큰 전쟁을 지휘할 능력이 없는 거예요?"

놀라고 당황한 폰테이우스는 속으로 아헤노바르부스가 욱해서 한 말을 욕했다. "아닙니다, 전하. 그의 말은 틀렸지만, 그가 전하가 생각하는 뜻으로 말한 것도 아닙니다. 전하가 더 멀리 갈 생각으로 군대와 함께 제우그마까지 가지 않았다면, 군사회의에서 전하의 생각을 말하지 않았다면 아헤노바르부스 같은 자들은 비난거리를 얻지 못했을 겁니다. 그가 하려던 말은 전하가 특정 방식으로 작전이 수행되어야 한다고 우겨서 실패했다는 겁니다—그러니까 전하가 없었다면 안토니우스는 다른 사람이었을 거고, 전투 없는 패배라는 몰락을 겪지 않았을 거라는 얘깁니다."

"아, 부당한 말이에요!" 그녀는 숨을 헐떡이며 말했다. "난 안토니우스에게 어떤 명령도 내리지 않았어요! 전혀요!"

"저는 그렇게 믿습니다, 전하. 하지만 아헤노바르부스는 절대 믿지 않을 겁니다."

이집트 여왕이 도착한 지 3주 뒤 레우케 코메로 느릿느릿 들어온 군대는 작은 항구에 배들이 들어차고 소도시 외곽에 드넓은 야영지가 펼쳐져 있는 것을 보았다. 클레오파트라는 의사와 약품은 물론 1개 군단은 될 법한 제빵사와 요리사까지 데려왔다. 비전투원들이 차려주는 것보다 나은 음식을 군인들에게 먹이기 위해서였다. 편안한 침대와 깨끗하고 부드러운 옷도 가져왔다. 또한 그녀의 노예들로 하여금 드넓은 해변의 얕은 물에 사는 성게를 모조리 잡게 하여, 모두가 지중해 이쪽 끝최악의 골칫거리를 걱정 않고도 마음껏 물놀이를 할 수 있도록 했다. 레우케 코메가 정확히 엘리시온 들판은 아닐지 몰라도, 대다수 병사들에게는 얼추 비슷한 곳으로 보였다. 사기가 급상승했다. 발가락을 잃지 않은 병사들은 더욱 그랬다.

"정말 감사합니다." 푸블리우스 카니디우스가 여왕에게 말했다. "지금 병사들은 휴식이 간절히 필요한데, 여왕께서 그걸 주셨습니다. 심신상태가 호전되면 저들도 인생 최악의 고난을 잊게 될 겁니다."

"그래도 썩은 발가락과 코는 잊지 못하겠죠." 클레오파트라가 씁쓸하게 말했다.

17 율리우스 항이 제때 완공되어서 아그리파는 춥지 않은 겨울 내내 노잡이들과 해군을 훈련시킬 수 있었다. 그 겨울의 새해 첫날 루키우스 겔리우스 포플리콜라와 마르쿠스 코케이우스 네르바는 집정관에 취임했다. 언제나처럼 당파심 강한 자들이 중립파를 이겼다. 브룬디시움 조약을 구상하기 위한 협상들에서 불편부당했던 루키우스 네르바는 옥타비아누스 추종자인 자기 형제에게 졌다. 로마에서 안토니우스의 파수꾼 역할을 위해 포플리콜라에게 로마 통치의 임무가 주어졌다. 옥타비아누스는 여전히 다수이고 목소리가 큰 안토니우스파를 대변하여 포플리콜라가 섹스투스 폼페이우스에 대한 승

리를 주장할 여지를 주고 싶지 않았다.

율리우스 항 건설 감독자 일을 잘해낸 사비누스는 고위 사령관 직을 원했지만, 사람들과 잘 어울리지 못하는 기질 탓에 옥타비아누스가 보기에는 부적격자였다. 아그리파가 율리우스 항에서 바쁘게 지내는 동안 옥타비아누스는 여러 가지 제안들을 가지고 원로원으로 갔다.

"집정관을 지냈으니 이제 자네는 사비누스와 동급이네." 아그리파가 보고차 로마에 왔을 때 그는 말했다. "그래서 원로원과 인민은 사비누스가 아니라 자네를 육군 최고사령관 및 해군 제독으로 임명하기로 결의했어. 물론 내가 자네 상관이고."

먼 갈리아 총독 2년, 집정관, 그리고 옥타비아누스가 그의 계획에 쏟는 신임은 아그리파에게 큰 힘을 실어주었다. 예전의 그라면 얼굴을 붉히며 사양했겠지만, 지금의 그는 그저 살짝 뿌듯하고 기쁜 표정만 지었다. 그에게 자만심이란 여전히 요만큼도 없었지만 자신감은 매우 강해졌다. 그러면서도 안토니우스의 치명적인 약점들은 보이지 않았다. 나태함도, 사소한 부분에 대한 별난 집착도, 서신 답장을 꺼리는 것도 마르쿠스 아그리파와는 거리가 먼 얘기였다! 아그리파는 서신을 받으면 즉시 답장했으며, 내용도 무척 간명해서 받은 사람이 미심쩍어하는 법이 없었다.

그 대단한 직책에 관한 소식을 듣고서도 아그리파의 대답은 간단했다. "자네가 원하는 대로 하겠네, 카이사르."

"하지만," 옥타비아누스는 말을 이었다. "나한테 소규모 함대 1개나 2개 정도의 군단을 맡겨주길 정중히 부탁하는 바야. 난 이번 전쟁에서 독자적으로 복무하고 싶거든. 리비아 드루실라와 결혼한 후 천식이 말끔히 나은 것 같아, 말들 옆에서도 멀쩡해. 그러니 또다시 비겁하다는 헛소문이 돌게 하지 않으면서 살아남을 수 있을 거야." 그저 사실을 말하는 듯 들렸지만, 무표정한 그의 눈빛에는 필리피 전투의 치욕을 영원히 불식하겠다는 의지가 보였다.

"애초부터 그럴 계획이었네, 카이사르." 아그리파가 웃음을 지으며 말했다. "자네가 시간이 있으면 전쟁 계획을 논의하고 싶어."

"리비아 드루실라도 참여해야 해."

"그래야지. 집에 있나, 아니면 옷을 사러 나갔나?"

옥타비아누스의 아내는 결점이 거의 없었지만, 비싼 옷을 무척 좋아했다. 옷을 잘 입어야 한다며 고집을 부렸고 안목도 완벽했다. 게다가 정기적으로 남편이 개수를 늘려주는 그녀의 귀금속은 모든 로마 여성들의 시기를 자아냈다. 평소 검약하는 옥타비아누스도 아내의 사치에는 반대하지 않았는데, 자기 아내가 모든 면에서 다른 여자들 위에 있기를 원했기 때문이다. 그의 아내는 왕관 없는 여왕처럼 보이고 행동해야 하며, 그리하여 다른 여자들보다 우월한 위치에 있어야 했다. 언젠가는 그런 것이 매우 중요한 날이 올 것이므로.

"집에 있을걸." 옥타비아누스는 손뼉을 쳤고, 하인이 오자 리비아 드루실라 마님을 데려오라고 했다.

잠시 후 그녀가 들어왔다. 떠 있는 듯한 겹겹의 주름이 아름다운 짙은 파란색 옷을 입고 있었는데, 간간이 달린 사파이어가 빛을 받을 때마다 반짝였다. 목걸이와 귀걸이, 팔찌도 사파이어와 진주였고 소매를 일정한 간격으로 집고 있는 단추도 사파이어와 진주였다.

아그리파는 매혹되어 눈을 껌벅였다.

"아름답구려, 여보." 옥타비아누스는 칠십 먹은 노인처럼 말했다. 그녀는 그를 그렇게 만들곤 했다.

"네, 왜 사파이어가 인기 없는지 이해가 안 돼요." 리비아는 그렇게 말하며 의자에 앉았다. "거무스름한 것이 얼마나 미묘한데."

옥타비아누스는 귀를 쫑긋 세우고 꾸물거리는 필경사와 서기 들을 향해 고개를 끄덕이고 말했다. "가서 점심이나 들게, 유일하게 게르만 족이 약탈하지 않은 연못 속의 물고기를 세든가." 이어서 그는 아그리 파에게 말했다. "아, 방어벽 뒤에서 사는 건 지겨워! 올해는 성벽을 허물 수 있다고 말해주게, 아그리파!"

"올해는 분명 그럴 거야, 카이사르."

"말해보게, 아그리파."

그러나 아그리파는 먼저 커다란 탁자 위에 대형 지도를 펼쳤다. 바쁜 트리움비르가 아드리아 해부터 티레니아 해까지 이르는 이탈리아와, 시칠리아, 아프리카 속주에서 임무 수행중에 모은 여러 서류들을 추려내는 탁자였다.

"방금 계산해봤는데 우린 배를 411척 갖게 될 거네." 아그리파가 말했다. "140척 빼고는 율리우스 항에서 대기중이야."

"타렌툼에 안토니우스의 120척, 그리고 옥타비아의 20척이 있지." 옥타비아누스가 말했다.

"맞아. 만약 메사나 해협을 통과할 생각이라면 취약한 배들이겠지만, 그 해협 근처로는 가지 않을 거네. 남쪽으로 선회해서 파키모스 곶을 통해 시칠리아에 상륙한 다음 해안을 따라 북쪽으로 가서 시라쿠사이를 칠 거야. 이 함대는 타우루스에게 가는데, 그는 육군 4개 군단도 갖게 될 거네. 시라쿠사이를 차지한 후 아이트나 산의 비탈을 건너 출발해서 도중의 시골을 진압하며 저항이 가장 격심하게 집중될 수밖에 없는 메사나로 군대를 데려가겠지. 하지만 그는 시라쿠사이 점령, 그리고 이후의 육상 진군에서도 도움이 필요할 거야." 아그리파의 돌출된 이마 아래 쑥 들어간 담갈색 눈동자가 갑자기 초록빛으로 반짝였다. "가장 어려운 부분은 격렬한 해전에서 버티도록 특별히 선별한 대형 5단 노선 60척으로 구성된 미끼라네─설사 미끼라 해도 가능하면 잃고 싶지 않은 배들이지. 이 함대는 율리우스 항을 출발하고 해협을 통과해 가서

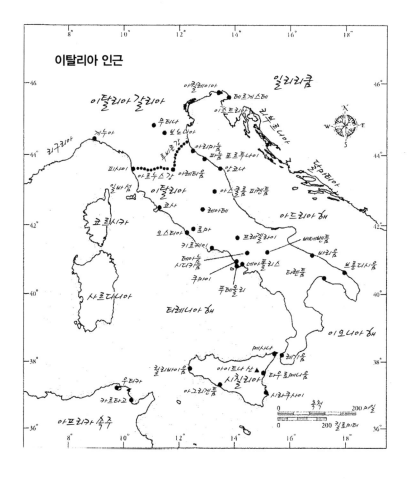

타우루스의 군대를 보강할 거야. 섹스투스 폼페이우스는 늘 하던 대로 해협에 숨어 있다가 사슴을 덮치는 사자처럼 우리의 미끼에 달려들겠지. 목표는 섹스투스의 관심을 해협과, 추측건대 시라쿠사이에 못박아 두는 거네. 시라쿠사이를 공격하는 것 외에 튼튼한 5단 노선 함대가 남쪽으로 항해할 이유가 뭐 있겠나? 운이 조금이라도 따른다면, 미끼 함대를 뒤따르는 내 함대는 섹스투스의 꼭뒤를 지르고 밀라이에 군대를 상륙시킬 수 있겠지."

"내가 미끼 함대를 지휘하겠네." 옥타비아누스가 열성적으로 말했다. "그 일을 내게 맡겨주게, 아그리파, 부탁이야! 사비누스를 데려가서 그가 중요한 일에서 제외되었다고 느끼지 않게 하겠네."

"자네가 미끼 함대를 원한다면 가져야지, 카이사르."

"정리하자면, 섬의 동쪽 끝을 향한 양면 공격이군요." 리비아 드루실라가 말했다. "아그리파가 메사나를 향해 서쪽에서 이동하는 동안 타우루스는 남쪽에서 메사나로 접근하는 거죠. 하지만 시칠리아의 서쪽 끝은 어쩌죠?"

아그리파가 불만스러운 표정으로 말했다. "그곳을 위해서는, 유감스럽지만 마르쿠스 레피두스와 그가 아프리카 속주에 모아놓은 지나치게 많은 군단들 일부를 써야 할 것 같습니다. 아프리카에서 릴리바이움과 아그리겐툼까지는 가까우니 레피두스가 항해하는 게 낫죠. 섹스투스는 아그리겐툼에 본부들을 두었을지도 모르지만, 시라쿠사이와 메사나에서 그렇게 많은 일이 벌어지는데 거기서 꾸물거리고 있진 않을 겁니다."

"그가 절대로 거기서 꾸물거릴 거라고 생각진 않지만, 그의 돈이 보관된 보물창고들은 그럴 테지요." 리비아 드루실라가 결의에 찬 표정으로 말했다. "우리가 뭘 어떻게 하든, 레피두스가 섹스투스 폼페이우스의 비축물을 갖고 달아나게 해서는 안 돼요. 레피두스는 그러려고 할 거예요."

"물론이오." 옥타비아누스가 말했다. "안타깝게도 그는 우리와 안토니우스의 흥정에 관여했으니 아그리겐툼이 중요하다는 걸 아주 잘 알고 있소. 군사적으로 그곳이 첫번째 표적이 아니라는 것도 알지. 우린 메사나 인근에서 섹스투스를 이겨야 할 것이오, 아그리겐툼에서 섬 절반과 산맥 여럿만큼 떨어진 곳이지. 하지만 난 아그리겐툼을 또하나의 미끼로 여기고 있소. 레피두스가 트리움비르이자 승리에 큰 공을 세운 사람이라는 위치를 보전하려면 서쪽 끝으로 활동을 한정할 수 없소. 그러니 직접 돌아가서 금고들을 비울 때까지 여러 군단으로 아그리겐툼을 수비할 거요. 따라서 우린 그가 돌아가게 둬선 안 되오."

"어떻게 그리할 계획인가, 카이사르?" 아그리파가 물었다.

"아직 확신은 없네. 그저 내 말을 믿게. 레피두스는 그리될 거니까."

"당신을 믿어요." 리비아 드루실라가 자랑스러운 표정으로 말했다.

"나도 믿네." 아그리파가 충직하고 헌신적인 표정으로 말했다.

춘분 전후의 돌풍이라는 위험을 감수하기 싫었던 아그리파는 초여름이 올 때까지 공격에 나서지 않았다. 아프리카의 레피두스한테서 준비가 되었고 율리우스 달의 이두스에 출항하겠다는 전갈을 받은 후였다. 뱃길로 제일 먼 거리를 가야 하는 스타틸리우스 타우루스는 보름 일찍 칼렌다이에 타렌툼에서 출발할 예정이었고 옥타비아누스와 메살라 코르비누스, 사비누스는 이두스 전날, 아그리파는 이두스 다음날 율리우스 항을 떠날 터였다.

합의된 대로 옥타비아누스는 장화 모양 이탈리아의 발가락께 밑인 시칠리아의 타우로메니움에 상륙하여 군단병 대다수를 지휘할 터였다. 아이트나 산을 넘어온 타우루스도 그곳에서 옥타비아누스와 합류할 예정이었다. 옥타비아누스의 친구 메살라 코르비누스는 군대를 이끌고 루카니아를 지나 비보로 진군한 다음 그 항구에서 바다를 건너 타우로메니움으로 갈 것이었다.

때아닌 폭풍만 아니었다면 다 잘 풀렸을 터였다. 폭풍은 옥타비아누스의 미끼 함대에 섹스투스 폼페이우스의 갑작스러운 등장보다 더 큰 피해를 끼쳤다. 옥타비아누스는 자신의 군대 절반과 함께 해협의 이탈리아 쪽에서 오도 가도 못하게 되었다. 그의 나머지 군대는 타우로메니움에 상륙하여 타우루스와 옥타비아누스를 기다렸다. 오랜 기다림이었다. 심지어 두 주 후 폭풍이 그치고 나서도 옥타비아누스와 메살라 코르비누스는 병력 수송선단이 입은 피해 때문에 좌절해 있었다. 피해를 복구했을 무렵엔 8월이 시작되고도 한참 지났고 섬 전체가 육상 전투에 휘말린 터였다.

레피두스는 전혀 고난을 겪지 않았다. 제때 릴리바이움과 아그리겐툼에 상륙해서 12개 군단을 상륙시킨 다음 북쪽과 동쪽으로 산들을 넘어 메사나로 향했다. 그는 옥타비아누스가 예상했던 대로 4개 군단을 추가해 아그리겐툼을 수비했다. 레피두스는 다른 누구도 아닌 그 자신이 돌아와서 섹스투스 폼페이우스의 보물창고들을 비울 거라고 확신했다.

그러나 승자는 아그리파였다. 타우루스의 타렌툼 함대 규모를 알고 옥타비아누스의 미끼 함대 규모를 과대평가한 섹스투스 폼페이우스는 자신의 모든 배들을 해협에 포진시켰다. 메사나를 점령해 섬의 동쪽을 장악하기로 결심한 것이다. 그 결과 아그리파의 5단 및 3단 노선 211척은 폼페이우스의 소규모 함대를 밀라이 앞바다에 수장시켰고, 아그리파를 뒤따라 4개 군단도 무탈하게 상륙했다. 그후 아그리파는 긴 북쪽 해안을 따라 서쪽 방향으로 습격을 감행한 후 전함들을 재편성시켜 나울로쿠스 앞바다에 잠복했다.

섹스투스 폼페이우스의 머릿속에는 경멸해 마지않는 옥타비아누스가 자신을 상대하기 위해 그토록 많은 배와 병력을 모았을—모을 수 있을—거라는 생각이 아예 떠오르지도 않은 듯했다. 비보가 줄줄이 이어졌다. 레피두스는 시칠리아 서쪽 끝을 장악중이었고 아그리파는 북쪽 해안을 장악중이었으며, 옥타비아누스는 마침내 해협을 통과하는 데 성공했다. 시칠리아는 군인들로 득실댔지만 그중에 섹스투스 폼페이우스의 부하는 거의 없었다. 공포와 절망에 휩싸인 폼페이우스 마그누스의 차남은 대규모 해상 전투에 모든 것을 걸기로 하고 아그리파를 향해 뱃머리를 돌렸다.

두 사람의 함대는 나울로쿠스에서 만났다. 섹스투스는 자신이 수적으로나 전술로나 우세하다고 확신했다. 300척이 넘는 갤리선들을 뛰어난 제독과 선원들이 이끌고 있었고 그 자신이 총지휘관이었으니까. 마르쿠스 아그리파 같은 아풀리아 촌놈이 대체 뭘 하고 있는 건가? 10년이라는 긴 세월 동안 바다에서 패한 적 없는 섹스투스 폼페이우스에게 도전하겠다고? 그러나 아그리파의 배들은 더 공격적이었고 그의 비밀 무기인 하르팍스로 무장하고 있었다. 그는 흔히 던져서 쓰는 닻 모양의 줄 달린 갈고리를 변형시켜 스코르피오로 쐈고, 그러면 사람이 던지는 것보다 훨씬 더 멀리 보낼 수 있었다. 그렇게 갈고리에 걸린 적함을 끌어당기면서 화살과 바윗돌, 불붙인 짚 뭉치 등을 스코르피오로 마구

쏘았다. 그동안 아그리파의 배는 선수를 틀어 적함의 측면을 들이받아 노들을 부숴버렸고, 마무리를 맡은 해군 병사들이 건널판자로 적함에 건너가 바다로 뛰어들지 않은 적군을 모두 죽였다. 바다로 뛰어든 적군 병사들은 익사하거나 아그리파의 병사들에게 건져져 전쟁 포로 신세 가 되었다. 아그리파가 생각하기엔 충돌용 선취도 나쁘지 않았지만 그 것만으로는 적함이 가라앉지 않고 도망치는 경우가 잦았다. 하르팍스, 부서진 노, 뒤이은 병사들의 공격이야말로 적의 파멸을 보장하는 것이 었다.

섹스투스 폼페이우스는 눈물을 줄줄 흘리며 연합 함대가 파괴되는 모습을 지켜보았고, 더이상 지체할 수 없는 순간에서야 기함의 선수를 남쪽으로 돌려 달아났다. 그는 살비디에누스처럼 사슬에 묶여 포룸 로 마눔을 걸은 후 원로원에서 비공개 반역 재판을 받진 않겠다고 결심했 다. 자신의 지위가 로마의 적으로 선언된 자의 운명, 즉 최초의 목격자 에게 살해당하는 일로부터 자신을 보호해줄 것임을 잘 알고 있었기 때 문이다. 그렇다면 견딜 수 있을 터였다.

그는 작은 만에 숨어 있다가 야음을 틈타 해협을 빠져나간 후 동쪽 으로 가서 펠로폰네소스를 돌아 안토니우스의 보호를 받기로 했다. 안 토니우스가 지금 작전 수행 때문에 부재중인 건 알고 있었다. 그가 돌 아올 때까지 어딘가 자신을 지지하는 곳에 잠적해 있을 터였다. 레스보 스 섬의 미틸레네는 과거 섹스투스의 아버지에게 피난처를 제공했다. 아들인 자신에게도 똑같이 해줄 거라고 섹스투스는 확신했다.

육지에서의 저항은 미미했다. 아그리파가 나울로쿠스에서 승리한 9 월의 세번째 날 이후에는 더 미미해졌다. 섹스투스의 '군단' 구성원은 산적, 노예, 해방노예였는데 훈련도 제대로 안 되어 있었고 용감하지도 않았다. 섹스투스는 현지 주민들을 위협하는 데만 그들을 활용했다. 진짜 로마 군단병들과 싸워선 이길 수 없는 자들이었다. 대다수가 투항하여 울면서 자비를 구했다.

레피두스는 우월감에 젖어 희희낙락하며 느긋하게 섬을 가로질렀다. 그랬는데도 타우로메니움 북쪽 해협 근처 해안에서 매우 격렬한 저항에 부딪친 옥타비아누스보다 먼저 메사나에 도착했다. 레피두스가 메사나에 도착했을 때 폼페이우스의 사람인 플리니우스 루푸스 총독이 아그리파에게 항복하겠다고 했다. 레피두스는 즉시 플리니우스 루푸스에게 사람을 보내서, 항복을 하려면 미천한 출신에 아무것도 아닌 아그리파가 아니라 레피두스 본인에게 하라고 요구했다. 그것까지는 용납되었을지도 몰랐다. 그가 옥타비아누스가 아닌 자기 자신의 이름으로 항복을 받지만 않았더라면.

아그리파의 진지에 도착한 옥타비아누스는 분기탱천한 아그리파를 발견했다. 새로운 경험이었다! 함께한 오랜 세월 동안 아그리파가 격노한 모습은 한 번도 본 적이 없었기 때문이다.

"그 좆놈이 무슨 짓을 했는지 아나?" 아그리파는 꼬리를 붕붕 휘두를 기세로 포효했다. "자네가 아니라 자기가 시칠리아의 승리자고 로마, 이탈리아 및 섬들의 트리움비르라고 말했다네! 또 뭐랬더라―뭐랬지―아, 너무 화나서 생각이 안 나는군!"

"같이 가서 그를 만나보세." 옥타비아누스가 달래듯이 말했다. "이견을 조율하고 사과를 받자고. 어때?"

"놈의 머리통 말고는 아무것도 내 분을 삭이지 못할걸." 아그리파가 웅얼거렸다.

그러나 레피두스는 화해할 기분이 아니었다. 그는 심홍색 팔루다멘툼에 멋진 황금 군장 차림으로 옥타비아누스와 아그리파를 맞이했다. 판갑에는 유명한 승전 장면, 피드나의 전장에 선 아이밀리우스 파울루스가 새겨져 있었다. 쉰다섯 살인 레피두스는 젊지 않았고 젊은이들만 봐도 자신의 퇴락을 절절하게 느꼈다. 그는 지금이 유일한 기회라고 생각했다. 언제나 그를 피해 달아나는 것처럼 보이던 권력을 향해 도전할 때가 온 것이다. 그의 지위는 안토니우스, 옥타비아누스와 동등했지만 아무도 그를 중요하게 생각지 않았다. 그런 상황을 좌시할 수는 없었다. 레피두스는 섹스투스 군의 모든 '군단'을 찾는 족족 자기 군대로 흡수했고, 그 결과 메사나에서 그의 군대는 22개 군단에 달했다. 심지어 아그리겐툼을 수비중인 4개 군단과 아프리카 속주의 경찰 업무를 위해 남겨두고 온 군단들은 제외한 숫자였다. 그렇다, 행동에 나설 때였다!

"원하는 게 뭔가, 옥타비아누스?" 레피두스는 거만한 태도로 물었다.

"제가 응당 받아야 할 것이죠." 옥타비아누스가 조용한 목소리로 대답했다.

"자네가 응당 받아야 할 건 없네. 섹스투스 폼페이우스를 물리친 건 나야, 자네나 자네의 미천한 부하들이 아니라."

"참 이상하군요, 레피두스. 왜 저는 섹스투스 폼페이우스를 물리친 게 마르쿠스 아그리파라는 생각이 들까요? 섹스투스는 당신이 없던 바다에서의 전투에 모든 걸 걸었거든요."

"바다는 자네가 갖게, 옥타비아누스. 하지만 이 섬은 안 돼." 레피두스가 강경한 태도로 말했다. "자네와 동등한 권력을 가진 트리움비르로서, 앞으로 시칠리아는 아프리카의 일부이며 내가 통치할 것임을 선언하는 바네. 아프리카는 내 구역이니까. 타렌툼 조약에 따라 그 기간도 5

년 연장되었지. 다만," 레피두스는 능글맞게 웃으며 말을 이었다. "5년 으로는 부족해. 시칠리아를 포함한 아프리카는 영원히 내가 갖겠네."

"신중하게 굴지 않으면 원로원과 인민이 당신한테서 두 곳 다 박탈 할 겁니다, 레피두스."

"그렇다면 원로원과 인민에게 나와 전쟁을 하라고 해! 내가 지휘하 는 군단은 30개나 돼. 수하들과 함께 즉시 이탈리아로 가게, 옥타비아 누스! 당장 내 속주에서 나가!"

"말씀 다 하셨습니까?" 옥타비아누스는 아그리파가 검을 빼들지 못 하게 그의 팔을 꽉 움켜잡은 채 물었다.

"그래."

"다시 한번 내전을 할 준비가 됐습니까?"

"그래."

"마르쿠스 안토니우스가 파르티아 왕국에서 돌아오면 당신 뒤를 봐 줄 거라 생각하시는군요. 하지만 그런 일은 없을 겁니다, 레피두스. 제 말을 믿으세요, 그런 일은 없습니다."

"안토니우스가 어떻게 하든 관심 없네. 이제 목숨이 붙어 있을 때 여 기서 나가게, 옥타비아누스."

"저는 카이사르가 된 지 몇 년이 지났는데 당신은 여전히 그저 레피 두스 투르피스, 불명예스러운 레피두스군요."

옥타비아누스는 돌아서서 메사나의 가장 호화로운 저택을 걸어나갔 다. 아그리파의 팔은 계속 잡고 있었다.

"카이사르, 저자가 감히 어떻게! 그와 전쟁을 하겠다는 말은 말게!" 아그리파는 팔을 비틀어 옥타비아누스의 손을 떨쳐내며 소리쳤다.

옥타비아누스의 입술이 곡선을 그리며 최고로 아름다운 미소를 지었다. 아그리파를 쳐다보는 그의 눈은 빛나고 순진무구하며 사랑스럽도록 젊어 보였다. "친애하는 아그리파! 전쟁은 필요 없을 거네, 약속하지."

아그리파가 들은 말은 그게 다였다. 옥타비아누스는 그저 내전은 없을 거라고 말했다. 소규모 전투조차도, 습격도, 결투도, 군사 훈련도 없을 거라고만 했다.

다음날 동이 트기 무섭게 옥타비아누스는 사라지고 없었고, 소스라치게 놀란 아그리파가 그를 다시 만났을 때는 모든 게 끝난 후였다. 옥타비아누스는 혼자서 토가 차림으로 레피두스의 광대한 진지에 가서는 수만 명의 군인들 사이를 거닐며 미소 짓고 격려하면서 그들을 자기 사람으로 만들었던 것이다. 군인들은 텔루스, 솔 인디게스, 리베르 파테르 신들에게 굳게 맹세했다. 카이사르만이 그들의 지휘관이라고. 카이사르가 그들의 총아, 금발의 마스코트, 디비 필리우스라고.

같은 날 섹스투스 폼페이우스의 어중이떠중이 군단 8개는 해산되었다. 그들은 삼엄한 감시 속에서도 꽤 느긋한 기분으로 이리저리 몰려다녔다. 레피두스한테서 자유를 약속받았던데다, 옥타비아누스에 관해서는 아는 게 거의 없었으므로 그 역시 비슷한 처분을 내릴 거라고 확신했던 것이다.

"당신의 경주는 끝났습니다, 레피두스." 옥타비아누스는 대경실색한 레피두스가 막사로 허둥지둥 뛰어들어왔을 때 말했다. "당신은 제 신성한 아버지의 혈연이니 목숨을 빼앗기거나 원로원에서 반역 재판을 받지는 않을 겁니다. 하지만 당신의 트리움비르 직과 모든 속주는 박탈됩니다. 퇴역해서 평생 민간인으로 살아야 하며, 감찰관에도 출마해선 안됩니다. 하지만 최고신관 직은 유지할 겁니다. 종신직이니 죽을 때까지 복무하게 되겠지요. 당신을 제가 타는 배에 함께 태우겠지만, 당신의 빌라가 있는 키르케이에서 내려드릴 겁니다. 당신은 앞으로 어떤 이유로든 로마에 발을 들여서는 안 되고, 관저에서 살 수도 없습니다."

레피두스는 일그러진 얼굴로 듣고 있었다. 목에서 경련이 일어났다. 그는 대답할 말을 찾지 못한 채 의자에 힘없이 주저앉아 토가 자락으로 얼굴을 가렸다.

옥타비아누스는 자신의 말을 실현시킬 만큼 유능했다. 원로원은 안토니우스를 추종하는 피호민들로 가득했지만, 그럼에도 옥타비아누스의 요구대로 레피두스 관련 결의를 군말 없이 통과시켰다. 레피두스는 로마에 오는 것이 금지되었고 모든 공적 임무와 명예, 속주를 박탈당했다.

그해 수확물은 모디우스당 10세스테르티우스에 팔렸고 이탈리아 사람들은 매우 기뻐했다. 옥타비아누스와 아그리파가 부순 아그리겐툼의 보물창고에는 무려 11만 탈렌툼이 들어 있었다. 안토니우스의 몫인 40퍼센트, 즉 4만 4천 탈렌툼은 따로 떼서 그의 아테네 함대가 자유로이 항해할 수 있게 되자마자 안티오케이아에 있는 그에게로 보냈다. 절도를 막기 위해 떡갈나무 상자에 넣어 금속 띠를 두른 다음 못을 박고 옥타비아누스의 인장 'IMP. CAES. DIV. FIL. TRI.'(임페라토르 카이사르 디비 필리우스 트리움비르)를 찍었다. 배 1척당 상자 666개가 실렸고 상자당 금화 25킬로그램 정도가 담겼다.

"안토니우스가 기뻐하겠군." 아그리파가 말했다. "자네가 옥타비아의 갤리선 20척을 계속 갖고 있는 건 달가워하지 않겠지만."

"아, 그 배들은 내년에 선별한 병력 2천을 태워 아테네로 보낼 걸세.

덤으로 옥타비아도 보낼 거야. 남편을 그리워하거든."

레피두스가 계산에서 빠지며 60퍼센트가 된 로마의 몫은 결국 그대로 로마에 도착하지 못했다. 6만 6천 개의 상자를 실은 군 수송선들은 먼저 율리우스 항으로 소환되어 20개 군단을 쏟아내야 했다. 일부는 옥타비아누스가 퇴역시킨 군인들이었고, 대다수는 그만이 아는 이유들로 계속 독수리 기 밑에 두기 위해 귀국시키는 군인들이었다.

어마어마한 보물에 관한 소문이 퍼졌다. 시칠리아 작전 말미의 군단 대표단은 존경할 만한 무리도 아니었고 애국심이 강하지도 않았다. 옥타비아누스와 아그리파가 20개 군단을 카푸아로 행군시켜 그 외곽의 진지에 머물게 한 뒤, 스무 명의 군단 대표들이 옥타비아누스에게로 와서 모든 병사들에게 후한 상여금을 주지 않으면 반란을 일으키겠다고 했다.

옥타비아누스는 그들의 말이 진심이라는 것만큼은 알 수 있었다. 대표단의 말을 무표정하게 듣고 난 후 그는 물었다. "얼마나?"

"인당 1천 데나리우스—4천 세스테르티우스요." 루키우스 데키디우스가 대답했다. "안 그러면 20개 군단 전체가 미쳐 날뛸 겁니다."

"비전투원도 포함인가?"

물론 아니었다. 대표단 남자들은 당황한 기색이었다. 그러나 데키디우스는 생각이 빠른 자였다. "비전투원은 인당 100데나리우스입니다."

"잠시 실례하지. 내가 주판으로 총액을 계산해보겠네." 옥타비아누스는 태연한 표정으로 말했다.

그는 곧바로 말한 대로 했다. 가는 기둥에 꿰인 상아 주판알이 정식 교육을 받지 못한 군단 대표들로서는 믿을 수 없을 정도로 빠르게 휙

획 움직였다. 아, 젊은 카이사르는 진짜 물건이었다!

"다 합해서 은 1만 5천744 탈렌툼이군." 잠시 후 옥타비아누스가 말했다. "다시 말해 로마 국고의 평상시 보유량 전체와 맞먹는 양이네."

"말도 안 돼, 그럴 리가요!" 읽고 쓸 줄 아는 데키디우스는 그렇게 말하면서도 합계액에 절망했다. "당신은 사기꾼에 거짓말쟁이입니다!"

"장담컨대 데키디우스, 나는 그 둘 중 어느 쪽도 아니야. 그저 사실을 얘기하는 거라네. 그 사실을 입증하기 위해 여러분에게 상여금을 지불할 때─그래, 지불할 거야!─전투원용으로 1천씩 10만 자루, 비전투원용으로 100씩 2만 자루에 넣을 걸세. 세스테르티우스가 아니라 데나리우스로 말이지. 그 자루들을 연병장에 쌓을 거고, 자네들은 각 자루에 정말로 해당 금액의 돈이 들어 있는지 확인할 군단병들을 넉넉히 확보하는 게 좋을 걸세. 돈을 세기보단 무게를 재는 게 빠르겠지만." 옥타비아누스는 새치름하게 말을 마쳤다.

"아, 깜빡 잊은 게 있는데, 백인대장들은 일인당 4천 데나리우스입니다." 데키디우스가 덧붙였다.

"늦었네, 데키디우스! 백인대장들도 사병들과 똑같이 받을 거야. 난 자네의 원래 요청에 동의했으니 사후의 변경사항은 용납지 않겠네, 알겠나? 나는 한 걸음 더 나아가려고 하네─사후에 말이야, 나는 트리움비르이니 그런 특권이 허용되지─앞으로는 이런 상여금이나 토지를 기대하지 못할 거야. 이건 자네들의 퇴역 지불금이고, 그걸로 우리의 계산은 완전히 끝난 걸세. 자네들이 땅을 얻는다면 그건 순전히 내가 내켜서 주는 게 될 거야. 국고로 들어가야 할 돈을 낭비하게, 내 축복하지. 하지만 그 이상은, 지금도 앞으로도 요구하지 말게. 로마는 이제 더 이상 후한 상여금을 지급하지 않을 거니까. 앞으로 로마 군단은 로마를 위해 싸울 걸세, 장군을 위해서도, 내전에서도 싸우지 않을 거야. 또한 앞으로 로마 군단은 임금과 저축금을 받을 것이며 퇴역할 때 약간의 상여금을 받을 것이네. 토지는 받지 못할 것이고, 원로원과 인민이 허락하지 않는 그 어떤 것도 받을 수 없어. 나는 지금 25개 군단 규모의 상비군을 준비중인데, 그들은 모두 해산 없이 20년간 복무하게 될 거라네. 직무가 아니라 직업이야. 로마를 위해 드는 횟불이지, 장군을 위한 촛불이 아니라. 알아들었나? 데키디우스, 오늘부로 모두 끝난 걸세."

스무 명의 대표들은 갈수록 더 공포를 느끼며 듣고 있었다. 카이사르의 아름답고 젊은 얼굴이 지금은 왠지 평소처럼 아름답지도 젊지도 않아 보였기 때문이다. 그들은 그의 말뜻을 알아들었다. 그들은 가장 과격하고 부패한 부류의 대표단이었지만, 이 가장 과격하고 부패한 남자들에게조차 그날 하나의 문이 닫히는 소리가 들렸다. 옥타비아누스는 앞으로도 반란은 발생할 수 있겠지만, 그러면 연루자들을 모두 사형으로 다스릴 거라고 말한 것이다.

"10만 명이나 되는 우리를 처형할 수는 없습니다." 데키디우스가 말했다.

"아, 그럴까?" 옥타비아누스의 눈이 커지며 반짝였다. "만약 내가 300만 명의 이탈리아 사람들에게 자네들이 그들을 인질로 잡고 몸값을 요구한다고, 당신들 지갑에서 돈을 빼내간다고 말하면 자네들이 얼마나 버틸 수 있을까? 쇠사슬 갑옷과 검을 차고 있으니 죽일 수 없다는 건가? 그거로는 부족하네, 데키디우스. 이탈리아 사람들은 사실을 알게 되는 그날 바로 자네들 10만 명을 갈가리 찢어 죽일걸." 그는 경멸을 담아 손짓했다. "꺼져, 전부 다! 그리고 내가 돈자루를 연병장에 쌓아올렸을 때 자네들의 상여금이 얼마나 많은지 직접 보게. 자네들이 얼마나 많이 요구한 건지 알게 될 테니."

그들은 부끄러워하면서도 단호한 표정으로 줄지어 나갔다.

"저들의 이름을 아나, 아그리파?"

"마지막 한 놈까지 다 알지. 저놈들 말고도 몇 놈 더 있다네."

"놈들을 나눠서 뒤섞게. 따로따로 사고를 당하는 게 낫겠지?"

"포르투나는 변덕스러워, 카이사르. 하지만 전장에서 죽는 걸 모의하긴 쉽지. 작전이 다 끝나서 안타깝군."

"천만에!" 옥타비아누스는 지극히 다정한 목소리로 말했다. "내년에 우린 일리리쿰으로 갈 걸세. 그러지 않으면, 아그리파, 그곳의 부족들은 베시족, 다르다니족과 단결해 카르니아 알프스를 넘어 이탈리아 갈리아로 쏟아져 들어올 거야. 그곳이 이탈리아로 들어오는 가장 낮고 편한 길이니까. 지금까지 그렇게 침략당하지 않은 건 오직 부족들이 서로 단결하지 않았기 때문이네. 그들은 잘못된 방식으로 로마화되고 있어. 군단 대표들은 영웅처럼 싸울 테고 대부분 용맹함을 기리는 관을 획득하는 과정에서 죽을 거야. 그나저나 난 자네한테 해전관을 수여할 생각이네." 그는 낮게 웃었다. "자네한테 어울리겠지, 아그리파— 온통 금이니 말이야."

"고맙네, 카이사르. 참으로 관대한 처사야. 하지만 일리리쿰?"

"아니, 반란. 그건 유행이 지나버릴 걸세, 안 그러면 난 카이사르가 아니고 신의 아들이 아니야. 하! 방금 난 검에 쓰러진 사람보다 물에 빠져 죽은 사람이 더 많은 시시한 작전 때문에 1만 6천 탈렌툼을 잃었어. 다른 건 차치한대도, 과도한 상여금 때문이라도 더는 내전을 일으킬 수 없어. 군대는 일리리쿰에서 로마를 위해, 로마만을 위해 싸울 거라네. 제대로 된 작전일 거야. 상여금을 받기 위한 지휘관 숭배나 그에게 의

존할 이유가 없는. 나도 싸우러 가겠지만 이건 자네의 작전이네, 아그리파. 내가 신뢰하는 자네의 작전이야."

"자네는 놀라워, 카이사르."

옥타비아누스는 정말로 놀란 표정으로 물었다. "어째서?"

"그 고약한 악질 중의 악질들을 제압했잖아. 놈들은 오늘 아침에 자네를 위협하려고 여기 왔는데 자네가 판세를 바꿔 놈들을 위협했지. 놈들은 겁에 잔뜩 질려서 여길 나갔네."

청동상도 녹일 수 있을(적어도 리비아 드루실라는 그렇게 생각하는) 옥타비아누스의 미소가 번졌다. "아, 아그리파, 놈들은 악질 중의 악질일지 몰라도 한편으론 너무나 어린애 같아! 지금은 군단병 여덟 명 중한 명이 읽고 쓸 줄 알아야 하는 거로 아네만, 앞으로는 상비군 소속 군단병들 모두가 읽고 쓸 줄 알아야 할 거야—셈도 할 줄 알아야지. 겨울진지는 선생들로 버글버글할 걸세. 놈들이 자기들의 탐욕 때문에 로마가 얼마나 희생을 치렀는지 조금이라도 제대로 안다면 다시 생각하겠지. 그래서 지금 교육을 시작한 거라네, 돈자루들로." 그는 침울한 표정으로 한숨을 쉬었다. "국고 서기들을 적어도 1개 대대만큼 불러 와야겠군. 그 일이 끝날 때까지 내가 이 자리에서 직접 지켜볼 거야, 아그리파, 바로 내 눈앞에서 끝날 때까지. 한 푼의 횡령, 유용, 사기도 있어서는 안 돼."

"놈들한테 키스토포로스 주화를 떠넘길 건가? 섹스투스의 비축물에 키스토포로스가 아주 많던데. 위대한 키케로의 형제가 키스토포로스로 급여를 받은 이야기가 기억나는걸."

"키스토포로스는 녹여서 세스테르티우스와 데나리우스로 주조할 걸세. 그 악질 중의 악질들과 놈들이 대표하는 병사들의 요구대로 데나리우스로 줄 거야." 그의 눈빛이 꿈꾸는 듯했다. "돈자루 더미가 얼마나 높을지 상상해보는 중인데, 내 상상력으로도 잘 안 되는군."

1월이 되고 나서야 옥타비아누스는 일을 끝내고 로마로 돌아올 수 있었다. 그는 그 사건 자체를 일종의 서커스로 만들어버렸다. 12만 병사들이 줄을 지어 연병장을 지나치며 작은 산맥 같은 돈자루 더미를 보게 만든 것이다. 그런 다음 옥타비아누스는 자신이 아니라 죽은 카이사르가 할 법한 연설을 했다. 옥타비아누스가 말을 전달하는 방식은 기발했다. 그 자신은 높은 연단 위에 서서, 정보원들이 실제로 영향력 있는 사람들이라고 알려준 백인대장들을 대상으로 연설을 했다. 그동안 각 정보원은 각 백인대에 동일한 연설을 했는데, 연설문을 보고 읽는 것이 아니라 외워서 읊었다. 아그리파는 깜짝 놀랐다. 옥타비아누스의 정보원에 관해서는 알고 있었지만 그 수가 이렇게나 많은 줄은 몰랐다. 백인대는 군인 80명과 비전투원 20명으로 구성되었으며 1개 군단은 60개 백인대로 이루어졌는데, 그런 군단 20개가 상여금 자루 더미를 보고 연설을 들은 것이다. 1천200명의 정보원이라니! 옥타비아누스가 모르는 일이 없는 게 놀랍지 않았다. 그는 카이사르의 아들인 척하고 있을지 모르나 사실 아무도, 그의 신성한 아버지조차 닮지 않았다. 옥타비아누스는 완전히 새로운 존재였다. 그가 공직 생활을 시작하자마자 고(故) 아울루스 히르티우스처럼 통찰력 있는 사람들이 간파했듯이.

옥타비아누스의 민간인 정보원들은 사실 다른 능력으론 일자리를 구할 수 없는 사람들이었다. 남의 말을 하기 좋아하고 게으른 부류로, 장터를 어슬렁거리며 수다를 떨고 또 떠는 것만으로 적게나마 돈을 받는다는 사실에 매우 기뻐했다. 신중하게 조직된 거대한 체계의 일원인

상관에게 쓸 만한 정보를 보고한 민간인 정보원은 그 정보가 정확한 것으로 판명될 경우 보상금으로 몇 데나리우스를 받았다. 군인 정보원들은 정보에 대한 보상금만 받았다. 로마에서 봉급을 받았으니까.

연병장 소집의 막바지에 병사들은 무티나와 필리피 전투의 노련병들만 퇴역하게 된다는 걸 알게 되었다. 대다수는 내년에 일리리쿰에서 싸우게 될 것이며, 반란은 이유를 막론하고―특히 상여금을 빌미로 하면―용납되지 않을 것이다. 반란의 기미만 보여도 등에 채찍을 맞고 참수당할 터였다.

아그리파는 마침내 먼 갈리아에서의 공적을 기리는 개선식을 했다. 히스파니아에서 전리품을 잔뜩 가져온, 그리고 반란병들을 잔인하게 처리한다는 무시무시한 명성을 얻은 유명한 칼비누스는 로마에서 가장 오래된 작은 신전 레기아를 값비싼 대리석으로 외장하고 바깥에 조각상들을 세웠다. 스타틸리우스 타우루스는 아프리카를 통치하고 그곳의 군단을 2개로 줄이는 임무를 받았다. 곡물은 예전 가격으로 필요한 만큼 들어오고 있었으며, 옥타비아누스는 매우 흡족한 기분으로 리비아 드루실라 저택의 방어시설을 허물라고 지시했다. 그는 트리움팔리스 가도와 대경기장이 만나는 팔라티누스 언덕 끝자락의 모퉁이에 게르만족들을 위한 안락한 막사를 짓고 그들을 특별 경호대로 임명했다. 옥타비아누스는 관습대로 릭토르 열두 명을 앞세우고 다녔지만, 무장한 게르만족이 그와 릭토르단 모두를 둘러싸고 있었다. 비상시 외에는 로마의 신성경계선 안에서 무장 군인들을 보는 일이 드문 로마 사람들에겐 생경한 풍경이었다.

로마 군단은 로마의 것이었지만 게르만족 경호대는 온전히 옥타비아누스의 소유였다. 600명으로 구성된 이 근위대는 정무관, 원로원 의원, 트리움비르들의 공식 지정 수호자들이었지만, 착각하는 정무관이나 의원은 아무도 없었다. 필요시에 그들은 오직 옥타비아누스의 명령만을 따를 터였다. 갑자기 옥타비아누스는 카이사르조차 되지 못한 방식으로 특별한 존재가 되었다. 부유하고 강력한 원로원 의원과 기사 들은 늘 경호원들을 고용했지만, 그들의 경호대는 진짜 군인과는 거리가 먼 전직 검투사들로 구성된 잡탕 무리였다. 옥타비아누스는 게르만족 경호원들에게 멋진 군장을 착용시키고 늘 보기 좋은 모습을 유지하게 했으며, 매일 대경기장에서 훈련하게 해서 최하층민들의 눈을 즐겁게 해주었다.

이제 옥타비아누스가 로마 거리를 걷거나 포룸 로마눔에 나타났을 때 야유를 보내는 사람은 아무도 없었다. 그는 마르쿠스 안토니우스의 도움 없이 로마와 이탈리아를 기아에서 구해냈기 때문이다. 안토니우스가 빌려준 함대는 어찌된 일인지 전혀 칭찬을 듣지 못했다. 이탈리아를 조직하는 일은 사비누스가 맡았는데, 그는 자신의 임무가 마음에 들었다. 토지 등기 서류를 승인하고, 다양한 소도시와 자치도시의 공유지를 평가하고, 노련병과 밀 농부들을 비롯하여 옥타비아누스가 가치 있거나 중요하다고 생각한 모든 이들에 대한 인구조사를 하고, 도로·다리·공공건물·부두·신전·곡창을 보수했다. 사비누스는 또한 고충 소송 심리를 위한 법무관 팀을 하사받았는데, 그런 소송이 매우 많았기 때문이다. 로마인들은 계급을 막론하고 툭하면 소송을 일삼았다.

나울로쿠스 전투가 있은 지 20일 후 옥타비아누스는 스물일곱 살이 되었다. 로마 정치와 전쟁의 심장부에 있은 지는 9년째였다. 연속 기간으로 보면 카이사르나 술라의 기록보다도 길었는데, 그들은 한번에 수년씩 로마를 떠나 있었기 때문이다. 옥타비아누스는 로마의 정착물 같

은 존재였다. 이는 다양한 방식으로 나타났지만 특히 그의 몸가짐에서
잘 드러났다. 조용하고 키가 크지 않은 그는 토가 차림으로 우아하고
위엄 있으며 기이한 힘의 기운을 발산하며 다녔다. 온갖 역경에도 불구
하고 살아남아 승자로 떠오른 자의 힘이었다. 로마인들은 계급을 막론
하고 옥타비아누스의 모습에 익숙해졌으며, 율리우스 카이사르와 마
찬가지로 옥타비아누스 역시 거만 떨지 않고 모두와 대화를 나눴다. 게
르만족 경호대도 걸림돌이 되진 않았다. 경호원들은 옥타비아누스가
그들을 헤치고 나가 시민과 얘기를 나눌 때면 개입하지 않을 만큼 현
명했기 때문이다. 그들은 항상 검을 뽑을 자세가 되어 있었음에도 내면
의 긴장을 숨기는 법을 터득했으며, 군중 속에서 굳이 카이사르에게 다
가가려 하지 않는 사람들에겐 서툰 라틴어로 직접 말을 건네곤 했다.
그것은 보기 좋은 모습이었다.

새해가 오자 섹스투스 폼페이우스와 동명이인인 사람과 루키우스
코르니피키우스가 집정관이 되었다. 동방에서의 위대한 승전 소식이
연거푸 로마로 당도했고, 안토니우스의 정보원들은 포플리콜라의 선
동으로 이를 퍼뜨렸다. 안토니우스가 파르티아를 정복했으며 로마 것
이 될 광활한 땅을 손에 넣었고 막대한 보물을 축적했다는 소식이었다.
그의 지지자들은 기뻐 날뛰었고 그의 적들은 당황했다. 의심이 많기론
둘째가라면 서러운 옥타비아누스는 특별 정보원들을 동방으로 보내
소문의 진위를 알아내게 했다.

3월 칼렌다이에 옥타비아누스는 원로원을 소집했다. 원로원 소집을
자주 하지 않는 옥타비아누스가 그렇게 하면 의원들은 마지막 한 사람
까지 등원하곤 했다. 호기심, 그리고 나날이 커져가는 존경심 때문이었

다. 하지만 그는 아직 목적지엔 다다르지 못했다. 여전히 그를 옥타비아누스라고 부르며 카이사르라고 부르기를 거부하는 의원들이 있었지만 그들의 수는 줄어들고 있었다. 게다가 9년이라는 위태롭고 긴 시간 동안 그가 살아남았다는 사실은 어느 정도 두려움마저 느끼게 했다. 그의 힘이 앞으로 더 막강해지고 마르쿠스 안토니우스가 곧 돌아오지 않으면, 옥타비아누스가 스스로 되고 싶어하는 무언가가 되는 사태를 막을 방법은 없다는 것이 그 두려움의 이유였다.

로마와 이탈리아를 맡은 트리움비르로서 옥타비아누스는 그의 신성한 아버지가 지은 새 의사당 끝쪽에 있는 정무관용 단상 위 상아 대좌에 앉았다. 새 의사당 건축은 매우 오래 걸려서 섹스투스 폼페이우스가 패배한 해에 겨우 완공되었다. 임페리움 마이우스를 보유한 옥타비아누스는 집정관들보다 서열이 위였으므로 집정관들의 상아 대좌들은 그의 대좌 양옆이자 훨씬 뒤쪽에 놓여 있었다.

옥타비아누스는 일어서서 등을 곧게 펴고 연설문 없이 연설했다. 워낙 넓어서 어두운 편인 새 의사당 내부에서 그의 금발은 마치 후광처럼 보였다. 높은 채광창들에서 쏟아져 들어오는 빛을 삼켜버리는 침침하고 넓은 실내는, 고관용 단상 양쪽에 하나씩 있는 경사진 3단의 계단식 의원석 두 개에 1천 명을 너끈히 수용했다. 의원들은 대부분 작은 접의자를 놓고 앉았는데 고등 정무관을 역임한 의원들은 제일 아랫단, 그 외의 정무관을 지낸 의원들은 두번째 단, 발언권이 없는 평의원들은 제일 높은 단 위에 앉았다. 고관용 단상의 경우, 정당 체계가 없었으므로 좌우 어느 쪽에 앉는지는 중요하지 않았지만 한 파벌에 속한 사람들은 모여 앉는 경향이 있었다. 일부 의원들은 개인 소장을 위해 속기로 축어적 회의록을 작성했지만, 원로원의 정식 서기 6명이 작성한 축어적 회의록은 나중에 필사 후 집정관들의 날인을 받아 원로원 사무소 옆의 타불라리움으로 들어갔다.

"존경하는 집정관, 전직 집정관, 법무관, 전직 법무관, 조영관, 전직 조영관, 호민관, 전직 호민관 및 의원 여러분, 저는 오늘 지금까지의 성과를 보고하기 위해 이 자리에 섰습니다. 좀더 일찍 보고드릴 수 있었다면 좋았겠지만, 티투스 스타틸리우스 타우루스를 총독 직에 앉히고 전직 트리움비르 레피두스가 상황을 얼마나 엉망으로 만들었는지 직접 확인하기 위해 아프리카 속주에 다녀와야 했습니다. 그곳의 상황은 매우 좋지 않았는데, 가장 큰 문제는 나중에 로마 정부를 차지하려고 레피두스가 축적해둔 막대한 군단이었습니다. 그리고 여러분도 아시다시피 저는 문제를 해결했습니다. 그러나 앞으로 다시는 지위와 임페리움을 막론하고 정무관 권한대행은 로마 원로원과 인민의 명시적 동의 없이 담당 속주에서 군단병을 모집하거나 무장시키거나 훈련시킬 수 없으며, 외국에서 담당 속주로 군단병들을 들여올 수 없게 될 것입니다.

다음 사항으로 넘어가겠습니다. 저와 가장 오래 함께한 군단인 무티나와 필리피 전투의 노련병들이 해산하고 아프리카와 시칠리아의 토지를 받게 될 것입니다. 현재 시칠리아 상황은 아프리카보다도 심각합니다. 효과적인 통치와 적절한 농경, 인구 증가가 절실히 필요한 상태입니다. 노련병들은 100에서 200유게룸의 토지를 받아 정착해 4년마다 콩과 밀을 번갈아가며 경작하게 될 것입니다. 시칠리아의 옛 라티푼디움은 임페라토르 마르쿠스 아그리파의 몫을 뗀 후 세분할 것입니다. 마르쿠스 아그리파는 퇴역병 농부들의 감독자가 되어 농작물 판매의 부담을 덜어줄 것입니다. 그들의 명의로 수확물을 팔고 적정대금을 지불할 것입니다. 해당 노련병들의 군단 대표단은 제 계획에 만족감을 표시하였으며 퇴역할 날을 고대하고 있습니다.

그들이 퇴역하면 로마에는 유능한 25개 군단이 남는데, 로마가 필요할 때 전쟁을 수행하기에 충분한 숫자입니다. 이 군단들은 곧 일리리쿰에서 복무하게 될 것입니다. 저는 일리리쿰을 올해나 내년, 어쩌면 내후년까지 평정할 생각입니다. 이탈리아 갈리아 동부의 주민들을 야푸데스족, 달마타이족 등 일리리쿰 부족의 습격으로부터 보호해야 할 때입니다. 제 신성한 아버지께서 돌아가시지 않았다면 이 문제는 해결되었을 겁니다. 이제 그 일은 저의 임무가 되었고, 제가 마르쿠스 아그리파와 함께 해결하겠습니다. 저는 아직 여러 달 동안 로마를 떠날 수 없기 때문입니다. 통치가 효과적이려면 직접 해야 하고, 로마 원로원과 인민은 효과적 통치 확립이라는 임무를 제 손에 맡겼기 때문입니다."

옥타비아누스는 고관용 단상에서 내려왔다. 호민관 10명이 앉아 있는 단상 밑의 긴 나무 벤치를 돌아서 의사당의 쪽매붙임 바닥 한가운데로 걸어갔다. 그런 다음 모든 의원들이 그의 얼굴은 물론 뒤통수도 잘 볼 수 있도록 아주 천천히 원을 그리며 돌면서 말했다. 금빛 후광이 뒤따르며 그의 작은 체구에 탈속적인 분위기를 자아냈다.

"섹스투스 폼페이우스가 곡물 공급을 방해한 이래 우리는 여러 차례 폭동과 소요를 경험했습니다." 그는 차분하고 한결같은 목소리로 말을 이었다. "국고는 텅 비었고 사람들은 굶주리고 물가는 급등하여 수입이 없는 사람들은 모든 로마인이 살아야 하는 삶을, 위엄과 약간의 안락함이 있는 삶을 살 수 없었습니다. 노예 한 명도 감당할 수 없는 인민의 수가 급증했습니다. 군인 봉급을 받지 못한 최하층민이 극심한 곤경에 처하자 로마의 어떤 상점도 감히 문을 열지 못했습니다. 그들의 잘못이 아닙니다, 의원 여러분! 섹스투스 폼페이우스를 처리하지 못한 우리의 잘못이지요. 여러분 모두 잘 아시다시피 우리에겐 그를 처리할 함대도 돈도 없었습니다. 긴축하고 자금을 모아 필요한 함대를 준비하는 데 4년이 걸렸지만 마침내 작년에 준비가 끝났고, 마르쿠스 아그리파는 섹스투스 폼페이우스를 바다에서 영원히 몰아냈습니다."

그의 목소리가 바뀌며 결연하고 날카로워졌다. "저는 섹스투스 폼페이우스의 육상 병력에 해군과 노잡이들과 마찬가지로 가혹한 처분을 내렸습니다. 노예 신분인 자는 영원히 해방시키지 말라는 요청과 함께 주인에게 돌려보냈습니다. 섹스투스 폼페이우스가 죽어서 주인이 없는 노예들은 말뚝으로 찔러 죽였습니다. 네, 정말입니다! 말뚝을 항문부터 신체 주요기관까지 찔러넣었습니다. 해방노예와 외국인은 채찍질한 뒤 이마에 낙인을 찍었습니다. 제독들은 처형했습니다. 전직 트리움비르 마르쿠스 레피두스는 그들을 자기 군대에 영입하길 원했지만 로마는 그런 오합지졸을 원하지도, 용납하지도 않습니다. 그들은 죽거나 노예로 살게 되었습니다. 올바르고 적절한 처분입니다.

로마의 집정관과 법무관, 조영관과 재무관, 호민관에게는 열심히, 효과적으로 이행해야 할 특정한 임무가 있습니다. 집정관은 법률을 고안하고 전쟁을 승인합니다. 법무관은 민사 및 형사 소송을 심리합니다. 재무관은 국고나 총독, 항구 등에 소속되어 로마의 돈을 관리합니다. 조영관은 수도 공급과 하수도, 시장, 건물, 신전을 관리하여 로마 자체를 돌봅니다. 로마와 이탈리아를 담당한 트리움비르로서 저는 이들 정무관들을 면밀히 지켜볼 것이며, 임무를 유능하게 수행하기를 기대할 것입니다."

그는 하얗게 반짝이는 치아를 드러내며 웃음을 지었다. 살짝 장난꾸러기 같아 보였다. "제가 땅과 바다의 질서를 회복시켰다고 새겨진 저의 도금 조각상을 포럼 로마눔에 세워 주셔서 감사하지만, 저는 효과적인 통치를 더 가치 있게 여깁니다. 로마는 아직 로마의 돈으로 조각상들을 세울 형편이 못 됩니다. 현명하게 돈을 써주십시오, 의원 여러분!"

그는 의사당 바닥을 가로질러 단상으로 돌아왔고, 모두가 결론이기를 바란 말을 하기 위해 멈춰 섰다. 청중은—다소 무서운 내용일지는 모르나—짧은 결론에 안도했다.

"마지막 사항이지만 역시 중요한 사항을 말씀드리겠습니다, 의원 여러분. 얼마 전 저는 임페라토르 마르쿠스 안토니우스가 동방에서 여러 번 큰 승리를 거뒀으며, 그의 이마가 월계관으로 덮이고 막대한 전리품도 손에 넣었다는 소식을 들었습니다. 그는 파르티아 왕의 땅에, 프라아스파라는 먼 곳까지 진입했습니다. 엑바타나에서 불과 300킬로미터 정도밖에 떨어지지 않은 곳입니다. 거기까지 가는 내내 연승을 거뒀다고 합니다. 아르메니아와 메디아가 그의 발아래 엎드리고 왕들은 수하가 되었습니다. 따라서 그의 용맹함을 기리는 20일간의 감사제를 거행코자 합니다! 찬성하는 분들은 대답해주십시오!"

"찬성합니다!" 청중의 포효는 환호성과 발 구르는 소리에 파묻혔다. 옥타비아누스는 눈으로 청중석을 훑으며 숫자를 셌다. 그래, 아직도 추종자가 700명 가까이 되는구나.

"내가 선수를 쳤소." 집으로 돌아간 옥타비아누스는 흡족한 목소리로 리비아 드루실라에게 말했다. "안토니우스의 추종자들이 벤치에서 그의 공적을 소리쳐 알릴 기회를 박탈한 거지."

"안토니우스의 실패를 아직 아무도 몰라요?" 그녀가 물었다.

"그런 것 같소. 나는 그에게 감사를 표함으로써 누구도 이의를 제기하지 못하게 만들었지."

"즉 승전 경기대회처럼 최하층민들에게도 알려질 수 있는 다른 행사들에 관한 가부 표결의 여지를 없애버린 거죠." 그녀는 만족스럽다는 듯 말했다. "훌륭해요, 여보, 훌륭해요!"

옥타비아누스는 긴 의자에서 아내를 옆으로 끌어당겨 눈꺼풀에, 볼에, 육감적인 입술에 입맞추었다. "사랑을 나누고 싶소." 그는 그녀의 귓속에 속삭였다.

"그렇게 해요." 그녀는 남편의 손을 잡으며 속삭였다.

두 사람은 서로 몸을 휘감은 채 리비아 드루실라의 응접실을 나서 그녀의 침실로 들어갔다. 지금이야, 그이가 기뻐서 환하게 웃을 때! 지금이야, 지금! 그녀는 옷을 벗고 관능적인 자세로 침대에 누우며 생각했다. 내 가슴에, 내 배에, 그 밑에 입을 맞춰요, 내 온몸에 입을 맞춰요, 당신의 씨로 나를 가득 채워요!

6주 후 옥타비아누스는 다시 한번 원로원을 소집했다. 필요 없을 건 알지만 만약을 위해 준비한 산처럼 쌓인 증거들로 무장한 채였다. 이번에는 국고가 충분히 차 있으니 일부 세금을 감면하겠다는 발표로 시작했고, 이어서 일리리쿰에서의 작전이 마무리되는 대로 제대로 된 공화정 정부가 돌아올 거라고 선언했다. 삼두연합은 필요 없어질 것이고 집정관 후보자들은 삼두의 동의 없이 입후보할 수 있게 되며, 원로원이 대권을 장악하고 민회들도 정기적으로 열릴 거라고 했다. 발언 내용마다 환호와 박수갈채를 받았다.

"그러나," 옥타비아누스는 멀리까지 울려퍼지는 어조로 원로원 의원들에게 말했다. "저는 결론으로 들어가기 전에 동방의 일을 말씀드려야만 합니다. 즉 임페라토르 마르쿠스 안토니우스의 일입니다. 우선 로마는 필리피 전투 직후, 그러니까 약 6년 반 전에 그가 동방의 트리움비르 직을 얻은 후로 공세를 거의 받지 못하고 있습니다. 로마, 이탈리아와 섬들의 트리움비르인 제가 방금 일부 세금을 감면할 수 있었던 것은 제 자신이 노력한 결과입니다. 마르쿠스 안토니우스의 도움이나 기여는 전혀 없었습니다. 앞쪽과 중간 벤치의 어느 분이 벌떡 일어나서, 마르쿠스 안토니우스는 섹스투스 폼페이우스를 처단한 제 작전을 위해 배 120척을 기여했다고 말씀하시기 전에 드릴 말씀이 있습니다. 그는 그 배들을 빌미로 로마에 돈을 요구했습니다. 네, 정말로 로마에 돈을 요구했습니다! 얼마나 요구했느냐고요? 4만 4천 탈렌툼입니다, 의원 여러분! 섹스투스 폼페이우스의 보물창고 내용물의 40퍼센트에 달하는 액수죠! 나머지 6만 6천 탈렌툼은 제가 아니라 로마가 가졌습니다. 다시 말씀드립니다. 저는 받은 것이 없습니다! 로마로 들어간 자금은 엄청난 공적 부채의 상환과 곡물 공급 관리에 쓰였습니다. 저는 로마의 종이며, 로마의 주인이 되기를 바라지 않습니다! 제가 로마로부터 이익을 보는 경우는 그 이익이 유서 깊은 관습일 때뿐입니다. 안토니우스의 배 120척은 한 척당 366탈렌툼이 들었으며, 그가 빌려준 것이지 제공한 것이 아닙니다. 새 5단 노선 한 척의 값은 100탈렌툼이지만 우리는 마르쿠스 안토니우스의 함대를 쓸 수밖에 없었습니다. 국고는 비어 있었고 섹스투스 폼페이우스를 처리하기 위한 우리의 작전을 일 년 더 미룰 상황이 아니었기 때문입니다. 그래서 로마의 이름으로 저는 그 착취에 동의했습니다. 네, 정말이지 착취입니다!"

이때쯤 벤치 쪽은 혼란에 빠졌고 착석자들은 욕설 또는 찬사를 외치고 있었다. 말 잘 듣는 안토니우스의 원로원 의원 700명은 그들이 수세에 몰렸음을 알았고, 그 때문에 더욱 시끄럽게 굴었다. 옥타비아누스는 태연한 표정으로 소란이 가라앉기를 기다렸다.

"아, 하지만 국고로 그 6만 6천 탈렌툼의 은이 들어갔습니까?" 포플리콜라가 물었다. "아니죠! 5만 탈렌툼만 비축되었습니다! 1만 6천 탈렌툼은 어디로 간 겁니까? 당신의 보물창고로 들어간 것 아닙니까, 옥타비아누스?"

"그렇지 않습니다." 옥타비아누스가 상냥한 목소리로 대답했다. "매우 심각한 반란을 방지하기 위해 로마 군단병들에게 지급되었습니다. 반란에 관해서는 추후 의원 여러분과 논의할 생각입니다. 이제 더는 군단의 반란이 없어야 하기 때문입니다. 오늘은 마르쿠스 안토니우스의 동방 통치에 관해 논의할 것입니다. 의원 여러분, 그의 동방 통치는 사기입니다! 네, 사기라고 했습니다! 저를 비롯한 로마의 정무관들은 안토니우스의 동방 활동에 관한 소식을 전혀 듣지 못하고 있습니다. 또한 로마 국고에 동방의 공세도 전혀 들어오고 있지 않습니다!"

그는 말을 멈추고 벤치들을 살펴보았다. 오른쪽에서부터 왼쪽으로. 안토니우스의 사람들을 가장 오래 쳐다보았는데, 그들은 슬슬 움츠러들고 있었다. 그래, 옥타비아누스는 생각했다, 저들은 알고 있어. 내가 알아내지 못하리라 생각한 건가? 내가 안토니우스에 대한 감사 결의를 제안했을 때 진심이라고 생각한 거야?

"동방의 모든 것은 사기입니다." 옥타비아누스는 큰 소리로 말했다. "파르티아를 상대로 마르쿠스 안토니우스가 연승을 거뒀다는 보고도요. 연승은 없었습니다, 의원 여러분. 전혀 없었습니다. 사실 안토니우스는 대패하여 몰락한 상태입니다. 안토니우스가 트리움비르 직을 얻기 전 파르티아 왕의 엑바타나 여름 궁전에는 로마 독수리 기 일곱 개가 있었습니다. 마르쿠스 크라수스의 7개 군단이 카라이에서 몰살당했을 때 빼앗긴 것들이죠. 진정한 로마인이라면 누구나 개탄하는 수치입니다! 독수리 기를 뺏긴다는 건 전투가 끝났을 때 적군이 그곳을 차지하고 통제하는 상황에서 군단을 잃었다는 뜻이니까요. 그 일곱 개의 독수리 기는 로마의 수치를 상징합니다. 적의 손에 들어간 유일한 독수리 기였기 때문입니다. 네, 저는 과거 시제를 썼습니다! 일부러 그런 겁니다! 왜냐하면 마르쿠스 안토니우스가 동방을 통치한 6년 반 동안 독수리 기 네 개가 더 엑바타나의 여름 궁전으로 들어갔기 때문입니다! 마르쿠스 안토니우스가 뺏긴 겁니다! 처음 두 개는 가이우스 카시우스가 시리아에 남긴 2개 군단의 독수리 기였습니다. 안토니우스는 그 군단들에게 시리아 방어를 맡기고 으스대며 아테네로 갔습니다, 파르티아가 침공했는데도요. 하지만 그의 임무가 무엇이었습니까? 시리아에 남아 적들을 축출하는 겁니다! 안토니우스는 그러지 않았습니다. 얼른 아테네로 가서 방탕한 생활을 계속했지요. 그가 임명한 총독 삭사는 살해당했습니다. 삭사의 형제도 마찬가지였죠. 안토니우스가 돌아가서 그들의 복수를 했을까요? 아니요, 그러지 않았습니다! 그는 아테네에서 동방의 남은 지역을 통치했으며, 파르티아인들이 축출당했을 때 그들을 정복한 자는 평범한 노새몰이꾼 푸블리우스 벤티디우스였습니다! 선한 사람, 뛰어난 장군, 로마가 자랑스러워하고 또 자랑스러워할 수 있는 사람입니다! 그동안 그의 상관은 아테네에서 으스대다가 아드리아 해를 건너 짧은 여행을 했습니다. 그의 동료인 저를, 협약에 적힌 제 목표들을 달성하지 못했다는 이유로 괴롭히기 위해서였죠. 하지만 저는 제 목표들을 달성했고 그 달성의 현장들에 있었습니다. 제 작전의 지휘를 마르쿠스 아그리파에게 맡긴 건 그야말로 분별 있는 행위였습니다. 저보다 훨씬 뛰어난 지휘관이며, 제 생각에는 마르쿠스 안토니우스보다도 뛰어난 지휘관이기 때문입니다! 저는 마르쿠스 아그리파에게 자유 재량권을 줬지만, 안토니우스는 벤티디우스의 손발을 묶어놓았습니다. 지시대로라면 벤티디우스는 파르티아인들을 공격하지 않고 대기해야 했습니다. 그의 상관이 5개월이든 5년이든 그 근육질 엉덩이를 들고 돌아올 기분이 들 때까지 말입니다! 로마로서는 다행스럽게도, 벤티디우스는 상관의 명령을 무시하고 파르티아인들을 쫓아냈습니다. 저는 이렇게 생각할 수밖에 없습니다, 의원 여러분. 만약 벤티디우스가 상관의 명령에 복종했다면 안토니우스는 군대를 패배로 이끌었을 겁니다! 바로 이번처럼 말입니다!"

그는 말을 멈췄다. 대다수가 안토니우스의 사람인 800명의 침묵을 음미하기 위해서였다. 충격에 휩싸인 안토니우스의 사람들은 옥타비아누스가 어디까지 아는 건지 궁금해하며 임박한 종막을 두려워하고 있었다. 항의의 고함소리는 전혀 들려오지 않았다!

"지난 5월," 옥타비아누스는 평상시의 어조로 말했다. "안토니우스는 소아르메니아의 카라나에서 대군을 이끌고 동쪽을 향해 긴 행군길에 올랐습니다. 16개 로마 군단—9만 6천 명—과 그의 속주 출신 기병대 및 보병 보조군 5만여 명이었습니다. 그들은 아르메니아의 수도 아르탁사타에서 잠시 멈춘 뒤 안토니우스가 신뢰한 아르메니아인 몇 명의 안내를 받으며 미지의 나라로 출발했습니다. 의원 여러분, 제 이야기의 여러 비극 가운데 하나는 마르쿠스 안토니우스는 믿어서는 안 될 사람들을 믿는 불가사의한 재주가 있음을 스스로 증명했다는 것입니다. 참모진이 하늘이 무너지도록 항의해도 안토니우스는 그 현명한 조언을 들으려 하지 않았습니다. 그는 신뢰해선 안 될 사람들을 신뢰했습니다. 아르메니아의 왕에 이어 메디아의 왕까지 말입니다. 두 명의 아르타바스데스는 그를 속인 후 배신했습니다. 우리의 불쌍한 양 안토니우스는 물자 수송대를 잃었습니다. 로마군 역사상 최대 규모의 수송대였고, 그 과정에서 저명한 은행가 가문 출신의 지휘관 가이우스 오피우스 스타티아누스와 용감한 2개 군단도 잃었습니다. 은 독수리 기 두 개가 추가로 엑바타나로 갔고, 이로써 안토니우스는 은 독수리 네 개를 빼앗겨 총 열한 개의 독수리 기가 프라아테스 왕의 여름 궁전을 장식하게 된 것입니다! 비극입니까? 물론 그렇습니다. 하지만 그 이상입니다, 의원 여러분. 재앙입니다! 로마군이 독수리 기를 빼앗기는 마당에 그 어떤 외국의 적이 로마의 힘을 두려워하겠습니까?"

이번에는 침묵이 깨졌다. 작게 흐느끼는 소리들 때문이었다. 모든 의원들이 그 이야기를 들었을 리는 없었고, 들어서 알고 있던 이들도 구체적인 이야기는 처음 들었던 것이다.

옥타비아누스는 말을 이었다. "메디아의 아르타바스데스 왕이 물자 수송대를 탈취하면서 공성장비도 가져가버렸기에, 마르쿠스 안토니우스는 프라아스파 시를 구경만 하며 성문 앞에서 100일 넘게 주둔했지만 점령은 할 수 없었습니다. 그의 식량 징발대는 잠복한 파르티아인들에게 무방비로 노출되어 있었습니다. 안토니우스가 신뢰해 마지않던 파르티아인 모나이세스가 이끄는 무리였죠. 가을이 오자 안토니우스는 후퇴하는 수밖에 없었습니다. 아르탁사타까지 750여 킬로미터를 행군했는데, 모나이세스가 이끄는 파르티아인 무리에게 끊임없이 시달렸고 아군 낙오자 수천 명은 죽임을 당했습니다. 그중 대다수는 로마 군단의 속도를 따라잡을 수 없던 보조군 병사들이었죠. 보조군을 고용한 로마인 총독은 그들을 로마인과 마찬가지로 보호할 도의적 책임이 있지만 안토니우스는 자기 군단을 구하기 위해 고의로 그들을 저버렸습니다. 저나 마르쿠스 아그리파도 비슷한 상황에 처했다면 그랬을 수도 있지만, 아그리파나 저라면 물자 수송대를 군대에서 수백 킬로미터나 뒤처지게 하여 빼앗기는 짓은 하지 않았을 겁니다.

11월 말, 군대는 후퇴 끝에 카라나의 임시 진지로 들어갔습니다. 그후 안토니우스는 시리아의 소항구 레우케 코메로 가버렸고, 구호가 절실한 상태였던 군대를 데려오는 일은 푸블리우스 카니디우스에게 넘겼습니다. 그 마지막 행군에서 혹독한 추위로 죽은 병사들도 있었고 대부분은 동상에 걸려 손가락과 발가락을 잃었습니다. 그의 14만 5천 병력 중 3분의 1이 사망했는데 대다수는 보조군 병사들이었습니다. 로마의 명예가 실추되었습니다, 의원 여러분. 저는 한 사람, 마르쿠스 안토니우스가 즉위시킨 피호국 왕을 잃은 일을 언급하고자 합니다. 폰토스의 폴레몬 왕은 푸블리우스 벤티디우스의 여러 승리에 크게 기여했으며 안토니우스에게 그 자신을 포함해 아낌없이 병력을 제공했습니다. 저는 로마를 대신하여 섹스투스 폼페이우스의 비축물 일부로 폴레몬 왕의 몸값을 지불하기로 했음을 밝힙니다. 그를 파르티아의 포로로 내버려둬서는 안 되기 때문입니다. 국고 자금의 아주 작은 일부인 20탈렌툼을 쓰게 될 것입니다."

이제 울음소리는 누구에게나 들릴 정도였다. 대다수 의원들은 머리에 토가 자락을 뒤집어쓰고 있었다. 로마인들에게 비통한 날이었다.

"저는 앞서 안토니우스의 군대는 구호가 절실한 상황이었다고 말씀드렸습니다. 그런데 안토니우스는 누구에게 구호를 청했을까요? 어디에 청했을까요? 여러분께 청했습니까, 의원 여러분? 제게 청했나요?

아니요, 그러지 않았습니다! 그는 이집트의 클레오파트라에게 원조 요청을 했습니다! 외국인이자 짐승 신들을 숭배하는 여자, 비로마인에게요! 네, 그는 그녀에게 구호를 요청했습니다! 그가 구호대를 기다리는 동안 그 재앙 같은 작전에 관해 로마 원로원과 인민에게 알렸습니까? 아니요, 그러지 않았습니다! 안토니우스는 두 달 동안 인사불성으로 술을 마셨고 하루에도 열두 번씩 막사 밖으로 뛰쳐나가 엄마를 찾아 우는 아이처럼 '그녀가 오고 있나?' 하고 물었을 뿐입니다. '난 엄마가 필요해!' 그는 정말로 몇 번이나 그렇게 말했다고 합니다. '엄마가 필요해, 엄마가 필요해!' 동방의 트리움비르 마르쿠스 안토니우스는 어린아이입니다.

그리고 마침내 클레오파트라가 왔습니다, 의원 여러분. 짐승들의 여왕이 이집트의 풍부한 음식과 포도주, 의사, 약초, 붕대, 이국적인 과일을 갖고 온 겁니다! 그리고 바로 그녀가 절뚝거리며 레우케 코메에 도착한 병사들을 보살폈습니다. 로마의 이름으로가 아니라 이집트의 이름으로 말이죠! 그동안 마르쿠스 안토니우스는 술 취해 그녀의 무릎에 얼굴을 묻고 엉엉 울었습니다! 네, 엉엉 울었습니다!"

포플리콜라가 벌떡 일어나서 외쳤다. "사실이 아니오! 당신은 거짓말을 하고 있소, 옥타비아누스!"

옥타비아누스는 다시 한번 아우성이 가라앉기를 참을성 있게 기다렸다. 그의 입가에 어린 희미한 미소는 물에 비친 햇살 같았다. 시작되었군. 그래, 확실히 시작되었어. 덜 확고한 안토니우스파 의원들은 화가 나서 그와 그의 대의를 버렸어. '엉엉 울었다'는 말만 듣고서 말이야.

"발의할 내용이 있습니까?" 옥타비아누스 지지자인 퀸투스 라로니우스가 물었다.

"아니요, 라로니우스, 없습니다." 옥타비아누스가 힘찬 목소리로 대답했다. "제가 오늘 제 신성한 아버지의 의사당에 온 것은 이야기하기 위해, 기록을 바로잡기 위해서입니다. 이미 여러 차례 말씀드렸다시피—그리고 지금 다시 한번 말씀드리지만!—저는 결코 동료 로마 시민을 상대로 전쟁을 벌이지 않을 것입니다! 어떤 이유로든, 심지어 이번 일로도 저는 트리움비르 마르쿠스 안토니우스와의 전쟁은 생각조차 하지 않을 겁니다! 그가 자업자득으로 고생하게 놔둡시다! 결국 원로원이 그도 마르쿠스 레피두스처럼 정무관 직과 속주를 박탈당해야 한다고 결정하게 될 때까지 연거푸 실수를 저지르게 놔둡시다. 의원 여러분, 저는 지금도 앞으로도 전쟁은 생각하지 않을 겁니다." 그는 슬픈 표정으로 잠시 말을 멈췄다. "다만, 그러니까, 마르쿠스 안토니우스가 그의 시민권과 고국을 버리지 않는다면 말이지요. 마르쿠스 안토니우스가 절대 그런 짓을 하지 않게 해달라고 퀴리누스와 솔 인디게스에게 제물을 바칩시다. 오늘은 토론이 없습니다. 이것으로 해산하겠습니다."

그는 단상에서 내려왔다. 검고 흰 마름모 무늬 바닥을 가로질러 의사당 끝의 청동 문으로 가자 릭토르단과 게르만족 호위대가 그를 에워쌌다. 청동 문은 닫혀 있지 않았다. 영리한 수였다. 아무 생각이 없었던 집정관들은 문을 닫아야 한다고 주장하지 못했다. 문밖의 포룸 로마눔 단골들은 그간의 이야기를 모두 들었다. 한 시간 후면 대다수 로마인들은 마르쿠스 안토니우스가 영웅과는 거리가 멀다는 걸 알게 될 터였다.

"희망의 빛이 보이는군." 그는 그날 오후 정찬 자리에서 리비아 드루실라와 아그리파, 마이케나스에게 말했다.

"희망요?" 그의 아내가 물었다. "무슨 희망요, 카이사르?"

"짐작이 가나?"그가 마이케나스에게 물었다.

"아니, 카이사르. 얘기해주게."

"자네는 어떤가, 아그리파?"

"알 것 같기도 해."

"그래, 자네는 알 거야. 필리피에서 나와 함께 있으면서 내가 남들한 테는 하지 않은 말을 많이 들었으니까."그러고서 옥타비아누스는 입을 닫았다.

"말해보게, 카이사르!"마이케나스가 외쳤다.

"원로원에서 연설하는 도중에 갑자기 든 생각이네. 주제가 주제니만 큼 원고 없이 한 연설이지. 연설해서는 안 될 이야기를 들려주는 건 재미있어. 물론 난 평생 마르쿠스 안토니우스를 알고 지냈고 한때는 그를 꽤 좋아했네, 정말이야. 그는 나와 정반대였지―크고, 억세고, 친절하고. 건강 문제 탓에 나로선 될 수 없는 부류의 사람이야. 하지만 내 신성한 아버지처럼 나도 그에게 환멸을 느끼게 됐어. 특히 그가 포룸 로마눔에서 시민 800명을 학살하고 내 신성한 아버지의 군대를 매수한 후로. 가슴이 찢기는 듯했다네! 그는 상속자가 될 수 없었지. 최악은 그가 자신이 상속자가 될 거라고 일말의 의심도 없이 믿었다는 거야. 그래서 난 그의 인생에 가장 무례한 충격이었지. 그는 날 무너뜨리려고 작정했어―하지만 이건 이 자리의 모두가 아는 이야기니, 현재로 건너 뛰겠네."

그는 올리브 한 알을 세심하게 골라 입에 넣은 다음 잘 씹어 삼켰다. 그런 그를 나머지 사람들 모두가 숨죽여 지켜보고 있었다.

"안토니우스를 엄마 찾는 어린애에 비유했을 때였네―'난 엄마가 필요해!' 그때 갑자기 희미하게, 얇게 자른 호박(琥珀) 속에 든 것처럼

이지만 미래가 보였지. 모든 건 결국 두 가지에 달려 있어. 첫째, 안토니우스의 극히 실망스러운 이력이네. 카이사르의 파르티아 원정에서 제외된 것부터 시작됐지. 그는 실망감을 잘 처리하지 못해, 실망감은 그를 부서뜨리지. 제대로 생각할 능력을 파괴하고 성질을 악화시키고 포주한테 기대게 하고 폭음하게 만들어."

그는 긴 의자에서 몸을 곧추세우며 작고 못생긴 손 하나를 들어올렸다. "두번째는 이집트의 클레오파트라 여왕이야. 그의 운명부터 내 운명까지 모든 건 그녀에게 달려 있어. 그녀가 사실상 안토니우스에게 어머니 같은 존재가 되면 그는 그녀의 모든 변덕, 지시, 요청에 복종할 거야. 그게 그의 천성이거든. 아마도 그의 친어머니가 그야말로 실망 그 자체였기 때문이겠지. 클레오파트라는 지배자네, 그것도 타고난 지배자야. 디부스 율리우스가 죽은 후 그녀는 조언이나 도움 없이 지내고 있어. 그리고 이미 안토니우스와 작은 역사를 만들었지―그가 겨우내 알렉산드리아에서 빈둥거린 후 그녀는 그의 아들과 딸을 하나씩 낳았어. 지난겨울에 안티오케이아에서 그와 있으면서 아들을 하나 더 낳았고. 평소 상황이라면 난 그녀를 안토니우스의 수많은 왕족 정복 사례 중 하나로 치부했겠지만, 레우케 코메에서 그의 행동으로 보건대 그는 그녀를, 없으면 살 수 없는 사람―엄마로 느끼는 것 같아."

"당신에게 희미하게, 호박 속에 든 것처럼 보인다는 게 정확히 뭔가요?" 리비아 드루실라가 눈을 빛내며 물었다.

"헌신. 클레오파트라에 대한 안토니우스의 헌신이오. 그녀는 안토니우스가 지금까지 준 비교적 시시한 선물들―키프로스, 페니키아, 필리스티아, 킬리키아 트라케이아, 발삼과 역청 이권―로는 만족하지 않을 비로마인이오. 그는 시리아의 티로스와 시돈, 킬리키아의 셀레우케이아는 주지 않았소. 진짜 돈이 벌리는 중요한 상업 중심지들이지. 하지만 난 한 달쯤 뒤 다시 원로원에 가서 그가 짐승들의 여왕한테 넘긴 것들에 관해 불만을 제기할 거요. 그 여자한테 정말 잘 어울리는 명칭 아니오? 지금부터 나는 끊임없이 그 여자와 안토니우스를 한데 묶어 말할 거요. 그녀가 외국인이라는 것, 디부스 율리우스를 홀려서 붙잡고 있었다는 걸 지겹도록 계속 지껄이겠소. 크나큰 야심. 그녀의 큰아들을 통해 실현시키려는 로마에 대한 음모. 카이사르의 아들이라고 주장하지만, 여왕이 게걸스러운 성욕 해소에 이용한 이집트 노예의 아들이란 걸 온 세상이 아는 비천한 소년 말이오. 웩!"

"유피테르시여, 카이사르, 정말 기발하군!" 마이케나스가 들떠서 두 손을 맞비비며 소리치더니 얼굴을 찌푸리고 물었다. "하지만 일이 그렇게까지 될까? 내 생각엔 안토니우스가 시민권을 버리지 않을 것 같네. 클레오파트라도 그리하라고 부추길 것 같진 않고. 그가 트리움비르여야 그 여자한테는 더 쓸모 있으니까."

"거기까진 나도 확신 못하네, 마이케나스. 앞일엔 변수가 너무 많으니까. 하지만 안토니우스가 정식으로 시민권을 버릴 필요는 없어. 우리가 해야 할 일은 그가 시민권을 버린 것처럼 보이게 만드는 거야." 옥타비아누스는 긴 의자 아래로 다리를 내리고 손뼉을 치더니 하인이 신발 끈을 묶어줄 때까지 기다렸다. "내 사람들한테 떠들기 시작하라고 해야겠네." 그는 그렇게 말하고 리비아 드루실라에게 손을 내밀었다. "갑시다, 여보. 새 물고기들을 보러."

"어머, 카이사르, 온몸이 금색이네요!" 그녀는 경탄하는 표정으로 외쳤다. "반점 하나 없어요!"

"암컷인데 알을 배고 있소." 그는 아내의 손을 꼭 쥐었다. "이름을 뭐로 할까? 생각나는 것 있소?"

"클레오파트라. 그리고 저기 덩치 큰 녀석은 안토니우스요."

그때 훨씬 작은 잉어 한 마리가 가까이 왔다. 매끄러운 검은색에 몸선이 상어처럼 날렵했다. "이 녀석은 카이사리온." 옥타비아누스가 손가락으로 가리키며 말했다. "보이시오? 눈에 띄지 않게 다니고 아직 어리지만 위험한 존재지."

"저건," 리비아 드루실라가 밝은 금색 물고기를 가리키며 말했다. "임페라토르 카이사르 디비 필리우스예요. 가장 아름다우니까요."

 5월 안에 안토니우스의 모든 군인들은 레우케 코메에 도착해 클레오파트라의 노예 도우미 수백 명의 세심한 보살핌을 받았다. 안토니우스 곁에 있는 여왕의 존재라는 수면 아래 휘몰아치는 정치적 급류를 모르는 군인들은 여왕에게 매우 고마워했다. 동상 환자들 대부분은 처치할 수 있는 단계를 지나 있었지만, 일부는 검게 변했을지언정 손발가락을 유지하게 되었다. 이집트의 의술은 로마나 그리스의 의술보다 뛰어났다. 1만 명가량의 군단병들은 다시는 검을 들거나 긴 행군을 할 수 없게 되었다. 안토니우스로서는 당혹스럽고 놀랍게도, 5월 초 셀레우케이아 피에리아에 들어온 그의 아테네 함대는 떡갈나무 상자 4만 3천 개를 싣고 있었다(세 척은 타이나론 곶 앞바다에서 돌풍에 침몰했다). 상자에는 섹스투스 폼페이우스의 보물 중 안토니우스의 몫이 들어 있었다. 다행이었다. 클레오파트라는 돈을 가져오지 않았고 파르티아에 대한 무익한 작전에 더이상 자금을 대지 않겠다고 했던 것이다. 안토니우스는 불구가 된 부하 군인들에게 후한 연금을 주고 그들을 갤리선에 태워 퇴역병으로서 아테네로 돌아가게 할 수 있었다. 그들이 항해를 견뎌야 하는 시기는 끝났다. 또한 그는 이 뜻밖의 횡재 덕분에 그의 최초이자 쓰라리게 실망스러웠던 시도의 노련병들을 자유롭게 가미한 새 군대 조직에 착수할 수 있었다.

"도대체 옥타비아누스는 왜 그런 거죠?" 클레오파트라가 물었다.

"무슨 소리요, 내 사랑?"

"섹스투스의 보물에서 당신 몫을 떼주다니."

"자기가 빛나 보이는 걸로 경력을 쌓는 놈이니까. 원로원에도 잘 먹힐 거고. 녀석한테 돈이 왜 필요하겠소? 로마의 트리움비르이니 국고를 마음대로 할 수 있는데."

"국고가 분명 천장까지 그득하게 차 있겠네요." 그녀는 생각에 잠겨 말했다.

"옥타비아누스가 보물과 함께 보낸 서신을 보니 그런 것 같소."

"나한텐 보여주지 않은 서신 말이죠."

"당신은 읽을 자격이 없소."

"아니, 있어요. 이 미개한 곳까지 당신을 도우러 온 사람이 누구죠? 나예요, 옥타비아누스가 아니라! 서신을 줘요, 안토니우스."

"부탁한다고 말하시오."

"아니, 그러지 않을 거예요! 난 그 편지를 읽을 권리가 있어요! 어서 줘요."

안토니우스는 술잔에 포도주를 따라 죽 들이켜고 트림을 했다. "갈수록 분수를 넘게 행동하는군. 뭘 원하오? 군화라도 한 켤레 줄까?"

"그것도 나쁘지 않네요." 그녀는 그렇게 대답하고 손가락을 부딪쳐 딱 소리를 냈다. "당신은 내게 빚이 있어요, 안토니우스. 편지를 줘요."

안토니우스는 그녀를 노려보며 판니우스 종이 한 장을 건넸다. 그녀는 카이사르가 할 수 있었던 것처럼 한눈에 편지를 읽었다. "하!" 그녀는 이렇게 내뱉고는 편지를 마구 구겨서 막사 구석으로 던져버렸다. "좋게 말해봐야 반문맹이네!"

"별 내용이 없어서 만족스럽소?"

"뭔가 있을 거라고 생각하지도 않았지만, 난 권력과 지위, 부에 있어 당신과 동등해요. 우리의 동방 작전에서 당신과 동등한 파트너라고요. 난 모든 걸 봐야 하고 당신의 모든 위원회와 회의에 참석해야 해요. 카니디우스는 이해했지만, 티티우스나 아헤노바르부스 같은 조무래기들은 이해하지 못하더군요."

"티티우스는 그렇다 쳐도 아헤노바르부스라니? 그는 조무래기와는 거리가 멀어요. 자, 클레오파트라, 화는 그만 내시오! 나만이 당신한테서 보는 것 같은 면모를, 당신의 친절하고 사랑스럽고 사려 깊은 면을 내 동료들에게도 보여주시오."

그녀는 금을 입힌 샌들에 감싸인 작은 발로 막사 바닥을 걸어찼다. 표정이 한층 어두워졌다. "문제는 난 레우케 코메가 지긋지긋하다는 거예요." 그녀는 이렇게 말하고 입술을 깨물었다. "바람이 불 때마다 끽끽대고 삐걱거리지 않는 숙소가 있는 안티오케이아로 가면 안 될 이유가 뭐예요?"

안토니우스는 눈을 깜박거렸다. "딱히 안 될 이유는 없는데." 적잖이 놀란 기색이었다. "안티오케이아로 갑시다. 카니디우스가 여기 있으면서 군대를 정비하면 되니까." 그는 한숨을 쉬었다. "내가 군대를 이끌고 다시 프라아스파로 가려면 내년은 되어야 할 거요. 그 망할 배신자, 모나이세스! 맹세컨대 그놈의 머리통을 내 손에 넣겠소!"

"그의 머리통을 손에 넣으면 술을 줄일 건가요?"

"아마도." 안토니우스는 용암이라도 든 것처럼 술잔을 내려놓았다. "아, 모르겠소?" 그는 몸을 떨며 소리쳤다. "난 행운을 잃었소! 나한테 행운이란 게 있었다면 말이지만. 그래, 내게도 행운이 있었소—필리피에서. 하지만 그때뿐이었소, 지금 보니 그런 것 같아. 그 이전과 그후론 전혀 운이 없었지. 그래서 나는 계속 파르티아와 싸워야 하오. 모나이세스는 내 독수리 기 두 개는 물론 내 행운까지 훔쳐 달아난 거요. 파코로스가 훔쳐간 두 개를 포함하면 네 개군. 난 되찾아야 하오, 나의 행운도, 독수리 기도."

클레오파트라는 생각했다. 또 그 얘기야. 잃어버린 행운과 필리피에서의 승리에 관한 케케묵은 얘기를 하고 또 해. 했던 얘기를 또 하는 건 주정쟁이의 특징이지. 그것이 세상의 모든 불운이나 악을 퇴치할 힘을 지닌 지혜의 진주라도 되는 것처럼. 두 달이나 레우케 코메에서 안토니우스가 자기 꼬리를 물고 했던 얘길 또 하는 걸 듣고 있었어. 어쩌면 새로운 곳으로 가면 그도 나아질지 몰라. 그를 아프게 하는 병에 이름은 없지만 나라면 그걸 깊은 우울이라고 부르겠어. 그는 기운도 없고 너무 오래 자. 마치 잠에서 깨어 눈앞의 세상을 보기 싫은 것처럼, 심지어 그 안에 내가 있는데도 말이지. 그는 반란의 조짐이 있던 그날 밤에 자살했어야 한다고 느끼는 걸까? 로마인들은 이상해. 자기 검에 거꾸러지게 하는 그 명예인가 뭔가라는 게 있지. 그들에게 목숨은 대단히 소중한 게 아니야. 그들의 목숨에는 존엄을 둘러싼 한계점이 있고, 그들은 이집트인을 비롯한 대다수 사람들과 달리 죽음을 두려워하지 않아. 그러니 난 안토니우스의 우울을 뿌리째 뽑아버려야 해. 안 그러면 그는 우울 때문에 죽고 말 거야. 그의 존엄을 되찾아줘야 해. 난 그가 필요하니까, 꼭 필요하니까! 예전의 온전한 안토니우스가 필요해. 옥타비아누스를 물리치고 내 아들에게 로마의 왕좌를, 500년 동안 비어 있던 그 왕좌를 줄 수 있도록. 카이사리온을 기다리고 있는 왕좌. 아, 카이사리온이 너무 보고 싶어! 일단 안티오케이아까지 가면 안토니우스를 알렉산드리아로 데려갈 방법을 찾을 수 있겠지. 거기에 가면 그는 회복될 거야.

그러나 안티오케이아는 충격의 연속이었고 그중 유쾌한 충격은 하나도 없었다. 로마에서 포플리콜라가 안토니우스에게 보낸 편지들이 무더기로 쌓여 있었는데, 모두 겉봉에 날짜가 적혀 있어 순서대로 읽을 수 있었다.

편지들은 옥타비아누스의 대(對)섹스투스 폼페이우스 작전을 그린 듯이 세세하게 묘사하고 있었지만, 포플리콜라의 가장 큰 불만은 그가 '매우 원활한 작전'이라고 일컬은 그 일에서 제외된 것임을 분명히 알 수 있었다. 마침내 타우로메니움에 상륙하고 치열한 전투를 벌이는 동안에도 옥타비아누스는 이탈리아의 습지 따위에 숨지 않았다. 그는 결혼한 뒤로 쌕쌕거리며 숨을 쉬는 일이 크게 줄었다고 만나는 모든 사람들에게 쾌활하게 말하고 다녔다. 하! 냉혈인간끼리 만나서 잘 맞나 보군, 하고 안토니우스는 생각했다.

레피두스의 처지를 알자 안토니우스는 화가 났다. 그들의 협약에 따라 안토니우스에게는 레피두스의 모든 공직과 속주를 박탈하는 것 같은 문제에 투표권이 있었지만, 옥타비아누스는 안토니우스가 메디아에 고립되어 있는 걸 핑계로 그에게 연락하지 않은 것이다. 30개 군단이라! 레피두스는 어떻게 아프리카 속주 같은 벽지에서 15개 군단을 모을 수 있었을까? 그리고 레피두스와 안토니우스의 추종자들을 포함한 원로원이 가련한 레피두스를 로마에서 추방하기로 결정했다니! 레피두스는 키르케이에 있는 그의 빌라에서 탄식하며 지내고 있었다.

레피두스한테서도 편지가 한 통 와 있었는데, 온갖 변명과 자신에 대한 동정으로 가득했다. 그의 아내이자 브루투스의 여동생인 작은 유니아는(큰 유니아는 세르빌리우스 바티아의 아내였다) 그에게 늘 충실하진 않았기에, 이제 남편에게서 벗어날 수 없게 되자 그의 삶을 힘들게 만들고 있었다. 이어지는 넋두리, 넋두리. 안토니우스는 레피두스의 비통함에 질려서 반쯤 읽다가 편지를 찢어버렸다. 어쩌면 옥타비아누스도 그럴 만한 이유가 있었을지 몰라. 물론 그 작은 벌레는 레피두스의 군대를 영리하게 처리했다. 그놈은 순진한 사내아이처럼 구는 데 어찌나 능숙한지!

옥타비아누스가 말하는 레피두스 사건은 조금 달랐지만, 옥타비아누스는 레피두스가 섹스투스 폼페이우스의 군대로 그랬던 것처럼 적의 군단병들을 로마 군단병으로 모집하는 일에 관해서도 할말이 많았다.

"적군 병사들을 관대하게 대하는 시절은 끝났다는 걸 로마 원로원과 인민이 똑똑히 직시할 때가 되었다고 생각했습니다. 그런 관대함은 번민을 불러일으킬 수밖에 없습니다. 특히나 로마의 군단병들이 지난주만 해도 맞서 싸웠던 자들과 함께 지내는 일을 견뎌야 할 때, 그 혐오스러운 자들이 마치 로마에 대항해 칼을 든 적도 없었다는 듯이 퇴역하면 토지를 선물 받게 될 거라고 생각할 때는 말입니다. 저는 그 점을 바꾸었습니다. 섹스투스 폼페이우스의 군인과 선원, 노잡이 들은 매우 가혹한 처분을 받았습니다." 옥타비아누스는 그렇게 썼다. "포로를 두는 건 로마의 관습이 아니지만, 패배한 적군에게 그들이 로마인인 것처럼 자유를 주는 것 역시 로마의 관습이 아닙니다. 섹스투스 폼페이우스의 군대나 함대에는 로마인이 거의 없었습니다. 소수의 로마인들은 공공의 적들이었고요. 다른 경우였다면 그들을 노예로 팔았을 수도 있지만, 이번에는 그들을 본보기로 삼기로 했습니다.

섹스투스 폼페이우스 본인은 달아났습니다. 리보와 제 신성한 아버지의 암살자들인 데키무스 투룰리우스, 카시우스 파르멘시스와 함께요. 동쪽으로 달아났으니 제 문제가 아니라 당신 문제가 되었군요. 미틸레네에 은신했다는 소문이 있습니다."

물론 그것으로 옥타비아누스가 할말이 끝난 건 아니었다. 그는 담백하게 말을 이었다. 확신에 차고 단호한 글이었다. 새로운 옥타비아누스, 엄청난 행운이 주어졌으며 그것을 의식하고 있는 승리자 옥타비아누스였다. 안토니우스가 침을 뱉고 갈기갈기 찢어버릴 수 있는 편지가 아니었다.

"동봉한 제 편지를 읽고 계신다면 섹스투스 폼페이우스의 보물 중 당신 몫을 받으셨을 겁니다. 외람스럽지만 이 말씀은 드려야겠군요. 막대한 금액을 공화국 주화로 보냈으니 당신에게 2만 군사를 보낼 제 의무는 사라졌습니다. 물론 당신이 직접 이탈리아로 와서 모병하는 건 자유지만 저는 당신의 그런 궂은일을 대신할 시간도, 생각도 없습니다. 그 대신 최정예 2천 명을 선발했습니다. 모두 당신과 함께 동방에서 복무하고 싶어하는 사람들이죠. 그들을 곧 배에 태워 아테네로 보낼 겁니다. 제가 직접 살펴보니 당신의 전투용 갤리선들은 갑판보가 부패물과 따개비로 뒤덮였기에, 제 함대에서 새로 건조한 5단 노선 70척과 더불어 당신이 메디아에서 잃은 것들을 대신할 훌륭한 포와 공성장비까지 기증할 것입니다. 섹스투스 폼페이우스 작전에 대한 개선식은 없습니다. 그는 로마인이었으니까요. 그러나 저는 마르쿠스 아그리파를 크게 칭찬하고 싶습니다. 그는 육군 지휘관으로서나 해군 제독으로서나 뛰어난 능력을 보여주었습니다. 올해 차석 집정관인 루키우스 코르니피키우스는 용감하고 영리한 지휘관이었으며 사비누스, 스타틸리우스 타우루스, 메살라 코르비누스도 마찬가지였습니다. 시칠리아는 평화로우며 그곳의 영구 통치권은 마르쿠스 아그리파에게 주어졌습니다. 그곳의 옛 라티푼디움을 받은 유일한 사람입니다. 타우루스는 아프리카 속주를 통치하러 떠났습니다. 제가 그와 함께 뱃길로 우티카에 가서 그의 임기 초반을 감독했으며, 당신에게 장담컨대 그는 월권을 하지 않을 것입니다. 사실 집정관부터 법무관, 총독, 하급 정무관까지 아무도 월권행위를 하지 않을 것입니다. 또한 저는 로마 군단병들에게 앞으로는 거액의 상여금이 없을 거라고 알렸습니다. 미래의 로마군은 한 사람을 위해서가 아니라 로마를 위해 싸울 것입니다."

기타 등등, 기타 등등. 안토니우스는 긴 두루마리를 다 읽고 난 뒤 클레오파트라에게 넘겼다. "자, 읽으시오!" 그가 딱딱거렸다. "이 강아지는 자기가 늑대라고, 심지어 무리의 우두머리라고 착각하는군."

클레오파트라는 안토니우스보다 열 배는 빨리 두루마리를 읽고 살짝 떨리는 손으로 내려놓은 뒤 금빛 눈으로 안토니우스의 얼굴을 응시했다. 좋지 않다, 좋지 않아! 안토니우스는 동방에서 실패했는데 옥타비아누스는 서방에서 승리를 거뒀다. 어중간한 승리도 아니고 완벽하고 놀라운 승리로 국고를 가득 채웠어. 다시 말해 옥타비아누스에게는 필요할 때 새 군대를 무장시키고 훈련하면서 함대도 유지할 돈이 생겼다는 뜻이야.

"그는 참을성이 강해요." 그녀의 평가였다. "아주 강하죠. 하고자 하는 일을 위해 6년이나 기다렸지만, 일단 하게 되자 전방위적으로 해냈군요. 그리고 마르쿠스 아그리파는 비범한 인물임에 틀림없어요."

"옥타비아누스는 그에게 찰싹 달라붙어 있지." 안토니우스가 으르렁댔다.

"둘이 애인 사이라는 소문이 돌더군요."

"그렇다고 해도 놀랍진 않소." 안토니우스는 어깨를 으쓱한 뒤 훨씬 짧은 다음 서신을 집어들었다. "푸르니우스가 아시아 속주에서 보낸 거요."

아시아 속주에서도 좋은 소식은 없었다. 푸르니우스는 섹스투스 폼페이우스, 리보, 데키무스 투룰리우스, 카시우스 파르멘시스가 지난 11월 말에 레스보스 섬의 미틸레네 항에 도착한 뒤로 바삐 움직였다고 적었다. 그들은 오래 머무르지 않았다. 1월에 그들은 에페소스로 가서 지난 수년간 아시아 속주의 토지를 얻은 퇴역병들 가운데 자원병을 모집했다. 3월이 되자 그들은 완전편성 군단 3개를 보유했으며 아나톨리아 정복을 시도할 준비를 마쳤다. 겁먹은 갈라티아의 왕 아민타스는 푸르니우스와 병력을 합쳤다. 푸르니우스는 안토니우스가 이 편지를 받을 때쯤이면 전쟁이 일어났으리라 예상하고 있었다.

"당신은 수년 전에 섹스투스 폼페이우스를 끝장냈어야 해요." 클레오파트라가 오래된 상처를 헤집었다.

"어떻게 그랬겠소, 그자 덕에 옥타비아누스가 바빠서 날 성가시게 하지 못했는데?" 안토니우스가 따지면서 포도주병으로 손을 뻗었다.

"안 돼요!" 그녀가 날카롭게 외쳤다. "포플리콜라가 가장 최근에 보낸 편지가 아직 남았잖아요. 정 마셔야겠으면, 안토니우스, 할 일을 다 끝낸 다음에 마셔요."

그는 아이처럼 순종했고, 클레오파트라는 그가 포도주보다도 그녀의 조언을 더 필요로 한다는 사실에 만족감을 느꼈다. 하지만 그가 그녀보다 포도주를 더 필요로 하게 되면 어떻게 하나? 순간 떠오르는 생각이 있었다. 자수정! 자수정은 마력을 갖고 있어 포도주에 의존하게 되는 것을 막아주었다. 그녀는 알렉산드리아의 왕실 보석 세공사에게 안토니우스를 위해 세상에서 최고로 화려한 자수정 반지를 의뢰할 터였다. 그걸 끼면 그는 포도주에 대한 욕구를 극복할 것이다.

물론 포플리콜라는 안토니우스의 파르티아 작전이 실패했음을 애초부터 알고 있었다. 안토니우스가 대승을 거뒀다는 이야기를 온 로마에 퍼트린 사람이 바로 그였다. 여러 사건들에 관한 한 가지 이야기로 선수 치는 자가 이길 거라 추정하고 했던 일이었다. 그는 득의만면하여 안토니우스에게 로마와 원로원이 자기 얘기를 믿었다며 편지를 썼고, 다른 누구도 아닌 옥타비아누스가 안토니우스의 '승전'에 감사를 표하자고 제의했다는 사실로 킬킬댔다. 하지만 가장 최근 그가 보낸 편지는 완전히 딴판이었다. 편지 내용은 대부분 옥타비우스가 안토니우스의 작전을 최악의 실패로 묘사한 원로원 연설을 거의 그대로 옮겨놓은 것이었다. 옥타비아누스가 동방에 보낸 정보원들은 세세한 사항까지 전부 알아냈다.

안토니우스가 중얼거리며 두루마리를 다 읽었을 즈음 그의 얼굴에 눈물이 흘러내렸다. 지켜보다 가슴이 철렁한 클레오파트라는 두루마리를 빼앗아 그 쓰라리고 강력한 정치적 공격문을 읽었다. 아, 옥타비아누스는 어떻게 감히 그 사건들에서 그녀를 악으로 묘사했단 말인가! 짐승들의 여왕! '난 엄마가 필요해!' 영리한 인신공격이었다. 이제 그녀는 어떻게 안토니우스의 마음을 치유할 것인가?

너를 저주한다, 옥타비아누스, 저주해! 소베크와 타와레트가 콧구멍으로 널 빨아들여 익사시키고 씹고 짓밟기를!

그러다가 그녀는 어떻게 해야 할지 깨달았고, 지금껏 왜 그 생각을 못했는지 의아해했다. 안토니우스를 로마에서 떼어놓아야 한다. 그의 운명과 행운은 로마가 아니라 이집트에 있음을 깨닫게 해야 한다. 그녀는 알렉산드리아에 그를 위한 둥지를 지을 터였다. 너무나 편안하고 화려하며 온갖 오락거리로 채워져 그가 다른 어디로도 가고 싶지 않을 곳을 만들 것이다. 그는 그녀와 결혼해야 했다. 로마인 같은 일부일처제 신봉자들이 외국에서의 결혼을 불법으로 여겨 무시한다는 게 천만다행이었다! 당분간 안토니우스가 옥타비아에게 붙어 있을 필요가 있다 해도 이곳에서의 결혼은 문제되지 않을 테니까. 현실적으로 그와 이집트 여왕의 결혼은 그의 사적 관계를 중요시하는 사람들 ─피호국 왕들과 영향력이 덜한 군주들─에게 훨씬 더 중요하게 여겨질 터였다.

그녀는 안토니우스의 머리를 무릎에 올리고 앉아 카이사르 흉상을 한참 바라보았다. 그녀가 빼앗긴 완벽한 파트너를. 최고의 조각가와 화가 들이 있는 아프로디시아스에서 제작한 그 흉상은 어느 모로 보나 흠잡을 곳이 없었다. 옅은 금발의 색조부터 먹처럼 검은 테두리에 둘러싸인 옅디옅은 푸른색의 날카로운 눈까지. 슬픔의 파도가 덮쳐왔지만 그녀는 그것을 가차없이 억눌렀다. 지금 가진 걸로 견뎌, 클레오파트라, 지금 가졌을 수도 있을 것을 바라지 마.

전쟁이 날 것이다, 그럴 수밖에 없다. 문제는 그 시기일 뿐. 옥타비아누스는 더이상 내전이 없을 거라며 새빨간 거짓말을 하고 있다─그는 안토니우스와 싸우지 않으면 가진 것들을 잃게 될 터이다. 하지만 그의 연설을 보니 아직은 아니다. 그는 일리리쿰 부족들을 정벌하여 자기 군대의 전투력을 최상으로 끌어올릴 계획이고, 이런저런 작전에 3년까지 걸릴 거라고 말했다. 즉 우리에겐 3년의 준비 기간이 있다는 뜻이다. 그런 다음 우리는 서방을, 이탈리아를 침략한다. 나는 안토니우스가 마음속에서 파르티아 일을 매듭짓게 해야만 하리라. 그의 군대를 손상시키지 않고 결집시킬 방식으로. 장군으로서 안토니우스에게는 카이사르만한 재능이 없으니까. 나는 그 점을 처음부터 알았어야 하지만, 카이사르가 죽은 뒤 나는 산 자 중 누구도 안토니우스와 대적할 수 없다고 믿었다. 하지만 이제 나는 안토니우스를 더 잘 알았고, 남자로서 그가 보이는 결점들이 장군으로서의 능력에도 영향을 미친다는 걸 깨달았다. 벤티디우스가 안토니우스보다 우월하다. 카니디우스도 그런 것 같다. 카니디우스가 실제로 일하게 하고, 그동안 안토니우스는 명성을 즐기면서 마법사의 현혹시키는 속임수들로 세상 사람들의 눈을 부시게 만들어야 한다.

일단은 결혼부터 해야지. 사람을 보내 카임을 데려오자마자 하는 거야. 이 어리석은 작전의 첫 무대로 카니디우스를 밀어내, 아르메니아가 으깨지고 메디아도 겁이 나서 움직이지 못하는 걸 지켜보자. 안토니우스를 파르티아 왕국 본토에 들이지 말아야 해. 나는 안토니우스를 설득해야 할 것이다, 아르메니아와 메디아 아트로파테네를 정복함으로써 그가 파르티아를 정복한 거라고. 그가 포도주로 정신을 잃게 하고 일들은 내가 처리해야 한다. 왜 나는 남자들처럼 작전 지휘를 할 수 없는 거지? 아, 안토니우스, 왜 당신은 카이사르와 같은 능력을 가질 수 없었나요? 그랬다면 일이 얼마나 쉬웠겠어요!

언젠가, 앞으로 10년 안에, 카이사리온은 반드시 로마의 왕이 되어야 한다. 로마의 왕이 세상의 왕이니까. 카이사리온이 카피톨리누스 언덕의 신전들을 무너뜨리고 그 자리에 그의 궁전을 짓게 할 것이다. 그애가 재판을 할 황금 홀이 있는 궁전을. 이집트의 '짐승 신들'이 로마의 신이 될 것이다. 유피테르 옵티무스 막시무스는 아문-라 앞에 엎드릴 것이다. 난 이집트에 의무를 다했다. 아들 셋과 딸 하나를 낳았으니까. 나일 강은 계속 범람할 것이다. 나는 시간을 들여 로마 정복으로 관심을 돌릴 것이고, 안토니우스는 그 작전에서 내 파트너가 될 것이다.

안토니우스의 눈물이 멈췄다. 그녀는 그의 머리를 들어올리고 상냥한 미소를 지어 보인 다음 부드러운 아마포 손수건으로 그의 얼굴을 닦아주었다.

"좀 나아졌어요, 내 사랑?" 그녀가 묻고 그의 이마에 입을 맞췄다.

"그래요." 그는 부끄러움을 느끼며 대답했다.

"포도주 한잔 해요, 도움이 될 거예요. 당신한텐 해야 할 일들이 있고 정비할 군대가 있어요. 옥타비아누스는 무시해요! 그가 군대에 관해 뭘 알겠어요? 돈 귀한 줄도 모르고. 그는 일리리쿰에서 실패할 거예요."

안토니우스는 술잔을 다 비웠다.

"좀더 마셔요." 클레오파트라가 노래하듯 말했다.

6월 말 그들은 이집트 의식으로 결혼했다. 파라오의 부군 칭호를 얻은 안토니우스는 기뻐하는 것 같았다. 안토니우스가 비록 부군에 불과한 지위로라도 그녀와 왕좌를 나눌 만큼 맨정신이길 더는 기대하지 않게 되자 클레오파트라는 조금 긴장이 풀렸고, 그제야 그가 카라나에서 돌아온 이래 그를 포도주에서 떼어놓으려 애쓰는 게 얼마나 지치는 일이었는지 깨달았다.

그녀는 카니디우스에게 관심을 돌렸고, 안토니우스로 하여금 다른 사람들 없이 카니디우스와 그들 둘까지 세 명만 참여하는 회의를 소집하게 했다. 그래도 안토니우스는 맨정신으로 참석하게 만들었다. 안토니우스의 지휘관들에게 그가 얼마나 나약한지 보여주는 건 그녀의 계획에 없었기 때문이다. 언젠가는 다들 알게 되겠지만. 그런 소규모 회의에 반대할 유일한 사람인 아헤노바르부스는 비티니아로 돌아가서 푸르니우스가 섹스투스 폼페이우스와 벌이는 전쟁에 휘말려 있었다. 섹스투스 폼페이우스는 비티니아가 자신과 딱 어울리는 장소일 거라 판단하고는 고집 센 아헤노바르부스를 죽인 뒤 그곳을 점령할 계획을 세웠다. 아헤노바르부스로서는 좌시하지 않을 계획이었다.

사전에 클레오파트라에게 잘 교육받은 안토니우스는 그녀의 신중한 지도에 어긋나지 않게 향후 작전에 관한 그의 계획을 개괄하며 시작했다.

"내가 마음대로 할 수 있는 군단은 25개요." 그는 푸블리우스 카니디우스에게 과음의 기색이 없는 명료한 목소리로 말했다. "하지만 시리아에 있는 군단들은 정원 부족이 심각하오, 당신도 알겠지만. 정확히 얼마나 정원 미달이오, 카니디우스?"

"평균적으로 3천 명에 불과합니다. 5개 대대, 그러나 일부는 8개까지 부족하고 일부는 2개 대대에 달하는 인원이 미달입니다. 총 13개 군단입니다."

"그중 1개, 예루살렘에 있는 군단은 완전편성 상태요. 마케도니아에 7개 군단이 더 있는데 모두 완전편성이고, 비티니아의 2개 군단도 완전편성이며, 섹스투스 폼페이우스에 속한 3개 군단도 완전편성이오." 안토니우스가 싱긋 웃자 마치 예전의 그처럼 보였다. "꼭 그자가 내 대신 모병한 것처럼 들리지요? 그는 올해 말쯤이면 죽은 목숨일 테고, 그래서 그와 아헤노바르부스의 군단들까지 내 병력에 포함시킨 거요. 하지만 내 생각에는 30개 군단이 있어야 하오. 30개 모두가 완전편성이거나 노련병일 필요는 없지만. 내 제안은 시리아에서 정원이 제일 부족한 군단을 마케도니아로 보내고 마케도니아 군대를 여기로 데려와 내 작전에 쓰자는 거요."

카니디우스는 마뜩찮은 표정이었다. "장군의 의중은 이해합니다만, 마르쿠스 안토니우스, 마케도니아 군단 1개는 지금 있는 곳에 남겨두시길 강력히 권고드립니다. 6개 군단을 데려오시되 시리아인 병사들은 아무도 그리로 보내지 마십시오. 장군께서 5개 군단을 더 모을 때까지 기다렸다가 그들을 보내십시오. 마케도니아에는 미숙한 신병들도 괜찮을 거라는 말씀에는 동의합니다—다르다니족과 베시족은 폴리오와 켄소리누스한테 당한 뒤로 아직 회복하지 못했으니까요. 장군께서는 30개 군단을 갖게 되실 겁니다."

"좋소!" 안토니우스는 이렇게 말하며 여러 달 만에 최고로 기분이 좋아졌다. "기병은 1만 명이 필요할 거요, 갈라티아인과 트라키아인으로. 이제 갈리아 기병들은 모집할 수 없소, 옥타비아누스가 꽉 잡고 있는데 협조할 생각이 없거든. 내게 빚진 4개 군단도 주지 않겠다고 했다오, 그 쪼그만 똥덩어리가!"

"몇 개 군단을 동쪽으로 데려가실 겁니까?"

"23개, 모두 완전편성에 경험 많은 군인들로. 비전투원 포함해서 13만 8천 명이오. 이번에는 보조군은 안 데려가오. 너무 골칫거리라. 최소한 기병대는 군단의 속도를 따라잡을 수 있잖소. 그리고 이번에는 늘 방진형으로 행군할 거요. 물자 수송대를 가운데 두고 말이오. 땅이 충분히 편평할 때는 아그멘 콰드라툼으로 가고."

"동의합니다, 안토니우스."

"하여튼 난 올해 우리가 뭔가를 해야만 한다고 생각하오. 그런데 난 여기 남아서 섹스투스 폼페이우스가 어떻게 되는지 지켜봐야 해요. 그래서 올해는 당신이 이끌어야 하오, 카니디우스. 지금 몇 개 군단이나 조직해서 출발할 수 있소?"

"대대들을 통합한다면 완전편성 군단 7개입니다."

"충분하오. 긴 작전은 아닐 거요—무슨 일이 있어도 겨울에 발목을 잡히진 마시오. 따뜻한 막사를 구축할 수 있다면 모를까. 아민타스는 지금 바로 기병 2천 명을 기증할 수 있소. 그의 편지를 보니 기병대가 이곳에 거의 도착했다고 하더군요. 그렇지 않다면 그들을 계속 데리고 있으면서 섹스투스를 처리하는 데 썼겠지."

"옳으신 말씀입니다, 섹스투스는 오래 버티지 못할 겁니다." 카니디우스가 차분한 어조로 말했다.

"카라나에서 아르메니아 본토로 들어가시오. 아르메니아의 아르타바스데스에게 올해 교훈을 좀 주는 게 중요하오. 그러면 내년에 놈을 뽑아내기 쉬워질 테니까."

"분부대로 하겠습니다, 안토니우스."

클레오파트라가 헛기침을 했다. 두 남자는 놀라서 그녀를 처다보았다. 그녀가 거기 있다는 걸 잊고 있었던 것이다. 그녀는 카니디우스를 고려해 겸손까진 아니더라도 최소한 협조적이고 합리적으로 보이려고 애쓰며 말했다. "우리는 함대를 조직하기 시작해야 한다고 생각해요."

카니디우스는 깜짝 놀라 반응을 절제하지 못했다. "뭐하려요? 해상 원정 계획은 없습니다만."

"그래요, 지금은 없죠." 그녀는 언짢은 기분을 드러내지 않고 침착하게 말했다. "하지만 앞으로 필요할 수 있어요. 배들을 건조하려면 오랜 시간이 걸려요. 특히나 우리가 필요하게 될 만큼 건조하려면요. 혹은, 필요하게 될 수도 있다고 해두죠."

"어디에 필요하다는 거요?" 안토니우스가 카니디우스만큼이나 곤혹스러운 표정으로 물었다.

"푸블리우스 카니디우스는 옥타비아누스의 원로원 연설문을 읽지 않았으니 모를 수 있지만 당신은 읽었고, 나는 그자의 의중이 분명하다고 했을 텐데요ㅡ언젠가는 그가 뱃길로 동쪽에 와서 당신을 짓밟을 거라고요."

두 남자는 잠시 침묵을 지켰다. 카니디우스는 뱃속이 푹 꺼지는 느낌이 들었다. 이 여자는 무슨 꿍꿍이인 걸까?

"저도 연설문을 읽었습니다, 전하." 카니디우스가 말했다. "폴리오가 제게 보내줬습니다. 전 가능할 때마다 그에게 연락을 하거든요. 하지만 거기서 마르쿠스 안토니우스에게 위협이 될 내용은 보지 못했습니다. 그가 퍼부을 자격 없는 비난을 했다는 것 외에는요. 사실 그는 동료 로마인과 전쟁을 하진 않을 거라 강조했고, 저는 그 말을 믿습니다."

클레오파트라의 얼굴이 돌처럼 굳었다. 목소리는 얼음처럼 차가워졌다. "이 말은 해야겠네요, 카니디우스. 나는 당신보다 훨씬 정치판에 익숙해요. 옥타비아누스가 하는 말과 행동은 달라요. 장담컨대 그는 마르쿠스 안토니우스를 짓밟을 생각을 하고 있어요. 그러니 우린 준비를 해야 하고, 지금부터 시작해야 해요, 내년도 내후년도 안 돼요. 당신네 남자들이 파르티아 대장정에 전념하는 동안 나는 지중해 해변에서 가능한 최대 규모의 전함들을 마련하겠어요."

"5단 노선으로 만족하십시오, 부인!" 카니디우스가 말했다. "그보다

크면 너무 느리고 재바르지 못합니다."

"그러려고 했어요." 그녀는 도도하게 대답했다.

카니디우스는 한숨을 쉬고 두 손으로 자신의 허벅지를 쳤다. "뭐, 그런다고 손해볼 일은 없겠지요."

"그 비용은 누가 대고?" 안토니우스가 의심스러운 듯이 물었다.

"물론 내가 대죠." 클레오파트라가 대답했다. "최소한 전투용 갤리선 500척에 같은 수의 병력 수송선들도 있어야 해요."

"병력 수송선요?" 카니디우스가 입을 딱 벌렸다. "뭐하려요?"

"배 이름이 다 말해주지 않나요?"

카니디우스는 뭐라고 대꾸하려다가 입을 닫고 목례를 한 후 나갔다.

"당신 때문에 카니디우스가 당황했소." 안토니우스가 말했다.

"나도 알아요, 이유는 모르겠지만."

"그는 당신을 모르오, 여보." 안토니우스가 조금 지쳐서 말했다.

"당신, 반대하는 거예요?" 그녀가 앙다문 이 사이로 물었다.

작고 불그스름한 눈자위가 커졌다. "내가? 맙소사, 아니요! 당신 돈이잖소, 클레오파트라. 어디에 쓰든 당신 마음이지."

"술이나 마셔요!" 그녀는 쏘아붙였다가 화를 추스르고 최대한 상냥하게 웃어 보였다. "사실 이번엔 나도 같이 마실 거예요. 집사가 늙은 포도주 상인 아산드로스한테서 아주 좋은 빈티지를 샀다더군요. 아산드로스라는 말이 알렉산드로스의 변형이란 거 알아요?"

"주제를 바꾸려는 시도로서는 별로지만, 넘어가주겠소." 그가 씩 웃었다. "하지만 술을 마실 생각이라면 혼자 마셔야 할 거요."

"뭐라고요?"

"난 이제 다 회복됐소, 포도주랑은 끝났단 말이오."

그녀의 입이 떡 벌어졌다. "뭐라고요?"

"들었잖소. 클레오파트라, 난 당신을 미치도록 사랑하지만, 정말로 날 계속 취해 있게 하려는 당신 계획을 내가 눈치채지 못했다고 생각한 거요?" 그는 한숨을 쉬고 진지한 표정으로 몸을 앞으로 기울였다. "당신은 내 군대가 메디아에서 무슨 일을 겪었는지 안다고 생각하지만, 그렇지 않소. 내가 뭘 겪었는지도 모르오. 알려면 당신도 거기 있었어야 하는데 그렇지 않았으니까. 내 군대의 지휘관인 나는 부하들을 위험에서 구하지 못했소, 내가 돌진하는 멧돼지처럼 적의 땅으로 성급히 들어갔기 때문에. 난 파르티아인 정보원이 속삭이는 말은 믿으면서 내 보좌관들의 경고는 귀담아듣지 않았소. 율리우스 카이사르는 늘 나의 경솔함을 지적했는데, 그가 옳았소. 나의 메디아 작전이 실패한 건 오직 내 잘못이고 그건 나도 잘 알고 있소. 난 얼간이도 아니고 구제불능으로 포도주에 의존하지도 않소. 당신은 그렇게 생각하지만! 난 인사불성이 되도록 술을 마셔서 메디아에서의 내 과오를 잊어야 했소! 그렇게 생겨먹은 인간이니까! 그리고 이젠—뭐, 다 지나갔소. 다시 말하지만 난 당신을 목숨보다 사랑하오. 앞으로도 당신을 사랑하길 멈추는 일은 없을 거요. 하지만 당신은 날 사랑하지 않지, 당신은 그렇지 않다고 항변하겠지만. 당신 머릿속은 카이사리온을 위한, 신들만이 아실 목표를 위한 계획과 모략으로 가득차 있소. 동방 전역? 서방까지? 그애가 로마에 군림하는 것? 당신은 늘 그런 꿈을 꾸고 있지, 안 그렇소? 당신 자신의 야망을 그 불쌍한 아이의 어깨에 지우면서……"

"나도 당신을 사랑해요!" 그녀가 끼어들어 소리쳤다. "안토니우스, 내가 당신을 사랑하지 않는다는 생각은 말아요! 그리고 카이사리온은…… 카이사리온은……." 그녀는 안토니우스의 새로운 모습에 너무 놀라 적당한 말을 찾지 못하고 허둥댔다.

그는 그녀의 두 손을 잡고 쓰다듬었다. "괜찮소, 클레오파트라. 이해하오." 그는 미소 지으며 부드럽게 말했다. 눈에는 눈물이 고였고 입은 떨리고 있었다. "나는, 이 불쌍한 바보는 당신이 원하는 건 뭐든 할 거요. 권위적인 여자와 사랑에 빠진 남자의 운명이란 그런 거니까. 그저 내가 맑은 정신으로 그럴 수 있는 권리를 주시오." 금세 눈물이 마른 그가 소리내 웃었다. "그렇다고 앞으로 다시는 포도주를 입에 대지 않겠단 건 아니오! 내 쾌락주의 성향은 어쩔 수 없지만, 술자리에서만 마신다오. 난 포도주 없이 지낼 수 있소. 그러니까, 내가 반드시 필요할 때면 나는 그 자리에 있으리라는 거요—당신을 위해, 아헤노바르부스나 포플리콜라를 위해—그리고 옥타비아를 위해."

그녀는 눈을 깜빡이더니 고개를 저었다. "당신 정말 놀랍군요. 또 눈치챈 게 뭐죠?"

"그건 비밀이오. 플랑쿠스한테 시리아 통치를 맡겼소." 그가 화제를 바꾸며 말했다. "소시우스가 귀국하길 원하오. 티티우스는 집정관 권한 대행의 임페리움을 갖고 내 시리아 함대를 밀레토스로 데려갈 거요. 섹스투스 폼페이우스를 처리하기 위해서." 그는 킬킬댔다. "내 사랑, 당신 말은 언제나 옳다니까? 벌써부터 나한테 함대가 필요하잖소!"

"티티우스가 받은 명령은 뭐죠?" 그녀가 의심스러운 듯 물었다.

"섹스투스를 나한테, 이곳 안티오케이아로 데려오라는 거요."

"처형식이라도 하게요?"

"당신네 동방 군주들은 어쩜 그리 처형을 좋아하는지!" 안토니우스가 능글맞게 말했다. "배들을 건조하겠다는 당신 뜻이 확고하니 어쩌면 난 그를 제독으로 써야 하겠소. 그래야 그 배들을 가장 잘 활용할 수 있을 테니.”

 “맡길 임무가 있어, 누나.” 옥타비아누스가 정찬 자리에서
말했다.

옥타비아는 한 손에 작은 양고기 토막을 들고 있었다. 비계 껍질은
얇았지만 바삭바삭하고 겨자와 통후추가 뿌려져 있었다. 동생의 말에
그녀는 하고 있던 생각을 멈췄다. 리비아 드루실라와 결혼한 이후 바뀐
옥타비아누스의 정찬 메뉴에 대해 생각하고 있던 터였다. 완벽한 진수
성찬! 그러나 요리사의 엄청난 급료부터 식료품 구입비까지 허투루 쓰
이는 돈이 없음을 잘 알고 있었다. 리비아 드루실라는 직접 재료를 구
매하면서 사정없이 값을 깎았고, 요리사 역시 심한 두통을 핑계로 앓아
눕거나 좋아하는 음식을 슬쩍하는 일 따위는 꿈도 못 꿨다. 리비아 드
루실라가 매처럼 감시했기 때문이다.

“임무라고 했니, 카이사르?” 옥타비아가 물었다. 그녀는 신중하게 지
방은 남기고 살코기만 뜯어먹었다.

“응. 아테네로 가서 남편을 만나지 않을래?”

옥타비아의 얼굴이 환해졌다. “아, 카이사르, 나야 좋지!”

“좋아할 줄 알았어.” 그는 마이케나스를 향해 한쪽 눈을 찡긋했다.
“그 누구보다 누나가 잘할 것 같은 심부름이 있거든.”

옥타비아의 미간에 주름이 잡혔다. “심부름? 그게 임무야?”

“가끔은 그렇지.” 옥타비아누스의 목소리가 진지했다.

“내가 뭘 하면 돼?”

“안토니우스에게 최정예 병사 2천 명과 새 전함 70척, 초대형 공성망
치 한 개와 일반 공성망치 세 개, 발리스타 200개, 카타풀타 200개, 스

코르피오 200개를 전달해줘."

"어머나! 내가 그, 음, 후한 선물 전체를 관리하는 지휘관이 되는 거니?" 그녀는 눈을 빛내며 물었다.

"누나가 그렇게 기뻐하는 걸 보니 정말 좋지만, 아니야. 가이우스 폰테이우스가 다시 안토니우스와 합류하기를 간절히 원해서, 지휘관은 그가 될 거야." 옥타비아누스가 대답한 후 셀러리 조각을 씹었다. "누난 내 편지를 안토니우스에게 전해줘."

"그이는 분명 네 선물을 고마워할 거야."

"누나를 보낸 걸 분명 더 고마워할걸." 옥타비아누스가 손가락을 흔들며 말했다. 그의 시선이 옥타비아에서 마이케나스와 함께 긴 의자에 앉은 아그리파에게로 옮겨갔다. 그는 다소 침울하게 아그리파를 응시하며 생각했다. 내 계획이 빗나가는 일은 잘 없는데 이번 계획은 확실히 실패다. 뭘 잘못한 거지?

아그리파가 독신이라는 사실, 그리고 그 상태가 지속되어서는 안 된다는 리비아 드루실라의 결정 때문에 시작된 일이었다. 자신을 보는 아그리파의 눈에서 지나친 호감이 느껴질 때마다 그녀는 남편에게 다른 말 없이 아그리파도 결혼할 때가 지났다고 언질을 줬다. 옥타비아누스는 의심 없이 아내의 말을 곰곰이 생각해본 후 언제나처럼 아내의 말이 옳다고 결론 내렸다. 이제 아그리파는 부자고 땅과 집도 있으니, 딸을 애지중지하는 어떤 아버지라 해도 그가 재산을 노려 장가들려는 거라고 생각하지 않을 터였다. 게다가 아그리파는 용모도 준수했다. 열다섯 살부터 쉰 살까지의 여자들 가운데 아그리파 앞에서 교태를 부리거나 추파를 던지지 않는 사람은 찾아보기 힘들었다. 하지만 아그리파는—맙소사—전혀 눈치채지 못했다. 잡담도 하지 않고 사교적인 세련

미도 없는 남자, 그것이 아그리파였다. 아그리파는 정신 못 차리는 여자들 옆에서도 하품이나 해댔고, 최악의 경우엔 그 자리에서 뛰쳐나가 버렸다.

옥타비아누스가 그의 독신 상태를 나무라자 아그리파는 불편한 기색으로 눈을 껌벅거렸다.

"내가 결혼해야 한다는 말인가?"

"솔직히 말하자면 그래. 자넨 로마에서 나 다음으로 중요한 인물인데 동방의 은둔자처럼 살고 있잖나. 진지의 들것을 침대로 쓰고, 토가보단 갑옷이 많고, 여자 몸종 하나 없이 말이야." 옥타비아누스가 말했다. "가려워질 때면"—그는 수줍은 표정으로 헛기침을 했다—"관계를 지속할 가능성이 없는 호박 같은 시골 여자를 긁개로 삼고. 호박 같은 시골 여자를 끊으라는 말은 아니야, 아그리파, 자네도 알겠지만. 그저 결혼을 하라는 말일세."

"누가 나한테 시집을 오겠어." 아그리파가 무뚝뚝하게 대꾸했다.

"말도 안 되는 소리! 친애하는 아그리파, 자네는 잘생긴데다 부자고 지위도 높아. 전직 집정관이라고!"

"그래, 하지만 혈통이 없잖아, 카이사르. 그리고 난 클라우디아나 아이밀리아, 셈프로니아, 도미티아 같은 이름의 콧대 높은 여자들을 좋아하지 않아. 그런 여자들이 청혼에 응한다고 한들 그건 오직 내가 자네와 친하기 때문일 걸세. 날 내려다보는 마누라라, 상상만 해도 별로인걸."

"그럼 약간만—많이는 안 돼—낮은 곳을 보게." 옥타비아누스는 살살 구슬렸다. "자네에게 이상적인 신붓감을 내가 알거든."

아그리파가 의심스러운 표정을 지었다. "리비아 드루실라가 고른 여

잔가?"

"아니, 맹세코 아니야! 나 혼자 생각한 거야."

"그렇군. 누군데?"

옥타비아누스는 숨을 깊이 들이쉬고 말했다. "아티쿠스의 딸." 그의 표정은 의기양양했다. "정말이지 완벽하지, 아그리파! 원로원 의원 집안은 아니지만, 그건 오직 그녀의 아버지가 의원에게 금지된 사업으로 돈 벌기를 좋아해서야. 혈통으로는 카이킬리우스 메텔루스 가문과 연결되어 있으니 나무랄 데 없지. 게다가 로마에서 손꼽히는 막대한 재산의 상속녀잖나."

"너무 어린데. 어떻게 생겼는지는 아나?"

"열일곱 살인데 곧 열여덟이 되고, 내가 본 적이 있어. 예쁘장하다기보단 잘생겼고, 체형도 좋고, 교육을 아주 잘 받았어. 아티쿠스의 딸이니 당연하지만."

"책 읽는 여자야, 쇼핑하는 여자야?"

"책 읽는 여자."

우락부락한 얼굴에 안도하는 기색이 어렸다. "뭐, 그건 다행이네. 피부색은 어두운가, 밝은가?"

"중간쯤."

"그렇군."

"이봐, 나한테 적당한 나이의 여자 친척이 있다면 기꺼이 자네한테 시집보냈을 거야!" 옥타비아누스가 양손을 허공에 휘저으며 소리쳤다.

"그래? 진심인가, 카이사르?"

"그럼, 물론이지! 하지만 그런 친척이 없으니. 자, 카이킬리아 아티카와 결혼할 건가, 안 할 건가?"

"청혼할 엄두를 못 내겠네."

"혼담은 내가 넣지. 결혼하겠나?"

"선택의 여지가 별로 없는 것 같군. 그러니―그래, 하겠네."

그렇게 성사된 결혼이었지만, 옥타비아누스는 신랑이 얼마나 내키지 않아 하는지 알아차리지 못했다. 아그리파는 열세 살 때 이미 자기 방식이 굳어진 사람이었고, 스물일곱 살에는 그가 너무나 좋아하는 이런저런 실험에 빠져 있었다. 옥타비아누스와―그리고 어느 정도는 리비아 드루실라와―함께 있을 때가 아니면 아그리파는 뚱하고 말도 없고 경계를 늦추지 않는 사람이었다. 결혼식 때는 모든 게 괜찮아 보였다. 신부가―그녀의 모든 친구들처럼―화려한 미남이자 어떤 여자도 손에 넣지 못한 마르쿠스 빕사니우스 아그리파에게 홀딱 반해 있었기 때문이다.

그로부터 한 달 후, 그 키 크고 우아한 백합(리비아 드루실라가 지은 별명이었다)은 까맣게 시들어버렸다. 카이킬리아 아티카는 얘기를 잘 들어주는 리비아 드루실라에게 자신의 불행을 털어놓았고, 리비아 드루실라는 다시 남편의 귀에 그것을 털어놓았다.

"재앙이에요!" 그녀가 소리쳤다. "불쌍한 아티카는 아그리파가 자기한테 조금도 신경쓰지 않는대요―말 한 마디 안 하고요! 그리고 그가 생각하는 동침이란―상스러운 얘기를 하는 걸 이해해줘요, 여보!―암말과 있는 수말의 행위와 비슷하더군요! 그녀의 목을 깨물고…… 그리고……. 하, 나머지는 당신 상상에 맡길게요. 다행히," 그녀는 침울한 목소리로 말했다. "그는 부부 관계를 자주 하지 않는다는군요."

아그리파의 그런 측면은 옥타비아누스가 알게 되리라고 예상한 적 없었고 알고 싶지도 않은 것이었다. 그는 얼굴을 붉혔고 아내 곁이 아닌 어디로든 달아나고 싶은 심정이었다. 옥타비아누스는 자신이 침대에서 대단히 유능한 남자는 아니란 걸 알고 있었다. 그러나 자신의 권력이 리비아 드루실라를 흥분시킨다는 사실도 알았기에 마음 편히 지낼 수 있었다. 아티카는 드루실라와 성향이 다르다니 딱한 일이었다―하지만 드루실라도 클라우디우스 네로와의 결혼생활 6년간이 아니었다면 소녀다운 몽상을 여성의 강철 같은 목표로 바꾸지 못했을 터였다.

"그렇다면 둘 사이에 아기가 생기기를 바랍시다." 옥타비아누스가 말했다. "그녀가 관심을 쏟을 대상이 생길 테니까 말이오."

"아기는 만족스러운 남편을 대신할 수 없어요." 남편에게 몹시 만족하는 리비아 드루실라가 말하며 얼굴을 찌푸렸다. "문제는 그녀에게 절친한 친구가 있다는 거예요."

"무슨 말이오? 아그리파의 결혼생활 문제가 세간에 알려질 거라는 뜻이오?"

"그리 단순한 문제라면 이렇게 걱정되지는 않을 거예요. 아뇨, 그녀의 친구는 늙은 가정교사이자 아티쿠스의 해방노예인 퀸투스 카이킬리우스 에피로타예요. 그녀 말로는 그녀가 아는 가장 착한 사람이라더군요."

"에피로타? 들어본 이름인데!" 옥타비아누스가 외쳤다. "저명한 학자지. 마이케나스 말로는 베르길리우스에 관한 권위자라고 했소."

"흐음…… 당신 말이 맞겠죠, 카이사르, 하지만 왠지 그가 그녀를 시로 위로하는 건 아니라는 생각이 들어요. 오, 물론 그녀는 정숙해요! 하지만 당신이 아그리파를 일리리쿰으로 데려간 후에도 계속 그럴 수 있을까요?"

"그건 신들만 알겠지요, 여보. 그런데 난 아그리파의 결혼생활에 참

견할 생각이 없소. 아기가 태어나서 그녀가 정신없이 바빠지기를 바랍시다." 그는 한숨을 쉬었다. "아무래도 너무 어린 여자는 아그리파에게 맞지 않는 모양이오. 스크리보니아를 신붓감으로 제안할 걸 그랬나?"

여하간 옥타비아가 마이케나스와 테렌티아, 아그리파와 아티카와 함께 정찬을 들러 왔을 즈음엔 로마의 상류층 인사 대부분이 아그리파의 결혼이 잘 굴러가지 않음을 분명히 알게 되었다. 아그리파의 암울한 표정을 본 그의 가장 오랜 친구는 위로의 말을 하고 싶어 죽을 지경이었지만, 그럴 수가 없었다. 그나마 다행인 건 아티카가 임신한 것 같다는 사실이었다. 옥타비아누스는 꼭 필요한 용기를 짜내서 아티쿠스에게 그가 무척 아끼는 해방노예 에피로타를 마찬가지로 무척 아끼는 딸한테서 멀리 떼어놓아야 한다고 속삭였다. 옥타비아누스가 생각하기에 책 읽는 여자들은 쇼핑하는 여자들과 마찬가지로 취약했다.

옥타비아는 집으로, 카리나이의 대저택으로 거의 폴짝폴짝 뛰어갈 만큼 기분이 좋았다. 마침내 안토니우스를 만난다! 케르키라에서 그와 헤어진 지 2년이 지났어. 작은 안토니아, 토닐라라고 부르는 우리 아기는 이제 걷고 말도 해. 아빠의 검붉은 머리카락과 불그스름한 눈동자는 닮았지만 다행히 턱이나 코는—어쨌든 아직은—닮지 않은 귀여운 여자아이. 아, 성질머리는 어떻고! 안토니아는 비교적 날 닮았지만 토닐라는 모든 면에서 아빠 판박이야. 그만, 옥타비아, 그만해! 아이들 생각은 그만하고 곧 만나게 될 남편을 생각해! 너무 기뻐! 너무 들떠! 그녀는 의상 담당자를 찾아갔다. 안토니우스 가문에서 자신의 위치에 큰 자부심을 느끼며 옥타비아를 무척 좋아하는 매우 유능한 여자였다.

두 사람은 옥타비아가 아테네에 갈 때 어떤 옷을 가져가야 할지, 남편을 기쁘게 하려면 새 옷은 몇 벌이나 가져가야 할지 열심히 의논했다. 그때 집사가 와서 가이우스 폰테이우스 카피토가 왔다고 말했다.

옥타비아는 그를 모르는 건 아니었지만 잘 알지도 못했다. 안토니우스와 마지막으로 출항할 때 그도 함께 있었다. 뱃멀미 때문에 그녀는 선실에만 있어야 했고 케르키라에서 여정을 중단해야 했다. 그가 온 이유를 알 수 없었기 때문에, 옥타비아는 키가 훤칠하고 완벽한 옷차림을 한 폰테이우스를 다소 조심스럽게 맞이했다.

"임페라토르 카이사르께서 당신과 내가 마르쿠스 안토니우스에게 선물을 전하기 위해 아테네로 가야 한다고 했습니다." 그는 앉으려 하지 않고 말했다. "그래서 특별히 필요하신 게 있는지 알아보러 왔습니다, 항해를 위한 준비물이나 아테네에 가져갈 짐 같은 게 있는지 해서요. 가구나 저장식품 같은 거요."

폰테이우스는 옥타비아의 눈빛을 살피며 생각했다. 그녀의 눈은 지금껏 내가 본 눈 중에 가장 아름답다. 하지만 저 눈이 이토록 매혹적인 건 독특한 색깔 때문은 아니야. 그 속에 담긴 다정함, 모든 걸 포용하는 사랑 때문이다. 어떻게 안토니우스는 그녀를 그처럼 배신할 수 있지? 그녀가 내 사람이라면 난 한시도 그녀 곁을 떠나지 않을 텐데. 또다른 모순이 있어. 그녀가 어떻게 옥타비아누스의 친누이일 수가 있지? 아, 하나 더. 그녀는 어떻게 안토니우스와 옥타비아누스를 동시에 사랑할 수 있을까?

"고맙습니다, 가이우스 폰테이우스." 옥타비아는 미소 지으며 말했다. "솔직히 지금 나는 한 가지 생각밖에 못하고 있어요." 그녀는 겁먹은 표정이었다. "바다요. 그런데 바다는 누구도 어찌할 수가 없잖아요."

폰테이우스는 소리내 웃더니 그녀의 손을 잡고 가볍게 입을 맞췄다.

"부인, 내가 최선을 다해보겠습니다! 아버지 신 넵투누스와 지진의 신 불카누스, 항해자들의 신 라레스 페르마리니께 잔잔한 바다와 순풍, 빠른 도착을 빌며 제물을 잔뜩 바치지요."

그가 떠나는 모습을 쳐다보며 옥타비아는 안도감이 들었다. 정말 착한 사람이야! 그가 책임자라면 다 잘될 거야, 바다가 어떻든 간에.

바다는 폰테이우스가 제물을 바치면서 바랐던 그대로였다. 타이나론 곶을 돌 때조차 위험한 순간이 없었다. 하지만 옥타비아는 그가 오직 그녀의 안녕을 위해 신경썼다고 생각하는 반면, 폰테이우스는 자신의 바람이 많은 부분 그 자신을 위해서였음을 알았다. 그는 항해하는 동안 이 사랑스러운 여성과 함께 있길 바랐고, 그러려면 뱃멀미가 없어야 했던 것이다. 피레아스에 배를 댔을 때를 포함해 지금까지 그녀는 흠잡을 데가 없었다. 유쾌하고 재치 있고 대화하기 편했으며, 고상한 척한다든지 그가 '로마 마나님'의 특징이라고 부르는 모습도 전혀 없었다―멋지다! 옥타비아누스가 그녀에게 바치는 조각상들을 세우는 것도, 평범한 사람들이 그녀를 존경하고 사랑하는 것도 놀랍지 않았다! 타렌툼에서 아테네까지 두 주 동안 옥타비아와 동행한 일은 그의 기억 속에 평생 간직될 터였다. 사랑? 사랑인가? 어쩌면. 하지만 그는 자신의 마음을 그가 남녀 간의 사랑이라는 말에 결부시키는 저열한 충동과는 무관하다고 생각하고 싶었다. 물론 그녀가 한밤중에 나타나 사랑의 행위를 요구한다면 그도 거부하지 않을 터였지만, 그녀가 그렇게 나타나는 일은 없었으니까. 옥타비아는 좀더 높은 차원에 속한 사람이었다, 여자이면서 여신인 사람.

최악인 점은 안토니우스가 옥타비아를 만나러 아테네에 오지 않을 것임을, 안토니우스는 안티오케이아에 있는 클레오파트라 여왕의 치마폭에서 결코 벗어나지 못할 것임을 폰테이우스가 안다는 사실이었다. 옥타비아의 남동생도 그것을 알고 있었다.

"내 누이를 당신에게 맡기겠소, 가이우스 폰테이우스." 옥타비아누스는 수레 행렬이 카푸아에서 타렌툼으로 출발하기 직전에 말했다. "당신이 안토니우스의 수하들 중 가장 성실한 사람이라고 생각하며 명예를 아는 남자라고 믿기 때문이오. 물론 당신의 주된 임무는 여러 군수물자를 안토니우스에게 안전하게 전달하는 것이지만, 당신이 괜찮다면 그 이상을 부탁하고 싶소."

언제나처럼 비꼬는 듯한 옥타비아누스식 칭찬이었지만—안토니우스의 '수하들' 중 하나라니—폰테이우스는 화내지 않았다. 옥타비아누스가 정말로 하고 싶은 훨씬 더 중요한 이야기의 도입부에 불과함을 감지했기 때문이다. 그 이야기는 곧바로 나왔다.

"당신은 안토니우스가 뭘 하는지, 누구와 어디서 그러고 있는지, 그리고 아마도 왜 그가 그러는지 알 거요." 옥타비아누스는 웅변하듯 말했다. "불행히도 내 누이는 안티오케이아에서 벌어지고 있는 일을 거의 모르고, 나 역시 누이에게 말하지 못했소. 왜냐하면 안토니우스가 그저—음—클레오파트라의 몸으로 시간을 때우는 중일 수도 있기 때문이오. 난 그렇지 않을 거라 생각하지만, 확신할 순 없는 일이니까. 내 부탁은 안토니우스가 아테네에 오지 않을 경우 옥타비아의 곁을 지켜달라는 것이오. 그가 오지 않으면, 폰테이우스, 불쌍한 옥타비아에겐 친구가 필요하오. 안토니우스의 부정이 진지하다는 소식을 들으면 내 누이는 무너지고 말 거요. 친구 이상이 되어서는 안 되지만, 세심하게 마음을 써주는 친구여야 하오. 내 누이는 로마의 행운의 일부이자 상징적인 베스타 신녀요. 안토니우스가 그녀를 실망시킨다면 그녀는 귀국해야 하지만, 급히 떠밀리듯 와서는 안 되오. 이해하겠소?"

"잘 알겠습니다, 카이사르." 폰테이우스는 망설임 없이 대답했다. "그분의 희망이 완전히 사라질 때까지 아테네를 떠나서는 안 된다는 말씀이지요."

그 대화를 떠올리자 폰테이우스의 얼굴이 일그러졌다. 그때보다 이 여인을 잘 알게 된 지금 그는 그녀를 기다릴 운명에 너무나도 마음이 쓰였다.

이제 그리스였고, 제물은 그리스의 신들에게 바쳐야 했다. 어머니 신 데메테르, 그녀의 유괴 당한 딸 페르세포네, 전령의 신 헤르메스, 대해의 신 포세이돈, 왕후 헤라에게. 안토니우스를 아테네로 보내시고 그가 클레오파트라와의 관계를 끊게 해주소서! 어떻게 그는 아름다운 옥타비아보다 저 못생기고 쪼그만 말라깽이 여자를 더 좋아할 수 있지? 말도 안 돼, 말도 안 된다!

옥타비아는 안토니우스가 안티오케이아에 있다는 소식을 듣고 실망감을 감춰야 했지만, 끔찍한 프라아스파 작전에 관해서도 충분히 들었기에 아마도 남편이 지금은 병사들과 함께 있고 싶어할 거라 이해했다. 그래서 아테네에 도착하자마자 남편에게 편지를 썼고, 군인들부터 공성망치와 포까지 선물이 가득한 물자 수송대에 관해 적었다. 그의 자식들, 그녀의 육아실에 있는 다른 아이들, 가족과 로마의 일들에 관해서도 잔뜩 썼고, 그가 아테네로 올 수 없다면 그녀를 안티오케이아로 불러도 된다는 뜻도 꾸밈없이 비쳤다.

안토니우스의 답장을 기다리면서—한 달은 족히 걸릴 터였다—그녀는 예전에 거기 살 때 알던 친구와 지인 들의 방문을 견뎌야 했다. 대부분은 무해한 방문이었지만, 페르디타가 왔다고 집사가 알렸을 때 옥타비아의 가슴은 철렁 내려앉았다. 그 늙은 로마인 마나님은 금권가 상인의 아내로 엄청나게 부유하고 위태로울 정도로 게으른 여자였다. 페르디타는 그녀가 자랑스럽게 과시하는 별명이었다. 그녀 본인이 파멸하는 게 아니라 남들을 반드시 파멸시킨다는 뜻이 담겨 있었다. 페르디타는 파괴자이자 홍보의 전령이었다.

"아, 불쌍해라, 불쌍해서 어쩐대요!" 그녀는 응접실로 어슬렁어슬렁 걸어들어오며 소리쳤다. 최신 유행인 충격적일 정도로 시뻘건 색의 얇은 양모 옷을 입고 있었다. 셀 수도 없는 목걸이, 팔찌, 귀걸이 들이 죄수의 사슬처럼 쩔렁쩔렁 소리를 냈다.

"페르디타. 반갑습니다." 옥타비아는 그녀가 두 뺨에 입맞춤을 퍼붓고 두 손을 꽉 쥐는 걸 참으면서 사무적인 목소리로 말했다.

"정말 부끄러운 일이에요. 그를 보게 되면 꼭 그렇게 말해주세요!" 페르디타는 큰 소리로 그렇게 말하며 의자에 앉았다.

"뭐가 부끄러운 일이죠?" 옥타비아가 물었다.

"어머, 안토니우스가 클레오파트라와 벌이는 뻔뻔한 애정행각 말이죠!"

옥타비아의 입가에 미소가 어렸다. "그게 뻔뻔한 일인가요?"

"그럼요, 그는 그녀와 결혼했다니까요!"

"그래요?"

"정말이에요. 두 사람은 레우케 코메를 떠나 안티오케이아에 도착하자마자 결혼했답니다."

"그걸 어떻게 아세요?"

"페레그리누스가 나이우스 킨나와 스카우루스, 티티우스, 포플리콜라한테서 편지를 받았거든요." 페르디타가 대답했다. 페레그리누스는 그녀의 남편이었다. "확실해요. 그 여자는 작년에 안토니우스의 아들을 하나 더 낳기도 했죠."

페르디타는 반시간을 머물렀다. 집주인이 다과를 내오게 하지 않는 데도 끈덕지게 의자에 엉덩이를 붙이고 있었다. 그러면서 본인이 아는 모든 이야기를, 여러 달 동안 술독에 빠져 클레오파트라를 기다린 안토니우스 이야기며 두 사람의 결혼식 이야기를 세세한 부분까지 쏟아냈다. 옥타비아도 일부는 이미 알고 있었지만, 페르디타가 그리듯 말해준 것처럼 자세히 알진 못했던 이야기였다. 옥타비아는 무표정한 얼굴로 잠자코 듣고 있다가 그 불쾌한 촌극을 끝낼 수 있게 되자 곧바로 자리에서 일어섰다. 아내와 떨어져 지내는 남자는 애인을 만들기 마련이라든지, 페르디타가 어디 가서 오늘 아침의 일을 얘기할 때 양념이 될 만한 얘기는 일절 하지 않았다. 물론 그 여자는 꾸며내서라도 떠벌리고 다니겠지만, 페르디타의 거짓말을 들은 사람들은 옥타비아를 만났을 때 그녀의 말이 사실이라고 생각할 아무런 근거도 찾지 못할 터였다. 페르디타가 쩔렁쩔렁 소리를 내며 아테네의 햇볕 속으로 나간 후 옥타비아는 응접실 문을 닫고 한 시간 동안 하인들마저 들어오지 못하게 했다. 클레오파트라, 이집트의 여왕. 그래서 동생은 정찬 자리에서조차 클레오파트라에 관해 그리도 혹독하게 말했던 것일까? 내가 사실상 아무것도 모르는 동안 다른 사람들은 얼마나 많이 알고 있었을까? 작년에 태어난 남자애를 포함해서 남편이 클레오파트라한테서 낳은 자식들에 관해 옥타비아도 알았지만 그 아이들 때문에 괴로운 적은 없었다. 그저 이집트 여왕은 생산력이 좋은 여자구나, 옥타비아 본인과 마찬가지로 임신을 굳이 피하려 하지 않는 여자구나 하고 생각했다. 옥타비아가 생각한 클레오파트라는 디부스 율리우스를 열정적으로 온 마음을 다해 사랑한 여자, 다음 세대에 왕좌를 지키기 위해 그의 친척과 자식을 더 낳아 위안을 얻는 여자였다. 그리고 옥타비아는 안토니우스가 여색에 빠지지 않을 거라 생각한 적도 없었다. 그건 그의 천성인데 어쩌겠는가?

하지만 페르디타가 얘기한 건 영원한 사랑이었다! 아, 악의로 가득 찬 그 여자의 말을 왜 믿어야 하지? 그러나 옥타비아의 살갗 밑으로 파고든 벌레는 그녀의 온몸에, 심장에, 희망에, 꿈에 구멍을 파며 기어들어왔다. 남편이 클레오파트라에게 도움을 요청했다는 것도, 그가 여전히 그 멋진 여왕의 품안에 있다는 것도 부인할 수 없었다. 하지만 그는 옥타비아가 아테네에 있다는 걸 알게 되면 즉시 클레오파트라를 이집트로 보내고 아테네로 올 것이었다. 옥타비아는 그렇게 확신했다!

그럼에도 혼자서 응접실 안을 서성인 한 시간 동안 옥타비아는 페르디타가 만들어낸 벌레와 씨름하며 이성을 유지하려고, 그녀의 막강한 자산인 분별을 유지하려고 고군분투해야 했다. 디부스 율리우스를, 지적이고 심미적이며 특이하고 까다로운 취향의 남자를 유혹한 것으로 가장 유명한 여자와 안토니우스가 사랑에 빠진다는 건 말이 안 됐기 때문이다. 카이사르와 안토니우스에게는 백묵과 치즈만큼의 공통점밖에 없는데. 흔한 비유를 들자면 그렇지만, 그 정도로도 두 사람의 차이를 설명하기엔 부족했다. 루비와 붉은색 유리구슬이라고 하는 게 나을까? 아니, 아니, 왜 실없는 은유에 시간을 낭비하고 있지? 디부스 율리우스와 안토니우스의 공통점은 율리우스 가문의 피뿐이고, 동생 카이사르의 말에 따르면 단지 그 때문에 클레오파트라가 안토니우스를 원하게 된 거다. 동생이 털어놓은 얘기로는 자기에게도 율리우스 혈통 때문에 여왕이 접근한 적이 있다고 그랬지. 그녀는 자식들이 율리우스 혈통이어야만 한다고 생각한다고. 자식을 낳게 한다는 명분으로 여왕과 동침하는 일에 안토니우스는 매우 솔깃했을 거라고, 두 사람의 관계를 처음 전해들었을 때 나는 그렇게 이해했었지. 하지만 사랑이라니? 그럴 리 없어! 불가능해!

여느 때처럼 짬을 내 옥타비아를 방문한 폰테이우스는 그녀가 미묘하게 시들어 있음을 눈치챘다. 아름다운 눈 아래 그늘이 생겼고 미소는 금세 사라지곤 했으며 두 손은 갈 곳을 모르고 방황했다. 그는 노골적으로 나가기로 마음먹었다.

"누가 헛소리를 지껄인 겁니까?"

옥타비아는 몸을 떨었다. 침울한 표정이었다. "눈에 띄나요?"

"다른 사람은 몰라도 내 눈에는 띕니다. 당신 동생은 내게 당신의 안녕을 책임지라고 했고 난 그 임무를 마음 깊이 새겼으니까요. 누굽니까?"

"페르디타요."

"가증스러운 여자 같으니! 뭐라고 하던가요?"

"내가 모르는 이야기는 거의 없었어요, 결혼만 빼고요."

"그 여자가 얘기한 내용이 아니라 방식이 문제군요?"

"네."

그는 그녀의 방황하는 두 손을 덥석 잡고 엄지로 손등을 쓸었다. 위안을—혹은 사랑을—느낄 수 있는 손길이었다. "옥타비아, 잘 들어요!" 그는 아주 진지하게 말했다. "부디 최악을 생각하지 마십시오. 결론을 내리기엔 너무 일러요. 난 안토니우스의 가까운 벗이라 그를 잘 압니다. 아마 아내인 당신만큼 잘 알지는 못하겠지만 다른 방식으로요.

그는 이집트 여왕과의 결혼이 동방의 트리움비르로서 통치에 필요하다고 생각했을 겁니다. 그 일이 당신에게 영향을 줄 수는 없어요. 당신이 그의 적법한 아내니까요. 그 불법적 결합은, 어느 것 하나 그의 생각대로 되지 않았던 동방에서 그가 해본 여러 시도 중 하나 같습니다. 그가 느꼈을 엄청난 실망감을 억누를 방식이랄까요." 폰테이우스는 그녀가 지나치게 친밀한 접촉이라고 느끼기 전에 그녀의 손을 놓았다. "이해하시겠습니까?"

그녀는 전보다 나아 보였고 긴장도 다소 풀린 것 같았다. "네, 폰테이우스, 이해해요. 그리고 진심으로 감사드려요."

"앞으로는 페르디타를 집에 들이지 마십시오. 아, 물론 그 여자는 자기 남편이 또 친구의 편지를 받으면 여기 올 겁니다! 하지만 만나주지 마세요. 약속할 거죠?"

"약속해요." 그녀는 웃음을 지으며 대답했다.

"이제 좋은 소식을 전할게요. 오늘 오후에 〈오이디푸스 왕〉 공연이 있답니다. 단장할 시간을 좀 드릴 테니 같이 가서 배우들이 얼마나 잘하는지 봅시다. 연기가 기막히다는 소문을 들었거든요."

옥타비아가 안티오케이아로 편지를 보낸 지 한 달 뒤, 안토니우스의 답장이 도착했다.

내가 당신 동생한테 받기로 한 2만 병사를 데려온 것도 아니면서 왜 아테네에 있는 거요? 난 여기서 파르티아 메디아 원정을 재개할 준비를 하고 있고 유능한 로마 병력이 너무나 부족한데, 옥타비아누스는 뻔뻔하게 2천 명만 보냈단 말이오? 너무하오, 옥타비아, 정말 너무하단 말이오. 옥타비아누스는 지금 내가 직접 이탈리아로 돌아가 모병할 수 없다는 걸 아주 잘 알고, 그가 날 위해 4개 군단을 모아주는 게 우리 협약의 일부였단 말이오. 내게 너무나 절실히 필요한 군단 말이오.

이 아이 저 아이에 관해 지껄여대는 당신의 실없는 편지도 잘 받아보았소. 당신은 지금 같은 때에 내가 육아실과 거기 있는 애들한테 조금이라도 신경쓸 수 있을 거라 생각하오? 내가 신경쓰는 건 옥타비아누스가 어긴 협약이오. 4개 대대가 아니라 4개 군단이오! 그것도 최고의 병사들로 구성된! 그리고 당신 동생은 어째서 삼나무 천지인 리바노스 산맥 옆에 있는 내게 초대형 공성망치 같은 게 필요하리라고 생각하는 거지?

그와 그에게 달라붙은 놈들이 다 역병으로 죽었으면 좋겠소!

옥타비아는 식은땀에 흠뻑 젖은 채 편지를 내려놓았다. 사랑의 말도, 애정이 담긴 구절도, 그녀가 여기 온 것에 대한 그 어떤 반응도 없었다. 카이사르를 욕하는 말뿐이었다.

"함께 온 병력과 물자를 어떻게 해달라는 얘기조차 없네요." 그녀는 폰테이우스에게 말했다.

그는 얼굴이 딱딱하게 굳는 느낌이었다. 피부가 모래 폭풍을 맞는 것처럼 따끔따끔했다. 그를 응시하는 커다란 두 눈에, 너무나 맑아서 가장 내밀한 생각들도 들여다보이는 창문 같은 눈에 눈물이 차오르더니 두 뺨을 타고 흘러내렸다. 그녀는 자기가 운다는 것도 모르는 모양이었다. 폰테이우스는 토가 자락 안에서 손수건을 꺼내 건넸다.

"기운 내세요, 옥타비아." 그가 말했다. 목소리를 제대로 내기 힘들었다. "이 편지를 읽으니 두 가지 생각이 듭니다. 첫째로, 우리 둘 다 알고 있는 안토니우스의 측면이 드러났다는 겁니다. 성내고 참을성 없고 좌절했을 때의 안토니우스 말예요. 그가 보기엔 카이사르가 자기한테 모욕을 가한 것이고, 그에 대한 평소의 첫 반응으로 그가 방안을 서성대고 길길이 날뛰는 모습이 눈앞에 선하군요. 당신은 어쩌다보니 중간자, 그가 울화를 터뜨리기 위해 죽이는 전령 같은 존재가 된 거예요. 하지만 중요한 건 그게 아닙니다. 둘째로, 나는 클레오파트라가 당신의 편지 내용을 들으며 메모를 끄적거린 뒤 그에게 답장 내용을 불러줬다고 생각합니다. 안토니우스가 답장을 썼다면 어쨌든 건네받은 병력은 물론 물자와 전투 장비들을, 그에게 절실히 필요한 그것들을 어떻게 하길 원한다는 내용은 있었을 테니까요. 반면 클레오파트라는 군사 문제에는 초보라 그런 지시를 군이 내리지 않을 거고요. 이 편지는 그녀가 쓴 겁니다, 안토니우스가 아니라요."

말이 되는 얘기였다. 옥타비아는 눈물을 닦고 코를 푼 다음 폰테이우스의 젖은 손수건을 낙담한 표정으로 쳐다보다가 웃음을 지었다. "손수건이 더러워졌네요. 세탁해서 돌려드릴게요." 그녀가 말했다. "고맙습니다, 친애하는 폰테이우스. 그런데 이제 난 어떻게 해야 할까요?"

"나랑 아리스토파네스의 〈구름〉이나 보러 갑시다. 그런 다음에 이 편지는 받아본 적도 없는 것처럼 안토니우스에게 다시 편지를 쓰세요. 카이사르의 선물을 어떻게 하길 바라냐고 물어봐요."

"언제 아테네에 올 건지 물어볼까요? 그래도 될까요?"

"그럼요. 그는 꼭 올 겁니다."

한 달이 또 지나갔다. 비극과 희극, 강연, 나들이 등 폰테이우스가 생각해낼 수 있는 모든 즐길거리로 그의 불쌍한 가인이 시간을 보내는 걸 도운 끝에 안토니우스의 답장이 도착했다. 재미있는 건 페르디타조차도 폰테이우스가 임페라토르 카이사르의 누나를 따라다니며 비위를 맞춰주는 것에 대해 뜬소문을 낼 수 없었다는 거였다. 간단히 말해, 아무도 옥타비아가 부정을 저지르는 아내가 될 수도 있다고 생각하려 들지 않았던—또는 할 수 없었던—것이다. 폰테이우스는 그녀의 보호자였다. 카이사르는 그 사실을 숨기지 않았고 머나먼 아테네까지 그 사실이 확실히 알려지게 했다.

그러나 이제는 모든 사람들이 옥타비아누스가 '짐승들의 여왕'이라고 명명한 여자와 안토니우스의 끊어지지 않는 관계에 관해 얘기하기 시작했다. 폰테이우스는 자신이 이러지도 저러지도 못하는 상황에 빠졌음을 깨달았다. 그의 절반은 안토니우스를 변호해주고 싶었지만 다른 절반, 이제는 옥타비아를 깊이 사랑하게 된 절반은 오직 그녀의 안녕에만 신경이 쓰였다.

안토니우스의 편지는 첫번째 편지만큼 큰 충격으로 다가오지는 않았다.

로마로 돌아가시오, 옥타비아! 난 당분간 아테네에 갈 일이 없으니 당신이 로마에서 돌봐야 하는 아이들을 두고 거기서 기다릴 이유가 없소. 다시 말하겠소, 로마로 돌아가시오!

군대와 물자는 배에 태워 즉시 안티오케이아로 보내시오. 폰테이우스도 같이 와도 되고, 안 와도 관계없으니 마음대로 하라고 하시오. 내가 들은 얘기에 따르면 그는 나보단 당신한테 더 필요한 것 같으니까.

안티오케이아로 와서는 안 되오, 알겠소? 안티오케이아가 아니라 로마로 가시오.

어쩌면 충격 때문에 눈물이 나지 않는 건지도 몰랐지만 옥타비아는 확신할 수 없었다. 고통은 끔찍했으나 마치 별개의 생명체인듯 이상하게도 옥타비아에게, 임페라토르 카이사르의 누이이자 마르쿠스 안토니우스의 아내인 그녀에게 연결되지는 않았다. 고통이 그녀를 찢어발기고 바짝 말려버리는 동안 떠오르는 건 어린 두 딸뿐이었다. 딸들이 그녀의 눈 뒤쪽 캄캄한 곳에서 떠다녔다. 안토니아, 밝은 모래빛 머리칼의 키 큰 아이. 옥타비아의 어머니 아티아는 그애가 디부스 율리우스의 고모이자 가이우스 마리우스의 아내인 율리아를 연상시킨다고 했다. 이제 다섯 살로, 오래가지 않을 '말 잘 듣는' 시기를 지나고 있었다. 반면 토닐라는 붉은빛 머리카락과 눈에 도도하고 참을성 없으며 달래기 어렵고 열정적이었다. 안토니아는 아빠를 잘 몰랐고, 토닐라는 아예 아빠를 본 적도 없었다.

"넌 네 아빠랑 똑같구나!" 할머니 아티아는 토닐라의 울화 혹은 감정 폭발에 지칠 대로 지치면 그렇게 외치곤 했다.

"넌 네 아빠랑 똑같구나." 옥타비아는 아주 작게 속삭이곤 했고, 그 점 때문에 작은 화산 같은 딸을 더욱 사랑했다.

이제 그 모든 게 끝났음을 옥타비아는 알았다. 언젠가 예견했던 날이 온 것이다. 이제 죽을 때까지 그를 사랑하면서 그 없이 살아야 할 터였다. 그를 이집트 여왕에게 묶어두는 것은 뭔지는 모르지만 아주 강력했고, 어쩌면 부서뜨릴 수 없을 터였다. 하지만—하지만—마음속 깊은 곳에서 옥타비아는 두 사람의 관계가 행복한 결합은 아님을, 안토니우스가 그 결합에 욕을 퍼붓고 반쯤은 증오함을 알았다. 그녀는 생각했다. 나와 있을 때 그는 평온하고 만족스러워해. 그 여자는 그를 자극하고 몰아대고 고문한다.

"그런 결혼은 그를 미치게 만들 거예요." 옥타비아는 폰테이우스에게 말했다. 그녀는 그에게도 남편의 답장을 보여주었다.

"네, 그럴 겁니다." 폰테이우스는 목구멍 속의 커다란 덩어리를 용케 억누르며 말했다. "불쌍한 안토니우스! 클레오파트라는 자기 좋을 대로 그를 짜맞추려 할 거예요."

"그녀 좋을 대로라는 게 어떤 건데요?" 옥타비아는 절박한 표정으로 물었다.

"나도 알았으면 좋겠지만, 모릅니다."

"그이는 왜 나와 이혼하지 않았을까요?"

폰테이우스는 깜짝 놀라더니 분한 표정을 지었다. "맙소사! 나는 왜 그런 생각을 하지 못했죠? 그러게요, 어째서 그는 당신과 이혼하지 않았을까요? 이 편지를 보면 그래야 맞을 텐데 말입니다."

"잘 생각해보세요, 폰테이우스! 당신은 틀림없이 알 거예요. 그것이 무엇이든 분명 정치적인 이유겠죠."

"이 두번째 편지는 놀랍지 않아요, 그렇죠? 당신은 이런 내용을 예상했을 겁니다."

"네, 그러니까요! 그런데 왜 이혼하지 않죠?" 그녀가 계속 물었다.

"내 생각엔 그가 배수의 진을 치진 않았다는 뜻 같습니다." 폰테이우스가 천천히 말했다. "아직은 로마인 아내가 있는 로마인이라 느끼고 싶은 거죠. 당신은 보호책입니다, 옥타비아. 당신과 이혼하지 않음으로써 여왕한테서 벗어날 구실을 유지하는 것일 수도 있고요. 그 여자는 가장 깊은 절망의 순간에 갈고리 발로 그를 꽉 움켜쥔 거예요. 그가 누구라도 닿을 수 있는 이에게서 위안을 얻으려 한 시기였죠. 그게 그 여자였던 겁니다."

"그녀는 그리될 수밖에 없게 만들었죠."

"네, 그렇습니다."

"하지만 왜죠, 폰테이우스? 그이한테서 뭘 원하는 걸까요?"

"영토. 권력. 그녀는 동방의 군주입니다, 미트리다테스 대왕의 손녀죠. 프톨레마이오스 왕가의 일원다운 사람은 아닙니다. 그 왕가 사람들은 무기력하고 여러 세대 동안 변변찮은 야심을 품어왔어요. 먼 곳을 보기보단 서로 이집트 왕좌를 훔치는 데 골몰하죠. 클레오파트라는 팽창을 갈망합니다―미트리다테스와 셀레우코스 왕조 쪽 성향이죠."

"그녀에 관해 어떻게 그리 많이 아세요?" 옥타비아가 궁금하다는 표정으로 물었다.

"알렉산드리아와 안티오케이아에 있을 때 사람들과 얘기해봤습니다."

"그녀를 직접 봤을 때는 무슨 생각을 하셨어요?"

"여러 가지 생각을 했지만 크게 두 가지입니다. 하나, 그녀가 디부스 율리우스와 낳은 아들에게 몹시 집착한다는 것. 둘, 그녀가 약간 테티스 같다는 것요―자신의 목표를 달성하기 위해 필요하다면 무엇으로든 변신할 수 있는 사람이라고 말입니다."

"상어, 오징어―나머지는 잊어버렸네요. 테티스가 뭘로 변하든 펠레우스가 단단히 붙들었다는 내용만 기억나요." 그녀는 몸을 떨었다. "정말이지, 불쌍한 안토니우스! 그이는 그녀를 붙들기로 마음먹은 거예요."

폰테이우스는 화제를 바꾸기로 결심했지만, 그녀의 기운을 북돋을 그 어떤 것도 생각해낼 수 없었다. "이제 로마로 돌아갈 겁니까?"

"그래야죠. 강요하기는 싫지만, 혹시 배를 구해줄 수 있으세요?"

"그뿐이겠습니까," 그가 선선히 말했다. "당신 동생에게 당신의 안녕을 책임지라는 임무를 받았으니 나도 함께 가겠습니다."

안도, 혹은 기쁨. 폰테이우스는 그녀의 얼굴이 약간 풀어지는 걸 보며 간절히 바랐다. 그녀가 그를, 가이우스 폰테이우스 카피토를 사랑하게 만들 수 있기를. 꽤 많은 여자들이 그를 사랑한다고 말했다. 전처 두 명은 확실히 그랬지만, 그들은 아무것도 아니었다. 그러길 바랐던 적이 있는지 기억조차 안 날 정도로 오랜 세월이 지나서야 그는 마음속의, 꿈속의 여자를 발견한 것이었다. 그러나 그녀는 다른 남자를 사랑했고 앞으로도 그럴 터였다. 폰테이우스가 계속 그녀를 사랑할 것과 마찬가지로.

"우린 참 이상한 세상에 살고 있군요." 그는 용케 쓴웃음을 지으며 말했다. "오늘 오후에 〈트로이아 여인들〉 공연이 있는데 보러 갈 수 있겠습니까? 아무래도 주제가 지금 상황과 비슷하거든요—자기 남자를 잃은 여자들요. 하지만 에우리피데스는 진정한 대가인데다 출연진도 화려하다고 합니다. 코린토스의 데메트리오스가 헤카베를, 도리스코스가 안드로마케를, 그리고 아리스토게네스가 헬레네를 연기한답니다—사람들 말로는 아주 잘한다더군요. 가시겠습니까?"

"네, 데려가주세요." 그녀가 눈까지 웃음을 띠며 대답했다. "그녀들의 고통에 비하면 내 고통은 별거 아니겠죠? 적어도 난 집도 있고 자식들도 있고 자유도 있으니까요. 트로이아 여자들의 고난을 보는 건 내게 유익할 거예요, 특히나 난 그 연극을 본 적이 없거든요. 가슴 아프도록 절절하다니까, 난 다른 사람의 문제 때문에 울 수 있겠죠."

한 달 뒤 옥타비아가 로마에 도착했을 때 옥타비아누스는 누나의 문제 때문에 울었다. 9월이었고 그는 곧 일리리쿰 부족들에 대한 첫 작전을 위해 떠날 예정이었다. 그는 얼른 눈물을 훔치며 폰테이우스가 준 편지 두 통을 책상에 던져버리고 평정을 되찾으려 애썼다. 바란 대로 되었지만, 그는 분노로 이가 갈렸다. 하지만 폰테이우스에게 화를 낼 순 없었다.

"내가 옥타비아를 만나기 전에 나를 만나러 와줘서 고맙소." 그는 손을 내밀며 폰테이우스에게 말했다. "당신은 내 누나를 명예롭고 친절하게 대해주었소. 누나에게 굳이 듣지 않아도 다 알고 있소. 누나가⋯⋯ 누나가 많이 풀죽어 있소?"

"아니요, 카이사르, 그런 분이 아닙니다. 안토니우스의 행동은 그분께 충격을 안겨줬지만, 그분이 굴하게 만들지는 못했지요."

옥타비아누스는 누나를 보자마자 그 말에 동의했다.

"우리집으로 가서 같이 살자." 그는 누나에게 어깨동무를 하며 말했다. "물론 조카들도 같이 가야지. 리비아 드루실라도 하루빨리 누나와 같이 살고 싶어해. 카리나이는 너무 멀잖아."

"아니, 카이사르, 그럴 순 없어." 옥타비아가 엄한 목소리로 말했다. "난 안토니우스의 아내야. 그가 나가라고 하지 않는 한 그의 집에서 살 거야. 이 문제로 날 괴롭히지 말아줘! 내 마음은 바뀌지 않아."

그는 한숨을 쉬며 누나를 의자에 앉히고 다른 의자를 가까이 당겨 앉은 뒤 그녀의 두 손을 잡았다. "옥타비아, 그는 이 집으로 돌아오지 않을 거야."

"나도 알아, 가이우스. 하지만 달라질 건 없어. 난 여전히 그의 아내고, 그건 그가 내게 그의 자식들과 집을 돌보기를 기대한다는 뜻이야. 남편이 외국에 있는 아내의 의무지."

"돈은 어쩌고? 그가 누나한테 돈을 주진 않을 텐데."

"돈은 나한테도 있어."

그 말에 그는 화가 났지만, 화는 안토니우스의 무정함을 겨냥하는 것으로 쟁여두었다. "누나 돈은 누나 거야, 옥타비아! 원로원이 안토니우스의 급료 상당 부분을 누나에게 지급하도록 하겠어. 로마에 있는 그의 자산관리를 위해서 말이야, 그의 빌라들도 포함해서."

"아니, 부탁이니 그러지 마! 내가 장부를 잘 정리해서 그가 돌아오면 되돌려받을게."

"옥타비아, 그는 돌아오지 않는다고!"

"그건 확신할 수 없지, 카이사르. 내가 남자의 열정을 이해한다고 주장할 순 없지만 안토니우스에 관해선 알아. 그 이집트 여자는 또다른 글라피라, 어쩌면 풀비아야. 여자들이 성가셔지면 그는 흥미를 잃어."

"그는 누나한테 흥미를 잃었어."

"아니, 그렇지 않아." 그녀는 씩씩하게 대꾸했다. "난 아직 그의 아내야, 그는 나와 이혼하지 않았어."

"그건 자기 진영의 원로원 의원과 기사 들을 계속 얌전하게 만들기 위해서야. 정식 아내인 누나와 이혼하지 않는 한 아무도 그가 이집트 여왕의 손아귀에 영원히 붙잡혔다고 말할 수 없으니까."

"아무도 말할 수 없다고? 솔직해져 봐, 카이사르! '네가' 말할 수 없다는 뜻이겠지! 난 장님이 아니야! 넌 안토니우스가 반역자로 보이길 원하지─내가 아니라 널 위해서."

"그렇게 믿고 싶다면 믿어, 하지만 사실이 아니야."

"난 여길 떠나지 않아." 그녀는 그 말을 마지막으로 입을 닫았다.

옥타비아누스는 놀라지도 크게 분노하지도 않은 상태로 누나의 집을 떠났다. 그는 어린 소년의 관점으로만 누나를 알았다. 끈에 묶인 것처럼 네 살 연상의 누나를 따라다니며 누나가 표현하는 생각을, 친구들과 나누는 소녀다운 대화를, 청소년기의 흠모와 짝사랑을 엿본 소년으로서. 안토니우스는 그녀가 여자로서 그를 사랑할 수 있을 나이가 되기 훨씬 전부터 흠모했던 사람이었다. 마르켈루스가 청혼했을 때 그녀는 자신의 의무를 알고 있었기에 군말 없이 운명에 따랐고 안토니우스와의 결혼은 꿈도 꾸지 않았다. 당시 안토니우스는 풀비아에게 홀딱 반해 있었기에, 열여덟 살의 분별 있는 옥타비아는 내내 간직해온 희망을 버렸던 것이다.

"이리로 이사하지 않겠대요?" 귀가한 남편에게 리비아 드루실라가 물었다.

"그렇소."

리비아 드루실라는 혀를 찼다. "쯧! 안타깝네요!"

그는 웃으면서 아내의 뺨을 사랑스럽다는 듯이 어루만졌다. "말도 안 돼! 당신으로선 아주 다행 아니오. 당신은 아이를 좋아하지 않는데 그 버릇없는 응석받이 조카들이 여기서 살면 온 집안을 뛰어다닐 테니까. 우리가 무슨 수를 써도 그애들을 얌전하게 만들 순 없을 거요."

그녀가 킥킥댔다. "맙소사, 그러네요! 하지만 카이사르, 특이한 건 내가 아니라 옥타비아예요. 아이들은 누구나 갈망하는 존재고, 나도 임신을 한다면 무척 기쁠 거예요. 하지만 옥타비아는 어미 고양이마저 무심해 보이게 만드는 엄마잖아요. 그런 그녀가 애들 없이 아테네로 가겠다고 했을 때 난 놀랐답니다."

"누나가 아이들 없이 간 건—계속 고양이에 빗대어 말하자면—안토니우스는 수고양이라 아이들에 관한 생각이 당신과 같다는 걸 알기 때문이오. 불쌍한 옥타비아!"

"물론 그녀가 정말 안됐지만, 카이사르, 나중보다 지금 고통을 당하는 게 그녀에게 나을 거란 사실을 잊지 마세요."

 푸블리우스 카니디우스와 그의 휘하 7개 군단이 아르메니아로 침투해 좋은 성과를 내는 동안 안토니우스는 시리아에 남아 있었다. 아시아 속주에서 벌어지는 섹스투스 폼페이우스와의 전쟁을 감독하고 메디아 파르티아로 진격할 다음 작전을 위해 대군을 모은다는 명분이었지만, 사실 핑계에 지나지 않았다. 그는 술로 인한 병에서 천천히 그리고 고통스럽게 회복되는 데 한 해를 다 써야 했던 것이다. 삼촌 플랑쿠스가 시리아를 통치하는 동안 조카 티티우스는 안토니우스의 대리자로서 군대를 이끌고 에페소스로 가서 푸르니우스와 아헤노바르부스, 갈라티아의 아민타스가 섹스투스 폼페이우스를 제압하는 것을 도왔다. 섹스투스를 프리기아의 미다이온에서 궁지에 몰아넣은 건 티티우스였고, 그를 아시아 해안의 밀레토스로 호송해 간 것도 티티우스였다. 거기서 섹스투스는 티티우스의 명령으로 처형당했는데 이에 안토니우스는 매우 개탄했다. 안토니우스는 티티우스가 그렇게 하도록 부추겼다며 삼촌 플랑쿠스를 비난했지만, 플랑쿠스는 그 비밀 명령이 안토니우스한테서 온 것이므로 비난받을 사람은 안토니우스라고 강경하게 주장했다. 그렇지 않아! 안토니우스는 포효했다.

누구 탓인지는 결코 밝혀지지 않을 터였지만, 확실한 건 그 짧은 전쟁에서 안토니우스가 이득을 봤다는 사실이었다. 그는 섹스투스가 권태로워하던 노련병들을 모아 구성한 3개 군단에 더해, 데키무스 투룰리우스와 카시우스 파르멘시스 휘하의 항해에 능한 로마인들까지 손에 넣었다. 데키무스와 카시우스는 디부스 율리우스 암살자들 가운데 마지막 생존자였다. 두 사람이 복무할 수 있게 해달라고 요청하자 안토니우스는 승낙했고, 옥타비아누스는 거의 이성을 잃은 어조의 편지를 안토니우스에게 보냈다.

"이것이야말로 당신이 제 신성한 아버지의 살해 음모에 가담했다는 명확한 증거입니다." 옥타비아누스는 특유의 작고 섬세한 글씨로 그렇게 썼다. "당신의 온갖 끔찍하고 기만적이고 역겨운 공직 이력 중에서도 이번 일이 최악입니다. 당신은 그 두 사람이 암살자임을 '알면서도' 그들을 부하로 받아들였죠. 공개 처형을 시켜야 마땅한데 말입니다. 당신은 로마의 가장 낮은 정무관조차 될 자격이 없습니다. 당신은 제 동료가 아니라 적이며, 또한 모든 점잖고 명예로운 로마인들의 적입니다. 이번 일의 대가를 치르게 될 겁니다, 안토니우스. 디부스 율리우스를 걸고 제가 맹세하죠. 당신은 대가를 치를 겁니다."

"암살 음모에 가담했었어요?" 클레오파트라가 캐물었다.

안토니우스는 상처받은 표정을 지었다. "그럴 리가 없잖소! 유피테르시여, 카이사르가 살해된 지 10년이나 지났는데, 죽은 암살자 두 명과 살아 있는 로마인 제독 두 명 중에 내가 어느 쪽을 선택하겠소? 고민할 필요조차 없지."

"그건 그렇죠. 그래도……."

"그래도 뭐요?"

"카이사르 살해와 무관하다는 당신 말을 믿기가 쉽지 않네요."

"당신이 믿든 말든 상관없소! 이제 좀 알렉산드리아로 돌아가서 직접 통치하는 게 어떻소? 그럼 난 마음 편히 전쟁 계획을 세울 수 있을 테니까."

클레오파트라는 그의 제안대로 했다. 한 주 후 필로파토르호는 파라오를 태우고 알렉산드리아로 출발했다. 그녀가 선뜻 떠났다는 것은 술이 안토니우스의 몸에, 그리고 더 크게는 마음에 입힌 상처가 마침내 회복되었다고 믿는다는 증거였다. 그는 정말 특별했다! 비슷한 나이대의 다른 남자였다면 회복되었더라도 폭음이 신체에 남긴 상흔이 드러났을 테지만 마르쿠스 안토니우스는 달랐다. 예전과 변함없이 건강했고, 그의 말도 안 되는 작전을 수행하기에도 충분히 건강했다. 그러나 이번에는 그가 프라아스파로 진군하지 않을 것임을 클레오파트라는 확신했다. 편들어줄 카니디우스가 없어서 힘들긴 했지만, 그녀는 몇 달 동안 꾸준히 애써서 안토니우스의 야망이 다른 형태를 띠도록 만들었다. 물론 로마가 있는 서쪽으로 시선을 돌려야 한다고 말이나 표정으로 암시해서가 아니라, 이제 섹스투스 폼페이우스가 사라졌으니 옥타비아누스가 반드시 동쪽으로 올 거라는 사실을 거듭 뇌까려서였다. 그가 처형된 건 그녀의 의도였다. 그녀는 루키우스 무나티우스 플랑쿠스와 그 누이의 아들인 티티우스에게 막대한 뇌물을 썼고, 마침내 그녀의 바람은 실현되었다.

레피두스는 강제로 은퇴당하고 섹스투스 폼페이우스는 영원히 사라졌으니 옥타비아누스의 세계 지배를 막는 건 이제 마르쿠스 안토니우스밖에 없다고 클레오파트라는 주장했다, 옥타비아누스가 세상을 지배하길 원한다고 안토니우스를 설득하기는 어렵지 않았다. 특히나 그녀가 자신의 주장을 강화하는 데 예기치 못한 동맹을 찾아낸 후로는.

마치 안토니우스 주변의 빈자리를 냄새맡는 재주라도 있는 듯, 퀸투스 델리우스가 안티오케이아에 나타나 가이우스 폰테이우스가 포기한 자리를 맡고자 했다. 그는 폰테이우스의 험담을 끝도 없이 늘어놓으며 그가 이제 옥타비아의 노예라고, 상사병에 걸린 웃음거리라고 장담했다. 델리우스는 폰테이우스의 성실함과 반듯함을 전혀 갖고 있지 않았기에 그를 대신할 인물이 못 됐다. 그러나 그는 매수 가능한 사람이었고, 자신을 판 로마인 귀족은 매수자를 배신하지 않았다. 그건 아마도 명예의 문제인 듯했다. 설사 겉만 번지르르한 명예라 할지라도. 클레오파트라는 그를 샀다.

그녀는 폰테이우스가 비운 자리를 델리우스에게 맡겼고, 그는 다시한번 안토니우스의 대사로 일하게 되었다. 벤티디우스와 사모사타의 일은 안토니우스의 마음속에서 희미해졌고 더는 범죄처럼 보이지 않았다. 게다가 안토니우스는 남자다운 폰테이우스와 동행했던 시기를 그리워하고 있었기에, 안쓰러울 정도로 폰테이우스에 못 미침에도 불구하고 델리우스를 그 대용물로 삼았다. 아헤노바르부스가 시리아에 있었다면 일이 다르게 돌아갔겠지만 그는 비티니아에서 바빴다. 델리우스를—혹은 클레오파트라를—방해하는 건 아무것도 없었다.

현재 델리우스는 클레오파트라가 고안한 임무를 수행중이었다. 그와 클레오파트라가 힘을 합치자 그것이 중대한 임무임을 안토니우스에게 쉽게 설득시킬 수 있었다. 그는 안토니우스의 대사로서 메디아의 아르타바스데스의 궁전으로 가 파르티아의 이익에 반하는 로마와 메디아 간의 우호조약을 제안하고자 했다. 프라아스파가 수도인 메디아 본토는 파르티아 왕의 것이었고, 아르타바스데스는 더 작고 기후가 덜 쾌적한 메디아 아트로파테네를 통치했다. 아르메니아와 접한 부분 외엔 모든 국경이 파르티아와 닿아 있기에 아르타바스데스는 갈등에 빠졌다. 자기 보존을 위해서는 파르티아 왕의 심기를 건드릴 짓은 아무것도 해선 안 됐지만, 야망이 그를 부추겨 메디아 본토에 허기진 시선을 던지게 한 것이다. 안토니우스의 재앙 같은 작전이 시작되었을 당시엔 그도 그와 이름이 같은 아르메니아의 왕도 로마를 이길 순 없다고 확신했지만, 안토니우스가 아르탁사타에서 그 끔찍한 행군을 시작했을 즈음엔 두 아르타바스데스 모두 생각이 달라졌다.

클레오파트라가 델리우스를 메디아의 아르타바스데스에게 보내려는 건 아르메니아의 아르타바스데스가 로마에게 정복당하는 동안 메디아 왕을 침묵시킬 우호조약을 성사시키기 위해서였다. 그것이 성사될 가능성이 생긴 건 프라아테스 왕의 궁전에서 벌어진 문제 덕분이었다. 주요 가문이 아닌 아르사케스 왕조의 왕자들이 왕에 대한 음모를 꾸미고 있었다. 클레오파트라는 생각했다. 아무리 친족을 많이 죽여도, 면전에서 아주 납작 엎드려서 너무 늦기 전까진 간파할 수 없는 반역자는 늘 있는 법이지.

그런 파르티아의 혼란을 틈타 다시 한번 프라아스파 점령을 시도해선 안 된다고 안토니우스를 납득시키기는 훨씬 더 어려웠다. 하지만 그녀는 끊임없이 돈 얘기를 해서 마침내 뜻을 이루었다. 옥타비아누스가 안토니우스에게 보낸 4만 4천 탈렌툼은 전쟁 비용으로 다 썼다. 몇몇 군단의 급료를 주고, 새 군단들을 무장시키고, 군단병들이 좋아하는 빵이나 콩죽 같은 주식을 사고, 말과 노새와 막사를 샀다. 돈 들어갈 데는 끝도 없었다. 그리고 어찌된 일인지 국적과 관계없이 지휘관들이 군수품 구매에 나설 때마다 판매자에 유리한 시장이 형성되어 있어서 모든 상품을 비싸게 사야 했다. 클레오파트라는 대(對)파르티아 작전에는 돈을 댈 수 없다고 줄기차게 말했고 안토니우스에겐 이제 그녀에게 금을 받고 양도할 땅도 없었기에, 그는 그녀가 신중하게 놓은 덫에 걸리고야 말았다.

"아르메니아 전역을 완전히 정복하는 걸로 만족해요." 클레오파트라는 말했다. "델리우스가 메디아의 아르타바스데스와 조약을 체결할 수 있다면, 당신은 작전에서 대성공을 거둘 거고 원로원의 서까래가 울리게 할 자랑거리를 갖게 돼요. 이제 당신에겐 더이상 물자 수송대나 병사들의 사지를 잃을 여유가 없어요. 즉 로마 속주에 가깝지 않고 금방 원조를 받을 수 없는 미지의 나라로 행군해서는 안 된다는 말이죠. 이번 작전은 그저 당신 노련병들의 몸을 풀어주고 신병들을 거칠게 만들기 위한 거예요. 당신은 옥타비아누스와의 싸움에 그들이 필요하게 될 것임을 절대 잊지 말아요."

그녀는 그가 이 말을 가슴에 새겼음을 확신했다. 그래서 시리아에 남아 있을 필요 없이 그가 아르메니아를 침공하게 놔두고 떠날 수 있었다.

그녀를 귀국하게 만든 이유가 하나 더 있었다. 대시종장 아폴로도로스의 편지였다. 구체적으로 쓰이진 않았지만, 카이사리온이 골칫거리가 되어간다는 암시가 담겨 있었다.

아, 알렉산드리아, 알렉산드리아! 안티오케이아의 더러운 골목과 빈민가를 본 후라 더욱 아름다웠다! 물론 알렉산드리아에도 안티오케이아만큼 빈민가에 사람이 많았지만—사실 더 큰 도시라 더 많았다—모든 거리가 충분히 널찍해서 공기가 드나들었다. 달콤하고 신선하고 건조한, 여름에 너무 뜨겁지 않고 겨울에도 너무 차갑지 않은 공기였다.

물론 빈민가들 역시 새것이었다. 14년 전 율리우스 카이사르와 그의 마케도니아인 적들이 이 도시를 사실상 완전히 파괴하여 그녀가 재건해야 했기 때문이다. 카이사르는 그녀가 공공 분수의 수를 늘리고 무료 공공목욕탕을 만들기를 바랐지만 그녀는 그러지 않았다. 왜 그래야 하는가? 그녀는 대항구에 도착하면 왕실 구역 내부의 땅에 발을 디뎠으며 육로로 올 경우 카노포스 가도를 이용했다. 어느 쪽이든 라코티스의 빈민가를 지나갈 필요가 없었으며, 그녀의 마음은 그녀의 눈에 보이지 않는 것을 이유로 슬퍼하지 않았다. 역병이 돌아 인구가 300만에서 100만으로 줄었지만 그것도 6년 전 이야기였다. 어디선가 다시 100만 명이 나타났다. 대부분은 신생아들이고 소수는 이민자들이었다. 이집트 토착민들은 알렉산드리아에 사는 것이 금지되어 있었지만, 가난한 그리스인들과의 결합으로 태어난 혼혈인들이 매우 많았다. 그들은 자유 시민의 하인들로서 거대한 사회계층을 구성했지만 시민은 아니었다. 카이사르가 모든 주민들에게 알렉산드리아 시민권을 주라고 여왕에게 촉구했지만 달라진 건 없었다.

아폴로도로스는 왕실 항구의 방파제 위에서 기다리고 있었다. 하지만 그녀의 갈망하는 눈에 장남은 보이지 않았다. 그녀의 눈빛이 흐려졌다. 하지만 아폴로도로스가 정중히 절을 하고 일어섰을 때 그녀는 손을 내밀어 그가 입맞추게 했고, 그가 그녀를 한구석으로 이끌었을 때도 성내지 않았다. 그녀가 도착하자마자 전해야 할 중요한 정보가 있음이 그의 얼굴에 드러났기 때문이다.

"뭐요, 아폴로도로스?"

"카이사리온 일입니다."

"그애가 뭘 했길래?"

"아무것도요—아직은 말입니다만. 그분이 계획중인 일이 문제입니다."

"당신과 소시게네스가 그애를 통제할 순 없었소?"

"그러려고 애썼습니다, 이시스의 현현이시여, 하지만 갈수록 어려워지고 있습니다." 그는 헛기침하더니 곤혹스러운 표정을 지었다. "그분의 아랫도리가 묵직해졌습니다, 전하. 그분 역시 스스로를 성인 남자로 생각하시고요."

그녀는 걷다가 발을 멈추고 금빛 눈을 크게 뜬 채 가장 신뢰하는 종을 쳐다보았다. "하지만—하지만 그앤 아직 열세 살도 안 됐는데!"

"석 달 뒤면 열세 살입니다, 전하. 지금도 잡초처럼 쑥쑥 자라고 계시지요. 키도 이미 4척 반이고요. 목소리가 갈라졌고 몸도 아이라기보다는 남자입니다."

"맙소사, 아폴로도로스! 그만, 이제 그만하시오, 부탁이니! 지금 들은 걸 바탕으로 내 나름대로 생각을 해보는 게 낫겠소." 그녀는 다시 걷기 시작했다. "그애는 어디 있소? 어째서 날 보러 오지 않는 거지?"

"전하께서 오시기 전에 반드시 끝내야 한다며 법안을 작성중이십니다."

"법안을 작성중이라고?"

"네. 그분이 직접 전하께 말씀드릴 겁니다, 라의 딸이시여. 아마 전하께서 먼저 말씀하려고 입을 여시기도 전에 그러실 겁니다."

미리 경고를 받았음에도 클레오파트라는 아들을 처음 본 순간 숨을 죽였다. 그녀가 없는 한 해 동안 그는 아이에서 청년으로 변했지만, 그 과정에서 남자들이 대개 겪는 어색함은 없었다. 피부는 햇볕에 그을렸지만 깨끗했고, 숱 많은 금발은 사내애들이 흔히 그러듯 기르지 않고 짧게 깎았으며, 아폴로도로스가 말했듯 남자의 몸을 하고 있었다. 벌써! 내 아들, 내 예쁜 아이, 너한테 무슨 일이 생긴 거니? 널 영원히 잃은 것 같아 마음이 너무 아프구나. 네 눈마저 변했어. 너무 엄하고 확신에 차 있고, 너무…… 완고하게.

그 모든 것도 아버지를 닮은 모습에 비하면 아무것도 아니었다. 여기 청년 카이사르가 있었다. 로마의 특별 신관 유피테르 옵티무스 막시무스 대제관으로서 라이나와 아펙스를 착용했을 무렵의 카이사르가 꼭 이랬을 것이다. 카이사르는 열아홉 살 생일이 되고 나서야 술라를 통해 그가 증오한 신관 직에서 벗어날 수 있었지만, 지금 그녀의 눈앞에서 아들은 가이우스 마리우스에게 군 경력을 금지당하지 않았더라면 카이사르가 자라났을 법한 모습으로 서 있었다. 긴 얼굴, 울퉁불퉁한 코, 입가에 유머러스한 주름이 잡히는 육감적인 입술. 카이사리온, 카이사리온, 아직은 안 돼! 난 준비가 되지 않았어.

책상과 클레오파트라가 얼어붙은 듯 선 자리 사이의 너른 바닥을 카이사리온이 가로질러왔다. 그는 두툼한 두루마리를 들지 않은 손을 어머니에게 내밀었다.

"엄마, 오셔서 정말 기뻐요." 그가 굵직한 목소리로 말했다.

"떠날 땐 소년이었는데 남자가 되었구나." 그녀가 겨우 말했다.

그는 어머니에게 두루마리를 건넸다. "방금 완성했어요. 하지만 물론 제가 시행하기 전에 어머니가 읽어보셔야죠."

두루마리는 무거웠다. 그녀는 그것을 내려보다가 아들을 보았다. "엄마한테 뽀뽀도 안 해줄 거니?"

"원하신다면 해야죠." 그는 그녀의 뺨에 살짝 입맞춘 뒤, 그거로는 부족한 듯했는지 다른 쪽 뺨에도 입을 맞췄다. "됐죠! 이제 읽어주세요,

엄마, 부탁이에요!"

그녀의 우위를 보여줄 때였다. "나중에, 카이사리온, 시간이 나면 읽을게. 일단 네 동생들을 보러 갈 거야. 그런 다음 뭍에서의 첫 정찬을 들 생각이란다. 그후엔 너와 아폴로도로스, 소시게네스와 회의를 할 건데, 그때 네가 여기 쓴 내용을 전부 말해주렴."

예전의 카이사리온이었다면 자기주장을 했을 텐데 지금의 그는 그러지 않았다. 그는 어깨를 으쓱하곤 다시 두루마리를 가져갔다. "솔직히 다행이네요. 엄마가 다른 일을 보시는 동안 제가 좀더 손을 봐야겠어요."

"정찬에 너도 왔으면 좋겠는데!"

"전 그런 건 안 먹어요. 왜 요리사들이 번거롭게 제가 많이 먹지도 않는 화려한 식사를 만들게 하세요? 전 빵과 기름, 샐러드, 생선이나 양고기 약간만 먹는 걸요. 먹으면서 일을 하고요."

"엄마가 돌아온 오늘 같은 날에도?"

멋진 푸른 눈이 반짝였다. 그는 싱긋 웃었다. "죄책감을 느끼게 하시려는 거죠? 알았어요, 정찬에 갈게요." 그는 다시 책상 뒤로 가서 앉았다. 두루마리는 이미 펼쳤고, 의자를 손으로 더듬어 찾아 앉자마자 고개를 숙이고 있었다.

육아실로 걸어가는 동안 클레오파트라는 두 다리가 자기 것이 아닌 것 같은 느낌이었지만, 최소한 이곳에는 이성과 정상성이 있었다. 이라스와 카르미온이 달려와 그녀를 포옹하고 입맞추었으며, 그런 다음 떨어져서 사랑하는 여주인이 어린 세 자식을 둘러보는 모습을 지켜보았다. 프톨레마이오스 알렉산드로스 헬리오스와 클레오파트라 셀레네는 함께 조각그림 맞추기를 하고 있었다. 꽃과 풀, 나비가 그려진 얇은 목판을 장인이 실톱으로 잘라 작고 불규칙한 조각들로 만든 것이었다. 쌍둥이 중 '해'는 들어맞지 않는 조각 하나를 장난감 나무망치로 철썩 두드렸고, 그의 쌍둥이 누이 '달'은 화가 나서 쳐다보고 있었다. 달이 해의 손에서 나무망치를 잡아채어 그의 머리를 때렸다. 해는 울었고 달은 신나서 새된 소리를 질렀다. 그러더니 곧 둘 다 다시 그림 맞추기에 골몰했다.

"나무망치의 대가리는 코르크예요." 이라스가 속삭였다.

참 사랑스러운 아이들이었다! 이제 다섯 살인 두 아이는 아무도 쌍둥이라고 생각하지 못할 정도로 외모가 달랐다. 해는 머리카락과 눈과 피부가 예쁜 금빛이었고 로마인이라기보다는 동방인답게 잘생긴 용모였다. 다 자라면 매부리코와 높은 광대뼈를 갖게 될 것이 확연히 보였다. 달은 숱 많고 검은 곱슬머리에 얼굴은 우아했으며, 길고 검은 속눈썹 사이로 호박색의 큰 눈이 보였다. 다 자라면 분명 자기만의 개성 있는 모습으로 매우 아름다워질 것이 확연히 보였다. 두 아이는 안토니우스도, 클레오파트라도 닮지 않았다. 두 이질적인 종족의 피가 섞여 부모 각자보다 신체적으로 더 매력 있는 아이들이 태어났다.

반면 어린 프톨레마이오스 필라델포스는 머리부터 발끝까지 마르쿠스 안토니우스였다. 몸집이 크고 머리카락은 빽빽하고 불그스름했으며, 코는 작고 두툼한 입술을 넘어 턱에 닿으려고 애쓰는 듯했다. 재작년 로마력 10월에 태어났으니 이제 한 살 반이었다.

"전형적인 막내랍니다." 카르미온이 속삭였다. "아직 말을 하려고 시도하진 않지만 아빠처럼 걸어요."

"전형적이라니?" 클레오파트라가 물었다. 그녀는 막내아들을 안았지만, 아이는 싫은지 품안에서 몸을 뒤틀었다.

"막내들은 손위 형제들이 대신 말해주니까 말을 안 해요. 그냥 지절 거려도 누나와 형들이 이해하니까."

"아." 아이가 젖니로 클레오파트라의 손을 물었다. 그녀는 얼른 필라 델포스를 내려놓고 아파서 손을 털었다. "정말 아빠를 닮았어, 그렇지? 고집이 세. 이라스, 궁정 보석 세공사에게 얘가 찰 자수정 팔찌를 만들 게 해. 술로부터 보호해줄 거야."

"끊어버릴 텐데요, 전하."

"그럼 꼭 맞는 목걸이나 브로치로 해. 얘가 자수정을 몸에 지닐 수 있 다면 뭐든 상관없어."

"안토니우스도 자수정 장신구를 하나요?" 이라스가 물었다.

"이제는." 클레오파트라가 우울한 어조로 대답했다.

그녀는 육아실에서 욕실로 갔고 카르미온과 이라스도 동행했다. 그 녀가 알기로 로마 사람들은 그녀의 욕조에 관해 이런저런 얘기를 했다. 당나귀 젖으로 채워져 있다, 잉어 연못 크기다, 소형 폭포로 물을 간다, 노예가 먼저 들어가게 해서 수온을 확인한다 등등. 그녀의 로마 체류 기간에 퍼진 그런 얘기들은 모두 사실이 아니었다. 파르살로스 전투 이 후 카이사르가 렌툴루스 크루스의 막사에서 발견한 욕조가 훨씬 더 호 화로웠다. 클레오파트라의 욕조는 광택 없는 붉은 화강암으로 만든 평 범한 크기의 사각형 욕조였다. 노예들이 암포라에 떠 온 평범한 물로 채웠으며 일부 암포라에는 뜨거운 물이, 나머지 암포라에는 찬물이 담 겨 있었다. 늘 정해진 대로 했기에 수온도 매번 비슷했다.

"카이사리온은 동생들과 어울려 지내?" 그녀는 등을 마사지하고 물 을 끼얹어주는 카르미온에게 물었다.

"아니요, 전하." 카르미온이 대답하고 한숨을 쉬었다. "동생들을 좋아하기는 하는데 관심은 없는 것 같아요."

"놀랄 일은 아니에요." 이라스가 향기 나는 연고를 준비하며 말했다. "나이 차가 워낙 커서 친해지기 어려운데다 카이사리온은 한 번도 아이 취급을 받지 않았잖아요. 파라오의 숙명이죠."

"맞아."

정찬 자리에서도 그런 모습이 보였다. 카이사리온의 몸은 정찬장에 와 있었지만 마음은 딴 데 가 있었다. 누가 음식을 앞으로 내밀어주면 먹었지만 그것도 전부 담백한 음식이었다. 시종들이 그에게 줘야 하는 음식 종류에 관해 교육받은 게 분명했다. 다행히 생선은 먹고 양고기도 먹었지만 가금류와 새끼 악어 등 다른 육류는 외면했다. 주로 먹은 것은 제빵사들이 최대한 하얗게 만든 바삭한 빵이었다. 올리브기름에 찍어 먹거나 아침에는 꿀에 찍어 먹는다고 그는 어머니에게 말했다.

"제 아버지는 담백한 걸 드셨어요." 그는 좀더 다양한 음식을 먹으라는 어머니의 잔소리에 이렇게 대꾸했다. "그게 아버지께 해가 되었나요?"

"아니, 그렇지 않았어." 그녀는 사실을 인정하며 포기했다.

클레오파트라는 전용실에서 회의를 했다. 커다란 대리석 탁자가 있었는데, 한쪽 끝에 그녀와 카이사리온이 앉고 네 명은 긴 양변에 앉게 되어 있었다. 회의실 안쪽 끝부분은 아문-라를 위해 늘 비워두었지만 지금까지 아문-라가 와준 적은 없었다. 이날은 아폴로도로스의 맞은편에 소시게네스와 카임이 앉았다. 여왕은 자리에 앉았고 카이사리온이 보이지 않자 성이 났지만, 그녀가 뭐라고 하기 전에 카이사리온이 양손 가득 서류를 들고 들어왔다. 다들 헉 숨을 들이쉬었다. 그가 아문-라의 자리로 가서 앉았기 때문이다.

"네 의자에 앉거라, 카이사리온." 클레오파트라가 말했다.

"이게 제 의자예요."

"그곳은 아문-라의 자리고, 파라오조차도 아문-라는 될 수 없다."

"모든 회의에서 제가 그분을 대표한다는 계약을 아문-라와 맺었어요." 소년은 당황하는 기색 없이 대꾸했다. "제가 꼭 봐야 하는 파라오의—어머니의 얼굴이 보이지 않는 의자에 앉는 건 바보 같은 짓이에요."

"우린 공동 통치자이니 함께 앉아야 해."

"제가 어머니의 앵무새라면 그래야겠죠, 파라오. 하지만 이제 저는 성인이고 어머니의 앵무새가 될 생각이 없어요. 어머니의 연륜과 경험은 존중하지만, 어머니는 제가 우리의 공동 통치에서 더 권한이 크다는 걸 인정하셔야 해요. 저는 남성 파라오이니 최종 결정권은 제게 있어요."

그 대담한 말에 침묵이 뒤따랐다. 카임과 소시게네스, 아폴로도로스는 탁자만 내려다보고 있었고 클레오파트라는 탁자 너머로 반항적인 아들을 쳐다보았다. 그녀가 한 일의 결과였다. 그를 왕좌에 앉힌 것도, 이집트의 파라오이자 알렉산드리아의 왕으로 성별한 것도 그녀였다. 이제 그녀는 어떻게 하는 게 최선일지 알 수 없었고 저 낯선 아들에게 그녀의 권한이 더 크다고 주장할 만큼 그녀의 영향력이 큰지도 확신할 수 없었다. 아, 이것이 프톨레마이오스 통치자들 간의 전쟁 시작은 아니길! 그녀는 생각했다. 배불뚝이 프톨레마이오스 대 어머니 클레오파트라의 싸움이 아니길! 하지만 저애한테선 부정도, 탐욕도, 잔인함도 보이지 않는다. 저앤 프톨레마이오스가 아니라 카이사르야! 다시 말해 저애는 내게 굴복하지 않을 거라는, 내 모든 '연륜과 경험'에도 불구하고 자기가 나보다 현명하다고 생각한다는 뜻이지. 내가 양보해야 해, 그 수밖에 없다.

"네 말도 일리가 있구나, 파라오." 그녀는 화난 기색 없이 말했다. "난 이쪽 끝에, 넌 그쪽 끝에 앉기로 하자." 그녀는 자기도 모르게 손으로 턱 아래를 문질렀다. 목욕하다 발견한 종기가 있는 곳이었다. "내가 없는 동안 네가 처리한 국정에 관해 논의하고 싶은 것이 있니?"

"아니요, 다 잘 처리되었어요. 예전의 판례를 참조할 필요 없이 정의를 행했고, 제 판결에 불만을 표한 사람은 아무도 없었어요. 이집트의 국고 장부도 잘 기재되고 있어요, 알렉산드리아 국고도 마찬가지고요. 기록관과 기타 모든 알렉산드리아의 정무관들에게 도시의 건물 보수와 요청이 들어온 신전 및 나일 강변 구역의 정비를 맡겼어요." 그의 표정이 더 생기 있게 변했다. "어머니께서 궁금한 게 없고 제 통치에 관한 불만도 들은 바 없으시다면, 이제 이집트와 알렉산드리아를 위한 저의 향후 계획을 들어주시겠어요?"

"지금까지는 불만을 들은 게 없구나." 클레오파트라는 조심스럽게 말했다. "말해보렴, 프톨레마이오스 카이사르."

카이사리온은 탁자 위에 놓인 두루마리들을 참조하지 않고 말했다. 낮이 끝나갈 무렵이라 회의실은 어두침침했지만, 바깥에서 흔들리는 야자수 잎들에 맞춰 빛살이 방안의 먼지를 비추며 깜박거리고 있었다. 그중 안정적인 빛살 하나가 카이사리온의 머리 뒤 벽에 붙은 아문-라의 원반을 비췄다. 카임은 예지자의 표정이 되더니 목구멍 깊은 곳에서 나와 알아들을 수 없는 소리로 뭐라 중얼거렸고, 떨리는 두 손을 탁자 위에 올렸다. 그의 낯빛이 회색으로 보이는 건 실내가 어둑어둑하기 때문이리라. 클레오파트라는 확신할 수는 없었지만 카임이 무엇을 보았든 그녀에게 말해주지 않을 것임을 알았다. 불길한 내용이라는 의미였다.

"먼저, 알렉산드리아에 관해 말씀드릴게요." 카이사리온이 기운차게 말했다. "여러 가지가 변해야만 합니다—지금 당장요. 앞으로 우린 빈민에게 무상 곡물을 제공하는 로마의 관습을 따를 것입니다. 물론 자산 조사를 하고 나서요. 곡물에 관해서는, 나일이 범람하지 않을 때 외국에서 구매하면 곡물값에 큰 변동은 없을 거예요. 추가로 드는 비용은 알렉산드리아의 국고가 흡수할 거고요. 하지만 이 법들은 소가족이 한 달 동안 소비하는 양, 즉 1메딤노스까지만 적용돼요. 한 달에 1메딤노스를 초과해 구매하는 알렉산드리아인은 시가를 지불해야 할 거예요."

그는 말을 멈추고 도전적인 눈빛으로 고개를 치켜들었지만, 다들 말이 없자 다시 입을 열었다. "현재 시민권이 없는 알렉산드리아 주민들에게 시민권을 줄 거예요. 해방노예를 포함해 모든 자유인에게요. 그러려면 시민 명부와 곡물 전표 발행 기관이 필요할 거예요, 무상 곡물이든 매달 보조되는 1메딤노스든 말이죠. 해석관을 비롯해 모든 도시 정무관은 공정한 방식으로, 자유선거로 뽑을 거고 임기는 일 년으로 줄일 거예요. 마케도니아인, 그리스인, 유대인, 메토이코스인, 이집트인 혼혈 등 모든 시민이 입후보할 수 있게 하고 선거 기간 뇌물과 공직 부패를 벌할 법도 마련할 거예요."

그는 또다시 말을 멈췄지만 이번에도 침묵뿐이었다. 카이사리온은 이를 완강한 반대가 있을 거라는 징조로 받아들였다.

"마지막으로," 그는 선언했다. "모든 주요 교차로에 대리석 분수를 설치하겠어요. 물이 나오는 분출구 여러 개와 세탁할 수 있는 널찍한 물웅덩이를 갖춘 분수요. 베타를 제외한 여러 지구에 공공목욕탕도 설치할 거예요. 베타의 경우 왕실 구역에 이미 적절한 시설이 있으니까요."

그런 뒤 그는 다시 남자에서 소년으로 변했고, 탁자에 둘러앉은 군은 표정의 사람들을 눈동자를 굴리며 쳐다보았다. "어때요!" 이세 그는 웃으며 소리쳤다. "전부 멋진 계획이잖아요?"

"정말 멋지구나." 클레오파트라가 말했다. "하지만 확실히 불가능해."

"왜요?"

"알렉산드리아는 네 계획을 실행할 여력이 없으니까."

"언제부터, 자기 배 채우기에 급급해서 시 자금이 쓰여야 할 곳에 쓰이지 못하게 하는 종신직 마케도니아인들보다 민주 정부의 유지비가 더 비싸졌죠? 왜 공공 수입으로 그들의 호화로운 생활을 지탱해야 해요? 그리고 언제부터 왕과 여왕을 가까이에서 모시기 위해 어린 남성을 거세해야만 했나요? 처녀인 공주들은 여자들이 모시면 되잖아요? 지금 시대에 환관이라뇨? 말도 안 돼요!"

"대답할 수 없는 질문들입니다." 카임이 말했다. 환관인 아폴로도로스의 공포에 질린 표정을 보자 그의 입가가 뒤틀렸다.

"그리고 언제부터 선택적 참정권보다 보편적 참정권에 더 비용이 많이 들게 됐죠?" 카이사리온이 따져 물었다. "선거 기관을 세우는 데 돈이 드는 건 사실이에요. 무상 곡물 분배도 돈이 들죠. 보조 곡물 분배도 그렇고요. 분수와 목욕탕도 돈이 들어요. 하지만 자기 배만 채우는 자들을 끌어내리고, 일부 사람들의 세금 미납을 눈감아주는 일 없이 모든 시민에게 세금을 받으면 재원은 마련될 거라고 생각해요."

"아, 어린애 같은 소린 그만하렴, 카이사리온!" 클레오파트라가 지친 목소리로 말했다. "너한테 펑펑 쓸 용돈이 있다고 해서 복잡한 대규모 재정을 이해할 수 있는 건 아니야! 그럴 돈이 어디 있니! 넌 세상 돌아가는 방식을 순진하게 생각하는 어린애에 불과해."

모든 환희가 사라지고, 카이사리온은 울상이 되더니 융통성 없고 거만한 표정을 띠었다. "전 어린애가 아니에요!" 그는 이를 악물고 말했다. 로마의 겨울처럼 차가운 목소리였다. "제가 그 엄청난 용돈을 어떻게 썼는지 아세요, 파라오? 회계사와 비서 십여 명의 급료로 썼어요! 9개월 전 그들에게 알렉산드리아의 수입과 지출을 조사하라고 시켰거든요. 해석관부터 그들의 조카와 사촌 들로 가득찬 마케도니아의 정무관 관료 체제는 부패했어요! 썩었다고요!" 진홍색 불빛을 발하는 루비 반지를 낀 손이 두루마리들을 쓸었다. "여기 다 있어요, 모든 횡령과 배임, 사기, 좀도둑질 행각이요! 이걸 다 받아본 후 전 제가 알렉산드리아의 왕이라는 게 부끄러울 지경이었어요!"

침묵이라는 게 울려퍼질 수 있는 거라면, 지금의 침묵이 그러했다. 클레오파트라는 한편으로는 놀랍도록 조숙한 아들이 자랑스러우면서도 다른 한편으론 너무 화가 났고 이 작은 괴물의 얼굴을 때려주고 싶어 오른 손바닥이 근질거렸다. 저애가 어떻게 감히! 하지만 또 대드는 모습이 어찌 그리 멋진지! 이제 뭐라고 대답해야 할까? 어떻게 위엄과 자존심을 손상시키지 않고 이 상황을 빠져나가지?

소시게네스는 그 불쾌한 순간을 뒤로 미뤘다. "저는 궁금합니다, 누가 그런 생각들을 심어줬습니까, 파라오? 분명 저는 아니고, 전부 다 파라오께서 생각해내신 건 아니라고 생각합니다. 어떻게 그런 생각을 하게 되셨지요?"

그렇게 물으면서도 소시게네스는 가슴이 쥐어뜯기는 듯한 느낌이 들었다. 카이사리온의 사라진 유년기에 대한 순수한 슬픔이었다. 이 진정한 신동의 진화를 목격하는 건 늘 놀라운 경험이었다. 그의 아버지처럼, 그는 진짜 신동이었으니까.

하지만 그것은 유년기가 없다는 뜻이었다. 품에 안긴 자그마한 아기였을 때부터 카이사리온은 정돈된 문장으로 말을 했다. 아기 카이사리온의 내면에 존재하는 엄청난 지력을 알아보지 못한 사람은 아무도 없었다. 비록 아기 아버지는 한 번도 그것에 관해 말한 적이, 또는 그것을 제대로 알아본 적이 없었지만. 어쩌면 본인 유년기의 기억이 그의 눈을 가렸을 수도 있다. 열두 살의 율리우스 카이사르는 어땠을까? 예를 들어 그의 어머니는 그를 어떻게 대했을까? 클레오파트라가 카이사리온을 대하는 것과는 달랐을 거라고, 카이사리온의 대답을 기다리는 아주 짧은 순간에 소시게네스는 판단했다. 클레오파트라는 자기 아들을 신으로 대한다. 그러니 그의 깊이 있는 지력은 그녀의 어리석음을 증가시키는 역할만 할 터였다. 아, 카이사리온이 더…… 평범하기만 했다면!

소시게네스는 다섯 살의 카이사리온이 기록관이나 회계관 같은 고귀한 태생의 마케도니아인 아이들과 어울리도록 클레오파트라를 설득했던 일을 똑똑히 기억했다. 남자아이들은 겁에 질려 카이사리온한테서 뒷걸음치거나 그에게 주먹질이나 발길질을 하거나 잔인한 말로 조롱했다. 카이사리온은 그 모든 걸 불평 없이 견뎠다. 오늘 알렉산드리아의 문제들에 대처하듯 단호하게 그들에 대처하기로 결심한 표정으로. 하지만 그애들이 하는 짓을 본 클레오파트라는 남자아이들은 물론 여자아이들까지 모두 카이사리온한테서 떼어냈다. 그녀는 앞으로 카이사리온은 혼자 지내는 것에 만족해야 한다고 결정했다. 그러자 소시게네스는 잡종 강아지를 한 마리 데려왔다. 클레오파트라는 질색하며 개를 물에 빠트려 죽이려고 했지만, 카이사리온이 나타나 개를 보더니 진정한 다섯 살 아이의 모습을 보였다. 활짝 웃으면서 두 팔을 내밀어 그 꿈틀대는 생명체를 품에 안은 것이다. 그렇게 '피도'가 카이사리온의 삶에 들어왔다. 하지만 소년은 피도가 어머니의 심기를 건드린다는 걸 알고 자기한테 그 개가 얼마나 중요한지 숨기기로 했다. 또다시 그는 정상이 아니게 되었다. 또다시 카이사리온은 어른처럼 행동해야 했다. 그의 내면에는 걱정으로 지친 노인이 살았고, 그에게 결코 허락되지 않은 소년은 시들어간다. 어머니와 그가 동등하게 공유하는 왕좌에서 멀리 떨어져 혼자서 지낼 때만 예외였다. 동등해? 아니, 그렇지 않아, 결코! 카이사리온은 모든 면에서 어머니보다 우월하고, 바로 그것이 비극이다.

소년이 마침내 대답했다. 갑자기 그는 어린아이처럼 활짝 웃는 표정이 되었다.

"피도와 나는 궁전 다락에서 쥐를 잡아. 거기 쥐들은 엄청나다고, 소시게네스! 맹세컨대 피도만큼 큰 것들도 있다니까! 쥐들은 종이를 좋아하는 게 분명해. 오래된—프톨레마이오스 2세 때 것도 있지—기록물을 몇 더미나 먹어치웠거든! 여하튼 몇 달 전에 피도가 쥐들에 먹힐 운명을 용케 피한 상자 하나를 발견했어. 보석으로 상감 세공된 공작석 상자야. 아름다운 물건이지! 상자를 열었더니 아버지가 이집트에 계실 때 쓴 서류들이 모두 들어 있었어. 어머니를 위해 쓴 것들 말이야! 연애편지가 아니라 조언이었지. 어머니, 읽어보신 적 있으세요?"

얼굴이 불타는 듯 뜨거워짐을 느끼며, 클레오파트라는 카이사르의 바람대로 당나귀를 타고 폐허가 된 알렉산드리아를 돌아다닌 날을 떠올렸다. 그는 그녀가 어떤 일을 어떤 순서로 해야 할지 알려주려고 했다. 서민들이 살 집을 가장 먼저 지어라—그다음이 신전과 공공건물 차례다. 아, 그러고는 끝도 없이 이어지던 일장연설! 그때 그녀는 어찌나 짜증이 났던가, 그녀가 갈망한 건 사랑이었는데! 반드시 해야 할 일들에 관한 가차없는 지시들. 모두에게 시민권을 줄 것, 빈민들에게 무상 곡물 분배를 실시할 것. 그녀는 카이사르의 군대가 도착할 때까지 알렉산드리아를 확보할 수 있게 도와준 유대인과 메토이코스인 들에게 시민권을 준 것 외에는 그의 지시를 모두 무시했다. 천천히 하나씩 실행할 생각이었다. 하지만 그녀의 신성이 개입했고, 그는 살해당했다. 카이사르가 죽은 후 그녀는 그의 개혁이 무의미하다고 생각했다. 그는 로마에서 개혁을 시도했지만 사람들은 그가 오만하다며 죽여버렸으니까. 그래서 그녀는 그의 목록과 지시와 설명이 적힌 서류들을 그 보석 상감한 공작석 상자에 넣고 궁전 집사에게 주면서 어디든 그녀의 눈에 띄지 않는 곳에 보관하라고 했던 것이다.

쥐 잡는 개와 함께 돌아다니느라 바쁜 소년은 생각지도 못했다. 아, 아들녀석이 발견해서 이런 사단이 날 줄이야! 이제 카이사리온은 제 아버지의 병에 전염됐어. 수 세기 동안 너무나 신성시된 것들에 대해, 혜택을 받게 될 이들조차 원하지 않는 변화를 일으키려고 해. 왜 그 서류더미를 불태워버리지 않았을까? 그랬으면 아들은 쥐 말고는 아무것도 발견하지 못했을 텐데.

"그래, 읽어봤어." 그녀가 대답했다.

"그런데 왜 그대로 시행하지 않으셨어요?"

"왜냐하면 알렉산드리아에는 이곳만의 모스 마이오룸이 있기 때문이다, 카이사리온. 이곳만의 관습과 전통 말이야. 도시든 국가든 특정 지역의 통치자는 빈민을 구제할 의무가 없어. 그들은 오직 아사만이 치료할 수 있는 질병 같은 존재야. 로마인들은 로마의 빈민을 프롤레타리라고 불러, 자식 말고는 국가에 아무것도―세금도, 번영도―주지 않는다는 의미지. 하지만 로마인들에겐 자선이라는 전통도 있기에 국가

돈으로 그들을 먹이는 거야. 알렉산드리아에는 그런 전통이 없어, 다른 곳들도 마찬가지고. 그래, 우리 정무관들이 부패했다는 네 말에는 동의해. 하지만 마케도니아인들은 자기네가 최초의 정착자들이니 공직이라는 특권을 가질 자격이 있다고 생각한다. 그들한테서 공직을 빼앗으려 하면 넌 광장에서 사지가 갈가리 찢겨 죽을걸. 마케도니아인들이 아니라 빈민들이 그리할 거야. 알렉산드리아의 시민권은 귀중해. 자격 없는 이들은 받을 수 없는 거라고. 그리고 선거는—그건 익살극이야."

"지금 무슨 말씀을 하고 계신지 좀 아셨으면 좋겠네요. 하마 똥 같은 소리예요."

"체통을 지켜라, 파라오."

말의 가죽 위에 경련이 일듯 여러 표정이 그의 얼굴을 스쳐갔다. 처음에는 아이다운—성난, 좌절한, 반항하는—표정이었지만, 서서히 어른의—부싯돌처럼 딱딱하고 얼음처럼 단호한—표정이 되었다. "결국 제 뜻대로 될 거예요." 카이사리온이 말했다. "조만간 제 뜻대로 될 거라고요. 어머니는 저를 막아낼 만큼 알렉산드리아 시민들에게 호소할 능력이 있으시니 잠시 동안은 저를 막을 수 있겠죠. 전 바보가 아니에요, 파라오. 제가 일으킬 변화에 얼마나 큰 저항이 있을지는 저도 안다고요. 하지만 반드시 변화시킬 거예요! 그 변화는 알렉산드리아에 국한되지 않을 거고요. 우린 길이 1천500킬로미터가 넘지만 너비는 타셰를 제외하면 15킬로미터에 불과한 나라의 파라오예요, 자유 시민이 한 명도 없는 나라죠. 그들은 우리의 소유물이에요, 그들이 경작하는 땅과 그들이 수확하는 농작물들과 마찬가지로요. 돈 문제요? 우리한텐 결코 다 쓸 수 없을 만큼 돈이 있어요, 멤피스 외곽의 지하에 말이죠. 전 그 돈을 써서 이집트 사람들의 삶을 향상시킬 거예요."

"그들은 너한테 고마워하지 않을 거다." 클레오파트라는 대답하고 입을 꾹 다물었다.

"왜 그들이 고마워해야 하죠? 그건 원래 그들의 돈이지 우리 돈이 아닌데요."

"우리는," 그녀는 한 마디 한 마디에 힘을 실어 말했다. "나일 강이다. 우리는 아문-라, 이시스와 호루스의 현현, 사초와 벌의 주인인 상하 이집트 여왕들의 아들딸이야. 우리의 임무는 다산하는 것, 상하 이집트 모두에 번영을 불러오는 것이다. 파라오는 지상의 신이며 결코 죽지 않는다. 네 아버지는 죽어서야 신성을 획득했지만 넌 수정된 순간부터 신이었어. 이걸 반드시 믿어야 해!"

카이사리온은 두루마리들을 챙겨들고 일어섰다. "들어주셔서 감사해요, 파라오."

"서류들을 이리 다오! 나도 읽어보고 싶구나."

그 말에 그는 소리내 웃었다. "그럴 리가요." 그는 그렇게 대꾸한 후 나갔다.

"뭐, 적어도 지금 우리가 처한 상황은 알게 됐군요." 클레오파트라는 나머지 사람들에게 말했다. "벼랑 끝에 있다는 걸 말이죠."

"철이 들면서 변하실 겁니다." 소시게네스가 위로했다.

"그럴 겁니다." 아폴로도로스도 말했다.

카임은 말이 없었다.

"동의하세요, 카임?" 여왕이 물었다. "아니면 저애가 변하지 않으리라는 계시를 본 건가요?"

"제가 본 건 아무 의미도 없었습니다." 카임이 속삭였다. "뒤죽박죽에 혼란스럽기만 했어요—정말입니다, 파라오, 아무것도 보이지 않았습니다."

"그렇지 않다는 걸 알아요. 하지만 내게 말해주지 않을 거죠?"

"다시 말씀드리지만, 말씀드릴 것이 없습니다."

그러나 노인답게 느릿느릿 걸어나간 카임은 아무도 따라잡을 수 없을 만큼 멀리 떨어지자마자 울음을 터뜨렸다.

클레오파트라는 자신의 처소에서 저녁을 먹었지만 두 시녀를 부르지는 않았다. 긴 하루를 보낸 카르미온과 이라스는 지쳐 있을 터였다. 더 어린 소녀―물론 마케도니아인이었다―가 억지로 약간의 음식을 집어먹는 여왕을 시중든 후 잠자리에 들도록 로브 벗는 것을 도와주었다. 부유하고 하인이 많은 사람들은 옷을 입고 침대에 눕지 않는 것이 관례였다. 옷을 입고 자는 사람들은 죽은 키케로의 부인 테렌티아처럼 고상한 척하거나 이불을 자주 세탁할 만큼 하인들의 수가 충분하지 않은 경우였다. 그녀가 이런 생각을 하며 시간을 보내는 건 안토니우스 탓이었다. 그는 슬립을 입고 잠자리에 드는 여자들을 싫어했는데 왜 그런지, 심지어 누구 때문인지도 클레오파트라에게 말해주었다. 고상한 체한다기보단 정숙한 옥타비아는 나체로 사랑을 나누는 걸 싫어하지는 않았지만 사랑의 행위가 끝나면 슬립을 입었다고 했다. 그녀의 변명은(안토니우스에게는 변명처럼 들렸다) 자식들 중 하나가 밤중에 급히 그녀를 찾을 수 있는데 깨우러 들어온 하인이 자신의 벗은 몸을 보게 할 수 없다는 거였다. 그래도 안토니우스에 따르면 그녀의 몸은 예쁘다고 했다.

그 주제가 지겨워지자 클레오파트라의 생각은 안토니우스와 옥타비아의 더욱 이상한 측면들로 옮겨갔다. 오늘 일을 생각하지 않을 수 있다면 뭐든 좋았다!

안토니우스는 옥타비아와의 이혼을 거부했다. 클레오파트라가 이혼이 최선의 대안이라고 설득하려 했을 때 그는 완강히 거부했다. 그는 지금 '그녀의' 남편이며 그의 로마 결혼은 아무 목적이 없다고. 하지만 안토니우스에게 간청하는 동안 클레오파트라는 그가 아직 옥타비아를 사랑하는 게 아닐까, 과연 옥타비아가 그의 두 로마인 자식들의 어머니라는 것만이 유일한 이유일까 하는 생각이 들었다. 둘 다 딸이니—어쨌거나 클레오파트라에겐—중요치 않았다. 그러나 안토니우스에겐 그렇지 않은 듯했다. 그는 벌써부터 딸들을 시집보낼 계획을 세웠다. 안토니아는 기껏해야 다섯 살쯤 됐고 토닐라는 두 살도 안 됐는데도. 안토니아의 짝은 아헤노바르부스의 아들 루키우스가 딱이지만 토닐라의 짝은 아직 정하지 못했다고 했다. 마치 그게 중요하다는 것처럼! 어떻게 해야 그를 로마의 관계들에서 떼어놓을 수 있을까? 파라오의 부군이자 파라오의 의부인 그에게 그런 관계들이 무슨 소용이란 말인가? 로마인 아내가, 더군다나 옥타비아누스의 누나가 무슨 쓸모가 있다고?

클레오파트라가 보기에 안토니우스가 옥타비아한테서 떨어지지 않는 건, 옥타비아누스와 협상하여 제국을 둘이 나눠 갖게 되기를 아직도 바라고 있다는 증거였다. 드리누스 강이라는 동방과 서방의 경계가 영구적인 울타리라도 되는 것처럼, 그 양쪽에서 안토니우스와 옥타비아누스라는 개 두 마리가 서로 으르렁거리며 이를 드러내면서도 싸울 일은 영영 없을 것처럼. 아, 어째서 안토니우스는 그런 조정이 영원할 수 없음을 모르는 걸까? 나도 알고 옥타비아누스도 아는 사실을. 로마에 있는 클레오파트라의 정보원들은 옥타비아누스가 로마와 이탈리아 사람들 사이에서 그녀의 평판을 떨어뜨리기 위해 쓰고 있는 계략을 모두 알려주었다. 그가 그녀를 짐승들의 여왕이라 부르고 그녀의 태생과 사생활에 관해 윤색한다고. 그녀가 안토니우스를 약과 포도주로 망쳐놓고 그녀의 수하로 변모시키고 있다는 이야기를 한다고. 정보원들은 안토니우스를 욕되게 하려는 옥타비아누스의 노력이 수포로 돌아갔다고 보고했다. 아무도 그의 말을 믿지 않는다고—아직까지는. 안토니우스의 원로원 의원 700명은 여전히 충직했고, 안토니우스에 대한 그들의 호감은 옥타비아누스에 대한 그들의 증오에 힘입은 것이라고 했다. 파르티아 작전의 실상이 알려지면서 그들의 헌신이라는 단단한 벽에 작은 금이 가긴 했지만, 아직은 몇몇 사람들만이 안토니우스를 버렸다고 했다. 대다수는 동방에서의 재앙이 안토니우스의 잘못이 아니라는 판단을 내렸다고 했다. 그의 잘못임을 인정한다는 건 옥타비아누스가 옳다고 인정하는 것인데, 그들로서는 그럴 수 없었다고.

안토니우스……. 지금쯤 그는 내가 정복을 허락해야만 했던 아르메니아의 아르타바스데스에 대한 작전을 시작했으리라. 그러나 그가 메디아 아트로파테네의 아르타바스데스에게로 진군할 생각을 하기 전에, 퀸투스 델리우스는 안토니우스를 비롯해 로마의 장군이라면 누구도 거부할 수 없을 우호조약을 성사시키는 데 반드시 성공해야 했다. 하지만 그 조약의 일부 내용은 서면으로 작성되어서는 안 되고 안토니우스에게 알려져서도 안 되었다. 그건 이집트와 메디아 간의 문제로, 로마가 정복당해 새 이집트 제국에 흡수되면 메디아의 아르타바스데스가 총 40개 혹은 50개의 로마 군단을 모두 동원해 파르티아 왕을 치고 그가 무엇보다도 원했던 그 왕좌를 차지한다는 내용이었다. 클레오파트라가 얻는 건 평화, 카이사리온이 충분히 자라 그애의 아버지처럼 될 때까지 반드시 유지되어야 할 평화였다.

저런. 결국 그 이름이 나왔다, 피할 수 없는 이름이. 그녀가 알렉산드리아로 돌아온 첫날 일어난 일련의 사건들을 카이사리온이 뛰어난 인간이라는 증거로 삼을 수 있다면, 그는 그의 아버지처럼 군사적인 천재로 자라날 것이었다. 그의 아버지의 바람이 그를 움직였다, 그의 아버지는 5년간의 대(對)파르티아 작전을 위해 출발하기 사흘 전에 살해당했다. 카이사리온은 에우프라테스 강 동쪽을 정복하고 싶어할 것이고, 그 일에 성공하고 나면 대서양부터 인도 너머 '대양의 강'까지 지배할 것이다. 알렉산드로스 대왕이 정점에 있을 때보다 더 큰 왕국을. 카이사리온의 군대는 동쪽으로 계속 가기를 거부하지도 않을 것이고, 그의 태수령 체계는 제국을 무너뜨릴 반역적인 장군들의 나눠 먹기로 위태로워질 일이 없을 것이다. 그의 장군들은 그의 형제들과 안토니우스가 풀비아한테서 낳은 친척들일 테니까. 그들은 피로 단단히 연결되어 분열되지 않고 뭉칠 것이다.

클레오파트라는 그 모든 것이 가능하다고 보았다. 결실을 맺기 위해 필요한 건 그녀의 강철 같은 의지뿐이며 그건 실제로 그녀에게 존재한다고. 그녀의 조언자들이 덜 순종적이었다면, 적어도 개중 한 명은 그녀의 아들이 아버지만큼 군사적 재능을 타고나지 않은 것으로 판명될 경우 그 허술한 야망의 체계는 어떻게 되느냐고 물었을 것이다. 어쨌거나 그녀는 그 질문을 무시했겠지. 카이사리온은 그의 아버지만큼 조숙하고 재능이 출중했다. 한 꼬투리 안의 완두콩이라는 속담처럼 아버지를 꼭 닮았다. 카이사리온은 피의 절반을 카이사르한테서 받은 율리우스 집안사람이다. 율리우스 가문의 피가 훨씬 옅은 옥타비아누스가 열여덟, 열아홉, 스무 살에 해낸 일들을 보라. 상속권을 확보하고 로마로 두 차례 진군하고 원로원을 압박해 수석 집정관이 되지 않았는가, 새파란 청년에 불과한 그가. 하지만 카이사리온에 비하면 옥타비아누스조차 별것 아닐 터였다.

다만—그녀가 생각하기엔 카이사르의 실용주의로 인해 강화되었을—일종의 이상주의에서 카이사리온을 떼어내려면 어떻게 해야 할까? 알렉산드리아와 이집트에 관한 카이사르의 계획은 실험적인 것들로, 그가 이곳의 지배자인 클레오파트라를 지배하여 이집트에서 실행시킬 수 있다고 생각한 계획들이었다. 그녀의 왕국에서 그 계획이 성공하면 로마에서 같은 개혁을 할 때 성공사례로 활용할 생각이었다. 그의 고독이 그의 몰락이었다. 그는 그의 이상을 믿는 동료를 찾을 수 없었다. 카이사리온도 그렇게 되리라고 그녀는 생각했다. 그러니 카이사리온을 설득해서 그애가 계획을 실행하려는 걸 막아야만 했다.

클레오파트라는 침대에서 일어나 침실에 붙어 있는 작고 정교한 방으로 갔다. 거기에는 프타와 호루스, 이시스, 오시리스, 세크메트, 하토르, 소베크, 아누비스, 몬투, 타와레트, 토트와 십여 개의 다른 신상들이 있었다. 일부는 실제로 짐승 머리를 하고 있었지만 그렇지 않은 신상이 더 많았다. 거기 있는 모든 신들은 강 옆에서 일어나는 삶의 측면들을 반영한 것으로 로마의 누멘이나 자연력과 크게 다르지 않았다. 사실 인간과 매우 유사한 그리스 신들보다는 로마의 신들과 더 비슷했다. 거기다 로마인들은 수 세기가 흐르는 동안 그럴 필요가 생겨서 일부 신들에겐 얼굴을 부여하지 않았는가?

금박을 입힌 방안에 빽빽이 들어찬 신상들은 밤의 약한 등불 빛에도 은은하게 빛나는 생생한 색상들로 칠해져 있었다. 방 한가운데 페르세폴리스에서 만든 양탄자가 깔려 있었다. 클레오파트라는 양탄자 위에 무릎을 꿇고 앉아 두 팔을 앞으로 쭉 폈다.

"아버지 아문-라시여, 신성한 형제자매시여, 당신들의 아들이지 형제인 파라오 프톨레마이오스 카이사르에게 깨달음을 주시기를 간곡히 청하옵니다. 그의 속세의 어미인 제게, 당신들이 계획한 완전한 영광 속으로 그를 인도하는 데 필요한 10년의 시간을 주시기를 간곡히 청하옵니다. 제 목숨을 그의 목숨에 대한 담보로 드리겠나이다, 제가 어려운 임무를 해낼 수 있게 도와주시옵소서."

기도가 끝난 후에도 그녀는 계속 엎드려 있다가 그대로 잠이 들었고, 새벽이 되어 해가 뜨고 나서야 깨어났다. 얼떨떨한데다 몸이 뻣뻣했고 경련이 일었다.

그녀는 하인들이 자기 할 일을 하러 오기 전에 얼른 침대로 돌아가다가 광을 낸 은으로 만든 큰 거울 앞에 멈춰서서 거기 비친 여자를 응시했다. 언제나처럼 마르고 작고 예쁘지 않은 여자. 몸엔 털이 전혀 없었다. 엄격한 관리로 체모를 모두 뽑았기 때문이다. 얼굴을 제외하면 여자라기보다는 아이 같았다. 그녀의 얼굴은 변했다. 길쭉하고 냉정해졌지만 주름이라고는 잔주름조차도 없었다. 서른네 살 여자의 얼굴. 금빛이 도는 노란 눈동자는 슬픔으로 그늘져 있었다. 방안이 점점 더 밝아졌고, 그녀는 계속 서서 자신의 모습을 지켜보았다. 아니, 아이의 몸이 아니었다! 세 번의 출산을 겪은—그중 한 번은 쌍둥이를 낳았다— 뱃가죽은 헐렁한 양피지 같았다. 헐겁고 쭈글쭈글하고 생기 없는 갈색이었다.

안토니우스는 어째서 날 사랑하는 거지? 그녀는 거울 속의 모습에 충격을 받아 자문했다. 그리고 어째서 난 그를 사랑할 수 없는 거지?

그날 오전 그녀는 담판을 짓기로 결심하고 카이사리온을 찾았다. 카이사리온은 습관대로 궁전 뒤의 작은 만에 수영을 하러 나가 있었다. 바위에 앉아 있는 그의 모습은 페이디아스나 프락시텔레스의 이상적인 모델 같았다. 그는 샅가리개만 입고 있었는데, 허리감개가 아직 덜 말라서 그가 진짜 남자가 되었다는 게 어머니의 눈에도 보였다. 그런 깨달음은 그녀를 겁에 질리게 했지만, 감정에 굴복하는 성격이 아닌 그녀는 아들의 얼굴이 보이는 다른 바위에 앉았다. 갈수록 카이사르를 닮아가는 얼굴이었다.

"난 나무라거나 잔소리하거나 비난하러 온 게 아니란다."

카이사리온이 아름다운 웃음을 짓자 고르고 흰 이가 드러났다. "그러려고 오신 게 아닌 줄 알고 있었어요, 엄마. 무슨 일이죠?"

"부탁을 하러 왔다고 할 수 있지."

"그럼 말씀해보세요."

"내게 시간을 다오, 카이사리온." 그녀는 자신이 낼 수 있는 가장 달콤한 목소리로 말했다. "내겐 시간이 필요한데, 넌 나보다 시간이 많지. 내게 시간을 빌려다오."

"무엇을 위한 시간이죠?" 그가 조심스럽게 물었다.

"알렉산드리아와 이집트 백성들이 변화를 맞을 수 있게 준비시킬 시간."

그는 속이 상해 얼굴을 찌푸렸지만 대꾸하지 않았다. 그녀는 얼른 덧붙였다.

"네가 어리고 경험이 부족해서 백성이든 동료든 남들을 다룰 수 없다고 말하려는 건 아니야―그런 말에 네가 동의하지도 않을 테고. 하지만 내 연륜과 경험에 귀를 기울일 가치가 있다는 걸 부인해서는 안 돼! 실제로, 아들아, 사람들이 변화를 받아들이려면 교육이 필요하단다. 갑자기 파라오의 칙령을 내려 사람들을 격변으로 몰아넣고 말썽이 없을 거라 기대해서는 안 돼. 난 너의 철저한 조사에 감탄했고 네가 한 말이 대부분 사실이라는 것도 인정해. 하지만 너와 내가 사실임을 안다고 해서 그게 다른 사람들한테도 분명한 사실이 되는 건 아니란다. 평범한 사람들은, 심지어 마케도니아의 귀족들도 자기 방식이 굳어져 있어. 남자든 여자든 그들의 세상은 우리의 세상에 비해 좁잖니. 그들 중 극소수만이 여행을 하고, 여행을 하는 사람들조차 돈을 써서 휴가를 간대도 삼각주나 테베 너머로는 가지 않지. 기록관도 알렉산드리아에서 펠루시온보다 먼 곳으로는 가지 않으니, 그가 세상을 어떻게 볼지 어찌 알겠어? 그가 로마는 고사하고 멤피스에 신경이나 쓸까? 기록관도 그렇다면 하물며 그 밑의 다른 사람들 생각은 어떻겠니?"

카이사리온의 얼굴은 점점 굳어졌지만 눈빛에는 미심쩍은 기색이 보였다. "엄마, 제 생각엔 빈민들이 무상 곡물을 받기 싫다며 폭동을 일으킬 것 같지는 않아요."

"그렇지, 그래서 나도 그것부터 시작하라고 말하려 했어. 하지만 하루아침에 그러는 건 안 돼! 앞으로 한 해 동안 네 아버지가 세부 계획이라고 불렀던 걸 마련해서 문서로 작성한 다음 회의를 소집하렴. 그래주겠니?"

무상 곡물 분배가 그의 최우선 과제일 거라는 그녀의 추측이 맞았다. "그렇게 오래 걸리진 않을 거예요." 그가 말했다. "한두 달이면 돼요."

"위대한 카이사르의 법안도 작성하는 데 수년이 걸렸어." 그녀는 반박했다. "대충 해서는 안 되는 거야, 카이사리온. 모든 변화를 제대로, 꼼꼼하게, 완벽하게 준비하렴. 예를 들어 네 친척 옥타비아누스를 봐, 진정한 완벽주의자잖아. 나도 그 점을 부인할 정도로 편협하지는 않단다! 네겐 시간이 아주 많아, 아들아. 일을 점진적으로 추진해다오. 행동하기 전에 얘기를 충분히 해—변화를 위해 사람들을 잘 준비시켜야 변화가 왔을 때 그들이 경고도 못 받고 거기에 부닥치게 됐다고 느끼지 않을 거다. 그래 줄 거지?"

그의 얼굴이 부드러워졌다. 이제 그는 웃음을 짓고 있었다. "알았어요, 엄마. 무슨 말씀인지 알겠어요."

"엄숙히 약속할 수 있어, 카이사리온?"

"엄숙히 약속할게요." 그가 소리내 웃었다. 웃음소리는 맑고 매력적이었다. "적어도 신들에 대고 맹세하게 만들진 않으시네요."

"너는 신들의 이름으로 한 맹세를 죽을 때까지 신성시할 만큼 신들을 믿니?"

"물론이죠."

"난 네가 약속을 지키는 사람이라고 생각해. 굳이 맹세로 속박할 필요가 없는 사람이라고."

그는 앉아 있던 바위를 떠나 어머니에게 와서 그녀를 껴안고 입맞췄다. "아, 고마워요, 엄마, 고마워요! 엄마 말씀대로 할게요."

바로 이거야, 그녀는 아들이 무용수처럼 우아하게 이 바위에서 저 바위로 뛰어다니는 모습을 보며 생각했다. 저애는 이렇게 다뤄야 해. 아들이 원하는 것 일부를 내주고 그걸로 충분하다고 생각하게 만드는 거야. 이번만은 내가 현명하게 행동했어, 앞길에 장애물이 보이지 않아.

한 달 후 클레오파트라는 자신이 턱 밑의 종기를 계속 만지작댄다는 것을 깨달았다. 혹처럼 보이거나 느껴지지는 않았지만, 이라스는 여왕의 새 습관에 관해 일러주고 종기를 직접 살펴보더니 당장 의사에게 보여야 한다고 고집을 부렸다.

"아첨쟁이 그리스인 돌팔이는 안 돼요! 합데파네를 불러야 해요." 이라스가 말했다. "정말이에요, 클레오파트라! 부르시지 않으면 제가 부를 거예요."

세월은 합데파네에게 상냥했다. 그는 카이사르를 따라 이집트에서 소아시아로, 아프리카에서 히스파니아로, 그리고 로마로 돌아다니며 카이사르의 '간질'을 엄격히 관리하던 때와 크게 달라 보이지 않았다. 그는 그 병이 트집잡기 좋아하고 까다로운 그의 환자가 오래 식사를 건너뛸 때만 덮쳐온다는 걸 깨달았다. 카이사르가 죽은 후 합데파네는 카이사리온의 배에 올라 귀국했고, 알렉산드리아에서 일 년간 궁정 의사로 지낸 뒤 멤피스의 프타 신전 구역으로 돌아가도 좋다는 허락을 받았다. 의사들은 프타 신의 아내인 세크메트의 비호를 받았다. 그들은 머리카락을 밀고 젖꼭지 밑에서 무릎 아래로 부드럽게 떨어지는 흰 아마포 옷을 입었으며 독신으로 지내야 했다. 여행은 사람으로서나 의사로서나 합데파네의 시야를 넓혀주었다. 이제 그는 이집트 최고의 진단 의사로 인정받고 있었다.

그는 먼저 클레오파트라를 꼼꼼하게 살폈다. 맥을 짚고, 날숨의 냄새를 맡고, 뼈들을 살피고, 아래쪽 눈꺼풀을 뒤집어보고, 두 손을 앞으로 쭉 뻗게 하고, 그녀가 직선을 따라 걷는 모습을 지켜보았다. 그러고 나서야 문제에 집중하여 여왕의 턱 밑부터 목까지 촉진했다.

"네, 파라오, 종기입니다, 혹은 아니에요." 그가 말했다. "종기의 원인은 낭종처럼 간단하지가 않습니다. 낭종은 가장자리가 그냥 주변 조직으로 섞여들어가죠. 비슷한 것을 나일 강가 사람들한테서 본 적이 있습니다만 알렉산드리아, 삼각주, 펠루시온에서는 드뭅니다. 갑상선종이라는 겁니다."

"악성인가?" 여왕은 입이 바짝 말라 물었다.

"아닙니다, 전하. 그렇다고 계속 커지지 않는다는 뜻은 아니지만요. 갑상선종은 대부분 점점 커지지만 수년에 걸쳐 아주 천천히 커집니다. 전하는 이제 막 생겼으니 급격히 커질 가능성은 늘 있습니다. 그럴 경우 눈이 튀어나와 개구리처럼 될 겁니다. 아니, 아니, 당황하지 마십시오! 이 선종이 눈이 튀어나오도록 커질 것 같지는 않습니다만, 환자에게 모든 가능성을 경고하지 않는 의사는 의술을 제대로 시행하는 자가 아닙니다. 하지만 전하께서는 증상이 없는 편은 아니군요. 두 손이 미세하게 떨리고, 심장이 조금 너무 빨리 뜁니다. 이라스가 매일 아침 전하의 맥박을 쟀으면 좋겠군요." 그는 그녀와 카르미온에게 극히 상냥한 웃음을 지어보였다. "카르미온은 너무 호들갑스러우니까요. 한 달 뒤 이라스는 전하의 심장 박동이 얼마나 빠른지 알게 될 테고 추적 관찰을 할 수 있을 겁니다. 아시다시피 심장은 가슴속에 있고 혈관들로 연결되어 있습니다. 그래서 손목의 맥을 짚어 그 박동을 알 수 있지요. 만약 그 혈관들이 존재하지 않는다면, 그리스인들이 자궁이 그렇다고 생각하는 것처럼 심장도 몸속을 돌아다녀야 말이 되겠지요."

"약이 있는가? 제물을 바치면 좋을 신은?"

"없습니다, 파라오." 그는 말을 멈추고 살짝 헛기침을 했다. "기분이 중요합니다, 전하. 평소보다 초조하십니까? 작은 일에도 성이 잘 나고요?"

"그래, 함데파네. 하지만 내 삶이 지난 2년간 많이 힘들었을 뿐이네."

"그럴 수도 있지요." 그는 그렇게만 말하고 엎드리더니 양손과 두 발로 기어 방을 나갔다.

"악성이 아니란 걸 알았으니 안심이 돼." 클레오파트라는 이라스와 카르미온에게 말했다.

"그래요, 하지만 그게 커지면 전하의 외모가 망가질 거예요." 이라스가 말했다.

"말조심해!" 카르미온이 이라스에게 벌컥 화를 냈다.

"생각 없이 한 말이 아니야, 멍청한 노처녀야! 넌 네 외모와 남편을 찾을 가능성을 너무 걱정하느라 전하는 무슨 일이든 일어나기 전에 준비되어 있어야 한다는 걸 모르는 거지!"

카르미온이 되갚아줄 적당한 말을 찾지 못해 식식거리는 동안 클레오파트라는 깔깔거리며 웃었다. 귀국한 뒤 처음으로 순수하게 즐거워서 웃는 소리였다.

"이제 그만!" 그녀가 겨우 웃음을 멈추고 말했다. "너희는 열네 살이 아니라 서른네 살이야—둘 다 노처녀라고." 그녀는 웃음을 거두고 얼굴을 찡그렸다. "너희들의 젊음과 결혼을 앗아간 게 나라는 건 잘 알고 있어. 날 모시는 환관과 늙은이들 말고는 만날 일이 없잖아?"

카르미온은 아까의 모욕을 잊고 킥킥대기 시작했다. "카이사리온이 환관들에 관해 뭐라 했다고 들었어요."

"그걸 네가 어떻게 알아?"

"모를 수가 있겠어요? 아폴로도로스가 충격을 받았더라고요."

"아, 고약한 카이사리온!"

아르메니아의 아르타바스데스 왕은 안토니우스가 끌고 온 대군과 싸워 이길 가능성이 전혀 없었지만 순순히 포기하지도 않았기에 안토니우스는 여러 차례 치열한 전투를 벌여야 했다. 그 결과 그의 미숙한 병사들은 피맛을 보았고, 노련병들은 몸 상태를 최고로 끌어올렸다. 안토니우스는 이제 포도주를 한 방울도 마시지 않아서 전투 지휘능력이 돌아왔으며 자신감도 회복되었다. 클레오파트라가 옳았다. 그의 진짜 적은 포도주였다. 정신이 맑고 몸이 건강해진 그는 재작년에 남은 군대와 카라나에 머물렀어야 한다고, 그리고 클레오파트라의 구호대를 불렀어야 한다고 인정할 수 있었다. 그는 그러지 않고 아무런 원조도 받지 못한 병사들을 800여 킬로미터나 더 행군시켰다. 그러나 이미 지나간 일은 어쩔 수 없었다. 과거를 곱씹는 건 무의미해, 하고 다시 기운을 차린 안토니우스는 생각했다.

티티우스는 푸르니우스 대신 아시아 속주를 통치하는 중이었고 플랑쿠스는 시리아에 머물고 있었지만, 아헤노바르부스는 작전에 동참했고 카니디우스는 늘 그렇듯 안토니우스의 믿음직한 오른팔이었다. 안전하게 아르탁사타로 들어온 안토니우스의 군대는 편안하게 야영했고, 자신감 넘치는 그는 또다른 아르타바스데스 왕을 칠 계획을 세우기 시작했다. 겨울 전에 침략하여 정복할 시간이 있었다. 아르메니아는 가루가 되었고 그곳의 왕은 율리우스 달 초에 포로가 되었으니까.

그런데 그가 메디아 아트로파테네로 행군을 시작하기 전에 퀸투스 델리우스가 거대한 행렬과 함께 아르탁사타에 도착했다. 행렬에는 메디아 아트로파테네의 아르타바스데스 왕과 그의 하렘, 자식들, 가구, 거구의 메디아 말 100필과 안토니우스가 빼앗겼던 포와 전쟁 도구 전부가 포함되어 있었다.

델리우스는 안토니우스를 보자 아주 기뻐하는 표정을 지으며 메디아 왕 아르타바스데스와 체결한 조약문 초안을 내밀었다.

안토니우스는 어리둥절해하다가 점점 눈에 보일 정도로 성을 내기 시작했다. "누가 자네한테 내 이름으로 협상할 권한을 줬지?" 그가 따져 물었다.

파우누스 같은 얼굴은 놀란 표정으로 주름이 졌고, 엷은 황갈색 눈은 충격을 받은 듯 휘둥그레졌다. "장군께서 주셨지요! 마르쿠스 안토니우스, 기억하실 텐데요! 메디아 아트로파테네를 다룰 최선책은 그곳의 왕 아르타바스데스를 로마 편으로 끌어들이는 거라고 클레오파트라 여왕과 동의하셨잖습니까. 장군께서 주신 권한입니다, 맹세합니다!"

그의 태도에 설득당한 안토니우스는 이제 당황한 기색으로 웅얼거렸다. "그런 명령은 내린 기억이 없는데."

"그때도 여전히 편찮으셨나 봅니다." 델리우스가 이마의 땀을 훔치며 말했다. "틀림없어요, 장군께서 직접 내리신 명령이니까요."

"그래, 아팠지, 기억나네. 메디아에서는 무슨 일이 있었나?"

"저는 아르타바스데스 왕을 설득했습니다. 그에게 남은 길은 로마와 협력하는 것밖에 없다고요. 그와 파르티아 왕의 관계는 모나이세스가 엑바타나로 가서 프라아테스에게 메디아인들이 장군의 물자 수송대 물건을 전부 가져가버렸다고 말한 후 악화됐습니다―모나이세스는 약탈물을 나눠 갖기를 바랐거든요. 설상가상으로 프라아테스는 외가가 메디아 혈통인 경쟁자들의 위협을 받고 있습니다. 메디아의 아르타바스데스는 프라아테스가 도와주러 오지 않는다면 장군께서 아르메니아를 정복할 것임을 쉽게 이해했습니다. 프라아테스는 자국의 상황 때문에 오지 못하리라는 것을요. 그래서 제가 계속 설득한 끝에, 메디아의 왕은 그의 왕국이 로마와 동맹을 맺는 것이 최선임을 깨달았습니다."

안토니우스는 화가 가라앉았다. 기억이 돌아오고 있었다. 걱정스러웠다―아니, 무서웠다. 그가 기억하지 못하는 결정과 명령, 순간적 대화 들이 얼마나 더 많을까?

"자세히 말해보게, 델리우스."

"아르타바스데스는 자신의 성실함을 보이기 위해 직접 이리로 왔고, 여자들과 아이들도 데려왔습니다. 장군께서 동의하신다면 그는 자신의 네 살배기 딸 이오타페를 장군님의 이집트 아드님 프톨레마이오스 알렉산드로스 헬리오스의 신붓감으로 내주려 할 겁니다. 정실부인에게서 낳은 아들 하나를 포함한 다섯 자식들을 볼모로 내줄 거고요. 선물도 많이 가져왔습니다. 메디아 말과 금괴, 그의 왕국에서 나는 보석들―청금석, 터키석, 벽옥, 홍보석, 수정까지요. 장군님의 포를 비롯해 군수물자 전부, 심지어 25미터짜리 공성망치도 다 가져왔습니다."

"그럼 이제 내가 잃은 건 2개 군단과 그들의 독수리 기뿐이군." 안토니우스는 무심한 말투를 유지했다.

"아뇨, 독수리 기들도 가져왔습니다. 아르타바스데스는 그것들을 곧바로 엑바타나에 보내지 않았습니다. 보내려고 했을 즈음에 모나이세스가 프라아테스와 그의 사이를 벌려놔서요."

안토니우스는 가벼워진 마음으로 낮게 웃었다. "옥타비아누스가 들으면 실망하겠는걸! 내가 뺏긴 독수리 기 네 개를 로마에서 엄청 우려먹고 있는데."

메디아의 아르타바스데스 왕과의 회담은 안토니우스를 한껏 들뜨게 만들었다. 소동이나 원한 없이, 조약 내용은 델리우스가 초안을 잡은 대로 재작성되어 비준된 후 로마와 메디아 아트로파테네의 인장이 찍혔다. 회담 전에 안토니우스는 수레 50대에 실린 선물들을 꼼꼼하게 살펴보았다. 금, 보석, 파르티아 금화가 담긴 궤짝들, 이국적인 귀금속이 담긴 궤짝 여러 개. 하지만 안토니우스를 가장 흥분시킨 건 커다란 말 100필이었다. 말들은 철갑 기병의 무게를 견딜 만큼 크고 튼튼했다. 포와 군수물자는 나눠서 절반은 나중에 카니디우스와 함께 카라나로 보내고 나머지 반은 시리아로 보낼 터였다. 카니디우스는 군대의 3분의 1과 함께 아르탁사타에서 겨울을 난 뒤 카라나에 숙소를 잡을 예정이었다.

안토니우스는 알렉산드리아의 클레오파트라에게 편지를 썼다.

사랑스러운 내 아내, 너무나 그리운 당신을 하루빨리 만나고 싶소. 하지만 우선 로마로 가서 개선식을 할 거요. 전리품이 굉장하다오! 폼페이우스 마그누스가 미트리다테스에게 이긴 후 손에 넣은 것만큼 많소. 동방 왕국들에는 금과 보석이 넘쳐난다오, 페이디아스나 다른 그리스 작가의 작품만큼 가치 있는 조각상은 하나도 없지만. 높이가 6큐빗인 순금 아나이티스 상은 로마로 보내 유피테르 옵티무스 막시무스 신전에 바치려 하는데, 그건 아르메니아 약탈물의 극히 일부에 지나지 않는다오.

델리우스가 당신이 그토록 원했던 조약을 체결했다는 걸 알면 기쁠 거요—그렇소, 로마와 메디아 아트로파테네는 이제 동맹이오. 아르메니아의 아르타바스데스 왕은 내 포로로 내 개선식에서 걷게 될 거요. 진짜 왕, 이 정도로 지위가 높은 통치 군주를 개선식에 전시한 승전 장군은 아주 오랜만이지. 온 로마가 경탄할 거요.

8월 칼렌다이까지 보름밖에 안 남았지만 나는 곧 로마로의 귀국길에 오를 예정이오. 내 개선식이 끝나자마자 겨울 바다든 뭐든 상관없이 배를 타고 알렉산드리아로 가겠소. 아르탁사타의 대규모 수비대를 비롯해 정리할 일이 무척 많소. 아르탁사타에는 카니디우스와 병력 3분의 1을 남겨둘 생각이오. 나머지 3분의 2는 내가 이끌고 시리아로 돌아가 안티오케이아와 다마스쿠스 인근의 진지에 주둔할 것이오. 19군단이 나와 함께 뱃길로 로마에 가서 개선식에서 내 군대를 대표할 거요. 그들의 창과 깃대는 월계수로 장식될 거고. 그렇소, 낙수아나에서 병사들이 나를 임페라토르로 환호했다오.

나는 아주 건강하오. 몇 차례 단절된 기억 때문에 조금 당황스럽기는 하지만. 내가 메디아 아르타바스데스 왕한테 델리우스를 보낸 걸 잊어버린 사실을 아시오? 다른 일들을 또 알게 되면 당신한테 물어봐서 확인해야겠소.

셀 수 없이 많은 키스를 나의 여왕 당신에게 보내오. 그 작은 참새 같은 몸을 안고 싶어 죽겠소. 건강하오? 카이사리온도 건강하오? 우리가 낳은 자식들도? 안티오케이아로 답장을 보내주오. 전속력으로 달릴 전령에게 이 편지를 맡길 테니 시간이 있을 거요. 사랑하오.

아르메니아 여자와 아주 가까운 사이가 된 푸블리우스 카니디우스는 그곳에서 겨울을 나는 것이 유감스럽지 않았다. 그 여성은 왕가와 미약한 혈연관계가 있었고 그리스어를 유창하게 구사했으며 엄청난 다독가에, 어린 소녀의 아름다움은 아니었지만 미모도 출중했다. 카니디우스의 로마인 아내는 매우 고귀한 태생도 아니었고 책도 거의 읽지 않았기에 진정한 대화 상대가 되기는 어려웠다. 그리하여 클레메네는 카니디우스에게 그가 정복한 아르메니아의 신들이 준 선물로, 그를 위한 특별한 사람으로 보였다.

안토니우스와 그의 군대 병력 3분의 2는 카라나를 통해 시리아로 진군했다. 아헤노바르부스는 아마노스 산맥의 시리아 관문까지 동행한 다음 육로를 통해 그의 속주 비티니아로 향했다. 델리우스, 킨나, 스카우루스, 그리고 죽은 크라수스의 손자만이 안토니우스와 함께 안티오케이아로 갔다.

안티오케이아에서 안토니우스는 클레오파트라가 보낸 답장을 받았다.

무슨 소리예요, 안토니우스, 로마에서 개선식이라뇨? 미쳤어요? 전부 다 잊어버린 거예요? 그렇다면 내가 기억나게 해줄게요.

당신은 아르메니아 작전이 끝나면 전리품을 들고 내가 있는 알렉산드리아로 돌아오겠다고 맹세했어요. 알렉산드리아에서 그 전리품을 전시하겠다고 맹세했지요. 당신이 꼭 로마에서 개선식을 하겠다면 내가 막을 수는 없겠지만, 그런 말은 전혀 없었단 말이에요. 당신은 로마보다 알렉산드리아가 먼저일 거라고, 전리품은 여왕이자 파라오인 내게 바칠 거라고 맹세했다고요. 당신이 로마와 옥타비아누스한테 빚진 게 뭔지 말해줄래요? 그자는 끊임없이 당신을 음해하며 내가 짐승들의 여왕이라고, 로마의 적이라고 지껄인다고요. 날마다 그런 말을 되풀이하고, 날마다 로마 사람들은 더욱 화를 내고 있죠. 난 그들에게 아무 짓도 하지 않았지만, 옥타비아누스가 하는 말을 들으면 누구든 나를 메데이아와 메두사를 합친 존재쯤으로 생각할 거예요. 그런데 당신은 로마와 옥타비아한테 돌아가서 처남한테 알랑거리고, 힘들게 얻은 전리품을 그걸로 나를 끌어내리려 할 나라에 바치겠다고요?

정말이지 당신은 미친 게 분명해요, 안토니우스. 옥타비아누스와 로마가 끝도 없이 내게 던지는 모욕적인 언사들을 용인하고, 로마의 뱀들 사이에서 개선식을 해 이집트의 적들에게 환심을 사려 하다니. 당신의 가장 충직한 동지이자 친구—그리고 아내!—인 나를 저버리다니, 당신은 명예도 모르는 남자인가요? 그것도 나뿐만 아니라 당신까지 조롱하고 당신이 내 애완견이라며 욕하는 자들을 위해서요. 그들은 내가 당신이 갑옷을 입기 전에 당신에게 여자옷을 입혀 뽐내며 걸어보게 시킨다고 믿어요. 당신더러 리코메데스 왕의 하렘에서 얼굴에 칠을 하고 치맛자락을 날리는 아킬레우스래요. 등뒤에서 그런 말을 하는 사람들 앞에서 정말로 행진하고 싶은 거예요?

당신은 알렉산드리아로 돌아온다고 맹세했고, 난 그 맹세가 꼭 지켜지길 바라요. 알렉산드리아 시민과 이집트 백성 들은 당신을 본 적이 있지만 내 남편이 된 당신은 본 적이 없어요. 난 시리아에 있는 당신에게 가기 위해 내 왕국을 버렸어요. 당신의 '로마' 군인들을 위해 엄청난 규모의 구호대를 데리고 갔죠. 그 모든 비용을 내가 댔다는 걸 당신한테 상기시켜줘야 하나요?

아, 안토니우스, 나를 실망시키지 말아요! 수많은 여자들한테 그러듯이 나를 업신여기지 말아요. 당신은 날 사랑한다 말했고 나와 결혼까지 했어요. 파라오이자 여왕인 내가 버림받는 건가요?

안토니우스는 손을 덜덜 떨면서, 마치 편지가 데일 듯 뜨겁고 견딜 수 없는 고통을 주는 것처럼 그것을 손에서 놓았다. 평소의 일상에 착수한 안티오케이아의 온갖 소음이 서재의 열린 창문들로 들어왔다. 그는 너무나 놀라고 겁에 질린 채 창문으로 들어온 밝은 사각형의 빛을 응시했다. 여름 시리아의 열기에도 불구하고 갑자기 뼛속까지 오한이

들었다.

내가 맹세를 했다고? 정말인가? 그러지 않았다면 그녀가 그렇게 말할 리가 없겠지? 아, 내 기억력에 어떤 문제가 생긴 거지? 내 뇌가 구멍이 숭숭 난 알프스산 치즈처럼 변해버린 건가? 지금은 정신이 너무 맑은데, 최근에는 계속 맑았는데. 예전의 나로 돌아갔단 말이다. 그래, 이 두 번의 기억 단절은 포도주 중독 증세에서 회복중이던 레우케 코메와 안티오케이아에서의 시기에 벌어진 일이다. 그 시기일 수밖에 없다. 내가 뭘 한 거지? 무슨 말을 한 거지? 또 무슨 맹세를 했을까?

안토니우스는 자리에서 일어나 서성이기 시작했다. 뱃속이 쑥 가라앉는 느낌이 들었고 그 자신 말고는 누구의 탓도 할 수 없음에 무력감이 엄습했다. 자신감을 되찾아 한껏 들뜨고 우울감과 분노가 사라진 요즘 그는 로마에서의 패권을 어떻게 되찾아야 할지 분명하고도 확실하게 알아냈다고 생각했었다. 이집트? 알렉산드리아? 외국 여왕이 지배하는 외국이라는 것 외에 무슨 의미가 있는가? 물론 그는 그녀를 사랑했다—결혼할 만큼 사랑했다. 하지만 그는 이집트인도 알렉산드리아인도 아니었다. 로마인이었다. 그의 존재 모두가 로마의 것이었다. 그리고—아르탁사타에서 그가 생각했던 바로는—옥타비아누스와의 이견을 조율할 가능성은 여전히 존재했다. 아헤노바르부스와 카니디우스도 그렇게 생각했다. 아헤노바르부스는 옥타비아누스가 열심히 추문을 퍼뜨리고 있다는 클레오파트라의 이야기에 코웃음까지 쳤다. 그는 이렇게 물었다. 그게 사실이라면, 어째서 로마 원로원 의원 1천 명 가운데 700명이 아직도 안토니우스에게 충성하는가? 금권 정치가와 기사 계급 사업가 들이 어째서 그토록 안토니우스만을 고수하는가? 물론 안토니우스의 동방 작전들이 지체되긴 했지만 이젠 자리잡혀가고 있었고, 이는 로마 경제에 막대한 이익이 될 것이었다. 국고에도 돈이 흘러들어가기 시작했다. 마침내 공세를 보내게 될 터였다. 그래서 아헤노바르부스와 카니디우스가 그와 같은 생각을 했던 것이다.

현재 안티오케이아에는 안토니우스를 안심시켜줄 동료가 없었다. 델리우스와, 오래전에 죽은 유명인사들의 손자 및 종손인 하급 지휘관들뿐이었다. 그가 델리우스를 신뢰할 수 있는가? 이 일에 관해 델리우스를 신임할 수 있다는 증거는 전혀 없었다. 델리우스는 자신의 이익이 가장 중요한 자였고, 벤티디우스와 사모사타 사건에서 보듯 머리끝까지 화가 나면 윤리고 도덕이고 무시하는 자였다. 하지만…… 이번 문제는 그 사건과는 공통점이 전혀 없었다. 플랑쿠스가 이곳에 있기만 했어도! 하지만 그는 티티우스를 방문하러 아시아 속주로 떠났다. 델리우스 말고는 얘기할 사람이 없었다. 적어도 델리우스는 내게 기억 단절이 한차례 발생했다는 걸 알고 있어, 하고 안토니우스는 생각했다. 다른 경우에 관해서도 알고 있을지 몰라.

"내가 작전의 전리품을 알렉산드리아로 가져가겠다고 맹세했나?" 잠시 후 안토니우스는 델리우스에게 물었다.

델리우스도 클레오파트라에게 편지를 받은 뒤였기에, 그는 자신이 해야 할 거짓말을 정확히 알고 있었다. "네, 마르쿠스 안토니우스, 그러셨습니다."

"그렇다면 자네는 대체 왜 아르탁사타나 남쪽으로 오던 중에 내게 그리 말하지 않았나?"

델리우스는 미안해하는 듯이 헛기침을 했다. "아마노스 산맥에 도착할 때까지 저는 장군님 곁에 있지 않았습니다. 나이우스 아헤노바르부스가 저를 싫어해서요."

"그럼 그후에는?"

"솔직히 잊어버렸습니다."

"자네도 기억이 깜박깜박하나보군?"

"누구나 그럴 때가 있지요."

"아무튼 내가 그리 맹세했다고?"

"네."

"내가 어느 신들께 맹세했나?"

"텔루스와 솔 인디게스, 리베르 파테르요."

안토니우스는 신음 소리를 냈다. "클레오파트라가 그 신들을 어떻게 알지?"

"저도 모릅니다, 안토니우스. 다만 여왕은 여러 해 동안 카이사르의 아내였고, 로마인처럼 라틴어를 하며, 로마에서 살았던 적도 있지요. 분명 여왕은 로마인들이 어떤 로마 신들께 맹세를 하는지 알 기회가 많았을 겁니다."

"그럼 난 손발이 묶였군. 끔찍하게 묶였어."

"유감스럽지만 그렇습니다."

"사람들에겐 어떻게 말하지?"

"말하지 마십시오." 델리우스가 단호하게 말했다. "19군단은 다마스쿠스에서 편안히 야영하게 하세요—거긴 날씨가 아주 좋지요. 그리고 보좌관들한테는 장군께서 알렉산드리아에 들렀다가 로마로 가실 거라고 말하세요. 아내가 그립고, 아내에게 전리품을 보여주고 싶다고요."

"그건 거짓말인데다 미봉책일 뿐인데."

"제 말을 믿으십시오, 마르쿠스 안토니우스. 그 수밖에 없습니다. 일단 알렉산드리아로 가시면 로마에서 개선식을 못 할 이유는 수없이 많습니다. 아플 수도 있고, 군사적 위기 상황이 벌어질 수도 있죠."

"도대체 왜 내가 맹세를 한 거지?" 안토니우스는 두 주먹을 불끈 쥐고 소리쳤다.

"클레오파트라 여왕이 장군께 그렇게 요구했고, 장군님은 그걸 거부하실 만큼 건강한 상태가 아니었으니까요." 됐다! 델리우스는 생각했다. 적어도 이 정도는 당신한테 되갚아주게 됐군, 이집트 하르피이아 같은 여자야.

안토니우스는 한숨을 쉰 후 두 손으로 무릎을 탁 쳤다. "뭐, 내가 알렉산드리아로 가야 한다면 플랑쿠스가 돌아오기 전에 떠나는 게 최선이겠군. 그는 킨나나 스카우루스 같은 하급 지휘관들보다 더 집요하게 질문을 해댈 테니까."

"육로로 가십니까?"

"그 많은 약탈품을 가져가야 하니 내겐 선택의 여지가 없네. 예루살렘 군단이 내 호위대가 되어줄 거야." 안토니우스는 야비한 웃음을 지었다. "헤로데스한테 가서 지금 상황이 정확히 어떤지 알아봐야겠어."

9월에는 하루에 15킬로미터를 이동했다. 10월 말까진, 어쩌면 그 이후에도 시리아의 강렬한 태양 때문에 힘들 터였다. 수 킬로미터에 달하는 수레 행렬은 안티오케이아를 떠나 남쪽으로 느릿느릿 이동했고, 엘레우테로스 강을 건너 이제 클레오파트라가 주인인 땅으로 들어섰다. 두 달 반 동안 1천200킬로미터를 가는 여정이었고, 안토니우스는 수송대와 같은 속도로 끈덕지게 말을 타거나 걸었지만 완전히 게으름을 부린 건 아니었다. 중간중간 탈선하여 현지 유력자들을 만났는데, 그중에는 클레오파트라가 그녀의 영토를 맡긴 알렉산드리아인 관리들도 있었다. 그런 그의 모습은 긴 여행을 함께하는 부하들을 당황스럽게 했고, 그가 이 여행을 시리아 남부를 점검할 핑계로 이용하고 있는 게 아닌지 의심하게 만들었다. 시돈과 티로스의 행정장관들은 그들이 이제 이집트 영토에 완전히 둘러싸였다며 우는소리를 했다. 클레오파트라가 그들의 큰 교역지 두 곳에서 이어지는 모든 도로에 검문소를 설치해 육로로 나가는 모든 물건에 세금을 부과했다고 했다.

나바테아의 말코스 왕은 아코 프톨레마이스까지 먼 길을 달려와, 안토니우스가 클레오파트라에게 준 역청 채취장의 현황에 관해 불만을 터뜨렸다.

"그 여자가 당신 부인이든 아니든 상관없습니다, 마르쿠스 안토니우스." 말코스는 씩씩거리며 말했다. "야비한 여자예요! 고정비 때문에 이익이 조금밖에 나지 않는다는 걸 알고는 일 년에 200탈렌툼을 받겠다며 내 채취장을 나한테 되팔았습니다! 그 돈을 받아내는 일은 헤로데스가 위임받았죠! 물론 그자가 갖는 건 아닙니다─그 여자의 심부름꾼일 뿐이죠. 사악합니다, 사악해!"

"내가 뭘 어쩌길 바라오?" 안토니우스는 자신이 할 수 있는 일은 없다는 걸 알면서도 물었다. 그렇다는 사실이 싫었다.

"당신은 그 여자 남편이잖습니까─로마의 트리움비르이기도 하고요! 그 여자한테 채취장을 깔끔하게 내게 돌려주라고 하십시오! 채취장은 먼 옛날부터 나바테아 것이었습니다."

"미안하지만 도와줄 수 없소." 안토니우스가 말했다. "당신의 역청 채취장은 이제 로마의 권한 밖이오."

그 사태의 절반인 헤로데스를 안토니우스는 요페로 소환했다. 헤로데스도 말코스 왕과 같은 처지였다. 그도 그의 발삼 농원을 되살 수 있었지만—일 년에 200탈렌툼을 내야 했다—그것도 말코스 왕한테서 일 년에 200탈렌툼을 징수해야 가능했다.

"역겹습니다!" 왕은 안토니우스에게 외쳤다. "역겨워요! 그 여자는 채찍질을 당해야 합니다! 당신이 남편이잖습니까, 마누라한테 채찍맛 좀 보여주시지요!"

"당신이 남편이라면, 헤로데스, 그녀는 틀림없이 채찍질을 당했겠지." 안토니우스가 말했다. 그는 헤로데스와 말코스 사이에 증오가 들끓게 유지하는 클레오파트라의 교활함에 감탄했다. "로마인은 아내한테 채찍질을 하지 않소, 애석하게도. 그리고 나한테 불평해봐야 소용없소. 난 예리코의 발삼 농원을 클레오파트라 여왕한테 넘겼으니, 불만이 있으면 내가 아니라 여왕한테 말하시오."

"여자들이란!" 헤로데스의 분노에 찬 대꾸였다.

"그 말을 들으니 발삼 말고 다른 일들이 생각나는군." 안토니우스가 로마 총독의 어조로 말했다. "뭐, 여자들이 관련된 일이기는 하지만 말이오. 당신이 왕좌에 오르자마자 아나넬로스라는 사독의 후손을 유다이아의 대사제로 임명했다고 들었소. 그런데 당신의 장모 알렉산드라 여왕이 대사제 직을 그녀의 열여섯 살 아들 아리스토불로스에게 주려 했다던데, 맞소?"

"그렇습니다!" 헤로데스는 악의에 찬 헛 소리를 냈다. "알렉산드라와 가장 친한 친구가 누군지 아십니까? 클레오파트라예요! 두 사람은 나에 대해 음모를 꾸몄습니다, 내가 왕이 된 지 얼마 안 됐기에 마음대로 하지—그 걸리적거리는 늙은 암퇘지 알렉산드라를 죽이지—못한다는 걸 알고서 말입니다! 아, 장모는 얼른 클레오파트라한테 착 달라붙었죠! 죽음을 면케 해줄 보장책이니까요! 하지만 묻겠습니다, 열여섯 살짜리 대사제가 말이나 됩니까? 웃기는 일이지요! 게다가 그앤 사독이 아니라 하스모니아 왕족입니다. 그 일은 내 왕좌를 빼앗아 아리스토불로스한테 주기 위한 장모의 공들인 계획 첫 단계였습니다." 헤로데스는 두 손을 앞으로 내밀었다. "정말이지, 마르쿠스 안토니우스, 난 아내의 친족들을 회유하기 위해 무진장 애를 썼습니다!"

"하지만 당신은 장모의 바람을 받아들였다고 들었소만."

"네, 그랬지요, 작년에 난 아리스토불로스를 대사제로 임명했습니다! 그나 그 어미한테는 전혀 좋은 일이 못 됐지요." 헤로데스는 억울하게 갇힌 죄수 같은 표정을 지었다. "알렉산드라와 클레오파트라는 아리스토불로스의 목숨이 위험에 처한 것처럼 보이게 계략을 짰습니다— 그야말로 헛소리죠! 그애는 예루살렘과 유다이아에서 달아나 이집트에 망명할 예정이었습니다. 그런 다음 이집트에서 좀 지내다가 군대를 이끌고 와 내 왕위를 찬탈할 생각이었던 겁니다. 당신이 내게 준 왕좌를 말입니다!"

"얘기를 좀 듣긴 했소." 안토니우스가 조심스럽게 말했다.

"사실이라고 믿기 어려우시겠지만, 젊은 아리스토불로스는 소풍을 가자는 내 초대에 흔쾌히 응했습니다." 헤로데스는 슬픈 표정으로 한숨을 지었다. "온 집안사람들이 다 갔어요. 알렉산드라와 그녀의 딸인 내 아내, 내 어린 아들 넷, 사랑하는 우리 어머니까지—장담컨대 화기애애한 분위기였습니다. 우리는 하천이 넓어져 큰 웅덩이로 변하는 장소에 있는 경치 좋은 곳을 골랐지요. 웅덩이는 곳곳에서 깊어지긴 했지만 너무 무모하게 헤엄쳐 가지 않는 한 위험하지 않았습니다. 아리스토불로스는 지나치게 무모했습니다—헤엄도 제대로 못 치면서 헤엄치러

들어갔으니까요." 왕의 우람한 두 어깨가 으쓱거렸다. "무슨 말이 더 필요하겠습니까? 그는 구멍 같은 데 발이 걸린 게 틀림없습니다. 갑자기 머리만 물 밖에 뺀 채 살려달라고 소리를 지르더군요. 호위병 여러 명이 구하러 헤엄쳐 갔지만 너무 늦었습니다. 결국 익사했어요."

안토니우스는 왕의 이야기를 천천히 곱씹었다. 클레오파트라가 꼬치꼬치 물을 것임을 알았기 때문이다. 물론 그는 헤로데스가 그 '사고사'를 설계했음을 잘 알고 있었지만, 신들께 감사하게도 증거가 전혀 없었다. 정말이지 여자들이란! 이번 남쪽 여행은 가면 갈수록 클레오파트라의, 한 인간으로서가 아니라 군주로서의 여러 면면을 드러내고 있었다. 팽창과 지배권에 욕심내고, 적들 사이에 교묘하게 증오의 씨앗을 뿌리고, 뻔뻔하게도 로마와 전쟁을 치렀던 남편과 아들 들을 둔 과부 여왕을 친구로 삼다니. 거기다 자신의 목적을 달성하기 위해 안토니우스 본인도 얼마나 영리하게 조종하고 있는가.

"사고인 익사에 당신이 어떻게 관여했다는 건지 모르겠소, 헤로데스. 특히나 당신 말처럼 그애의 어머니를 비롯해 온 가족이 보는 앞에서 벌어진 일인데 말이오."

"클레오파트라는 날 재판에 넘겨 처형하길 원했습니다, 그렇지 않습니까?"

"그녀는 성이 났었소, 사실이오. 라오디케이아에서는 당신과 내가, 음, 서로 엇갈렸고 말이오. 우리가 그때 만났다면 난 다르게 반응했을 수도 있소. 어쨌든 난 그 일에 당신이 조금이라도 관여했다는 증거를 못 찾았소, 헤로데스. 게다가 대사제 직은 이제 당신 손에 달렸소. 누구든 원하는 사람한테 줄 수 있소. 하지만 당신에게 묻고 싶은데, 그걸 종신직으로 할 생각이오?"

"멋지군요!" 헤로데스가 환한 얼굴로 대답했다. "사실 그보다 더 나아갈 생각입니다. 내가 신성한 사제복들을 계속 보관하면서 모세의 법에 따라 대사제가 입어야 할 때마다 빌려주는 거죠. 사제복에는 마법의 힘이 있다고들 하는데 대사제가 늘 그걸 입고 사람들 사이를 누비며 문젯거리를 만드는 게 싫거든요. 맹세컨대 안토니우스, 난 내 왕좌를 뺏기지 않을 겁니다! 클레오파트라를 만나면 분명히 전해주십시오."

"내 말을 믿으시오, 로마는 유다이아에서 하스모니아 왕족이 재기하는 걸 용인하지 않을 거요." 안토니우스가 말했다. "하스모니아 왕가는 늘 문제만 일으키니까. 고 아울루스 가비니우스 시절 이후에 태어난 아무나 붙잡고 물어보시오."

수레 행렬은 계속 이동했다. 가자를 떠난 이후로 안토니우스는 더욱 지쳤다. 거기서부터 내륙으로 들어가는 도로는 척박한 시골을 가로질렀기에 수백 마리나 되는 소들에게 물을 먹이기가 무척 힘들었다. 해안으로 계속 갈 수 없는 건 나일 강 삼각주 때문이었다. 폭 220킬로미터의 드넓은 늪지와 수로는 어찌해볼 도리가 없었고 횡단 가능한 도로도 없었다. 알렉산드리아로 가는 유일한 육로는 삼각주 꼭짓점인 멤피스까지 남하한 다음 나일 강의 카노포스 지류를 따라 북쪽으로 가는 길이었다.

11월 말에 마침내 긴 여정이 끝났다. 안토니우스는 카노포스 가도의 동쪽 종착점인 '태양의 문'을 통과해 세계 최대의 도시로 들어섰다. 관리들 무리가 재잘거리며 수레들을 넘겨받아 마레오티스 호숫가의 대기소로 끌고 갔다. 안토니우스는 말을 타고 왕실 구역으로 들어갔다. 예루살렘 군단은 벌써 유다이아로 돌아가는 행군길에 올랐다. 안토니우스는 클레오파트라에 대한 두려움이 탐욕스런 손들로부터 수레에 실린 보물을 보호해주리라고 믿는 수밖에 없었다.

클레오파트라는 태양의 문으로 그를 맞이하러 오지 않았다. 그녀가 화나 있다는 명백한 증거였다. 주 궁전에 도착하며, 안토니우스는 옥타비아누스보다 더 정보원이 많은 유일한 사람이 클레오파트라라는 걸 떠올렸다. 그녀는 그가 한 일을 전부 알고 있으리라.

"아폴로도로스, 우리 씨 없는 영감," 안토니우스는 대시종장이 나타나자 말했다. "우리 성난 전하께서는 어디 계시오?"

"전하의 응접실에 계십니다, 마르쿠스 안토니우스. 다시 뵙게 되어 정말 기쁘군요!"

안토니우스는 씩 웃으며 망토를 땅바닥에 벗어던지고 굴 속의 암사자를 상대하러 갔다.

"무슨 생각으로 질문을 퍼부어 내 태수들을 괴롭히고, 이젠 로마와 관계없는 영역 내 행위에 관해 그들에게 지시를 내린 거죠?"

"대단한 환영인사군." 그는 의자에 풀썩 주저앉으며 말했다. "난 내가 한 말을 실천했소. 내가 한 맹세를 지켜서 전리품을 갖고 당신이 있는 알렉산드리아로 고생스럽게 왔는데, 보상이라곤 고약한 질문뿐이군. 경고컨대 클레오파트라, 선을 넘지 마시오. 1천200킬로미터를 오는 내내 난 당신의 계략과 이집트인이 아닌 사람들에 대한 압제를 목격했소—당신은 처형하고, 투옥시키고, 검문소를 세워 당신이 걷을 자격이 없는 세금을 걷고, 왕들이 서로 반목하게 만들고, 불화를 조장하고 있더군. 이제는 나한테 당신이 필요한 것보다 당신한테 내가 더 필요하다는 걸 기억할 때가 되지 않았소?"

클레오파트라의 얼굴이 얼어붙었고 눈에는 공포가 스쳤다. 한참 동안 말문이 막힌 채, 그녀는 뭔가 그를 회유할 표정을 지으려 애썼다.

"내 정신은 말짱하오." 안토니우스는 그녀가 할말을 찾기 전에 말했다. "건강한 마르쿠스 안토니우스는 포도주한테 사고 능력을 빼앗길 때 그가 되고 마는 비굴한 수하가 아니오. 지난번에 마지막으로 당신을 본 이후 포도주에는 입도 대지 않았소. 교활한 적을 상대로 싸워 이겼지. 난 자신감을 회복했소. 그리고 동방의 트리움비르이자 동방 최고의 로마 대표자로서, 동방에서 이집트의 만행을 비난해야만 할 수많은 이유를 발견했소. 당신은 로마령 안에서 벌어지는 일들에, 로마를 위해 일하는 피호국 왕들 사이에 개입했소. 작은 제우스처럼 거드름을 피우고, 마치 당신한테 25만 대군과 전성기 때의 가이우스 율리우스 카이사르의 천재성이 있는 것처럼 힘을 과시하고 있더군." 그는 불그스름하고 성난 눈을 빛내며 숨을 들이쉬었다. "하지만 현실은, 내가 없는 당신은 아무것도 아니란 거요. 당신한텐 군대가 없소. 당신은 천재도 아니오. 사실 난 유다이아의 헤로데스와 당신이 거의 다르지 않다고 생각하오. 둘 다 잔인하고 탐욕스럽고 쥐처럼 교활하지. 하지만 지금 이 순간엔 난 클레오파트라 당신보다는 헤로데스를 더 좋아하고 존중하오. 적어도 헤로데스는 가식을 떨지 않는 뻔뻔한 야만인이오. 하지만 당신은 어떤 날은 요부인 척하다가 다음날엔 도움의 손길을 내미는 여신으로, 독재자로, 폭식가로, 도둑으로 변했다가—하!—다시 상냥한 척을 하지. 지금부터 그런 짓은 그만두시오, 알겠소?"

그녀는 적당한 표정을 찾아냈다. 비통한 표정. 그녀는 말없이 눈물을 흘리며 아름답고 작은 두 손을 힘껏 맞잡고 비틀었다.

그는 껄껄 웃었다. 정말로 우스워서 웃는 소리였다. "아, 정말이지, 클레오파트라! 눈물보다 나은 건 없소? 난 당신 전에 아내가 넷이나 있었으니 눈물에 익숙하오. 여자는 눈물이 가장 효과적인 무기라고 믿으면서 자라지. 하지만 정신이 말짱한 마르쿠스 안토니우스에게 눈물은 화강암 위에 떨어지는 물방울만큼의 위력밖에 없소—조금이라도 자국을 남기려면 수천 년이 걸리고, 그건 지상의 어떤 여신에게 주어진 것보다 긴 시간이지. 헤로데스에게 발삼 농원을 깔끔하게 돌려주고, 역청도 깔끔하게 말코스한테 돌려주시오. 티로스와 시돈 밖의 검문소들도 폐쇄하시오. 내가 당신한테 '팔았던' 영토의 당신 관리들은 앞으로 이집트 법을 시행하지 못할 것이오. 그들한테 로마인 담당관이 재결하지 않는 한 처형하거나 투옥할 권리가 없다고 말해두었소. 그리고 다른 모든 피호국 왕들처럼 당신도 로마에 공세를 내고 이집트 본령 안에서의 일들만 좌지우지하시오. 알아들었소, 여보?"

울음을 그친 그녀는 이제 화가 났다. 하지만 지금의 마르쿠스 안토니우스에게는 화를 숨겨야 했다.

"뭐요, 어떻게 하면 나한테 포도주를 한 병 먹일까 궁리하고 있소?" 그가 조롱했다. 클레오파트라에게 맞설 용기를 냈으니 세상을 정복할 수도 있을 것 같은 기분이 들었다. "마음껏 시도해보시오. 성공하진 못할 거요. 난 울릭세스의 선원들처럼 귀마개를 해서 당신이 부르는 세이렌의 노래가 들리지 않소. 아니, 혹시 키르케 흉내를 내고 싶다 해도 나를 또다시 당신이 만든 질척한 돼지우리에서 뒹구는 돼지로 만들진 못할 거요."

"당신이 와서 기뻐요." 분노가 사라져버린 그녀가 속삭였다. "사랑해요, 안토니우스. 아주 많이 사랑해요. 당신 말이 맞아요, 내가 도를 넘었죠. 전부 다 당신이 바라는 대로 할게요, 엄숙히 맹세해요."

"텔루스와 솔 인디게스, 리베르 파테르께?"

"아뇨, 죽은 오시리스를 애도하는 이시스께요."

그는 두 팔을 내밀었다. "그럼 와서 키스해주오."

그녀는 들은 대로 하려고 일어섰지만, 그녀가 안토니우스에게로 가기 전에 카이사리온이 뛰어들어왔다.

"마르쿠스 안토니우스!" 소년이 소리치더니, 의자에서 일어서는 안토니우스에게 안기려고 달려들었다. "아, 마르쿠스 안토니우스, 정말 기뻐요! 아무도 당신이 왔다고 말해주지 않았어요. 복도에서 아폴로도로스를 만나고서야 들었죠."

안토니우스는 달려드는 카이사리온을 잡고서 쳐다보더니 깜짝 놀랐다. "유피테르시여! 카이사르인 줄 알았다!" 그는 이렇게 말하고 카이사리온의 양볼에 입을 맞추었다. "남자가 다 됐구나."

"누군가는 그걸 알아봐줘서 기쁘네요. 어머니는 그 사실을 외면하시거든요."

"엄마들은 원래 아들이 다 크는 걸 싫어한다. 네가 이해해야 해, 카이사리온. 건강한 것 같구나. 요즘엔 좀더 통치에 참여하니?"

"네, 조금 더요. 전 지금 알렉산드리아의 빈민층을 위한 무료 곡물 분배 정책을 입안하고 있어요. 그다음은 매월 국가가 1메딤노스의 곡물을 지원하는 거예요."

"훌륭하구나! 지금까지 한 걸 보여다오."

함께 나가는 두 남자의 키가 비슷했다. 카이사리온이 그 정도로 훌쩍 자란 것이다. 카이사리온은 안토니우스처럼 헤라클레스 같은 남자는 결코 못 되겠지만 키는 분명 더 클 거야. 두 사람이 사라지고 혼자 남은 클레오파트라는 이렇게 생각했다.

그녀는 혼란스러운 기분으로 창밖의 바다를 응시했다. '그들의 바다'. 내 남편이 관여한다면 계속 '그들의 바다'로 남겠지. 그녀는 이제 자신이 지나치게 성급했음을 알 수 있었다. 하지만 안토니우스가 다시 포도주에 빠졌을 거라 짐작하고 그리한 것이다. 하나 그에게선 탈선의 흔적이 보이지 않았다. 그가 시리아 남부에서 그녀가 한 일들을 목도하지 않았다면 그녀는 그를 더 쉽게 기만할 수 있었을 텐데. 하지만 그녀가 한 일들은 그를 분노케 했고, 결혼생활에서 지배적인 위치를 차지하려는 남자의 욕망을 자극했다. 버러지 같은 헤로데스! 무슨 소릴 지껄여서 안토니우스를 자극한 거지? 말코스와 페니키아의 쌍둥이 도시들은? 그녀가 정보원들한테서 받은 보고는 부정확했다. 그녀 소유의 것들에 관한 안토니우스의 지시 얘기는 들은 바가 없었고, 안토니우스가 말코스, 헤로데스, 시돈, 티로스와 나눈 대화에 접근할 수 있는 자들도 없었다.

아, 그의 말이 맞아! 그가 없으면 난 아무것도 아니야. 군대도 없고 장군이나 군주로서의 천재성도 없어. 과거의 그 어느 때보다도 그녀는 분명히 깨달았다. 그녀가 가장 먼저—어쩌면 유일하게—해야 할 일은 안토니우스를 구슬려 로마에의 충성심을 버리게 만드는 거였다. 그래야 모든 것이 가능했다.

그녀는 응접실을 서성이며 생각했다. 나는 그의 말처럼 이리저리 변하는 괴물이 아니야. 운명에 의해 완전한 자율과 이집트의 잃어버린 영토를 찾기 위해 싸울 수 있는, 세상이라는 무대에서 위대한 인물이 될 기회를 눈앞에 둔 군주지. 게다가 내 야망은 나 자신을 위한 것도 아니라고! 모두 내 아들, 카이사르의 아들을 위한 거야. 명목상의 상속자 이상이여 칭호에서부터 이미 불멸의 존재인 프톨레마이오스 15세 카이사르, 파라오이자 왕을 위한 거지. 그애는 약속된 미래를 누려야 하지만, 아직 너무 일러! 난 적어도 10년 이상 그애와 그애의 운명을 지키기 위해 싸워야만 해—다른 사람들을, 마르쿠스 안토니우스 같은 사람들을 사랑하며 낭비할 시간이 내겐 없어. 안토니우스는 그걸 느낀 거야. 여러 달 떠나 있으면서 내가 그를 내 편에 묶어두기 위해 만든 족쇄를 부숴버렸어. 이제 어쩌지? 어쩌지?

안토니우스가 명랑하고 다정하게, 동침을 갈망하는 모습으로 그녀에게 돌아왔을 때 그녀는 행동 방침을 정했다. 안토니우스를 설득해 옥타비아누스는 결코 그가 명실상부한 로마의 일인자가 되도록 내버려두지 않을 것임을, 따라서 로마에 계속 충성하는 건 아무짝에도 쓸모가 없음을 깨닫게 만들어야 했다. 그녀는 그를—정신이 말짱하고 자기 통제력이 있는 상태의 그를 설득해야 한다. 그가 혼자서 로마를 다스릴 유일한 방법은 장애물인 옥타비아누스와 전쟁을 벌이는 거라고.

클레오파트라의 첫 행보는 안토니우스의 알렉산드리아 행진을 그녀가 감당할 수 있는 한 로마 개선식과 비슷하게 준비하는 것이었다. 안토니우스가 데려온 사람들 가운데 그의 동행이 될 만한 로마인은 퀸투스 델리우스뿐이었기에 수월했다. 델리우스는 클레오파트라에게서 안토니우스의 판단력이 로마 개선식과 비슷한 형식에 기울여지지 않도록 주의를 흩뜨리라는 지시를 받았다. 어쨌거나 안토니우스는 군단을 1개도 데려오지 않았고, 대대조차 없었다. 그녀는 화려한 대차(臺車) 없이 화환으로 꾸민 소가 끄는 커다란 평상형 수레들만 쓰기로 정했다. 수레의 신중하게 설계된 조립식 무대와 틀 위에 약탈한 각양각색의 보물을 전시했다. 안토니우스는 전통적인 로마 개선장군의 사륜전차와는 전혀 닮은 데가 없는 것을 탈 터였다. 파라오의 갑옷과 투구를 착용하고 파라오의 이륜전차를 몰 것이다. 그의 머리 위의 월계관을 잡아주며 그의 귓가에 그가 필멸의 인간이라고 속삭여줄 노예도 없을 터였다. 사실 월계수는 전혀 사용되지 않았다. 그녀는 이집트에는 진짜 월계수가 없다고 호소했다. 제일 힘들었던 부분은 아르메니아의 아르타바스데스 왕이 금 사슬에 묶인 채 당나귀에 끌려가며 포로처럼 걸어야 한다고 안토니우스를 설득하는 것이었다. 로마 개선식에서 개선행렬의 일부가 될 만큼 높은 지위의 포로들은 머리부터 발끝까지 화려하게 왕의 옷차림을 하고 자유인처럼 걸었다. 안토니우스가 사슬에 동의한 이유는 그것이 이번 행진에서 로마 개선식 같은 느낌을 제거하리라고 생각했기 때문이다.

그가 계산하지 못한 건 퀸투스 델리우스였다. 그는 클레오파트라의 지시를 받아 로마의 포플리콜라에게 이간질하는 편지를 썼다.

대단한 추문입니다, 루키우스! 결국 짐승들의 여왕이 이겼어요. 마르쿠스 안토니우스는 로마가 아니라 알렉산드리아에서 개선식을 했지요. 아, 여러모로 다른 점이 많았지만 로마에 써서 보낼 이유는 없습니다. 대신 비슷한 점들을 써야겠어요. 안토니우스는 자신의 약탈물이 폼페이우스 마그누스가 미트리다테스한테서 빼앗은 것보다 더 많다고 했지만, 사실 많긴 많아도 그렇게까지 대단한 양은 아닙니다. 그리고 어쨌거나 그건 안토니우스가 아니라 로마의 것이죠. 안토니우스는 알렉산드리아의 널따란 길을 행진한 끝에 귀가 먹먹해지는 수천 관중의 환호 속에서 세라피스 신전으로 들어가 전리품을 바쳤지요—세라피스한테요! 네, 약탈물은 알렉산드리아에 남을 겁니다, 이곳 여왕과 소년 왕의 재산이 된 거죠. 그건 그렇고 포플리콜라, 카이사리온은 카이사르 디부스 율리우스와 정말 닮았어요. 카이사리온이 로마는 고사하고 이탈리아에만 나타나도 옥타비아누스한테 무슨 일이 벌어질지 생각하기도 싫습니다.

개선식 곳곳에서 짐승들의 여왕의 손길이 느껴졌습니다. 아르메니아의 아르타바스데스 왕이 사슬에 묶여 끌려갔습니다, 상상이 되십니까? 행진이 끝나자 그는 교살당하지 않고 투옥됐습니다. 로마 관습과는 전혀 다르죠. 안토니우스는 사슬이나 왕이 목숨을 부지한 것에 관해 일언반구도 하지 않았습니다. 그는 여왕의 앞잡이예요, 포플리콜라, 그녀의 노예라고요. 아무래도 내 생각엔 그녀가 그에게 약을 먹인 것 같아요. 로마인일 뿐인 당신과 나는 상상도 할 수 없는, 그녀의 사제들이 조제한 약들 말입니다.

이 편지 내용을 얼마만큼 퍼뜨려야 할지 정하는 건 당신께 맡기겠습니다─옥타비아누스가 그걸 십분 활용할까봐 두렵군요. 그는 아마 동료 트리움비르와 전쟁을 하겠다고 나설 겁니다.

됐다! 델리우스는 갈대 펜을 내려놓으며 생각했다. 포플리콜라는 적어도 일부 내용은 흘릴 수밖에 없을 거고, 그건 어떻게든 옥타비아누스한테까지 흘러들어가겠지. 그러면 옥타비아누스는 전쟁의 빌미를 얻으면서도 안토니우스는 면죄부를 얻게 된다. 여왕이 원하는 게 전쟁이라면 전쟁은 반드시 발발할 거야. 하지만 안토니우스가 이기고 나서도 로마인 지위를 유지하고 단독 통치 체제를 문제없이 구축할 수 있는 전쟁이어야 해. 이집트 여왕은…… 그 여자는 망각 속으로 사라질 거야. 난 안토니우스가 그녀의 노예와는 거리가 멀다는 걸 알아. 그는 아직 그 자신의 주인이야.

델리우스는 클레오파트라의 가장 은밀한 야망이나 옥타비아누스의 교활함의 깊이를 눈치챌 만한 지력이 없었다. 이중 왕관의 주인에게 돈을 받는 종복인 그는 의구심을 품지 않고 명령대로 움직였다.

그 짧은 서신을 로마의 포플리콜라에게 전할 전령과 배를 확보하기 전에 델리우스는 심란한 추신을 덧붙였다.

아, 포플리콜라, 사태가 더 악화됐습니다! 안토니우스는 완전히 현혹당해 알렉산드리아의 김나시온에서 열린 의식에 참여했습니다. 도시 재건 이후 아고라보다 더 넓어져서 모든 공적 행사 장소로 쓰이는 곳이죠. 김나시온 안에 거대한 단상을 제작하고 그 위에 왕좌 다섯 개를 놓았어요. 제일 높은 단에 하나, 그 아랫단에 하나, 그 밑에는 아기 왕좌 세 개를 놓았고요. 제일 높은 왕좌에는 카이사리온이 파라오의 정복 차림으로 있었습니다. 난 자주 본 모습이지만 당신을 위해 간단히 묘사해보겠습니다. 머리에는 붉은색과 흰색의 두 부분으로 이루어진 매우 크고 무거운 이중 왕관을 썼습니다. 주름 잡힌 흰 아마포 옷을 입고, 목과 어깨에는 보석과 금으로 만든 넓적한 목걸이를 하고, 보석 박힌 넓적한 금 허리띠에 수많은 팔찌와 발찌를 차고, 손가락과 발가락에도 반지를 여러 개 꼈지요. 손바닥과 발꿈치는 헤나로 염색하고요. 놀라운 모습이지요. 여자 파라오인 클레오파트라는 카이사리온의 아랫단에 앉았습니다. 차림새가 같지만 그녀의 옷은 금색 천으로 만들었고 가슴까지 올라온다는 게 다릅니다. 그다음 단에는 그녀가 안토니우스와 낳은 아이들 셋이 앉았어요. 프톨레마이오스 알렉산드로스 헬리오스는 파르티아 왕의 복장을 했죠—티아라, 목에 두른 금 고리 여러 개, 프릴과 보석으로 장식한 블

라우스와 치마. 그애의 여동생 클레오파트라 셀레네는 파라오 스타일과 그리스 스타일의 중간쯤 되는 옷차림이었습니다. 그 옆에 앉은 세 살도 안 된 남자아이는 마케도니아 왕처럼 치장했더군요—디아데마를 두른 챙 넓은 자주색 모자, 자주색 클라미스, 자주색 튜닉, 자주색 장화.

사람들이 얼마나 많이 왔는지, 1만 명을 수용한다는—로마 대경기장에 익숙한 나로서는 의심이 들지만—김나시온도 넘쳐날 정도였습니다. 야외 관람석을 급조하긴 했지만 운동경기 장비들이 놓여 있어 불편했죠. 클레오파트라와 자녀 네 명은 처음엔 단상 밑에 서 있었는데, 다른 누구도 아닌 마르쿠스 안토니우스가 위풍당당한 메디아 말을 타고 달려왔습니다. 얼룩무늬 회색 말로 주둥이와 갈기, 꼬리는 검은색이었죠. 마구는 염색한 '자주색' 가죽이었고 가장자리에 금술 장식을 붙였어요. 안토니우스는 말에서 미끄러지듯 내려 단상으로 걸어갔지요. 자주색 튜닉과 자주색 망토를 입었지만 그나마 금 갑옷은 로마 양식이었습니다. 그의 보좌관인 나는 가까운 곳에 앉아 있어서 단상에서 벌어지는 일들이 잘 보였어요. 안토니우스는 카이사리온의 손을 잡고 단상 꼭대기까지 올라가 거기 있는 왕좌에 앉혔습니다. 군중은 큰 소리로 환호했고요. 카이사리온이 왕좌에 앉자 안토니우스는 그애의 두 뺨에 입맞추고 그 자리에 선 채 로마의 권한으로 카이사리온을 왕들의 왕, 세상의 지배자로 선언한다고 큰 소리로 외쳤어요. 군중은 열광했죠. 그후 안토니우스는 클레오파트라를 그녀의 왕좌로 데려가 앉히고 그녀가 왕들의 여왕, 이집트와 시리아, 에게 해의 섬들, 크레타, 로도스, 킬리키아 전체, 카파도키아의 지배자라고 선언했습니다. 알렉산드로스 헬리오스(옆에 꼬마 약혼녀가 앉아 있었죠)는 동방의 왕—에우프라테스 강 동쪽의 모든 것과 카우카소스 남쪽의 모든 것의 왕이라고 선언했고요. 클레오파트라 셀레네는 키레나이카와 키프로스의 여왕, 어린 프톨레마이오스 필라델포스는 마케도니아와 그리스, 트라키아, 흑해 주변 지역의 왕이랍니다. 내가 에페이로스를 빠뜨렸나요? 그곳도 그애 거예요.

의식의 처음부터 끝까지 안토니우스는 마치 자기가 하는 일을 진정으로 믿는다는 듯이 진지했지만, 나중에 나한테는 클레오파트라가 잔소리를 멈추게 하려고 그랬을 뿐이라더군요. 사실 언급된 지역 상당수가 로마나 파르티아의 소유라, 그들이 지배하지 않는—할 수 없는—곳들의 통치권을 그 다섯 사람이 갖게 되는 걸 보니 기상천외할 정도로 이상했습니다.

아, 하지만 알렉산드리아 사람들은 좋아서 어쩔 줄 몰라했습니다! 그런 환호성은 처음 들어봤다니까. 대관식이 끝난 후 다섯 군주들은 단상에서 내려와 수레 같은 것에 탔는데, 왕좌 다섯 개만 올려둔 평상이었습니다. 아무래도 이집트는 금이 넘치나봅니다. 왕좌 열 개 모두 순금으로 만든데다 셀 수 없이 많은 보석이 박혀 있었어요. 유리구슬을 붙인 옷을 입은 로마 매춘부보다도 번쩍번쩍하더라니까요. 메디아 백마 열 마리가 끄는 그 수레는—녀석들한테는 너무 가벼웠는지 숨 한번 몰아쉬지 않더군요—곧장 왕실 가도를 지나 카노포스 가도를 지난 뒤 마지막에는 세라피스 신전에 도착했습니다. 거기서 대사제인 카임이란 자가 종교의식을 진행했어요. 커다란 탁자 1만 개에 음식이 잔뜩 차려지고 사람들은 잔치를 벌였지요—내가 알기로 그런 건 처음이었는데, 안토니우스의 요청이 있었다더군요. 로마의 그 어떤 공공 연회보다도 성대했습니다.

그 두 행사—안토니우스의 '개선식', 그리고 클레오파트라와 그녀의 자식들에게 세상을 기증한 것—때문에 난 숨이 막혔습니다, 포플리콜라. 난 후자를 '기증식'이라고 부르기로 했지요. 불쌍한 안토니우스! 맹세컨대 그는 그 여자의 속임수에 완전히 걸려든 거예요.

다시 한번 말하지만 이 편지의 내용을 얼마나 퍼뜨릴지는 당신께 맡깁니다. 하지만 물론 옥타비아누스는 자기 첩자들한테 보고를 받을 것이니, 당신이 숨긴다 해도 오랫동안 그럴 수는 없을 겁니다. 그래도 무슨 일이 벌어지고 있는지 알면 싸워볼 수는 있으니까요.

편지는 로마로 출발했다. 델리우스는 왕실 구역에 있는 그의 쾌적한 작은 궁전에서 안토니우스와 클레오파트라, 그녀의 자식들과 겨울을 보냈다.

안토니우스와 카이사리온은 무척 친해져서 나일 강에서 악어와 하마 사냥을 하든 경기장에서 전쟁 훈련이나 전차 경기를 하든, 바다에서 헤엄을 치든 항상 같이하려고 했다. 클레오파트라는 무진 애를 썼지만 안토니우스에게 포도주를 마시게 할 수 없었다. 그는 한번 맛을 들이면 또 폭음하게 될 것 같다고 솔직하게 말하면서 한 모금 이상은 들이켜지 않으려 했다. 자기 잔에 코를 대고 킁킁거려 물인지 확인하는 걸로 보아 그는 그녀를 신뢰하지도 않고 그녀의 꿍꿍이도 알고 있는 듯했다.

카이사리온은 그 모든 것을 눈치채고 슬퍼했다. 세 사람 가운데 카이사리온만이 양쪽을 다 이해했다. 그는 어머니가 하는 모든 일이 어머니 본인이 아니라 그 자신을 위해서임을 알았고, 어머니를 무척 사랑하는 안토니우스가 자신이 로마와 척을 지게 하려는 어머니의 시도에 끈덕지게 저항하고 있음도 알았다. 카이사리온이 생각하기에 문제는, 어머니가 그를 위해 원하는 것을 그 자신이 원하는지 확신할 수 없다는 점이었다. 카이사리온은 그의 아버지나 어머니와 달리 운명이라는 것에 아무런 감각이 없었다. 지금까지 그의 세상 경험이 알려준 건 알렉산드리아와 이집트에만도 그가 해야 할 일이 너무 많아서 백 살까지 살아도 다 끝내지 못하리라는 점이었다. 카이사리온은 기묘한 방식으로 카이사르보다 옥타비아누스와 더 비슷했다. 아주 사소한 것까지 완벽하게 해내려 했고, 결과적으로 아무것도 제대로 해낼 수 없게 만들 부가적인 짐들이 어깨에 지워지는 걸 생각만 해도 움츠러들었다. 어머니는 그런 식으로 움츠러들지 않았다—어떻게 그럴 수 있을까? 프톨레마이오스 아울레테스 같은 독사들의 둥지에서 태어나고 자란 어머니가 생각하는 통치란 일상적이고 시시한 행정 업무는 남들에게 맡겨두는 것이었고, 그 남들이란 대개 아첨하는 능력이 곧 업무 능력인 자들이었다.

카이사리온은 어머니의 한계도 잘 알고 있었다. 어머니가 왜 안토니우스한테서 로마인다움과 독립성, 판단력을 박탈하려 애쓰는지도 알았다. 세상을 지배하는 것만이 어머니를 만족시킬 터였고, 그런 그녀에게 로마는 적이었다. 그럴 만도 했다. 로마 같은 명실상부한 패권 국가가 전쟁 없이 그녀에게 굴복할 가능성은 없으니까. 아, 그가 조금만 더 나이가 많았더라면! 그러면 진짜 대등한 자로서 클레오파트라와 대면하여 그녀가 그를 위해 원하는 것을 그는 원치 않는다고 대담하게 말할 수 있을 텐데. 지금까지 카이사리온은 어머니에게 자신의 감정을 말하지 않았다. 어머니가 어린애의 생각이라고 무시해버릴 것임을 알았기 때문이다. 하지만 그는 어린애가 아니었다, 한 번도 진짜 어린애였던 적이 없었다! 아버지의 조숙한 지력을 닮았고 어릴 적부터 왕의 지위를 보유한 카이사리온은 피바다에 빠진 굶주린 개처럼 지식을 빨아들였다. 다른 이유에서가 아니라 배우는 것을 좋아했기 때문이다. 모든 사실을 받아들이고, 필요할 때 바로 기억해낼 수 있도록 저장하고, 한 주제에 관해 충분히 많은 지식이 축적되면 분석했다. 그러나 그는 권력에 현혹되지는 않았는데, 아버지도 그랬는지는 알 수 없었다. 가끔씩 카이사리온은 아버지도 그랬을 거라고 추측했다. 카이사르가 올림포스 산만큼 높이 솟은 이유는 그저 그러지 않으면 추방당하고 로마의 기록에서 모든 언급이 삭제될 처지였기 때문이라고. 그건 카이사르로서는 용인할 수 없는 일이었다. 하지만 그는 살아남으려고 그렇게 애쓰진 않았다, 왠지 카이사리온은 그걸 알 수 있었다. 내 아버지, 내가 아장아장 걷던 아기였을 때 본 그의 얼굴을, 훤칠하고 강인한 그의 몸을 지금도 생생하게 떠올릴 수 있다. 너무도 보고 싶은 나의 아버지. 안토니우스는 훌륭한 사람이지만 카이사르가 아니다. 지금 내겐 조언을 해줄 아빠가 필요하지만, 이뤄질 수 없는 바람이지.

한순간 대담해진 카이사리온은 클레오파트라를 찾아가서 자신의 생각을 전달하려 애썼지만, 그의 예상대로 결과는 참담했다. 그녀는 그의 말에 웃고, 그의 볼을 꼬집고 애정을 담아 입맞춘 뒤 어서 가서 그의 나이에 어울리는 일이나 하라고 말했다. 상처받고 의지할 사람 하나 없이 외로운 카이사리온은 마음속에서 어머니와의 거리가 더욱 멀어졌고 정찬 자리에 나가지 않기 시작했다. 안토니우스에게 가볼까 하는 생각은 전혀 들지 않았다. 카이사리온은 안토니우스를 어머니의 사냥감으로 보았으며, 그의 반응도 어머니의 반응과 다르지 않을 거라고 생각했다. 카이사리온이 정찬 자리에 빠질수록 클레오파트라는 남편을 사정없이 몰아붙였다. 카이사리온이 보기에 어머니는 안토니우스를 그녀

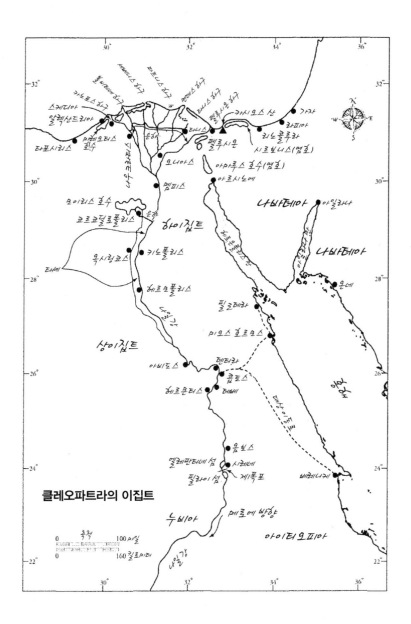

클레오파트라의 이집트

의 작전 동지라기보단 아들처럼 대했다.

그러나 즐거운 나날도 있었고, 때로는 그런 시기가 꽤 길었다. 1월에 여왕은 나일 수위계를 점검할 시기가 아닌데도 선창에서 필로파토르 호를 꺼내 나일 강을 따라서 제1폭포까지 항해했다. 카이사리온으로서는 대단히 멋진 여행이었다. 예전에도 해본 여행이지만 그때는 어렸다. 이제는 그 경험의 모든 뉘앙스를, 자신의 신성부터 그 강대한 강 주변 삶의 소박함까지 제대로 느낄 만큼 나이가 든 것이다. 그는 모든 사실들을 잘 간직했다. 나중에 진정한 파라오가 되면 저 사람들에게 더 나은 삶을 줄 터였다. 그가 고집을 부려서 일행은 콥토스에 정박한 뒤 육지의 대상로를 따라 아라비아 만의 미오스 호르모스로 갔다. 카이사리온은 더 멀리 만의 저 아래쪽에 있는 베레니케까지 가고 싶었지만 클레오파트라는 반대했다. 미오스 호르모스와 베레니케에서 이집트 선단은 인도와 타프로바네로 출항했고 향료와 후추, 바다진주, 사파이어, 루비를 싣고 돌아왔다. '아프리카의 뿔' 선단도 그곳에 정박했다. 그 선단은 '뿔' 근처의 아프리카 해안지역에서 나는 상아와 계피, 몰약, 향을 가져왔다. 특수 선단은 육로를 통해 아이티오피아와 누비아에서 아라비아 만까지 수송된 금과 보석을 갖고 귀국했다. 시골은 너무 지형이 험했고, 나일 강은 폭포들 때문에 물살이 세고 거칠어 배로는 수송하지 않았다.

물살의 흐름을 타고 돌아오는 길에 그들은 멤피스에 들러 프타 신전 구역으로 들어갔고, 멀리 피라미드 지역까지 여러 갈래로 뻗어 있는 보석 터널들을 구경했다. 카이사리온도 안토니우스도 처음 보는 곳이었지만, 안내자인 카임은 안토니우스가 입구 접근 방법을 알지 못하도록 신경썼다. 눈이 가려진 채 안내를 받은 안토니우스는 웃기는 상황이라고 생각했지만 안대를 풀고 이집트의 부를 목격하자 웃음기가 싹 가셨다. 카이사리온은 그보다 더 충격을 받았다. 보물이 얼마나 되는지 파악할 엄두조차 나지 않았다. 돌아오는 긴 여정 내내 카이사리온은 어머니의 인색함에 아연실색했다. 어머니는 배가 터질 때까지 알렉산드리아 사람들 전체를 먹일 여력이 있는데도 그의 보잘것없는 무상 곡물 분배에 불평한 것이다!

"어머니를 이해할 수 없어요." 카이사리온은 필로파토르호가 왕실 항구에 들어설 때 안토니우스에게 중얼거렸다.

그 말에 안토니우스는 웃음을 터뜨렸다.

 일리리쿰 정복은 3년이 걸릴 예정이었지만, 원래 안토니우스가 수석 집정관이 될 예정이었던 첫해가 가장 힘들었다. 일을 수월하게 시작하는 방법을 파악하는 데 1년이 걸렸기 때문이다. 옥타비아누스의 모든 작전이 그렇듯, 그 작전은 지금껏 존재한 어떤 군사작전에도 뒤지지 않을 만큼 꼼꼼하게 계획되었다. 일리리쿰 작전 기간 동안 이탈리아 갈리아 총독인 가이우스 안티스티우스 베투스는 전선 북서쪽에 위치한 살라시 계곡의 들썩대는 부족들을 처리하기로 했다. 일리리쿰에서 아주 멀리 떨어진 곳이었지만, 옥타비아누스는 이탈리아 갈리아의 어느 곳이든 야만족이 활개치지 못하기를 원했고 살라시족은 여전히 골칫거리였기 때문이다.

실제 일리리쿰 작전의 무대는 세 곳으로 나뉘었다. 한 곳은 바다, 두 곳은 육지였다.

다시 신임을 얻은 메노도로스는 아드리아 해 함대들의 지휘를 맡았다. 그의 임무는 이스트리아와 달마티아에서 섬들을 샅샅이 뒤지고 바다에서 리부르니족 해적들을 소탕하는 것이었다. 스타틸리우스 타우루스는 아퀼레이아에서 동쪽으로 오크라 산 고개를 넘어 에모나로 간 후 사부스 강의 상류에 도착할 보좌관들의 지휘를 맡았다. 거기에 사는 타우리스키족과 그 동맹 부족들은 틈만 나면 아퀼레이아와 테르게스테를 습격했다. 아그리파는 테르게스테에서부터 남서쪽으로 달마타이족 영역과 세니아를 칠 예정이었다. 세니아부터는 옥타비아누스가 지휘를 맡아 동쪽으로 틀어 산들을 넘은 후 콜라피스 강으로 내려갈 터였다. 강에 도착하면 그는 콜라피스와 사부스 강의 합류점에 있는 시스키아로 행군할 예정이었다. 가장 척박하고 알려지지 않은 지역이었다.

선전 활동은 작전보다 한참 먼저 시작되었다. 일리리쿰의 굴복은 이탈리아와 로마 사람들에게 그가, 그리고 오직 그만이 그들의 안녕만큼 안전에도 신경쓴다는 걸 확실히 보여줄 옥타비아누스의 계획 중 일부였기 때문이다. 이탈리아 갈리아가 모든 외부의 위협으로부터 벗어나면, 알프스 산맥에 둘러싸인 이탈리아의 둔부 전체가 그 아래 다리 부분만큼 안전해질 터였다.

마이케나스가 집정관들의 무심한 시선 아래에서 로마를 통치하도록 남겨두고, 옥타비아누스는 바닷길로 앙코나에서 테르게스테까지 갔다. 말을 달려 아그리파의 군대에 합류한 그는 명목상 총사령관이 되었다. 일리리쿰은 충격적이었다. 그는 빽빽한 숲에 익숙했지만, 이곳의 숲들은 이탈리아나 여타 문명화된 곳의 숲이라기보단 게르만족의 숲처럼 나무가 많은 황무지에 가까웠다. 축축하고 음침하고 상상을 초월하게 빽빽이 들어찬 거목들이 영원히 이어질 듯 늘어서 있었고, 나무들의 차양 아래 거친 땅은 빛이 거의 안 들어서 양치류와 버섯만 자랐다. 현재 주민인 야푸데스족은 사슴과 곰, 늑대, 들소, 들고양이를 사냥했다. 일부는 먹기 위해, 일부는 그들의 초라한 마을을 지키기 위해서였다. 몇 안 되는 개간지에서만 땅을 갈아 수수와 스펠트밀을 경작해 볼품없는 빵을 만들어 먹었다. 여자들이 닭을 약간 키우긴 했지만 식단은 단조로웠고 영양도 풍부하지 않았다. 유일한 교역 도시인 나우포르투스에서 들어오는 교역품은 곰 가죽과 모피, 그리고 코르코라스 강과 콜라피스 강에서 산출한 금이었다.

옥타비아누스는 아벤도에서 아그리파를 발견했다. 아벤도 사람들이 그의 군대와 무시무시한 공성장비들을 보자마자 항복한 후였다.

평화로운 항복은 아벤도가 마지막이었다. 군대가 카펠라 산맥을 넘기 시작했을 때 나타난 숲에는 관목과 덤불이 어찌나 빽빽한지 마구 잘라내며 길을 내지 않으면 통과할 수가 없었다.

옥타비아누스는 아그리파에게 말했다. "일리리쿰보다 훨씬 더 이탈리아에서 먼 지역들이 평정되는 동안 일리리쿰은 정복되지 않았다는 게 놀랍지 않군. 내 신성한 아버지조차 이 끔찍한 곳에서는 얼굴이 창백해지셨을 거야." 그는 몸을 떨었다. "또한 우린 행군하면서ㅡ행군한다는 말을 써도 되는지 모르겠지만ㅡ공격받을 위험도 있어. 덤불 때문에 우리 코앞에서 습격을 준비하는 적들도 미리 보지 못할 걸세."

"맞아." 아그리파가 대답한 후 카이사르의 제안을 기다렸다.

"몇 개 대대를 우리가 가는 길 양쪽의 산등성이로 올려보내면 도움이 될까? 개간지를 가로지르는 습격자들을 포착할지도 모르잖나."

"좋은 전술이네, 카이사르." 아그리파가 기뻐하며 말했다.

옥타비아누스가 싱긋 웃었다. "내가 그런 생각을 할 줄 몰랐나보지?"

"자네를 과소평가한 적은 한 번도 없네, 카이사르. 자네는 늘 나를 놀라게 해."

산등성이 위의 선발 대대는 몇 차례의 습격을 저지했다. 테르포가 함락됐고, 이제 메툴룸을 앞두고 있었다. 근방에서 가장 큰 정착지로 60미터 높이 바위 절벽 위의 삼엄한 목조 성채였다. 성문들은 굳게 닫혀 있었고, 주민들은 저항했다.

"함락할 수 있겠나?" 아그리파가 옥타비아누스에게 물었다.

"모르겠어, 하지만 자네는 그럴 수 있으리라 믿네."

"아니야, 난 여기 없을 테니까. 타우루스가 결정을 못 하고 있거든— 동쪽으로 계속 갈 것인가, 북쪽으로 틀어 판노니아를 향해 갈 것인가?"

"로마는 동쪽과 북쪽 모두 평정해야 해, 아그리파. 자네가 가서 그가 결정을 내리도록 도와주는 게 좋겠군. 난 자네가 그립겠지만!"

옥타비아누스는 메툴룸을 꼼꼼하게 조사한 후 최선의 공격 방법은 계곡 바닥부터 60미터 위의 통나무 성벽까지 둔덕을 쌓아올리는 거라고 결정했다. 군단병들은 신나게 땅을 파서 돌 섞인 흙을 정해진 높이로 쌓아올렸다. 그러나 메툴룸 주민들에겐 수년 전 아울루스 가비니우스한테서 빼앗은 공성장비를 비롯한 여러 용구가 있었다. 그들은 곧바로 훌륭한 로마 삽으로 둔덕 밑을 팠다. 땅굴이 숭숭 뚫린 둔덕은 무너져버렸다. 옥타비아누스는 다시 둔덕을 쌓아올렸는데, 이번에는 메툴룸 절벽에 붙게 하지 않고 기대는 곳 없이 모든 면을 튼튼한 판자로 보강했다. 그리고 옆에 둔덕을 하나 더 쌓아올렸다. 뭐든 잘해내는 군단 공병들은 성채 절벽과 두 개의 로마군 둔덕 사이에 목재 구조물을 설치하기 시작했다. 비계가 성벽 높이에 이르면 각 둔덕과 성벽을 잇는 난간 있는 다리가 두 개씩 설치될 터였다. 네 개의 통로 모두 한 줄에 여덟 명의 군인들이 나란히 설 만큼 널찍했고, 그래서 많은 병력이 즉각적으로 공격할 수 있을 것이었다.

아그리파는 멘툴룸 성채 공격을 목격할 수 있게 제때 도착했고, 그 공성 보루들을 신중하게 시찰했다.

"아바리쿰 보루들보다 작고 훨씬 약하군." 그가 말했다.

옥타비아누스가 크게 실망한 표정을 지었다. "내가 잘못한 건가? 이렇게는 안 되는 거야? 아, 마르쿠스, 병사들이 목숨을 잃어서는 안 돼! 이게 아니라면 허물어버리게! 자네가 더 좋은 방법을 생각해내겠지."

"아니, 아냐, 괜찮네." 아그리파가 달랬다. "아바리쿰은 갈리아식 성벽이 있는 도시였고, 심지어 디부스 율리우스의 통나무 시설도 완성하는 데 한 달이나 걸렸지. 메툴룸은 이걸로 충분할 걸세."

옥타비아누스는 이번 일리리쿰 작전에 많은 것을 걸고 있었다, 정치적 중요성보다도 더 중요한 것까지 걸고 있었다. 필리피 전투 이후 8년이 지났지만, 섹스투스 폼페이우스에 대한 작전에도 불구하고 사람들은 여전히 그가 겁쟁이라고, 너무 겁이 많아 적군을 대면하지 못한다고 비아냥거렸다. 천식은 마침내 완치되었다. 그는 이런 습하고 나무가 많은 환경에서는 천식이 재발할 가능성이 없다고 생각했다. 또한 리비아 드루실라와의 결혼이 그를 치료했다고 믿었다. 신성한 아버지의 이집트인 의사 합데파네가 행복한 가정생활이 최고의 치료제라고 한 말을 기억했기 때문이다.

이곳 일리리쿰에서 옥타비아누스는 새로운 명성—용맹한 '군인'이라는 명성을 반드시 얻어야 했다. 장군이 아니라 검과 방패를 들고 최전선에서 싸우는 군인으로서, 그의 신성한 아버지가 수없이 자주 그랬듯이. 여태껏 한 번쯤은 최전선에서 싸울 기회를 찾았어야 했는데 그러질 못했다. 그 일은 즉각적이면서 극적이어야 했고, 주위에서 싸우는 병사들이 보아야 했다—진정 놀라운, 군단에서 군단으로 회자될 만한 행위여야 했다. 그렇게 되면 그는 필리피의 헛소문에서 자유로워질 터였다. 모두가 볼 수 있는 전투의 상흔을 보여줘야 했다.

아그리파가 돌아온 다음날 새벽 메틀룸 공격이 시작됐을 때 기회가 왔다. 로마인들을 제거해야 한다는 절박함에 메틀룸 사람들은 전날 밤 몰래 성채 밖으로 땅굴을 파서 비계 밑으로 나왔다. 그리고 주 지지대들을 톱질했는데, 완전히 자르지는 않았다. 붕괴를 야기한 건 통로들을 가득 채운 군단병들의 무게였다.

다리 네 개 중 세 개가 부서지며 무너졌고 군인들은 수십 명씩 무더기로 계곡 바닥에 추락했다. 운좋게도 옥타비아누스는 무너지지 않은 다리 가까이에 있었다. 그의 병사들이 동요하며 후퇴하기 시작하자 그는 방패를 꽉 잡고 검을 뽑은 뒤 앞으로 달려나갔다.

"자, 제군들!" 그가 소리쳤다. "카이사르가 여기 있다, 해낼 수 있어!"

그를 보자 놀라운 변화가 일었다. 병사들은 환호하고 마르스 인빅투스에게 바치는 구호를 외치며 모여들었고, 옥타비아누스를 앞세우고 씩씩하게 통로를 달렸다. 성공이 눈앞에 있었다. 성벽을 코앞에 두고서 다리가 우지끈 소리를 내며 무너져내렸고, 옥타비아누스와 그의 바로 뒤에 있던 군인들은 계곡으로 떨어졌다.

죽어선 안 돼! 옥타비아누스의 정신 일부는 거듭 그렇게 생각했지만, 여전히 침착한 상태였다. 구조물에서 떨어질 때 그는 부서진 버팀목의 끝부분을 잡았고, 오랫동안 버틴 끝에 아래쪽에 있는 다른 잡을 것을 찾았다. 그런 식으로 찬찬히 60미터를 내려갔다. 팔이 어깨에서 빠질 것 같았고 양손과 양팔에 수많은 나무 파편과 가시가 박혔으며 어디선가 오른쪽 무릎을 세게 부딪쳤지만, 마침내 목재 더미 밑의 이끼 낀 땅에 떨어졌을 때 그는 여전히 팔팔하게 살아 있었다.

군인들이 허둥지둥 목재 더미를 마구 파헤치더니 겁에 질린 동료들에게 카이사르가 다치긴 했지만 죽지 않았다고 외쳤다. 그들이 그의 오른쪽 다리를 최대한 조심스럽게 다루며 그를 끌어냈을 때 얼굴이 하얗게 질린 아그리파가 달려왔다.

옥타비아누스는 자신을 둥그렇게 둘러싼 채 내려다보는 얼굴들을 올려다보았다. 그는 격한 통증을 느꼈지만 유약한 모습은 보이지 않기로 마음먹었다.

"이게 뭔가?" 그는 따져 물었다. "여기서 뭘 하는 건가, 아그리파? 다리를 다시 세우고 저 망할 작은 요새를 점령하게!"

비겁함에 관한 옥타비아누스의 악몽을 잘 아는 아그리파는 싱긋 웃었다. "멀쩡하군!" 그리고 우렁차게 외쳤다. "카이사르는 크게 다쳤지만, 우린 메툴룸을 차지하라는 명령을 받았다! 자, 제군들, 다시 시작하자!"

옥타비아누스의 전투는 그걸로 끝이었다. 그는 들것에 실려 군의관 막사로 갔다. 그곳은 이미 부상자들로 꽉 차 있었고, 그 수가 어찌나 많은지 바깥에도 환자들이 널려 있었다. 일부는 불길하게 조용했지만 나머지 환자들은 신음하고 울부짖고 고함을 질렀다. 옥타비아누스가 누운 들것을 든 사람들은 다른 부상자들을 다 제치고 카이사르부터 치료를 받게 하려고 했지만 옥타비아누스가 저지했다.

"안 돼!" 그는 숨을 헐떡이며 외쳤다. "날 내려놓고 차례를 기다려! 군의관들이 나를 봐야 할 때라고 판단할 때까지 기다릴 거야."

그리고 아무도 그를 말릴 수 없었다.

누군가 지혈을 위해 그의 다친 무릎에 붕대를 감은 후, 옥타비아누스는 바닥에 누워 차례를 기다렸다. 병사들이 행운을 얻으려고 그의 손을 잡았다. 그러기 위해 기어올 기력이 남은 환자들이었다.

그렇다고 옥타비아누스의 차례가 왔을 때 그가 보조 의사에게 떠넘겨진 것은 아니었다. 수석 군의관 푸블리우스 코르넬리우스가 직접 옥타비아누스의 무릎을 진찰하는 동안 부하 군의관이 손과 팔에 박힌 가시와 파편을 뽑아냈다.

감겨 있던 붕대를 푼 뒤 코르넬리우스는 끙하고 앓는 소리를 냈다. "부상이 심각합니다, 카이사르." 그는 꼼꼼하게 살피면서 말했다. "슬개골이 파열됐고 여러 조각으로 부서져서 피부를 뚫고 나왔습니다. 주요 혈관은 다치지 않아 다행이지만 느린 속도로 다량의 출혈이 진행되고 있어요. 지금부터 뼛조각들을 제거할 텐데, 많이 아플 겁니다."

"마음껏 하시오, 코르넬리우스." 옥타비아누스가 씩 웃으며 말했다. 거대한 막사 안의 모든 사람들이 자신을 지켜보며 귀를 기울이고 있음을 알고 있었다. "혹시 내가 소리를 지르면 내버려두고 가시오."

그후의 한 시간을 견뎌낸 인내력이 어디서 왔는지는 옥타비아누스 본인도 몰랐다. 코르넬리우스가 무릎 시술을 하는 동안 옥타비아누스는 다른 부상자들과 대화를 나누고 농담을 하는 데 집중하며 통증을 느끼지 않는 것처럼 행동했다. 격심한 통증만 아니었다면 실제로 정말 멋진 경험이었다. 군의관 막사로 와서 전쟁이 불러올 수 있는 결과를 직접 목격하는 지휘관들이 몇 명이나 있겠는가? 그는 자문했다. 오늘 내가 본 것은 의문의 여지 없는 로마의 일인자가 되었을 때 전쟁을 위한 전쟁을, 총독 생활을 끝내고 개선식을 하기 위한 전쟁을 피하기 위해 오사 산 위에 펠리온 산을 쌓는 고생도 마다하지 않을 또하나의 이

유다. 내 군대는 방어를 하지, 침략을 하지 않을 것이다. 다른 대안이 없을 때만 싸울 것이다. 이 사람들은 상상할 수 없을 정도로 용맹하다. 불필요한 고통을 겪을 이유가 없다. 메툴룸 점령을 위한 나의 계획은 허술했고, 적들에게 그런 일을 벌일 지력이 있을 가능성을 고려하지 않았다. 그래서 난 바보가 되었다. 하지만 운좋은 바보다. 내 실책의 결과로 나 자신이 중상을 입었으니 군인들은 내 실책에 대해서 나를 공격하지 않을 테니까.

"자네는 그만 로마로 돌아가야 해." 메툴룸이 함락된 후 아그리파는 말했다.

통로들은 더 튼튼한 틀 위에 다시 제작되었고, 또다시 메툴룸 사람들이 땅굴을 파고 나오지 못하게 보초들을 세웠다. 카이사르가 중상을 입었다는 사실 때문에 군단병들은 더 기를 쓰고 메툴룸에 들어가려고 했다. 일부 주민이 공황 상태에 빠진 후 메툴룸은 잿더미가 되었다. 전리품도, 노예로 팔 포로도 남지 않았다.

"유감스럽지만 자네 말이 맞아." 옥타비아누스가 겨우 대답했다. 부상을 입은 직후보다 통증이 더 격렬해졌다. 담요를 꽉 움켜쥐는 그의 두 눈이 쑥 들어가 있었다. "나 없이 계속해야 하네, 아그리파." 그는 쓴웃음을 지었다. "성공의 장애물이 없어지는군! 사실 이제 자네는 더 잘해낼 거야."

"자책하지 말게, 카이사르, 부탁이야." 아그리파가 얼굴을 찡그렸다. "코르넬리우스가 자네 무릎에 염증이 생겼다며 자네가 통증을 줄여줄 양귀비 진액을 먹도록 설득하라고 부탁하더군."

"여길 벗어나면 그럴 수도 있겠지만 그때까지는 안 돼. 계급 낮은 군단병들은 못 먹는 거잖나, 나보다 더 아픈 군단병들도 있어." 옥타비아누스는 얼굴을 찌푸리며 간이침대에서 몸을 뒤척였다. "필리피의 숨통을 끊어놓으려면 허세를 좀 부려야 해."

"허세도 살아남아야 부려, 카이사르."

"아, 난 살아남을 거야!"

들것에 묶인 옥타비아누스는 5주 후 테르게스테에 도착했고, 거기서 앙코나를 경유해 로마로 가기까지 또 3주가 걸렸다. 감염이 진행되면서 아펜니누스 산맥을 가로지를 때 그는 섬망 상태에 빠졌지만, 동행하던 보조 의사가 농양을 절개한 덕에 집에 도착했을 즈음에는 상태가 훨씬 나아졌다.

리비아 드루실라는 울면서 그를 안고 수없이 입맞춘 후, 그의 부상이 완전히 아물 때까지 다른 곳에서 자겠다고 말했다.

"안 되오," 그가 단호하게 말했다. "안 돼! 우리 침대에서 당신 옆에 누울 생각만으로 지금껏 버텨왔단 말이오."

기쁘면서도 걱정이 된 리비아 드루실라는 다친 무릎 위에 곡선형 나무 덮개를 씌운다는 조건으로 남편과 함께 자기로 했다.

"카이킬리우스 안티파네스가 치료법을 알 거예요." 그녀가 말했다.

"카이킬리우스 안티파네스 따위는 필요 없소!" 옥타비아누스는 사나운 표정으로 으르렁댔다. "이번 작전에서 딱 한 가지 배운 게 있다면, 우리 군의관들이 로마의 그 어떤 그리스 의사보다도 실력이 월등하다는 거요. 푸블리우스 코르넬리우스가 나를 위해 가이우스 리키니우스를 함께 보내줬소. 그가 계속 나를 담당할 거요, 알겠소?"

"네, 카이사르."

가이우스 리키니우스의 보살핌 때문인지, 스무 살 때보다 훨씬 더 건강한 스물아홉 살 옥타비아누스의 몸 때문인지, 리비아 드루실라와 함께 부부 침대에 누워 지내자 옥타비아누스는 빠르게 회복되었다. 처음으로 포룸 로마눔까지 나갔을 때 그는 목발 두 개를 짚고 절뚝거렸지만 두 주 후에는 하나만 짚었고, 곧 그것도 필요 없게 되었다.

사람들은 그를 보고 환호했다. 아무도, 가장 충직하게 안토니우스를 지지하는 원로원 의원들조차 다시는 필리피를 입에 올리지 않았다. 이제 붕대를 감지 않은 무릎을(심한 상처를 입기에 괜찮은 부위라는 걸 그는 깨달았다) 드러내 보여주면 사람들은 혀를 차고 감탄했다. 손과 팔의 흉터들도 인상적이었다. 그중 일부는 아주 큰 나무 가시와 파편 탓으로 생겼기 때문이다. 그의 영웅적 자질은 겉으로 드러나게 되었다.

그가 회복되자마자, 아그리파가 점령한 시스키아에 문제가 생겼다는 소식이 도착했다. 그는 푸피우스 게미누스에게 수비대 지휘를 맡기고 떠났는데 야푸데스족의 대군이 공격했다는 거였다. 옥타비아누스와 아그리파는 원군을 이끌고 떠났지만, 도착해보니 푸피우스 게미누스는 혼자 힘으로 어렵사리 사태를 해결한 후였다.

그리하여 새해 첫날 여러 의식이 계획대로 진행될 수 있게 되었다. 옥타비아누스는 수석 집정관이 될 터였고, 아그리파는 전직 집정관이지만 고등 조영관의 일들을 맡았다.

어떤 면에서는 아그리파의 가장 영광스러운 해가 될 터였다. 그가 대대적인 로마 상하수도 정비에 착수했기 때문이다. 마르키우스 수도교의 재건이 끝났고 율리우스 수도교가 연결되어, 지금까지 대부분 샘물에 의존했던 퀴리날리스와 비미날리스 언덕에 수도 공급량이 늘어났다. 물론 훌륭한 업적이었지만, 아그리파가 로마의 대하수도를 처리한 일에 비하면 별것 아니었다. 로마 지하를 흐르는 세 줄기의 물 때문에 그 아치형의 터널 체계가 가능했다. 배출구는 세 곳이었는데, 하나는 티베리스 강의 트리가리움 바로 아래였다. 그곳에서는 강물이 깨끗하고 맑아서 헤엄칠 수 있었다. 또하나는 로마 항 쪽이었다. 마지막 가장 큰 배출구는 대하수도가 목교 한쪽으로 흘러나가는 곳이었다. 그 배출구는(한때 스피논 강이 빠져나가던 곳이었다) 아주 커서 노 젓는 배를 타고 대하수도로 들어갈 수 있었다. 아그리파가 그의 노 젓는 배를 타고 수도 없이 들어가 하수도 체계를 조사하고, 보강이나 보수가 필요한 벽들의 위치를 메모하는 모습에 모든 로마 사람들이 감탄했다. 아그리파는 앞으로는 티베리스 강이 범람할 때마다 하수도를 보강할 필요가 없을 거라고 약속했다. 또한 이 놀라운 남자는 임기가 끝난 후에도 상하수도 감독 업무를 내줄 생각이 없다고 말했다. 죽는 날까지 마르쿠스 아그리파는 너무 오랫동안 로마에 독재자처럼 군림해온 상하수도 회사들의 마당 밖에 검은 개처럼 웅크리고 있을 터였다. 아그리파의 절반 정도라도 인기를 끈 사람은 옥타비아누스뿐이었다. 상하수도 회사들에게 으름장을 놓은 후 아그리파는 로마에서 마법사와 예언가, 점쟁이, 돌팔이 의사를 모조리 몰아냈다. 무게와 길이의 기준 단위를 정비하고 모든 상인들이 그것을 사용하게 했으며, 그다음에는 건축업계까지 손을 댔다. 그는 한동안 모든 인술라 아파트의 높이를 30미터로 한정하려고 애썼으나 곧 그건 마르쿠스 아그리파조차도 할 수 없는 일임을 깨닫게 되었다. 그가 할 수 있는—그리고 실제로 한—일은 송수관에 이어지는 방수관을 적절한 크기로 바꾸는 것이었다. 이제 더는 팔라티누스와 카리나이의 고급 아파트들이 물을 펑펑 쓰는 일이 없을 것이다!

"내가 정말 놀란 건," 리비아 드루실라는 남편에게 말했다. "아그리파가 그 모든 일을 하면서 일리리쿰에서 작전도 수행한다는 거예요! 올해까지 난 당신이 로마에서 일을 제일 많이 하는 사람인 줄 알았는데—사랑하는 카이사르, 화내지 마요—아그리파가 당신보다 더한 사람이네요."

옥타비아누스는 아내를 안고 이마에 입을 맞췄다. "화나지 않소, 내 사랑, 그가 그러는 이유를 아니까. 아그리파한테 당신처럼 사랑스러운 아내가 있었다면 그렇게까지 열심히 일할 필요는 없었을 거요. 그는 아티카와 시간을 보내지 않을 핑곗거리를 찾아 헤매는 거지."

"맞아요." 그녀가 슬픈 표정으로 말했다. "우리가 뭘 할 수 있을까요?"

"아무것도."

"이혼만이 답이에요."

"그가 스스로 결정하게 둬야 하오."

리비아 드루실라의 세상은 그녀도 옥타비아누스도 예상치 못한 방식으로 뒤집어졌다. 쉰 살에 불과한 티베리우스 클라우디우스 네로가 갑자기 죽었다. 집사가 책상 앞에 웅크리고 앉은 그의 시체를 발견했다. 옥타비아누스가 열어본 유언장에는 모든 것을 장남 티베리우스에게 남긴다고 적혀 있었지만, 아직 어린 아들들을 어떻게 할 것인지에 관해서는 아무 언급이 없었다. 어린 티베리우스는 여덟 살이었고 그애의 동생, 어머니가 옥타비아누스와 결혼한 후에 태어난 드루수스는 이제 겨우 다섯 살이었다.

"여보, 우리가 그애들을 맡아야 할 것 같소." 옥타비아누스는 충격에 빠진 리비아 드루실라에게 말했다.

"안 돼요, 카이사르!" 그녀는 숨을 헐떡였다. "그애들은 당신을 싫어하게 교육받았다고요! 내 생각엔 나도 좋아하시 않을 기고요—한 번도 그애들을 보러 가지 않았으니까요! 아, 안 돼요, 내게 이러지 말아요! 당신한테도요!"

그는 리비아 드루실라에게 아무런 환상도 품고 있지 않았다. 본인은 부인했지만, 그녀는 모성애가 강한 여자가 아니었다. 그녀는 마치 자식들이 존재하지도 않는 것처럼 그들을 거의 생각하지 않았고, 누군가 그녀에게 자식들을 자주 보러 가냐고 물으면 얼른 네로 때문에 못 간다고 대답했다—자기가 오는 걸 싫어한다고. 가끔 옥타비아누스는 그녀가 그의 아이를 가지려고 얼마나 애쓰는 건지 궁금했지만, 그녀가 생산을 하지 못하는 것이 슬프지는 않았다. 그러니 그는 얼마나 운이 좋은가! 신들이 그에게 리비아 드루실라의 두 아들을 준 것이다. 어린 율리아가 아들을 낳지 못한다 해도, 그에게는 이름을 물려줄 후계자들이 있을 터였다.

"데려와야 하오." 그는 마음을 바꾸지 않을 것임이 느껴지는 목소리로 말했다. "그 불쌍한 아이들에겐 아무도 없소—아주 먼 친척들 말고는 말이오. 클라우디우스 네로 집안도 리비우스 드루수스 집안도 운좋은 집안은 아니지. 당신은 그애들의 엄마요. 사람들은 우리가 그애들을 맡길 기대할 거요."

"난 그러기 싫어요, 카이사르."

"나도 알아요. 하지만 이미 조치를 취했소. 아이들을 데리러 사람을 보냈으니 곧 여기 도착할 거요. 부르군디누스가 애들이 지낼 공간을 준비하고 있소—응접실, 침실 두 개, 공부방, 개인 정원까지. 아마도 젊은 호르텐시우스가 썼던 특별실인 것 같소. 내일 내가 직접 가정교사를 고용할 거고, 부르군디누스는 네로의 집에 가서 아이들의 물건을 챙겨 올 거요. 없으면 안 되는 장난감이나 옷, 책이 있을 테니까. 기존의 가정교사는 설령 애들이 좋아한다고 해도 데려오지 않을 거요. 그애들에게서 우리에 대한 증오를 없애야 하는데, 그 일은 새로운 사람들이 더 잘할 테니까."

"스크리보니아와 어린 율리아의 집으로 보내면 안 돼요?"

"그곳은 여자들만 사는 집이니 당신 아들들한테는 낯선 환경이오. 네로는 집에 여자를 두지 않았소, 빨래하는 하녀조차 없지." 옥타비아누스가 말했다. 그는 아내에게 다가가 입맞추려 했지만 그녀는 고개를 돌려버렸다. "부디 어리석게 굴지 마시오. 카이사르의 아내답게 우아하게 운명을 받아들여요."

그녀의 마음은 그의 생각을 앞지르려고 마구 내달렸다. 참 놀라워, 그이가 내 아들들을 데려오길 간절히 바라다니! 그이가 마음을 정했다면 어쩔 수 없다. 그리하여 그를 사랑하는—그리고 자신의 미래가 그에게 달려 있음을 아는—그녀는 어깨를 으쓱하고 미소 지으며 그에게 입맞췄다.

"내가 그애들을 그렇게 자주 볼 필요는 없겠죠."

"훌륭한 로마인 어머니가 보는 만큼은 봐야 하오. 내가 로마를 떠나 있을 땐 당신이 아버지 역할도 해주길 바라오."

두 소년은 울지 않고 뻣뻣한 표정으로 도착했다. 눈 주위가 벌겋지도 않은 걸 보니 눈물은 이미 다 흘린 것 같았다. 둘 다 어머니를 기억하지 못했고 의붓아버지도 오늘 처음 보는 터였다. 포룸 로마눔에서조차 그를 본 적이 없었다. 네로는 그애들이 집에만 있도록 철저하게 감시했던 것이다.

티베리우스는 머리카락과 눈동자가 검었고 올리브빛 피부에 이목구비는 평범했다. 나이에 비해 키가 컸지만 안쓰러울 정도로 말랐다. 운동 부족인 것 같군, 하고 옥타비아누스는 생각했다. 드루수스는 사랑스러웠다. 그애가 옥타비아누스의 마음에 곧장 들어온 건―눈동자는 더 파랬지만―자기 엄마를 닮았기 때문이었다. 풍성하고 검은 곱슬머리에 도톰한 입술, 높은 광대뼈. 티베리우스처럼 드루수스도 키가 크고 마른 아이였다. 네로는 자기 자식들이 뼈에 근육이 붙도록 뛰어놀게 한 적이 한 번도 없는 건가?

"너희 아빠가 돌아가셔서 슬프구나." 옥타비아누스가 웃음기 없는 표정으로 진지해 보이려고 애쓰며 말했다.

"전 안 슬퍼요." 티베리우스가 말했다.

"저도요." 드루수스가 말했다.

"이분이 너희 엄마란다, 얘들아." 당황한 옥타비아누스가 말했다.

아이들은 꾸벅 인사를 했다. 그들의 눈은 엄마를 살펴보느라 바빴다.

티베리우스의 눈에 이 남자와 여자는 다정하고 편안해 보였다. 오랜 세월 동안 엄청난 증오가 담긴 아버지의 얘기를 들으며 상상했던 것과는 전혀 달랐다. 네로가 다정하고 친근한 사람이었다면 그런 그의 감정이 티베리우스에게 흡수되었겠지만, 그는 그렇지 않았기에 그 말들은 비현실적으로 들릴 뿐이었다. 심한 구타로 상처받고 눈물과 부당하다는 감정을 숨기면서 티베리우스는 끔찍한 아버지로부터, 포도주를 너무 많이 마시는데다 자신도 한때 아이였음을 잊어버린 그 남자로부터 해방되길 바라고 바라고 또 바랐다. 마침내 해방의 날이 왔고, 네로의 시체가 발견된 지 몇 시간밖에 지나지 않았지만 티베리우스는 이제 자신이 더욱 끔찍한 곳으로 가게 될 거라고 예상했었다. 그러나 옥타비아누스는 무척 티베리우스의 마음에 들었다. 그의 유독 흰 피부와 크고 고요한 회색 눈 때문이었다.

"너희들은 각자 방을 갖게 될 거란다." 옥타비아누스는 웃음을 지으며 말하고 있었다. "뛰어놀 멋진 정원도 갖게 될 거야. 물론 공부도 해야 하지만, 많이 뛰어놀아야 해. 너희들이 나이가 더 들면 내가 여행 갈 때도 데려가마. 세상 구경을 하는 건 중요하거든. 괜찮겠니?"

"네." 티베리우스가 대답했다.

"얼굴이 거칠구나." 리비아 드루실라가 아이를 가까이 끌어당기며 말했다. "웃어본 적 없니, 티베리우스?"

"네." 아이는 대답했다. 엄마의 냄새가 좋았고 부드러운 몸이 주는 느낌이 너무나 편안했다. 아이는 엄마의 젖가슴에 머리를 기대고 엄마를 더 잘 느끼기 위해 눈을 감았다. 그러고는 엄마한테서 나는 꽃향기를 들이마셨다.

이제 드루수스 차례였다. 그애는 반짝이는 금 조각상을 보듯 옥타비아누스를 응시하고 있었다. 옥타비아누스는 쭈그려 앉아 눈높이를 맞춘 뒤 아이의 볼을 쓰다듬었다. 그리고 한숨을 쉬며 눈을 깜박여 눈물을 참았다. "귀여운 드루수스," 그는 결국 무릎을 꿇고 앉아 아이를 품에 안았다. "우리랑 행복하게 살자!"

"이제 내 차례예요, 카이사르." 리비아 드루실라가 여전히 티베리우스를 안은 채로 말했다. "이리 오렴, 드루수스, 엄마가 안아보자."

하지만 드루수스는 옥타비아누스의 푸근한 품에서 떠나지 않으려 했다.

정찬 자리에서, 새 부모는 깜짝 놀라고 크게 안도하며 그애들이 네로의 증오에 물들지 않은 이유를 일부나마 알게 되었다. 아이들이 순진무구하게 발설한 비밀들은 경악스러웠다. 춥고 차가우며 때로는 견디기 힘든 무관심으로 점철된 유년 시절이었다. 그들의 가정교사는 노예상 스티쿠스의 장부에서 가장 싼 노예였기에 두 소년 모두 읽기와 쓰기 실력이 그리 좋지 않았다. 가정교사는 아이들을 때리진 않았지만 말썽을 부릴 때면 아이들 아빠에게 보고해야 했고, 아빠는 반색하며 회초리를 들었다. 술에 취할수록 더 심하게 때렸다. 그들에게 장난감이 하나도 없었다는 사실은 옥타비아누스를 울게 했다. 옥타비아누스는 그를 애지중지하는 어머니가 사준 장난감들에 파묻혀 자랐다. 필리푸스의 집에 있던 가장 좋은 물건들은 모두 옥타비아누스의 것이었다.

옥타비아누스는 많은 이들이 얼음처럼 차갑다고 말하는 냉정하고 침착한 사람이었지만, 아이들과 있을 때면 그의 부드러운 측면이 겉으로 드러났다. 그는 로마에서 지낼 때면 하루도 빠지지 않고 짬을 내 어린 율리아를 보러 갔다. 이제 여섯 살인 매혹적인 아이였다. 그는 딱히 아들을 갖기를 바라지는 않았지만—그렇게 바라는 건 로마인답지 않았다—아이들과 함께 있는 걸 좋아했고, 그건 그와 누나의 공통점이었다. 카이사르 외삼촌은 옥타비아의 육아실에 자주 나타나 조카들과 신나게 놀아주고 끝없이 새로운 놀이를 생각해냈다. 이제 정찬에서 자신의 의붓아들들을 바라보며, 그는 다시 한번 자신은 운이 좋다고 생각했다. 티베리우스는 분명 리비아 드루실라의 아이가 될 터였다. 그녀도 첫아이를 꺼리던 마음이 완전히 사라진 것처럼 보였다. 아, 하지만 저 귀여운 드루수스는 날 좋아해! 우리 둘 모두에게 아이가 한 명씩 생겼군, 옥타비아누스는 너무 행복해서 눈물을 터뜨릴 것 같은 기분으로 생각했다.

정찬 자체도 놀라운 경험인 듯, 아이들은 게걸스럽게 먹어대며 네로가 아이들 음식의 양과 질 모두 제한했음을 의도치 않게 드러냈다. 리비아 드루실라는 아이들이 지나치게 먹어 탈이 날까봐 주의를 줬고, 옥타비아누스는 애들에게 이것저것 조금씩 먹어보라고 권했다. 다행히 달콤한 후식들이 나오기 전에 아이들의 눈꺼풀이 감겼다. 옥타비아누스는 드루수스를, 부르군디누스는 티베리우스를 안고 아이들 침실로 데려가 따뜻한 솜털 매트리스와 이불 사이에 눕혔다. 아직 겨울 추위가 가시지 않은 때였다.

"이제 기분이 어떻소, 여보?" 옥타비아누스는 리비아 드루실라와 부부 침대에 들 준비를 하며 물었다.

그녀는 남편의 손을 꼭 잡았다. "훨씬 나아졌어요—아, 정말 많이 나아졌어요! 그애들을 보러 가려고 좀더 애쓰지 않았던 게 후회되지만, 우리를 향한 네로의 증오에 아이들이 물들지 않았으리란 생각은 미처 하지 못했거든요! 그는 정말 형편없는 아빠였어요! 카이사르, 그애들은 파트리키예요! 그애들을 우리의 확고부동한 정적으로 키워낼 기회가 충분했는데도, 네로가 한 짓을 봐요! 애들을 때려서 자기를 싫어하게 만들었죠. 아이들을 전혀 보살피지 않았어요—굶기고 외면했죠. 그가 죽고 우리가 그애들을 제대로 기를 수 있게 되어서 너무 기뻐요."

"내일 난 그의 장례식을 진행해야 하오."

그녀는 남편의 손을 들어 그녀의 한쪽 젖가슴에 얹었다. "아, 여보, 잊고 있었어요! 티베리우스와 드루수스도 가야 하는 거겠죠?"

"안타깝지만, 그렇소. 난 로스트라 연단에서 추도 연설을 할 거요."

"옥타비아한테 검은색 아동용 토가가 있을까요?"

옥타비아누스는 낮은 소리로 웃었다. "있을 거요. 이미 부르군디누스를 보내놨소. 누나에게 없다면 그가 마르가리타리아 주랑건물에서 사올 거요."

그녀는 남편에게 기대어 그의 뺨에 입을 맞췄다. "당신에겐 율리우스의 행운이 있는 게 틀림없어요, 카이사르! 우리가 그애들을 데려오게 될 거라고 누가 상상이나 했겠어요? 우린 오늘 당신을 지지할 유력자 둘을 얻은 거예요."

장례식 다음날 옥타비아누스는 의붓아들들이 사촌들을 만나게 했다. 장례식에 참석했던 옥타비아는 그애들을 얼른 환영하고 집안사람들로 만들고 싶어서 안달이 나 있었다.

곧 열여섯 살이 되어 성인에 가까운 가이우스 스크리보니우스 쿠리오는 육아실을 떠나 수습군관이 될 예정이었다. 빨강머리에 주근깨 난 청년인 그는 마르쿠스 안토니우스의 수습군관이 되고 싶어했지만 거절당해서 아그리파에게 가게 될 터였다. 풀비아가 낳은 안토니우스의 두 아들 중 맏이인 안틸루스는 열한 살이었는데 벌써 하루빨리 군 경력을 쌓기를 열망했다. 둘째 율루스는 여덟 살이었다. 둘 다 잘생겼는데, 안틸루스는 아버지의 불그스름한 색을 물려받았고 율루스는 어머니의 옅은 갈색이 더 우세했다. 옥타비아의 집이 아닌 다른 곳에서 자랐다면 그애들은 이렇게 잘 자라지 못했을 터였다. 둘 다 충동적이고 모험심이 가득했으며 호전적이었기 때문이다. 옥타비아의 부드럽지만 단호한 훈육이 그애들을 — 그녀가 웃으며 말했듯이 — '인류의 일원'으로 남게 했다.

옥타비아의 딸 마르켈라는 열세 살로 월경을 시작했고 대단한 미인이 될 조짐이 보였다. 아버지처럼 거무스름한 이 소녀는 나름대로 성질이 있었으며 언행이 들뜨고 오만하고 도도했다. 열한 살 난 마르켈루스 역시 거무스름하고 잘생긴 소년이었다. 동갑인 마르켈루스와 안틸루스는 서로 못 견뎌 해서 죽을둥살둥 싸워댔다. 옥타비아가 아무리 애써도 두 소년은 서로를 싫어했기에, 외삼촌 카이사르는 로마에서 지낼 때마다 훈육자로 불려와 둘의 손바닥을 자로 때려야 했다. 옥타비아누스는 내심 둘 중 마르켈루스를 훨씬 좋아했는데, 안틸루스보다 차분하고 선량했기 때문이다. 옥타비아가 작은 마르켈루스와의 사이에서 낳은 작은딸 켈리나는 여덟 살로 금발에 파란 눈을 지녔고 무척 예뻤다. 켈리나와 작은 율리아는 서로 많이 닮았고, 옥타비아와 스크리보니아가 서로 친했기 때문에 작은 율리아는 옥타비아의 육아실 단골이었다. 다섯 살 난 안토니아는 모랫빛 머리카락에 눈동자는 녹색을 띠었다—안토니우스의 코와 턱을 물려받아 안타깝게도 예쁘지는 않았다. 안토니아는 자부심 강하고 냉담한 성격이었고, 아헤노바르부스의 아들 루키우스에게는 자신이 과분한 약혼녀라고 생각했다. 아이는 종종 항의하듯 더 나은 신랑감이 있지 않느냐고 물었다. 가장 어린 토닐라는 적갈색 머리카락에 호박색 눈동자였지만 다행히 이목구비는 안토니우스가 아니라 율리우스 집안사람의 것이었다. 단호하고 지적이고 격렬한 성격으로 자랄 조짐이 보였다.

율루스와 켈리나는 티베리우스와 나이가 비슷했고, 안토니아와 드루수스는 곧 여섯 살이 될 터였다.

옥타비아가 없을 때면 어떤 음모를 꾸미고 다툼을 벌이는지는 모르지만, 아이들 모두 예의바르고 명랑했다. 드루수스가 불평꾼 안토니아보다 세 살배기 토닐라를 훨씬 더 좋아한다는 것이 금세 명확해졌다. 드루수스는 토닐라를 잘 돌봐줬고 토닐라는 그런 드루수스에게 사로잡혔다. 티베리우스는 드루수스보다 힘들어하는 것 같았다. 그는 수줍음이 많고 자신감도 없어 대화를 할 줄 몰랐다. 마르켈루스 가문 아이들 중 가장 친절한 켈리나는 티베리우스의 불안을 감지한 듯 금방 친구가 되어주었지만, 율루스는 티베리우스가 말타기나 장난감 칼로 벌이는 결투, 로마 전쟁사에 관해 전혀 모른다는 걸 알고는 티베리우스에게 티 나게 적대적으로 굴었다.

"옥타비아 고모 댁에 또 가고 싶니?" 옥타비아누스는 의붓아들들을 데리고 포룸 로마눔을 지나 집으로 돌아가면서 물어보았다. 사방에서 사람들이 그에게 인사했고, 몇 걸음 갈 때마다 누군가 다가와 부탁을 하거나 정치판의 뜬소문을 전해주려 했다. 소년들은 황홀해했다. 처음 나와서 본 로마의 모습 때문이기도 했고, 옥타비아누스의 수행단 때문이기도 했다. 친아버지가 수년 동안 옥타비아누스를 두고 한 혹평과 푸념에도 불구하고 그들은 이 한 번의 산책으로 분명히 알 수 있었다. 옥타비아누스—카이사르, 그들은 그를 그렇게 부르는 걸 배워야만 한다—가 네로보다 훨씬 더 중요한 사람이라는 걸.

소년들의 새 가정교사는 자유인으로, 브루군디누스의 조카 가이우스 율리우스 킴브리쿠스였다. 디부스 율리우스가 아낀 부르군두스의 모든 후손들처럼 그도 엄청나게 키 크고 근육질이었으며, 들창코에 옅은 파란 눈과 둥그런 얼굴의 남자였다. 그도 지금 그들과 함께 있었는데, 소년들이 주목할 만하다고 생각하는 이것저것을 손으로 가리켜 보였다. 그는 아이들이 두려워할 이유는 없고 좋아할 이유는 많은 가정교사였다. 공부방에서도 가르치겠지만 아이들 정원에서 운동도 시키고 조만간 교련 수업도 해서, 소년들이 열두 살 때 준비된 상태로 마르스 평원에서 군사 훈련을 받을 수 있게 할 터였다.

"옥타비아 고모 댁에 또 가고 싶니?" 옥타비아누스가 다시 물었다.

"네, 카이사르." 티베리우스가 대답했다.

"네, 좋아요!" 드루수스가 외쳤다.

"킴브리쿠스도 좋아할 수 있을 것 같아?"

"네." 두 아이가 입을 모아 대답했다.

"수줍음 때문에 기죽지 말거라, 티베리우스. 수줍음은 새로운 생활에 익숙해지면 사라질 거다." 옥타비아누스는 의붓아들에게 공모자의 웃음을 지어 보였다. "율루스가 널 괴롭히긴 하지만, 넌 키가 크니 몸에 근육만 조금 붙으면 그앨 때려눕힐 수 있어."

무척 위로가 되는 생각이었다. 티베리우스는 고개를 들어 옥타비아누스를 보며 처음으로 웃음을 지어 보였다.

"우리 막내는," 옥타비아누스가 드루수스에게 말했다. "수줍음이 전혀 없는 것 같아. 안토니아보다 토닐라를 좋아하는 건 옳았어. 하지만 나중에는, 너보다 좀 나이가 많긴 하지만 마르켈루스와도 공통점을 찾을 수 있길 바란다."

리비아 드루실라는 귀가한 아이들에게 입맞춘 뒤 그들을 킴브리쿠스와 함께 공부방으로 보냈다.

"카이사르, 멋진 생각이 떠올랐어요!" 그녀는 남편과 둘만 남게 되자마자 외쳤다.

"뭔데 그러오?" 옥타비아누스가 조심스럽게 물었다.

"마르쿠스 아그리파를 위한 보상요! 정확히 말하면 보상들이죠."

"아그리파는 보상을 바라지 않아요, 여보."

"네, 네, 나도 알아요! 하지만 그는 보상을 받아야 해요. 그래야 앞으로도 오랫동안 당신한테 묶여 있을 거예요."

"그는 결코 묶이지 않을 거요, 그의 충성심은 사람됨에서 나오는 거니까."

"네, 네, 그렇죠! 하지만 그가 마르켈라와 결혼하면 정말 좋지 않겠어요?"

"그앤 열세 살이오, 리비아 드루실라."

"서른 살 같은 열세 살이라고 해야죠. 4년 후면 그앤 열일곱 살이 될 테니 충분히 시집갈 수 있는 나이죠. 딸이 열여덟 살이 될 때까지 데리고 있는 관습을 고수하는 명문가들은 갈수록 드물어지고 있다고요."

"나도 생각해보겠소."

"그리고 아그리파의 딸 빕사니아가 있잖아요. 내가 알기로 늙은 아티쿠스가 죽으면 그의 재산은 아티카한테로 가지만, 아티카가 죽으면 모든 재산이 아그리파에게 간다고 그의 유언장에 적혀 있대요." 리비아 드루실라가 열성적으로 말했다. "그럼 그애가 아주 훌륭한 신붓감이 된다는 뜻이고요. 티베리우스는 상속 재산이 보잘것없으니 빕사니아와 결혼해야 할 것 같아요."

"티베리우스는 여덟 살이오, 빕사니아는 세 살도 안 됐고."

"아, 정말, 카이사르. 그만 좀 바보같이 굴어요! 나도 그애들이 몇 살인지 알지만, 애들은 당신이 '알라멜렉'이라고 말하기도 전에 결혼할 나이가 될 거라고요!"

"알라멜렉?" 그가 입을 실룩거리며 물었다.

"필리스티아에 있는 강이에요."

"알고 있소, 당신이 아는 줄 몰랐을 뿐이오."

"아, 티베리스 강물에나 빠져버려요!"

옥타비아누스의 가정생활은 나날이 즐거워지고 있었지만 그의 공적·정치적 활동은 별다른 수확을 얻지 못하고 있었다. 옥타비아누스의 정보원들은 뜬소문을 퍼뜨리고 여기저기서 마르쿠스 안토니우스를 비방하는 말을 속삭였지만, 안토니우스를 따라야 한다는 원로원 의원 700명의 결심을 흔드는 데엔 실패했다. 그들은 안토니우스가 곧 로마로 돌아올 거라고 진심으로 믿었다. 그럴 만도 한 것이, 대(對)아르메니아 전쟁의 개선식을 위해서라도 그는 돌아와야 했다. 안토니우스는 아르탁사타에서 보낸 서신들을 통해 엄청난 약탈물을 자랑했다. 6큐빗 높이의 순금 조각상들에, 파르티아 금화와 말 그대로 수백 탈렌툼의 커다란 청금석과 수정으로 가득한 궤짝들도 있다고 했다. 또한 19군단을 이끌고 올 거라 했고, 그들이 퇴역 후 살 땅을 찾아놓으라고 옥타비아누스에게 미리 요구했다.

안토니우스의 영향력이 원로원 안에만 미친다면 어떻게 해볼 수도 있었겠지만 1계급과 2계급 사람들 전체, 이런저런 사업을 하는 그 수없이 많은 사람들이 안토니우스는 탁월하고 성실하며 군사적 천재라고 굳게 믿고 있었다. 설상가상으로 갈수록 빠른 속도로 공세가 국고에 들어왔고, 징세청부업자들과 온갖 금권가들이 꿀이 떨어지는 꽃밭의 벌들처럼 아시아 속주와 비티니아 주변을 분주히 돌아다니고 있는데다, 곧 국고에 막대한 전리품까지 들어올 예정이었다. 아나이티스의 순금 조각상은 유피테르 옵티무스 막시무스 신전에 안토니우스가 바치는 선물이 될 터였지만 다른 예술품들은 보석과 마찬가지로 대부분 매각될 것이었다. 장군과 보좌진, 군단병들이 적법한 몫을 받아가지만 나머지는 모두 국고로 들어갈 터였다. 안토니우스가 로마에 며칠 이상 머물지 않은 지 아주 오래되었지만—그리고 마지막 귀국은 4년 전이었지만—유력인사들에게 그의 인기는 여전했다. 유력인사들이 일리리쿰에 신경이라도 쓰는가? 그렇지 않았다. 그곳에는 상업활동의 전망이 전무했으므로, 로마에 살면서 캄파니아와 에트루리아에 빌라를 가진 소수의 사람들은 아퀼레이아가 초토화되든 말든, 메디올라눔이 평정되든 말든 거의 신경쓰지 않았다.

옥타비아누스가 유일하게 해낸 건 이탈리아의 모든 계급 사람들에게 클레오파트라라는 이름을 알린 것이었다. 모두가 그녀에 관한 최악의 이야기들을 믿었다. 문제는 그들도 그녀가 안토니우스를 조종한다고는 생각하지 못한다는 거였다. 옥타비아누스와 안토니우스의 사이가 그토록 대놓고 적대적이지 않았다면 옥타비아누스의 주장이 먹혔을 수도 있지만, 안토니우스를 좋아하는 사람들은 옥타비아누스의 주장을 적대감 때문에 꾸며낸 이야기로 치부했다.

가이우스 코르넬리우스 갈루스가 로마에 도착했다. 이 호전적이고 가난한 시인은 옥타비아누스와 친했지만 그에게 용서를 구하고 안토니우스의 보좌관으로 복무하러 떠났는데, 간발의 차로 프라아스파 철수를 놓쳤다. 그래서 그는 안토니우스가 술독에 빠져 있는 동안 시리아에서 한가로이 지내며 핀다로스 스타일의 서정적이고 아름다운 시를 썼고, 가끔 옥타비아누스에게 편지도 보냈다. 돈주머니가 조금도 더 무거워지지 않았음을 한탄하며, 그는 안토니우스가 포도주의 영향을 떨치고 일어나 아르메니아로 진군할 때까지 계속 시리아에 있었다. 클레오파트라에 대한 갈루스의 증오는 깊고 확고부동했다. 그녀가 안토니우스 혼자서 이동하게 두고 이집트로 돌아갔을 때 갈루스보다 기뻐한 사람은 없었다.

옛친구 옥타비아누스에게 접견을 청한 갈루스는 이제 서른네 살이었다. 그는 아주 잘생겼지만 다소 잔인한 인상을 주었는데, 그건 골상의 문제지 성격과는 무관했다. 그는 사랑의 비가를 묶은 작품 『아모레스』로 이미 유명인사였고 베르길리우스의 절친한 친구였다. 그와 베르길리우스는 태생이 무척 비슷했는데, 둘 다 이탈리아 갈리아 사람이었다. 그러니까 갈루스는 파트리키 코르넬리우스 집안사람은 아니었다.

"자네한테 돈을 좀 빌릴 수 있을까 하네, 카이사르." 그는 옥타비아누스가 건넨 포도주잔을 받아들며 말했다. 그의 멋진 회색 눈이 침울한 웃음을 띠면서 눈가에 주름이 잡혔다. "무작정 조르는 건 아니라네." 그가 말을 이었다. "다만 알렉산드리아에서 로마로 급히 오느라고 돈을 써야 했거든. 겨울이라 알렉산드리아에서 일어난 일이 로마에 늦게 알려질 거라고 생각했어."

옥타비아누스가 얼굴을 찌푸렸다. "알렉산드리아? 자네가 거기서 뭘 했나?"

"안토니우스와 그 괴물 같은 암퇘지 클레오파트라한테서 내 몫의 아르메니아 전리품을 쟁취하려 애쓰고 있었지." 그가 어깨를 으쓱했다. "실패했어. 다들 그랬지만."

"내가 마지막으로 들은 소식은," 옥타비아누스는 의자에 앉으며 말했다. "안토니우스가 시리아 남부를 돌고 있다는 거였네. 그가 클레오파트라한테 양도하지 않은 지역 말이야."

"장님이로군." 갈루스가 찡그린 얼굴로 말했다. "장담컨대 로마의 누구도 아직 모를걸, 안토니우스가 아르메니아 전리품의 마지막 한푼까지 알렉산드리아로 가져갔다는 걸 말이야. 그는 거기서 개선행진을 했어. 알렉산드리아 시민들이 아주 기뻐했지. 왕실 가도와 카노포스 가도가 만나는 지점에서 높은 황금 단상 위에 앉은 그들의 여왕도 그랬고." 그는 심호흡을 했다. "개선행진이 끝난 후 그는 모든 걸 세라피스에게 헌정했어—자기 몫도, 보좌관들의 몫도, 군단병들과 국고의 몫까지 전부 다. 클레오파트라는 군대에 한 푼도 나눠줄 수 없다고 했지만 안토니우스가 병사들한테는 반드시, 그것도 빨리 줘야 한다고 겨우 설득했지. 나처럼 미천한 사람들은 그 공개적인 구경거리에조차 초대받지 못했어."

"맙소사!" 몹시 충격을 받은 옥타비아누스가 힘없이 말했다. "안토니우스가 자기 것도 아닌 걸 넘겨주는 만행을 저질렀단 말인가?"

"그래. 확신컨대 결국 군대는 돈을 받겠지만 로마 국고에 들어가는 건 없을 거야. 난 그 개선식 후에도 알렉산드리아를 견뎌냈지만, 안토니우스가 델리우스 말로는 '기증식'이라는 걸 했을 땐 로마로 돌아오지 않곤 견딜 수가 없어서 보상도 못 받은 채로 와버렸지."

"기증식?"

"아, 새 김나시온에서 열린 대단한 행사였네! 안토니우스는 로마의 대표자로서 프톨레마이오스 카이사르를 왕 중의 왕이자 세상의 지배자로 공식 선언했지! 클레오파트라는 왕들의 여왕으로 선언했고, 그녀가 낳은 안토니우스의 자식 세 명은 아프리카 대부분 지역과 파르티아 왕국, 아나톨리아, 트라키아, 그리스, 마케도니아, 지중해 동쪽 끝 모든 섬들의 주인이 됐다네. 대단하지 않나?"

옥타비아누스는 입을 딱 벌리고 눈을 크게 떴다. "믿을 수가 없군!"

"그렇겠지, 하지만 전부 다 사실이네. 사실이라네, 카이사르, 사실이야!"

"안토니우스가 보좌관들한테 해명을 했나?"

"괴상하게나마 하긴 했네. 델리우스가 아는 건 알아내기 힘들어. 그자는 특별한 위치를 즐기거든. 우리 나머지 사람들—모든 하급 보좌관들―은 그가 전리품을 클레오파트라에게 주기로 맹세했다고, 그의 명예와 관련된 일이라고 들었어."

"로마의 명예는?"

"찾을 곳이 없었지."

그로부터 한 시간 동안 옥타비아누스는 갈루스의 이야기를 모두 들었다. 시인으로서 세상을 보는 자의 꼼꼼한 세부사항이 가득한 이야기였다. 병 속의 포도주가 바닥 가까이 내려갔지만 옥타비아누스는 술도, 그 정보를 로마의 다른 누구보다 먼저 들려준 갈루스에게 줄 후한 사례금도 아깝지 않았다. 귀중한 발견이니까! 올해 겨울은 일찍 와서 매우 길었으니 시간이 그렇게 많이 흘러가버린 것도 놀랄 일이 아니었다. 그 개선식과 '기증식'은 12월의 일이었고 지금은 4월이었다. 하지만 갈루스는 다음과 같이 경고했다. 델리우스가 그 모든 소식을 적은 편지를 적어도 두 달 전에 포플리콜라에게 보냈으며 그 배가 무사히 도착했다는 증거가 있다고.

마침내 설명을 들어야 할 이상한 점이 딱 한 가지 남았다. 옥타비아누스는 양 팔꿈치를 책상에 올리고 두 손에 턱을 괸 채 몸을 앞으로 숙였다.

"프톨레마이오스 카이사르가 그의 모친보다 더 높은 존재로 선언됐다고?"

"카이사리온, 사람들이 그렇게 부르더군. 그래, 맞아."

"어째서?"

"아, 그 여자가 엄청 애지중지하거든! 상대적으로 말하자면 그녀가 안토니우스와 낳은 아들들은 중요치 않아. 모든 것이 카이사리온을 위한 거야."

"그는 내 신성한 아버지의 아들인가, 갈루스?"

"의심의 여지가 없네." 갈루스가 단호하게 대답했다. "어느 모로 보나 디부스 율리우스의 모습이야. 난 디부스 율리우스의 청년 시절을 알 만큼 나이들지 않았지만, 카이사리온은 내가 디부스 율리우스의 그 나잇적 모습으로 상상했던 그대로였네."

"몇 살인데?"

"열셋. 6월에 열네 살이 돼."

옥타비아누스가 긴장을 풀었다. "아직 어린애군."

"아니, 그렇지 않아! 한창 사춘기라네, 카이사르—목소리도 굵고 남자의 분위기를 풍겨. 그의 지력도 조숙한 만큼이나 대단하다고 알고 있네. 그와 어미 사이에 요란한 의견 충돌도 몇 차례 있었다네, 델리우스가 그렇게 말했어."

"아!" 옥타비아누스는 자리에서 일어나 팔을 내밀었다. 그는 갈루스의 손을 따뜻하게 붙잡고 힘차게 흔들었다. "내 주장을 뒷받침할 더욱 명백한 증거를 얻게 해준 자네의 열의에 내가 얼마나 고마워하는지 모를 걸세. 다음주에 오피우스의 은행에 가면 멋진 선물이 기다리고 있을 거야. 그리고 난 이제 내 의붓아들들의 자산 관리인이니, 앞으로 10년 간 아주 저렴한 임대료로 자네에게 네로의 집을 제공하겠네."

"일리리쿰에서의 복무도?" 전사 기질인 시인은 열성적으로 물었다.

"물론이지. 전리품은 그다지 많지 않을 테지만 제대로 된 전투는 경험할 수 있을 거야."

닫힌 문을 뒤로하고, 가이우스 코르넬리우스 갈루스는 땅에서 붕 뜬 듯한 느낌으로 베르길리우스의 집을 향해 걸어갔다. 옥타비아누스는 서재 한가운데 서서 무더기로 쌓인 정보를 분류하고 제대로 파악할 수 있도록 머릿속에서 정리했다. 안토니우스가 이토록 어리석은 짓을 할 수 있다는 것이 몹시 당황스러웠고, 언제까지나 그것은 이 모든 일중에서 가장 큰 수수께끼로 남을 터였다. 옥타비아누스로서는 아무리 생각해도 이유를 모를 터였기 때문이다. 맹세를 했다니? 말도 안 돼! 자기 자신의 선전 내용을 믿은 적이 없었기에, 옥타비아누스는 앞으로 뭘 해야 할지 거의 종잡을 수가 없었다. 거의. 어쩌면 그 하르피이아가 정말로 안토니우스에게 약을 먹였을지도 몰라. 이제껏 인간의 기본 신조를 뒤흔드는 약의 존재에 회의적이었던 옥타비아누스조차도 그런 생각이 들었다. 로마인의 기본은 무엇보다도 로마가 아니던가? 안토니우스는 로마의 전리품을 클레오파트라의 무릎에 올려놓았다. 군인들이 정해진 몫을 받을 수 있도록 그녀를 설득할 수 있을지 여부도 미리 고려하지 않고 그런 것 같다. 최소한 사병들한테라도 돈을 주라고 그녀를 설득하기 위해 그는 무릎을 꿇고 빈 것일까? 아, 안토니우스, 안토니우스! 어떻게 그럴 수가 있지? 누나는 뭐라고 말할까? 너무나 모욕적이다!

하지만 무엇보다 중요한 정보는 프톨레마이오스 카이사르였다. 카이사리온. 어찌됐건 클레오파트라는 장남을 가장 소중히 해야 한다고 바른 판단을 내렸다. 그애가 아버지를, 심지어 일찍 꽃피우는 지성마저 닮았다는 사실은 충격적이다. 두 달 후에 열네 살이 된다니, 카이사르의 대담함과 통찰력까지 이제 5년밖에 남지 않았어. 율리우스 가문의 피가 무엇을 할 수 있는지 옥타비아누스보다 잘 아는 사람도 없었다. 그 자신도 열여덟 살에 권력 투쟁을 시작했으니까. 그리고 성공했다! 카이사리온에게는 수많은 이점이 있었다. 이미 권력 행사에 익숙하고, 어머니와 충돌할 정도로 의지도 강하며, 어머니가 그러하듯 라틴어를 유창하게 구사할 것이 분명했다. 따라서 로마인들이 그가 진짜 로마인이라고 생각하도록 기만할 여력이 충분했다.

옥타비아누스가 서재 문을 열고 리비아 드루실라를 찾으러 갔을 때쯤엔 우선순위가 정리된 후였다. 똑똑한 아내는 곧바로 문제의 핵심을 짚었다.

"카이사르, 무슨 수를 써서라도 이탈리아나 로마 사람들이 그애를 보게 해서는 안 돼요!" 그녀는 두 손을 세게 맞잡고 소리쳤다. "그앤 파멸의 씨앗이에요."

"동의하오. 내가 어찌해야 그걸 막겠소?"

"뭐든 해야죠. 우선은 당신이 로마에서 확고부동한 우위를 점할 때까지 안토니우스가 계속 동방에 있도록 만들어야 해요. 그가 귀국하면 카이사리온을 데려올 거니까요. 그럴 수밖에 없어요. 클레오파트라가 그애한테 아주 헌신적이라면 본인이 이집트에 남는 것에도 반대하지 않을 거예요. 왕 중의 왕은 그녀의 아들이죠. 아, 안토니우스를 지지하는 모든 원로원 의원과 기사 들은 디부스 율리우스의 피가 섞인 아들을 보면 뒤로 넘어갈 거예요! 그애가 혼혈이고 로마 시민도 아니라는 사실은 소용이 없을 거고요, 당신도 알고 나도 알 듯이요. 그러니 반드시, 무슨 수를 써서라도 안토니우스가 계속 동방에 있게 해야죠!"

"알렉산드리아 개선식과 기증식이 시작점이오. 나한테 코르넬리우스 갈루스라는 나무랄 데 없는 증인이 있다는 게 행운이지."

그녀는 불안한 표정이었다. "하지만 그가 계속 당신 편에 있을까요? 2년 전에 당신을 버리고 안토니우스한테 간 사람이잖아요."

"야심과 궁핍 때문에 그런 거요. 그는 성이 잔뜩 나서 돌아왔고, 나는 그에게 아주 후하게 보상을 했소. 부수입으로 네로의 집을 관리해도 좋다고까지 했지. 내 생각에 그는 가장 좋은 보상이 있는 곳을 잘 아는 사람이오."

"물론 원로원을 소집할 거죠?"

"그래야지."

"마이케나스와 정보원들이 안토니우스가 한 짓을 이탈리아 전역에 퍼뜨리게 할 거고요?"

"여부가 있겠소. 내 뜬소문 방앗간은 가루가 될 때까지 클레오파트라 여왕을 빻을 거요."

"그 남자애는요? 그애의 평판을 떨어트릴 수 있는 방법이 없을까요?"

"오피우스가 알렉산드리아에 자주 여행을 가잖소. 클레오파트라가 그를 보려 하지 않는다는 건 아는 사람이 별로 없지. 오피우스에게 카이사리온에 관한 소책자를 쓰게 할 거요. 그애가 내 신성한 아버지와 전혀 닮지 않았다고 써야지."

"사실은 이집트인 노예의 자식이라고도요."

그는 웃었다. "소책자를 당신한테 쓰라고 해야겠는걸."

"그러고 싶어요, 알렉산드리아에 한 번이라도 간 적이 있다면." 그녀는 두 손으로 옥타비아누스의 팔을 잡고 흔들었다. "오, 카이사르, 우리한테 지금보다 더한 위기는 없었어요!"

"걱정 때문에 당신의 예쁜 머리를 썩히지 마시오, 내 사랑. 디부스 율리우스의 아들은 나요! 나 말곤 아무도 없소."

알렉산드리아 개선식과 기증식 소식은 로마를 뒤흔들었다. 처음에는 대부분의 사람들이 믿을 수 없어 했지만, 시간이 지나자 겨울 바다 때문에 못 오고 있던 코르넬리우스 갈루스 같은 사람들이 귀국하거나 편지들이 도착했다. 안토니우스파 의원 300명이 대열에서 이탈해 중립 파로 돌아섰고, 의사당 바닥에 욕설과 비난이 마구 쏟아졌다. 기사 계급 사업가 수백 명도 안토니우스에게 등을 돌렸다. 하지만 그것으로는 부족했다. 한참 부족했다.

옥타비아누스가 안토니우스를 표적으로 삼았다면 훨씬 더 큰 승리를 거뒀겠지만 그러기엔 그는 지나치게 기민했다. 옥타비아누스의 집중 공격 대상은 클레오파트라였다. 앞날이 확연히 보였기 때문이다. 불가피해 보이는 전쟁이 발발하면 그것은 마르쿠스 안토니우스와의 전쟁이 아닐 터였다. 외국의 적, 이집트와의 전쟁일 것이었다. 옥타비아누스는 예전부터 자신의 진짜 목표물은 안토니우스라는 것이 보이지 않도록 클레오파트라 같은 누군가가 안토니우스를 파멸시키기를 갈망해왔다. 이제 로마의 전리품을 받고 안토니우스에게 압력을 가해 그녀와 그녀 자식들을 세상의 지배자들로 삼는 대관식을 했으니 클레오파트라는 로마의 확고한 적이 되었다.

"하지만 그걸로는 부족해." 옥타비아누스는 아그리파에게 의기소침하게 말했다.

"내 생각에 이번 일은 동방 전체의 몰락을 불러올 산사태의 첫 자갈들이 떨어진 것과 같네." 아그리파가 위로했다. "인내심을 갖게, 카이사르! 결국 그렇게 될 거야."

나이우스 도미티우스 아헤노바르부스와 가이우스 소시우스가 6월에 로마로 왔다. 둘 다 내년에 집정관이 될 터였는데, 안토니우스의 불시의 일격이랄 만했다. 두 사람 다 그의 추종자였기 때문이다. 부정 선거임을 다들 알았지만, 두 사람은 특별히 하얗게 표백한 토가를 입고 눈에 띄게 돌아다니며 지지를 호소했다.

아헤노바르부스의 첫 임무는 마르쿠스 안토니우스가 원로원에 보낸 서신을 낭독하는 것이었다. 그는 낭독하기 전 의사당 문들을 활짝 열어놓았다. 최대한 많은 포룸 로마눔 단골들이 안토니우스의 입장을 듣는 것이 중요했기 때문이다.

안토니우스가 작성한 것치고 그 서신은 아주 길었기에, 옥타비아누스(그리고 늘 옥타비아누스와 동조하지는 않던 일부를 포함한 다른 이들)은 누군가 서신 작성을 도운 것 같다고 생각했다. 당연히 전문을 다 들어야 했고, 이는 많은 이들이 졸게 되리라는 뜻이었다. 예전에 자신도 졸만큼 졸아본 아헤노바르부스는 그런 경향을 잘 알았고 대처법도 생각해두었다. 그는 사전에 서신을 여러 번 읽으면서 사람들이 맑은 정신으로 들어야 하는 부분들에 표시를 해두었다. 그리하여 중요하지 않거나 (그 서신의 최대 약점인) 동어 반복적인 내용은 단조로운 목소리로 읽되 중요한 부분은 의사당이 요동칠 정도로 쩌렁쩌렁하게, 목청으로 유명한 그답게 그 부분이 끝날 때까지 외치듯이 읽었다. 그런 다음엔 단조로운 목소리로 돌아가 모두가 마음 편히 졸 수 있게 했다. 안토니우스파, 옥타비아누스파를 막론하고 다들 그 기술에 어찌나 고마워했던지, 그날 이후 아헤노바르부스에게는 벗이 많이 생겼다.

옥타비아누스는 고등 정무관용 단상 앞쪽에 있는 상아 대좌에 앉아 잠들지 않으려고 무던히 애를 썼지만, 의원들 전원이 졸고 있었기에 자기도 졸아도 될 것 같은 기분이 들었다. 의사당 안은 측면 벽들 높이에 난 채광용 구멍들로 센 바람이 불어들어오지 않으면 통풍이 잘되지 않았는데, 그날도 그런 초여름날이었다. 하지만 옥타비아누스는 잠들지 않기가 다른 사람들보다는 쉬웠다. 생각할 것이 아주 많았고, 사람들이 가볍게 코 고는 소리는 생각에 방해가 되지 않았기 때문이다. 앞으로 유명해질 그 서신의 도입부가 그에게는 가장 흥미로운 부분이었다.

"동방에 있어서," 안토니우스(혹은 클레오파트라?)는 이렇게 썼다. "로마의 모스 마이오룸은 근본적으로 생경한 것이며, 따라서 로마인들은 동방을 이해하지 못합니다. 우리 문명은 세계에서 가장 진보한 문명입니다. 우리를 통치할 정무관들을 자유선거로 선출하고 정무관의 임기는 일 년으로 제한되어 있습니다. 내부의 위험이 아주 큰 시기에만 임기가 더 길고 더 전제적인 정부에 의지하는데, 현재는 세 명의—죄송합니다, 의원 여러분—두 명의 트리움비르들이 집정관과 법무관, 조영관, 재무관의 활동을 감독하고 있습니다. 호민관만 예외입니다.

우리는 법의 지배를 받으며 살고, 그 과정은 공식적이고 공정하며……."

청중석 여기저기서 낄낄 웃는 소리가 들려왔다. 아헤노바르부스는 조용해질 때까지 기다린 다음 아무 일도 없었다는 듯 계속 읽어나갔다.

"……처벌에 있어 개화되어 있습니다. 우리는 어떤 죄에 대해서도 투옥을 하지 않습니다. 경범죄는 벌금으로 다스리고, 반역을 비롯한 중죄는 재산 몰수와 로마에서 특정 거리만큼 떨어진 곳으로의 추방으로 다스립니다."

아헤노바르부스는 처벌 체계, 시민 계급, 행정부 및 사법부로 나뉜 로마 정부, 로마 사회에서 여성들의 위치를 꼼꼼하게 개괄했다.

"의원 여러분, 지금까지 저는 모스 마이오룸에 관해 자세히 말씀드렸습니다. 모스 마이오룸은 실제로 로마인이 세상을 보는 방식이지요." 그는 계속 말했다.

"그러니 가능하다면 상상해보십시오. 집정관 권한대행의 임페리움을 지닌 로마인 총독이 킬리키아, 시리아, 폰토스 같은 일부 동방 속주에 갑자기 나타나는 것을. 그는 속주민들이 로마인처럼 생각할 거라고 가정하며, 법을 시행하거나 칙령을 내릴 때 로마인처럼 생각합니다."

"하지만," 아헤노바르부스가 크게 외쳤다. "동방은 로마가 아닙니다! 로마처럼 생각하지 않습니다! 일례로 로마가 아닌 그 어떤 나라에서도 국가가 빈민을 먹이는 일은 없습니다. 동방에서 빈민은 골칫거리로 치부되며 빵을 살 돈이 없으면 굶게 내버려둡니다. 남녀를 막론하고 끔찍한 지하감옥에 투옥하는데, 때로는 로마인이라면 가벼운 벌금형으로 충분할 죄목으로도 투옥시킵니다. 당국 관리들은 자기 좋을 대로 판결을 내리는데, 법률 조항이 워낙 부족한데다 해당 조항이 있다 해도 피고의 경제적·사회적 지위에 따라 다르게 적용하기 때문입니다……."

"로마도 똑같습니다!" 메살라 코르비누스가 소리쳤다. "수부라 지구의 마르쿠스 카쿠스가 여장을 하고 베누스 에루키나 신전 밖에서 호객 행위를 하면 벌금이 1탈렌툼이겠지만, 파트리키인 루키우스 코르넬리우스는 넘어가죠―한 가지 이상의 의미로요!"

의사당이 웃음소리로 가득찼다. 아헤노바르부스는 말을 멈추고 기다렸다. 그 자신도 웃음을 참을 수 없었던 것이다.

"처형도 비일비재합니다. 여자는 시민권도 돈도 없습니다. 상속도 받지 못하고, 스스로 번 돈도 남자 명의로 저축해야 하죠. 이혼당할 수는 있어도 이혼할 수는 없고요. 공직자들은 선출될 수도 있지만 추첨이 더 흔하며, 대다수는 태어나면서부터 권리를 가진 이들입니다. 세금도 로마와 전혀 다른 방식으로 부과하고 지역마다 선호하는 세금 제도가 다릅니다."

옥타비아누스의 눈꺼풀이 무거워졌다. 분명 안토니우스(혹은 클레오파트라)는 세세하게 나열할 작정인 듯했다. 코 고는 소리가 점점 커지고, 아헤노바르부스는 단조롭게 말을 이어갔다.

"로마는 동방에서 직접 통치를 할 수 없습니다!" 아헤노바르부스가 포효했다. "반드시 피호국 왕을 통한 통치여야 합니다! 어느 쪽이 낫습니까, 의원 여러분? 로마법을 이해하지 못하는 사람들에게 로마법을 시행하고, 현지인들에게 득 될 것이 없는 전쟁을 벌이며 자기 주머니를 채우는 데 급급한 로마인 총독입니까—아니면 자기 백성들이 이해하는 법을 시행하고 전쟁은 아예 허락되지 않은 피호국 왕입니까? 로마가 동방에서 원하는 것은 간단합니다, 공세입니다. 의심의 여지 없이 수차례 증명된 사실은 로마인 총독보다 피호국 왕에게서 공세가 더 잘 들어온다는 것입니다. 피호국 왕들은 자기 백성을 쥐어짜는 방법을 알고 있으며, 폭동을 유발하지도 않습니다."

다시 단조로운 어조가 시작되었다. 옥타비아누스는 하품을 했고, 눈에 눈물이 고인 채 클레오파트라 여왕의 평판에 먹칠하기라는 주제로 정신 수행을 하기로 했다. 한참 집중하고 있을 때 아헤노바르부스가 다시 큰 소리로 외치기 시작했다.

"로마 병사들로 동방을 수비하려는 시도는 어리석은 것입니다! 병사들이 현지인화되기 때문입니다! 알렉산드리아의 왕 프톨레마이오스 아울레테스를 위해 수비대로 맡겨놓은 가비니우스의 4개 군단이 어찌되었는지 보십시오! 고(故) 마르쿠스 칼푸르니우스 비불루스가 시리아로 와서 복무하라는 명령을 내리자 그들은 항명했습니다. 릭토르단의 보호만 받고 있던 그의 장남과 차남은 고집을 부렸지요. 결국 가비니우스 군대는 그들을, 고위 로마 총독의 자식들을 살해했습니다! 클레오파트라 여왕은 주모자들을 처형하고 4개 군단을 전원 시리아로 돌려보내며 모범적인 행보를 보였고…….”

“계속해보시죠!” 마이케나스가 냉소하며 끼어들었다. “4개 군단에는 총 240명의 백인대장이 있습니다. 마르쿠스 안토니우스가 이미 지적했듯이 백인대장은 군단의 군관이죠. 전해지는 이야기에 따르면, 디부스 율리우스는 보좌관이 죽으면 울지 않아도 백인대장이 죽으면 울었다고 합니다. 그런데 클레오파트라가 어떻게 했습니까? 제일 무능한 자들 10명은 참수했지만 나머지 230명의 백인대장은 결코 시리아로 돌려보내지 않았습니다! 계속 이집트에 데리고 있으면서 그녀 자신의 군대를 강화했지요!”

“거짓말!” 포플리콜라가 외쳤다. “발언을 취소하시오, 향수 뿌리는 기둥서방!”

“정숙하십시오.” 옥타비아누스가 지친 목소리로 말했다.

의사당은 곧바로 고요해졌다.

“일부 지역은 로마화나 그리스화가 충분히 진행되어 로마의 지배를 수용할 수 있고 로마군 수비대를 주둔시킬 수 있습니다. 그리스와 트라키아 해안 지역을 포함한 마케도니아와 비티니아, 아시아 속주가 그렇습니다. 그 외에는 어떤 곳도 불가합니다. 어떤 곳도요! 킬리키아는 속주로서 작동한 적이 한 번도 없으며, 폼페이우스 마그누스가 확립한 시리아도 마찬가지입니다. 하지만 우리는 카파도키아와 갈라티아 같은 곳들을 속주로 편입하려는 시도는 해보지 않았습니다―그래서도 안 되고요! 폰토스를 비티니아의 일부로써 통치했을 때 그곳 정부는 농담거리였습니다. 비티니아 총독이 임기 동안 폰토스에 몇 번이나 갔습니까? 고작 한두 번입니다, 그것조차 의심스럽지만요!”

이제 시작이군. 옥타비아누스는 등을 곧추세우며 생각했다. 이제 안토니우스가 자기 행동에 관해 변명을 늘어놓을 거야.

"저는 동방에서의 행보에 관해 사죄하지 않겠습니다." 아헤노바르부스는 안토니우스가 쓴 내용을 읽었다. "왜냐하면 그것이 올바른 행보이기 때문입니다. 저는 과거 로마가 직접 보유했던 것들 일부를 새 피호국 왕들에게 넘겨주어, 예로부터 늘 통치를 해온 피호국 왕들의 권위를 강화했습니다. 저의 현재 트리움비르 직을 내려놓기 전에 임무를 완수하기 위해 아시아 속주와 비티니아를 제외한 아나톨리아 전역을, 덧붙여 시리아령 아시아 전역을 피호국 왕들에게 줄 것입니다. 그 지역들은 성실하고 유능하며, 종주국 로마에 극히 충성스러운 자들이 통치하게 될 겁니다."

아헤노바르부스는 숨을 깊게 들이쉰 후 계속 읽었다. "이집트는," 그는 그 단어가 침묵 속에 떨어지도록 잠시 말을 멈췄다. "다른 어떤 동방 왕국보다도 로마의 속령이라고 할 만합니다. 로마의 운명과 너무도 깊이 얽혀 있는 사촌과 같은 국가라 위험이 될 수 없다는 뜻입니다. 이집트는 상비군을 두지 않으며 정복욕도 없습니다. 제가 로마의 이름으로 이집트에 넘긴 영역들은 이집트가 통치하는 편이 나은 곳들로, 한때 수세기 동안 이집트에 속했던 곳들입니다. 프톨레마이오스 카이사르 왕과 클레오파트라 여왕은 해당 지역들에 안정적인 정부를 확립하느라 분주해서 로마로 공세를 보내지 못할 것이나, 향후 언젠가는 꼭 다시 공세를 보낼 것입니다."

"그것참 위안이 되는군요." 메살라 코르비누스가 말했다.

이제 끝맺는 말이겠군, 하고 옥타비아누스는 생각했다. 짧을 거야, 감사하게도. 아헤노바르부스의 낭독은 훌륭했지만 서신은 결코 직접 연설을 대신할 수 없었다. 특히나 훌륭한 웅변가인 안토니우스 같은 사람의 경우에는.

"모든 로마인들이 동방에서 진정으로 원하는 것은," 아헤노바르부스는 천둥처럼 큰 소리로 읽었다. "교역과 공세입니다! 저의 행위는 두 가지 모두를 강화할 것입니다!"

아헤노바르부스는 환호와 갈채를 받으며 자리에 앉았지만, 알렉산드리아 개선식과 기증식 이후 안토니우스를 버린 300명은 환호도 갈채도 보내지 않았다. 안토니우스는 서신의 마지막 부분 때문에 그들을 영원히 잃어버렸다. 진정한 로마인에게 그 말미는 클레오파트라가 그를 꽉 잡고 있다는 증거로 보였다. 그다지 상상력이 뛰어나지 않아도 아나톨리아와 시리아령 아시아의 남은 구역도 그 훌륭한 속령이자 사촌, 즉 이집트로 넘어갈 것임을 짐작할 수 있었다.

옥타비아누스는 자리에서 일어났다. 왼손으로 겹겹의 토가 자락을 왼쪽 어깨에 꽉 누른 채, 지붕의 작은 구멍으로 들어온 햇빛이 떨어지는 곳까지 걸어갔다. 햇빛은 그의 금발이 빛을 발하는 것처럼 보이게 했다. 빛이 이동하면 그도 따라갔다. 아그리파 외에 아무도 모르는 사실은 그 구멍이 옥타비아누스의 지시로 만들어졌다는 것이었다.

"참으로 놀라운 서신입니다." 옥타비아누스는 인사말들이 잦아든 후 말했다. "대단한 동방의 권위자, 마르쿠스 안토니우스! 혹자는 이집트 현지인이라 말하고 싶을 겁니다. 사실상 그럴지도 모르겠군요, 그는 긴 의자에 드러누워 포도를—고체는 물론 액체도—입안으로 털어넣는 데 깊이 중독되어 있으니까요. 헐벗고 춤을 추는 여자들에, 그리고 이집트적인 모든 것들에 깊이 중독되어 있으니 말입니다. 하지만 제가 틀렸을 수도 있습니다, 저는 전혀 동방의 권위자가 아니니까요. 음—봅시다……. 안토니우스가 동방으로 떠나기 전에 있었던 필리피 전투 이후로 몇 년이나 지났지요? 9년 정도 된 것 같군요……. 그동안 그는 이탈리아를 세 번 짧게 방문했고, 그중 두 번은 로마에도 들렀습니다. 로마에서 상당 기간 머문 건 그나마 한 번뿐이고요. 4년 전, 타렌툼 이후입니다—물론 기억하시겠지요, 의원 여러분! 그후 그는 동방으로 돌아가자마자 제 누이인 그의 아내를 케르키라에 버렸습니다. 제 누이는 그때 만삭이었지만, 선한 가이우스 폰테이우스가 남편 대신 누이의 귀국길을 지켜줘야 했지요.

9년이라는 세월은 정말로 마르쿠스 안토니우스를 동방 전문가로 만들었습니다, 저도 그건 인정해야겠군요. 그는 4년간 고국에 로마인 아내를 두는 동시에, 다른 아내인 짐승들의 여왕을 너무나 가까이 둔 나머지 그녀가 곁에 없으면 오래 버티지를 못하게 됐습니다. 그 여자는 안토니우스의 여러 피호국 왕들 중 자신의 위치에 자부심을 갖고 있습니다. 적어도 그녀는 힘과 결단력을 보여줬으니까요. 맙소사, 저는 그의 다른 피호국 왕들에 관해서는 그렇게 말할 수 없습니다—안쓰러운 자들이죠. 서기 아민타스, 도적 타르콘디모토스, 잔인한 헤로데스, 안토니우스의 사위이자 알랑대는 그리스인 피토도로스, 도적 클레온, 아첨꾼 폴레몬, 그의 정부의 아들인 아르켈라오스 시세네스—아, 끝도 없이 계속 댈 수 있겠습니다!"

"그러지 말고 연설이나 끝내시지요, 옥타비아누스!" 포플리콜라가 외쳤다.

"카이사르! 저는 카이사르입니다. 그래요, 정말 안쓰러운 자들입니다. 마침내 아시아 속주와 비티니아, 로마령 시리아의 공세가 들어오기 시작한 건 사실이지만, 안토니우스의 안쓰러운 피호국 왕들이 보낸 공세는 어디 있습니까? 특히 저 번쩍이는 보석, 짐승들의 여왕은요? 혹자는 그녀의 돈이 안토니우스한테 먹일 약을 사는 데 더 유용하게 쓰이고 있다는 추측을 할 겁니다. 저로서는 온전한 안토니우스가 로마의 전리품을 이집트에 선물로 줘버린다는 걸 상상할 수가 없기 때문입니다. 짐승들의 여왕과 비참한 노예의 소생인 그 아들에게 온 세상을 넘겨주는 것도 말입니다."

아무도 끼어들지 않았다. 옥타비아누스는 말을 멈추고 빛 속에 제대로 위치를 잡은 뒤 누군가의 한마디를 기다렸지만, 침묵만 뒤따랐다. 아, 그렇다면 군대와 '현지인화'의 문제에 관한 나만의 해법—수비대 군단들을 이 속주에서 저 속주로 순환 근무시키는 것—을 말해야겠어.

"동료 의원 여러분, 여러분의 하루를 극한의 역경으로 만들고 싶지는 않으니 결론만 말씀드리겠습니다. 마르쿠스 안토니우스의 군대가—'그의' 군대라고 했습니다!—현지화되었다면, 그는 왜 저한테 이탈리아에서 퇴역병용 토지를 찾아주길 기대하는 겁니까? 제 생각에 그들은 안토니우스가 시리아에서 땅을 구해주면 더 기뻐할 것 같습니다. 아니면 그가 영원히 정착하기로 한 듯한 이집트에서 구하거나요."

10년 전 의사당에 입성한 이래 처음으로 옥타비아누스는 진심에서 우러나는 박수를 받고 있다고 느꼈다. 안토니우스를 지지하는 400명 중 일부마저 박수를 쳤고, 옥타비아누스 추종자들과 300명의 중립파 의원들은 기립박수를 쳤다. 아무도, 아헤노바르부스조차 야유하거나 쉿 소리를 낼 엄두를 못 냈다. 옥타비아누스의 말이 지나치게 정곡을 찌른 것이다.

옥타비아누스는 5월 칼렌다이에 보결 집정관이 된 가이우스 폰테이우스와 팔짱을 끼고 의사당을 나섰다. 옥타비아누스 본인의 집정관 직은 작년의 안토니우스가 그랬듯 1월의 두번째 날에 내려놓은 터였다. 더 많은 보결 집정관들이 취임할 터였지만, 폰테이우스는 올해 말까지 직책을 유지하기로 되어 있었다. 엄청난 명예였다. 집정관 직이 트리움비르의 선물로 변한 것이다.

마치 옥타비아누스의 마음을 읽는 것처럼 폰테이우스가 한숨을 쉬고 말했다. "요 몇 년간 집정관이 너무 많아서 안타깝습니다. 다른 사람이 할 차례라며 사직하는 키케로가 상상이 되십니까?"

"그 문제에 있어서는 디부스 율리우스도 마찬가지죠." 옥타비아누스는 싱긋 웃으며 말했다. "진심으로 동의하오, 나도 사직했지만. 그래도 집정관 자리에 많은 사람을 앉히면 장기 트리움비르 직의 후광을 제거할 수 있지요."

"적어도 당신은 권력에 굶주렸다는 비난을 받을 수 없겠군요."

"그래도 트리움비르인 한, 내게는 권력이 있지요."

"삼두연합이 끝나면 뭘 할 겁니까?"

"올해 말에 끝나지요. 안토니우스가 할 것 같지 않은 뭔가를 할 거요―그 직함을 사용하는 걸 중지하고 내 상아 대좌를 앞쪽 벤치에 둘 것이오. 내 권위와 존엄은 논쟁의 여지가 없으니, 직함이 없다고 해서 내가 어려움을 겪지는 않을 거요." 그는 폰테이우스를 기민하게 흘긋 쳐다봤다. "이제 어디로 가시오?"

"카리나이 지구로 가서 옥타비아를 방문할 겁니다." 폰테이우스가 선선히 대답했다.

"나도 같이 가겠소, 당신이 반대하지 않는다면."

"나야 좋지요, 카이사르."

두 사람이 포룸 로마눔을 통과할 때 언제나처럼 옥타비아누스에게 군중이 모여들었지만, 그가 스물네 명의 릭토르들에게 손짓하자 그와 폰테이우스는 릭토르단 속에 끼어 계속 앞으로 갈 수 있었다. 게르만족 경호원이 앞뒤로 사람들을 막았다. 일행은 빠른 걸음으로 포룸 로마눔을 통과했다.

벨리아 고지의 제사장 관저를 지나친 후 가이우스 폰테이우스는 다시 말했다. "카이사르, 안토니우스가 언젠가 로마로 돌아오기는 할까요?"

"옥타비아를 생각하고 있군요." 옥타비아누스가 말했다. 그는 그녀에 대한 폰테이우스의 마음을 잘 알고 있었다.

"네, 하지만 그 때문만은 아닙니다. 안토니우스는 자신이 점점 더 빠르게 입지를 잃어가고 있음을 모르는 걸까요? 알렉산드리아 개선식과 기증식 소식을 듣고 말 그대로 역겨워했다는 의원들을 알고 있습니다."

"그는 예전의 안토니우스가 아니오, 그게 다요."

"클레오파트라가 그를 장악하고 있다는 말씀은 진심으로 그렇게 믿어서 하신 겁니까?"

"솔직히 말하자면 처음에는 정치 공작이었지만, 마치 내가 바란 게 현실이 되어버린 느낌이오. 그의 행위는 클레오파트라에게 지배당하는 것 외엔 그 어떤 정황으로도 믿기 힘들지만, 나로서는 죽을 때까지 그녀가 어떻게 그럴 수 있는지 모를 거요. 나는 극도의 실용주의자라 약을 쓴다느니 하는 술수는 불가능한 것으로 치부하는 편이오." 그는 웃음을 지었다. "하지만 난 동방의 권위자가 아니니, 어쩌면 그런 약이 정말 존재하는지도 모르지."

"안토니우스의 마지막 여행 때부터 그랬습니다, 그 이전이 아니라면요." 폰테이우스가 말했다. "그는 케르키라에서 폭풍우 치던 어느 밤에 내게 속마음을 토로했지요—외로움, 황망함, 운을 잃었다는 확신 등을

요. 난 그때부터 이미 클레오파트라가 그의 신경을 긁었다고 생각하지만, 위험한 방식으로 그런 건 결코 아닐 겁니다." 그는 성이 나서 콧바람을 불었다. "이집트의 여왕은 정말 대단한 인물입니다! 난 그녀를 싫어했습니다. 그 여자도 나를 좋아하지 않는 건 마찬가지였지만요. 로마인들은 그녀를 하르피아이라고 부르지만 내 생각에는 세이렌과 더 비슷합니다— 말할 때 목소리가 너무나 아름답거든요. 감각을 매혹시키는, 그녀가 하는 말은 뭐든 믿게 만드는 목소리예요."

"흥미롭군요." 옥타비아누스가 생각에 잠겨 말했다. "두 사람이 양면에 자기들의 모습을 넣은 주화를 발행한 걸 아시오?"

"한 주화에 같이요?"

"그렇소, 같이."

"안토니우스가 제정신이 아니군요."

"동감이오. 하지만 저 비논리적인 의원들을 내가 어떻게 설득하겠소? 폰테이우스, 내게 필요한 건 증거요, 증거!"

〈3권에 계속〉

안토니우스와 클레오파트라 2
마스터스 오브 로마 7

1판 1쇄 인쇄 2018년 7월 23일
1판 1쇄 발행 2018년 8월 3일

지은이 콜린 매컬로 | 옮긴이 강선재 신봉아 이은주 홍정인 | 펴낸이 염현숙
편집인 신정민

편집 신정민 신소희 | 디자인 고은이 이주영
마케팅 정민호 한민아 최원석 | 홍보 김희숙 김상만 이천희
저작권 한문숙 김지영 | 모니터링 서승일 이희연 전혜진
제작 강신은 김동욱 임현식 | 제작처 한영문화사

펴낸곳 (주)문학동네
출판등록 1993년 10월 22일 제406-2003-000045호
임프린트 교유서가

주소 10881 경기도 파주시 회동길 210
문의전화 031) 955-8886(마케팅), 031) 955-3583(편집)
팩스 031) 955-8855
전자우편 gyoyuseoga@naver.com

ISBN 978-89-546-5224-7 04840
      978-89-546-5222-3 (세트)

* 이 도서의 국립중앙도서관 출판예정도서목록(CIP)은 서지정보유통지원시스템 홈페이지
  (http://seoji.nl.go.kr)와 국가자료공동목록시스템(http://www.nl.go.kr/kolisnet)에서
  이용하실 수 있습니다. (CIP제어번호: CIP2018021306)

www.munhak.com